HEYNE BÜCHER

SCIENCE FICTION

Herausgegeben
von Wolfgang Jeschke

Ein Verzeichnis aller STAR TREK®-Romane finden Sie am Schluß des Bandes.

DIANE CAREY

STAR TREK®
CLASSIC

KIRKS BESTIMMUNG

Roman

Star Trek®
Classic Serie™
Band 81

Deutsche Erstausgabe

WILHELM HEYNE VERLAG
MÜNCHEN

HEYNE SCIENCE FICTION & FANTASY
Band 06/5476

Titel der Originalausgabe
BEST DESTINY
Übersetzung aus dem Amerikanischen von HARALD PUSCH

Umwelthinweis:
Dieses Buch wurde auf chlor- und
säurefreiem Papier gedruckt.

Redaktion: Rainer-Michael Rahn

Erstausgabe by Pocket Books, a division of Simon & Schuster, Inc.,
New York

Printed in Germany 1998
Umschlagbild: Pocket Books/Simon & Schuster, New York
Umschlaggestaltung: Atelier Ingrid Schütz, München
Technische Betreuung: M. Spinola
Satz: Schaber Satz- und Datentechnik, Wels
Druck und Bindung: Ebner Ulm

ISBN 3-13980-12666-1

Gewidmet den jungen Männern und Frauen
des Vision Quest Programms;
und den Besatzungen der Schoner *New Way* und
Bill of Rights, die beweisen, daß
gefährdeten Jugendlichen nicht nur geholfen
werden kann ... sondern daß sie sich sogar
selbst helfen können.

Was du ererbt von deinen Vätern,
erwirb es, um es zu besitzen.

GOETHE

Es ist Ihre Bestimmung,
ein Raumschiff zu kommandieren.

Captain Spock zu Admiral James Kirk
in *Star Trek II: Der Zorn des Khan*

HISTORISCHE ANMERKUNG

Diese Geschichte spielt kurz nach den Ereignissen, die in *Star Trek VI: Das unentdeckte Land* geschildert werden.

Vorwort

Ahhh! Wir sind wieder da, und das ist wirklich ein gutes Gefühl.

Diane und ich hatten uns für vier Jahre aus dem *Star Trek*-Universum zurückgezogen, aber wir waren unterdessen keineswegs untätig. Wir sind in der Zeit zurückgereist, um eine Trilogie über den amerikanischen Bürgerkrieg zu schreiben. Und obwohl wir jetzt wieder einmal auf der Suche nach der Bestimmung der Menschheit die Zukunft durcheilen, beschäftigen wir uns noch immer mit der Vergangenheit – diesmal mit James Kirks Vergangenheit.

Anfangs glaubten wir, wir würden einfach zu *Star Trek* zurückkehren, und machten uns lediglich Gedanken über die Veränderungen, die sich inzwischen ergeben haben mochten. Was wir nicht erkannten, war der Umstand, daß wir selbst so viele Veränderungen mitbrachten.

Und wir hatten auch keinerlei Verbindung zwischen den Genres erwartet, doch die Vergangenheit und die Zukunft waren uns weit voraus und hatten anderes im Sinn.

Nachdem wir uns ein paar tausend Seiten lang bemüht hatten, unseren in der Zeit des Bürgerkriegs lebenden Figuren durch alle Wirrnisse zu helfen, stellten wir beide fest, daß in uns ein tieferes Verständnis für das heranwuchs, was das Leben von Captain James Kirk geformt haben mochte. Die winzigen Ereignisse sind es, nicht die großen, die jemanden letztlich zum Helden machen – oder ihn daran hindern, einer zu werden. Und plötzlich wurden diese kleinen Dinge für uns bedeutsam, weil wir für jene scheinbar unbedeutenden Ereignisse sensibel geworden waren, die unsere eigene Geschichte geformt haben. Während wir unsere Bürgerkriegsromane *Distant Drums, Rise Defiant* und *Hail Nation* verfaßten, wurde Diane und mir immer wieder jene Lektion eingehämmert, die Star Trek uns schon die ganze Zeit über zu vermitteln versucht hatte.

Genau wie die ›Bedürfnisse des einzelnen schwerer wiegen als die Bedürfnisse der vielen‹, können auch die Handlungen des einzelnen die Handlungen der vielen bestimmen. Wir wollen Ihnen zeigen, wie so etwas geschehen kann.

Im Jahre 1861 beobachtete die europäische Aristokratie amüsiert, wie die Neue Welt in zwei Teile zerbrach. Ihrer Ansicht nach würden unvermeidlich die Konföderierten Staaten von Amerika als Sieger aus diesem Konflikt hervorgehen. Immerhin sprudelte die Geschichte geradezu von Beispielen über, wie schwächere Kräfte siegten, wenn es darum ging, die heimische Scholle zu verteidigen. Weitaus bedeutsamer war jedoch der Umstand, daß es unmöglich schien, die rebellierenden Staaten wieder in eine auf freiwilliger Basis beruhende Union zurückzuholen. Für die europäische Elite waren die Vereinigten Staaten von Amerika – jenes große Experiment einer Herrschaft des Volkes – am Ende des Weges angelangt. Und nun würden die Europäer völlig zu Recht jede demokratische Bewegung auf ihrem eigenen Kontinent zerschmettern können. Dazu mußten sie lediglich nach Amerika deuten und sagen: »Seht ihr? Es funktioniert nicht.«

Die Zerstückelung der Vereinigten Staaten stellte für die europäischen Mächte eine Versuchung dar, die zu groß war, um sie zu ignorieren. 1892 erkannten England und Frankreich die Konföderation an und stellten dem neuen Staat finanzielle und militärische Hilfe in

Aussicht. Die Devise hieß: Schürt die Flammen, laßt diese Nation zu Asche zerfallen!

Trotzdem wollten sie dabei auf Nummer Sicher gehen. Sie warteten auf den einen großen konföderierten Sieg, der bewies, daß die Konföderation die Aggression aus dem Norden nicht nur überleben, sondern auch beenden konnte. In einem gewagten Schachzug, der das militärische Zögern des geradezu aufreizend vorsichtigen Nordstaatengenerals McClellan ausnutzte, spaltete General Lee seine schwächere, graugekleidete Armee in drei Teile und drang in den Norden vor. Und als die Götter auf die sich anbahnende Schlacht hinabblickten, standen die Wetten für das Überleben der Westlichen Demokratie ausgesprochen schlecht.

Doch an jenem Tag verloren sowohl Götter wie Aristokratie ihr sprichwörtliches letztes Hemd.

Der Norden zog einen Joker. Einer von General Lees Männern verlor ein paar Schriftstücke, die sämtliche Befehle für die bevorstehende Schlacht enthielten. Wäre eine Kuh über diese Papiere gestolpert und hätte sie aufgefressen, wäre nichts als ein historisch unbedeutender Rülpser dabei herausgekommen. Doch statt dessen landeten die verlorenen Befehle bei General McClellan, und so wurde der Lauf der Geschichte verändert.

Mit Lees Schlachtplänen in der Hand hätte selbst ein Blinder auf einem dreibeinigen Pferd die Unionsarmee in einen strahlenden Sieg führen und den Krieg an Ort und Stelle beenden können. Doch da es nun einmal McClellan war, der die Papiere hatte, reichte es nur zu einem Unentschieden.

Weil nun das Mißgeschick mit den Plänen und McClellans Persönlichkeit an jenem Tag zusammentrafen, mußten Nord und Süd das Kriegsgemetzel noch drei weitere Jahre erdulden. Die konföderierte Armee wurde zum Rückzug gezwungen, und die europäischen Mächte erwogen nie wieder eine ernsthafte Intervention.

Ein winziger Zwischenfall im Verlauf eines normalen Tages … ein unachtsamer Bote der Konföderierten kann nicht auf ein paar Blätter Papier aufpassen, und daraufhin überstehen die Vereinigten Staaten von Amerika ihre schwerste Prüfung.

Ohne diesen einen Augenblick der Ungeschicklichkeit gäbe es heute vermutlich keine vereinte Nation, sondern eine Handvoll zänkischer Nationalstaaten, die eifersüchtig ihre Grenzen bewachen. Wir würden unsere Zeit damit zubringen, argwöhnisch jede Handelsverbindung, jedes Gesetz und jeden Reisenden zu überwachen und uns darum streiten, wer gegenüber wem im Vorteil ist, für wen welche Regel gilt, wer welche Straße sichert und wer an welchem Fluß Zoll erheben darf. Wir wären niemals in der Lage gewesen, gemeinsam an einem Strang zu ziehen, um ein Gemeinwesen oder eine blühende Wirtschaft aufzubauen.

Wie anders würde die Welt heute aussehen, wenn die Vereinigten Staaten nicht existiert hätten und ihre Rolle in der ökonomischen und militärischen Entwicklung dieses Jahrhunderts nicht hätten spielen können.

Und was macht einen Helden aus? Einzelne Menschen können den Geschehnissen eine andere Richtung geben, auch wenn ihnen keine Schlachtpläne aus der Kuriertasche fallen.

Im weiteren Verlauf des Krieges fand Präsident Lincoln schließlich einen Helden für sein kriegsmüdes Land. Einen Mann, das genaue Gegenteil zu McClellan, der bereit war, mit jener Entschlossenheit zu kämpfen, die nötig war, um den Bürgerkrieg zu beenden und die Nation wieder zu vereinen. Und das war General U. S. (Unconditional Surrender)* Grant. Was

* Unübersetzbares Wortspiel mit den Initialen von Grant – zu deutsch etwa ›bedingungslose Übergabe‹. *Anmerkung des Übersetzers*

Grant an General Lees militärischem Scharfsinn fehlte, machte er durch die Verbissenheit eines Pitbulls und die leidenschaftslose Gelassenheit eines Chirurgen wett.

Wenn wir Grants Vergangenheit neu erschaffen könnten, so wie wir es bei Jim Kirk tun konnten, würden wir dann einen angepaßten Jugendlichen, einen erfolgreichen Schüler und geradlinigen Offizier erfinden?

Wahrscheinlich. Doch die Geschichte belehrte uns gerade noch rechtzeitig eines Besseren.

General Grant, aus dem einmal Präsident Grant werden sollte, hatte in seinen jungen Jahren keinerlei Erfolge vorzuweisen; tatsächlich wurde sein Leben vor dem Bürgerkrieg durch eine Serie von Mißerfolgen geprägt. Im Zivilleben war er völlig fehl am Platze, und bevor er die Uniform anzog, konnte er kaum seine Familie ernähren. Der Krieg bedeutete Grants letzte Chance, der drohenden Mittelmäßigkeit zu entkommen.

Wie wären die Dinge wohl verlaufen, wäre Grant schon vor Beginn des Bürgerkrieges erfolgreich und wohlhabend gewesen? Wäre er dem Erfolg auch dann so nachgejagt, wenn er ihn bereits im Zivilleben kennengelernt hätte?

Weshalb war Präsident Lincoln bereit, jedes persönliche oder politische Risiko einzugehen, um das Land wieder zu vereinen? Was ist es, das Helden wie U. S. Grant, Abraham Lincoln oder, wie wir zu extrapolieren versucht haben, James T. Kirk antreibt?

›Kirks Bestimmung‹ ist ein historischer *Star Trek*-Roman. Genau wie bei den Helden der echten Vergangenheit wissen wir viel über die Taten von Captain James T. Kirk. In der TV-Serie, den Kinofilmen, den Büchern und Comics haben Kirk und seine Mannschaft eine Unmenge von Abenteuern erlebt und überstanden.

Doch warum gerade sie? Welche Erlebnisse in der Vergangenheit haben unseren Figuren jenes Quentchen Mehr an Entschlossenheit und List verliehen, das nötig ist, um die Gefahren einer Reise durch das All zu überleben? Welche winzigen Ereignisse und Wendungen des Schicksals, ähnlich jenen während des Bürgerkriegs, bringen einen Captain Kirk hervor und nicht einen Inspektor Kirk, einen Oberbuchhalter Kirk oder einen Mr. J. T. Kirk, Allerweltsweg Nr. 101?

›Kirks Bestimmung‹ bietet natürlich kein vollständiges Bild. Trotzdem hoffen Diane und ich, daß wir einen erhellenden und unterhaltsamen Einblick in die stählerne Persönlichkeit von James T. Kirk geschaffen haben, als diese Persönlichkeit noch aus unbearbeitetem Eisen und Kohle bestand.

Begleiten Sie uns also in die Zukunft und erforschen Sie die Vergangenheit von *Star Trek*. Wenn Ihnen ›Kirks Bestimmung‹ gefällt, schreiben wir vielleicht noch mehr über die Vergangenheit ... in der Zukunft.

Und werfen Sie keine Marschbefehle weg, die Ihnen vielleicht in die Hände fallen. Sie könnten Ihr eigenes Schicksal verändern.

Gregory Brodeur

Prolog

USS *Enterprise* 1701-A
Raumschiff der Vereinten Föderation der Planeten
Constitution-Klasse
Schiffskonstruktionstyp 1701-A
Kommandant: Captain James T. Kirk

»Sie werden sich mit außergewöhnlichen Ehren und der grenzenlosen Dankbarkeit einer sich ausweitenden Föderation in den Ruhestand zurückziehen. Es besteht eine reelle Chance, daß die Galaxis einer Blütezeit entgegengeht ... und einen großen Teil dieser Chance verdanken wir Ihrem Durchsetzungsvermögen, Ihrer Geradlinigkeit und Ihrem Glauben an uns, Captain Kirk.«

»Ich danke Ihnen, Mr. President. Ich weiß gar nicht, was ich sagen soll.«

Auf dem Hauptschirm der Brücke legte der Präsident eine für ihn ungewöhnliche Pause ein. Die weißen Augen in dem bleichen, von langem, kalkweißem Haar umrahmten Gesicht wirkten so ruhig wie immer, doch heute schimmerte Hoffnung in ihnen auf.

»Ich könnte etwas vorschlagen«, meinte er, »wenn Ihnen das recht ist.«

Ein schiefes Grinsen tauchte auf Kirks Gesicht auf, und er umfaßte noch einmal die Armlehnen seines Kommandosessels.

»Nochmals danke, Mr. President«, sagte er. »Wir hatten unsere Zeit im Rampenlicht. Jetzt sind andere an der Reihe.«

Der Präsident deutete ein kaum wahrnehmbares Nicken an. Aufgrund seines deltanischen Albinismus ließ sich praktisch jede seiner Gesten nur von besonders aufmerksamen Personen wahrnehmen.

»Wir werden uns noch einmal miteinander unterhalten«, erklärte er, »und dabei in privater Runde ein Glas auf Ihre Karriere, Sir, und auf die Ihrer Offiziere heben. Starfleet Command hat Starbase One die Erlaubnis erteilt, die internen Lauflichter als Ehrensalut an die *Enterprise* abwechselnd in Weiß und Gold aufleuchten zu lassen. Ich betrachtete es als besonderes Privileg, die Ankunft des Schiffes in Ihrem Bordbuch abzuzeichnen, da es sich um die letzte Rückkehr der *Enterprise* handelt.«

»Sobald wir zu Starbase One zurückkehren«, betonte Kirk.

»Ganz nach Ihrem Belieben. Niemand wird Ihnen bei Ihrem letzten Flug mit der *Enterprise* hineinreden. Genießen Sie ihn.«

Der Präsident neigte sein weißhaariges Haupt, dessen Alien-Augen so wirkten, als wären sie blind.

Abrupt wurde der Schirm schwarz. Nur die Audioübertragung arbeitete noch für ein paar Sekunden und übertrug die Stimme eines Kommunikationsoffiziers.

»Vereinte Föderation der Planeten, Büro des Präsidenten, Starbase One, Ende.«

Captain James Kirk winkte knapp zur Kommunikationsstation der Brücke hinüber, registrierte die Bestätigung und ließ sich etwas zu ruhig in den Kommandosessel zurücksinken.

»Ich möchte Mr. Scott sprechen«, sagte er.

Niemand reagierte. Niemand wollte reagieren. Irgendwie schien das Protokoll in diesem Moment unpassend. Einen Moment später meldete sich die in die Lehne des Kommandosessels eingelassene Kommunikationseinheit.

»Scott hier, Sir.«

»Statusbericht, Scotty.«

»Aye, Sir. Wir haben alle beschädigten Decks evakuiert und versiegelt sowie die vordringlichsten Reparaturmaßnahmen eingeleitet. Die Warptriebwerke sind in Ordnung. Die kosmetischen Reparaturen werden noch warten müssen, doch der Maschinenraum wird in zwanzig Stunden wieder voll einsatzbereit sein.«

Der Captain stützte sich mit dem Ellbogen auf die Armlehne und senkte die Stimme. »Mr. Scott ... Sie wissen, daß das Schiff bei unserer Ankunft auf Starbase One außer Dienst gestellt wird.«

»Das weiß ich, Sir. Aber wenn Starfleet Command eine raumtaugliche *Enterprise* aus dem Verkehr ziehen will, dann wird ihnen das noch verdammt leid tun, dafür garantiere ich. Ich werde sie zwingen, zu den Akten zu nehmen, daß sie ein einsatzbereites Schiff außer Dienst stellen.«

Stille legte sich über die Brücke. Es gab keine Reaktion, doch genau darin lag bereits die Reaktion.

Der Captain starrte ins Nichts, als bereite er sich darauf vor, seinem Schiff in dieses Nichts zu folgen. Er und der Chefingenieur. Ihr Schiff.

»Ich verstehe«, sagte er. »Machen Sie weiter, Mr. Scott.«

»Danke, Sir. Ich tue mein Bestes. Scott Ende.«

Der Captain schlug die Beine übereinander und lehnte sich zurück, als wolle er noch einmal Revue passieren lassen, was er gehört und was er darauf geantwortet hatte.

»Kurs beibehalten«, wies er den Steuermann an.

Auf dem erhöhten Deck hinter ihm spürte ein sehr schlanker Mann mit wasserhellen Augen und mittlerweile völlig ergrautem Haar, wie sich seine kantigen Züge verhärteten. Dr. Leonard McCoy hatte sein Leben lang darauf gewartet, ein einfacher Landarzt zu werden, und er freute sich auf diese Veränderung in seinem Leben. Bald könnte er jedermann anknurren, und niemand würde dagegen aufbegehren.

Mit gerunzelter Stirn ging er zur Wissenschaftsstation hinüber, so wie er es in den vergangenen Jahren hundertmal getan hatte, und wandte sich leise an jene Person, die sein Flüstern ebenso häufig vernommen hatte.

»Was können wir ihm sagen, Spock?« fragte McCoy laut genug, daß der Captain ihn verstehen konnte.

In der Nische der Wissenschaftsstation richtete sich eine Gestalt auf. Die gesamte Brücke schien nach Luft zu schnappen, als der Vulkanier seine Aufmerksamkeit auf den Raum richtete. Schmale, wachsame Augen strichen über die Brücke, Augen, die in einem Gesicht saßen, das McCoy einmal für hart und kalt gehalten hatte. Nüchtern und sachlich schien es zu untermauern, was einen Vulkanier ausmachte.

Wie alt war der Vulkanier jetzt? McCoy ging die medizinischen Unterlagen durch, die er ständig im Kopf präsent hatte, und versuchte, vulkanische Jahre in Menschenjahre umzurechnen. Wie üblich mißlang der Versuch. Beides ließ sich einfach nicht miteinander vergleichen. Spocks glattes Haar, einst pechschwarz, zeigte jetzt einen würdevollen grauen Schimmer. Die dichten Brauen waren noch immer schwarz und zogen sich seitlich nach oben, waren aber buschiger geworden als früher. Trotzdem sorgten sie dafür, daß Spock auf McCoy so wirkte wie alle Vulkanier – wie große, dünne Fledermäuse, die Kleider trugen.

Hinzu kam natürlich jene Eigenheit, die es so schwer machte, Vulkanier ernst zu nehmen... die langen, spitz zulaufenden Ohren. McCoy vermutete, die Ohren seien der Grund, weshalb die Vulkanier ihre Emotionen verdrängt hatten. Sie konnten es einfach nicht ertragen, deswegen aufgezogen zu werden.

Plötzlich war McCoy froh darüber, neben diesem Mann zu stehen. Trotz ihrer ständigen Auseinandersetzungen waren er und Spock durch Mühen und Gefahren aller Art geschritten. Jeder von ihnen hatte wieder und wieder sein Leben für den anderen aufs Spiel gesetzt, und trotzdem hatten beide irgendwie das Glück, noch immer hier zu stehen.

Überdies war McCoy bewußt, daß er neben dem ersten Vulkanier stand, der sich Starfleet angeschlossen hatte, dem ersten, dem mittlerweile viele andere nachgefolgt waren. Die Vulkanier waren immer bestrebt gewesen, sich abzuschotten und für sich zu bleiben, doch wegen diesem einen Mann hatten sie ihre Ansichten geändert.

Wegen des rebellischen jungen Spock, der die Zurückgezogenheit seiner Rasse ablehnte, beharrten die Vulkanier nicht mehr auf ihrer stolzen Unnahbarkeit. Sie entdeckten, daß Starfleet, obzwar von den albernen Menschen gegründet und noch immer hauptsächlich von ihnen geleitet, keineswegs jenes gesetzlose Durcheinander darstellte, das die Vulkanier früher mit der Menschheit gleichgesetzt hatten, und daß ihre Lebensweise dadurch nicht in Frage gestellt wurde. Tatsächlich stellten sie fest, daß Starfleet im besiedelten Raum das Recht verkörperte, auf das sich Dutzende wehrloser Welten in einer von zahllosen Kontakten geprägten Galaxis verließen. Die Föderation war die große Burg, die sie beschützte, und Starfleet stellte ihre Ritterschaft dar.

Selbst den Feinden war das bewußt. Und genau aus diesem Grund herrschten schon so lange Frieden und Wohlstand. Starfleet wollte es so und besaß die Macht, sich durchzusetzen.

Heute waren die Vulkanier stolz, ja, tatsächlich stolz, zu Starfleet zu gehören, aktiv die Föderation zu verteidigen, teilzuhaben an der Stärke, die nötig war, um Wachstum und Wohlstand zu garantieren, und auch sie gerieten in Zorn, wenn jemand diesen Weg blockierte. Jene, die einst Spock und dessen Starfleet-Uniform den Rücken gekehrt hatten, drängten heute ihre eigenen Söhne und Töchter, die Starfleet-Akademie zu besuchen, einem Aufruf zu folgen, den sie selbst einst zurückgewiesen hatten, und an jenen Operationen im All teilzunehmen, die eine vorwärtsstrebende interstellare Gemeinschaft durchführen mußte.

Ja, die Dinge hatten sich geändert.

Obwohl Spock direkt neben McCoy stand, sah er ebenfalls keinen Grund, zu flüstern oder auch nur die Stimme zu senken. Dieses spezielle Deck war mit derartiger akustischer Perfektion konstruiert worden, daß kein Befehl ungehört, kein Flüstern unbeachtet, kein Warnsignal unbeantwortet blieb.

Und dazu kam auch noch die verdammte Wachsamkeit des Captains. Wie die eines Leoparden.

»Was können wir sagen«, seufzte McCoy, »damit es ihm leichter fällt zuzusehen, wie die *Enterprise* im Dunkel der Geschichte verschwindet?«

Spock verlagerte sein Gewicht auf den anderen Fuß. »Die Schiffe der Constitution-Klasse werden als nicht mehr zeitgemäß für den Patrouillen- und Forschungsdienst erachtet, Doktor. Diese Auszeichnung gebührt jetzt der Excelsior-Klasse.«

»Excelsior-Klasse«, knurrte McCoy. »Sieht aus wie ein aufgeblasener Luftballon bei einer Starfleet-Abschiedsparty.«

Der Captain schaute zu ihnen hinüber, erhob sich und ging um den Kommandosessel herum, wobei er seine Hand über die weichgepolsterte Rückenlehne streichen ließ.

»Alle Dinge verändern sich, meine Herren«, sagte er. »Alle Dinge wachsen. Es ist unsere Pflicht, dankbar zu sein.«

Er zögerte und blickte auf den Schirm und die unendliche Weite des Alls.

»Wie würde es auf die Jüngeren wirken«, fügte er hinzu, »wenn wir unsere letzte Pflicht vernachlässigten?«

USS *Bill of Rights*
Raumschiff der Vereinten Föderation der Planeten, Excelsior-Klasse
Forschungsflottenerweiterung 2010
Kommandant: Captain Alma Anne Roth

»Verbindung zu Starfleet! Höchste Dringlichkeitsstufe, sofort!«

»Ich versuche es, Captain! Keine Energie auf den üblichen Kanälen! Absolut keine Energie!«

»Dann benutzen Sie die unüblichen Kanäle! Bringen Sie eine Nachricht durch, bevor es zu spät ist!«

»Aye, aye – schalte um auf Telemetrie!«

James Kirks Haar war mit den Jahren dunkler statt heller geworden, genau wie sein Temperament, doch noch immer war er sonnenverbrannt wie ein Seemann und zeigte die Braunfärbungen eines Fuchses – Eiche, Walnuß, Toast, Getreide – in Wangen und Haar. Seine Erscheinung hatte stets die Farben des Herbstwaldes widergespiegelt. Doch heute herrschte Dunkel in diesem Wald.

»Jim«, begann McCoy, »nur weil du das Kommando niederlegst, heißt das doch nicht, du hättest nichts mehr zu geben. Die Föderation will nicht, daß du bei Starfleet deinen Abschied nimmst – niemand will das.«

»Niemand?« wiederholte Kirk. »Ich habe nicht nur ein gutes Leben gehabt, sondern ein großartiges. Ich habe dem Tod hundertmal ein Schnippchen geschlagen, habe den Gefahren des Alls widerstanden, und jetzt sind die Leute, die noch Kinder waren, als ich meine beste Zeit hatte, in *ihrer* besten Zeit. Jetzt sind sie an der Reihe. Ich habe hinter dem Schreibtisch gesessen und vor einer Klasse gestanden, und beides ist nichts für mich, Pille. Sie werden diese gesamte Schiffsklasse zugunsten der Excelsior-Klasse außer Dienst stellen, und ohne ein Schiff ... ist der beste Teil meines Lebens vorüber.«

Seine beiden engsten Freunde betrachteten ihn düster. Sie bemerkten die Veränderungen, die sie alle betrafen, und es gab nicht viel, das gleichgeblieben war. Sicher, sie waren nach fünfundzwanzig Jahren noch immer zusammen, doch ihre Aufgabe schien jetzt ihren Endpunkt zu erreichen. Sie alle hatten lernen müssen, dem Ruhestand ins Auge zu sehen.

Und doch ...

»Ich werde mich wie ein Offizier und Gentleman verhalten«, erklärte Kirk. Er sah sie bei diesen Worten nicht an. »Es ist an der Zeit, die Flagge zu streichen, etwas Zeit auf der Familienfarm zu verbringen, alte Freunde wiederzusehen ... auf die Ozeane meiner Heimatwelt hinauszusegeln und ein paar Abenteuer anderer Art zu erleben.«

Nicht einmal seine beiden engsten Freunde vermochten zu entscheiden, wie ernst ihm diese Worte waren.

»Entschuldigung, Captain«, meldete sich Uhura. Langjährige Vertrautheit mit ihrer dunklen, klaren Stimme verriet den anderen, daß sie beunruhigt war. Ihre dunklen Züge und die schrägstehenden Augen verliehen der Brücke ein exotisches Flair. »Ich empfange das Echo einer Meldung von der *Bill of Rights.*«

Kirk wandte sich von Spock und McCoy ab, als wäre er froh, das Thema wechseln zu können.

»Sind wir berechtigt, den Funkspruch aufzufangen?« fragte er.

»Nein, Sir, technisch gesehen nicht.«
»Warum tun Sie es dann?«
»Sir, die Meldung kommt über den codierten Notfallkanal, über die Telemetrie«, erklärte Uhura sorgfältig. »Normalerweise würde ich sagen, ihre Audiokanäle sind ausgefallen, nur kommt das Signal mit extrem niedriger Energie herein. An der Akademie bezeichnen die Kommunikationsstudenten die Telemetrie manchmal als ›Panikkanal‹, weil er so etwas wie die letzte Zuflucht darstellt. Genehmigen Sie Annahme und Entschlüsselung?«
»Schnell.« Kirks Brauen zogen sich zusammen, während er rasch antwortete. Und plötzlich empfand jeder, der ihn kannte, Hochspannung. Sie hatten schon früher erlebt, wie seine Instinkte arbeiteten. »Nun? Haben Sie noch nicht ...?«
»Sir ... die *Bill of Rights* sendet einen Notruf!«
Sie arbeitete noch rascher, während sich Stille über die Brücke senkte. Nur das Summen und Zirpen ihrer Instrumente war zu hören, und dazu die Geräusche einer automatisch arbeitenden Brücke, die versuchte, das Schiff so gut wie möglich zu führen, solange die Menschen besorgt warteten.
Plötzlich rief sie: »Ich habe sie verloren!«
»Sir?« unterbrach ein junger weiblicher Fähnrich vom oberen Steuerborddeck her, den Blick weiter auf ihr Sichtgerät gerichtet. Stirnrunzelnd betrachtete sie die Anzeige, sagte aber nichts weiter. Doch in dieser einen Silbe schwang etwas mit.
Und einen Moment später ...
»Captain! Antiprotonen-Flushback!«
Die Köpfe der erfahrenen Besatzungsmitglieder fuhren zu ihr herum, als hätte sie ein Kätzchen verflucht ... und dann getötet.
»Schilde hoch!« brüllte Kirk in Richtung Ruder und wirbelte dann herum. »Spock, bestätigen Sie das!«
Der Vulkanier legte bereits seine großen Hände auf

die Schalttafel der Langstreckensensoren, während die übrigen Brückenoffiziere eilig in Alarmbereitschaft gingen, wie stets, wenn der Captain das Hochfahren der Schilde anordnete.

Kirk verlor keine Zeit. Er ließ sich in den Kommandosessel fallen und rief: »Chekov, nehmen Sie Kurs auf die Quelle des Flushback und fliegen Sie los!« In etwas ruhigerem Tonfall setzte er hinzu: »Bereitmachen für Notfall-Warp.«

Der kompakt gebaute Russe preßte die Lippen zusammen, behielt aber seine Stimme unter Kontrolle. »Notfall-Warp, aye.«

»Flushback bestätigt, Captain«, meldete Spock. Ernste Besorgnis schwang in seiner Stimme mit.

Kirk hieb mit der Faust auf den Kommunikator. »Ingenieur Scott, verstärken Sie die Frontschirme gegen einen Antiprotonen-Flushback.« Dann drehte er sich zu Uhura. »Alle Mann auf Station. Notfall Stufe Eins.«

Sie verzichtete auf ein bestätigendes Nicken und wandte sich sofort ihren Kontrollen zu. Ihre Stimme dröhnte mit einer Gelassenheit durch das riesige Schiff, die irgendwie die Dringlichkeit noch unterstrich.

»Hier spricht die Brücke … alle Mann auf Station … alle Mann auf Station … Notfall Stufe Eins, ich wiederhole, Notfall Stufe Eins!«

Die Notfallanzeigen begannen in einem elektrischblauen Licht aufzublitzen. Während sie aufflammten, dröhnte eine vertraute Stimme wie eine keltische Baßtrommel aus den Lautsprechern.

»Scott an Brücke! Befehl für die vorderen Schirme bitte wiederholen und bestätigen. Sagten Sie Flushback?«

»Kirk hier, Scotty. Bestätigt.«

»Aye, Sir!«

»Uhura, schließen Sie alle nach draußen gehenden Kanäle. Verzeichnen Sie im Logbuch unter Hinweis auf die Bestimmung über Notfallmaßnahmen im All die Uhrzeit, die Sternzeit, die besonderen Umstände sowie die Entscheidung, ohne Kontakt zum Hauptquartier vorzugehen.«

»Aye, Sir, wird eingetragen.«

»Sensoren auf größte Reichweite, breite Streuung, Mr. Chekov.«

»Größte Reichweite, aye.«

McCoy runzelte die Stirn. Ihm war dieser besondere Tonfall der Leute, mit denen er so viele Jahre in einer nicht unbedingt freundlich gesonnenen Galaxis verbracht hatte, nur zu vertraut.

»Was ist denn los?« fragte er.

Niemand achtete auf ihn.

Auch daran war er gewöhnt.

Vorsichtig, um niemandem in den Weg zu geraten, bewegte er sich langsam zurück zum oberen Deck und dann seitlich zur Wissenschaftsstation mit ihrem gelassenen vulkanischen Offizier. Dort angekommen, lehnte er sich auf einen Ellbogen, um sicherzugehen, niemandem im Weg zu sein, und fragte mit leiser Stimme: »Spock, was hat das zu bedeuten? Ich habe noch nie von einem Antiprotonen-Flashback gehört ...«

»Flushback«, korrigierte Spock. Obwohl seine Gedanken mit anderen Dingen beschäftigt waren, runzelte er die Stirn, als er das Wort aussprach. Trotz Spocks äußerer Gelassenheit erkannte McCoy, daß es sich um einen verhaßten Begriff handelte.

»Sie haben noch nicht davon gehört, Doktor«, sagte Spock langsam, »weil sich ein Antiprotonen-Flushback in der Natur nicht ereignen kann.«

»Und wann *kann* er sich ereignen?«

Spock richtete sich auf und blickte zum Frontschirm, als das Schiff auf Warpgeschwindigkeit ging und die Galaxis aufflammte. Er betrachtete die langen Verzerrungsstreifen, als wären sie für ihn völlig neu und sehr erschreckend. Seine schrägen Brauen zogen sich zusammen, und aus einem Grund, der zu privat war, um artikuliert zu werden, betrachtete er den Hinterkopf von James Kirk; der Captain war völlig auf das, was vor ihnen liegen mochte, konzentriert.

Die Antwort klang trotz der vulkanischen Zurückhaltung bitter.

»Nach dem Stand unseres Wissens … nur bei der Explosion von Warptriebwerken.«

Stille knisterte zwischen ihnen. Ein Satz wie dieser verlangte nach Stille, forderte sie, erzwang sie.

Doch sie befanden sich auf der Brücke eines Raumschiffs, und etwas lauerte voraus. Hier konnte die Stille nicht auf Dauer herrschen.

Stimmen, Stimmen aus allen Richtungen. Geräusche. Die Technologie reagierte auf die Anforderungen der Männer und Frauen. Männer und Frauen reagierten, um dem Unheil die Stirn zu bieten.

Meldungen. Verschiedene Stimmen. Jede diente einem bestimmten Zweck.

»Wissenschaftsdecks melden Bereitschaft, Captain.«

»Maschinenraum ist in Bereitschaft, Sir.«

»Sind bei Warp zwei, Captain. Chefingenieur meldet Bereitschaft für Notbeschleunigung auf Ihr Kommando.«

Die Stimme des Captains.

»Notfall-Warpgeschwindigkeit.«

»Notfall-Warp, aye …«

Aus den Eingeweiden des Schiffes drang ein dunkles Heulen.

»Warp drei … Warp vier …«

»Notbeschleunigung«, sagte der Captain. »Gehen Sie auf Warp neun.«

Eine Pause. Eine nervöse Bestätigung.

Eine Woge der Geschwindigkeit, Eruptionen aufeinanderfolgender Warpwellen, ohne Pause, ohne Rast … *crack, crack, crack, crack.*

»Warp neun, Captain. Die Maschinen knirschen, aber sie halten durch.«

»Gehen Sie auf Alarmstufe Gelb.«

»Alarmstufe Gelb, aye!«

»Alarmstufe Gelb, Alarmstufe Gelb ... alle Mann auf Notfallstationen ... Alarmstufe Gelb, Alarmstufe Gelb ...«

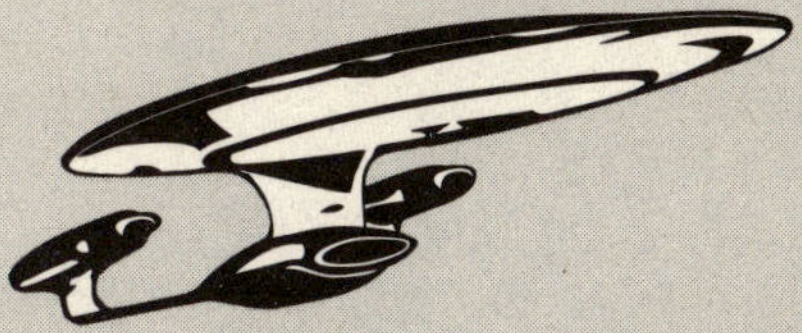

Teil 1

Positions-
bestimmung

1

Man hätte die Spannung auf der Brücke aufheben und forttragen können.

Sie hätte die Menschen ins Chaos gestürzt, wäre da nicht als Anker die Stimme des Captains gewesen. Der Captain eines jeden Schiffes ermöglichte es seiner Crew, zu essen und zu schlafen, denn niemand kann essen oder schlafen, wenn es keinen Anker gibt.

Mit diesem Anker an Bord war kein Sturm zu wild, kein Nebel zu dicht, keine Stille zu tödlich.

In dem Bewußtsein, daß ihr Schiff mit Warp neun heulend durch den Raum jagte, die stetig wachsenden Wellen der Antiprotonen durchbohrte und nicht vor dem grauenvollen Tod floh, sondern direkt darauf zuhielt, klammerte sich die Crew an die Stimme des Captains.

»Mr. Chekov, projizieren Sie unseren Kurs und melden Sie, was sich in einem Trichter von fünfzig Lichtjahren Durchmesser befindet. Spezifizieren Sie sämtliche Außenposten, ob von der Föderation oder anderen, des weiteren umstrittene Gebiete, gemeldete Stürme, und fragen Sie die Daten eines jeden Schiffes ab, das dieses Gebiet in den letzten zehn Tagen passiert hat.«

»Aye, Sir, projiziere den Kurs. Die Daten liegen in ein paar Augenblicken vor.«

»Kurzen Augenblicken, Mr. Chekov.«

»Aye, Sir.«

Der weibliche Fähnrich auf dem oberen Deck, die

als erste den Flushback bemerkt hatte, schluckte offenbar schwer an der Schuld, Überbringer schlechter Nachrichten zu sein.

McCoy kannte diesen Gesichtsausdruck, hatte er ihn doch oft genug selbst getragen.

Da er bei diesem Notfall – noch – nichts zu tun hatte, verließ er die Wissenschaftsstation und ging zu der jungen Frau auf der anderen Seite der Brücke hinüber.

Sie bemühte sich, wieder etwas Feuchtigkeit in ihren ausgetrockneten Mund zu bekommen, während sie die anbrandenden Wellen des Flushbacks verfolgte und die Quelle festzustellen versuchte. Ihrer Miene nach zu urteilen, handelte es sich dabei nicht gerade um exakte Wissenschaft. Ihre Hände zitterten.

»Sie sollten keinen Kaffee trinken«, meinte McCoy.

Der Fähnrich blinzelte und starrte ihn verwirrt an. Dann wandte sie sich wieder ihrem Schirm zu und blickte konzentriert darauf.

»Ich weiß nicht, was Sie meinen, Sir.«

»Trinken Sie keinen Kaffee, bevor das, was auch immer da geschieht, aufgehört hat.«

Sie biß sich auf die Lippe und sagte dann knapp: »Danke, Sir.«

McCoy verlagerte das Gewicht auf seinen Füßen und beobachtete das Brückenpersonal, das konzentriert an den jeweiligen Stationen arbeitete, und die Lichter und Schaltflächen, die vor Aktivität geradezu knisterten. Ein Schiff bei Warp neun war voller Aktivität.

»Er macht Sie nervös«, fügte er hinzu, »und dann müssen Sie …«

»Ja, Sir«, sagte der Fähnrich scharf. »Ich verstehe. Danke.«

Sie wollte, daß er ging, doch McCoy war nicht der Typ, der auf so etwas reagierte.

»Was beunruhigt Sie, Fähnrich …«

»Devereaux, Sir.«

Sie schluckte ein paarmal, widerstand dem Wunsch, ihn direkt anzusehen und für seine ärztliche Intuition zu verfluchen, und ließ dann doch alles mit leiser Stimme heraus.

»Wenn es dort draußen etwas gibt, das ein Schiff der Excelsior-Klasse in die Luft jagen kann, welche Chance haben dann wir?«

McCoy warf dem Mädchen einen verärgerten Blick zu, machte einen Schritt vorwärts, packte ihren Ellbogen und zog sie von der Konsole weg.

Sie starrte ihn an, als wäre er verrückt geworden.

Der Doktor scherte sich nicht darum, daß er ihre Arbeit unterbrach. Es störte ihn auch nicht, daß sie diejenige gewesen war, die allen verkünden mußte, daß vermutlich gerade ein anderes Raumschiff in Stücke gerissen worden war. Er machte sich um etwas anderes Sorgen.

Er nickte zum Hauptdeck hinunter, in Richtung des Kommandosessels und des Mannes darin.

»Kind«, sagte er, *»das* ist unsere Chance.«

Fähnrich Devereaux schaute ebenfalls hinab. Durch seinen Griff an ihrem Ellbogen spürte McCoy, wie ihr Zittern etwas nachließ, als sie James Kirk in seinem Kommandosessel beobachtete.

Der Fähnrich räusperte sich, leckte sich über die Lippen und wandte sich wieder ihrer Station zu. Mitten in der Bewegung hielt sie inne und sah Dr. McCoy an. Sie hatte noch immer Angst, aber nicht mehr auf die gleiche Weise wie zuvor.

»Danke, Sir«, sagte sie. »Ich werde es nicht vergessen.«

An der Navigationsstation auf dem oberen Deck richtete sich Commander Chekov aus seiner gekrümmten Haltung auf und blickte ebenfalls zum Zentrum der Brücke.

»Captain«, sagte der Russe, wobei er sich bemühte,

seinen Akzent so weit wie möglich zurückzudrängen, »ich habe die Berichte der Handelsmarine auf diesen Schirm gelegt, damit Sie sie selbst überprüfen können. Es sind aber nur sehr wenige, Sir. Auch gibt es weder Stürme noch umstrittene Gebiete oder Grenzkonflikte, keine gemeldeten Gefahrenquellen, keine Starfleet-Außenposten, keine feindlichen Niederlassungen und nur zwei Sternsysteme innerhalb von hundert Lichtjahren. Das eine ist unbewohnt, im anderen befindet sich lediglich eine archäologische Grabungsstätte der Föderation auf einem kleinen äußeren Planeten.«

Captain Kirk erhob sich aus dem Sessel. Er hatte immer Schwierigkeiten gehabt, sitzenzubleiben, wenn irgend etwas im Gange war.

»Wie ist der Name des Projektes?« fragte er.

»Ich habe noch nie davon gehört, Sir«, kam die Antwort wie aus der Pistole geschossen. »Es ist verzeichnet als … Faramond.«

Wenn McCoy die ihm vertrauten und weniger vertrauten Leute richtig einschätzte, hatte auch sonst niemand an Bord je von diesem Ort gehört. Das verriet ihm ein einziger Blick über die Brücke.

Doch dann sah er wieder zum Captain hinüber.

Im Gesicht dieses Mannes, den er so gut kannte, entdeckte er ein Aufschimmern gefährlichen Wiedererkennens.

Der Captain drehte sich um wie ein Polizist, der im Begriff ist, eine Verhaftung durchzuführen. Er trat hinter den Kommandosessel und strich dabei über die Lehne. Sein Blick richtete sich nach vorne auf den Schirm, über den bei Warp neun Sterne und Weltraumtrümmer vorbeijagten. Seine Brauen zogen sich zusammen, und die Augen wurden schmal. Ein Feuer flammte in ihnen auf, von dem seine Freunde geglaubt hatten, das Gerede über den Ruhestand hätte es vielleicht schon zum Erlöschen gebracht.

Obwohl er weiterhin den Frontschirm beobachtete, blickte er in die Vergangenheit. Seine Lippen teilten sich, und er sprach, doch nicht zu einem der Anwesenden.

»Faramond ...«

2

Fünfundvierzig Jahre früher …
Eine Seilbrücke über den Hochwasser führenden North Skunk River, Mahaska County, Iowa

»Bleibt dicht bei mir, und ihr kriegt den Trip eures Lebens.«

Eine mißmutige Gruppe Teenager klammerte sich an diesen Worten ebenso fest wie an den Fetzen der uralten Jute-Brücke. Unter ihnen flüsterte der angeschwollene Skunk River träge: *»Traut euch, traut euch, traut euch«*, als wolle er ihnen vorschlagen, sich hinabzustürzen.

»Seht nicht nach unten! Keiner schaut hinunter.«

Augenblicklich verstummten Stöhnen und Klagen. Niemand wollte von dem kräftigen Jungen mit den sägemehlfarbenen Locken und den Stingerraketen in den Augen in die Mangel genommen werden.

»Immer in Bewegung bleiben«, setzte er hinzu. »Nicht nach unten sehen.«

»Fehlt nur noch, daß eine Touristen-Tram vorbeikommt und uns sieht«, sagte Zack Malkin. Er hätte sich gern den Nacken gekratzt, wagte aber nicht, das Seil loszulassen. »Wir sind hier nämlich auf dem historischen Tramway-Pfad.«

»Wird schon nicht passieren.«

»Und was, wenn doch?« fauchte Lucy Pogue. Ihre wässrigen, blutunterlaufenen Augen waren weit aufgerissen, und ihre Hände klammerten sich um das stachelige Seil. »Daran hast du nicht gedacht, du Genie, was?«

»Dann winken wir ihnen eben zu, in Ordnung?« gab ihr Anführer scharf zurück und starrte finster unter der Krempe der Reisekappe hervor, die einmal seinem Großvater gehört hatte. Mit einer Bewegung der Schultern rückte er die Highschool-Jacke zurecht, um seinen Armen etwas mehr Bewegungsfreiheit zu geben. »Seid still und geht weiter. Ein Schritt nach dem anderen. Und seht nicht nach unten.«

»Mir gefällt das nicht, Jimmy«, sagte ein zierlicher, nervöser Junge, der nach Luft rang. »Niemand hat gesagt, daß wie so etwas überqueren müssen.«

»Es wird dort draußen noch sehr viel mehr geben, was uns niemand gesagt hat. Wir werden das alles selbst herausfinden müssen«, erklärte der Anführer, »und zwar, bevor es zu spät ist.«

Tom Beauvais blinzelte in die Sonne und krächzte: »Du meinst, bevor wir geschnappt werden.«

»Wir könnten auch einfach zu Hause hocken bleiben«, schoß Jimmy zurück. »Dort wären wir dann richtig sicher.«

Die einzige Person vor ihm war ein Mädchen, dessen blasse Gesichtszüge kaum das Licht der im Westen stehenden Sonne aufzunehmen schienen. Ihre schmalen Augen wirkten wie durchsichtige Gelatine – fast keine Farbe, nur ein Schimmern – und waren vor Furcht ganz starr. Die Wangenknochen traten stark hervor und hätten an einem weniger schwanengleichen Wesen vermutlich häßlich gewirkt.

Zitternd murmelte sie: »Jimmy ...«

»Bleib in Bewegung«, sagte er sanft. »Versuch nicht, dich zu beeilen. Wir werden nicht schneller gehen, als du vorwärtskommen kannst. Genau deshalb habe ich dich als erste gehen lassen. Ich bin direkt hinter dir, Emily. Dir kann nichts passieren.«

Der muskulöse Führer schloß seine Finger um die zusammengedrehten Juteseile, um die sechzig Fuß lange Brücke zu straffen.

Sie erstreckte sich von der einen Felsklippe zur anderen und überquerte den Fluß von West nach Ost. An beiden Seiten verliefen Seile, die als eine Art Geländer dienten, und dazwischen befand sich die Lauffläche, die einmal fest und sicher gewesen war – vor *sehr* langer Zeit. Mittlerweile war das Flechtwerk halb verrottet. Ein Abenteuer – oder ein Weg für Selbstmörder.

Jimmy biß die Zähne zusammen. Die Brücke hatte zwei Jahrzehnte überdauert, also würde sie wohl auch noch für weitere zehn Minuten halten. Er hatte seine Begleiter mit Erklärungen niedergestimmt, weshalb dies der beste Weg über den Skunk sei, ohne dabei erwischt zu werden, und daß die Behörden zu dieser Zeit sicher schon hinter ihnen her wären, und was ihm sonst noch alles eingefallen war, um sie bei der Stange zu halten. Jetzt bemühte er sich, so zu tun, als würden die alten Taue nicht seine Handflächen zerkratzen, und als fiele es leicht, über die schwankenden Seile zu tänzeln.

Damit sie sich auf seine Stimme konzentrieren konnten, redete er weiter.

»Plant immer vier oder fünf Schritte voraus. Das ist der ganze Trick dabei.«

»Wenn das so ein toller Trick ist«, entgegnete Tom, »weshalb bist du dann nicht auf die Idee gekommen, einen vorzuschicken, um zu sehen, ob dieses Wrack hält?«

Jimmys Augenbrauen blieben gerunzelt, während er sich bemühte, sich herauszureden. »So ist es besser. Die Belastung wird gleichmäßiger verteilt.«

Er hielt den Atem an und hoffte, niemand würde merken, wie wenig Sinn diese Aussage ergab. Er spähte nach Westen und ignorierte die Sonnenstrahlen, die vom Milchbart auf seinen Wangen reflektiert wurden.

Milchbart. Das war ein Ausdruck seines Vaters. Milchbart, Kindskopf, Greenhorn. Zu dumm, daß seine Wangen zu dieser Bezeichnung paßten. Langsam wandte er den Kopf vom Sonnenlicht ab.

»Wir sind Pioniere«, erklärte er. »Wir bewegen uns jetzt entlang des Oregon Trails, genau wie die Leute, die dieses Land besiedelt und Eisenbahnen und Städte wie Riverside überall in diesem Teil von Iowa gebaut haben. Nur werden wir nicht auf Pferde oder Eisenbahnen springen, sondern auf den *Stampede.*«

Er hatte an den Teamgeist appellieren wollen, doch die einzige Reaktion bestand aus einem verächtlich Grunzen von Tom. »Klar. Wir springen auf den schnellsten Zug von Nordamerika, während er mit neunhundert Kilometern pro Stunde fünf Zentimeter über dem Boden dahinjagt, und das in einer *Röhre.* Damit erhält der Begriff ›Reibung‹ eine ganz neue Bedeutung.«

»Schön, daß du aufpaßt, Beauvais.«

»Schön, daß du fliegen kannst, Kirk.«

Jimmy warf ihm einen warnenden Blick zu.

»Selbst der *Stampede* hält hin und wieder an«, sagte er. »Wir müssen lediglich rechtzeitig in Omaha sein, wenn er beladen wird, und schon sind wir an Bord. Der nächste Halt danach ist in … Südamerika.«

»Und was machen wir, wenn wir in Südamerika ankommen?« fragte Quentin Monroe.

»Alles, was uns paßt.« Jimmy schaute an Lucy und Zack vorbei, um zu sehen, wie Quentin vorwärtskam, und hoffte, daß Beauvais sich um den kleinen Kerl kümmerte.

Quentins braunes Gesicht war von großen, schwarzen Sommersprossen übersät, die sich bis in die glatten, schwarzen Haare hineinzogen. Die ständig besorgt blickenden Augen wirkten bei diesem Licht wie zwei weitere Sommersprossen. Jimmy hatte den Jungen gar nicht mitnehmen wollen. Quentin war erst vierzehn, alle anderen in der Gruppe aber schon sechzehn. Er hatte noch nie allein einen Kampf durchgestanden, war sogar noch nie in der Stadt gewesen, und doch war etwas an diesem fragilen Jungen, das sagte, ich komme schon klar, ich wachse und ich lerne.

Und so war er hier, bei dem großen Abenteuer der älteren Kinder, und Jimmy mußte mit dieser Entscheidung leben. Jetzt gab es keinen Weg mehr zurück.

»Vielleicht werden wir Archäologen.« Er setzte eine entschlossene Miene auf und nickte bekräftigend. Zoll um Zoll drängte er die Gruppe bis zur Mitte der Seilbrücke. »Wir bahnen uns auf der Suche nach den alten Maya-Stadtstaaten einen Weg durch die Regenwälder. Und finden heraus, weshalb sie ausgelöscht wurden, nachdem sie tausend Jahre lang …«

»Die sind schon entdeckt worden.«

Jimmy hielt an. Die anderen ebenfalls. Die Brücke schwankte.

»Was?« rief er. »Was erzählst du da?«

Quentin klammerte sich an die Seile und blinzelte. »Sie haben sie gefunden. Die Paläste der Mayas. Schon vor langer Zeit. Im Zwanzigsten Jahrhundert haben Archäologen Lanzenspitzen in den Mauern gefunden. Später konnten sie beweisen, daß die Stadt belagert worden war, und daß die Belagerung die Menschen zwang, ihre Äcker hinter den Mauern anzulegen, worauf die Erträge zurückgingen und …«

»Wo hast du das alles gehört?«

»Es stand in … unserem Buch über die Geschichte der Wissenschaft.«

»Bücher!« Jimmy spie das Wort regelrecht aus. »Glaubst du etwa, was in Büchern steht? Warum verschwendest du deine Zeit mit Büchern, wenn du losziehen und selber leben kannst!«

Quentin verstummte, beschämt darüber, daß er seine Zeit verschwendet hatte.

Jimmy schüttelte den Kopf und blaffte: »Weitergehen.«

Plötzlich strich ein Windstoß flußabwärts und traf

die Brücke. Die Seile knirschten, und die ganze Hängebrücke begann zu schwingen.

»Verdammt, jetzt hätte ich fast meinen Rucksack verloren!« beschwerte sich Zack und versuchte, seine Last zurechtzurücken.

»Sei bloß vorsichtig!« rief Jimmy. »Du hast die gefälschten ID-Karten bei dir.«

»Wie hast du die eigentlich beschafft, Zack?« fragte Quentin.

»Ich habe in den Wahlaufzeichnungen nach Leuten gesucht, die seit fünf Jahren nicht mehr gewählt haben. Man kann davon ausgehen, daß diese Menschen schon längst fortgezogen sind, also habe ich nachgesehen, ob einige davon Kinder hatten, die damals im richtigen Alter waren, um heute achtzehn zu sein. Deren Nummern habe ich übernommen, und Bingo – das war's.«

»Verdammt. Gute Idee.«

»Es war Jimmys Idee. Ich hatte nur die nötige Hardware.«

»Ich sage doch, ihr müßt euch um nichts Sorgen machen«, meinte Jimmy. »Ich habe alles genau ausgetüftelt.«

Lucy schnitt eine Grimasse. »Diese Seile stinken! Was ist, wenn sie verrottet sind? Wenn sie reißen? Wir verrecken wie ein paar blöde Forellen in dem Gewoge da unten.«

»Wir sind doch nur dreißig Fuß über dem Wasser.«

»Aber Wasser kann einem das Genick brechen, wenn man im falschen Winkel auftrifft«, wandte Zack ein.

Lucy sog die Lippen nach innen und mißachtete die Anweisung, nicht nach unten zu sehen. »Und mein Astrologe hat mir noch *gesagt,* ich sollte diese Woche nichts Gefährliches unternehmen. Ich *wußte,* ich hätte auf die Sterne achten sollen – und jetzt schaut euch an, wo ich gelandet bin.«

Mit finsterer Miene erklärte Jimmy: »Ich glaube nicht an dieses Zeug.«

Zack drängte Lucy ein Stück zur Seite und rief Jimmy über den heulenden Wind hinweg zu: »Du glaubst nicht an Bestimmung?«

»Das habe ich nicht gesagt«, erklärte Jimmy. »Ich glaube nur nicht an *Vor*bestimmung.«

»Warum nicht?«

»Weil dann jemand anderer mir sagen müßte, was eigentlich meine Sache ist. Das heißt, jemand anderer trägt die Verantwortung. Jemand anderer weiß mehr über mich als ich selbst. Malkin, siehst du dieses Hauptseil?« Er legte eine Hand auf das einzige Tau an der Seite der Seilbrücke, in das ein farbiger Streifen eingeflochten war. »Daran mußt du dich festhalten. Nein, das andere. Sieh her. *Dieses* hier.«

Lucys Stimme klang etwas gefaßter, als sie sich wieder zu Wort meldete. »Ich weiß, daß es etwas auf sich hat mit den Sternen und wann man geboren ist und all diesen Sachen. Ich habe das schon oft genug erlebt. Mir sind ganz verrückte Sachen passiert, die einfach kein Zufall sein können. Wie damals, als sie mir rieten, ein Messer mitzunehmen, und in der nächsten Woche brauchte ich es auch tatsächlich.«

Jimmy war froh, daß er es geschafft hatte, sie abzulenken. »Die Sterne kümmern sich darum, ob Lucy Pogue ein Messer trägt? Wir wissen, was Sterne sind. Das dort ist einer.« Er streckte die Hand aus und zeigte auf die strahlend goldene Sonne. »Soll ich etwa glauben, irgendein Arrangement von Dingen am Himmel macht mein Leben zu einer Art Pauschalreise? Daß alles schon festgelegt ist, noch bevor wir geboren werden? Und was ist, wenn deine Mutter über ein Schwein stolpert, so wie meine, und du einen Monat zu früh geboren wirst? Welches Datum bestimmt dann mein Schicksal – der tatsächliche Geburtstag oder der Tag einen Monat später, an dem ich eigentlich hätte geboren werden sollen? Nach welchen Sternen soll ich mich richten? Ein Haufen heißer Atome, eine Milliarde Lichtjahre entfernt, hat Einfluß auf meine Zukunft?« Er schnaubte.

Ein paar aus der Gruppe nickten. Andere nicht. So redete er weiter, solange sie in Bewegung blieben.

»Bestimmung und Vorbestimmung sind zwei verschiedene Dinge. Vorbestimmung ist sinnlos. Wenn es sie gäbe, könnten wir ebensogut jetzt umkehren, nach Riverside zurückgehen und uns auf unsere Hintern setzen, denn was immer geschehen soll, passiert sowieso.«

»Und was ist an Bestimmung anders?« fragte Tom Beauvais herausfordernd.

Ein verschmitztes Grinsen huschte über Jimmys Gesicht, als er zu den anderen zurückschaute.

»Das ist das, wofür *ich* verantwortlich bin.«

Die im Westen stehende Sonne streichelte seine Pfirsichwangen. Kleine Schweißtropfen glitzerten über seinen Brauen. Auf die anderen wirkte er wie ein Dämon mit der Lizenz zu grinsen. Falls irgendeiner aus der Gruppe sich fragte, wie er es geschafft hatte, sie zu diesem Abenteuer zu überreden, dann vertrieb ein Augenblick wie dieser solche Gedanken. Irgend etwas in Jimmy Kirks Vorwärtsdrang war stark und lebhaft genug, um sie zur Überquerung dieser schäbigen alten Seilbrücke zu bringen, auf der sie wider besseres Wissen Schritt um Schritt zurücklegten.

Zack hustete, als der Wind seine Lungen füllte. Er zwang sich dazu, sich weiter am Führungsseil fortzubewegen, nicht nach unten zu schauen und seine Gedanken mit anderen Dingen zu beschäftigen. »Für mich klingt das ganz einfach nach purem Zufall.«

»Es scheint so, aber das ist es nicht«, sagte Jimmy. Er streckte eine Hand aus und krümmte die Finger, als würde er nach dem imaginären Ziegel greifen, den er als Grundstein benutzen wollte. »Zufall ist blind. Bestimmung ist … was du *selbst aufbaust.*«

Er blickte sie an, einen nach dem anderen, sogar Beauvais, bis der Glaube in ihre Gesichter zurückkehrte.

Dann sagte er: »Kommt weiter. Noch zwanzig Fuß, und wir sind da.«

Der Fluß wisperte unter ihnen. Sie bewegten sich langsam in Richtung des westlichen Ufers, immer nur ein paar Zentimeter auf einmal, jeder beladen mit einem Rucksack, der Lebensmittel und andere notwendige Dinge enthielt.

Lucys Stimme verriet, daß sie sich bemühte, Haltung zu bewahren, als sie fragte: »Wie finden wir eigentlich den Weg nach Omaha?«

Jimmy half Emily, sicheren Halt zu finden. »Wir nehmen das Besteck.«

»Wir nehmen was?«

»Gehört zur Grundausbildung beim Segeln.«

»Wer geht Segeln?« krächzte Tom. »Wir gehen doch auf ein Frachtschiff!«

»Das ist seemännisches Grundwissen, Beauvais. Gewöhn dich besser daran. Der Captain wird erwarten, daß wir uns damit auskennen. Die GZE-Formel. Geschwindigkeit, Zeit, Entfernung. Wenn du deine Durchschnittsgeschwindigkeit und die Entfernung kennst, also weißt, wie weit es ist und wie schnell du gehst, kannst du ausrechnen, wie lange du brauchst. Wenn du die Zeit und die Geschwindigkeit kennst, kannst du ausrechnen, wie weit …«

»Vielleicht sollten wir statt dessen in den Weltraum gehen«, schlug Zack vor.

»Ins All? Dort ist es kalt und leer. Hier sind wir besser aufgehoben.«

Sein Tonfall machte klar, daß er das Thema für beendet hielt. Er drehte sich wieder nach vorne und behielt Emilys zierliche Füße im Auge. Seine eigenen Schritte paßte er sorgfältig den ihren an, als er über die sich auflösenden Knoten und die ausgefransten Seile ging, die einmal stabil genug gewesen waren, um ganze Scharen von Pfadfindern über den Skunk River zu tragen. Man hatte die schon vor langer Zeit aufgegebene, sechzig Fuß lange Seilbrücke nur aus Sentimentalität hängen lassen, weil sie zum Oregon Trail gehörte. Er und Zack hatten sich eine Stunde lang abgeplagt, um den Schutzzaun zu durchbrechen, der Wanderer von der alten Hängebrücke fernhalten sollte. Zack konnte praktisch überall einbrechen. Auf diese Weise hatten sie die Lebensmittel in ihren Rucksäcken beschafft – und auch die Rucksäcke selbst. Und so hatten sie sich auch die Fahrkarten für den *Stampede*-Röhrenzug ergaunert.

Jetzt mußten sie es nur noch schaffen, bis nach Omaha zu gelangen, ohne als Ausreißer erkannt zu werden, und niemand würde sie je wieder zu Gesicht bekommen.

Jimmy schüttelte den Kopf und zwang sich, nicht mehr an das zu denken, was sie gestohlen hatten. Welche Wahl war ihnen denn geblieben. Niemand hatte ihnen etwas gegeben, also mußten sie es sich beschaffen. Das war nur fair.

Ratsch.

»Ah … ah … Jimmyyyyy!«

Der Schrei hallte im gleichen Moment quer durch die Schlucht, in dem ein Juteseil riß und die Brücke heftig schwankte. Quentin stürzte rückwärts. Seine Hand klammerte sich an ein zerrissenes Seilstück und griff dann in die leere Luft. Lucy kreischte.

Jimmy fuhr gerade noch rechtzeitig herum, um mitzubekommen, wie Quentin gegen die Seile auf der anderen Seite der Brücke prallte. Ein Teil des gefärbten Führungsseils fing Quentin hinten in Hüfthöhe ab, federte heftig vibrierend, hielt aber letztlich. Und dort baumelte der Junge nun.

Quentins Oberkörper schwebte frei in der Luft über

dem gierigen Wasser. Der schwerbeladene Rucksack zerrte an seinen Schultern und drückte seine Arme nach außen. Die gesamte Brücke schwang in einem Übelkeit erzeugenden Rhythmus hin und her.

Niemand wagte sich zu rühren. Alle klammerten sich an den Seilen fest.

»Keiner bewegt sich!« brüllte Jimmy. »Ich kümmere mich darum!«

»Verdammt!« fluchte Beauvais mit verzerrtem Gesicht. »Das war deine blöde Idee! Wir hätten ja auch einfach den längeren Weg nehmen können, über festen Boden, aber nein! Wir mußten es so machen, wie Kirk wollte! Warum hört überhaupt einer auf einen Windbeutel wie dich!«

»Halt die Klappe, Klotzkopf. Ich habe zu tun.« Jimmy löste die Finger von dem kratzigen Führungsseil und zwang sich, in Lucys Richtung zurückzugehen.

»Bitte, Jimmy«, flüsterte Emily, »laß ihn nicht abstürzen ...«

Jimmy drückte ihr beruhigend die Hand. »Ich lasse ihn nicht fallen. Niemand sonst bewegt sich. Quentin, halt still.«

Jimmy war sich bewußt, daß die Höhe von gut zehn Metern ausreichte, um jemanden zu töten. Unter ihnen gurgelte das schlammige Wasser.

Er zwängte sich an Lucy vorbei, dann an Zack, wobei er sorgsam darauf achtete, die beiden nicht aus ihren sicheren Positionen zu drängen. Die Seile zitterten, gaben aber nicht weiter nach.

»Es kommt alles in Ordnung«, erklärte er mit ruhiger Stimme. »Wir müssen nur die Nerven bewahren. Er hat bloß den Fuß auf das falsche Seil gesetzt. Die anderen werden halten.«

»Erzähl das mal besser den Seilen«, maulte Beauvais.

Jimmys Gesicht lief rot an. Er blieb stehen. »Ich sage

das auch den verdammten Seilen!« brüllte er. »Sei still und laß mich das hier erledigen.«

Beauvais packte das Tau fester und murmelte. »Okay, okay ... hol ihn einfach nur da heraus.«

Quentins Hüften hatten sich in den alten Seilen verheddert, und er schnappte nach Luft, als hätte er vergessen, wie man atmet. »J-J-Jimmy ...«

»Ich bin fast da. Keine Angst.«

Jimmy erreichte Quentin und kniete auf dem Seilgeflecht nieder. Auch sein Atem ging stoßweise. Alte Querseile scheuerten knirschend gegen die Knoten und drohten, sich unter ihm zu öffnen. Als Jimmy über dem baumelnden Jungen ankam, waren seine Handflächen blutig gescheuert.

Quentins linker Fuß hing zwischen zwei Seilen fest, die sich verheddert hatten, als er rückwärts gestolpert war. Falls er den Fuß jetzt drehte, würde er herausrutschen und wie ein Artist aus der Zirkuskuppel abstürzen. Niemand verlor ein Wort darüber; sie alle konnten schließlich sehen, wie es um den Jungen stand.

Jimmy stützte sich vorsichtig mit Händen und Knien ab. Die alten Juteseile schnitten sich trotz seiner Hosen tief in die Haut über den Kniescheiben ein. Er biß sich auf die Lippen, verdrängte den Schmerz und suchte nach einer sicheren Position über Quentins verdrehten Beinen.

Doch es gab keine.

Die Seile schwankten heftig unter ihm und verweigerten jegliche Zusammenarbeit. Schließlich legte er sich quer über die Seile und direkt neben Quentins Bein auf den Bauch und schob einen Arm durch die seitlichen Taue der Hängebrücke.

»Monroe, gib mir deine Hand.«

Nichts passierte. Der halb in der Luft hängende Junge murmelte unverständliche Silben.

»Monroe, was machst du da?«

»B-b-beten.«

»Nun, mach das besser später, ja? Jetzt gib mir deine Hand.«

»Ich kann mich … nicht bewegen.«

Jimmy senkte die Stimme, verlieh ihr einen dunkleren, fast bösartigen Klang. »Das ist jetzt eine jener Gelegenheiten, bei denen man die Wahl zwischen zwei möglichen Bestimmungen hat, richtig?«

»Mmmm …«

»Dann such dir die beste aus.«

Niemand atmete, obwohl der auffrischende Wind Luft durch ihre zusammengebissenen Zähne blies.

»Jetzt!« befahl Jimmy.

Eine braune Hand reckte sich zum Himmel. Jimmy packte sie und zog.

»Mein Arm! Mein Arm!« brüllte Quentin, als sein Körper schräg nach oben gerissen wurde.

Jimmy vergrub seine Finger im Hemdkragen des Jungen. »Beauvais, nimm seinen Rucksack. Ihr anderen geht weiter. Zack, du trägst die Verantwortung.«

»Was? Ich will die Verantwortung nicht.«

»Du hast aber keine Wahl, oder?«

»Es war doch dein Plan.«

»Na schön. Dann übernimmt Lucy die Verantwortung.«

Die Brücke schwankte.

»Ich will auch nicht!« protestierte Lucy.

»Wir haben doch schon mehr als die Hälfte hinter uns!« schrie Jimmy. »Ihr müßt doch nichts anderes tun als noch zwanzig Fuß weitergehen. Wie viele Entscheidungen gibt's denn da zu treffen?«

»Ich übernehme die Verantwortung«, erklärte Tom und warf sich den zusätzlichen Rucksack über die Schulter.

Jimmy verdrehte den Oberkörper, um zu ihm hochzusehen. »Dich habe ich nicht ausgesucht.«

»Wir haben dich auch nicht ausgewählt.«

»Doch, das habt ihr. Das hier war alles *mein* Plan.«

»Toller Plan. Wir sind noch nicht mal aus Iowa raus und stecken schon in Schwierigkeiten. Dein toller Plan war nichts als heiße Luft, Kirk.«

»Du kannst jederzeit umkehren, wenn …«

»Jimmy …«

Die leise Stimme brachte den Streit zum Verstummen.

Jimmy drehte sich wieder zu den anderen um. »Was ist, Emily?«

Das Mädchen klammerte sich mit beiden schmalen Händen an einer Seite der Brücke fest und konnte sich das Haar nicht zurückstreichen, das ihr der Wind über die Wangen und in die Augen blies. »Quentin«, murmelte sie.

»Ich weiß, ich hab' ihn ja«, knurrte er und richtete seine Aufmerksamkeit wieder dorthin, wo sie eigentlich hingehörte.

Quentins braunes Gesicht hatte die Farbe von Lehm angenommen, als Jimmy ihn endlich heraufzog und seine Beine aus den verdrehten Seilen befreite. Er hielt beide Augen fest geschlossen und weigerte sich, sie wieder zu öffnen, bis Jimmy ihm drohte, ihn mitten auf der Brücke zurückzulassen.

Dann packte Jimmy ihn bei den Schultern und brach ihm dabei fast die Schulterblätter. »Quentin, sieh den Tatsachen ins Auge«, sagte er. »Wir gehen weiter. Es sind schließlich nur Seile, und wir werden nicht vor ein paar Seilen kapitulieren. Hast du kapiert?«

Er wartete nicht auf eine Antwort, sondern richtete sich auf, legte Quentins Hände auf die seitlichen Stützseile, nickte in Richtung Ufer und machte sich wieder auf den Weg westwärts. Er schaute sich nicht um. Quentin würde entweder nachkommen oder dort draußen zurückbleiben.

Doch unter seinen Stiefeln spürte er den Druck, der hinter ihm auf das Seil ausgeübt wurde, und so wußte er, daß er dieses Spiel gewinnen würde.

Tom Beauvais sprang auf den festen Boden des Ufers und schaute dann zusammen mit den anderen zu, wie Jimmy Quentin zu ihnen brachte.

Jimmy sprang ebenfalls auf den harten, steinigen Boden, zog Quentin neben sich hoch und trat zur Seite, als Zack und Lucy kamen, um Quentin auf die Grasnarbe zu helfen.

Als er sich umdrehte und Tom Beauvais ansah, stand Wut in seinen Augen. Er machte zwei Schritte vorwärts, und *bumm ...*

Ein rechter Haken schleuderte Toms Kopf nach hinten. Er wankte, fiel aber nicht und war rasch wieder klar genug, um eine Gerade in Jimmys Magen zu landen. Jimmy sah den Schlag kommen und spannte rechtzeitig die Muskeln. Zu seinem Glück war er nicht gerade schmächtig gebaut.

Seine hellen Locken zitterten, die Brauen zogen sich zusammen, die Augen verwandelten sich in Pfeilspitzen, und seine Handballen trafen Tom unter den Schlüsselbeinen. Ein weiterer Schlag wirbelte Tom herum, und schon hatte Jimmy den Arm seines Gegners auf dessen Rücken gedreht.

Tom knurrte wütend, krümmte den Rücken und schrie schließlich vor Schmerz.

Jimmy drückte den Arm noch ein wenig höher und fragte: »Auf meine Weise oder auf deine?«

»Okay, okay, auf deine! Brich ihn nicht!«

Jimmy stieß ihn von sich und trat zufrieden einen Schritt zurück. Tom hielt sich den Arm und stolperte fluchend davon.

»Das nächste Mal breche ich ihn«, erklärte Jimmy.

Die anderen wandten verlegen den Blick von den beiden Jungen ab. Sie waren nicht mehr sicher, was sie von ihrem Abenteuer halten sollten.

Jimmy drängte sich zu Quentin durch. Sein ganze Haltung änderte sich schlagartig, als er den Arm um Quentins Schulter legte und sagte: »Hol mal tief Luft.

Und jetzt noch einmal ... du hast es geschafft. Du hast gewonnen.«

Quentin brachte ein Nicken zustande.

Jimmy drehte ihn in Richtung der schäbigen Seilbrücke, die im Wind schwang, als wolle sie ihnen zum Abschied winken. »Da ist es ... alles, wovor du Angst hattest. Du hast einen Schritt nach dem anderen gemacht und jemandem vertraut. Und jetzt liegt alles hinter dir. Kapiert?«

Als Quentin die Brücke anschaute und sah, wie weit das andere Ufer entfernt war und welche Strecke er geschafft hatte, ließ sein Zittern langsam nach.

Die Brücke lag *tatsächlich* hinter ihm. Er mußte sie nie wieder überqueren. Er hatte es geschafft.

Er räusperte sich und sagte: »Du bist stärker, als du aussiehst.«

Jimmy grinste. »Also schön, alles fertig zum Aufbruch. Schnappt euch eure Rucksäcke, es geht weiter. Wir müssen schließlich den Zeitplan einhalten.«

Er stolzierte von Quentin fort, wandte dem Rest der Gruppe den Rücken zu, packte Emily beim Arm und setzte sich mit ihr in Richtung Westen in Bewegung.

»Ich werde mich um dich kümmern«, erklärte er. »Du brauchst niemanden. Weder deine Lehrer, noch deine Eltern oder deine Schwestern ... du brauchst nur mich. Bis morgen sind wir in Omaha. Dann noch vier Stunden auf dem *Stampede,* und *zack* – sind wir in Bremerton, Oregon, und heuern als Leichtmatrosen auf dem Dynacarrier *Sir Christopher Cockerell* an.«

»Wie alt seid ihr?«

»Alt genug, um allein herzukommen.«

»Woher kommt ihr?«

»Aus zweitausend Meilen Entfernung. Die Richtung können Sie selbst raten. Wir wollen anheuern. Unsere Passage abarbeiten.«

Der deutsche Erste Maat schaute von hoch oben auf

die sechs jungen Leute herab, die auf dem windigen Dock standen und sehr klein und überwältigt von dem 58000 Tonnen-Dynacarrier wirkten. Der Maat hatte nicht vor, seine Zeit zu verschwenden, indem er hinunterging und mit diesen Kindern redete, auch wenn sie verlangt hatten, einen ›Offizier‹ zu sprechen. Plötzlich wünschte er sich, statt der Arbeitskleidung und der Deckschuhe eine Uniform zu tragen. Das wäre lustig. Auf diese Weise könnte er sie noch besser einschüchtern.

Er legte eine Pause ein, um sich eine Zigarre anzustecken, strich sich das schüttere blonde Haar zurück und bemühte sich, nicht zu lachen. Nur zwei der Teenager schienen wirklich für die Arbeit auf See geeignet zu sein.

Die anderen waren … unsicher. Das konnte er in ihren Augen lesen.

»Haben eure Mamas zugestimmt, daß ihr herkommt?«

Ohne Nachzudenken schoß der Junge sofort zurück: »Hat Ihre zugestimmt?«

Der Maat ging ein paar Schritte zur Seite.

»Das hier ist kein Spielzeugboot«, erklärte er. »Was wollt ihr denn auf einem großen Handelsschiff tun?«

»Was immer anfällt«, sagte der Junge mit den hellen Locken, der für die ganze Gruppe zu sprechen schien. Er hatte einen Fuß auf einen Poller gestellt, stützte sich auf das Knie und strotzte nur so vor jugendlichem Selbstbewußtsein.

Der Erste Maat zog an seiner Zigarre und ging ein paar Schritte an der Reling auf und ab, wobei er sich gelegentlich abwandte, um das Lächeln in seinem Gesicht zu verbergen. Schließlich sah er wieder zu der Gruppe hinunter. »Leichtmatrosen?«

»Richtig«, sagte der Junge.

»Was wißt ihr denn über Dynacarrier? Was soll ich dem Captain erzählen, wen ich ihm da an Bord hole?«

»Sagen Sie ihm, das Schiff hat ein Hüllendesign, das sektionsweise vom Navigationscomputer ausgerichtet werden kann. Es transportiert Krabben, Shrimps und Fisch von den Kontinentalfarmen zu den stationären Außenposten, wo sie konserviert und zu unseren Kolonien im All verschickt werden. Es verfügt über Teleskopmasten mit einziehbaren Stabilisatoren, die in den Häfen eingeklappt und auf hoher See wieder ausgefahren werden. Die meiste Arbeit wird von robotischen Einheiten erledigt. Im Hafen wird mit Antigravs manövriert, die jedoch auf See abgeschaltet werden, weil sich jemand überlegt hat, daß Frachtschiffe nicht schnell, sondern effizient sein müssen. Und sagen Sie dem Captain auch, daß er hier sechs Lehrlinge hat, die lernen wollen, wie man mit den Robotereinheiten umgeht.«

Der Erste Maat war nicht direkt beeindruckt, aber zumindest amüsiert. Der Junge hatte einen abschätzigen Ton in der Stimme, und in seinen Augen zeigte sich eine nicht sehr einnehmende Bitterkeit, doch er hatte offensichtlich seine Hausaufgaben gemacht und sich auf diesen Moment vorbereitet. Billige Arbeitskräfte. Hmmm …

»Was wollt ihr als Lohn?«

»Habe ich schon gesagt«, erklärte der Junge. »Die Passage, eine Koje, Essen … und keine Fragen.«

Wirklich billig.

Der Erste Maat zuckte die Achseln.

»Ich werde sehen, was ich tun kann.«

Unten auf dem Dock unterdrückte Jimmy jedes Freudenzeichen und behielt seine finstere Miene bei. Sicher waren die anderen jetzt sehr verblüfft. Ganz bewußt schaute er nicht zu ihnen hinüber.

»Wieso wußtest du all das Zeug, Jimmy?« fragte Quentin. »Und woher hast du gewußt, wie du uns mit dem Zug hierher bringen konntest? Das war eine tolle Fahrt! Irgendwann muß ich unbedingt noch einmal mit diesem Zug fahren. Aber ich kann gar nicht glauben, daß du all das gewußt hast.«

Jimmy runzelte die Stirn und schaute zu dem aufragenden Gebilde hoch, das ihre Zukunft verkörperte – ein rotes und graues Seemonster, das ihr gesamtes Blickfeld beherrschte und bis zu den Schandeckeln mit Meeresfrüchten beladen war.

»Es ist meine Aufgabe, so etwas zu wissen«, knurrte er.

Quentin trat näher heran. »Was ich meine, ist ... wie kannst du das wissen, wenn du keine Bücher liest?«

Jimmys Wangen liefen rot an.

Er verbarg seine Verlegenheit hinter einem Hüsteln und nahm den Fuß vom Poller herunter. Er spürte die Hitze in seinem Gesicht und wandte sich rasch ab, damit niemand es sah. Über ihm kreisten drei Seemöwen und stießen Schreie aus, die wie Gelächter klangen.

»Nun«, stieß er hervor, »man ... muß eben die richtigen Bücher lesen.«

Er verbarg sein rot angelaufenes Gesicht, indem er sich mit den Rucksäcken beschäftigte, die sie ein paar Schritte entfernt abgelegt hatten.

»Jimmy?«

»Ja?« Er richtete sich rasch auf und blickte direkt in Lucys stark geschminktes Gesicht. Man mußte schon sehr genau hinsehen, um hinter dem Make-up und dem Lippenstift zu erkennen, daß sie noch jung war. Er senkte die Stimme. »Was ist denn, Lucy?«

»Du hast gewissen Leuten nicht erzählt, daß dieses verdammte Ding dermaßen groß sein würde«, sagte sie. »So etwas gab es in Riverside nicht.«

»Genau das ist der Punkt«, erklärte Jimmy. »Wir sind nicht mehr in Iowa, Toto.«

»Und warum müssen wir auf den Ozean hinaus? Ich habe keine Lust, bis nach Südamerika zu schaukeln. Warum können sie die Fracht nicht einfach hinfliegen?«

Jimmy spürte, daß die Augen der anderen auf ihm ruhten. Antworten. Immer wollten sie Antworten. Gründe dafür, mit dem weiterzumachen, was Jimmy beschlossen hatte.

Dann würde er ihnen eben Gründe geben.

»Du willst wissen, weshalb wir nicht fliegen?« begann er. »Wenn du am Grund eines Brunnenschachtes stehst und zu anderen Seite willst, kletterst du dann nach oben, gehst um den Brunnen herum und kletterst auf der anderen Seite den ganzen Weg wieder hinunter?«

»Oh, klar«, meinte Lucy.

»Und warum würdest du es nicht tun?«

Sie zuckte die Achseln. »Weil es idiotisch wäre.«

»Weil es eine idiotische Verschwendung von Energie wäre, richtig?«

»Was hat denn das damit zu tun?«

»Die Erde befindet sich auf dem Grund eines Gravitationsschachtes. Wenn du eine halbe Million Tonnen Meeresfrüchte transportieren willst, verschwendest du keine Energie, um die Ladung dreißigtausend Fuß in die Luft zu heben, nur um sie später wieder auf die ursprüngliche Höhe herabzusenken, oder?«

»Wahrscheinlich nicht.«

»Und aus diesem Grund fliegen wir nicht mit der Fracht durch die Gegend.«

»He! Ihr da unten!«

Er und Lucy drehten sich zusammen mit den anderen um, blickten nach oben und sahen den ersten Maat, der mit einem seltsam verschlagenen Blitzen in den Augen auf sie herabgrinste.

»He! Der Captain sagt, er hätte nichts dagegen, wenn ihr an Bord kommt, damit wir euch mal genauer anschauen.«

»Achtung, *Cockerell!* Hier spricht die Hafenmeisterei. Sie werden unter dem Verdacht, Minderjährige illegal in internationale Gewässer zu verschleppen, aufgehalten. Schalten Sie die Maschinen ab, drehen Sie bei und bereiten Sie sich auf ein Enterkommando vor.«

Die grellen Scheinwerfer des Hovercrafts der Hafenmeisterei durchschnitten den Nebel, als das Boot auf den Dynacarrier zujagte. Seine Luftfänger wogten wie der Saum einer Meeresschnecke.

Das große Hovercraft wirkte neben dem Dynacarrier zwergenhaft, doch es stand außer Frage, wer hier das Sagen hatte.

An der Brückenreling der *Cockerell* starrte der Captain seinen Ersten Maat finster an. »Verdammt, Klein. Hatten diese Leichtmatrosen, die Sie angeschleppt haben, wenigstens gefälschte Ausweise dabei, auf die wir verweisen können?«

»Sie behaupten alle, sie wären achtzehn. Ich habe die Karten gesehen, mit Bildern darauf«, erwiderte der Deutsche. Dann grinste er. »Genau wie beim letztenmal.«

»Bleiben Sie bei dieser Geschichte. Wo sind diese Kinder?«

Der Maat grinste schief. »In der Kombüse ... kratzen Mäusescheiße aus den Ecken.«

Der Captain grunzte. »Hmm. Dachten, sie würden an Segelcomputern arbeiten, und schrubben statt dessen ... wer ist das!« Er beugte sich über die Reling und starrte auf das Deck des Hovercraft hinab, das gerade an der Enterleiter längsseits ging. »Was treibt Starfleet hier!«

Bevor der Maat antworten konnte, befand sich der Captain schon auf der Treppe zum unteren Deck.

»Rufen Sie die Kombüse an! Sie sollen diese Kinder einschließen!« brüllte er, als er unten ankam. Er wartete die Bestätigung des Maates nicht ab, sondern hoffte, daß das Schiffsinterkom bereits summte.

Als der Captain das Hovercraft erreichte, war der Schrecken noch nicht ganz aus seinem stoppeligen Gesicht gewichen – hätte er sich doch bloß heute rasiert! Er schaffte es kaum, einen manierlichen Gruß herauszukeuchen, als das Starfleet-Sicherheitsteam an Bord kam.

Drei Männer und zwei Frauen, stramm wie Zaunpfähle, aber nicht besonders gutgelaunt und bar jener staunenden Begeisterung, die Besucher normalerweise seinem Schiff zollten.

Aber sie kamen auch nicht zu Besuch.

Der ranghöchste Offizier war ein muskulöser Mann mit eisenrotem Haar, dessen humorlose Miene verriet, daß er diese Geschichte durchaus persönlich nahm.

»Captain«, sagte er, »Sie haben in Bremerton sechs Teenager aufgelesen, und zwar gleich neben der Marine-Basis. Wo sind sie?«

»In Gewahrsam, Lieutenant!« sagte der Captain rasch. Er deutete auf eine winzige Kaffeeküche fast in der Mitte des Schiffs. »Wir haben sie im Mittschiffs-Deckshaus festgesetzt, sobald wir bemerkten, daß ihre Ausweise gefälscht waren. Wir wußten natürlich nichts davon, als wir sie angeheuert …«

»Sparen Sie sich das, Captain«, unterbrach ihn die grollende Stimme das Offiziers. »Außerdem bin ich Commander.«

Er tippte mit dem Finger auf sein Rangabzeichen.

»Das alles können Sie mit der Küstenwache besprechen«, fuhr er fort. »Sie wird in zehn Minuten hier sein, um Anklage gegen Sie und Ihre Muttergesellschaft zu erheben wegen Mißachtung der Gesetze Ihres Gastlandes und wegen versuchter illegaler Beförderung Minderjähriger ins Ausland. Diese Praktiken müssen ein Ende finden. Sie werden in Zukunft den regulären Lohn für erwachsene Arbeiter zahlen müssen. Aber genug damit. Wo sind nun diese Kinder?«

Schwitzend und mit dunkelrotem Gesicht schnippte der Captain mit den Fingern zum Maat hinüber und brüllte: »Schaffen Sie sie her!«

»Werden gerade gebracht!« rief der Maat prompt zurück.

Mehrere wütend dreinschauende Matrosen flankierten die Teenager. Offensichtlich war es zu einem Kampf gekommen. Zwei Mannschaftsmitglieder der *Cockerell* betasteten Blutergüsse im Gesicht. Ein anderer hielt seinen Arm und bemühte sich, keinen Schmerz zu zeigen.

Der Starfleet Commander betrachtete die Gruppe finster und fragte dann: »Das sind nur fünf. Wo ist der letzte?«

Wütend rief der Captain: »Dieser aufsässige Bengel! Wo steckt der Kerl?«

Einer der Matrosen deutete zu dem schäbigen weißen Deckshaus hinüber. »Er kämpft. Tritt und spuckt. Völlig verrückt. Führt sich auf wie ein Barbar oder sowas. Will nicht rauskommen. Kein Respekt vor nichts und niemand.«

Für einen Moment trat Stille ein. Das Deckshaus schien tatsächlich zu erzittern. Aus dem Innern drangen die gedämpften Laute einer Auseinandersetzung. Kaffee floß unter der Tür hindurch und verbreitete sich über das Deck. Die Tür krachte und knirschte in ihren Angeln.

»Keine Sorge«, meinte der Captain und zupfte an seinem Schnauzbart. »Wir haben alles unter Kontrolle ... wir holen ihn da schon raus.«

Doch der Commander bedeutete dem Captain, den Matrosen und seinen eigenen Leuten zurückzubleiben und machte sich selbst auf den Weg.

»*Ich* werde ihn holen.«

Die Teenager mieden seinen Blick, als er an ihnen vorbeischritt.

Der Captain und die Matrosen drängten sich zu einer Gruppe zusammen und beobachteten, wie der Starfleet-Offizier auf dem riesigen Deck kleiner zu werden schien. Die Fäuste des Mannes waren geballt, die Schenkel stampften wie die Kolben einer Maschine, das Kinn war vorgereckt und die Schultern angespannt. Der Wind ließ das blutrote Haar bei jedem Schritt auf und nieder wippen.

»Ich möchte jetzt nicht dieser Bengel sein«, murmelte der Captain.

Einer der Matrosen rieb sich das wunde Kinn und meinte: »Ich möchte nicht der Starfleet-Mann sein.«

Der Commander packte den Griff der Deckshaustür und riß sie so heftig auf, daß die anderen das Kreischen der Angeln quer über das Deck hören konnten. Dann verschwand er im Innern.

Alle starrten erwartungsvoll hinüber, berechneten im Kopf die Chancen und überlegten, ob die Zeit reichen mochte, um noch schnell eine Wette abzuschließen.

Abrupt wurde es still im Deckshaus.

Weitere zehn Sekunden verrannen.

Die Tür öffnete sich knirschend, und drei angeschlagene Matrosen wankten heraus, offensichtlich erleichtert, daß sie den minderjährigen Horror jemandem überlassen konnten, der bewaffnet war.

Doch es drang kein Lärm mehr aus dem Innern.

Statt dessen öffnete sich die Tür ein letztes Mal, und der Starfleet-Offizier trat hinaus – und in die Kaffeepfütze. Er hatte Jimmy Kirk am Kragen seiner Jacke gepackt und zerrte ihn so hart mit sich, daß der Junge fast aus dem Kleidungsstück herausrutschte.

Der Junge ließ sich mitzerren, als wäre er ein Gefangener in der Hand eines gewalttätigen Wärters. Er würdigte den Offizier keines Blickes, als er an seinen Kameraden vorbeigeführt wurde, sondern blinzelte in den Seewind, bis die beiden vor dem Captain und dem Sicherheitsteam anhielten.

»Da sehen Sie, womit wir es zu tun hatten!« erklärte der Captain. »Wir haben unseren Fehler zwar erkannt, aber leider zu spät. Sagen Sie – wie haben Sie es geschafft, ihn dort herauszuholen? Wir mußten kämpfen! Es war furchtbar. Schauen Sie sich die Gesichter meiner Männer an – zerschlagen und zerkratzt. Wie haben Sie das gemacht?«

Der Starfleet-Mann schluckte ein paarmal und stemmte sich gegen den Wind. Den Jungen hatte er am Arm gepackt, während die beiden den größtmöglichen Abstand zueinander hielten.

»Mir blieb keine Wahl«, sagte er. Er warf einen Blick auf den Jungen und meinte dann voller Scham: »Er ist mein Sohn.«

3

»Bagatelldiebstahl ... Betrug ... Ladendiebstahl ... Schulschwänzen ... Fälschung von Ausweisen ... Eindringen in eine Sperrzone ... unbefugte Abbuchung von Privatkonten ... Zugriff auf staatliche Unterlagen und illegale Benutzung der so erhaltenen Informationen.«

George Kirks Zeigefinger hämmerte auf die zerkratzte Platte des Kombüsentisches. Sein Gesicht war vor Wut dunkel angelaufen. Mit der blutroten Haarsträhne, die ihm in die Stirn fiel, den vorquellenden braunen Augen und dem rotweißen Kragen der Dienstjacke, der sich unter seinem Kinn bauschte, wirkte er wie ein verrückt gewordener Hahn.

Das Rumpeln des Hovercrafts sorgte für ein konstantes, häßliches Dröhnen unter seinen Füßen. Er war froh, daß sie allein hier waren.

»Du haust also ab, um dir die Welt anzusehen, und das ist die Bande, mit der du losziehst? Lucy Pogue? Haben dir ihre Akten nicht den leisesten Hinweis gegeben, daß du dich vielleicht besser von ihr fernhalten solltest? Zack Malkin? Sein Strafregister ist länger als sein Bein. Quentin Monroe? Ein dünnes, krankes Kind. Hervorragende Wahl. Tom Beauvais? Nur seine Noten sind noch mieser als die Ziele dieses Sitzenbleibers. Und Emily! *Du* hast sie zum Mitmachen beschwatzt, stimmt's? Ein Mädchen wie sie auf einem Dyna-Schiff! Du läufst nicht nur diesen Nachwuchsverbrechern hinterher, sondern ziehst auch noch jemand wie Emily mit hinein? Was hast du dir dabei gedacht?«

Er hielt inne, bekam aber keine Antwort.

Er wartete ein paar Sekunden und fuhr dann mit gesenkter Stimme fort. »Du hast keine Ahnung, wie man sich die richtigen Leute aussucht, mit denen man sich umgibt, stimmt's?«

Jimmy Kirk hockte am anderen Ende des Tisches, den Rücken so weit wie möglich in die Ecke neben der Tür gedrängt. Er hatte die Kappe tief in die Stirn gezogen und verharrte in düsterem Schweigen.

Sein Vater machte eine Pause, ließ fünf Sekunden verstreichen und erhob sich dann. »Du hast also nichts zu sagen?«

Wie ein Kriegsgefangener behielt Jimmy entschlossen seine steinerne Miene bei und mied den Blickkontakt zu seinem Befrager. Seine abwartende Haltung erwies sich als durchaus effektiv.

»Also schön, lassen wir das.« George durchquerte die winzige Kabine und fragte: »Wer ist der Anführer?«

Jimmy wandte den Kopf ab, damit sein Vater das Grinsen nicht bemerkte, das in seinen Mundwinkeln aufzuckte. Er drückte die Daumen gegen den Sitz seines Stuhls und blieb weiterhin unkooperativ.

»Wer ist in die Wählerverzeichnisse eingedrungen? Zack, richtig? War es Beauvais' Plan? Willst du dein Leben verschwenden, indem du Tom Beauvais hinterherläufst?«

Jimmy verschränkte die Arme, strafte seinen Vater mit Mißachtung und schwieg weiter.

»Was hast du dir gedacht, wie du überleben kannst, wenn das Schiff erst einmal in Südamerika angelegt hat und diese Leute mit dir fertig sind?« fragte George. »Hast du überhaupt eine Vorstellung davon, wie hart das Leben dort unten ist?«

»Ich wäre schon durchgekommen.«

George blieb stehen, starrte auf das wenig erfreuliche Exemplar eines Jugendlichen hinunter und fragte sich, welchen Knopf er gedrückt haben mochte, um diesmal eine Antwort zu erhalten.

»Durchgekommen?« wiederholte er. »Also schön, sagen wir, du wärst durchgekommen. Dann sag mir, was dich dort unten gereizt hat. Warum wolltest du unbedingt dort hingehen?«

»Ich wollte nicht länger zu Hause leben.«

»Warum nicht? Was ist so schlecht an deinem Zuhause? Ist doch eine angenehme kleine Stadt, oder? Jede Menge frische Luft, höfliche Amish, die immer noch mit Pferden pflügen, als Nachbarn, mehrere Städte in Reichweite, wo du dich austoben kannst – auf *legale* Weise ... was glaubst du eigentlich, wie sich deine Mutter bei dieser ganzen Geschichte fühlt?«

Die Krempe der Mütze hob sich gerade so weit, daß George die wütenden Augen seines Sohnes in ihrem Schatten erkennen konnte. Die Stimme klang grimmig und herausfordernd.

»Laß sie aus dem Spiel.«

George ging abermals ein Licht auf. Er nickte.

»Lassen wir deine Mutter da raus. Klar. Mit Leichtigkeit. Als säße sie nicht zu Hause und machte sich Sorgen um dich. Als wäre sie gestern aufgestanden und hätte gesagt: ›Oh, Jimmy ist von zu Hause weggelaufen. Ich schätze, ich sollte heute ein paar Eier weniger zum Frühstück braten.‹« Er hielt kurz inne und fuhr dann fort: »Du hättest ihre Stimme hören sollen, als sie mich anrief. Wenn du das gehört hättest, würdest du nicht sagen, ›Laß sie aus dem Spiel.‹«

Jimmy wirkte so unbeeindruckt wie ein Feuerschlucker im Zirkus. Er wechselte das Thema.

»Wie hast du uns gefunden?«

George öffnete die Lippen, um es ihm zu erzählen und auf diese Weise wenigstens eine gewisse Genugtuung zu empfinden, entschied sich dann jedoch anders.

»Warum willst du das wissen? Damit wir euch beim nächstenmal nicht mehr finden? Vergiß es.«

Er nahm seine Wanderung wieder auf.

»Jetzt suchst du nach Wegen, um nicht nochmals erwischt zu werden, richtig? Warum hältst du dich nicht einfach an irgendeinen leichtfertigen Halunken, der die glorreiche Idee hat, aus Iowa fortzubeamen? Erscheint dir das nicht interessant und ansprechend? Die Transporterregeln zu verletzen, die Muster durcheinanderzubringen? Wäre das abenteuerlich genug für dich? Außerdem geht es wirklich schnell. Und ich könnte dich sicher nicht aufspüren – nicht, daß das viel Unterschied machen würde.« Er schlug heftig gegen seinen Schenkel und fügte hinzu: »Eines Tages wirst du irgendeiner alten Dame an den Kragen gehen, und ich werde nichts mehr für dich tun können. Früher oder später wirst du zu groß für das Sicherheitsnetz werden, Jimmy, und dann fällst du hindurch.«

Er stützte sich auf den Tisch und starrte seinen Sohn an.

»Jimmy, wann wird dir endlich dämmern, daß Regeln aus einem bestimmten Grund existieren?«

Die Worte übertönten kaum das Summen des Hovercrafts.

George richtete sich wieder auf. Sein Kopf geriet in den Lichtkegel der Kochlampe neben dem Kombüsenherd, wodurch ein Teil seines Haars karottenrot aufleuchtete.

»Was willst du überhaupt?« fragte er. »Warum machst du das alles? Was willst du wirklich?«

Jimmys Augen blickten kalt. »Respekt.«

»Den kann ich dir nicht geben. Du mußt ihn dir verdienen.«

»Huuuh«, spöttelte Jimmy. »Ein Lehrsatz aus dem Buch elterlicher Klischees. Ich bin zutiefst getroffen.«

Sein Vater straffte die Schultern und schluckte schwer. »Ich habe wirklich die Nase voll von dir. Das sollst du ruhig wissen. So etwas wie das hier wird nie wieder passieren. Und sobald wir zurück in Riverside sind, werden wir überlegen, was zu tun ist.«

Jimmy erhob sich und zog sich, wenn das überhaupt möglich war, noch weiter zurück. »Du kannst es ja versuchen«, sagte er düster. »Aber so weit es mich angeht, ist der Spiegel zerbrochen, *Sir.*«

»Ich weiß nicht, was ich tun soll.«

George schob die Küchenvorhänge beiseite und schaute auf das verpachtete Farmland, das ihm gehörte, und die beiden Amish-Farmen hinaus, die zwischen seinem Grund und Riverside lagen. Auf der linken Seite konnte er den English River erkennen, der fast über die Ufer trat.

Eine flüchtige Erinnerung an eine Überquerung dieses Flusses in einem gemieteten Amphibienwagen durchzuckte sein Gedächtnis. Er, selbst kaum erwachsen, überquerte zusammen mit seiner Frau, einem Sohn im Krabbelalter und einem zweiten, gerade geborenen Jungen, mit Hilfe des Antigravs einen angeschwollenen Fluß, der sie zu verlachen schien, weil sie diese Fahrt im Frühling unternahmen, statt zwei Monate zu warten, bis das Wasser wieder gesunken wäre. George und Winona Kirk, und ihre beiden Jungs, George Samuel Junior und James Tiberius.

»James T. Kirk ... sag es, Junge! Jimmy, sieh mich an. Kannst du ›James‹ sagen? Sag James Teee ...«

Die Erinnerung an die junge Familie und die großen Hoffnungen für die Zukunft verblaßten, als ihm klar wurde, was aus seinem jüngeren Sohn werden würde.

»Was kann ich nur tun?« fragte er leise. »Er ist zu groß, als daß ich ihm den Hintern versohlen könnte ... ich kann ihn weder in seinem Zimmer einsperren noch ihm Strafarbeiten aufbrummen ... Man kann einen Sechzehnjährigen nicht so bestrafen wie einen Sechsjährigen ... Ich kann ihn nach Hause bringen, aber ich kann ihn nicht zwingen, auch hierzubleiben. Ich glaube schon, daß ihm noch zu helfen wäre, aber er ist in die falsche Gesellschaft geraten und benimmt sich jetzt so störrisch wie ein Sträfling. Er wird auch einer werden, wenn er weiter auf diesem Kurs bleibt, und ich habe keine Ahnung, wie ich ihn davon abbringen könnte. Dieser bartlose Bengel spricht nicht einmal mit mir. Was soll ich nur tun?«

Weiter hinten auf dem Land waren ihr Amish-Pächter und dessen vier Söhne dabei, die Felder mit Hilfe ihrer Pferde umzupflügen. Ihre Arbeitsweise spiegelte eine vergangene Zeit wieder, so fern, daß George sie sich kaum noch vorstellen konnte. Er war an eine andere Art von Feldern gewöhnt, Sternenfelder, durchpflügt von absonderlichen Raumfahrzeugen, nur zusammengehalten von Spucke und Ersatzteilen, und gesteuert von Menschen, die nur noch selten ihren Fuß auf einen Planeten setzten. Nur während des Urlaubs … oder in Notfällen …

»Ich habe Angst, Winn«, murmelte er. »Mein Junge verwandelt sich in einen Gangster, und ich kann es nicht aufhalten.«

Winona Kirk stand hinter ihm, die Arme verschränkt und mit einer Schulter gegen die Wand gelehnt. Sie war eine Lehnerin, immer schon; stets stützte sie sich mit der Schulter, dem Ellbogen oder der Hand gegen etwas, und die besten Ideen kamen ihr, während sie ein Gebäude stützte.

»Sam war nie so«, sagte sie. »Jimmy ist stark und rebellisch, ständig auf der Suche nach Schwierigkeiten, die er dann als Spaß bezeichnet … er ist sehr viel skeptischer, als Sam jemals war, so furchtbar unausgefüllt …«

George wandte sich um und wollte etwas sagen, doch der Anblick seiner Frau, wie sie dort im durch das Fenster hereinfallenden Licht stand, ließ ihn verstummen.

Ihr Haar, eine Masse von festen, lederfarbenen Locken, erinnerte zu sehr an Jimmy. Sie hatte sogar die Arme auf die gleiche Weise verschränkt, wie es der Junge üblicherweise machte – beide Hände unter den Achseln, zu Fäusten geballt –, nicht lässig, sondern angespannt und in Gedanken versunken. Weder sie noch Jimmy verschränkten jemals die Arme, nur um sie aus dem Weg zu haben, wie es die meisten Menschen machten.

Sie trug noch immer ihren Laborkittel und sah gar nicht so viel anders aus als das Mädchen, mit dem er durchgebrannt war – vor wie langer Zeit? Vor fast zwanzig Jahren?

Und nach zwanzig Jahren waren die beiden Jungen das einzige, was sie miteinander gemein hatten. Es gab keine Streitereien ... nur eben nicht viele Gemeinsamkeiten.

Als sie achtzehn waren, hatte das kein Problem dargestellt. In dem Alter war allein die Tatsache, verheiratet zu sein, schon beeindruckend genug. Sie wollten einfach richtig erwachsen sein, keine Jugendlichen mehr, sondern Mann und Frau. Die Realität, die hinter den Hochzeitsbildern lauerte, hatten sie nicht gesehen. In jenem Alter zählte nur das Prestige.

Doch ein, zwei, drei Jahre und ein paar Kinder später ... und sie hatten feststellen müssen, daß es ein Unterschied war, ob man mit achtzehn zusammenlebte oder mit fünfundzwanzig ...

Soweit es sie selbst betraf, konnten sie sich arrangieren. Doch die Kinder ...

Er seufzte und ging zu ihr hinüber. »Mein Sonderurlaub wird nicht ewig dauern, weißt du?«

»Ich weiß. Achtundvierzig Stunden, und achtzehn sind bereits verstrichen.«

Ihre Stimme klang gleichgültig. Sie hatte sich daran gewöhnt, daß er nicht da war. Das galt für sie beide.

Doch das hier ... das war zuviel für sie, um damit allein fertig zu werden. Das spürten beide.

Er ging an ihr vorbei ins Eßzimmer. »Vielleicht sollte ich Starfleet verlassen.«

»O Himmel, hier muß es ein Echo geben«, sagte Winn. »Wie oft habe ich das schon gehört.«

Sie wandte sich um und lehnte sich mit der anderen Schulter gegen die Wand, so daß sie ihn weiterhin ansehen konnte.

»Wird es Jimmy helfen, wenn er sieht, wie sein Vater auf der Farm herumspaziert und die Amish bei der Arbeit stört, und dabei genau weiß, daß er seine Karriere seinetwegen aufgegeben hat. Und es wird ihn bestimmt auf den richtigen Kurs bringen, wenn er sieht, wie seine Eltern sich gegenseitig angiften.« Sie lächelte kläglich, doch ihre Augen baten um Verzeihung. »Du weißt doch, wie es ist, wenn wir zu lange zu eng zusammen sind.«

»Aber wenn ich dort draußen bin, kann ich ihm auch nicht helfen, oder?« rief George verzweifelt.

Sie zuckte die Achseln. »Einen gewissen Einfluß hast du schon auf ihn. Immerhin ist er bei der ersten Gelegenheit auf hohe See geflüchtet. All das, was du ihm über das Segeln beigebracht hast – das war offensichtlich nicht umsonst.«

»Und offensichtlich auch nicht genug«, knurrte er. »Nun, du kennst Jimmy am besten. Ich werde helfen, wenn ich kann, Winn. Falls er das akzeptiert – worauf ich aber nicht wetten würde. Hast du irgendwelche Vorschläge?«

Sie stieß sich von der Wand ab, ohne die Arme zu lösen, schlenderte ins Zimmer hinein, starrte auf den Teppich und biß sich auf die Lippe.

Als sie sich umdrehte, blickte sie ihrem Mann direkt in die Augen.

»Nimm ihn mit in den Weltraum.«

George schnappte nach Luft. »Was?«

»Ist immerhin eine Idee.«

»In den Raum? Das kann ich nicht machen! Ich bin in der Sicherheitsabteilung des diplomatischen Corps! Unsere Missionen sind heikel! Wir befassen uns mit instabilen Kulturen, unerforschten Sektoren, Grenzstreitigkeiten, verärgerten Botschaftern, Mordversuchen – nichts, wobei man einen Zivilisten brauchen könnte, ganz zu schweigen von einem Kind! Für so etwas kommt man vors Kriegsgericht! Ich halte mich an gefährlichen Orten auf!«

Ihre linke Schultern sank herab, gleichzeitig wanderten die Augenbrauen nach oben.

»Dann geh diesmal irgendwohin, wo es nicht so gefährlich ist«, sagte sie. Sie zögerte einen Moment, ging dann zum Fenster neben ihm und lehnte sich zur Abwechslung dort an. »Wir sollten ihm zeigen, daß es dort auch bessere Dinge gibt als das, was er bei seiner ersten Reise ins All erlebt hat. Es muß doch etwas geben, was für dich Routine ist, bei einem Sechzehnjährigen aber Begeisterung auslöst. Gibt es so was nicht? Du hast es ihm schon seit Jahren versprochen.«

»Ich habe es versprochen … aber du weißt ja, was geschehen ist. Ganze Raumsektoren wurden neu erschlossen, ich wurde fortgerufen – und davon abgesehen schien er gar nicht so enttäuscht zu sein. Es sah nicht so aus, als wollte er wirklich hinausgehen.«

»George, denk an deine eigene Vergangenheit zurück. Du weißt, wie es ist, ein Junge zu sein. Es ist verpönt, solche Emotionen zu zeigen. Er hat gesehen, daß Sam sich nicht sonderlich daran störte, als nichts aus der Reise wurde, und er wollte natürlich keinen Aufstand machen, während sein großer Bruder ganz cool blieb – du weißt doch, wie das ist.«

»Ja, ich weiß, wie das ist.«

»Außerdem wollte er nicht, daß du dich schuldig

fühltest, weil du es nicht einrichten konntest. Ich glaube, er hat begriffen, daß es wahrscheinlich nie klappen würde.« Sie hielt inne, schlang die Arme fester um sich, blinzelte aus dem Fenster und runzelte die Stirn. »Wenn ich so darüber nachdenke ... das könnte zu der Zeit gewesen sein, als er anfing, sich abzukapseln.«

George warf einen verwirrten Blick auf seine Frau, als ihn die Erkenntnis so unvorbereitet traf.

»O Gott, ist das mein Fehler?« murmelte er. »Ist alles mein Fehler?«

Sie wirkte besorgt, als er das sagte, und drehte sich zu ihm um. »Das war es nicht, worauf ich hinauswollte«, sagte sie ruhig. »Er ist ebenfalls dafür verantwortlich. Immerhin ist er schon sechzehn. Ich weiß, das ist ein Alter, in dem man andere Leute verantwortlich macht, aber trotzdem ...«

»Ich muß etwas unternehmen«, sagte George entschlossen. »Ich muß das wieder in Ordnung bringen.«

»Ich habe immer gewußt, daß er eines Tages fortgehen würde ... da ist etwas in seinen Augen. Er kann nicht zu Hause bleiben.« Winona zog an einer ihrer Locken und verdrehte sie, als sie die gleichen Schuldgefühle empfand wie ihr Mann. »Laß doch ein paar von deinen Beziehungen spielen. Warum tust du das nicht, George? Dein Sohn braucht in dieser Zeit mehr als nur mich. Er muß einen *Mann* bei der Arbeit sehen, keine Frau. Er muß seinen Vater bei der Arbeit sehen. Du mußt mehr Zeit mit ihm verbringen. Mach schon ... nimm Jimmy mit ins All auf irgendeinen kleinen, gefahrlosen Trip. Das wird für euch beide gut sein.«

Zehn Stunden später
Ein Boden-Raum-Versorgungsstratotraktor der Föderation im All über der Grenze zwischen den USA und Mexiko

Jimmy Kirk saß, innerlich kochend, in dem kläglichen Ersatz einer Kombüse, wo man ihn zurückgelassen hatte, und fragte sich, wie sein Vater es geschafft haben mochte, ihn zu erwischen.

Das Bullauge war dick und zerkratzt und hatte offensichtlich auch schon als Zielscheibe für Wurfpfeile gedient, denn es wies überall winzige, runde, schwarze Punkte auf. Zwischen diesen schmutzigen Punkten blickte Jimmy auf die Erde hinab.

Der Stratotraktor dröhnte und schepperte. Als er vor einer Stunde das wuchtige, eckige Nutzfahrzeug zum erstenmal gesehen hatte, erinnerte es ihn eher an ein schlafendes Rhinozeros als an ein Raumschiff. Doch es war tatsächlich ins All gestartet und hatte es bis in den Orbit geschafft. Wann waren Raumschiffe so häßlich geworden? Kümmerte sich niemand mehr darum, wie die Schiffe aussahen?

Der Planet unter ihm lag zum Teil im Schlaf. Die Sonne ging gerade über Amerika unter, und im Norden war ein kalkweißer Wolkennebel zu erkennen. Ein Sturm war nirgendwo zu sehen.

Ausgenommen hier, in seinem eigenen Kopf.

Er spürte, wie seine Züge sich verhärteten und seine Zähne knirschten. Etwas erwachte in ihm.

Hier war er nun, im All. Tolle Sache.

Die Wände waren kalt, die Maschinen gaben ein dumpfes Grollen von sich, der Blick ins All bot Schwärze und Leere, die Erde sah aus wie eine einsame alte Frau mit weißem Haar, und jedes Schiff, das er bisher gesehen hatte, war ein klappriger alter Kahn, der zu viele Stunden im Raum zugebracht hatte.

»Verdammt bedrückend«, erklärte er dem Bullauge,

dem Planeten und den Wänden. Er lauschte auf den Entschluß, der sich in seinem Innern formte, und erhob sich, während seine Augen einen harten Ausdruck annahmen. »Ich werde nicht mitkommen. Ich verschwinde von diesem Schrotthaufen.«

Er zog die Kappe tiefer ins Gesicht, schlug den Kragen der Jacke hoch wie ein Einbrecher, der sein Gesicht verbergen will, und machte sich daran, die Spinde der Mannschaft zu untersuchen.

4

»George! Alter Feuerdrache! Wie geht's dir?«

»Frag bloß nicht.«

»Streitlustig wie immer, was?«

»Robert, bitte. Könntest du nicht wenigstens ab und zu ein bißchen ernster sein?«

Ein schlanker Mann von etwa vierzig Jahren mit dichtem braunem Haarschopf und bekleidet mit einem Sweater, beugte sich etwas zur Seite, um an seinem vierschrötigen Freund vorbei in Richtung des vorderen Lifts des Stratotraktors zu schauen. Der freie Raum vor dem Lift war, wie auf nur im planetaren Verkehr eingesetzten Fahrzeugen üblich, stark eingeschränkt und bot wenig Versteckmöglichkeiten.

»Wo ist Jimmy?«

»Unten.«

»Natürlich – ist auch besser für dich. Gehst kein Risiko ein, was? Willst nicht, daß er sieht, wie du mit dem Enterbeil Freundlichkeiten austauschst, so wie beim letztenmal?«

»Hör auf, ständig darauf herumzureiten! Der kleine Mistkerl wollte einfach nicht raufkommen, das ist alles.«

»Wie Katz und Hund, ihr beiden, genau wie immer. Was würdest du nur machen, wenn George nicht George wäre und Jimmy nicht Jimmy? Ach, diese Kirks.«

Robert April steckte die Hände in die Taschen seiner Strickjacke und schob das Kleidungsstück so weit nach vorne, daß seine goldene Kommandantentunika fast vollständig verdeckt wurde. Dabei betrachtete er George mit offener Zuneigung.

Schließlich wippte er auf den Absätzen vor und zurück und setzte ein sentimentales Grinsen auf. Trotz seiner schlaksigen Lässigkeit und der nie verschlossen wirkenden Mimik legte Captain April doch stets eine gewisse Nachsicht an den Tag, die ihn als Mitglied der britischen Oberschicht auswies. Er war ein fröhlicher, großzügiger englischer Strippenzieher, dessen ruhige Hand Starfleet seit dem Beginn des Fernerkundungsprogramms gute Dienste geleistet hatte. Obwohl man ihn sich sehr gut als Sir Robert oder gar Lord Robert vorstellen konnte, neigte seine Crew mittlerweile eher dazu, ihn als eine Art ›Onkel Robert‹ zu betrachten. Er war ein Mann, für den das ganze Leben ein Fest darstellte, der selbst die erschöpfende Langeweile eines Weltraumfluges ohne die geringsten Ermüdungserscheinungen überstand und der sich hier auf dem Vorderdeck eines Versorgungstraktors genauso wohl fühlte wie auf dem Kommandodeck eines Linienschiffes. Hunderte junger Rekruten hatte er, als die Föderation der Planeten expandierte, zur Weltraumerforschung gelotst, indem er sie ganz einfach so behandelte, als wären sie tatsächlich für diese besondere Aufgabe bestens geeignet.

Und auf diese spezielle Fähigkeit setzte George seine letzte Hoffnung.

»Hast du einen Auftrag für mich?« fragte er.

Robert beugte sich ein wenig vor, als wolle er ein Geheimnis offenbaren. »Ich habe … Faramond.«

Das klang geheimnisvoll, insbesondere so, wie es vorgebracht wurde. George versuchte, dieses Wort in irgendeinen Kontext zu bringen, doch das schien unmöglich.

»Du hast was?«

»Faramond«, wiederholte Robert lächelnd. »Faramond. Das ist ein Planet. Und darauf befindet sich ein gerade erst entdecktes archäologisches Mekka. Ein gewaltiges Projekt. Warte nur, bis du es zu sehen kriegst!« Er breitete demonstrativ die Hände aus. »Es handelt sich um eine alte, *hochentwickelte* Rasse. Stell dir nur vor! Die Informationen, die wir auf Faramond finden, könnten Wissenschaft und Medizin der Föderation immens voranbringen. Es ist ungefähr so, als wären Wissenschaftler aus Kolumbus' Zeit über einen versunkenen Nuklearfrachter mit kompletter Computerausstattung gestolpert.«

George rieb sich das Kinn und blinzelte. »Junge, Junge.«

»Ja, das kannst du laut sagen. Und jetzt paß auf – Faramond ist ein kalter Planet. Keinerlei vulkanische Aktivität während der letzten zehn Millionen Jahre, und von seiner Sonne ist er so weit entfernt, daß er von dort keine nennenswerte Wärme empfängt. Wir mußten große atmosphärische Kuppeln errichten, unter denen man arbeiten kann. Gerade jetzt sind wir soweit, um mit der eigentlichen archäologischen Arbeit anzufangen.«

»Warum sollte eine fortschrittliche Kultur einen Planeten kolonisieren wollen, den sie aufheizen muß? Das wäre doch eine gewaltige Energieverschwendung, oder?«

»Genau das wollen wir herausfinden«, stimmte Robert zu. »Wenn sie an diesem Planeten interessiert waren, sollten wir uns vielleicht auch darum kümmern. Obwohl sie dort weder Ackerbau betrieben noch Bodenschätze abgebaut haben, haben sie dort einen gewaltigen Komplex errichtet, der offenbar weit über unsere heutigen Möglichkeiten hinausgeht. Und eines Tages haben sie alles zusammengepackt und sind verschwunden. Und genau das ist der Knackpunkt… wir haben nicht die geringste Ahnung, wie sie fortgegangen sind.«

»›Wie‹? Du meinst ›warum‹?«

»Nein, George«, beharrte der Captain. »*Wie.*«

George blickte ihn stirnrunzelnd an. »Willst du damit sagen, es gibt keine Spuren von Raumschiffstarts?«

»Keine Spuren, keine technologischen Abfälle, keine Fossilien, keinerlei Überbleibsel von Dockanlagen, keine Treibstoffrückstände, keine Raumbojen und auch keine Einrichtungen, um ein Schiff zu warten.« Robert machte eine Pause und spreizte die Ellbogen in einer Art hilfloser Geste, ohne die Hände aus den Taschen zu nehmen. »Wie also haben sie den Planeten verlassen? Es ist ein soziologisches Rätsel. Und wir sind jetzt endlich soweit, daß wir damit beginnen können, es zu lösen. Die Föderation hat mich gebeten, gewissermaßen den ›ersten Spatenstich‹ vorzunehmen.«

Er zögerte und seufzte.

»Ich bin dermaßen mit dem Raumschiff-Programm beschäftigt, daß ich drauf und dran war, die Sache abzulehnen, bis du mich wegen Jimmy angerufen hast. Ich dachte mir, daß es ihm enorm weiterhelfen könnte, einen derartigen Ort, der zudem so weit entfernt ist, zu besuchen. Es handelt sich um eine unbedeutende diplomatische Mission ... nun, ich nehme an, für die Leute, die mit dem Projekt befaßt sind, ist es keineswegs unbedeutend. Gut, daß mir das noch eingefallen ist«, setzte er hinzu. »Ich möchte ungern jemanden enttäuschen.«

Trotz seiner derzeitigen Laune mußte George grinsen und wunderte sich, daß ein Choleriker wie er zu einem Freund wie Robert gekommen war. Allein dieser Gedanke munterte ihn schon etwas auf. Robert April war bekannt dafür, allen Ehrungen auszuweichen, die eine wie ein Rosenstrauch erblühende Föderation ihm anbot. Er wollte wenig mit den Feierlichkeiten zu tun haben, die ihm zuteil wurden, verstand aber andererseits auch das Bedürfnis der Menschen nach Glanz und Jubel. Wie George wußte, glaubte

Robert, daß es vor allem der Forschungsdrang war, der die Rosen zum Erblühen brachte.

Mit einem Seufzen, das verriet, wie wenig Hoffnung er sich im Grunde machte, sagte George: »Dann werde ich den kleinen Gangster jetzt mal holen.«

»Behandle ihn nicht zu streng«, ermahnte ihn Robert. »Wahrscheinlich sitzt er jetzt allein da und bläst Trübsal.«

»Ja, er hält das Ganze für eine Strafe. Ich bin gleich wieder da.«

»George ...«

Er drehte sich auf dem Absatz um. »Ja, Sir?«

Roberts Mundwinkel zuckten. »Ich habe eine Überraschung für dich.«

Obwohl George Überraschungen nicht mochte, blickte er den Captain fragend an.

April grinste leicht. »Wir bringen *sie* wieder hinaus.«

Im ersten Moment begriff George nicht, was der Captain meinte, doch dann verstand er, was ihm da angeboten wurde.

»Willst du mich auf den Arm nehmen?« fragte er ungläubig.

Roberts Grinsen wurde breiter.

Mit unsicheren Schritten ging George auf ihn zu und keuchte: »Willst du damit sagen ... daß mein Junge ... mit *ihr* hinausfliegen soll?«

Die Stille zwischen ihnen knisterte.

»Ich habe dich aus dem Diplomatischen Corps abgezogen«, erklärte Robert, »vorübergehend zumindest, und jetzt wirst du wieder einer meiner Offiziere sein. Wäre das nicht wie in alten Zeiten? Hier sind wir, dicke Freunde, bereit für Abenteuer und Heldentaten. Das wäre doch mal was für Jimmy, oder?«

Er hatte niemandem etwas gesagt. Nur um einen Gefallen gebeten. War nicht in die Details gegangen. Trotzdem hatte Robert Bescheid gewußt. Hatte sich alles zusammengereimt und gespürt, was alte Freunde brauchten. Und obwohl Robert April mehr Freunde hatte, als man zählen konnte, hatte er gewußt, was zwei spezielle Freunde brauchten.

Wie viele Fäden hatte er gezogen? Wie viele Gefallen eingefordert?

Sie würde wieder fliegen, für die Kirk-Jungs.

Überwältigt und nicht in der Lage, seine Gefühle zu verbergen, murmelte George nur: »Ich weiß nicht, was ich sagen soll ...«

Der Captain bedachte ihn mit einem warmen Blick. »Sie liegt im Raumdock. Wir sind fast da.«

Georges Mund klappte auf. »Du meinst jetzt? Jetzt sofort?«

»Jetzt sofort.«

»Oh, das ist ... das ist ... Ich hole Jimmy! Er muß sie von außen sehen! Wie nah sind wir schon? Wo ist sie angedockt? Nein, vergiß das, spielt keine Rolle! Das ist großartig! Kannst du uns abbremsen? Nein, laß ruhig! Ich beeile mich!«

Er nahm das Nicken des Captains als Erlaubnis, das Deck zu verlassen, und stürmte in den Lift. Als sich die Tür schon fast geschlossen hatte, streckte er noch einmal schnell den Kopf hinaus.

»Robert, du weißt wirklich, wie man ein Geheimnis bewahrt.«

Auf einem Stratotraktor gibt es keine langen Wege. Innerhalb weniger Sekunden erreichte George das Versorgungsdeck und marschierte zwischen Vertäuungsgeschirren und Ladegeräten zur kleinen Mannschaftskombüse, wo er Jimmy allein zurückgelassen hatte.

»Hoch mit dir, Junge. Du wirst staunen ...«

Er trat ein und brauchte nur eine Sekunde, um die Lage zu erfassen. Außer dem blubbernden Getränkespender befand sich nichts in der Kombüse.

»Ohhhh ... nein!«

Er rannte aus der Kombüse, stolperte über zwei Triaxialkabel und verzichtete diesmal darauf, auf den

Lift zu warten. Statt dessen benutzte er die Leitern, quetschte sich an Neigungsreglern vorbei, begab sich direkt vom Hauptdeck über das Ankerdeck bis zum Lastendeck und stürmte dort an den Mannschaftsräumen entlang. Er warf einen Blick hinter jede Tür, jedes Ladetor, jede Plattform, jede Luke und in jedes Loch, was ihm sonderbare Blicke von der Mannschaft einbrachte. Sie waren nicht daran gewöhnt, daß sich jemand beeilte, und erst recht nicht an Leute vom Sicherheitsdienst, denn auf einem Stratotraktor passierte niemals etwas.

Allerdings waren sie auch nicht an Starfleet-Offiziere gewöhnt, die sich von einem Versorgungsschiff mitnehmen ließen.

George hielt nirgendwo inne, abgesehen von ein paar Sekunden in einem der sechs Verteilersilos, wo er einen stämmigen Burschen in der Uniform des Sicherheitsdienstes erspähte, der von zwei wie Neandertaler aussehenden Mechanikern gegen einen Antigrav-Ponton gepreßt wurde.

»He!« rief George und stolperte von der Leiter. »Was geht hier vor?«

Kokosnußfarbene Augen und ein braungebranntes Gesicht wandten sich ihm zu, und eine Stimme sagte mit deutlichem Trinidad-Akzent: »Commander! Lieutenant Francis Drake Reed meldet Nötigung und Körperverletzung! Den Sternen sei Dank für Ihr rechtzeitiges Eintreffen! Erklären Sie diesen wandelnden Felsbrocken, daß mein Vater Priester war und ich niemals betrüge!«

George winkte die Mechaniker beiseite und brüllte: »Zurück, ihr Mistkerle! Dieser Mann steht unter meinem Kommando.«

Die Mechaniker wären spielend leicht mit George fertig geworden, doch sie waren offensichtlich nicht daran gewöhnt, von einem Starfleet-Offizier herumgescheucht zu werden.

George packte seinen Untergebenen und sagte: »Es gibt Ärger. Mitkommen.«

»Aber ich …«

»Ich sagte Ärger! Jimmy ist verschwunden!«

»Heiliger Himmel! Wohin kann er denn in einer fliegenden Garage verschwinden?«

»Genau das ist es ja, was mir Sorgen macht!«

Drake Reed verneigte sich vor den beiden Mechanikern, die er gerade geschröpft hatte, und setzte zu einer Abschiedsansprache an.

»Ich bitte vielmals um Vergebung, aber die Pflicht ruuu …«

Er stieß ein Keuchen aus, als George ihn beim Kragen packte und ihn die Leiter hinunterzerrte.

Sekunden später polterten beide von Deck zu Deck.

»Ich habe Ihnen doch gesagt, wir würden zwei Mann brauchen, um auf diesen Bengel aufzupassen!« schimpfte George. »Warum sind Sie nicht am Hafen zu uns gestoßen?«

»Ich wußte ja nicht mal, daß Sie schon an Bord sind«, protestierte Drake. »Bin ich denn ein Hexendoktor? Kann ich durch Wände sehen?«

»Und ich habe Ihnen gesagt, Sie sollen sich nicht auf irgendwelche Spiele einlassen, solange Sie die Uniform tragen. Alles, was ich jetzt noch brauche, ist eine Beschwerde des Hafenaufsehers, weil mein eigener Lieutenant im Dienst gespielt hat. Was ist eigentlich los mit Ihnen? Wegen so etwas könnte man dem Traktor die Andockerlaubnis entziehen! Haben Sie eigentlich eine Vorstellung davon, was für ein Problem es ist, seine Lizenz nach einer Anklage zurückzuerhalten? Jeder an Bord könnte deswegen in endlose Schwierigkeiten geraten. Und klettern Sie gefälligst schneller.«

»Ich bin ein Gentleman, keine Eidechse. Wo könnte der mißratene Bengel denn stecken?«

»Ich habe den Verdacht, er versucht, den Stratotraktor zu verlassen, solange wir uns in der Nähe des Raumdocks befinden.«

»Guter Verdacht. Könnte stimmen.«

Sie erreichten das Durcheinander des Ladedecks, und George schob seinen Assistenten zwischen in Kisten verpackten Teilen und Schiffsträgern hindurch.

»Überprüfen Sie die druckdichten Container! Ich kümmere mich um die Arbeitsdrohnen.«

»In Ordnung.« Drake setzte sich in Bewegung, fuhr dann aber auf dem Absatz herum. »Was zum Teufel sollte er in einem druckdichten Container suchen? Die werden doch nur zum Transport von druckempfindlichen Waren gebraucht, oder?«

»Unterschätzen Sie den Mistkerl nicht. Wenn so ein Container das Schiff verläßt, könnte er sich darin verstecken.«

»Aber die haben doch gar keine Schubdüsen!«

»Gehen Sie!«

George winkte ihn heftig fort und wandte sich der entgegengesetzten Richtung zu. Dort standen aufgereiht vier Ein-Mann-Arbeitskapseln, wie sie üblicherweise den Raum rings um im Dock liegende Schiffe sprenkelten. Die eichelförmigen, dank ihrer Klauen, Magneten, Antigravs und Haken häßlich wirkenden Drohnen konnten praktisch an jedem Teil eines Schiffes oder einer Docksektion festmachen, während der Mann in ihrem Innern mechanische oder elektrische Reparaturen vornahm. Davon abgesehen waren die Kapseln eher primitiv ausgestattet. So klein, daß man sie auch Kartoffeln und ihre Landebuchten Speisekammern nannte, konnten sie aus eigener Kraft keine größeren Strecken zurücklegen.

Es mochte gerade reichen, um einen Jungen von einem Stratotraktor wegzubringen – den dann allerdings eine harte Landung erwartete.

George quetschte sich mühsam in jede der Kammern und überprüfte die altmodischen Luken, die sich nur mit dem codierten Dienstabzeichen der Arbeiter öffnen ließen. Erleichtert stellte er fest, daß sich an zwei der Drohnen niemand zu schaffen gemacht hatte.

Doch die dritte war von innen verschlossen.

Er riß seinen Schraubenzieher aus dem Holster und hämmerte mit dem stumpfen Ende gegen die Luke.

»Jimmy! Mach auf! Mach auf, verdammt!«

Von drinnen erklang keine Antwort, doch die Positionslichter an der Außenseite der Arbeitsdrohne blinkten. Die Kapsel machte sich startfertig.

»Drake! Drake, hierher!« brüllte George und tippte ohne große Hoffnung auf dem äußeren Kontrollpaneel herum. Nichts funktionierte.

Er wollte noch einmal rufen, doch dann hörte er Drakes Stiefel hinter sich auf dem Deck und wandte seine Aufmerksamkeit wieder der Luke zu.

George richtete das spitze Ende des Schraubenziehers gegen die Gummidichtungen rings um die Luke, wobei er es riskierte, daß die Arbeitsdrohne mit einer defekten Dichtung ausgeschleust wurde. All die ausgetüftelten, blitzenden Waffen der Galaxis konnten es in einem Moment wie diesem nicht mit fünfundzwanzig Zentimetern Stahl aufnehmen. Wenn er die Dichtung weit genug aufriß – und zwar bevor die Drohne ausgeschleust wurde –, dann würde das Sicherheitssystem eingreifen und die großen Metallklammern, die die Kapsel hielten, nicht öffnen.

Das Loch mußte nur groß genug …

Ssssshhhh

»Geschafft!«

Als die Lukendichtung plötzlich zischte, spürten die beiden Sicherheitsleute jene Mischung aus Hochgefühl und drohender Gefahr, wie man sie nur im Moment der Wahrheit empfindet. Sowie die Luke unter seiner Schulter nachgab, übernahmen Georges Instinkte und sein Training das Kommando, und die Flottenausgabe der Laserpistole glitt aus dem Holster in seine Hand, als besäße sie ein Eigenleben.

Er ging in Stellung, spreizte die Beine, hob die Waffe in Feuerbereitschaft und rief: »Keine Bewegung!«

»George!« schrie Drake auf.

Sofort riß George den Lauf hoch, geriet ins Stolpern und keuchte: »Mein Gott, was tue ich da!«

Er und Drake starrten einander an. Fast hätte die Szene komisch gewirkt.

Dann wandten sich beide wieder der Pilotenkammer innerhalb der Arbeitsdrohne zu.

Dort hockte Jimmy Kirk, noch etwas zu klein für den Pilotensitz, aber den Kopf voller Pläne, bereit zur Flucht. Er schien eher verärgert als beschämt, daß man ihn erwischt hatte, und er unternahm auch nicht den geringsten Versuch, zu verbergen, was er vorgehabt hatte. Vielleicht war er ja sogar stolz darauf.

Bernsteinfarbene Augen, die George einst voller Bewunderung und Respekt angeschaut hatten, glühten jetzt vor Bitterkeit.

Die Stimme des Jungen war eiskalt.

»Du ziehst eine Waffe gegen deinen eigenen Sohn.«

Jimmys untersetzter, muskulöser Körper zeigte keine Regung, als er seinen Vater anstarrte. Die immer noch zwischen der Mütze und dem hochgeschlagenen Kragen seiner Schuljacke halbverborgenen Augen verrieten sein Vertrauen in die eigenen Einschätzungen. Er hatte seine Entschlüsse mit der ganzen Kraft eines Teenagers in die Tat umgesetzt, und offensichtlich hatte er keine Bedenken, sein Urteil oder seine Handlungsweise könnten falsch sein.

Er verharrte schweigend, während er seinen Vater seine ganze Ablehnung spüren ließ.

Drake Reed, der wußte, wann er sein Plappermaul halten mußte, streckte vorsichtig den Arm aus und nahm seinem vorgesetzten Offizier die Pistole aus der Hand.

Schwer atmend stand George vor seinem Sohn, die leere Hand vorgestreckt.

»Jimmy ... es ... es tut mir leid ...«

Der Junge kostete seinen Sieg aus und weigerte sich, auch nur das kleinste Anzeichen von Sympathie erkennen zu lassen.

Die Sekunden tickten gnadenlos vorbei, bis er schließlich sagte: »Ich wußte gar nicht, daß dieses Wort in deinen Dienstvorschriften vorkommt.«

George richtete den Zeigefinger auf das Gesicht des Jungen.

»Werd jetzt bloß nicht frech, Bürschchen! Was hast du dir überhaupt dabei gedacht? Diese Kartoffeln sind kein Spielzeug! Es gibt viele Arten, im All zu sterben, aber die schlimmste ist, aus Dummheit zu sterben. Die kannst die Sicherungen dieser Kiste gar nicht umgehen. Die Startcodes sind ...«

FREIGEGEBEN FREIGEGEBEN FREIGEGEBEN

»Wie hast du das gemacht? *Ich* bin im Sicherheitsdienst und könnte diese Sicherungen nicht knacken!«

Der Junge erhob sich langsam.

»Zu schade«, sagte er.

Er zwängte sich an seinem Vater vorbei, wobei er sich bemühte, ihn möglichst nicht zu berühren, und verließ die Arbeitsdrohne.

George ließ sich gegen die gekrümmte Innenwand sinken, faßte sich an den Kopf und stöhnte: »Er wird ein Krimineller werden ...«

Drake klopfte ihm auf die Schulter. »Kopf hoch, George. Er kann meinen Platz als Starfleet-Legende übernehmen.«

Er ließ George neben der Luke zurück und kroch in die Kapsel, um die Energie abzuschalten und eine Reparaturmannschaft zu rufen, bevor es zu einem Unfall kam.

Zumindest war es das, was er offiziell tat. George wußte, daß Drake ihm in Wirklichkeit nur Zeit lassen wollte, hinauszugehen und sich um seinen Sohn zu kümmern.

Aber was der Junge wirklich brauchte, war nicht Zeit, sondern ein kräftiger Stoß.

Jimmy hatte sich so weit wie möglich auf dem vollgestellten Deck zurückgezogen und wartete in einer sarggroßen Nische zwischen zwei großen Lasten-Antigravs.

George näherte sich ihm ohne Umschweife und blieb vor der Nische stehen.

In Jimmys Miene spiegelten sich Georges zerbrochene Hoffnungen. Die Ablehnung war geradezu greifbar.

»Das Leben ist für dich ein einziger, großer Rückschlag, nicht wahr?« fragte er.

Der Junge wandte den Blick von ihm ab. Seine Schultern hingen herab, einen Fuß hatte er auf die Basis eines Antigravs gestützt.

»Du wußtest genau, was du tun mußtest«, setzte George erneut an. »Du wolltest die Verbindungen zerstören und mit der Kartoffel verschwinden, ohne daß jemand wissen sollte, daß du dort draußen bist, und ohne deine Anwesenheit über die Wartungsfrequenzen bekanntzugeben – vorausgesetzt, du wärst lebend aus dem Startschacht herausgekommen. Du hättest dich selbst umbringen können, wenn du diesen Schrotthaufen in die falsche Richtung gesteuert hättest. Oder du hättest jemand anderen töten können, wenn es hier drinnen zu einer Fehlfunktion des Luftdrucksystems gekommen wäre. Du hättest Drake oder mich töten können.«

Er hielt inne und suchte nach einer Reaktion. Doch es gab keine.

»Kümmert dich nicht wenigstens dieser Punkt?« setzte George hinzu.

Jimmy verschränkte finster die Arme. Er schien stolz zu sein, weder Vorsicht noch Rücksicht bewiesen zu haben, und blieb Vernunftgründen gegenüber taub.

»Du weißt ja, was mein Vater immer sagt«, erklärte er. »Im Raum muß man sein Schicksal selbst in die Hand nehmen.«

Er zog sich weiter in die Nische zurück, so geladen wie eine startbereite Rakete.

»Vielleicht kannst du mir ja einen Rat geben«, sagte George. »Was soll ich mit dir machen?«

Jimmys Wange war kaum sichtbar, als er über die Schulter hinweg antwortete: »Wie wäre es, wenn du die Gitter meines Laufstalls höher machst?«

»Weißt du, im Weltraum gibt es eine Menge zu sehen. Du müßtest nur deinen Hintern hochkriegen und endlich mal die Augen aufmachen!«

»Danke für den Tip.«

»Was denkst du eigentlich, wie alt du mit sechzehn wirklich bist? Warte mal ab, bis zu zwanzig bist. An der Akademie konfrontieren sie dich mit Tests, die niemand gewinnen kann.«

Der Junge wandte sich um und starrte ihn unbeeindruckt an. »Man kann jedes Spiel gewinnen.«

»Ach, ist das so? Woher willst du das wissen, wenn du nicht mal den Aufnahmetest bestehen könntest?«

»Wenn ich wollte, könnte ich jederzeit in diesen Affenzirkus von Starfleet eintreten. Wer sagt, ich könnte nicht?«

»Deine Zensuren sagen das.« George deutete zur Arbeitsdrohne hinüber. »Warum steckst du nicht etwas von deiner Cleverness in deine Schularbeiten? Deine Mutter hat dich für das Vorbereitungsprogramm der Akademie eintragen lassen, um dir eine gewisse Orientierung zu geben, so daß du keinen Grund hast, als halbgebildeter Vagabund auf der Erde herumzulaufen. Deine Mutter und ich haben immer versucht, dich nicht mit Sam zu vergleichen …«

»Was weißt du denn, wie es auf der Erde ist?« rief der Junge. »Was weißt du von Mom und Sam? Wir sind ganz gut ohne dich ausgekommen. Unsere Namen stehen nicht in deinem Flottenhandbuch.«

George ließ die Arme sinken. »Dann willst du also nach Riverside zurückschleichen und mit dieser Bande von jugendlichen Kriminellen herumziehen, bis dein Leben endgültig ruiniert ist? Toller Plan.«

»Wahrscheinlich sollte ich mein Leben besser damit verbringen, Schwarzen Löchern auszuweichen und so zu tun, als würden Aliens nicht stinken. Vielen Dank für diesen Rat.«

Der Tonfall des Jungen klang völlig kontrolliert und ruhig und verschaffte George nicht einmal die Befriedigung, wenigstens eine Spur von Wut darin zu entdecken.

Er trat etwas zurück, um Jimmy Platz zu machen. »Also gut, komm jetzt da raus. Captain April erwartet dich. Du weißt ja, daß man sich, wenn man an Bord eines Schiffes geht, beim kommandierenden Offizier melden muß.«

»Dann ist er also jetzt Captain eines Stationstraktors?« bemerkte der Junge, während er sich mit aufreizender Langsamkeit vorwärts bewegte. »Ich hätte gedacht, er hätte es mittlerweile schon weiter gebracht.«

»Diese Kisten haben keinen Captain, und das weißt du auch«, sagte George. »Los, jetzt. Wir zeigen dir, wovon er der Captain ist.«

5

»Hallo, Jimmy! Na, du machst ja ein Gesicht, als hättest du deinen Hund verloren.«

Captain April breitete die Arme zu einem Willkommensgruß aus, als George seinen Sohn aus dem Lift schob.

Jimmy Kirk erwiderte den Gruß mit einer Bewegung seiner Hand, sagte aber lieber nichts. Robert April stand vor ihm, eingerahmt von den draußen blinkenden Lichtern – gehörten die zum Raumdock? –, und betrachtete ihn voller Verständnis und Nachsicht, und das letzte, was sich Jimmy im Moment wünschte, waren Verständnis und Nachsicht.

Ein Stoß zwischen die Schulterblätter verriet ihm, daß er sich nicht schnell genug bewegte.

Er trat auf das Vordeck hinunter, um Abstand zwischen sich und seinen Vater zu bringen.

Captain April winkte ihn bereits vorwärts. »Wirf einen Blick auf die vertäuten Schiffe, Jimmy. Und die Versorgungsdocks. Diese labyrinthische Anlage ist sicher ziemlich beeindruckend.«

Verschiedene ablehnende Bemerkungen huschten durch Jimmys Kopf, während er gleichzeitig überlegte, was *labyrinthisch* bedeuten mochte, doch er brachte kein einziges Wort heraus, als Captain April ihn zu dem großen, gewölbten Sichtfenster führte.

Jimmy versteifte sich innerlich, konnte es aber nicht vermeiden hinauszusehen. Wenn er sich abwandte, würde er nur seinen Vater anschauen müssen.

Dort draußen, im geo-was-auch-immer Orbit über

Afrika, hing eine verwirrende Dockanlage, deren Organisation nicht sofort erkennbar war.

»Sieht aus wie der Ausstoß einer Fabrik für Brükkenträger«, sagte er.

»Ja, nicht wahr?« meinte der Captain grinsend. »Was du hier siehst, sind Handelsschiffe, die wegen Wartungs- und Reparaturarbeiten hergekommen sind. Es können immer nur ein paar von ihnen zur gleichen Zeit in die Konstruktionsdocks ... und das Bündel winkelförmiger Verstrebungen dort drüben ist der LBR-Komplex für Raumfahrzeuge, die keine Passagiere befördern. Laden, Bauen, Reparieren. Recht hübsch, für ein industrielles Gebilde, nicht?«

Die Bänder der Dockbeleuchtung strahlten hell, doch die Träger des Docks selbst fingen kein Licht ein, nicht einmal Sonnenlicht; sie waren vermutlich mit nichtreflektierender Farbe gestrichen, um zu verhindern, daß plötzlich auftretende Reflexe mit Landelichtern oder Warnbaken verwechselt wurden.

Jedenfalls würde ich es so machen, dachte Jimmy und zog sich für einen Moment in sich selbst zurück, während er überlegte, wie er vorgehen würde, wenn er eine derartige Konstruktion erbauen müßte.

Statt das Skelett aus roten und blauen Trägern zu umgehen, flog der Stratotraktor direkt durch das Zentrum. Offensichtlich besaß er alle notwendigen Freigaben. Jimmy hatte zwar versucht, dem allem keine Aufmerksamkeit zu schenken, aber trotzdem genug aufgeschnappt, um zu wissen, daß Flugfreigaben und bestimmte Kursmuster nötig waren, um zu verhindern, daß robotische oder andere Schiffe ineinander oder in die Träger des Docks krachten.

Er räusperte sich und preßte verärgert die Lippen zusammen, weil er, ohne es zu wollen, diesen Dingen Aufmerksamkeit geschenkt hatte.

»Diese sonderbar aussehenden Träger haben eigene Namen«, erklärte der Captain und deutete hinaus. »Sie wirken verdreht, aber das täuscht. Die besonders langen dort sind Longituden-Antigravpontons. Sie sind immer genau nach den Längengeraden der Planetenoberfläche ausgerichtet – aber frag mich nicht, warum. Jedenfalls kann die gesamte Dockanlage aus dem Orbit geholt und auf dem Planeten gelandet werden. Oder man nimmt sie auseinander und landet Teile davon, und zwar mitsamt den darin befindlichen Schiffen. Kommt zwar nicht oft vor, ist aber hin und wieder ganz praktisch. Oh, sieh mal dort. Nein, nein, direkt über uns … der geschwungene Bereich dort oben … siehst du?«

»Ja, ich sehe es.«

»Das wird Stirnwand genannt. Die geschwungenen Frontpartien der meisten Föderationsschiffe passen genau dort hinein. Siehst du die Kabel und Klammern, die das große Schiff festhalten? Und dort drüben sind Arbeitsträger, die wir Wirbelsäulen nennen. An all diesen Schiffen wird in mehr oder weniger großem Umfang gearbeitet. Erkennst du die blauen Lichter, die an jedem von ihnen direkt unterhalb von zwei roten Lampen aufleuchten? Diese Lichter besagen, daß das Schiff derzeit ohne Kommando ist.«

Jimmy, der sich bewußt war, daß sein Vater noch immer schweigend hinter ihm stand, knurrte nur, fest entschlossen, unbeeindruckt zu bleiben.

Während sie durch das stählerne Durcheinander glitten, streuten die Lichter ihre Farben über Captain Aprils Gesicht und vertieften die Lachfältchen rings um seine Augen. Er deutete auf mehrere Schiffe unterschiedlicher Form und Größe, die sich nicht im Dock befanden, sondern frei im Raum schwebten, gehalten von Versorgungskabeln, die sie wie Nabelschnüre mit großen Tankanlagen verbanden.

»Diese Barken und Klipper sind zum Auftanken hier«, erklärte April. »Deshalb befinden sie sich an den externen Anlegestellen. Es gibt keinen Grund, Dockraum für sie bereitzustellen. In den meisten Fällen handelt es sich um Händler, die entweder einen festen Kontrakt mit der Föderation haben oder gechartert worden sind. Von hier aus fliegen sie zu den L&A-Anlagen, das bedeutet ›Laden und Abfertigen‹. Die großen Schiffe transportieren sogenannte Ballenware. Dabei handelt es sich um Rohmaterial, das gebündelt geliefert wird. Ihre Frachtkapazität wird daher auch in Kubikballen gemessen. Klingt sinnvoll, nicht?«

»Ja, toll«, knurrte Jimmy aus dem Mundwinkel.

»Die kleineren, die Barken, befördern Schüttgut«, fuhr April fort, »worunter man alles versteht, was lose verladen wird, also nicht in Kisten, Kartons oder ähnlichem. Darunter fallen auch flüssig Stoffe, wie Treibstoff oder sogar Wasser für die Außenposten. Diese Kauffahrer bekommen ihre Zutrittsberechtigung direkt vom Hafenmeister, zusammen mit den Registrierungszertifikaten, Steuerbescheinigungen und Frachtlisten, ohne dafür einen Fuß auf die Planetenoberfläche setzen zu müssen. Alle Zollinspektionen, Warenbewertungen und Schadensbeurteilungen können direkt hier an Ort und Stelle erledigt werden. Es ist ein sehr cleveres System, das uns etwas ermöglicht, das wir ›Standardisierte Abfertigung‹ nennen. Darunter verstehen wir das schnelle und trotzdem rechtlich einwandfreie Beladen und Abfertigen von Schiffen.« Er holte tief Luft, als stünde er in einem Garten, und atmete ganz langsam wieder aus. »Ah, es begeistert mich immer wieder, wenn ich sehe, wie wir diese Dinge handhaben!«

Jimmy biß in die Innenseite seiner Wange, um eine Reaktion zu unterdrücken. Bei dem Versuch, sich nicht anmerken zu lassen, daß die Hälfte der gerade erhaltenen Informationen an ihm vorbeigerauscht war, ohne daß er viel davon begriffen hätte, kam er sich plötzlich sehr klein vor. Seine Methode, sich und fünf Freunde von Iowa nach Oregon zu bringen, war ihm bisher als tolle Leistung erschienen. Jetzt jedoch verblaßte sie angesichts der Probleme, ein Raumschiff zu fliegen und Waren von hier nach dort zu schaffen. Der Weltraum war ihm ganz simpel erschienen, solange er noch unten auf der Erde saß … Zertifikate für was? Welche Bescheinigungen? Was für Listen?

Zum Glück blickte Captain April ihn nicht an, sondern deutete auf das Panorama vor ihnen.

»All das hier zählt zu dem, was wir als Küstenhandel bezeichnen«, erklärte er. »Warenbewegungen innerhalb der Föderation der Planeten oder zu Kolonien unserer Mitglieder.«

Jimmy wollte ein abschätziges »Wen interessiert das schon?« loslassen, doch er konnte nicht. Wenn es jemand anderer gewesen wäre, der mit ihm sprach …

Aprils Hand legte sich auf Jimmys Schulter.

»Und dort«, fügte der Captain stolz hinzu, »ist Starbase One.«

Als der Stratotraktor das Gewirr der Dockanlagen verließ und wieder in den freien Raum hinausglitt, erblickten sie vor sich das majestätische Gebilde, das die Menschheit vor ihrer eigenen Türschwelle errichtet hatte.

Jimmy mußte unwillkürlich schlucken.

Starbase One …

Ein von Menschenhand geschaffener Himmel, und direkt daneben die Erde.

Eine gigantische silberne Spule, besetzt mit Lichtern, die wie leuchtender Perlenschmuck wirkten, rotierte langsam um die eigene Achse und schien dem Jungen zuzuflüstern: *Ich bin die erste meiner Art, die erste meiner Art. Willkommen, willkommen.*

Jimmy unterdrückte ein Lächeln und bedachte Starbase One lediglich mit einem forschenden Blick.

So wie er das Flüstern des Skunk River ignoriert hatte, versuchte er auch jetzt, nicht zuzuhören, doch irgendwie sprachen diese Dinge zu ihm, und er konnte nichts daran ändern. So war es immer gewesen. Die

Ferne hatte ihm immer zugeflüstert. Der Sonnenuntergang, der heulende Wind, das Brummen der Flugzeuge, das Knattern der Segel. Alles, was hundert Meilen von dem Punkt entfernt lag, an dem er sich gerade aufhielt. Zeugnisse des großen Draußen, der weiten Ferne, hatten Jimmy Kirk immer zugeflüstert.

Er starrte auf die Popcornwolken auf dem Planeten unter ihm und die Detailansichten, welche die Kameras auf die Bildschirme über ihnen übertrugen, und murmelte in dem Versuch, die eigene Engstirnigkeit zu überwinden: »Ich schätze, heutzutage kann man nicht mehr nackt in seinem eigenen Hinterhof baden.«

»Nein, vermutlich nicht«, erwiderte April. »Tatsächlich verlangt Starfleet ausdrücklich, daß Offiziere so etwas nicht tun.«

Ein Lächeln tauchte in Jimmys Gesicht auf, doch er drängte es zurück.

»Ich hoffe, ich werde schon in wenigen Jahren Offiziere haben, die sich um so etwas keine Sorgen mehr machen müssen ... du weißt schon, die Sorte, die gar keine Kleidung hat, die sie ausziehen könnte.«

Jimmy starrte ihn an. »Was?«

»Aliens. Ich hoffe, wir können mehr Aliens bei Starfleet aufnehmen.«

»Warum? Wer braucht die schon?«

»Meinst du nicht, daß der Dienst dadurch interessanter würde? Nicht so einseitig?«

»Nicht für meinen Geschmack. Ich möchte nicht unbedingt neben einem schleimigen Lieutenant arbeiten, der Tentakel statt Händen hat.«

»Und wieso nicht? Du bist doch der abenteuerlustige Typ, der sich nicht darum schert, was hinter dem nächsten Baum warten mag. Ich habe jedenfalls gedacht, du gehörst zu der Sorte, die alles tun würde, um in den Raum hinauszugelangen.«

Das Gesicht des Jungen verfinsterte sich plötzlich. »Ich bin schon im All gewesen«, sagte er. »Einmal.«

April begriff seinen Fehler und fühlte sich unbehaglich.

»Oh«, stammelte er. »Ja, natürlich. Tut mir leid.«

Jimmy genoß die Befriedigung, während er die finstere Miene beibehielt, und fügte dann kühl hinzu: »Entschuldigen Sie sich nicht bei mir. Ich gehöre zu denen, die überlebt haben.«

Toll. April hatte ihm direkt in die Hand gespielt. Er wußte, daß sein Vater hinter ihm stand, den Atem anhielt und auf eine Reaktion wartete.

Doch es würde keine geben. Nur den düsteren Blick eines Gefangenen, nur Ablehnung, weil man ihn von dort weggeholt hatte, wo er sein wollte, obwohl alle wußten, daß er einen guten Grund hatte, nie wieder ins All hinauszugehen. Sie schafften ihn fort von der Erde, von Emily, von all jenen, die taten, was er ihnen sagte.

Und obwohl er vor sich die glitzernden Raumdocks und die Majestät von Starbase One sah, betrachtete Jimmy alles nur unter seinem eigenen, eingeschränkten Blickwinkel. Er bemühte sich so sehr, sein Gesicht ausdruckslos zu halten, daß seine Wangen steif wurden und die Augenmuskeln zu schmerzen begannen. Es half ein wenig, in die Docklichter zu blinzeln, wobei er hoffte, es würde wie ein Stirnrunzeln wirken. Ganz gleich, wie sehr die Träger im Sonnenlicht glühten oder die Bänder der Landelichter an den Transportschiffen schimmerten, er weigerte sich, beeindruckt zu sein, und hielt den Körper steif und reglos.

Er brauchte jedes Quentchen seiner Willenskraft, um seinem Vater selbst den geringsten Anflug von Genugtuung zu verweigern. Seine Miene unbeteiligt zu lassen, war ungefähr so schwierig, wie vor den Niagara-Fällen zu stehen, ohne Gischt abzubekommen.

Ein paar Sekunden verstrichen, dann erhielt Jimmy seine Belohnung.

»Ich werde mal sehen, was Drake macht«, erklärte

sein Vater hinter ihm. »Schließlich möchte ich nicht, daß er versehentlich in einer defekten Kartoffel eingeschlossen wird. Bin gleich wieder zurück.«

Jimmy spürte ein siegreiches Kribbeln entlang seiner Wirbelsäule. Sein Vater hatte wie ein besiegter Mann geklungen.

Captain April drehte sich um. »George, wolltest du nicht zuschauen … du weißt schon.«

Die Lifttür öffnete sich. George wirkte niedergeschlagen.

»Ich weiß selbst nicht, ob ich sie im Moment sehen will oder nicht, Robert«, murmelte er und betrat den Aufzug.

Die Tür schloß sich. Nun war Jimmy allein mit Captain April und all den erstaunlichen Dingen dort draußen. Die beiden schauten sich an.

Selbst wenn er es versuchte, konnte Jimmy Robert April nicht mit der gleichen Geringschätzung wie seinem Vater begegnen. Deshalb dachte er an George, um sein Gesicht weiterhin ausdruckslos zu halten.

»Wer ist ›sie‹?« fragte er.

Captain April blinzelte.

»Wie bitte? Oh!« Er schmunzelte. »Das wirst du schon früh genug herausfinden. Eine alte Freundin von deinem Vater und mir, könnte man sagen. Er wird schon wieder munter werden, sobald er sie sieht, keine Sorge.«

»Ist mir egal.«

»Das ist dir egal? So etwas sagt man aber nicht, mein Junge.«

»Nein? Er hat eine Pistole auf mich gerichtet.«

»Also wirklich, Jimmy! Ist das noch die gleiche Familie, mit der ich Weihnachten gefeiert habe?«

Jimmy zuckte die Achseln. »Es zeigt nur, was er von mir hält, das ist alles, was ich dazu sagen kann.«

»Bist du sicher, daß es nicht einfach nur eine instinktive Reaktion war?« Er grinste schief. »Ein Sicherheitsoffizier muß sich viel öfter nach seinem Instinkt richten als wir anderen. War dir das nicht klar?«

Jimmys Augen blickten noch immer kalt, als er erwiderte: »Ist das etwa ein Grund?«

»Nein, nein, natürlich nicht ... wir sollten versuchen, die ganze Sache zu vergessen, findest du nicht? Wir stehen alle am Beginn eines großartigen Abenteuers, und das sollten wir uns nicht durch ein paar familiäre Probleme verderben lassen, oder? Oh, schau mal! Siehst du die kleinen Ein- und Zweimann-Arbeitsfahrzeuge? Wir haben recht komische Namen dafür, wie Kartoffeln und Stachelschweine oder Sandsäcke ...«

»Sandsäcke«, wiederholte Jimmy. »So wurden ursprünglich hölzerne Rennboote genannt.«

Der Captain blickte ihn an. »Tatsächlich? Wieso?«

Plötzlich munter geworden, wühlte Jimmy in halbvergessenen Erinnerungen. »Das war an der Ostküste ... Sandsäcke waren schnelle Schaluppen um 1860, glaube ich. Sie besaßen große Segel mit extralangen Spieren, und sie benutzten Sandsäcke als beweglichen Ballast. Bei jeder Halse schleppten sie die Säcke auf die Windseite.«

»Tatsächlich! Was für eine spartanische Art, ein Rennen zu segeln! Erforderte sicher ein großes Maß an Geschicklichkeit und gutes Timing. Wo hast du solche Dinge gelernt?«

Jimmy spürte, daß er in die Ecke getrieben wurde, und zwang seine Begeisterung zum Rückzug. Er hatte nicht vor, zuzugeben, wo er das gelernt hatte, denn dann hätte er seinen Vater erwähnen müssen.

»Habe ich wohl irgendwo aufgeschnappt«, murmelte er.

»Toll, daß du solche Dinge weißt«, erklärte Captain April freundlich. »Die Raumfahrt ist im Grunde nur eine Erweiterung der klassischen Seefahrt. Gut gemacht. Ich bin stolz auf dich.«

Er klopfte Jimmy auf die Schulter und ließ seine

Hand dort, während er zur Starbase One hinüberschaute.

Jimmy spürte, wie die Röte in seine Wangen stieg. Er verharrte schweigend, als sich der Stratotraktor der Hauptschleuse näherte.

Und daran vorbeiflog.

Als Jimmy das bemerkte, straffte er sich und fragte stirnrunzelnd: »Was geht hier vor? Wohin fliegen wir?«

Ein verstohlenes Grinsen umspielte Captain Aprils Lippen. »Wir fliegen zur anderen Seite der Basis hinüber, zum Starfleet-Dock.«

»Wieso? Ich dachte, wir fliegen mit diesem Schiff irgendwohin.«

Heilige Granate.

»Aber nein. Wir fliegen zu einem anderen Schiff, mein Junge. Einem völlig anderen Schiff. Sieh nur …«

Der Stratotraktor hatte die Starbase umrundet und gelangte jetzt wieder in den freien Raum. Zu ihrer Linken leuchtete der Planet, auf dem zur Hälfte Tag und zur anderen Nacht herrschte, und in der pechschwarzen Ferne vor ihnen schimmerte das, was April das Starfleet-Dock genannt hatte.

Ein langgestrecktes rotes Hexagon hing dort friedlich und allein in der Dunkelheit, und seine rechtwinkligen Leuchtstreifen glühten viel sanfter als die Lichter der Handelsdocks.

Und es befand sich etwas im Innern.

Etwas Weißes.

Jimmy preßte die Schulter gegen den Rahmen des Fensters, fest entschlossen, Zurückhaltung zu wahren. Er würde höflich auf alles reagieren, was April ihm zeigte – und mit Spott und Hohn auf das, was sein Vater ihm zeigen mochte. Er verschränkte die Arme, ohne dabei die Fäuste zu ballen, um auf diese Weise zu demonstrieren, wie gelangweilt er war.

»Hier spricht Captain April an Bord von Strato 838, erbitte Genehmigung zur Annäherung.«

»Bestätigt, Captain. Annäherungsgenehmigung erteilt. Bitte benutzen Sie den Backbord-Standardkurs und klinken Sie sich in den Backbord-Traktorstrahl Nummer vier zum Andocken ein. Den Rest übernehmen wir.«

»Mache ich, vielen Dank. April Ende.«

Ein paar Hebel und Schalter wurden betätigt, und dann übernahm der Autopilot.

Sie näherten sich dem Dock und stiegen dabei gleichzeitig immer höher – so hoch, bis der Bogen der Dockrippen nicht mehr verbergen konnte, was sich im Innern befand.

Robert beugte sich vor, erfüllt von etwas, das sich nicht anders denn als Liebe bezeichnen ließ.

Und dort, gebadet in dem Schein der Landelichter, dort war sie. Das Prachtstück von Starfleet.

Ein gewaltiges, milchweißes Schiff von der Eleganz eines Lippizaners verdrängte die Dunkelheit. Zwei bleistiftförmige Warpgondeln ragten aus dem Antriebssegment hervor und verrieten die Schnelligkeit. Das untere Segment selbst, in dem die menschliche Ingenieurskunst ihren Ausdruck fand, sorgte für einen ausgewogenen Gesamteindruck. Robert war sich klar darüber, daß dieser Eindruck von den Konstrukteuren bewußt hervorgerufen worden war, trotz der Erkenntnis, daß ein Raumfahrzeug praktisch jede beliebige Gestalt aufweisen konnte. Schließlich gab es keinen Luftwiderstand, der zu beachten war. Doch dieses Schiff war entworfen worden, um nicht nur einem bestimmten Zweck, sondern auch einer Idee zu dienen.

Er wußte das. Er war von Anfang an dabeigewesen. Hatte die Pläne gesehen. Das Funkeln in den Augen der Designer. Er kannte Starfleet seit den ersten Schritten, und auch die unerschrockenen Entwickler, die es noch wagten, Ideen zu haben, und aus diesen Ideen war jenes strahlendweiße Mysterium hervorgegangen.

Als sie sich dem vorderen Teil des Schiffes näherten, blickte Robert hoch und schaute lächelnd auf das Diskussegment, das sich über ihnen verbreiterte wie der Schalltrichter einer gewaltigen Baßtuba, die auf den ersten Ton wartet. Zum ersten Mal konnten sie jetzt das ganze Schiff sehen, ohne Unterbrechung durch die Dockträger.

Neben ihm erklang, kaum hörbar, ein Laut. Einer jener winzigen menschlichen Laute, für die es keine Bezeichnung gibt, und die doch jedem Menschen vertraut sind.

Robert schaute zur Seite ... und erkannte die Veränderung.

Jimmy Kirk beugte sich vor und beging die Sünde der Begeisterung. Er vergaß die Melancholie, auf die er sich eingeschworen hatte, und schaute.

Robert April legte dem Jungen eine Hand auf den Rücken und sagte mit stiller Bewunderung: »Wir nennen sie ... *Enterprise.*«

»Sie ist ein Sternenschiff, Jimmy ... ist das nicht ein passendes Wort? Sternenschiff ... ihr Sinn besteht darin, zu unbekannten Sternen zu fliegen. Und sie besitzt die Kraft, um das zu tun. Sie und andere ihrer Art werden die Grenzen des Raums sprengen, Kontakt zu fernen Zivilisationen aufnehmen, Verbindungen schaffen, lernen, teilen, wachsen ... sie ist der Motor für all jene unter uns, die es in die Ferne drängt. Das Sternenschiff *Enterprise.*«

Er zögerte, holte tief Luft und seufzte schwer.

»Ein richtiger Hauptgewinn«, murmelte er dann.

Vor ihm lag die ruhige, elegante Antithese zu Iowa. Jimmy wußte, daß sein Mund offenstand, seine Schultern vorgebeugt waren und seine Hände gegen das

Fenster drückten, als wollte er es durchbrechen und das Schiff direkt berühren – all das war ihm bewußt.

Und er konnte absolut nichts daran ändern.

Er würde an Bord dieses ...

»Sie ist ein Zeugnis dessen, was die Menschheit schaffen kann«, fuhr Captain April fort. »Die erste ihrer Art. Unser Flaggschiff. Ihre Maschinen sind erstmals für ständigen Warpbetrieb ausgelegt. Sie wurde für dauernde Beschleunigung gebaut und nicht, um wie üblich eine bestimmte Geschwindigkeit zu erreichen und dann ohne Schub weiterzufliegen. Sie hingegen wird schneller und immer schneller, bis der Captain etwas anderes befiehlt. Wir sind nicht einmal sicher, wie schnell sie tatsächlich fliegen kann. Bisher ist sie nur bei ein paar Einzelaufträgen getestet worden, aber schon bald wird sie zu einer Reihe von Fünf-Jahres-Missionen in den tiefen Raum aufbrechen. Wir werden hinausziehen und dabei unsere Technologie mitnehmen, unsere Medizin, unsere Träume, unsere Ausdauer, unsere Bereitschaft zu helfen und die Lehren, die wir aus unseren Fehlern gezogen haben. Wir werden an Bord dieses Meisterstücks gehen und damit losfliegen. Mit der Zeit wird es Dutzende wie sie geben, die gleichzeitig in ebenso viele Richtungen fliegen. Wie die ersten Siedler, die in Schilfbooten loszogen, werden sie auf sich allein gestellt sein, ohne Kontakt zu irgend jemand, ohne erreichbare Hilfe, nur auf den eigenen Mut und den Willen zum Überleben angewiesen. Das ist Abenteuer, Jimmy ... echtes Abenteuer. Ist sie nicht etwas, worüber man nach Hause schreiben kann?«

Hinter ihnen standen schweigend George Kirk und Drake Reed.

Robert und Jimmy hatten nicht gehört, wie sie zurückkehrten ... oder sie waren zu gefangen, um es zu bemerken. Auch Georges Aufmerksamkeit wurde völlig von dem riesigen weißen Engel beansprucht, der aus der Schwärze vor ihnen aufragte. Er und Drake wagten bei dem Anblick kaum zu atmen.

George hatte das Schiff seit fast fünf Jahren nicht mehr gesehen. Damals war die *Enterprise* noch ohne Insignien, Farben und Schriftzüge gewesen. Mittlerweile hatte sie jedoch gewissermaßen Nagellack und Eyeliner aufgetragen und verkündete, wer sie war und wer sie gebaut hatte, und das sagte sie mit all der Einfachheit und dem Stolz der Flottentradition.

NCC 1701 … USS Enterprise … Starfleet, Vereinte Föderation der Planeten.

Doch das war es nicht, was George an diesem Tag zutiefst überraschte.

Jetzt schaute er nicht länger auf das Schiff, und auch nicht auf Robert, der leise sprach, sondern auf seinen eigenen Sohn …

… der zuhörte.

Jimmy der Unbeugsame, Jimmy, der harte, coole Typ … dieser Jimmy beugte sich so weit vor, daß er fast auf die Kontrollpaneele kletterte. Er war aufgeregt bis in die Fingerspitzen, und sein Gesicht glühte im Widerschein des Sternenschiffes.

Zum erstenmal seit Jahren sah George, wie die Mauer der Desillusion, die sein Sohn um sich errichtet hatte, einen Riß bekam.

»Ich verstehe diese Untergangspropheten unter uns nicht«, sagte Robert leise, »jene, die unsere Kultur für eine Art Krankheit halten und sagen, wir sollten uns verbergen, statt uns über die Galaxis auszubreiten … Und nun sieh, was wir geschaffen haben!«

Und der Junge schaute. Ohne zu blinzeln. Ohne sich abzuwenden. Und ohne abzulehnen, was er erblickte.

Robert April lächelte, und in seiner Stimme schwang die Begeisterung mit, als er sagte: »Wenn dieses Schiff deinen Planeten umkreiste, würdest du dann nicht mit ihm sprechen wollen?«

Zu viert, zwei vorne, zwei hinten, standen sie da, als der Stratotraktor einem vorgegebenen Kurs entlang unsichtbarer magnetischer Strahlen auf der Backbordseite des Sternenschiffs folgte. Die cremig-kühle Seite des Schiffes reflektierte die Docklichter und warf sie zurück auf ihre Gesichter.

Schließlich erklangen wieder Stimmen.

»Hier spricht Captain April, erbitte Erlaubnis, an Bord dieser hübschen Dame kommen zu dürfen.«

Eine heisere, aber kompetent klingende Stimme, die an derartige Augenblicke gewöhnt zu sein schien, antwortete.

»Simon hier, Captain. Erlaubnis erteilt, und herzlich willkommen zurück an Bord. Landegenehmigung für Steuerbord-Torpedoladebucht.«

»Danke, *Enterprise.* Die Freude ist ganz auf unserer Seite. April Ende.«

Robert wandte sich vom Sichtfenster ab und bemerkte erst jetzt George und Drake.

»Ah, Sie sind zurück, Gentlemen. Das war mein Erster Offizier. Sie werden sie mögen. Sie ist fast so alt wie Starfleet und doppelt so erfahren. Außerdem ist sie Großmutter und weiß daher, wie man mit aufsässigen kleinen Jungs umgeht!«

Er stieß Jimmy an, zog seine Hand jedoch sofort zurück, als der Junge zusammenzuckte und rückwärts gegen die Wand prallte, als hätte er einen elektrischen Schlag erhalten.

»Oh, Jimmy!« rief Robert. »Tut mir leid, ich wollte dich nicht erschrecken.«

Der Junge schien verwirrt und atmete heftig. Dann bemerkte er seinen Vater und Drake und versuchte, sich wieder zu fangen. Entschlossen vermied er es, nach draußen zu schauen, während sich ihr Schiff dem unteren Segment näherte.

Jetzt war dort nichts mehr zu sehen außer den Platten des Hüllenmaterials, besetzt mit Nieten, eingepaßten Verbindungsstücken und kleinen Blinklichtern – und natürlich der Schleusenöffnung, in die ein Teil ihres Schiffes hineingleiten würde wie ein Fuß in den Schuh.

Dann würden sie sich an Bord des Sternenschiffes befinden, und Jimmy mußte es sich nicht noch einmal von außen ansehen.

Er schien den Atem anzuhalten und auf diesen Moment zu warten, damit er die Kontrolle über sich selbst zurückgewinnen konnte.

»Jimmy, alles in Ordnung?« fragte Robert mit einem mitfühlenden Grinsen.

Direkt vor ihren Augen krachten die Fallgitter des Ressentiments zwischen ihnen und Georges Sohn wieder herunter. Die Empfindung war so stark, daß Robert unwillkürlich einen Schritt zurückwich, während George den Drang unterdrücken mußte vorwärtszuspringen, um noch hineinzugelangen, bevor das Gitter vollends unten war.

Aber er tat es nicht. Sie konnten den Aufprall der Gitter fast hören.

»Wenn alles in Ordnung wäre«, maulte der Junge, »wäre ich nicht hier.«

George spürte, wie sich sein ganzer Körper versteifte. »Paß auf, was du sagst, Bürschchen. Das ist Captain April, mit dem du sprichst.«

Falls die Ermahnung eine Wirkung zeitigte, ließ sie sich jedenfalls nicht erkennen – es sei denn daran, daß Jimmy gar nichts mehr sagte.

Er blieb für einen Moment, innerlich kochend, stehen, dann ging er um seinen Vater herum und zum Lift.

»Lassen Sie ihn nicht aus den Augen, Drake«, rief George.

Drake nickte nur, doch Jimmy drehte sich um und sagte: »Keine Sorge, er hält mich unter Bewachung.«

Er ging zum Lift, die Tür öffnete sich, er trat ein, Drake folgte, und das war es dann.

Sobald sich die Tür geschlossen hatte, ließ George die Schultern hängen, als hätte er gerade eine Kneipenschlägerei überstanden.

Robert schlenderte zu ihm hinüber, beide Hände tief in den Taschen seiner Strickjacke vergraben. Seine Miene drückte Begeisterung und sogar Amüsement aus.

»George, er ist ein prachtvoller Junge.«

»Er ist ein Miststück!«

»Oh, ja sicher … aber ein prachtvolles Miststück!«

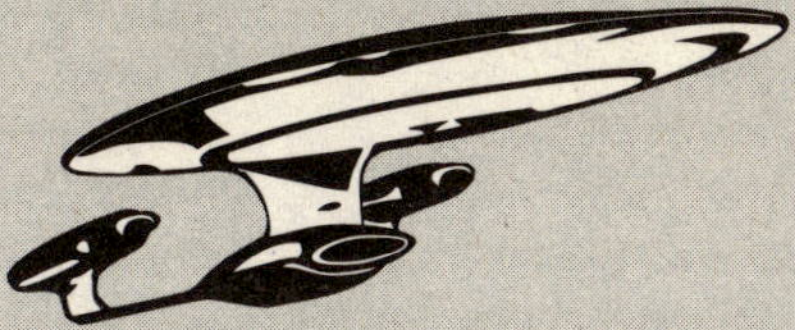

Teil 2

Die Brücke

6

USS *Enterprise* 1701-A

»Schwer vorstellbar, daß die *Bill of Rights* eines einer ganz neuen Klasse von Sternenschiffen sein soll, nicht wahr?«

»Nein«, erwiderte Jim Kirk. »Es ist schwer vorstellbar, daß Kinder wie Alma Roth ein eigenes Schiff kommandieren. Das ist ein Unterschied.«

»Nun … genau das meinte ich.«

Leonard McCoy sprach mit leiser Stimme, während er dem Captain auf dem Kommandodeck Gesellschaft leistete. Solange jedermann beschäftigt war, war es leicht für ihn, nicht weiter aufzufallen. In dem Versuch, sich diese schreckliche Zeit zu erleichtern – es war immer eine schreckliche Zeit, jenes Intervall zwischen dem Erkennen von Schwierigkeiten und dem Eintreffen vor Ort –, öffnete er seine Uniformjacke.

Er hatte geglaubt, hilfreich wirken zu können, doch die Stimme des Captains verriet ihm, daß es keine Möglichkeit gab, das Gefühl der Bedrohung zu dämpfen, das beide empfanden.

»Alma Roth ist kein Kind, Jim«, sagte er. »Sie ist sechsunddreißig … oder mittlerweile siebenunddreißig.«

»Ein Kind«, seufzte der Captain. »Es sind alles Kinder. All die Fähnriche und Offiziersanwärter, die auf meinen Schiffen anheuern und es mir überlassen, ihr Leben aufs Spiel zu setzen … das sind alles meine Kinder.«

McCoy knurrte. »Vielleicht muß man jung sein, um jemand anderen die Entscheidungen für einen treffen zu lassen. Keine Ahnung. Nach all diesen Jahren kann ich mich nicht mehr erinnern. Wie du schon sagtest, Jim, die Dinge ändern sich. Moden ändern sich ... Sternenschiffe ändern sich.«

»Worauf willst du eigentlich hinaus, Pille?« fragte Kirk. »Willst du von mir hören, daß ich auf eine neue Schiffsklasse eifersüchtig bin? Also schön ... ich bin eifersüchtig. Ich wünschte, Roth wäre wieder unten im Maschinenraum, wo sie zehn dieser siebenunddreißig Jahre zugebracht hat, und würde uns helfen, durch diesen Flushback zu kommen. Sie hat mir jahrelang entschlossen und ohne Fragen zu stellen gedient, und als sie mich um eine Empfehlung für die Kommandeursschule gebeten hat, habe ich sie ihr gegeben. Wie viele schaffen es denn bis zum Kommando über ein Sternenschiff? Zwei Prozent? Drei? Aber sie hatte die gewichtige Empfehlung eines Sternenschiff-Kommandanten. Vielleicht habe ich ihr damit mehr auferlegt, als sie bewältigen kann. Und jetzt ist sie dort draußen, mitten in dem, was auch immer dort geschieht. Wahrscheinlich tot, zusammen mit vierhundertneunzig anderen jungen Mannschaftsmitgliedern. Wie viele davon waren meine, Pille? Wie vielen habe ich beigebracht, hinauszugehen und diese wahnwitzigen Risiken einzugehen?«

McCoy zuckte schuldbewußt zusammen. »Ich wollte kein heikles Thema anschneiden, Jim.«

»Das ist kein heikles Thema«, sagte Kirk. »Du weißt ja, daß ich nichts von Wunschdenken halte. Aber sie ist dort draußen, zusammen mit ihrer Crew und ihrem Schiff, vielleicht in Millionen Stücke zerrissen, und das ist es, was mir zu schaffen macht.«

Seine Stimme klang bitter, und der Blick seiner Augen wurde hart. Er schaute auf den Schirm, weil er niemanden diesem Blick aussetzen wollte, in dessen Kern eine gewisse Selbstverachtung lag.

»Sie erzählen mir, daß die *Enterprise* und die gesamte Constitution-Klasse ausgemustert werden soll, abgelöst durch einen neuen Schiffstyp mit neuer Technologie. Sie behaupten, Skier könnten einen Rodelschlitten ersetzen. Oder anders herum, je nachdem. Kommt darauf an, wovon man ausgeht. Womit man reist. Und welche Mission man hat. Jedes Design eines Schiffes hat seinen bestimmten Zweck und seine eigene Balance von Fähigkeiten.«

McCoy brummte zustimmend. »Aber du weißt ebensogut wie ich, daß die Föderation sich von all den Labors und wissenschaftlichen Analysemöglichkeiten auf diesen Schiffen blenden läßt. Sie haben Forschung im Sinn, und sonst nichts. Ich glaube nicht, daß sie noch daran denken, wie flexibel ein Sternenschiff heutzutage sein muß. Einige Leute wollen den Tatsachen nicht ins Auge sehen.«

»Die Föderationsvertreter sind nie draußen auf rauher See gewesen, so wie wir, Pille«, stimmte Kirk zu. »Nur verdammt wenige sehen die dunklen Seitengassen des Alls. Starfleet war nötig, um dort hinauszugehen und sich dem Schmutz zu stellen. Wir waren die Kavallerie. Wir gingen als erste.«

McCoy versuchte, einen passenden Spruch aus dem dunklen Beutel seiner psychologischen Weisheiten heraufzubeschwören, doch die Vergangenheitsform, die der Captain verwendet hatte, irritierte ihn zu sehr. *Waren. Gingen.*

Kirk hielt seinen finster brütenden Blick weiterhin auf den Panoramaschirm gerichtet.

»Nicht nur Roth, auch all die anderen Leute an Bord jenes Schiffes, die alle auf der *Enterprise* angefangen haben«, sagte er. »In deren Schuld stehe ich.«

»Ich würde sagen, sie stehen in deiner Schuld«, widersprach McCoy.

Kirk nagte an seiner Unterlippe und schüttelte den Kopf. »Das ist nicht die Art, wie ein Captain das sieht.

Wenn Mannschaftsmitglieder ihre Jugend einem Captain und einem Schiff widmen, dann haben sie ein Recht auf Rückzahlung. Selbst wenn das erst später geschieht. Es spielt keine Rolle, wo es geschieht, oder wieviel später.«

McCoy, der immer noch vor Neugier brannte, entschloß sich, jetzt die Löcher zu füllen, die vor ihm klafften.

»Weißt du irgend etwas über diesen Ort?« fragte er. »Ich habe noch nie von Farmon gehört.«

Kirk warf ihm einen mißmutigen Blick zu und schaute dann wieder nach vorn. »Faramond.«

»Jim, kannst du nicht auf einen Wink reagieren? Ich bin fünfundzwanzig Jahre lang ständig in deiner Nähe gewesen und habe nie von diesem Ort gehört. Wenn ich eine Zeugenaussage machen müßte, würde ich behaupten, du bist nie dort gewesen.«

»War ich auch nicht«, sagte Kirk.

Sein alter Freund erkannte, daß diese Antwort nur ein Ausweichmanöver war. Irgendein quälendes Gefühl spielte hier mit. Eine schmerzliche Erinnerung.

»Ich habe es nie ganz geschafft«, fügte der Captain hinzu.

»Okay ... und warum nicht?« fragte McCoy nach. »Was kam dir in die Quere?«

Trotz der ungewissen Situation, in der sie sich befanden, und trotz der Alarmsignale überall auf dem Schiff, die sie irgendwie durch die schalldichten Decks hindurch wahrnehmen konnten – denn die Jahre, die sie hier verbracht hatten, spielten eine größere Rolle als ihre Ohren –, konzentrierten sich beide Männer auf etwas völlig anderes.

In den braunen Augen des Captains spiegelte sich der Groll gegen den Weltraum, aber auch die Unfähigkeit, sich davon fernzuhalten. Beide Männer hatten sich dem Feuer zugewandt. Und sie hatten dafür alles aufgegeben. Ihre Jugend. Die Chance,

Wurzeln zu schlagen, eine Familie, ein Heim, Kinder zu haben.

Die Anziehungskraft des Alls. Abenteuer, die immer ein Lichtjahr entfernt von dem Ort warteten, an dem sie sich gerade befanden. Nur noch ein weiteres Lichtjahr. Und danach noch eins.

Der Captain öffnete die Lippen und sprach zu der vor ihm liegenden Ferne. »Ich war damit beschäftigt herauszufinden, daß ich nicht perfekt war.«

7

»Nun, George, wie hat dir das Schiff gefallen, jetzt, wo alle Insignien und Embleme an Ort und Stelle sind? Der Name auf der Rundung, die Positionslampen eingeschaltet ...«

»Großartig. Toll.«

George versuchte ohne viel Erfolg, eine Strähne seines roten Haars aus dem Gesicht zu streichen. Er spürte, daß seine Züge regelrecht versteinert waren. Das fehlte ihm gerade noch – auf der *Enterprise* herumzulaufen und dabei auszusehen wie ein Felssplitter, der vom Mount Rushmore heruntergefallen war ...

»Tut mir leid«, sagte er, als sie durch den Korridor zum Turbolift gingen.

»Schon in Ordnung«, meinte Robert.

George trat beiseite, um dem Captain am Lift den Vortritt zu lassen. »Wo steckt der Bengel?«

»Ich glaube, Drake führt ihn im Maschinenraum herum, damit er beschäftigt ist. Sie werden nachher zu uns auf die Brücke kommen.« Als sich die Lifttür schloß, fuhr Robert fort: »Nun? Du hast meine Frage noch nicht beantwortet.«

»Welche Frage?« brummte George. »Oh, das Schiff. Sie sieht anders aus, Robert, wirklich anders. Schön ... und irgendwie furchteinflößend.«

»Tatsächlich? Wie meinst du das?«

»Ich weiß auch nicht ... schön, aber ... jetzt besitzt sie auch Autorität. Jetzt hat sie das komplette Starfleet-Make-up aufgetragen, all die roten Streifen und blauen Markierungen, die Lampen leuchten und ihr Name steht dort und die Konstruktionsnummer ... Ich wußte gar nicht mehr, daß sie ... so verdammt *groß* ist.«

Robert schmunzelte. »Du hattest recht damit, Jimmy einen Blick auf sie werfen zu lassen. Ein Schiff sieht von innen immer ganz anders aus, nicht war?« Er verschränkte die Arme. »Ein kluger Seemann wird sich einmal ans Ufer stellen und zuschauen, wie sein Schiff vorbeisegelt, damit er es von da an zu schätzen weiß, wenn er nicht zurückgelassen wird.« Er grinste und fügte ein »Na?« an.

George verzog sein Gesicht. »Wer hat das gesagt? Melville? Oder C.S. Forrester?«

»Es ist von mir!« erklärte Robert. »Kann ich nicht hin und wieder auch mal tiefschürfend sein?«

»Teufel, nein!«

»Warum nicht?«

»Weil du noch lebst. Um tiefschürfend zu sein, sollte man tot sein.«

»Du bist unfreundlich, George.«

»Ja, ich weiß.«

»Das ist dieses wilde, keltische Blut in dir. Hat die gleiche Farbe wie dein Haar. Ein Glück, daß Jimmy mehr wie seine Mutter aussieht.«

»Mmm«, brummte George. »Das Blut hat er aber trotzdem bekommen. Das ist ja das Problem. Winona hat all ihr zivilisiertes rosafarbenes Blut an Sam vererbt.«

»Ja, was macht eigentlich Sam?«

»Hat sich für die Wissenschaftsakademie qualifiziert, in Biowissenschaft. Kannst du dir das vorstellen?«

»Noch immer dieselbe Freundin?«

»Klar, immer noch. Die ganze Highschool hindurch und auch die zwei Jahre am College. Ich könnte schwören, daß die beiden heiraten, sobald sie ihren Abschluß haben. Ich gäbe was drum, könnte ich wenigstens etwas von dieser Beständigkeit auch bei

Jimmy entdecken. Jede Woche ein neuer Plan und ein neues Mädchen.«

»Tja, nun«, seufzte Robert, »das ist so, weil er ein …«

»Ein Casanova ist. Ich weiß, ich weiß.«

»Nein, George, nein.« Lächelnd und mit dem Augenzwinkern, das er sich für solche Gelegenheiten aufhob, lehnte sich Robert an die Liftwand und bedachte George mit einem Blick, der ihn wie einen freundlichen Onkel erscheinen ließ. »Ganz und gar nicht.«

»Okay. Dann eben ein Don Juan.«

»O George, du merkst nicht, worauf ich hinauswill.«

»Worauf schon? Daß mein Sohn ein Wolf ist? Ich glaube, er hat Winona und mich nicht oft genug zusammen gesehen. Sie und ich kamen besser auf eine gewisse Entfernung miteinander aus, aber ich hätte nie gedacht …« Unerwarteter Schmerz zeigte sich auf seinem Gesicht. Er seufzte. »Wahrscheinlich gehört das zu den Dingen, mit denen ich mein Familienleben ruiniert habe.«

»George«, murmelte Robert mit nachsichtigem Verständnis. »Als Vater stellst du dich etwas ungeschickt an, aber du willst den Jungen einfangen, bevor er auf die schiefe Bahn gerät.«

»Kannst du mir das vorwerfen?« Georges Stimme klang brüchig. »Einmal im Raum, und dieses eine Mal wird er Zeuge einer Massen … Massen …«

»Hinrichtung«, ergänzte Robert, »veranlaßt von einem Mann, der glaubte, Tausende von Menschenleben sollten besser durch eine zentrale Macht gelenkt werden. Die Föderation hat durchaus ihre Lehren daraus gezogen, am Ende zumindest. Wir haben auf schmerzliche Weise erkennen müssen, daß keine Macht an der Spitze die Dinge besser handhabt als Tausende von Individuen, die alle für sich arbeiten und schwitzen, planen und entscheiden, selbst in einer so verzweifelten Situation wie auf Tarsus Vier. Es ist besser, mit einem Funken der Hoffnung im Herzen zu verhungern, als im Namen der Ehre niedergemetzelt zu werden.«

Robert steckte die Hände in seine Jackentaschen, schob sie vor und betrachtete seine Füße, als müsse er sich einen Weg über Kopfsteinpflaster suchen.

»Kodos, der Schlächter ... man hat ihn nie gefunden, oder?«

»Nein«, antwortete George. »Ich würde den Mistkerl nur zu gern finden – was er meiner Familie angetan hat, und mir ... damals, als ich nicht wußte, ob meine Frau und meine Söhne unter den Überlebenden waren oder inmitten der zerfetzten Leichen ...« Er schloß krampfhaft die Augen. »Niemand, absolut niemand sollte entscheiden dürfen, welches Opfer ein anderer zu erbringen hat! Verdammt, ich wollte nicht ausgerechnet daran denken ...«

»Ich hatte auch nicht vor, alte Wunden aufzureißen, George, aber manche Dinge kann man einfach nicht verdrängen.«

»Ich will nicht darüber sprechen, okay? Ich will die Brücke nicht betreten, während wir darüber sprechen.«

»In Ordnung, ganz wie du willst.«

Der Lift hielt an und die Türen öffneten sich. »Wir sprechen später darüber«, sagte Robert, bevor er hinaustrat.

George wartete einen Moment im Lift, bis er seine Gesichtszüge wieder unter Kontrolle hatte. Die roten Lifttüren hatten sich schon fast wieder geschlossen, als das Geräusch George aus seinen Gedanken hochschreckte und ihn veranlaßte, nach vorn zu springen. Die Türen glitten wieder auf, als wollten sie sich zischend dafür entschuldigen, daß sie ihn beinahe eingeschlossen hätten.

Direkt vor ihm war Robert stehengeblieben. »Was brennt hier?«

Jemand auf der Backbordseite erklärte: »Wir hatten

hier einen Kurzschluß, Sir. Elektrische Probleme mit einem der Schaltkreise. Irgendwer im Dock hat die Anschlüsse falsch gepolt.«

Robert ging zu der defekten Stelle hinüber.

George, der jetzt allein in der ›Besucherecke‹ stand, auf dem Absatz direkt vor dem Lift, holte tief Luft.

Die Brücke der *Enterprise.* Ein Ort mit einem echten, hörbaren und spürbaren Herzschlag. Ein lebender, atmender Ort, der Wunschtraum eines jeden Kadetten. Der erste seiner Art.

Oh, natürlich standen andere Sternenschiffe kurz vor dem Sprung ins All oder wurden gerade erst zusammengebaut, doch dieses Schiff war das erste. Es würde kein anderes erstes Sternenschiff namens *Enterprise* geben. Es würde niemals ein anderes Schiff geben, dessen Diagnoseeinheiten noch den Pulsschlag des Beginns aller Sternenschiffe kannten, und irgendwann würde dieses Schiff als das älteste seiner Art bekannt sein. Eines Tages ... würde es selbst zur Geschichte gehören.

Doch heute war die *Enterprise* die Zukunft. Sogar sie selbst schien das zu wissen. Die Monitore der Diagnose- und Subsysteme zwitscherten und zirpten und pulsierten in hübschen, aber scheinbar sinnlosen Mustern, als würden Vögel im Dschungel singen. Kleine quadratische, blaue, rote, weiße und gelbe Lichter sowie farbige Bänder vor schwarzem Hintergrund sprenkelten den Ring schwarzer Computerkontrollen, der sich wie ein großes Stirnband um das Zentrum der Brücke zog, und blitzten fröhlich und asynchron. Jedes Muster stellte eine Meldung von einem fernen Teil des Schiffes dar, blinkte heftig und wartete darauf, daß es gebraucht wurde. An den Wänden darüber, direkt unter der sanften Deckenbeleuchtung, wurden Sektoren der bekannten Galaxis dargestellt, erforschte Sternsysteme und Nebel, Anomalien und Gasriesen, Karten und Daten, auf ihre Art schöner als jedes Kunstwerk.

Und es gab auch Schatten. Die Lichter hier waren bewußt so weit gedämpft, daß Schatten entstehen konnten. Schatten von hervorstehenden Konsolen, Schatten von Sesseln, Schatten der Menschen, die hier standen oder umhergingen. Lebensformen, die auf Welten mit Bäumen und Bergen aufgewachsen waren, mochten Schatten, mochten ein Gefühl der Tiefe, eine Erinnerung an Sonnenaufgang und -untergang. Die Schöpfer des Sternenschiffes hatten diesen Umstand keineswegs ignoriert. Eben wegen dieser Schatten war die Brücke auch ein Ort, an den man sich zurückziehen und nachdenken konnte.

George konnte sich vorstellen, daß hier während der nächsten Dekaden eine Menge Denkarbeit geleistet werden würde. Eine Menge Entscheidungen würden getroffen werden, die viele Leben beeinflußten, und so war es nur angemessen, daß der Ort, an dem diese Entscheidungen fielen, die Menschen an das Leben erinnerte. Schatten und warmes Licht konnten das erreichen. Diese Brücke tat es.

Während er zusah, wie Robert umherging, betrachtete George die leuchtende Arena, das Gehirn des Sternenschiffs, und all die Erinnerungen, die dieses Schiff aufgerührt hatte, ergriffen wieder Besitz von ihm. Das Schiff ist ein Beispiel dafür, daß Maschinen keine Menschen mehr brauchen. Es ist zu mächtig. Es ist eine riesige, fliegende Waffe. Ein großer Computer, der denken kann. Eine fliegende Bombe. Ein Zeichen dafür, daß die Menschheit sich selbst auslöscht. Die falschen Leute werden es in die Finger bekommen, es ist zu groß, als daß man damit fertig werden könnte, es wird außer Kontrolle geraten, es kann einen ganzen Planeten mit einem Schlag vernichten, die Menschheit ist noch ein Kind, und Kinder können nicht für die Zukunft planen ...

Doch es war nicht geschehen. Nichts davon. Das Schiff hatte einige Testflüge absolviert, um seine

Raumtauglichkeit zu beweisen, und während sich die Entwickler noch an Bord befanden, hatten sie ein paar hübsche kleine Missionen durchgeführt und nachgewiesen, daß die Menschheit durchaus in der Lage war, weise Entscheidungen zu treffen, und durchaus verstand, welche Auswirkungen die Gegenwart auf die Zukunft haben würde.

Doch heute machte sich George keine Sorgen um die Zukunft der Menschheit. Er sorgte sich nur um die Zukunft eines einzelnen Jungen, der auf der Kippe stand. Entschlossen verdrängte er alle Erinnerungen und versuchte, sich zu konzentrieren.

Auf der Brücke hielten sich jetzt mehr Menschen auf als damals, als George zuletzt hier gewesen war. Sie befanden sich an der Steuerung, der Wissenschaftsstation, den Maschinenraumkontrollen; zwei standen an der taktischen Konsole, ein Mädchen steckte bis zu den Achselhöhlen in einem Wartungsschacht auf dem Boden, und dort drüben ragten nur noch zwei Beine aus einer Klappe unter der Konsole der Impulssysteme hervor. Abgesehen von einem Mann an der Steuerung erkannte George niemanden wieder.

Sie sahen alle so jung aus …

Plötzlich wurde ihm bewußt, wie lang fünf Jahre sein konnten.

Überwältigt von seinen Gedanken blieb George im hinteren Brückenbereich stehen, während Robert die beiden Treppenstufen zum Kommandodeck hinunterging. Der Captain strich über das papageienrote Brückengeländer und dann über den schwarzgrauen Kommandosessel. Er wirkte wie ein Würdenträger zu Besuch, solange seine elfenbeinfarbene Jacke den größten Teil der Kommandantenuniform verdeckte.

Irgendwie war es beruhigend, ihn dort unten zu sehen.

Ein weiterer, tiefer Atemzug, und George nahm den scharfen elektrischen Geruch war, der von Instandsetzungsarbeiten zeugte, und er begann sich zu entspannen. Auf seine Art war es ein guter Geruch. Der Geruch von Reparatur und Verbesserung.

Er hatte nicht damit gerechnet, noch einmal hier zu sein. Für ein paar Minuten war er der Erste Offizier des Schiffes gewesen, doch das hatte nur für kurze Zeit gegolten, und er hatte nicht erwartet, jemals zurückzukehren. Damals war er noch nicht bereit gewesen, um stellvertretender Kommandant eines derartigen Schiffes zu werden, und er wußte, daß er auch jetzt noch nicht soweit war …

Plötzlich traf ihn ein schrecklicher Gedanke. Er beugte sich über das Geländer und bemühte sich, so zu sprechen, daß nur Robert ihn verstehen konnte.

»Rob … Captain!« verbesserte er sich für den Fall, daß ihn doch jemand hörte.

April drehte sich um und zog die Augenbrauen hoch. »Ja, George?«

»Du hast doch nicht … ich meine, du erwartest doch nicht … du hast doch einen Ersten Offizier?«

»Oh«, sagte Robert und nickte ihm beruhigend zu. »Ja, wir haben einen hervorragenden Ersten Offizier. Du wirst sie mögen.« Er blinzelte verschwörerisch. »Mach dir keine Sorgen. Diesmal hängst du nicht an diesem Haken.«

»Wer ist es?«

»Du kennst sie nicht. Sie war auf einer diplomatischen Mission zwischen den Kolonien der Föderation unterwegs. Eigentlich dachte ich, sie wäre hier.« Er schaute sich auf der Brücke um und wandte sich schließlich an einen der Männer, die an der taktischen Konsole arbeiteten. »Entschuldigung, Bill?«

Der größere der beiden drehte sich um. »Sir?«

»Wo steckt Lorna?«

»Ich bin hier unten, Sir«, rief eine Stimme vom Boden her. Einer der Füße, die aus der Klappe unter der Impulskonsole ragten, hob sich und wackelte.

Robert beugte sich vor. »Polieren Sie gerade das Schiff auf Hochglanz?«

»In letzter Sekunde sind ein paar Probleme mit dem Deuteriumfluß zu einer der Reaktionskammern aufgetreten. Wir haben es fast geschafft, Sir.«

»Warum stecken Sie in dem Loch, statt einen der Ingenieure hineinzuschicken?«

Die Ingenieure auf der Brücke sahen sich schuldbewußt um, doch die Stimme aus dem Loch sagte: »Ich war gerade zufällig hier, das ist alles.«

»Ich verstehe«, brummte Robert. »Ich habe hier jemand, den Sie kennenlernen sollten.«

»Tut mir leid, ich kann Sie nicht verstehen.«

»Ich habe hier jemand, den Sie kennenlernen sollten!«

»Oh ...«

»George, das dort unten ist mein Erster Offizier Lorna Simon. Lorna, Commander George Kirk.«

Der Fuß wackelte abermals, und die Stimme krächzte: »Wie geht's Ihnen?«

»Ganz hervorragend«, rief George. »Und Ihnen?«

»Arthritis. Und hier unten kriege ich kaum Luft ...«

Robert lächelte und richtete sich wieder auf. »George, ich mache dich jetzt mit dem Rest des Offizierskorps und der Brückenmannschaft bekannt. Neben dir an den Maschinenraum-Subsystemen stehen Bill Thorvaldsen und Larry Maverick, Chefingenieur der Impulstriebwerke respektive des Warpantriebs. Und du erinnerst dich sicher an Carlos Florida, der von Anfang an unser Steuermann war und es noch immer hier aushält. Carlos, sehen Sie mal, wer wieder da ist.«

Der untersetzte, dunkelhaarige Latino an der Steuerung winkte George freundlich zu und rief: »Wie ist es Ihnen ergangen, Sir?«

George nickte nervös, war aber innerlich sehr erleichtert, ein Gesicht zu sehen, das er wiedererkannte. »Hervorragend. Und Ihnen?«

Florida erwiderte das Nicken, lächelte und sorgte so dafür, daß sich George gleich ein wenig willkommener fühlte.

»Dort drüben ist Fähnrich Isaac Soulian, unser Navigator.« Robert deutete auf einen knochigen Typ, der arabischer oder libanesischer Herkunft sein mochte und jene Sorte von Bartwuchs aufwies, die sich auch mit noch so eifrigem Rasieren nicht gänzlich zum Verschwinden bringen ließ. Er nickte George zu, brauchte aber beide Hände, um Werkzeug weiterzureichen an ...

»Fähnrich Veronica Hall«, fuhr Robert fort, wobei er auf die junge Frau am Boden deutete, »ist unsere Astrotelemetristin und Kommunikationsoffizierin.«

»Hallo, Commander«, sagte das Mädchen mit ihrer ruhigen Stimme, winkte mit einem bleistiftähnlichen Gerät und schob dann eine von einem runden Dutzend geflochtener Strähnen zur Seite – offensichtlich trug sie die Zöpfe, um das blonde Haar aus ihrem Gesicht herauszuhalten, was ebenso offensichtlich nicht funktionierte.

George nickte zu ihr hinunter und stellte dabei fest, daß sie kaum älter war als Jimmy, was wieder eine ganze Reihe von Fragen in bezug auf das Verhalten junger Menschen in ihm auslöste. Vor drei oder vier Jahren hatte dieses Mädchen nicht an der Grenze zur Kriminalität gestanden, soviel war sicher. Warum konnte nicht auch ...

»Alle unsere Damen scheinen heute am Boden zu liegen«, bemerkte Robert. »Meine Herren, Sie versagen bei der Erfüllung Ihrer Kavalierspflichten.«

Überall zeigten sich lächelnde Mienen. Die gute Laune sprang auf George über und dämpfte seine Zweifel.

Bis sich die Türen des Turbolifts wieder öffneten.

Er drehte sich um und wurde von einem kalten Blick getroffen.

Jimmy Kirk betrat die Brücke der *Enterprise,* nahm die bunten Lichter und die Schatten darüber und darunter in sich auf, holte tief Luft und rümpfte die Nase.
»Hier stinkt es«, erklärte er.

Das Deck schien sich in Beton zu verwandeln, auf den die Worte herabstürzten und zersplitterten.
Ein paar Mitglieder der Brückencrew hatten alles gehört. Sie drehten sich, um den mit Jacke und Mütze bekleideten Bengel zu betrachten, der so über ihre Brücke sprach.
Bereits jetzt konnten sie ihn nicht leiden.
George Kirk spürte, wie sich seine Muskeln verspannten. Er zog warnend die Augenbrauen zusammen.
»Sie führen gerade ein paar elektrische Arbeiten durch«, sagte er. »Du weißt schon ... letzte Reparaturen.«
»Paß auf, was du sagst, Söhnchen«, mahnte eine heisere Stimme vom Vorderdeck. »Eines Tages könnte jemand das gleiche über dein Schiff sagen.«
Zum erstenmal, seit er die Brücke betreten hatte, sah George den Ersten Offizier außerhalb der Wartungsöffnung. Lorna Simon ließ sich von Florida und Soulian hochhelfen, doch ihre Augen waren bereits auf Jimmy gerichtet.
Sie war eine sehr kleingewachsene, untersetzte Frau mit einem dichten, weißen Haarschopf und Falten, die sich in ständigem Wechsel zwischen Stirnrunzeln und Lächeln tief in ihr rundes Gesicht gegraben hatten. Tatsächlich war alles an ihr rund, Gesicht, Figur, Finger; und damit sie eine Größe von einem Meter fünfzig erreichte, hätte man ihr Haar in die Rechnung mit einbeziehen müssen.
George hielt die Luft an bei der Vorstellung, wie Jimmy auf eine so ungewöhnliche Person reagieren würde.

Vielleicht erinnerte Simon ihn an jemand, den er respektierte, oder sie sah aus wie ein Lehrer, vor dem er Angst hatte, jedenfalls verstummte der Junge schlagartig und starrte sie an.

Sie schenkte ihm jedoch keinen zweiten Blick, sondern wandte sich an den Captain. »Erbitte Erlaubnis, nach unten zu gehen und das Ding an der Quelle einzustellen.«

»Natürlich«, antwortete Robert, »aber seien Sie wieder auf der Brücke, wenn wir das System verlassen.«

»Aye, Sir. Ich bin rechtzeitig zurück, um jeden in den Hintern zu treten, der nicht richtig spurt.«

Sie warf einen kurzen, aber gezielten Blick auf jemanden, den sie dabei im Sinn hatte, marschierte dann in den Turbolift und verschwand.

Erst nachdem sie fort war, traute sich Jimmy wieder, etwas zu sagen.

»Was macht denn eine Großmutter auf Ihrem Schiff?«

»Das ist Commander Simon«, erwiderte Robert. »Erster Offizier.«

»Erster Offizier? Sieht eher aus wie die Oberwärterin im Frauenblock.«

»Man hat ihr neunmal das Kommando über ein eigenes Schiff angeboten. Sie hat jedesmal abgelehnt.«

Auf Jimmys Miene zeigte sich echte Verwunderung. »Warum sollte jemand die Möglichkeit ablehnen, Captain zu werden?«

Robert zuckte andeutungsweise die Schultern. »Sie wollte eben nicht.«

»Das ist dumm«, erklärte der Junge und registrierte zufrieden, wie sein Vater zusammenzuckte. »Weshalb sollte es jemand ablehnen, das Sagen zu haben?«

»Weil es Verantwortung bedeutet, Jimmy. Du mußt Entscheidungen treffen, und viele Menschenleben liegen in deiner Hand. Du könntest jemanden töten, nur weil du dein Schiff falsch andockst. Die Aussicht auf ein Kommando ist natürlich reizvoll, doch es gibt einiges, was diesen Glanz beeinträchtigt. Lorna ist einfach schlauer als ich«, setzte er grinsend hinzu.

»Wo ist Lieutenant Reed?« mischte sich George, an Jimmy gewandt, ein.

Sein Sohn zuckte gleichgültig die Achseln. »Er hat mich hochgeschickt. Keine Ahnung, wohin er gegangen ist.«

»Er hat dich einfach allein hochgeschickt?«

Jimmy bedachte ihn mit einem ironischen Seitenblick, der zu verstehen gab, daß er wußte, weshalb sein Vater ihm nicht traute.

»Er meinte, er würde mich an eine Reggae-Schlagzeuggruppe verkaufen, wenn ich nicht geradewegs herkäme. Was immer das bedeuten mag.«

George schob das Kinn vor und bemühte sich, eine heftige Antwort zurückzuhalten, doch dann entschärfte Robert die Situation.

Der Captain schien sich absolut nicht am Ton des Jungen zu stören. Er ließ seinen Blick über die Brückencrew schweifen und sagte: »Also schön, Leute, wenn alles vertäut ist, sollten wir langsam Fahrt aufnehmen, oder? Bill, schicken Sie ein Abschiedssignal ins Büro des Hafenmeisters und bitten Sie um Startfreigabe.«

»Aye, Sir.«

»Fähnrich Hall, kommen Sie aus dem Deck heraus, meine Liebe, und helfen Sie uns, Klarschiff zu machen.«

»Ja, Sir.«

Hall klappte das Wartungspaneel zu, sprang auf die Füße und eilte zur Kommunikationsstation hinüber, wobei sie mädchenhaft ihre Uniform glattstrich.

George bemühte sich, den Blick von ihr abzuwenden, doch obwohl sie sehr schlank und zierlich war, war sie doch auch ganz Frau. Aber sie wirkte zu sanft und zu zart für den Dienst. Gerade in dieser Umgebung wurde das besonders augenfällig. Er bemerkte, daß Jimmy sie ebenfalls beobachtete.

Hinter ihnen öffneten sich die Lifttüren, und George trat zur Seite, als eine ganz andere Art von Frau die Brücke betrat. Sie war ebenfalls blond, allerdings strohblond, während Halls Haar cremiger wirkte.

Irgendwie paßte das. George hatte schon bei ihrer ersten Begegnung gedacht, daß ihr diese Farbe stand.

»Robert!« rief die Frau. »Du bist spät dran! Oh, George. Hallo. Was zum Teufel machst du denn hier?«

»Ich wollte dich wiedersehen, Sarah, was sonst?« sagte George.

»Ich weiß«, meinte die Frau. »Es ist immer toll, mich zu sehen. Robert, die Krankenstation ist ein völliges Durcheinander! Du hast gesagt, mein Team wäre für den Dienst auf diesem Schiff freigegeben, aber das stimmt nicht!« Sie schwenkte eine gelbe Computerspeicherscheibe in seine Richtung. »Ich habe vier Beschwerden von Starfleet-Hospitälern erhalten, die alle besagen, ich hätte ihre Leute requiriert, ohne sie auch nur zu benachrichtigen. Sie werfen mir eine Verletzung der Dritten Interstellaren Konvention zur Sicherheit des Lebens im All vor und drohen mit Klage! Und was soll ich jetzt noch deswegen unternehmen? Wir stehen doch kurz vor dem Start, verdammt noch mal!«

Robert warf ihr einen freudestrahlenden Blick zu und sagte: »Ah, Sarah, meine Liebe, richtig. Veronica, würden Sie meine Autorisierung an diese Hospitäler weitergeben? Und informieren Sie das Starfleet-Hauptquartier, daß alles in Ordnung ist.«

Hall streckte eine Hand nach der Datenscheibe aus. »Ich übernehme das für Sie, Doktor.«

»Hast du eine Meldung für mich, Sarah?« fragte Robert. »Ist in der Krankenstation alles startklar?«

»Nun«, brummelte die Ärztin, »ich glaube schon. Ich kann nur diesen Detailkram nicht ausstehen.«

Robert ging zum oberen Decksbereich hinüber und

nahm ihre Hände. »Ist sie nicht hübsch, George? Sie ist mit jedem Tag schöner geworden, seit wir damals den Ehevertrag unterzeichnet haben, was?«

Sarah April wurde sichtbar ruhiger, lehnte sich gegen ihn und sagte leise: »Hör auf damit … was sollen die anderen denken.«

»So hübsch«, murmelte er und zwickte sie in die Wange.

»Das steht aber nicht im Reglement, Captain«, bemerkte George.

Sarah warf ihm einen herausfordernden Blick zu. »Wer hat dich denn gefragt? He – ist das nicht Jimmy hinter dir?«

George trat zur Seite, ohne seinen Sohn anzusehen.

Sarah löste sich von Robert, hielt aber weiter seine Hand fest, und sagte zu Jimmy: »Als ich dich das letzte Mal gesehen habe, hast du Papierboote auf dem Teich hinter eurer Farm schwimmen lassen. Was machst du jetzt hier?«

»Nicht viel«, sagte Jimmy und legte etwas Distanz zwischen sich und die Erwachsenen.

»Nun, sag mir Bescheid, wenn du raumkrank wirst.« Sie schob ihren Ehemann zurück und ging zum Turbolift. »Es ist immer das gleiche, wenn eine junge Mannschaft auf dem Schiff ist. Ständig versuche ich diesen Idioten im Hauptquartier klarzumachen, daß künstliche Schwerkraft etwas anderes ist als ein hübscher, kräftiger Planet. Jetzt werde ich erst mal die medizinischen Vorräte überprüfen. Ich traue den Listen nicht, die sie mir geschickt haben. Und vergewissere dich bitte, daß die Abteilungschefs den neuen Rekruten erklären, wo sich die Krankenstation befindet, weil ich keine Lust habe, das ganze Schiff nach einem desorientierten Besatzungsmitglied abzusuchen. Wenn man hier mal falsch abbiegt, kann man sich hoffnungslos verirren. Vergiß das nicht!«

Sie schaffte es gerade noch, die letzten Worte auszusprechen, bevor sich die Lifttüren schlossen.

»Oh, Junge«, brummte George. »Eine der großen, universellen Konstanten.«

»Da geht sie hin«, meinte Robert, »zwitschernd wie eine Singdrossel. Was würden wir ohne sie tun?« Er ging auf das untere Deck zurück, drehte den Kommandosessel, nahm darin Platz und schlug die Beine übereinander. »Kurzstreckenscanning, auf den Schirm.«

Ein paar antwortende Signale ertönten, und der große Sichtschirm vor ihnen erwachte zum Leben – ein Blick auf das offene Ende des Raumdocks, weiter draußen der Mond, und dahinter ... das All.

Robert war offensichtlich mehr als zufrieden, daß er ein paar Sekunden mit seiner Frau hatte verbringen können. Seine Stimme klang munterer, und sein Gesicht zeigte ein leises Grinsen, als er sagte: »Alle externen Versorgungssysteme abschalten und alle Positionslichter überprüfen.«

»Bestätigt, Sir«, meldete Steuermann Florida. »Abgeschaltet und überprüft.«

»Danke, Carlos. Dann machen wir uns mal auf den Weg – oh, Jimmy, komm hier herunter. Möchtest du zusehen?«

Der Junge ging die Stufen nach unten, behielt aber seine abwehrende Haltung bei. »Was gibt es denn zu sehen?«

»Es ist etwas kompliziert«, sagte Robert, »aber sehr interessant.«

»Was soll daran kompliziert sein? Man bringt das Schiff raus, und sobald man draußen ist, gibt es nichts mehr im All als noch mehr Nichts.«

»So scheint es«, stimmte der Captain zu, »aber du kannst nicht einfach mit einem Schiff wie diesem losbrausen und hoffen, daß dir alle anderen aus dem Weg gehen. Selbst auf dem Ozean gibt es schließlich Verkehrsregeln wie ›Backbord an Backbord passieren‹ und dergleichen mehr, nicht wahr?«

»Nun ... ja.«

»Ich beneide dich darum, daß du dich mit diesen Dingen auskennst. Ich mußte alles im Weltraum lernen. Abgesehen von ein paar Angelausflügen in Irland habe ich nicht viel Zeit auf dem Wasser verbracht. Ich halte mich auch lieber an das Land. Kontinente gehen nicht so leicht unter.« Er drehte sich zur Kommunikationsstation um und wandte sich an das junge Mädchen, das vor den Kontrollen sehr klein wirkte. »Haben wir die Freigabe durch den Hafenmeister?«

»Kommt gerade herein, Sir. Alle Dockarbeiter und Mitglieder der Wartungsmannschaften sind durchgezählt.«

»Gut, sehr gut. Danke, Veronica. Oh, Carlos, denken Sie daran, daß wir auf unserem Weg dem Orbit des neuen Kraftwerks ausweichen müssen.«

»Ja, Sir, ich arbeite einen entsprechenden Kurs aus«, sagte Florida. »Ich werde froh sein, wenn sie sich einen besseren Platz ausdenken, an den sie das Ding hängen können.«

»Was macht ein Kraftwerk im Orbit?« fragte Jimmy.

»Jimmy!« rief George von hinten. »Stör jetzt nicht.«

Doch Robert warf ihm einen Blick zu, der besagte, daß er so etwas erwartet, ja vielleicht sogar beabsichtigt hatte.

»Deshalb ist er doch hier.« Er sah Jimmy an und sagte: »Es ist ein raumflugtaugliches Kraftwerk. Mehrere davon befinden sich in einem Orbit, der um mehrere tausend Meilen höher liegt als unserer. Die Energie wird gebündelt zur Erde gestrahlt. Wir müssen aufpassen, daß wir sie bei unserem Abflug nicht rammen, und natürlich sollten wir auch nicht durch einen der gebündelten Strahlen fliegen. Das würde ganz schön kribbeln, nicht wahr?«

Er verdrehte die Augen, und die Brückencrew kicherte und folgte seinem Beispiel.

George war der einzige, der steif und angespannt dastand. Alle anderen beugten sich über ihre Stationen, eine Hüfte vorgeschoben oder eine Hand in den Gürtel gesteckt, überwachten die Monitore, betätigten ein paar Tasten, und zeigten in ihren Mienen zumindest einen Anflug von Befriedigung. Es war etwas Besonderes am Start eines Schiffes, ganz gleich, wo er stattfand, oder wie lange beziehungsweise wie kurz das Schiff angedockt hatte – irgend etwas war daran.

Die Beiläufigkeit der Mannschaft ließ diese besonders fähig wirken. Sie legte die Haltung von Menschen an den Tag, die sich in ihrem Metier genauestens auskannten.

George hätte es fast gewagt, sich ein wenig zu entspannen ... doch dann ...

»Warum schaffen sie das Kraftwerk nicht einfach auf die Erde?« fragte Jimmy beharrlich. »Dort wird die Energie doch verbraucht, oder nicht? Warum bringt man sie dann erst in eine Umlaufbahn?«

»Zum einen, weil die Dinger häßlich sind«, antwortete Robert. »Wer will schon neben einem Kraftwerk wohnen, nachdem wir jetzt über diese Alternative verfügen? Weitaus wichtiger ist allerdings, daß es sich um Antimaterie-Kraftwerke handelt. Wir haben es nicht gewagt, sie zur planetaren Energieversorgung einzusetzen, solange wir nicht herausgefunden hatten, wie man sie im Orbit unterbringen und lediglich die Energie hinunterleiten kann. Schließlich wollen wir doch nicht, daß so ein Kraftwerk auf der Planetenoberfläche steht, wo all die Menschen leben, oder?«

»Warum nicht?« fragte Jimmy zurück. »Wir sitzen doch in einem, oder nicht?«

George, der noch immer auf dem erhöhten Deck hinter ihnen stand, schloß verzweifelt die Augen. Er wußte, daß dieser Alptraum noch nicht enden würde.

Robert schaute Jimmy an und versuchte, den Schatten der Mütze zu durchdringen, der die Augen des Jungen verbarg, und schlug dann mit der Hand auf die Armlehne des Sessels.

»Beim Heiligen Christopher, Leute, er hat recht!« rief er. »Wir müssen umkehren.«

Die Crew lachte und nickte eifrig, und irgend jemand murmelte: »Zu spät. Wir sind verloren.«

George beobachtete seinen Sohn.

Jimmy fand sich plötzlich in der Rolle eines Hinterwäldlers wieder, der an einem vornehmen Essen teilnimmt. Seine Züge verhärteten sich, während seine Wangen dunkelrot anliefen. Das Gekicher der Mannschaft ließ ihn wie einen einfältigen Tropf erscheinen.

George konnte sich in Jimmy hineinfühlen, als der Junge einen Schritt zurückwich und eine Miene aufsetzte, die verriet, daß er von niemandem angesprochen werden wollte.

»Captain«, sagte Veronica Hall, »der Hafenmeister meldet eine Korrektur vom Handelsdock. Er fragt, ob wir warten können, bis uns ein Hydrotransport passiert hat.«

»Natürlich können wir. Senden Sie eine Bestätigung. Jimmy, komm her und schau dir an, was vor uns vorbeifliegt.« Robert schien die schwarze Wolke nicht zu bemerken, die über dem Jungen schwebte. Er deutete auf den Hauptschirm, wo jetzt ein langgestrecktes, in häßlichem Blau und Grau gehaltenes Schiff auftauchte. »Das ist ein Frachter, Jimmy, der zu einer unserer Kolonien in einem anderen Sonnensystem aufbricht. Oh – siehst du das kleine, blauweiße Zeichen? Das ist ein Postwimpel. Er besagt, daß das Schiff Post für seinen Zielort und möglicherweise auch für ein paar Zwischenstationen mit sich führt. Dieses kleine Zeichen heißt auch, daß jeder Angriff auf das Schiff nicht nur als krimineller Akt betrachtet wird, sondern als Angriff auf die Föderation der Vereinten Planeten selbst. Ein perfekter Schutz, nicht wahr? Im Innern des Schiffes befindet sich praktisch ein komplettes Lagerhaus, sogar lebende Fische sind an Bord.«

»Fische?« schnaubte Jimmy. »Wieso?«

»Schau.«

Der große, rechteckige Frachter glitt langsam aus dem Darstellungsbereich des Schirms und enthüllte so, was er im Schlepp hatte.

Jimmy blinzelte ungläubig. »Ein Eisblock?«

»Gefrorenes Salzwasser. Mehrere hunderttausend Tonnen. Genaugenommen ein richtiger Eisberg. Sie beamen das Wasser hoch, frieren es ein, bringen so viele lebende Fische wie möglich unter, und schon sind sie zu einer Kolonie unterwegs. Dort wird dann eine Meerwasserfarm eingerichtet.«

»Müssen sie es nicht irgendwie bedecken? In einen Tank füllen oder so?«

Der Captain beugte sich zu ihm. »Wozu?«

Außerstande, die Frage zu beantworten, verschloß sich Jimmy wieder. Schließlich war es ja nur Eis.

»Offenbar gibt es keinen Grund für einen derartigen Aufwand«, bemerkte April. »Schließlich bleibt im Raum nichts daran hängen ...«

Um seinen Schnitzer zu verbergen, stellte Jimmy eine andere Frage. »Sie beamen also einfach ein paar Kubikkilometer aus dem Ozean herauf und nehmen sie mit?«

Der Captain schaute für einen Moment verdutzt drein, dann sagte er: »O nein, mein Junge, nein! Das wäre eine Katastrophe! Sie können jeweils immer nur kleine Mengen hochschicken.«

»Weshalb?«

»Nun, du weißt ja, daß das Beamen nicht ohne Energieverlust vonstatten geht ...« Er hielt inne, warf einen Blick auf seinen Gast und sagte dann: »Nein, ich nehme an, das weißt du nicht, oder?«

»Klar weiß er das«, knurrte der Navigator, ohne sich umzudrehen.

»Er weiß doch alles«, meinte eine Stimme von der Steuerbordseite her.

George war längst darüber hinaus, wegen irgend etwas zusammenzuzucken. Er hatte schon früher in seinem Leben einige Fehler gemacht, aber das hier …

»Bei der Benutzung von Transportern kommt es zu einem immensen Energieaustausch«, erklärte April, ohne die Kommentare zu beachten. »Für einen kurzen Moment machen wir das Universum instabil. Wir nehmen eine Masse und bewegen sie. Dafür muß es irgendwo einen Ausgleich geben. Theoretisch nimmt der Transporter ein Materieteil von dort, wo es sich gerade befindet, und befördert es … nun, es ist ziemlich kompliziert, Jim, und sehr gefährlich, solange man nicht genau weiß, was man tut. Deshalb zählt man Transporter auch nicht unbedingt zu den Haushaltsgeräten. Vielleicht kann dir dein Vater zeigen, was wir in der Schiffsbibliothek zu dem Thema gespeichert haben, wenn wir erst unterwegs sind, oder, George? George, bist du noch da?«

»Ja, Sir«, erwiderte George überrascht. »Ja, ich glaube, ich bin noch hier.«

»Captain«, sagte Hall und berührte ihren Ohrhörer, »das Handelsdock meldet, daß ihr Schiff unseren Flugbereich verlassen hat, und dankt Ihnen. Der Hafenmeister versichert, daß der Bereich jetzt frei ist.«

»Bestätigung an beide.«

»Aye, Sir, wird bestätigt.«

Robert drehte seinen Sessel nach vorn. »Carlos, alle Vertäuungen, Kabel und Antigrav-Hilfssysteme trennen.«

»Verbindungen sind getrennt, Sir.«

»Standardabflugkurs.«

»Liegt an.«

»Bringen Sie uns raus, ein Fünftel Impulsgeschwindigkeit.«

»Punkt zwo null Impuls ... los geht's.«

Als würde plötzlich ein Trommelsignal in ihren Köpfen ertönen, straffte die gesamte Brückenmannschaft die Schultern. Niemand wollte in lässiger Haltung dastehen, wenn das Flaggschiff der Föderation ablegte.

Tief aus dem Innern des riesigen Schiffes ertönte ein dunkles Brummen. Als würde ein schlafender Schwan den Kopf heben, die Flügel ausbreiten und auf den Teich hinausschwimmen, so glitt das Sternenschiff *Enterprise* vorwärts und ließ das Raumdock zurück.

Der Mond sandte ihnen einen bleichen Gruß, dann schwebte auch er nach steuerbord und ließ den Raum frei vor ihnen liegen.

Das Sonnensystem war ein Konzert, das den Schwan begleitete, mit den sanften Tönen von Waldhorn und Baßtuba, als das Schiff die Planeten passierte, die auf seinem Kurs lagen. Die Planeten des Solsystems, die allen Menschen besonders schön erschienen, denn sie waren die ersten, von denen jedes Kind hörte. Und für jeden auf der Brücke hatte die Vision des Weltraums mit eben diesen Planeten begonnen.

George wünschte sich, er könnte den Anblick besser genießen, doch es gab zu viele Dinge, die ihn beschäftigten.

Er dachte an Robert, der an vielen Fäden gezogen hatte, um Jimmy an Bord zu holen, und der jetzt eine Mission übernahm, die er eigentlich hatte ablehnen wollen, nur um einem alten Freund einen Gefallen zu tun.

Einen Gefallen zudem, der nichts mit Starfleet zu tun hatte, sondern ganz privater Natur war.

Und da war Jimmy, der sich an das Geländer klammerte und die Planeten anstarrte. Er sah aus, als hätte er Angst abzustürzen.

Entweder das, oder er haßte seinen Aufenthalt hier tatsächlich so sehr, wie er vorgab.

Vielleicht spielte er auch gar keine Rolle. Vielleicht haßte er den Weltraum tatsächlich. Und vielleicht haßte er George noch mehr, weil der ihn hierhergebracht hatte …

George spürte, wie ihm der Schweiß ausbrach. Er holte tief Luft und sprach dann mit ruhiger, aber fester Stimme.

»Jimmy, komm hierher.«

Sein Sohn blinzelte ein paarmal und sah ihn dann an. »Warum sollte ich?« fragte er.

George biß die Zähne zusammen. »Komm vom Kommandodeck runter, verdammt.«

Jimmy schaute sich um, doch seine jugendliche Arroganz bewahrte ihn vor der Erkenntnis, daß er sich als einziger in jenem Bereich aufhielt, der sowohl traditionell wie funktionell dem Captain vorbehalten war.

Er sah seinen Vater fragend an, rührte sich aber nicht.

George schnippte mit den Fingern und deutete auf den Boden neben sich. »Hör auf, Maulaffen feilzuhalten, und … komm … hierher.«

Jimmys Züge versteinerten. Er konnte es nicht leiden, vor anderen Leuten herumkommandiert zu werden. Selbst im privaten Rahmen hielt er das kaum aus.

Er ging zum Oberdeck hinauf und starrte seinen Vater an.

»Schön«, sagte er, »du willst also, daß ich dort verschwinde? Dann kann ich ja auch ganz gehen.«

Ohne anzuhalten, ging er an seinem Vater vorbei zum Turbolift, dessen Türen sich sofort öffneten und dann wieder schlossen, während sich der Junge umwandte und seinen Vater mit einem letzten Blick durchbohrte, einem Blick, der ausdrückte, daß er ein

Junge war, der in seinem Leben schon zu viele Entscheidungen für sich selbst hatte treffen müssen.

Bedauern überkam George, als er zusah, wie sich die Lifttüren schlossen und diesen harten Blick unterbrachen. Er schüttelte den Kopf, strich sich über die Augenbrauen und drehte sich um …

Und entdeckte, daß Robert ihn anschaute. Der Captain hatte seinen Sessel verlassen und lehnte jetzt am Geländer, während der Schirm hinter ihm zeigte, wie das Schiff den äußeren Bereich des Solsystems verließ und ins All hinausflog.

»Ah, die Hitzigkeit der Jugend«, seufzte der Captain. »Da geht mir immer das Herz auf.«

George reagierte mit einem frustrierten Achselzucken. »Er kann es nicht leiden, wenn ihm jemand sagt, was er tun soll, wenn er selbst dafür keinen Grund erkennen kann. Eines Tages wird ihn diese Haltung umbringen, wenn er nicht vorher klug wird. Ich hatte gehofft, wenn er das Sonnensystem sieht … aber das war ein Fehler. Und ich habe es gewußt. Ich hätte auf meine Instinkte hören sollen, als sie mir rieten, umzukehren und nach Hause zu gehen.«

»Also wirklich, mein Freund«, schmunzelte Robert. Er trat zu George aufs Oberdeck, um so wenigstens eine gewisse Privatsphäre zu schaffen.

»Jetzt entspann dich erst mal«, sagte er. »Das wird ein hübscher kleiner Ausflug. Auf Faramond werden wir den ersten Spatenstich tun und dann wieder zurückfliegen, und unterwegs wird dein Junge mehr Dinge sehen, als er sich vorstellen kann. Verstehst du? Alles ganz harmlos. Also reg dich nicht auf. Was immer dem Jungen zu schaffen macht, wir werden es schon finden. Außerdem ist er gerade erst seit einer Stunde an Bord. Du darfst nicht zuviel auf einmal von ihm erwarten. Er ist erst sechzehn! Es dauert noch sehr lange, bis er erwachsen ist.«

»Schön, daß du noch positive Seiten an ihm entdecken kannst«, meinte George, »ich schaffe das jedenfalls nicht.«

»Oh, es steckt eine Menge in ihm. Nur Mut, Robert. Denk daran, gerade die aufsässigen Kinder werden später die bedeutendsten Anführer ... Elizabeth die Erste, Alexander der Große ... gerade diese Art von Persönlichkeit gerät naturgemäß in Konflikt mit den Eltern. Mitunter sogar in gewaltsamen Konflikt. Alexander wurde verdächtigt, die Ermordung seines Vaters veranlaßt zu haben.«

»Bitte, Robert!« stöhnte George. »Bring den Jungen nicht auch noch auf solche Gedanken.«

8

»Kirk hier. Verbindungskutter 4 erbittet Startfreigabe.«

»Bestätigt, VK 4. Achtung, Hangardeckpersonal: Räumen Sie die Landebucht. Druckabfall. Ich wiederhole: Räumen Sie die Bucht und bereiten Sie sich auf Start vor.«

Alarmglocken ertönten im gesamten Heckbereich der Sekundärsektion und warnten davor, daß sich das Schleusentor in Kürze öffnen und jedes Lebewesen auf dem Hangardeck in Stücke gerissen würde, sofern es sich nicht in dem dreißig Fuß langen Beiboot aufhielt, das gleich starten würde.

Für eine Person im Innern des kleinen Schiffes klangen die Glocken so, als hätte gerade die Schule begonnen.

»Jimmy, bist du angeschnallt?«

»Ich bin gefesselt, falls es das ist, was du meinst.«

George drehte sich auf dem Platz des Kopiloten, um einen Blick auf seinen Sohn zu werfen, der hinter Robert auf einem der Passagiersitze saß. Jimmy, der jetzt die Freizeitkleidung von Starfleet trug und offenbar seine geliebte Jacke und die Mütze, unter der er sich verstecken konnte, schmerzlich vermißte, starrte zurück. Er hatte sich nicht angeschnallt und zeigte auch nicht die geringste Absicht, daran etwas zu ändern. Teenager waren bekanntlich unzerstörbar.

»Vorschriften«, erklärte George, der es irgendwie schaffte, das herunterzuschlucken, was er eigentlich sagen wollte. »Ich weiß, daß du wenig dafür übrig hast, wir anderen aber schon. Also los jetzt.«

»Ist wahrscheinlich eine ganz gute Idee, Jimmy«, bemerkte Robert April, der in der Reihe Platz genommen hatte, die sich direkt hinter Carlos Floridas Pilotensitz befand.

Durch Grimassen und Gestöhne gab Jimmy zu verstehen, was er davon hielt, gehorchte aber doch lieber, als sich mit Captain April zu streiten. Jede Form von Widerstand schien irgendwann an eine Grenze zu stoßen, jenseits derer die Sache sinnlos wurde. Jimmy zog es vor, jeweils einen Punkt nach dem anderen zu machen.

Allerdings würde er sich hier genau überlegen müssen, wie er Punkte machen konnte. Er befand sich praktisch in einem geschlossenen Raum, und es hielten sich hier Leute auf, die vermutlich wenig Verständnis für ihn aufbringen würden.

Sie waren nur zu siebt an Bord. Jimmy, sein Vater, und natürlich Captain April ... Fähnrich Hall, die Jimmy altersmäßig so nahe stand, daß er sich nicht als einziger Vertreter der Jugend betrachten konnte; Lieutenant Florida, der für die Impulstriebwerke zuständige Chefingenieur Thorvaldsen und ein etwas rundlicher Techniker namens Jennings oder Bennings oder Dennings. Sie alle steckten in dieser mit Sitzen ausgestatteten Keksdose.

Jimmy fiel auf, daß sich die beiden Ingenieure etwas sonderbar benahmen. Sie grinsten sich an und tuschelten, als würden sie irgendwelche Pläne schmieden. Jimmy war dieses Verhalten vertraut. Seine Bande hatte sich ganz ähnlich verhalten, bevor sie versuchte, aus Iowa zu fliehen.

Doch diese Burschen wollten nicht weglaufen, also mußte es etwas anderes sein, was sie in Aufregung versetzte.

»Hangarchef an VK 4.«

Veronica Hall, die neben Jimmy und direkt hinter Robert saß, berührte ihren Kommunikator. »Wir hören, Hangarchef.«

»Die Landebucht ist gesichert. Sie haben Startfreigabe. Commander Simon verifiziert Ihren Flugplan.«

»Bestätigt«, antwortete Hall.

»Landebucht wird luftleer gepumpt.«

Abgesehen von den Alarmglocken konnten sie weder etwas hören noch spüren, trotzdem empfand jeder an Bord die Spannung. Als der Druck in der Landebucht abfiel, wurde der Klang der Glocken leiser und verstummte schließlich ganz. Die tödliche Stille des Weltraums, in dem sich kein Schall fortpflanzen kann.

Ganz gleich, wie sehr die Technologie Augenblicke wie diesen vereinfacht hatte, ein Start blieb immer noch ein Start, ein Eintauchen in einen Ort, der kein Leben zuließ. Gleich würden sich die Hangartore öffnen, und sie würden das gnadenlose Reich des Weltraums betreten. Dann verfügten sie nicht mehr über die Vorteile eines großen Schiffes, das das Gefühl drohender Gefahr in weite Ferne rückte. In diesem kleinen Schiff war es eher so, als würde man sich in einem Ruderboot auf den Ozean hinauswagen.

Carlos Florida, der auf dem Pilotensessel neben George saß, fuhr die Energieversorgung des Kutters hoch und legte die Fingerspitzen auf die Kontrollen, um ein Gefühl dafür zu bekommen. Er schürzte die Lippen und schüttelte den Kopf.

»Dieses neue Design«, beklagte er sich. »Das Verhältnis von Energie zu Schub ist nicht ausgewogen genug.«

»Solange Sie das Boot steuern können«, meinte George.

»Ich werde empfehlen, diesen Typ zugunsten der kleineren Version auszuwechseln. Den Typ, den sie Shuttle nennen.«

»Hat man Sie gefragt?«

»VK 4 ... ich öffne jetzt die Hangartore.«

»VK 4 an Hangarchef. Wir sind bereit«, antwortete

Florida und grinste dann George an. »Teufel, nein, natürlich haben sie mich nicht gefragt.«

Auf dem computergenerierten Sichtschirm, der von innen wie ein großes Fenster wirkte, teilten sich die gewölbten Hangartore und gaben den Blick auf die erschreckende Leere des Alls frei. Es war schwarz, groß, diamantenbesetzt – und es war *leer*.

Jimmy behielt entschlossen die finstere Miene bei, als er spürte, wie das Schiff vom Hangarboden abhob und sich in Richtung des großen leeren Raums bewegte. Links neben ihm befand sich eine schematische Darstellung des Bootes, in dem er saß, und er versuchte sich darauf zu konzentrieren, damit seine Nervosität nicht durchschimmerte. Ein stumpfer Bug, ein stromlinienförmiger hexagonaler Körper, an den Seiten vermutlich aus Platzgründen abgeflacht – er erinnerte sich, daß sein Vater erwähnt hatte, Starfleet versuche Frachtraum zu sparen, indem man die Beiboote stapelte. Der abtrennbare Frachtraum unter dem Kiel erweckte den Eindruck, als wäre das Boot schwanger. Die Kontrollsektion befand sich im Bug, und darüber erhob sich eine Sensorenkapsel, die Forschungszwecken dienen mochte. Damit wirkte das Schiff wie ein schwangerer Wal mit einem Tumor am Kopf.

Im Heck ein Impulsantrieb, rechts und links davon zwei kleine Warptriebwerke, das Ganze eierschalenweiß gestrichen … Warptriebwerke? Wie schnell konnte dieses Ding fliegen?

Ein plötzlicher Ruck brachte ihn in die Wirklichkeit zurück. Er umklammerte die Armlehnen und versuchte zu schlucken, aber vergeblich.

Der Gedanke, daß sich nichts zwischen ihm und der tödlichen, luftlosen Unendlichkeit dort draußen befand außer der dünnen Hülle dieses kleinen Schiffes … das war ganz und gar nicht das gleiche wie eine Umkreisung der Erde auf einer hübschen, sicheren Umlaufbahn.

»Kommt einem beim erstenmal immer komisch vor«, bemerkte Veronica Hall und richtete ihre riesigen, blaßblauen Augen auf ihn.

Jimmy konzentrierte sich auf ihr Gesicht. Das war besser als die schematische Darstellung. Ihre Züge waren, von der Größe der Augen einmal abgesehen, völlig ebenmäßig. Sie hatte fast keine Augenwimpern, kaum Farbe auf den Wangen, und auch die Lippen waren blaß. Das blonde Haar trug sie aus der Stirn gekämmt und hinten zu einem Dutzend kleiner Zöpfe geflochten, die auf ihren Nacken herabhingen. Sie erinnerte Jimmy an ein mittelalterliches Gemälde in der Eingangshalle seiner Highschool, und er versuchte sich vorzustellen, wie sie einen jener komischen spitzen Hüte trug, von dessen Spitze ein Stück Seide herabhing, und dazu ein langes Gewand mit hochangesetzter Taille. Hübsch, in gewisser Weise. Anders.

Er klammerte sich weiter an diesen Anblick und versuchte sich vorzustellen, wie er als Ritter an ihrer Seite dahinzog, vom König beauftragt, für ihren Schutz zu sorgen.

Doch genau in diesem Moment fiel ihm auf, daß er zu heftig atmete und damit seine Angst verriet. Und seine Fingernägel krallten sich in die Armlehnen seines Sessels.

Ich bin nicht ängstlich. Nichts kann mir Angst einjagen. Ich habe keine Angst.

Trotzdem brachte er keinen Laut hervor, als der Kutter nach rechts abbog, was trotz der künstlichen Schwerkraft deutlich zu spüren war. Einer der kleineren Hilfsbildschirme zeigte die *Enterprise,* die immer weiter und weiter hinter ihnen zurückfiel. Alles, was jetzt noch zwischen ihnen und der Kälte des Raums stand, war dieser dreißig Fuß lange Omnibus mit Impulsantrieb und dem an der Unterseite befestigten Zusatzabteil. Nicht viel, woran man sich halten konnte.

Er räusperte sich. »Was … was für eine Art Schiff ist dieses Ding eigentlich?«

»Ein mit Niedrigwarp ausgerüstetes Vielzweckboot, das wir bei Landungen benutzen, oder wenn wir einen Planeten kartografieren oder eine Gegend erkunden wollen«, sagte sie. »Es schafft maximal Warp zwei.«

»Ich dachte, man könnte sich von einem Raumschiff aus einfach überall hinbeamen lassen.«

»Kann man auch. Aber wenn man ein Shuttle oder einen Kutter wie diesen benutzt, kann man praktisch seine eigene Atmosphäre mitnehmen, bis man herausgefunden hat, was einen erwartet. Man sollte schließlich nicht an einen Ort beamen, den man nicht zuvor unter die Lupe genommen hat.«

»Aber wir wissen doch, wohin wir wollen«, entgegnete Jimmy. »Oder nicht?«

»Ja, Jimmy, das wissen wir«, sagte Robert und drehte sich zu ihm um. »Doch dein Vater wollte, daß du ein paar der bemerkenswerten Naturwunder dieses Sektors zu Gesicht bekommst. Die *Enterprise* fliegt mit Höchstgeschwindigkeit zum anderen Ende dieses Sektors, um dort eine Grenzstreitigkeit zu schlichten, während wir unsere diplomatische Teeparty auf Faramond abhalten. Hinterher treffen wir uns wieder …«

»VK 4, hier ist die Brücke. Empfangen Sie mich?«

»Wir empfangen Sie, Brücke«, sagte Veronica in den Kommunikator.

Nach dieser Bestätigung wechselte der Sprecher, und sie hörten die Stimme des Ersten Offiziers Simon.

»Bestätigen Ihren Flugplan, Sir. Fünf Stunden bei niedriger Warpgeschwindigkeit auf dem gegenwärtigen Kurs, schätzungsweise achtundvierzig Stunden Aufenthalt auf Faramond, anschließend Rendezvous mit uns im Orbit über Faramond.«

»Bestätigen«, sagte Robert.

Veronica tippte ihr Gerät an, wobei sie sich etwas

vorbeugte, um die linke Hand benutzen zu können. »Wird bestätigt, Brücke.«

»Dann sehen wir uns in zwei Tagen. Brücke Ende.«

Noch während sie sprach, scherte die *Enterprise* seitlich aus und verschwand vom Hilfsschirm.

»Verbindungskutter 4 Ende.« Veronica schaute nach vorn zur Pilotenkanzel. »Alles klar, Sir.«

»Okay«, sagte George. »Dann nehmen wir jetzt Kurs auf die Rosetta-Navigationsbake.«

»Aye, Sir«, erwiderte Florida und tippte die entsprechenden Befehle ein.

Veronica gab eine Aufzeichnung des Gesprächs ins Logbuch des Kutters ein, wobei sie wiederum nur eine Hand benutzte, grinste dann Jimmy an und zuckte die Achseln, als wollte sie ihm klarmachen, daß das alles nur Routine war.

Ihm behagte das nicht. Ein Mädchen, das versuchte, ihn zu beruhigen, obwohl es doch genau andersherum laufen sollte.

Er krümmte sich etwas zusammen und wünschte, er könnte sich hinter dem hochgeschlagenen Kragen seiner Jacke verstecken, doch die befand sich jetzt auf dem Weg zu einer Grenzstreitigkeit. So schottete er sich einfach nur innerlich ab und lauschte dem Gespräch in der Pilotenkanzel, das sein Vater und Florida führten.

»Suche läuft«, sagte Florida. »Da ist es. Junge, ein richtig sauberer Leitstrahl.«

»Position?« fragte Jimmys Vater.

»Kurs drei Punkt Steuerbordquadrant.«

»Ausrichten. Bringen Sie das Schiff auf zwei Punkt hinter den Steuerbordstrahl und nehmen Sie eine neue Peilung.«

»Ausrichten, aye. Zwei Punkt hinter Steuerbordstrahl ... Achtung ... markiert.«

»Einloggen, dann weitermachen.«

»Eingeloggt. Jetzt liegen wir genau auf dem Steuerbordstrahl – Korrektur – ein Punkt achteraus … kommen jetzt in den Strahl …«

Jimmy biß sich unbewußt auf die Lippen. Er versuchte, die Drehung des Schiffes zu spüren. Es mußte sich drehen, es sei denn, die Bake dort draußen schwankte wild herum.

Den Blick auf die Anzeigen gerichtet, fuhr Florida fort. »Kommen einen Punkt vorwärts … zwei … drei … direkt auf Steuerbordbug … drei Punkte, zwei, eins … Rosetta Nebel-Bake liegt genau voraus, Sir.«

»Kreuzpeilung und Überprüfung von Ausrichtung und Peilstrahl.«

»Aye, Kreuzpeilung … drei … zwei … eins … markiert. Das ist unser Kurs, Sir.«

»Fixieren.«

»Ist fixiert.«

»Standardbeschleunigung voraus.«

»Standardgeschwindigkeit, aye«, sagte Florida. Er betrachtete die Leere auf dem Bildschirm. »Los geht's.«

Jimmy preßte die Schultern tief in die Polsterung des Sitzes. Er spürte nicht viel, doch er hatte zumindest den Eindruck, als würde irgend etwas im Innern des Schiffes zu mechanischem Leben erwachen. Er wußte nicht, wie er das einzuschätzen hatte, oder was …

»Weißt du, was das alles zu bedeuten hatte?«

Jimmy wurde aus seinen Gedanken gerissen und schaute zu Veronica hinüber. »Mich interessiert nicht, was dort geschieht.«

»Wirklich nicht?« Sie verdrehte die Augen. »Sollte es aber. Ein winziger Irrtum bei der Peilungsfixierung kann zu einem sehr großen Fehler in der Positionsbestimmung führen.«

»Ich steuere nicht, also interessiert es mich auch nicht.«

»Okay, wenn du es so sehen willst«, sagte sie. »Woher kommst du?«

»Riverside.«

»Klingt hübsch. Ist das eine Kolonie der Föderation?«

Abrupt wurde Jimmy bewußt, daß er den wichtigsten Teil seiner Anschrift weggelassen hatte. Er war daran gewöhnt, mit Menschen zusammenzusein, die bereits Bescheid wußten.

»Nein ... es liegt in Iowa.«

»Oh. Tut mir leid. Die Art, wie du es gesagt hast, hat mich auf die falsche Spur gelockt.« Sie schüttelte den Kopf. »Ich nehme an, wenn man die ganze Zeit über im Raum ist, verändert das die Perspektive. Verstehst du, was ich meine? Ich komme aus Minnesota, aber dort war ich schon lange nicht mehr.«

Jimmy beugte sich zu ihr und sagte leise: »Wir könnten ja mal zusammen dort hinfahren ... nur für einen Besuch.«

»Da gibt es nichts zu besuchen«, sagte sie mit einem Anflug von Röte. »Meine Familie ist über alle möglichen Föderationssiedlungen verstreut. Was machst du hier? Schreibst du eine Semesterarbeit oder so was?«

Jimmy schaute nach vorn und überzeugte sich davon, daß die anderen noch damit beschäftigt waren, den Kutter auf Kurs zu bringen, während die beiden Techniker ein paar Geräte untersuchten, die sie mitgebracht hatten.

Er senkte die Stimme, bis er fast flüsterte, und beugte sich noch weiter zu Veronica. »Mein Vater hat mich mitgeschleppt, damit er sich nicht mehr so schuldig fühlt, weil er sich nicht um uns gekümmert hat.«

Ihre hellen, geraden Brauen zogen sich zusammen. »Du meinst, du willst gar nicht hier sein?«

»Du etwa?« erwiderte er.

»Ich würde lieber sterben als anderswo sein.«

Jimmy bedachte sie mit einem forschenden Blick. »Ist das nicht ein bißchen verrückt für einen hübschen, vielversprechenden ... Offizier?«

Sie lächelte. »Was soll daran verrückt sein?«

»Du hast gerade gesagt, du würdest lieber tot sein, und das glaube ich nicht.«

Veronica lehnte sich in ihrem Sessel zurück. »Ich würde sagen, du mußt es auch nicht glauben. Ich bin die einzige, die daran glauben muß.«

Ein Punkt für sie, mußte Jimmy zugeben, wenn er darüber nachdachte. Ihm fiel kein besseres Argument ein, als sie noch einmal verrückt zu nennen, und das hatte er schon benutzt.

Offenbar bemerkte sie, daß er es noch immer nicht begriffen hatte. Mit einem Seufzen erklärte sie: »Mir gefällt die Möglichkeit, Sektoren des Raums kennenzulernen wie jenen, den wir auf dem Weg nach Faramond passieren.«

»Und was ist so besonders an diesem Sektor?« wollte Jimmy wissen und hoffte dabei, daß seine Frage eher herausfordernd als interessiert geklungen hatte.

Diesmal hatte er laut genug gesprochen, um selbst vorn im Schiff gehört zu werden, und er registrierte, wie sein Vater ihm einen Blick zuwarf und das Gesicht verzog.

»Eines der beeindruckendsten Naturwunder weit und breit«, erklärte der rundliche Techniker. »Ein Trinärstern im Rosetta-Nebel, ganz in der Nähe von Faramond. Die meisten Sterne im Rosetta-Nebel sind noch ziemlich jung, doch in diesem Fall umkreisen zwei Sonnen einen Neutronenstern. Und schnell jetzt! Wer zählt mir die Gase auf? Jetzt sofort! Munter, munter!«

Veronica war schneller als die Männer. »Grün ionisiertes Oxygen, Formaldehyd, Ammoniak, Methylalkohol, Kohlenmonoxid, Wasser … O nein, das ist der Orion-Nebel, stimmt's? Mist!«

»Ja, das ist es, was das Trapez im Orion grün erscheinen läßt.« Der Techniker schmunzelte. »Und das ist auch der Grund dafür, warum die Orioner so schlechte Laune haben.«

»Die hätten Sie auch, wenn Sie sich in diesem Durcheinander entwickelt hätten«, meinte Thorvaldsen.

Jetzt grinsten die anderen ebenfalls und amüsierten sich über einen Scherz, dessen Bedeutung Jimmy völlig verborgen blieb.

Er beschloß, die Sache persönlich zu nehmen, und vergrub sich in seinem Sitz.

»Wir werden direkt am Orion vorbeikommen«, erklärte Captain April. »So werden wir einen Blick darauf werfen und ihn mit den jungen Sternen im Rosetta-Nebel vergleichen können. Ich werde es nie müde, mir einen Nebel anzuschauen ... allein der Anblick ist schon eine Reise wert.«

»Der Rosetta ist besonders schön. Ich habe ihn früher schon mal gesehen«, sagte Carlos Florida. »Leuchtendes, angeregtes Helium. Daher ist er so rot.«

»Und auch Wasserstoffcyanid«, ergänzte der Techniker.

»Nitrogen und Schwefel!« rief Veronica. In ihrer Stimme klang die Freude darüber mit, daß sie sich endlich an den richtigen Nebel erinnert hatte.

»Wegen euch kriege ich noch chemische Kopfschmerzen«, meldete sich Jimmys Vater zu Wort. »Wieso muß eigentlich jeder kleine Ausflug zu einer Unterrichtsstunde werden?«

Die Besatzung lachte.

»Aber, aber«, rief der Captain, »ausgerechnet du mußt das sagen.«

Jeder wußte, worauf er anspielte, und so erhob sich das Gelächter von neuem.

Thorvaldsen sah zu Jimmy hinüber und sagte: »Du bist ein glücklicher kleiner Mist ... ich meine, du kannst dich glücklich schätzen, hier zu sein.«

Nach diesen Worten tauschte er einen verständnisinnigen Blick mit seinem Assistenten.

Jimmy mißfiel die Herablassung, mit der er bedacht wurde. »Kennt man einen Stern, kennt man sie alle«, krächzte er.

Ebensogut hätte er Benzin in ein Feuer gießen können. Sämtliche Augen richteten sich auf ihn.

Insbesondere Thorvaldsen und sein Assistent schienen verärgert.

Alle sahen ihn an, als hätte er direkt vor ihren Augen einen Ausschlag bekommen. Was hatte er denn schon gesagt?

»Nun, vielleicht kennst du doch noch nicht alle«, bemerkte Thorvaldsen mit einem bösartigen Glitzern in den Augen.

Bevor die Dinge völlig aus dem Ruder liefen, mischte sich Captain April ein und verhinderte so Jimmys Antwort, die ihm schon auf der Zunge lag.

»Der Neutronenstern«, erklärte er, »ist eine besonders dichte Sonne, die ihr Supernova-Stadium bereits durchlaufen hat. Er rotiert so schnell, daß man es mit bloßem Auge nicht mehr erkennen kann. Außerdem zieht dieser kleine Teufel ständig Materie von den beiden anderen Sonnen ab. Wir werden ein paar Analysen durchführen, wenn wir schon daran vorbeifliegen. Ein derartiges Phänomen ist sehr selten in der bekannten Galaxis. Schon ein Grund, sich das genauer anzusehen.«

Jimmy hatte sich seine Reaktion genau überlegt. Er wandte sich ab und brummte: »Hurra.«

Da sie ein Sternsystem umfliegen mußten, dessen extreme Sonnenfleckenaktivität selbst ein Schiff im Warp hätte beeinträchtigen können, dauerte es eher sieben statt fünf Stunden, bis das Signal des Navigationscomputers alle aus dem Schlummer riß. Carlos Florida erwachte als erster und enträtselte die Leuchtzeichen und Meldungen an seinen Kontrollen.

»Nähern uns dem Trinärsystem, Sir«, sagte er an George gewandt.

»Autopilot abschalten.«

»Autopilot ist abgeschaltet.«

»Bringen Sie uns aus dem Warp. Gehen Sie auf Punkt fünf Impuls.«

»Punkt fünf Impuls, aye. Verringern Geschwindigkeit.«

Man vernahm zwar ein Heulen, als das Schiff aus dem Warp fiel, doch ansonsten gab es keine physisch spürbare Veränderung. Jimmy hatte die Muskeln angespannt und sich darauf vorbereitet, gegen die Sicherheitsgurte gepreßt zu werden – doch nichts geschah. Wie war das möglich? Wieso konnten sie von sehr hoher Geschwindigkeit bis fast zum Stillstand abbremsen, ohne daß man etwas spürte? Was für Kompensatoren besaß diese Blechkiste?

»Nun?« Sein Vater hatte sich vorgebeugt und musterte den oberen Teil des Schirms. »Wo steckt es?«

Erst jetzt fiel Jimmy auf, daß sich das Bild auf dem Schirm verändert hatte. Dort war jetzt nicht mehr der vorbeijagende Raum zu sehen, sondern stationäre Nebel und ferne Sterne.

Und dann …

»Da ist es«, sagte Florida. Seine Stimme klang brüchig vor Ehrfurcht. »Da ist es!«

Die beiden Männer vorne hatten den besten Blick, und sie schienen plötzlich vor Bewunderung wie hypnotisiert. Die Ingenieure öffneten ihre Sicherheitsgurte, standen auf und gingen ebenfalls nach vorne.

Vor ihnen befand sich das Trinärsystem, dessen Ausläufer der Kutter nur streifen würde, ohne sich näher heranzuwagen.

Alle außer Jimmy beugten sich vor. Doch aus irgendeinem Grund mußte er sich selbst dazu zwingen, nicht dem Beispiel der anderen zu folgen. Trotz des Desinteresses, zu dem er sich entschlossen hatte, spürte er die Anziehungskraft, die von diesem Anblick ausging.

Zwei Sonnen von unterschiedlicher Größe, die eine gelborange, die andere scharlachrot, standen heiß brennend im All Wache. Gleich zwei irischen Frauen, deren langes rotes Haar im Wind weht, wurde ihre Glut fortgerissen und in zwei großen Schwänzen zu einem dunklen zentralen Punkt hinabgezogen.

Fast flüsternd sagte Carlos Florida: »Er muß Milliarden von Jahren alt sein ...«

George nickte. »Muß schon hier gewesen sein, als sich die Rosetta-Sonnen gerade erst bildeten.«

»Astrophysiker der Föderation vermuten, der Neutronenstern existierte schon seit über einer Milliarde Jahren, bevor sich die beiden anderen Sterne auch nur formten«, sagte Thorvaldsen leise. »Vielleicht ein Stern der ersten Generation, entstanden, als auch die Galaxis entstand. Die beiden anderen haben sich wahrscheinlich aus dem Rosetta-Nebel verdichtet. Alle drei haben sich dann gegenseitig angezogen und sind so zu einem wechselseitigen Orbit gelangt. Himmel, das ist wirklich der letzte Ort, an dem sich ein menschliches Wesen aufhalten sollte.«

»Dann mal los, meine Herren.« Robert April lächelte die beiden Ingenieure an. »Kümmern Sie sich darum.«

Thorvaldsen und sein Assistent konnten vor Begeisterung kaum an sich halten. Ihre Augen blitzten, als sie in dem zusätzlichen Frachtraum verschwanden. Ein paar Sekunden später – und es waren tatsächlich nur Sekunden – tauchten sie wieder auf und schleppten Taschen und Behälter mit sensorischer Ausrüstung mit sich.

Thorvaldsen brummte irgendwelche unsinnigen Texte vor sich hin und löste damit Gelächter im Schiff aus. Man hätte die Begeisterung mit Händen greifen können.

Veronica Hall öffnete bereits ein Schiebepaneel in

der Decke des Kutters und zog eine Leiter herunter. Die Ingenieure reichten ihr die Ausrüstungsgegenstände, und sie stopfte sie in die Sensorenkapsel. Eine besonders schwere Kiste machte ihr dann doch zu schaffen. Sie trat beiseite und hielt sich die in Mitleidenschaft gezogene Hand.

Die beiden Ingenieure nahmen eifrig ihren Platz ein.

»Wir sehen uns später«, rief der Techniker, während er zwei Stufen auf einmal nahm, um möglichst schnell mit der Beobachtung anfangen zu können.

Jimmy beobachtete die Szene und versuchte herauszufinden, weshalb alle so begeistert waren. War das denn nicht nur eins von diesen Weltraumdingern? Nichts als ein weiterer Nebel, in den sich niemand hineintrauen konnte?

Thorvaldsen blieb kurz stehen, breitete dramatisch die Arme aus und rief: »Ich komme, Schätzchen.«

Dann sauste er die Leiter hinauf und verschwand dort oben.

»Ich komme als nächste!« rief Veronica, die noch immer ihre verletzte Hand hielt.

»Nur über unsere Leichen!«

Wieder erhob sich Gelächter. Jimmy schüttelte nur verwundert den Kopf, während die Leiter hochgezogen wurde und Thorvaldsens Hände kurz sichtbar wurden, als er das Paneel schloß.

»Au, au, au«, murmelte Veronica, als sie sich wieder neben Jimmy niederließ. Sie hielt sich das rechte Handgelenk. Die Hand wirkte völlig verkrampft, die Finger waren gespreizt und nach hinten gebogen – weiter als es eigentlich möglich sein sollte.

Veronica tastete am Handgelenk herum, stöhnte etwas … und zog die Hand ab.

Jimmy schnappte nach Luft, stieß vor Schreck mit dem Rücken gegen die Schiffswand und keuchte: »Wa …«

Veronica blickte auf. »Oh, tut mir leid. Ich hatte vergessen, daß du nicht Bescheid wußtest.«

Während Jimmy noch immer erschreckt nach Luft schnappte, winkte sie ihm mit der körperlosen Hand zu. »Der gesamte Unterarm ist eine Prothese. Ziemlich gute Imitation, nicht wahr? Dir ist gar nicht aufgefallen, daß ich meistens nur eine Hand benutze, stimmt's?« Sie nickte, als wollte sie ihre Frage selbst beantworten, und murmelte: »Das ist so, weil ich nur eine Hand habe.«

Jimmy glotzte wie ein Idiot. »Wie ... wie ...« begann er zu stottern.

»Ach«, meinte sie, »ich habe nur mal mit sechzehn etwas sehr Dummes getan, das ist alles.«

Jimmy bemühte sich, den kalten Schauer zu ignorieren, der ihm über den Rücken lief. Sechzehn ...

Sie warf einen fast schon sentimentalen Blick auf ihre Prothese und sagte: »Manchmal könnte ich schwören, es wäre einer ganz anderen Person passiert. Ich bin allein Kanu gefahren, obwohl ich meinen Eltern versprochen hatte, es nicht zu tun. Dabei bin ich über ein paar Felsen gerutscht und habe mir den Arm aufgerissen, aber niemandem davon erzählt, weil ich versuchen wollte, die Wunde allein zu versorgen. Schließlich wußte ich ja über alles bestens Bescheid. Selbst als sich die Wunde entzündete, habe ich niemandem etwas gesagt. Statt dessen habe ich eine Woche lang versucht, allein damit fertig zu werden. Schließlich bekam ich Fieber und wurde ohnmächtig, und es dauerte fast einen ganzen Tag, bis mich jemand fand. Ich kann froh sein, daß sie wenigstens noch den Ellbogen retten konnten.«

Jimmy versuchte sich dieses sanfte, zierliche Mädchen vorzustellen, wie sie fiebernd in irgendeiner verlassenen Gasse lag. »Wie hast du es geschafft, dich zu ... ich meine, mit nur einem ...«

»Starfleet? Indem ich eine Anforderung nach der anderen erfüllt habe. Ich kann mir zwar nicht selbst die Fingernägel schneiden und werde nie Geige spielen, aber ich kann ein Rad schlagen und wenn es sein muß auch ein Seil hochklettern. Ich war einfach nicht bereit, meinen größten Traum aufzugeben. Die Prothese funktioniert gut, aber ich mußte Starfleet beweisen, daß ich im Notfall auch ohne zurecht kam. Du weißt schon, nachweisen, daß ich nicht immer eine Extrahand brauche.«

Während sie damit beschäftigt war, die Hand wieder funktionstüchtig zu machen, ließ sich Jimmy zurücksinken und umklammerte seinen eigenen rechten Arm.

»Extra ...« wiederholte er fast lautlos.

»Sie ist unser einarmiger Bandit«, mischte sich Captain April in das Gespräch. »Du solltest mal sehen, wie sie gleichzeitig mit einer Laserpistole und einem Kommunikator umgeht.«

»Blödes Ding«, meinte Veronica und lächelte den Captain an. »Die modernsten künstlichen Finger, die es gibt. Trotzdem lassen sie mich manchmal im Stich.«

Jimmy blickte auf seine eigenen Hände, streckte die Finger, ballte die Fäuste und versuchte, eine davon als ›Extra‹ zu betrachten.

»Hier«, sagte Veronica und drehte sich zu ihm. »Schüttel sie mal.«

Jimmy zögerte, wollte sie aber nicht kränken und gab der Kunsthand einen kräftigen Händedruck – und wurde fast aus dem Sitz gehoben.

»Junge! Das Ding hat ja einen Griff wie ein Gorilla!«

»Aber sicher.« Sie lehnte sich wieder zurück. »Hier. Hältst du Händchen mit mir, während ich den Fehler behebe?«

Jimmy nahm die Hand und hielt sie ihr mit dem offenen Ende hin, während sie weiter an dem schmalen Handgelenk arbeitete, das so gut zu ihr paßte.

»Bei dir klingt das alles so einfach«, sagte er.

»Das war es nicht«, gab sie zu. »Ich hatte mich immerhin sechzehn Jahre lang daran gewöhnt, mehr als eine Hand zur Verfügung zu haben. Erst seitdem mußte ich lernen, mit nur einer auszukommen, aber wie meine Mutter immer sagt, für leichte Sachen bekommt man keinen Beifall. Das ist auch der Grund, weshalb ich Starfleet so schätze, verstehst du?«

»Ja … sicher.«

»Sie haben mich deshalb nicht abgewiesen«, sagte sie, während sie weiterarbeitete, »aber natürlich haben sie mir auch nichts geschenkt. Ich mußte genauso gut sein wie alle anderen und dieselben Anforderungen erfüllen.«

Jimmy runzelte die Stirn. »Das ist aber nicht sehr fair.«

Sie sah ihn mit großen Augen an. »Dann weißt du nicht, was ›fair‹ wirklich bedeutet. Es heißt nicht, den Standard zu senken, um so den Wünschen und Hoffnungen eines Menschen entgegenzukommen. Es bedeutet, daß du die eigenen Leistungen so weit hochschrauben mußt, bis sie dem Standard entsprechen. Was wäre denn, wenn eines Tages das Leben eines anderen von mir abhängt? Und was, wenn ich zwar mit der Prothese ganz gut durchkäme, aber nicht ohne sie? Jeder kann sich an der Hand verletzen, warum also sollte nicht auch die Prothese mal ausfallen? Unfälle kommen schließlich vor. Der Standard bleibt bestehen, und ich entspreche ihm.« Plötzlich lächelte sie. »Ich predige und predige, nicht? Nun, wahrscheinlich bin ich ein bißchen stolz auf mich selbst. Wie alt bist du eigentlich?«

»Se …«

Sechzehn. Sechzehn. Sag es, Feigling.

»Siebzehn.«

»Oh, dann dauert es ja nicht mehr lange! Du wirst an der Akademie sein, bevor du es selbst richtig merkst.«

Nicht, wenn ich es verhindern kann.

»Stimmt. Dauert nicht mehr lange.«

Jimmy hatte die Worte kaum ausgesprochen, da hörte er die Stimme seines Vaters im vorderen Teil des Schiffes.

»Carlos«, sagte George leise. »Würde es dir etwas ausmachen ...«

»Oh, klar. Kein Problem.«

Florida löste die Sicherheitsgurte, stand auf und nahm hinter dem Pilotensitz Platz.

»Jim«, rief George.

Jimmy brauchte einen Moment, um sich von der Überraschung zu erholen und seiner Stimme einen ungehaltenen Klang zu verleihen.

»Was ist?«

»Komm hierher auf den Pilotensitz und wirf einen Blick auf das Ding.«

Jimmy verdrängte Veronica aus seinen Gedanken und konzentrierte sich wieder auf das Hauptziel des Tages.

»Ich kann es ganz gut sehen.«

»Nicht, wenn ich erst diesen rotznäsigen Ton aus dir rausgeprügelt habe«, rief George. »Komm her, und damit meine ich sofort.«

Jimmy spielte mit dem Gedanken, noch einmal zu widersprechen. Sein Vater hatte nie die Hand gegen ihn erhoben, was beiden bewußt war.

Doch irgend etwas hinderte Jimmy daran, vor all diesen Profis einen weiteren Anpfiff zu riskieren, und so erhob er sich. Jetzt mußte er es nur schaffen, nach vorn zu gehen und einen Blick auf das Ding zu werfen, ohne dabei zu interessiert zu wirken ...

Er ließ sich so schwer in den Pilotensitz fallen, daß der Drehmechanismus quietschte. Dann hüpfte er, um seine Langeweile zu demonstrieren, ein paarmal auf und ab, bevor er schließlich den Blick auf den großen Hauptschirm richtete.

Vor ihm schien sich das gesamte All zu drehen.

Die beiden Sonnen, die Gasstränge, die in zwei gewaltigen Spiralen von ihnen weggezogen wurden, der Halo-Effekt der drei Gravitationsfelder, die gegeneinander arbeiteten, glühende Scheiben aus losgerissener Materie, die sich langsam dem gemeinsamen Zentrum entgegendrehten – was für ein Durcheinander.

Aber ein hübsches Durcheinander ...

»Das dort ist der Neutronenstern«, sagte sein Vater. »Der kleine, dunkle Bereich. Eine ganze Sonne, ursprünglich Millionen von Kilometern groß, kollabiert zu einem Felsen von wenigen Kilometern Durchmesser. Die gesamte Materie wurde so stark zusammengepreßt.«

»Höllische Dichte«, murmelte Florida.

»Ja, und er dreht sich so schnell, daß man es nicht mehr erkennen kann. Und da er noch immer Materie von den beiden anderen Sternen in sich aufnimmt, kann die Schwerkraft so stark werden, daß er zu einem Schwarzen Loch kollabiert. Könnte jeden Moment passieren.«

Jimmy beobachtete das gefräßige, funkelnde Phänomen und erwartete halb, daß es zusammenfiel und sie alle mit sich riß. Jedesmal, wenn er einen Blitz sah, zuckte er innerlich zusammen.

»Wir haben recht viele Forschungsschiffe in solchen Stürmen verloren, bevor wir herausfanden, wie man sie vermeidet«, ergänzte Robert. »Viele gute Leute sind abgestürzt, damit wir jetzt hier sitzen und beobachten können, ohne Angst haben zu müssen ...«

Seine Stimme verlor sich in respektvollem Schweigen.

Der Neutronenstern drehte die Energie ebenso schnell zu straffen Bändern, wie die beiden Sonnen sie produzieren konnten, und verschlang sie dann. Die elliptische Umlaufbahn der orangegelben Sonne verlief auf einer anderen Ebene als die des roten Riesen, und die höhere Schwerkraft der roten Sonne riß ebenso Materie aus der kleineren Sonne heraus, wie seine eigene Materie vom Neutronenstern verschlungen wurde. Eine Nahrungskette der primitivsten Art.

Das gesamte Gebiet wurde von einem blauen Schleier eingehüllt, der Nebel ähnelte, nur daß darin solares Plasma funkelte. Der Schleier beeinträchtigte die Sicht und gaukelte Jimmys Vorstellungskraft alle möglichen Bilder vor.

»Was machen eigentlich die Leute über uns?« fragte er.

»Sie beobachten, messen, analysieren«, erklärte Captain April. »Die Sensorenkapsel verfügt über ein einziehbares Fenster mit speziellem Schliff, so daß sie den Neutronenstern mit bloßem Auge beobachten können. Sie nehmen Messungen vor, damit die Föderation später in der Lage ist, auf Bojen montierte Kameras und Überwachungssensoren an den richtigen Positionen abzusetzen. Auf diese Weise können wir möglicherweise aufzeichnen, wie der Neutronenstern zu einem Schwarzen Loch kollabiert.«

Jimmys Vater fügte ergänzend hinzu: »Das könnte praktisch zu jedem beliebigen Zeitpunkt geschehen, in zwei Minuten oder in tausend Jahren.«

»In tausend Jahren?« rief Jimmy. »Was soll dann die ganze Aufregung?!«

»Das ist nichts im milliardenjahrelangen Leben einer Sonne, mein Junge«, sagte der Captain. »Tausend Jahre sind praktisch dieser Moment. Wir haben durchaus eine gute Chance, das Ereignis aufzuzeichnen, wenn es uns gelingt, dort draußen Wachbojen auszusetzen. Diese Geräte bleiben fast hundert Jahre aktiv.« Er lehnte sich in seinem Sessel zurück und flüsterte: »Das wäre doch mal was!«

»Thorvaldsen und Benning sind schon jetzt ganz aus dem Häuschen vor lauter Begeisterung«, meinte Veronica.

»Aber Sie sind nicht interessiert«, stichelte Florida grinsend.

»Dabei hat es mich doch vor Begeisterung schier zerrissen«, erwiderte sie trocken und winkte mit der künstlichen Hand.

»Dieser blaue Bereich ist übrigens ein vom Computer verstärktes Bild«, erklärte George. »Es zeigt uns das Gebiet energetischer Aktivität, damit wir es meiden können. In Wirklichkeit ist dieser Bereich gar nicht blau. Mit bloßem Auge würdest du die Sonnen sehen und ein dunkles Loch, aber ansonsten lediglich ein paar schwache elektrische Entladungen.«

»Du würdest nicht einmal merken, daß du dich in Gefahr befindest, bevor es zu spät ist«, ergänzte Robert.

»Ganz recht. Doch da dies ein Warp-Schiff ist, wird die Darstellung vom Computer generiert. Der Computer setzt das Bild dabei entsprechend der Temperatur um. Daher sieht es für uns blau aus. Kein Schiff kann sich dort hineinwagen. Unsere Wissenschaft kennt keinen Schild, der dort drinnen durchhalten würde. Die hohe Gravitation, die Strahlung und der Sonnenwind würden selbst die Abschirmung eines Sternenschiffes zerfetzen. Sonnenwind besteht aus aufgeladenen Plasmapartikeln, die von der Sonne selbst ausgestoßen werden ...«

»Woher weißt du das?« unterbrach ihn Jimmy.

»Was?«

»Woher willst du wissen, ob ein Sternenschiff das nicht überstehen könnte? Das Ding hinter uns ist doch das erste Sternenschiff, oder? Warum fliegst du nicht einfach hinein und versuchst es?«

Sein Vater spannte verärgert die Schultern und musterte ihn von der Seite.

»Weil wir dann tot sein würden, deshalb«, schnappte er. »Du kannst deine Großmäuligkeit einfach nicht zügeln, was?«

»Vielleicht habe ich auch einfach nur Abenteuergeist.«

Die kollektive Entrüstung hätte man mit Händen greifen können. Allein die Vorstellung, daß Jimmy die *Enterprise* als ›das Ding hinter uns‹ bezeichnete …

Georges Augen blickten hart, als er sich zu dem Jungen beugte und leise sagte: »Ist es wirklich zuviel verlangt, daß du dich einfach entspannst und die Dinge genießt, die wir dir zeigen?«

Jimmy ließ seine Gesichtszüge versteinern.

»Du hast mich gegen meinen Willen hierhergeschleppt, und jetzt soll ich das auch noch genießen?«

»Kannst du es nicht wenigstens versuchen? Du bist schließlich nicht um meinetwillen hier.«

»Oh, ja, richtig, hatte ich ganz vergessen. Ist ja alles wegen mir.«

Seine Mühen, die Anstrengungen seines Vaters zu unterminieren, wurden mit einem Teilsieg belohnt, als George sich mit finsterer Miene zurücksinken ließ und mit dem Daumen nach hinten deutete.

»Verschwinde«, knurrte er.

Zufrieden erhob sich Jimmy, wobei er sich Zeit ließ. Diese Dinge benötigten ein gewisses Timing. Je eher er es schaffte, sämtliche Hoffnungen seines Vaters zu zerstören, desto eher konnte er auf die Erde zurückkehren und dort sein eigenes Leben führen, auf seine Weise.

Er achtete darauf, dem phantastischen Bild dort draußen nicht mehr als einen beiläufigen letzten Blick zu widmen, bevor er sich bückte, um nicht mit dem Kopf gegen die niedrige Decke zu stoßen.

Doch dieser letzte Blick …

Er verharrte mitten in der Bewegung.

Schaute noch einmal – *was zum Teufel!*

»Was ist los?« fragte sein Vater. »Geh.«

Jimmy versuchte etwas zu sagen, doch sein Mund stand offen und seine Kehle war wie zugeschnürt. Er schaffte es lediglich, auf den Schirm zu deuten.

Auf das Schiff zu deuten, das direkt aus der blauen Zone auf sie zukam!

Im gleichen Moment, als Jimmy auf den Schirm zeigte, schlugen die Sensoren des Kutters Alarm, um vor einem Hindernis in ihrer Flugbahn zu warnen.

»Carlos!« rief George.

Jimmy schnappte nach Luft, als vier Hände ihn packten, von der Steuerung fortzogen und hinter dem Navigationssessel absetzten. Er hatte keine Ahnung, wer ihn weggezogen hatte, denn noch immer konnte er den Blick nicht vom Sichtschirm abwenden.

Carlos Florida ließ sich in den Sitz fallen und rief: »Das ist unmöglich! Unmöglich!«

Zwei grellorangefarbene Streifen erschienen auf der grünschwarzen Hülle des Eindringlings – und plötzlich wurde der Kutter von ihnen erschüttert. Elektrische Reaktionen entluden sich krachend.

Und über allem hörte Jimmy die Stimme seines Vaters.

»Sie feuern auf uns!«

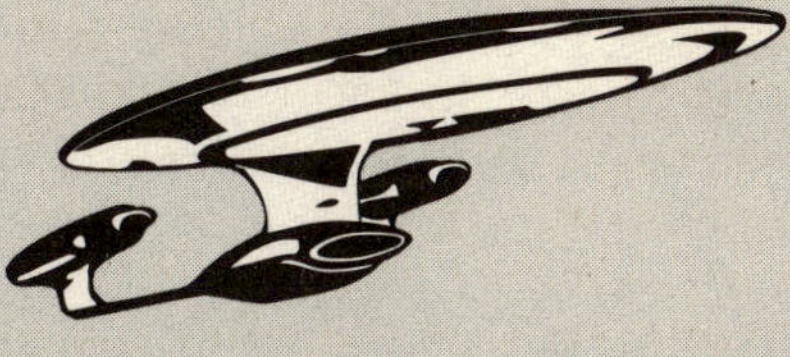

Teil 3

FLUSHBACK

9

USS *Enterprise* 1701-A

»Ich sollte einen Katapultflug um die Sonne machen, fünfundvierzig Jahre zurückreisen und mich selbst verprügeln.«

Leonard McCoy drehte sich um, als er das Knurren des Captains vernahm, und fragte: »Wie bitte?«

James Kirk bewegte sich unbehaglich und holte tief Luft. Der Geschmack des Bedauerns.

»Ich sagte ... ich sollte zurückreisen und mir selbst eine runterhauen für die ersten Worte, die ich auf der Brücke gesagt habe. Die klangen nämlich nicht gerade sehr poetisch.«

»Ach ja? Und wie lauteten diese Worte?«

Eine leichte Röte überzog die Wangen des Captains. Man konnte Kirk nur schwer in Verlegenheit bringen, doch er selbst schaffte das auch heute noch.

»Ich habe gesagt, die Brücke stinkt.«

McCoy zuckte zusammen.

Plötzlich waren beide froh über den Alarm, der im Hintergrund heulte.

Dennoch hätten sich die beiden Männer ebensogut allein auf der Brücke befinden können. Trotz der hektischen Aktivität um sie herum, die ein Schiff im Alarmzustand bei der Crew auslöst, hatten sie das Gefühl, allein ihren Gedanken nachzuhängen.

Selbst der besorgte Blick des Ersten Offiziers Spock, der sich hinter ihnen auf dem erhöhten Decksbereich befand, drang nicht zu ihnen durch. Sie wußten, weshalb er nicht zu ihnen herunterkam. Er hatte die momentane Laune des Captains gespürt, wollte sich aber nicht in das Gespräch einmischen. Noch nicht.

Es gab einige Dinge, die nur Menschen verstehen konnten – und auch nur bestimmte Menschen –, denn sie bezogen sich auf ein gemeinsames Erbe, auf die besondere Beziehung zu Schiffen, wie es sie seit den Zeiten der Wikinger gab.

Jim Kirk schaute mit gerunzelter Stirn auf den leeren Raum vor ihm, durch den das Schiff mit unvergleichlicher Geschwindigkeit auf einen Ort zujagte, dessen Name die Jahre mit Lichtgeschwindigkeit hinter sich zu lassen schien. Ein Ort, an dem vielleicht gerade ein anderes Sternenschiff vernichtet worden war.

»Pille ... weißt du, wie es ist, wenn man fühlt, daß ein Schiff lebendig ist?«

Das Schweigen des Doktors drängte den Captain, noch tiefer in seine Gedanken einzudringen. Kirk blickte ihn nicht an. Im Grunde wollte er gar keine Antwort hören.

»Als ich das Kommando übernahm und zum erstenmal als Erwachsener wieder auf die Brücke kam ... habe ich mich gefragt, ob sie sich daran erinnert.«

Er blinzelte und schaute sich auf der Brücke um, ein abergläubischer Seemann, der die Gefühle nicht unterdrücken konnte, die offenbar jeden überkamen, der von einem Schiff abhing. Wenn das eigene Leben davon abhängt, ist es schwer, sich das Schiff lediglich als eine Ansammlung von Einzelteilen, von Bolzen und mechanischen Geräten vorzustellen. Niemand möchte, daß sein Leben von herzlosem Metall oder Holz abhängt. Mit all den Schiffen, die es im Verlauf der Geschichte gegeben hatte, war auch eine Art von Leben in diese künstlich hergestellten Dinge eingesickert, und kein Seemann konnte das leugnen, ohne zu lügen.

Das Schiff, das ihn jetzt umgab, war nicht jenes Sternenschiff von damals, aber vom Namen und Design her dessen Zwilling. Schön, ja, aber nicht das Schiff, in dessen Schuld er stand. Jenes Schiff hatte er der Zerstörung ausgeliefert, es auf einen lebensfeindlichen, neuen Planeten stürzen lassen und so vermieden, es heimbringen zu müssen, wo man es nach mehr als vierzig Jahren im Einsatz außer Dienst gestellt hätte. Von der Zeit überholt und durch neue Entwürfe verdrängt, wäre das Schiff in einem Trockendock gelandet und ausgeschlachtet worden wie ein gestrandeter Wal.

Er hatte die *Enterprise* ohne Erlaubnis und entgegen seinen Befehlen übernommen. In gewisser Weise war er froh, ihr jenes Schicksal erspart zu haben. Sie hatte es sich verdient, im Raum zu sterben, dort, wo sie selbst gelebt und das Leben von Millionen anderen sicherer gemacht hatte.

Die Umstände hatten ihn gezwungen, sie in die Vernichtung zu schicken, sie im All untergehen zu lassen, dort, wohin sie gehörte.

Als hätte das Schiff einen eigenen Herzschlag besessen.

Seeleute ... alle ein wenig mondsüchtig ...

Jetzt sollte auch dieses Schiff außer Dienst gestellt werden, obwohl es noch gar nicht so alt war. Wieder das Design. Jeder behauptete, das Design sei durch eine ganze Serie neuer technologischer Entwicklungen überholt. Überflüssig.

Vierzig Jahre waren schließlich eine lange Zeit.

»Ich war damals erst dreißig Jahre alt«, fuhr er fort. »Der jüngste Sternenschiff-Kommandant der Flotte. Das Schiff lag im Dock, als ich an Bord kam, dem gleichen Dock wie damals, als ich es mit sechzehn betrat. Doch die Brücke wirkte kleiner als damals ... dunkler und stiller ... und es war niemand dort außer mir. Nur ich und die Brücke. Als wäre ich allein mit einer Frau, mit der ich geschlafen hatte, ohne das zu schätzen zu wissen. Ich fühlte mich schuldig und ihrer nicht wert.

Und ich fragte mich, ob sie sich an jene ersten Worte erinnerte.«

Er zögerte, die Augen in die Vergangenheit gerichtet, die Arme locker auf den Lehnen des neuen Kommandosessels ruhend.

»Ich fragte mich, ob sie mir wohl vergeben hatte.«

Alarmsignale zwitscherten im Hintergrund, Aufmerksamkeit fordernd wie junge Adler in ihrem Nest. Menschen betraten und verließen die Brücke, jeder von ihnen mit einer speziellen kleinen Aufgabe betraut. Und all die kleinen Dinge addierten sich zu einem großen Ziel. Überleben im All.

Dr. McCoy verlagerte sein Gewicht und lehnte sich gegen das Brückengeländer, ohne sich in dieser Situation wirklich entspannen zu können.

»Ich habe immer vermutet, jemand, der ein Schiff im All kommandiert, müßte verrückt sein«, meinte er. »Jetzt bin ich dessen sicher.«

10

Fünfundvierzig Jahre früher …

»Ausweichen! Schilde hoch! Alles in Deckung!«

»Erstaunlich!« Robert Aprils Stimme war trotz der knisternden Sensoren und der Alarmsignale zu hören.

Carlos Florida keuchte: »Sie haben unsere Kapsel getroffen!«

»Das Paneel öffnen!« rief George. »Holt die Leute dort raus!«

»Ich übernehme das!« schrie Veronica zurück, stürzte zur Schiffsmitte und machte sich an dem Deckenpaneel zu schaffen.

Blitze zuckten aus dem Kontrollpult und schleuderten George zur Seite.

»Das war die Überlicht-Kommunikation …« stellte Florida trocken fest.

Robert hockte sich zwischen George und Florida, um das stämmige, unidentifizierbare schwarzgrüne Schiff zu beobachten, das aus der blauen Zone auf sie zukam. »Was für ein Design ist das? Sieht aus, als wäre es aus lauter Dreiecken zusammengebaut. Ich habe so etwas noch nie gesehen …«

»Wird überprüft!« rief Veronica von hinten. Während sie mit ihrer organischen Hand weiter an dem Paneel arbeitete, langte sie mit der Kunsthand nach unten und tippte einen Befehl ein. Dann konzentrierte sie sich wieder auf das Paneel.

Über ihren kleinen Computerschirm huschte ein Bild nach dem anderen, Schiff auf Schiff, Design auf

Design, mechanische und strukturelle Details. Der Computer wählte hier und dort ein Stück aus und legte es in gesonderten Feldern ab. Veronica schaute stirnrunzelnd nach unten.

»Keine bekannte Konfiguration!« rief sie über das Krachen hinweg, das ein Lasertreffer auf der Hülle erzeugte.

Florida übertrug ihre Ergebnisse nach vorne auf seinen eigenen Schirm. »Nach diesen Daten ist es aus verschiedenen Typen zusammengebaut worden. Ich erkenne mindestens eine Starfleet-Schubdüse ... Teile von einem privaten Frachtschiff ... aber nach dem Düsenausstoß zu urteilen, scheint ihre Energieerzeugung jener der Andorianer zu gleichen.«

»Sind es Andorianer?«

»Ich sehe keine Möglichkeit, das festzustellen, Sir.«

Jimmy spürte, wie blanke Angst von ihm Besitz ergriff. Er hockte mit dem Hintern auf dem Boden und war nicht in der Lage, sich zu rühren, konnte nicht einmal wegkriechen. Mit weit aufgerissenen Augen starrte er auf den Frontschirm.

Das häßliche Schiff, dessen grüne Teile im Licht des Trinärsystems bronzefarben schimmerten, näherte sich auf Kollisionskurs. Die äußere Hülle war von einem schwach sichtbaren, grauen Schleier umgeben, bei dem es sich um eine Art Abschirmung handeln mußte, in der immer wieder Entladungen aufzuckten.

»Verdammt! Wo sind die Kampfschilde?« brüllte Jimmys Vater. Er und Florida bemühten sich hektisch, das Schiff auf Ausweichkurs zu bringen.

»Wir haben keine«, erklärte Florida.

»Was soll das heißen, wir haben keine! Keine Kampfschilde?«

»Nur Navigationsschirme. Reichen gerade aus, um treibende Raumpartikel bei niedriger Warpgeschwindigkeit abzuhalten. Ich habe doch gleich gesagt, daß dieses Modell nichts taugt! Es ist nur für friedliche, langweilige Einsätze in bekannten Raumgebieten gedacht!«

»Laser vorwärmen! Wo sind die überhaupt? Wo sind die verdammten Feuerkontrollen?«

Florida beugte sich vor. »Wir haben nur industrielle Schneidlaser. Sie sind hier drunter.«

»Was sollen sie denn dort unten!«

»Öffne eine Frequenz, George!« befahl Captain April. »Wir rufen sie.«

»Hall, machen Sie schon!«

Veronica beeilte sich, dem Befehl nachzukommen.

»Frequenz offen, Sir«, meldete sie.

»George, übernimm du das. Du bist hier der Captain.«

Jimmy blickte verwirrt erst Captain April und dann seinen Vater an. Die Erkenntnis, daß sein Vater der Captain dieses Schiffes war, erschien ihm gleichzeitig sonderbar und beunruhigend.

Ein weiterer greller Blitz schoß von dem Fremden herüber und traf die obere Hülle …

»Ich kriege es nicht auf!« rief Veronica, die noch immer am Handgriff des Paneels zerrte.

Plötzlich wurden alle außer ihr und George, der noch immer angeschnallt war, zur Seite geschleudert. Jimmy landete zusammengekrümmt an der Steuerbordwand und erkannte, daß sich der ganze Kutter entgegen der eigenen künstlichen Schwerkraft drehte. Die Schiffsmaschinen heulten protestierend.

Sein Vater schlug mit der Faust auf das Kontrollpult, entweder vor Wut oder um sich selbst zu bestrafen. Vermutlich aus beiden Gründen.

»Achtung, unbekanntes Schiff! Hier spricht Commander George Kirk, Starfleet, Vereinte Föderation der Planeten, verdammt! Ich verlange zu wissen, was dieser gesetzwidrige Überfall bedeuten soll! Sie befinden sich auf Föderationsgebiet und verletzen zudem rund zwanzig Paragraphen der Interstellaren Raumgesetze! Stellen Sie das Feuer ein und identifizieren Sie sich!«

Schweiß rann über sein Gesicht.

Plötzlich herrschte Stille im Schiff.

Das grünschwarze Ding dort draußen hörte auf zu feuern. Die Lasermündungen glühten jedoch weiter in Schußbereitschaft. Es sah aus, als würden sie nachdenken. Vielleicht hatten Georges Worte ja doch irgend etwas bewirkt.

Jimmy rieb sich das Gesicht und stellte fest, daß es schweißbedeckt war. Irgend etwas stimmte nicht mit den Lebenserhaltungssystemen. Die Temperaturkontrolle …

Rauch erfüllte das Schiffsinnere, und augenblicklich war alles am husten.

Die Deckenluke! Sie hatte sich einen Spaltbreit geöffnet, und von dort quoll der Rauch hervor.

»Vater! Dort oben!« schrie Jimmy.

George kämpfte sich auf die Füße, stieg über Robert und Jimmy hinweg, schob Veronica beiseite und zerrte an der verklemmten Luke. »Thorvaldsen! Bennings!«

»Bill!« rief Robert.

»Vorderes Lebenserhaltungssystem schaltet auf automatische Wiederaufbereitung!« meldete Veronica. »Der letzte Treffer – die Sauerstoffversorgung für die Hauptkabine ist ausgefallen!«

Ohne den Blick von der Deckenluke abzuwenden, befahl George: »Alle Sektionen versiegeln!«

»Was machen die bloß dort draußen?« fragte Florida mit trockenem Mund.

Robert drehte sich zu Veronica um. »Wie steht es mit dem Frachtraum, Fähnrich?«

Sie betätigte die Kontrollen mit einer Hand und benutzte die andere, um den Rauch fortzuwedeln. »Bisher alles in Ordnung.«

»Versiegeln Sie ihn ebenfalls. Tun Sie, was nötig ist,

damit ihre Sensoren nichts wahrnehmen können. Wir dürfen keinerlei Informationen hinauslassen.«

»Aye, Sir. Frachtraum wird versiegelt, alle energetischen Aktivitäten abgestellt.«

Robert stand auf und versuchte, George beim Öffnen der Luke zu helfen. »Sehen Sie mal, ob Sie nichts gegen den Rauch unternehmen können.«

»Aye, Sir. Schalte die Ventilation ein.«

Die kleinen Schiffsmaschinen heulten vor Anstrengung, und der Kutter ruckte. Veronica wurde nach hinten geschleudert und landete hart auf dem Rükken, kroch aber sofort wieder zu ihren Kontrollen.

George hatte sich auf die Zehenspitzen gestellt und hing praktisch mit seinem gesamten Gewicht am Griff der Dachluke.

»Traktorstrahlen!« brüllte er. »Sie haben uns eingefangen!«

Die Triebwerke des Kutters jaulten unter der Belastung. Das Schiff ruckte stärker und stärker, bis sich jeder an irgend etwas festklammern mußte.

»Sir, die Maschinen!« keuchte Florida. Er deutete hektisch mit einer Hand auf das angreifende Schiff und mit der anderen auf den Monitor der Impulssysteme. Die Anzeigen zuckten wild hin und her. »Dieses Monster ist zehnmal so groß wie wir! Wenn wir dagegen ankämpfen, überladen wir die Maschinen!«

»Energie abschalten!« antwortete George. »Wir können uns ein Ausbrennen nicht leisten.«

Florida hieb auf seine Kontrollen. Das Rucken ließ nach, und der Maschinenlärm verklang zu einem leisen Wimmern.

»Wir müssen eine andere Möglichkeit finden«, meinte Robert.

Mit zusammengebissenen Zähnen riß George ein Wandpaneel auf, nahm ein Ausrüstungsteil heraus, das über eine Spitze verfügte, und begann damit, es wie ein Brecheisen an der Luke einzusetzen. »Ja.

Wenn wir einen Transporter hätten, wurde ich hinüberbeamen und ihnen die Sache erklären. Mit bloßen Fäusten! Thorvaldsen! Antworten Sie.«

Er warf das Werkzeug beiseite, als das Paneel knirschte und sich dann mit einem nervenzerfetzenden Kreischen öffnete. Er zog die Leiter herunter, wedelte den Rauch weg und stieg hinauf.

Fast im gleichen Moment ließ er sich wieder nach unten fallen und landete hart auf beiden Füßen.

Jimmy und die anderen starrten ihn an.

George sah aus wie ein Geist. Was immer er dort oben entdeckt hatte, es hatte ihm alles Blut aus dem Gesicht getrieben. Mund und Augen waren weit aufgerissen. Robert und Carlos Florida packten seine Arme, weil er aussah, als würde er ohnmächtig werden.

»George?« fragte der Captain vorsichtig.

Florida trat an ihnen vorbei und wollte hinaufklettern, doch George hielt ihn zurück.

»Nicht … nicht …« stammelte er. Er schüttelte den Kopf und schloß für einen Moment die Augen.

Floridas rundes Gesicht verzerrte sich. Er ließ die Schultern sinken und murmelte etwas Unverständliches.

Schmerz zeichnete sich auf jedem Gesicht ab, in das Jimmy schaute. Weshalb gingen sie nicht dort hinauf? Weshalb vergewisserten sie sich nicht, daß man wirklich nichts mehr für die beiden Männer tun konnte?

Florida schob Jims Vater in seinen Sessel zurück, wo er steif wie eine Puppe sitzen blieb.

Captain April stützte sich auf die Rücklehne dieses Sessels. Er hatte die Augen geschlossen und atmete in kurzen Stößen. Schließlich wischte er sich mit der Hand über den Mund und richtete den Blick auf den Schirm und das Schiff, das auf sie geschossen hatte.

»Ich kann es einfach nicht glauben. Wie konnten sie

in der blauen Zone überleben? Wie ist das möglich? Sie sind dort herausgekommen wie eine Falltürspinne.«

»Es ergibt überhaupt keinen Sinn«, stimmte Florida zu. In seiner Stimme klang Furcht mit. Schweiß bedeckte sein Gesicht und klebte das schwarze Haar an der Stirn fest. »Nichts davon ergibt einen Sinn ...«

»Was meinen Sie, warum haben sie das Feuer eingestellt?« überlegte April.

Florida zuckte die Achseln. »Kann sein, daß jemand hier einen Claim abgesteckt hat und uns für die Eindringlinge hielt. Vielleicht wußten sie auch nicht, daß hier Föderationsgebiet ist.«

George richtete sich auf und sagte: »Jeder, der ins All vordringen kann, ist auch in der Lage, Funksendungen aufzufangen. Und dann würden sie auch wissen, daß die Föderation diesen Sektor beherrscht. Wann hat man schon je erlebt, daß Höhlenmenschen ein Raumschiff erfinden? Die Kommunikation kommt immer vor dem Raumflug. Ich kann mir nicht vorstellen, daß sie nichts gewußt haben.«

»Richtig ... gutes Argument.«

»Was immer sie ansonsten tun mögen, im Moment reden sie über uns. Das steht fest.«

»Du glaubst nicht, daß du irgendwie die richtigen Worte getroffen hast, oder?«

Jimmy, der noch immer auf dem Boden hockte, schaute zu den Erwachsenen und an ihnen vorbei auf den Schirm. Wie konnten sie so ruhig bleiben? Wie konnten sie überhaupt miteinander reden?

Er sah zwar die Angst in ihren Augen, doch sie drang nicht bis in ihre Stimmen vor, nicht einmal wenn sie schrien.

Nicht sehr, jedenfalls.

Er stützte die zitternden Hände auf den Boden, verlagerte sein Gewicht und erhob sich vorsichtig auf die Knie.

Direkt vor ihm befand sich das Ende der Leiter, die zur Sensorenkapsel hochführte.

Er vergewisserte sich kurz, daß niemand auf ihn achtete, benutzte die Leiter als Stütze, um sich ganz aufzurichten, und kletterte dann nach oben.

Trotz der Bemühungen der Ventilation war die Kapsel noch immer von Gestank und Rauch erfüllt, und die Dichtungen knirschten bedenklich, während sie weiterhin versuchten, das luftleere All draußen zu halten.

Jimmy spürte die Gefahr und mußte sich zwingen, bis zu den Schultern hineinzukriechen. Er wedelte den Rauch beiseite.

Irgend etwas Nasses spritzte in sein Gesicht, dann klatschten ihm ein paar ölige Stränge über Wangen und Mund. Er packte sie und schleuderte sie beiseite wie eine fette Raupe, die über sein Gesicht kroch.

Und dann entdeckte er eine Hand!

»Ich habe ihn!« rief er über das Heulen und Knirschen des Schiffes hinweg. »Ich habe einen von ihnen! Dad!«

Er packte die Hand und zerrte daran, erfüllt von dem Gedanken, ein Leben zu retten.

Er lehnte sich mit dem Rücken gegen den Lukenrand und zog kräftig an dem Arm. Möglicherweise funktionierte die künstliche Gravitation hier oben nicht richtig, denn er stieß auf weniger Widerstand, als er erwartet hatte. Vielleicht schaffte er es ja sogar, einen der Männer nach unten zu bringen!

Noch ein Ruck, dann hatte er den Körper bis zur Lukenöffnung gezogen. Nur noch ein Ruck ...

Plötzlich löste sich etwas, und eine nasse Masse kam ihm entgegen, traf ihn und schleuderte ihn gegen den Lukenrand.

Er keuchte. Ein körperloser Arm mitsamt der

Schulter und dem halben Brustkorb hatte sich um seinen Hals gelegt.

Jimmy geriet in Panik und schlug wild um sich. Seine Hände trafen das eigene Gesicht und den Oberkörper, bis sich die ekelhafte Masse von ihm löste und in den Wirbelsturm gezogen wurde, der von den nachgebenden Dichtungen ausging.

Jimmy verlor den Halt auf der Leiter und stürzte auf das Deck, wo er sich schluchzend zusammenrollte.

Er nahm nichts mehr von seiner Umgebung wahr, konnte sich nicht aufrichten, keinen klaren Gedanken fassen, nicht einmal die Augen öffnen. Sein Kopf war angefüllt mit den Bildern von Thorvaldsen und Bennings und dem, was von ihnen übriggeblieben war …

Um ihn herum wurden Stimmen laut, doch sein Gehirn blieb abgeschaltet.

Bis das Schiff draußen abermals feuerte.

Der Kutter ruckte heftig. Jimmy wurde zur Seite geschleudert und prallte gegen die Wand, während er die Stimme seines Vaters hörte.

»Waren wohl doch nicht die richtigen Worte!«

Alarmsirenen heulten auf.

»Riß in der Hülle!« brüllte Florida. »Vierundsechzig Sekunden bis zum völligen Druckabfall.«

Weitaus bedrohlicher als die Sirenen war ein vielsagendes Zischen irgendwo in der Strukturhülle.

George wedelte heftig mit der Hand. »Los, los!«

»Alles nach hinten!« rief Robert praktisch im selben Moment. Ihre Anweisungen überlappten sich, doch die Botschaft war die gleiche. »Frachtraumverschlüsse öffnen!«

»Sind offen!« meldete Florida.

»Alles dort hinunter!« brüllte George. »Und wieder versiegeln!«

Jimmy spürte, wie sein Vater seine Arme packte,

und wollte sich instinktiv wehren, kam aber nicht gegen dessen entschlossenen Griff an. George riß ihn auf die Füße, ohne ihn dabei auch nur anzusehen, weil er damit beschäftigt war, den anderen, die über das geneigte Deck zum Verbindungstunnel kletterten, von wo aus sich der Laderaum erreichen ließ, Anweisungen zuzurufen.

Schwankend klammerte sich Jimmy an die Sessel, um das Gleichgewicht zu wahren. Er haßte die Vorstellung, von seinem Vater gestützt zu werden, war aber viel zu verängstigt, um deswegen Streit anzufangen. Als George ihn losließ, drehte sich Jimmy, um zu sehen, was los war.

George hatte sich zur Pilotenkanzel umgewandt und rief: »Carlos! Kommen Sie!«

Carlos winkte ab. »Übernehmen Sie das! Ich schicke ein SOS raus!«

»Das geht nicht! Die Kommunikationsanlagen sind ausgefallen!«

»Ich starte eine Boje!«

»Beeilen Sie sich!«

»Mache ich!«

Jimmy erhob stammelnd Protest. »Aber er wird ...«

»Geh!«

George gab ihm einen Stoß zwischen die Schulterblätter, der ihn nicht nur bis zum Verbindungsgang beförderte, sondern ihm zugleich die Luft aus den Lungen preßte, so daß er nichts mehr sagen konnte.

Keuchend versuchte Jimmy, das Zittern seiner Gliedmaßen zu unterdrücken, als er hinter Captain April die Verbindungsröhre hinunterkletterte.

Es schien ein langer Weg zu sein. Acht Fuß? Zehn?

Die Verbindung war nichts weiter als eine lange Röhre mit einer Leiter darin sowie je einer Luke am oberen und unteren Ende, die verschlossen werden konnten und so eine Luftschleuse bildeten. Die Röhre führte zu einer fünfundzwanzig Fuß langen Blechdose, dem an der Unterseite des Schiffes angebrachten Frachtraum. Jimmy kam es so vor, als wäre er in einer anderen Dimension gelandet. Das Frachtabteil war voller Kisten und Kästen, die Nachschub für die Kolonie auf Faramond enthielten. Statt des warmen, hellen Passagierraums mit frischer Luft und bequemen Sesseln erwartete sie hier ein kalter, widerhallender Metallkasten, dessen minimale Kontrolleinrichtungen nur für Notfälle gedacht waren.

Als sich Jimmy in den Frachtbehälter fallen ließ, hörte er über sich seinen Vater rufen.

»Carlos! Kommen Sie her!«

Georges Beine wurden sichtbar, doch er kam nicht ganz herunter.

Jimmy stolperte zur Seite und entdeckte direkt vor sich ein in die Wand eingelassenes, gelb blinkendes Paneel.

ACHTUNG – VERBINDUNGSGANG RÄUMEN – SCHLEUSE VERRIEGELT SICH AUTOMATISCH

Die Warnung wurde wiederholt, aber Jimmy hatte schon begriffen.

»Vater! Komm runter!« brüllte er, beugte sich vor, packte das linke Bein seines Vaters und zog.

Jimmy war nicht gerade schmächtig gebaut und brachte trotz seiner sechzehn Jahre schon ein beachtliches Gewicht auf die Waage. Mit einem Protestschrei auf den Lippen stürzte George durch die Röhre und landete auf dem Jungen.

Über ihnen schloß sich krachend die Luke, und die Bolzen rasteten ein.

»Nein!« heulte George. Er schob Jimmy zur Seite, aber es war zu spät.

Knapp fünf Sekunden später hörten sie, wie sich auch die obere Luke automatisch schloß und noch mehr Bolzen einrasteten.

»O Gott …« keuchte Captain April.

Der Schriftzug auf dem Paneel an der Wand änderte sich, und die Farbe wechselte zu Rot.

DRUCKABFALL IN DER HAUPTKABINE – GEFAHR – SCHLEUSE NICHT OEFFNEN – GEFAHR

George sprang auf die Füße.

»Carlos!«

11

»Sie ist ruiniert! Die Sensorenkapsel! Zerstört!«

Roy John Moss versprühte Speichel über die eigenen Knöchel, während er alle zehn Finger dem Bildschirm entgegenstreckte.

»Habt ihr überhaupt eine Ahnung, was diese Kapsel wert war? Wie oft muß ich euch Idioten noch zeigen, wie man mit diesen Waffen richtig zielt!«

Er holte tief Luft, um sein Geschrei fortzusetzen …

Doch jemand packte seinen Pferdeschwanz, riß ihn nach hinten und zur Seite und schleuderte ihn dann mit einem Schlag quer übers Gesicht aus dem Weg. Er landete auf allen vieren.

»Steh nicht im Bild rum, Bengel.«

Allein der Tonfall war schon eine Beleidigung.

Roy Moss rieb sich das glatte, dunkelbraune Haar über dem jetzt schmerzenden Skalp und setzte seine Verwünschungen fort.

Er verwünschte den Captain für diesen Tonfall, die Crew, die ihre Opfer auf dem Schirm beobachtete, und sich selbst, weil er erst neunzehn war.

In dem dunklen, kleinen Raum, den man höchstens in angeheitertem Zustand als Brücke hätte bezeichnen können, hockte eine Handvoll Halunken und glotzte auf den Schirm, der den schlanken weißen Kutter zeigte, den sie gerade geschnappt hatten.

Angus Burgoyne saß auf dem Platz des Captains, kaute auf dem Ende seines langen Schnurrbarts und schenkte der lästigen Störung, die er gerade aus dem Weg geräumt hatte, keine Beachtung mehr.

Links von Burgoyne schlurfte der alte Lou Caskie

auf zwei arthritischen Beinen vorwärts. »Worüber regst du dich auf? Wir sind schließlich die Haie, oder nicht? Wir nehmen uns, was hier vorbeikommt. Föderation!« Er spuckte auf den Boden. »Wahrscheinlich auch noch mit einer Frau als Kommandant. Die kriegen nur, was sie verdienen.«

»Spuck nich' auf main' Boden, Schwain«, bemerkte Burgoyne.

Er übertrieb seinen australischen Akzent, der die Enden der meisten Worte abschliff und die Vokale überbetonte, um auf diese Weise jenen legendären Gestalten mit Augenklappe und Hakenprothese zu ähneln. Da ihm beides fehlte, mußte er sich ganz auf den Akzent verlassen.

Caskie wandte sich um und sprach zu jemand hinter dem Captain. »Meinst du nicht auch, Okenga? Habe ich nicht recht?«

Der andorianische Ingenieur bewegte leicht die beiden Antennen, und seine blaue Haut nahm eine Indigofärbung an. Er mußte sehr langsam sprechen, denn Englisch unterschied sich ganz erheblich von seiner Muttersprache, und seine Zunge leistete Widerstand gegen die fremdartigen Laute.

»Wir bringen alte Handelsschiffe auf«, sagte er. »Frachttanker, private Schaluppen ...«

»Das ist kein Föderationsfrachter, du Schmalzkopf«, dröhnte ein tiefer Baß von hinten.

Big Rex Moss stellte die buchstäbliche Antithese zu seinem knochigen Sohn dar. Er schwang seine mehr als dreihundert Pfund herum und richtete einen dicken Finger auf den Bildschirm.

»Wir haben einen Aufklärungskutter von Starfleet erwischt. Diese Leute werden nicht einfach so sterben. Wir sollten diese Sache aufgeben und verschwinden, solange wir noch können.«

»Damit sie heimkehren und über uns berichten können«, sagte Okenga mit kühler Ironie.

»Ich sehe keine Starfleet-Insignien«, erklärte ein kurzer, dicker Klingone, dessen Figur an einen antiken New Yorker Feuerhydranten erinnerte.

Burgoyne spuckte das Bartende aus, um sprechen zu können.

»Is aber da, Dazzo. Siehst du's nich', Klotzkopf? ›Verainte Föderation der Planeten, Sta'fleet‹. Is' doch nich' zu überseh'n. Das kommt davon, wenn man zu oft in Bahs rumhängt.«

Roy Moss, der noch immer fasziniert beobachtete, wie die gefrorene Atmosphäre aus dem Starfleet-Schiff herausströmte, wagte sich langsam wieder weiter nach vorn und fragte spöttisch: »Was ist eine ›Baaah‹?«

Burgoyne knirschte mit den Zähnen und verpaßte dem jungen Mann abermals einen Stoß. Diesmal benutzte er dafür den Fuß.

»He, du Null! Steh mir nich' immer im Weg! Ich kann schließlich nich' durch dainen knochigen Arsch durchsehen, oder? Der Captain muß aber sehen, was los is'!«

Roy bedachte Burgoynes Hinterkopf mit einem wütenden Blick und spürte gleichzeitig, wie sein Vater ihn verärgert beobachtete. Für einen Moment gab er sich Phantasievorstellungen hin, wie beide, sein Vater und Burgoyne, von einem ebenso schrecklichen wie peinlichen Schicksal ereilt wurden. Er unterdrückte ein Grinsen und wartete, bis sein Vater seine Aufmerksamkeit wieder auf das Starfleet-Schiff richtete, das sich langsam drehte und den letzten Rest Sauerstoff verlor.

»Nein«, murmelte er, »du kannst nicht durch mich hindurchsehen. Nicht einmal in mich hinein.«

»Carlos! Carlos!«

George klopfte gegen die verschlossene Luke über seinem Kopf.

»Lieber Himmel«, flüsterte Robert April. »Carlos ...«

Er schloß die Augen und fuhr sich mit zitternden Fingern über die Lippen. »Was soll ich nur seiner Mutter sagen?«

Jimmy starrte April an und mußte plötzlich an seine eigene Mutter denken. Er beobachtete den Captain und überlegte, ob sich hinter diesem letzten Satz irgendein Scherz verbarg. Aber das war nicht der Fall.

Jimmy wich zurück, bis die kalte Stahlwand ihn aufhielt. Er zitterte heftig.

Seine Aufmerksamkeit war auf seinen Vater gerichtet, der noch immer gegen die Luke hämmerte. Neben diesem Geräusch war das Heulen von Lasern und das Summen des Traktorstrahls zu hören.

»Was haben die vor?« Veronica Hall verkroch sich zwischen den Kisten nahe der gegenüberliegenden Wand. »Warum tun sie uns das an?«

Schließlich ging Captain April zur Luke hinüber und packte George am Arm.

»Hör auf damit, George! Wenn wir uns nicht selbst verraten, werden sie nicht ahnen, daß wir hier drin sind. Diese Frachtkapsel ist aus Sicherheitsgründen gegen Sensoren abgeschirmt. Sie können unsere Lebenszeichen nicht empfangen, und solange wir uns ruhig verhalten, werden sie uns nicht bemerken.«

Die Warnung wirkte dank seiner englischen Aussprache fast wie der Vortrag eines Gedichtes.

Und hatte die richtige Wirkung.

George ließ sich zu Boden sinken, biß die Zähne zusammen und schloß die Augen. Er kochte innerlich, gewann aber langsam wieder die Kontrolle über sich. Die kleine gelbe Kontrolllampe der Luke über ihm strahlte auf sein Haar und verwandelte es in Kupfer. Seine Züge wirkten in dem Licht hart und tiefgefurcht.

Schließlich knurrte er: »Seit Jahren verlieren wir in diesem Sektor Schiffe! Die ganze Zeit dachten wir, die blaue Zone wäre schuld. Aber wie viele gehen auf das

Konto dieser Mistkerle? So viele gute Leute! Und heute noch drei mehr!«

Er schlug mit der Faust auf das Deck.

»Ruhig, George«, ermahnte ihn April.

George knirschte mit den Zähnen und keuchte wie ein Tier vor Wut und Verzweiflung.

»Setzen wir uns«, sagte Robert. »Wir müssen nachdenken. Sind soweit alle in Ordnung?«

Jimmy Kirk hockte in seiner Ecke und blickte dem Tod ins Gesicht. Seine Großmäuligkeit hatte sich verflüchtigt. Er begriff kaum, was um ihn herum vorging, und seine Glieder wollten ihm nicht mehr gehorchen. Seine Wen-kümmert-es-ob-wir-leben-oder-sterben-Haltung fiel jetzt auf ihn zurück. Mit sechzehn hatte er geglaubt, sein Leben liege schon hinter ihm. Und nichts davon hatte er selbst bestimmen können.

Seine Freunde empfanden ganz ähnlich. Im letzten Schuljahr hatte einer von ihnen Selbstmord begangen, und ein anderer hatte es versucht.

Jetzt plötzlich kam es ihm dumm vor, daß er geglaubt hatte, sie zu verstehen, und sich über die Erwachsenen lustig gemacht hatte, die versucht hatten, sie zu retten. Die Sanitäter, die Polizei, die Eltern, die Lehrer.

Er erinnerte sich daran, wie er mit seiner Bande auf dem Schulhof gestanden hatte. Es war ihnen so vorgekommen, als besäßen sie eine geheime Sprache, die kein Erwachsener verstehen konnte. Wer wollte schon ein Leben führen, das unter der Kontrolle der Lehrer, der Eltern oder irgendwelcher Sozialarbeiter stand?

»Da ist es schon besser, wenn man wenigstens seinen eigenen Tod unter Kontrolle hat.« Zu diesem Schluß waren er und seine Freunde gekommen. *»Besser, man tritt ab mit dem eigenen Namen in den Schlagzeilen.«*

Damals hatte es richtig geklungen. Aber irgendwie hatte er das Gefühl, es würde heute nicht mehr gelten.

Die Reaktion seines Vaters auf den Tod von drei

Menschen zu erleben, von denen er zwei gerade erst kennengelernt hatte, beschämte ihn. Und diese Scham wirkte wie ein Schock. Er fühlte sich ungehobelt und unreif. Und offenbar gab es nichts, was er selbst daran hätte ändern können.

Er krümmte sich noch weiter zusammen und starrte über seine Knie hinweg zur Heckwand der fünfzehn mal dreißig Fuß großen Kammer. Sie zitterte. Die Metallwand zitterte. Irgend etwas hatte den Kutter gepackt.

Zum erstenmal in seinem Leben erkannte Jimmy, wie es war, wirklich keine Kontrolle zu haben.

Thorvaldsen, Bennings … Florida …

»Wir ziehen besser die Strahlungsanzüge an«, sagte sein Vater schließlich, »nur für den Fall.«

Er stand auf und riß fast die Tür eines klapprigen Versorgungsschranks direkt neben der Toilette auf. Im Innern hingen acht weiße Raumanzüge, einstellbar für jede Größe und mit Funkgeräten ausgerüstet. Auf einem Regalbrett darüber befanden sich acht Helme, und an der Seite acht Zwillingssauerstofftanks, jeder ungefähr so groß wie der Unterarm einer Frau.

Er zog die Anzüge aus ihren Halterungen und warf sie aufs Deck. »Jeder zieht sich einen an. Um die Helme und die Tanks braucht ihr euch jetzt noch nicht zu kümmern.«

Captain April nahm seinen Anzug und den von Veronica, ging dann vor dem Mädchen in die Hocke, schaute ihr in die Augen und war offenbar zufrieden mit dem, was er dort sah.

Jimmy bemerkte kaum, daß sein Vater zu ihm kam, bis der weiße Schutzanzug dicht neben ihm auftauchte. Plötzlich wurden die paar Schritte zu den anderen zu einer gewaltigen Entfernung, und er hatte das Gefühl, mit seinem Vater völlig allein zu sein.

»Hier«, sagte sein Vater. »Kannst du ihn anziehen?«

Jimmy griff widerwillig nach dem Anzug und mied

dabei den Blick seines Vaters. Er fürchtete, der verängstigte Sechzehnjährige, den er so sorgfältig verborgen hielt, könnte sich sonst verraten.

»Die Luke hätte mich halbieren können«, sagte George. Er senkte die Stimme noch mehr. »Du hast mir wahrscheinlich das Leben gerettet. Mach dir keine Sorgen. Ich habe schon in schlimmeren ... Ich hole dich hier raus.«

Verärgert über diese elterliche Lüge zog sich Jimmy wieder in die selbstgewählte Isolation zurück. Immerhin bot diese Lüge einen guten Ansatzpunkt. Seine Stimme klang ruhig und kalt.

»Du hast mich erst da reingebracht.«

Ein Treffer – hart und unter die Gürtellinie. Die Wahrheit war heute ein beißendes Gift.

Überrascht mußte Jimmy feststellen, daß sein Vater nicht wie erwartet reagierte. Statt dessen hielt er mitten im Schritt inne, wich ein wenig zurück und wandte sich langsam ab. So langsam wie ein verwundeter Mann.

Wie konnte etwas, das so richtig klang, sich so falsch anfühlen? Zum erstenmal fühlte sich Jimmy nach einem Sieg schlecht. Jahrelang hatte er sich gewünscht, seinen Vater zu verletzen ...

Warum fühlte er sich dann jetzt nicht besser?

Wie ein Schlag traf ihn die Erkenntnis, daß er nicht der einzige war, der Gefühle hatte.

Noch immer verwirrt schaute er zu, wie sein Vater an Robert April und Veronica vorbeiging.

April lehnte neben Veronica an der Wand und schaute sich in ihrer Behelfsunterkunft um, während sie beide die Anzüge überstreiften.

Plötzlich hielt er inne, um zu lauschen.

»Hört ihr das?« fragte er. »Sie drehen uns, damit sie uns besser abschleppen können. Sie müssen glauben, wir wären alle tot.«

Veronica mühte sich damit ab, die Armlöcher ihres

Anzugs zu finden. »Warum sollten sie das Schiff ins Schlepp nehmen, wenn sie uns für tot halten?«

George Kirk, dessen Miene noch immer düster wirkte, holte ein paarmal tief Luft und lauschte auf das Krachen und Knirschen des Schiffs.

»Ich glaube, das weiß ich«, meinte er bitter. »Sie betrachten uns als Bergungsgut.«

»Wir haben dir doch gesagt, du sollst nicht im Weg rumstehen, du Klappergestell!«

Big Rex Moss' Stimme dröhnte, als er sich vorbeugte, den Pferdeschwanz seines Sohnes packte – offensichtlich der bevorzugte Griff, wenn sich jemand mit Roy befaßte – und ihn zur Seite zerrte.

Der jüngere Moss wich keinen Millimeter weiter zurück, als sein Vater ihn gestoßen hatte, und er redete weiter, wenn auch mehr zu sich selbst als zu den anderen. »Überlegt nur, was das auf dem grauen Markt wert sein kann. Chips der modernsten Bauart ... vielleicht reaktionskontrollierte Schubdüsen ... allein das Material der Hülle und die Kabel lohnen die Bergung ... wir sollten es aus diesem Gebiet wegschaffen und in Einzelteile zerlegen, bevor das Mutterschiff zurückkehrt ...«

»Was für ein Mutterschiff?« fragte Caskie.

»Du glaubst doch nicht etwa, daß ein Schiff dieser Größe ganz allein hierhergekommen ist, oder? Aber was rede ich da? Jemand wie du würde das schon glauben ...«

»Niemand hat dich gefragt«, knurrte Rex mit seiner tiefen Stimme. Er deutete mit dem Daumen nach hinten. »Geh wieder zurück, setz dich hin und paß auf deine Schilde auf.«

Roy ging bis zum Eingang, verließ die Brücke aber nicht. Er betrachtete die Erwachsenen und rief sich ins Gedächtnis, daß so mancher Eroberer auch erst neunzehn gewesen war. Er sandte ihnen eine mentale

Warnung und wünschte, sie wären psychisch empfänglich.

Aber sie waren zu dumm, um irgend etwas außer sich selbst wahrzunehmen. Doch dieser Umstand stellte sein Sicherheitsnetz dar. Jetzt starrten sie alle auf den Schirm, als hätten sie noch nie zuvor ein Föderationsschiff gesehen.

»Haltet den Traktor weiter drauf«, sagte Burgoyne. »Uns blaibt kaine andere Wahl. Wir schnaiden diese Insignien aus der Hülle und schaffen das Ding in unseren Laderaum. Caskie, du suchst die Registriernummern und brennst sie raus, sonst traut sich kainer, uns das Ding abzukaufen. Neu straichen müssen wir es auch. Nichts als Ärger hat man damit. Was traibt sich Sta'fleet überhaupt hier herum? Haben die kaine Ahnung, wie man den Kurs hält oder was?«

»Verdienen, was sie kriegen«, wiederholte Caskie. »Haben's verdient, das ist alles.«

Er leckte sich über die schmalen Lippen und freute sich schon aufs Brennen und Schneiden.

Roy Moss, der noch immer hinter den Haien stand, rieb sich den schütteren Bart, den er sich wachsen zu lassen versuchte, und stellte sich vor, er wäre dicht und wollig. Eines Tages würde er so einen Bart bekommen.

Eines Tages würde er alles bekommen, von jedem.

Bis dahin … er mußte die richtige Zeit abwarten, und zugreifen.

»Bergungsgut? Ist das nicht ein etwas gewagter Gedankensprung?«

Robert April rückte seine Beine auf dem harten Deck zurecht und ließ den Blick über die kleine Zuhörerschaft schweifen.

»Ich gehöre zum Sicherheitsdienst, erinnerst du dich?« knurrte George.

»Oh … manchmal entgleitet das meinem Gedächtnis. Tut mir leid. Sprich weiter.«

»Ich rede vom grauen Markt. Das ist eine Art Schwarzmarkt im All, betrieben von einer buntgemischten Splittergruppe. Klingonen, Andorianer, Orioner, Terraner, alle möglichen eben. Üblicherweise Leute, die nicht einmal in ihrer eigenen Kultur zurecht kommen. Sie haben sich zusammengefunden und ein Hehlernest gegründet, in dem sie mit gestohlener Ausrüstung und illegal geborgenen Wracks handeln. Man nennt es einen ›grauen‹ Markt, weil die Hälfte der Geschäfte über durchaus seriöse Kreise abgewickelt wird. Das ganze Netz ist dermaßen ausgedehnt, daß es fast unmöglich ist, es auffliegen zu lassen.«

George rieb mit dem Fingernagel über den Boden, bis es schmerzte. Das half ihm beim Nachdenken.

»Bis jetzt hatte ich allerdings noch nie gehört, daß sie sich ihr Bergungsgut selbst schaffen, indem sie funktionsfähige Schiffe kapern. Jetzt frage ich mich, wie viele der Schiffe, die als verschollen gelten, in Wirklichkeit angegriffen wurden; ihre Mannschaften hat man vermutlich niedergemetzelt. Anschließend hat man die Schiffe dann auseinandergenommen, damit sie sich nicht mehr identifizieren ließen, und die Einzelteile an die legalen Ersatzteilmärkte verkauft. Mir kommt die Galle hoch, wenn ich darüber nachdenke.«

Den letzten Satz stieß er so aufgebracht und wütend hervor, daß er eine kurze Pause einlegen mußte, um sich wieder zu beruhigen.

Sie saßen jetzt alle auf dem Boden, um den Schutzanzügen die Möglichkeit zu geben, ihre Körperwärme aufzufangen, damit sie es in dem kalten Tank aushalten konnten. Die Anzüge ließen sie schlanker als gewöhnlich erscheinen, obwohl sie ihre normale Kleidung noch darunter trugen – eine nette Täuschung, die von den isolierten Einteilern hervorgerufen wurde.

Als George weitersprach, klang seine Stimme ruhiger, und eine gewisse Heimtücke schwang darin mit.

Seine Augen waren zusammengekniffen, und er schaute Robert direkt an.

»Das alles weckt allerdings auch den Wunsch in mir, zu überleben, damit sie so etwas niemand anderem mehr antun können. Und ich habe nachgedacht. Wenn sie glauben, wir sind tot, werden sie das Schiff ausschlachten wollen. Wenn sie uns dafür sehr weit fortbringen, werden unsere Aussichten auf Rettung immer geringer.«

»Hast du einen Plan?« fragte der Captain.

»Ich könnte wetten, daß sie vorher noch nie über ein Starfleet-Schiff gestolpert sind und nicht kapieren, worauf sie sich eingelassen haben. Das war auch der Grund für die Pause, nachdem ich sie angefunkt hatte. Sie merkten, daß sie in Schwierigkeiten steckten, hatten aber keine Ahnung, was sie nun machen sollten. Ich wette auch, daß sie sich gegenseitig angebrüllt haben. Dann sind sie zu dem Schluß gelangt, daß sie gewissermaßen kompromittiert waren. Also haben sie weitergemacht und uns den Rest gegeben. Jetzt halten sie uns für tot und glauben, daß sie ein leeres Wrack abschleppen, was uns wiederum ein wenig Zeit gibt. Wenn wir die nutzen können, um Waffen zu bauen, gerade stark genug, um sie außer Gefecht zu setzen ...«

»Das ist ein ziemlich großes Schiff dort draußen, Sir«, wandte Veronica ein.

»Die Größe spielt keine Rolle. Und das Schiff selbst auch nicht.« George rückte ein wenig näher und rief dadurch den Eindruck einer Verschwörung hervor, was in diesem Moment belebend auf alle wirkte. »Es sind die Leute im Innern, gegen die wir kämpfen. Derartige Gruppen lassen sich nur schwer zusammenhalten. Sie sind nicht gerade berühmt für ihre Loyalität.« Er senkte die Stimme und fügte hinzu: »Ich werde sie dazu bringen, gegeneinander zu kämpfen.«

Poch.

»Das einzige Problem dabei besteht darin, daß sie, sobald wir etwas unternehmen, wissen, daß wir noch leben.«

Poch. Poch, poch.

Alle schauten sich suchend um, jeder in einer andere Richtung.

Poch ... poch ... poch, poch.

Veronica flüsterte fast. »Was ist das?«

»Jedenfalls nichts Mechanisches«, meinte Robert. »Zu unregelmäßig. Robert, denkst du ...«

Doch George drehte sich bereits zum Verbindungsgang um. »Die Schleuse! Carlos!«

Er sprang auf die Füße und eilte zum Kontrollmechanismus der Luke.

»George, nein, warte!« Robert sprang ebenfalls auf und packte seinen Arm.

»Er ist da drin! Er muß dort sein!«

»Warte einen Moment«, beharrte Robert. »Wenn du dich irrst und die Luke öffnest ... sind wir alle tot.«

Jimmy beobachtete den Ausdruck auf dem Gesicht seines Vaters. Stammte das Klopfen von jemandem im Innern der Schleuse? War einer der Fremden in den Kutter eingedrungen? War die obere Luke aufgebrochen? Falls ja, wäre es Selbstmord, die untere zu öffnen.

Stammte das Geräusch vielleicht nur von den Lasern oder dem Traktorstrahl an der beschädigten Hülle? Oder hatte sein Vater recht mit seiner Vermutung?

Ihrer aller Leben für eine Person riskieren? Wurden die Dinge so gehandhabt? Davon hatte er nie zuvor gehört. Gehört hatte er von einzelnen, die alles riskierten, um viele zu retten, aber umgekehrt? Das ergab keinen Sinn.

Sein Vater wollte die Luke öffnen. Captain April nicht. Wer war überhaupt der Captain, jetzt, da ihre Mission gescheitert war? Welche Meinung würde sich durchsetzen?

Was würde ich tun?

»Ich öffne sie«, sagte George. »Tretet zurück.«

Ohne weiter zu diskutieren, trieb Robert die beiden jungen Leute nach hinten, reichte ihnen Helme und Sauerstoffflaschen und half ihnen, sie anzulegen. Dann setzte er den eigenen Helm auf und nickte George zu.

George trug keinen Helm, aber das kümmerte ihn nicht. Er konzentrierte sich ganz auf das Geräusch.

Poch, poch … poch …

Er warf einen Blick nach hinten, um sich zu vergewissern, daß alle so weit wie möglich entfernt waren und ihre Anzüge trugen.

Dann holte er einen gewöhnlichen Schraubenschlüssel aus der Werkzeugtasche und schlug damit gegen die Luke. Einmal. Zweimal.

Poch, poch.

Entschlossen spannte er die Muskeln, durchwühlte die Tasche nach einem magnetischen Schloßsensor, fand einen und klemmte ihn auf die Luke. Ein paar Sekunden, und das Gerät hatte den richtigen Code herausgefunden. Eine kleine, grüne Lampe blinkte auf, und George zog am Lukengriff.

Die Luke öffnete sich so schnell, daß sie ihm fast den Arm gebrochen hätte – und die Last, die darauf geruht hatte, schleuderte ihn vollends zu Boden. Er schob sie von sich herunter, sprang auf, schloß die Luke wieder und beugte sich dann vor.

»Carlos!«

Carlos Florida, der zusammengekrümmt auf dem Boden lag, versuchte sich umzudrehen. Er trug eine kleine Notfall-Sauerstoffmaske vor dem Gesicht, der Schweiß lief ihm über den Nacken und durchtränkte sein goldenes Uniformhemd, und er sah aus, als wäre er durch die Mangel gedreht worden – aber er lebte.

George half ihm, und bis er ihn in eine sitzende Position gebracht hatte, hatte auch Robert schon den Helm abgesetzt und kniete neben ihm, um ebenfalls zu helfen.

»Carlos?« fragte der Captain. »Alles in Ordnung, mein Junge?«

Mit letzter Kraft öffnete Carlos die Augen und versuchte zu nicken. Er zerrte schwach an der Maske, die jetzt wahrscheinlich mehr schadete als nützte.

»Ich nehme sie schon«, sagte George, zog sie ihm vom Gesicht und begann dann, Carlos' halberfrorene Arme und Schultern zu massieren. »Alles in Ordnung?«

Carlos atmete tief ein, nickte wieder und flüsterte: »Danke ... danke.«

»Ist die Kabine zerstört?« fragte Robert.

»Nein ... ist noch ... in einem Stück ... aber keine Luft ...«

»Die Schleuse?«

»Okay ... soweit ...«

»Und Sie sind in letzter Sekunde hineingekommen?«

Veronica kam mit einem Handtuch und reichte es Robert, der es Carlos um die Schultern legte.

»Sie haben ... auf die Maschinen ... und das Lebenserhaltungssystem ... gezielt«, keuchte Carlos. »Den Hauptteil ... haben sie ... mit Absicht intakt gelassen.«

Als er innehielt, um Luft zu schnappen, sagte George: »Das wissen wir. Wir vermuten, es sind Ersatzteilpiraten. Sie bergen den Kutter, wissen aber nicht, daß wir noch leben. Haben Sie das SOS rausgekriegt?«

Carlos schüttelte den Kopf. »Sie haben die SOS-Boje getroffen ... sobald sie ausgeschleust war. Wußten genau, was sie tun mußten ... trafen die Kabine und das war's dann. Ich sah, wie die Lasermündung aufgeheizt wurde ... hätte es fast nicht mehr geschafft.«

Er deutete vage zur Schleuse hoch.

George seufzte und brummte: »Also kein SOS.«

»Nein ...«

»Nun, macht nichts. Wir finden einen anderen Weg. Jedenfalls sind Sie bestimmt froh, hier zu sein.«

Er massierte Carlos' Schultern, um die Blutzirkulation wieder in Gang zu bringen, und wurde dabei gleichzeitig auch etwas von seiner eigenen Frustration los.

»Teufel, bin ich froh«, meinte er schließlich. »Dachte schon, wir hätten Sie verloren. Aber das war ja nicht gerade der Zweck unserer Reise, was?«

Carlos schaute hoch und grinste schwach. »Danke«, krächzte er. »Ich weiß, es war ein Risiko, die Schleuse für mich zu öffnen.«

»Aber es war nicht zu groß«, sagte George ruhig. »Bei weitem nicht zu groß.«

Als Carlos sich wieder einigermaßen erwärmt fühlte, schüttelte er George feierlich die Hand.

»Und was machen wir nun?« fragte er.

George erhob sich, straffte seine Gestalt und stand da wie ein Revolvermann.

»Ich sage euch, was wir tun. Wir reißen die Wand dieser Kapsel auf und arbeiten uns direkt zu den Maschinen und Navigationsmechanismen vor. Und dann steuern wir das Schiff von hier unten aus. Von mir aus können sie uns schleppen, wohin sie wollen, aber ihr könnt die Seidenwäsche eurer Mütter darauf verwetten, daß es die schlimmste Reise wird, die diese Halunken je erlebt haben.«

12

»Können Sie unseren Kurs abschätzen? Wohin schleppen sie uns?«

Eingezwängt in ein kantiges Loch, das sie gerade aus der Metallverkleidung der Wand gerissen hatten, unterhielten sich George Kirk und Carlos Florida leise miteinander.

»So ungefähr«, antwortete Carlos. »Sie ziehen uns zum Rand der blauen Zone.«

»Wahrscheinlich zu einem Ort, an dem sie uns auseinandernehmen können.«

»Bitte, George«, stöhnte Robert April, der vor dem Loch stand und versuchte, die Stelle, an der die beiden arbeiteten, mit einer Taschenlampe auszuleuchten. »Benutz keine Begriffe wie ›uns auseinandernehmen‹. Dieser Ausdruck könnte sich als erschreckend zutreffend erweisen, wenn wir uns nicht sehr anstrengen.«

Falls das ein Scherz war, dann ein sehr trockener.

»Oder verdammt viel Glück haben«, meinte George. »Wißt ihr, was merkwürdig ist? Sie sind mit Lichtgeschwindigkeit aus der Zone herausgekommen. Warum fliegen sie jetzt nicht auch mit Lichtgeschwindigkeit?«

»Vielleicht ist ihre technische Ausstattung … ich weiß auch nicht.«

»Aber ich«, sagte George. »Ich wette, ihre gesamte Technik ist dermaßen zusammengestückelt, daß sie Traktorstrahl und Warpantrieb nicht gleichzeitig benutzen können. Jedenfalls zumindest nicht ohne einen sehr komplizierten Vorwärmprozeß. Von dergleichen habe ich schon mal gehört. Vielleicht tun sie genau das im Moment. Den Warp vorbereiten, meine ich. Damit würden wir etwas Zeit gewinnen, aber ich weiß nicht, wieviel.«

»Ich gehe davon aus, daß du recht hast«, sagte der Captain. »Etwas anderes bleibt uns ja auch kaum übrig. Das könnte übrigens auch erklären, warum sie uns am Rand der blauen Zone entlangschleppen. Damit bleibt ihnen ein Fluchtweg, falls ein anderes Schiff auftaucht.«

»Du meinst, wenn wir Glück haben und die *Enterprise* zurückkommt, um nachzusehen, weshalb wir nicht auf Faramond angekommen sind ...«

»Genau. Dann schleppen sie uns dort hinein, wobei das Schiff sehr wahrscheinlich vernichtet wird, und dann gibt es keinen Hinweis mehr darauf, was passiert ist. Damit ruinieren sie zwar diesmal ihre Beute, bleiben aber weiter im Geschäft.«

»Nicht, wenn ich es verhindern kann«, knurrte George. »Ich werde nicht darauf warten, daß sie den ersten Zug machen. Wenn sie im falschen Moment dahinterkommen, daß wir noch leben, ist alles aus. Wir müssen diesen Moment bestimmen.« Er kämpfte mit der Abdeckkappe eines Laser-Emitters und fügte hinzu: »Weißt du, manchmal wäre ich glücklicher, wenn ich nicht in der Lage wäre, mir vorzustellen, wie Kriminelle denken.«

»Oh ... da haben wir ja etwas«, sagte Robert und deutete auf eine Anzeige an der freigelegten Maschinerie. »George, siehst du das? Sie haben ihren Traktorstrahl um zwanzig Prozent reduziert. Offenbar nehmen wir Geschwindigkeit auf.«

»Warum sollten sie das tun?« fragte Jimmy, obwohl er sich eigentlich vorgenommen hatte, sich in Schweigen zu hüllen. »Ich dachte, sie schleppen uns ab!«

»Sie glauben, wir sind tot«, sagte Carlos.

»Ja und?«

»Also sparen sie Energie«, erklärte Captain April.

»Wenn sie wüßten, daß wir noch leben, würden sie den Traktorstrahl mit voller Kraft arbeiten lassen, damit wir nicht ausbrechen können.«

Georges Stimme ertönte aus dem Innern der Wand. »Ich wette, sie stellen jetzt die Energieversorgung des Traktorstrahls von den Impuls- auf die Warptriebwerke um, damit sie auf Lichtgeschwindigkeit gehen können. Das ist dann genau die Zeitspanne, die uns noch bleibt.«

»Ich arbeite, so schnell ich kann, Sir«, meinte Carlos.

»Das weiß ich. Seien Sie still und konzentrieren Sie sich.«

Was für Jimmy wie eine Rüge klang, wurde offensichtlich nicht so aufgenommen. Carlos schmunzelte und brummte: »Jetzt steigt Ihnen langsam die Macht zu Kopfe, was, Sir.«

Robert April lächelte.

Ein Lächeln, in dieser Situation!

Jimmy schüttelte den Kopf und murrte: »Ich kapier' das nicht.«

Der Captain sah ihn an. »Man braucht nur bei Warpgeschwindigkeit konstanten Schub. Bei Unterlicht nimmt man einmal Geschwindigkeit auf, und alles, was man im Schlepp hat, fliegt in gerader Linie weiter … praktisch für alle Zeiten. Warpgeschwindigkeit ist nicht natürlich, mußt du wissen. Der Unterschied zwischen Sublicht und Hyperlicht ist ungefähr so groß wie der, einen Hügel hinauf- oder hinunterzurollen. Bei Unterlicht gibt es keinen Widerstand. Nichts bremst uns in der Leere des Alls ab. Zusätzliche Energie braucht man nur, wenn man den Kurs ändern, abbremsen oder beschleunigen will. Ich bin überrascht, daß du das nicht in der Schule gelernt hast. Es ist eines von Newtons grundlegenden Gesetzen.«

Jimmy hielt den Mund. Es fehlte gerade noch, daß er damit herausplatzte, wie selten er in der Schule aufgepaßt hatte. Oder wie oft er geschwänzt hatte. Was sollte er sagen? Daß er Newtons Gesetze kannte, aber nicht auf die Idee gekommen war, sie auch anzuwenden? Tolle Möglichkeit.

»Mach dir keine Sorgen«, rief sein Vater aus der Wand heraus. »Wir werden uns schon entsprechend verhalten.«

»Wozu eigentlich die ganze Aufregung?« sagte Jimmy. »Das sind doch nur dumme Piraten. Wieso ist es so schwer, sich auszurechnen, was sie vorhaben?«

»Dumme Leute überleben nicht im All«, antwortete sein Vater. »Unterschätze niemals deinen Gegner.«

Neben ihm ließ sich Carlos zurücksinken und seufzte frustriert.

George hörte ebenfalls auf zu arbeiten und fragte: »Alles in Ordnung?«

»Lassen Sie mich ... nur einen Moment ausruhen ... meine Arme ...«

»Fähnrich Hall! Verstehen Sie etwas von Laser-Emittern?«

Veronica erhob sich, kam herüber und hockte sich vor das Loch. »Ja, Sir.«

»Carlos, gehen Sie mal hier raus.«

Jimmy schaute zu, wie Captain April Carlos heraushalf. An seiner Stelle kroch Veronica hinein. Das Loch war eng, und ihre Beine berührten die seines Vaters. Jimmy runzelte die Stirn. Er wußte nicht recht, warum, aber ihm gefiel dieser Anblick nicht.

»Was versuchen wir denn zu tun?« fragte Veronica.

»Wir versuchen zu überleben. Wir müssen lange genug leben, um die Föderation vor diesen Nattern zu warnen. Allein der Gedanke, daß unsere verschollenen Schiffe von Piraten aufgebracht wurden ...«

»Sir ... ich meine, was versuchen wir hier drinnen zu tun?«

»Erste Schlachtregel, Fähnrich. Setze den Gegner außer Gefecht.«

»Sir, sie sind gut zehnmal so groß wie wir.«

»Aber nicht zehnmal wütender als ich im Moment. Wir werden die Sicherungen entfernen und unsere gesamte Energie mit einem Schlag durch diese hübschen, kleinen Schneidlaser jagen. Ein Schuß mit Gefechtsstärke, das ist alles, was ich will.«

»Das wird auch alles sein, was Sie kriegen«, meinte Carlos, der zwischen April und Jimmy hockte und sich ausruhte. »Diese Kutter sind nicht gerade die Kavallerie, genaugenommen nicht mal ein Planwagen. Eher eine Art Bummelzug, der erst dann aufkreuzt, wenn ein Gebiet bereits gesichert ist. Selbst wenn Sie suchen, bis die Sterne kollabieren, Sie werden auf dem gesamten Schiff nicht mehr Energie finden als für einen einzigen Schuß. Und dann, Sir? Wir wissen schließlich nicht genau, was wir damit auf unserem eigenen Schiff anrichten, nicht wahr? Das Lebenserhaltungssystem könnte dadurch völlig ruiniert werden… oder wie jagen vielleicht das gesamte Lasersystem gleich mit hoch. Wer kann das schon abschätzen? Und dann …«

»Dann werden wir uns etwas anderes überlegen.«

Die Antwort wurde begleitet von einem metallischen Kreischen – Stahl traf auf Stahl.

Carlos ließ den Kopf gegen die Wand sinken und murmelte: »Er will keine Vernunft annehmen, nicht wahr, Sir?«

Mit einem Blick auf die fortschreitende Arbeit meinte April: »Wenn wir Glück haben, nicht …«

Jimmy, der näher bei ihnen saß, als er eigentlich wollte, konnte seine Neugier nicht unterdrücken. Er beugte sich vor und sprach mit leiser Stimme.

»Wieso Glück?«

Captain April nahm einen schmutzigen Lappen und tupfte damit den Schweiß ab, der Florida auf der Stirn stand.

»Diese Individuen auf dem anderen Schiff werden jetzt ernsthafte Probleme bekommen«, meinte er. »Und die haben sie sich selbst aufgehalst, als sie beschlossen, uns zur blauen Zone zu schleppen. Damit hat sich alles geändert.«

Er schaute zu, wie George Kirk mit beiden Händen wütend an einem Bolzen zerrte. Man sah deutlich, wie sich die Muskeln unter dem roten Uniformhemd verkrampften.

»Ein Kommandant, der nichts mehr zu verlieren hat«, fügte Captain April hinzu, »ist ein sehr gefährlicher Mann.«

»He! Bengel! Was is' mit den Schilden?«

»Wenn ich soweit bin ... sage ich's dir.«

Roy Moss lag lang ausgestreckt auf dem Boden der Brücke und arbeitete über Kopf, so wie Michelangelo, als er die Decke der Sixtinischen Kapelle bemalte. Die Arbeit war genauso heikel und doppelt so anstrengend.

»Mach mal Tempo«, beharrte Angus Burgoyne.

Roy drehte sich so weit, daß er das Gesicht des Captains sehen konnte, ließ die Hände mitsamt den Werkzeugen auf die Brust sinken und machte eine Pause, während er sprach.

»Bei diesen Schilden kommt man mit Tempo nicht weiter«, erklärte er. »Es sind schließlich keine Mauern, die alles und jeden abwehren. Sie benötigen eine sehr diffizile und konstante Justierung gegen alles, was *Sekunde um Sekunde* einzudringen versucht.«

Er ließ sich wieder zurücksinken und schaute zu den Mikroschaltkreisen hoch. Für einen Moment wirkte er wie ein Poet, der einen stillen Waldsee betrachtet.

»Wie wir wohl wirken müssen ... auf jeden, der sieht, daß wir lebendig aus der blauen Zone herauskommen. Die anderen sind nichts als primitive Eingeborene, die voller Ehrfurcht beobachten, wie ein Mann in Taucherausrüstung aus der See emporsteigt ... er ist ein Gott. Allmächtig. Unverwundbar. Sie können nicht ahnen, wie verletzlich er trotz allem ist. Sie begreifen nicht, daß er sich sogar in nur zwei Meter tiefem Wasser selbst umbringen könnte, wenn er nicht sehr… sehr… vorsichtig ist. Und genau das sind wir… gefährdete Taucher.«

Er berührte mit beiden Zeigefingern das verschlungene Muster vor seinen Augen und dachte darüber nach, was das alles hier für ihn bedeutete. Wie lange es dauern würde, die finanziellen Rücklagen für seine langfristigen Pläne zu schaffen. Wie effizient er diese stumpfsinnigen Piraten für seine eigenen Zwecke benutzte – und sie waren zu dumm, um es zu erkennen. Zu dumm, um die echten Bedrohungen kommen zu sehen. Zu dumm. Punkt.

»Diese Schilde«, murmelte er, »sind keine Schale. Eher ein Spiegel. Sie reflektieren die Gefahren der blauen Zone, aber sie können sehr leicht zerbrechen.«

Angus Burgoyne benutzte die Zunge, um seinen Schnurrbart in den Mund zu ziehen, und begann zu kauen.

»Verträumter pferdeschwänziger Zwerg«, brummte er. »So 'ne Art Genie. Quatscht wie'n zugedröhnter Kiffer. Muß endlich erwachsen werden.« Er stemmte sich aus dem Kommandosessel und ging zum Schacht, um zum Maschinenraum hinunterzubrüllen. »He, Dazzo! Schalt den Traktorstrahl zu hundert Prozent ab. Was soll dieser Achtzig-Prozent-Quatsch überhaupt? Wir haben dieses Sta'fleet-Boot doch inzwischen auf Geschwindigkeit gebracht, oder?«

Roy wurde aus seinen Gedanken gerissen, wischte sich mit dem Handrücken über die Stirn und schickte auf mentalem Weg eine Beleidigung zu Burgoyne hinüber, der sich mittlerweile vorgebeugt hatte und direkt durch das Loch zu dem Klingonen hinunterbrüllte.

Roy hob die schmerzenden Arme und machte sich wieder an die Arbeit, allerdings nicht ohne eine letzte Bemerkung.

»Sie verdienen es, zu ertrinken.«

»Jetzt geht's los. Schluß damit, nur den Passagier zu spielen.«

Carlos war noch immer geschwächt, aber trotzdem hellwach, als er den letzten von acht unterschiedlich großen Monitoren vor Jimmy aufstellte.

Der Junge betrachtete stirnrunzelnd die Monitore und all die Kabel und Stränge, die sie mit verschiedenen Teilen der hinter der aufgerissenen Wand sichtbaren Maschinerie verbanden. Jetzt befanden sich dort ein Meer von Kabeln und Verbindungen, das jeder durchwaten mußte.

»Die behältst du im Auge«, sagte Carlos. »Jeder davon mißt eine Funktion des Schiffes dort draußen. Das ist jetzt dein Job, kapiert?«

»Aber ich habe doch gar keine Ahnung davon«, protestierte Jimmy. »Ich kann sie nicht ablesen.«

Er streckte beide Hände abwehrend der Phalanx aus kleinen Bildschirmen, flackernden Grafiken und blinkenden Zahlen entgegen.

»Wir haben hier unten keine automatische Ausrüstung«, erklärte Carlos, »deshalb müssen wir das selbst übernehmen. Das hier ist die grafische Darstellung des Schiffes selbst. Der dort gibt Entfernung und Geschwindigkeit an. Dort drüben ist der Energiefluß, in Wellenlängen angegeben … das hier die Energieerzeugung …«

Er hielt inne, musterte die Anzeigen auf dem Schirm und rief: »Mr. Kirk?«

»Ja?« antwortete Kirk irgendwo aus dem Innern der Wand.

»Der Traktorstrahl! Sie haben ihn komplett abgeschaltet, Sir!«

»Großartig. Danke.«

»Das ist die Gelegenheit, die wir gebraucht haben, George«, warf Robert ein.

Carlos zuckte die Achseln und wandte sich wieder zu Jimmy um. »Der runde Schirm hier zeigt, was ich für ihren … Weißt du was? Vergiß einfach, wofür sie sind. Spielt keine Rolle. Wenn sich auf einem von ihnen etwas ändert, gib uns Bescheid. Ganz einfach.« Er richtete sich auf, was ihm augenscheinlich noch immer schwer fiel. »Du hast das Schiff als erster gesehen. Du behältst es weiter im Auge. Wenn innerhalb von zehn Tagen keiner Anspruch darauf erhebt, gehört es dir.«

Er drehte sich um, zuckte zusammen, griff sich an die schmerzende Hüfte und suchte sich einen Weg zwischen den Kabeln.

Jimmy sah ihm nach und wunderte sich, daß Carlos nach allem, was er durchgemacht hatte, immer noch scherzen konnte.

»Und was machen Sie jetzt?« fragte er.

Carlos deutete auf ein aufgerissenes Paneel ein paar Schritte von der Stelle entfernt, an der die anderen arbeiteten. »Wir versuchen, unser Schiff von hier unten aus zu manövrieren. Auf einem Boot wie diesem gibt es keine Hilfskontrollen. Wir werden also alles unter der Haube erledigen müssen.«

»Warum nennen Sie das so?«

»Keine Ahnung.«

Er zuckte müde die Achseln und verschwand in dem Loch.

Alle arbeiteten, außer Jimmy. Er war sich dessen durchaus bewußt und froh, nun endlich auch etwas zu tun zu haben. Er schaute auf einen Monitor nach dem anderen und versuchte zu begreifen, was sie ihm mitteilten.

Genausogut hätte er versuchen können, Ägyptisch zu lesen. Auf einmal wünschte er sich, im Kurs für fortgeschrittene Computerwissenschaft besser aufgepaßt zu haben. Er war immer davon ausgegangen, die Grundlagen würden reichen, und hatte sich um die komplizierteren Dinge nicht weiter gekümmert. Genau wie er ein Fahrzeug steuern, aber nicht bauen konnte, so konnte er auch mit einem Computer umgehen, ohne zu wissen, wie und warum er funktionierte.

Doch jetzt wollte er das Wie *und* das Warum wissen.

Veronica Hall stieß einen Freudenschrei aus. »Mr. Kirk? Ich glaube, ich habe den größten Teil der Energie umgeleitet.«

George kroch aus einem sehr engen Loch hervor und brummte: »Prozentsatz?«

»Ich würde sagen, fünfundfünfzig Prozent normaler Gefechtsstärke.«

»Fünfundfünfzig, fünfundfünfzig«, murmelte George nachdenklich. »Wird sie zwar nicht zerstören, ihnen aber einen kräftigen Stoß versetzen.«

Er zwängte sich durch die Kabel und kniete nieder, um einen Blick auf die komplizierte Maschine zu werfen, an der Veronica arbeitete.

»Zeigen Sie's mir.«

»Hier habe ich eine Verbindung zum Kern unserer Warptriebwerke hergestellt. Und dort oben ...«

»Ich sehe es. Nicht berühren.«

»... dort ist das Gehäuse des Arbeitslasers.«

»Verdammt, ist das klein. Sind Sie sicher, daß Sie das richtige Ding erwischt haben? Schau sich einer den Winzling an.«

»Ja, Sir. Wenn Sie diesem Kabel bis hierhin folgen ... da ist die Verbindung zum Energie-Fokus. Von dort aus können wir die Strahlstärke justieren. Zumindest glaube ich, daß wir das können. Allerdings habe ich keine Ahnung, welche Auswirkungen das für uns haben wird.«

»Wir werden manövrierunfähig«, sagte George. »Wenn sie dann auch manövrierunfähig sind, haben wir zumindest Gleichstand. Vielleicht ist das dann so, als versuchten wir einen Schwertkampf auszutragen, während wir bis zu den Ellbogen im Treibsand stecken, aber wenigstens stecken die anderen auch im Treibsand.«

Veronica ließ sich von ihm aus dem Loch heraushelfen, und Jimmy zuckte zusammen, als er sah, wie sein Vater die künstliche Hand des Mädchens packte, um sie herauszuziehen. Irgendwie erwartete er, sie würde sich lösen und auf zwei Fingern über das Deck laufen.

»Okay, Kriegsrat«, sagte George. »Worauf sollen wir schießen?«

Sie versammelten sich um Carlos Florida, der an einem Maschinenteil arbeitete, das er durch eine andere in die Wandverkleidung gerissene Öffnung erreichte.

Jimmy wäre beinahe aufgestanden und hätte seine Meßgeräte im Stich gelassen, als ihm klar wurde, daß er dort drüben unerwünscht war. Er gehörte nicht zur Mannschaft. Sie wollten ihn nicht nur nicht dabei haben … sie brauchten ihn auch nicht.

Er zog die Knie an, senkte den Kopf, wandte sich wieder den Anzeigen zu und lauschte.

»Was sollen wir treffen?« fragte sein Vater. »Irgendwelche Vorschläge?«

»Was ist mit den Warptriebwerken?« fragte Veronica. »Wenn sie in den Warp gehen, kommen wir nie zum Schuß.«

»Nicht gut. Wir zerstören ihren Warp, sie merken, daß wir noch hier sind, drehen um und töten uns und verschwinden dann in der blauen Zone, um sich zu verstecken. Bringt uns gar nichts. Gib mir das mal …«

Er streckte den Arm aus, schnappte sich einen von Jimmys Monitoren und stellte ihn in die Mitte der Gruppe. Jimmy starrte ihn böse an, wußte aber nicht, was er sagen sollte.

Sein Vater, Captain April und die beiden anderen beugten sich über den Monitor, der eine flackernde Grafik des anderen Schiffes zeigte. Sie zeigten darauf und versuchten die einzelnen Teile zu identifizieren.

»Wo können wir mit einem Treffer den größten Schaden anrichten?« murmelte Robert.

»Die Impulstriebwerke?« meinte Veronica. »Dann können sie kaum noch manövrieren.«

Robert nickte. »Das stimmt zwar, meine Liebe, aber uns könnten sie immer noch ausschalten.«

Als nächstes hörte Jimmy die Stimme seines Vaters. Sie klang ruhig, nicht das sonst übliche Gebrüll oder Geknurre.

»Was befindet sich an der Außenhülle und hat Auswirkungen auf das Innere? Los, Leute, denkt nach.«

»Sir«, sagte Veronica, »ich erinnere mich da an etwas aus dem Einführungskurs für Antriebsmechanik ...«

»Zwingen Sie mich nicht, alles aus Ihnen herauszukitzeln, Fähnrich. Los!«

»Kühlung? Ohne Kühlung funktioniert gar nichts.«

Robert schlug George auf die Schulter. »Kühlung, das ist es!«

»Die Kühlkompressoren!« rief George. »Damit legen wir alles lahm!« Er hielt inne. »Wenn wir durch ihre Schilde schießen können. Das ist die große Frage. Diese Schilde erhalten sie immerhin in der blauen Zone am Leben.«

»Und was machen wir nun?« fragte Carlos.

»Ich nehme an, sie halten uns für tot und glauben daher, sie brauchen keine Schilde.«

»Das ist aber eine sehr gefährliche Annahme, George«, warnte Robert.

George breitete die Hände aus. »Wieso denn? Derartige Schilde müssen enorm viel Energie verbrauchen. Ich würde sie nicht die ganze Zeit über aufrechterhalten. Du etwa?«

»Nein, wahrscheinlich nicht ... aber sie sind mir ein völliges Rätsel. Wir stellen hier Mutmaßungen über etwas an, das eigentlich gar nicht funktionieren kann. Lieber Himmel, wie kämpft man gegen etwas, das unmöglich ist?«

»Bring mich jetzt nicht durcheinander. Okay, suchen wir nach der Leitung.«

Wieder wanderten suchende Finger über den Monitor, während sie eine Möglichkeit nach der anderen ausschlossen und andere zumindest in Frage stellten. Unterdessen hockte Jimmy auf dem kalten Boden und fühlte sich ausgeschlossen.

Er betrachtete sie stirnrunzelnd. Sie hatten nicht einmal Veronica zu ihrem Einfall mit der Kühlung gratuliert. Interessierte sich niemand bei Starfleet dafür, was jemand empfand?

Mit kalten Blicken verfolgte er, wie sie murmelten und zeigten, ihre Finger benutzten, um den Umrissen zu folgen und versuchten, erst die Stellen zu eliminieren, wo sich die Leitung nicht befinden konnte, um dann daraus zu schließen, wo sie sein könnte.

»Das müßte sie sein.«

»Steuerbordseite, im Heckbereich?«

»Was sollte es sonst sein?«

»Mmmm … keine Ahnung.«

»Es muß etwas Wichtiges sein …«

»Ach was. Könnte genausogut ein Abgaskanal sein.«

»Es könnte ein Kühlraum für Lebensmittel sein. Dann würden wir ihr Mittagessen zerschießen.«

»Ein Kühlraum mit Signallampen für Reparaturtrupps?«

»Ich sehe keine Lichter.«

»Genau da. Und dort.«

»Das sind statische Störungen auf dem Monitor.«

»Regelmäßige Störungen?«

»Hört mal, wir müssen jetzt eine Entscheidung treffen.«

»Nein, *wir* müssen das nicht.«

Alle blickten auf, und Jimmy hielt den Atem an, als die Stimme seines Vaters einen scharfen Klang annahm.

George stand auf und zog Carlos und Robert mit je einer Hand ebenfalls hoch.

»Ich bin derjenige, der zu entscheiden hat«, sagte er. »Alles aufgestanden. Wir zerschießen dieses Ding und hoffen, daß es das Kühlsystem ist, und dann drehen wir ab.«

»Wenn wir uns dann noch bewegen können«, seufzte Carlos und stand ebenfalls auf.

»Das werden wir, und wenn ich aussteigen und schieben muß. Ich habe vor, noch am Leben zu sein, wenn die *Enterprise* kommt, um uns zu suchen, und ich will, daß diese schmierigen Mistkerle dann auch noch da sind.« George richtete sich zu seiner vollen Größe auf und knirschte wütend mit den Zähnen. »Ich will sie mit meinen bloßen Händen festnehmen.«

Weit, weit unten auf dem Boden, tief unter dem großen roten Giganten, der so dicht bei ihm explodierte, schaute der kleine gelbe Sohn hoch und fragte sich, ob da wirklich sein Vater sprach. Er war an einen mürrisch blickenden Burschen gewöhnt, der nicht wußte, womit er sich während seines Urlaubs beschäftigen sollte.

Das hier war nicht derselbe Mann.

Jetzt fiel es Jimmy gar nicht mehr so schwer, den Mund zu halten, obwohl er schon seit mehr als einer Stunde keine bösartige Bemerkung mehr gemacht hatte. Nicht seit jener, die er nicht vergessen konnte.

Sie schien auf jedem der Monitore aufzuleuchten. *Du hast mich erst da reingebracht. Du hast mich erst da reingebracht. Du hast mich erst da reingebracht.*

»Seid still«, murmelte er und rieb sich mit beiden Händen über das erhitzte Gesicht. Seit wann besaßen Schuldgefühle Schweißdrüsen?

»Robert«, sagte George und drehte sich um.

Captain April blickte auf. »Ja, George.«

»Bevor es zu spät ist – siehst du irgendwelche Implikationen, die mir nicht aufgefallen sind?«

»Nein, nichts, mein Freund. Für Piraterie gibt es keine Entschuldigung, und es sollte auch keine Milde geben. Wir müssen … kämpfen.«

»Alle Mann auf ihre Posten.«

Jimmy beobachtete, wie die Starfleet-Leute sich auf verschiedene Stellen der freigelegten Maschinerie verteilten.

»Oh, Freunde!« rief Captain April plötzlich. »Wir haben ein Detail vergessen. Wir haben nicht genug Energie, um sie zu überholen, und wir können diese Leitung nicht von ihrer Heckseite aus treffen. Wie sollen wir sie dazu bringen, zu wenden und uns diese Leitung zu präsentieren?«

Sofort beugte sich Jimmy vor, um zu beobachten, wie sein Vater reagierte.

George Kirk hockte, auf ein Knie gestützt, neben dem aufgerissenen Wartungsschacht, in dem Carlos weitgehend verschwunden war.

»Du hast gerade die richtige Antwort gegeben. Wir werden sie dazu bringen, uns die richtige Seite zuzudrehen. Carlos? In Position? Hall?«

Die Antworten drangen gedämpft aus den Höhlen.

»Aye, Sir.«

»Bereit, Sir.«

»Bin soweit, George.«

Mit gespielter Ruhe sagte George: »Carlos, Fixierung auf diese Leitung.«

»Wird fixiert.«

»Robert, kannst du von dort aus steuern?«

»Ich kann ein paar muntere Schätzungen und Extrapolationen vornehmen, George.«

»Was?«

»Ich sagte, ich tue mein Bestes.«

»Okay, es geht los, Leute. Robert, dreh uns um vierzig Grad nach Steuerbord, und dann mit voller Kraft voraus.«

»Wir drehen«, meldete Roberts Stimme. »Höchstgeschwindigkeit beträgt Punkt null null vier Impuls.«

»Nun, dann gib Vollgas. Jimmy! Behalt den Monitor im Auge!«

Jimmy schaute hoch. »Welchen?«

Sein Vater fuhr zu ihm herum und brüllte: »Den da! Ja, genau den! Tut sich irgendwas?«

»Nein … ja!« Sein Mund war plötzlich trocken. »Sie drehen!«

»Sie drehen, um auf uns zu feuern!« bestätigte Carlos. »Ich kann die Steuerbordseite sehen! Sir, die Laser werden aufgeheizt!«

George wirbelte wieder herum. »Zielen Sie auf diesen Steuerbordkompressor, Fähnrich!«

»Muß ich nach Augenmaß machen, Sir«, warnte Veronica.

»Tun Sie Ihr Bestes. Leiten Sie jetzt die Energie durch das System. Geben Sie alles drauf!«

»Wird umgeleitet, Mr. Kirk. Zehn … neun … acht … sieben …«

»Bereitmachen!«

»Fünf … vier …«

»Zielen …«

»Zwei … eins … volle Energie!«

»Feuer!«

13

»Sie leben!«

Ohne auch nur seinen Sessel zu verlassen, holte Angus Burgoyne aus und schlug Okenga so hart ins Gesicht, daß der andorianische Ingenieur zu Boden ging und über das Deck rollte. Überall im Schiff knisterten elektrische Entladungen. Die Brücke sah aus wie bei einem Feuerwerk, als das Schiff aus seinem Kurs ausbrach. Die Männer der spärlichen Brückenbesatzung klammerten sich fest, als sich das Deck aufbäumte. Sirenen heulten, und Funken spritzten auf alles und jeden.

»Sie leben! Du hast gesagt, sie sind tot! Verdammt, Okenga, du hast gesagt, sie sind tot! Aber sie sind nicht tot! Sie sind verdammt lebendig!«

Das Schiff kämpfte gegen die eigene künstliche Schwerkraft, als alle Systeme verrückt spielten. Die Sirenen heulten, als wüßten die Lebewesen an Bord noch nicht, daß sie getroffen, hart getroffen worden waren.

Roy Moss, aufgrund seines Alters weder erwünscht noch respektiert, seiner Fähigkeiten wegen jedoch geduldet, klammerte sich an ein Laufsteggeländer hinter den anderen und beobachtete die Szene.

»Ich wäre auch noch am Leben«, murmelte er.

»Feuer!«

»Ich kann nicht noch mal feuern! Keine Energie mehr!«

»Nicht *die* Art von Feuer! Holt die Feuerlöscher! Hall, kommen Sie da raus!«

George Kirk zerrte Veronica aus der Wand, Sekunden bevor sich ihre metallene Höhle mit Rauch, Funken und Flammen füllte. Die Schwerkraft spielte verrückt, und plötzlich schien sich das Schiff auf die Seite zu legen.

Einen Augenblick später war Robert mit zwei kleinen Feuerlöschern zur Stelle, wobei er buchstäblich über die Wand lief. Einen davon warf er George zu, und dann standen beide Männer breitbeinig da, um das Schwanken des Kutters auszugleichen, und versprühten einen Schneesturm.

Rauch quoll aus einem Dutzend Risse und aus dreien der vier in die Wand gebrochenen Öffnungen.

»Sir, Sie haben es geschafft!« Carlos mußte blinzeln, um die Daten der Sensoren direkt an der Quelle abzulesen – ohne Strom funktionierten die Monitore nicht. »Sie sind manövrierunfähig! Es mag ja Treibsand sein, aber es ist unser Treibsand! Sie sitzen fest!«

Siegesfreude mischte sich mit reinem Haß, als George das Kinn vorschob und knurrte: »Ich würde sie lieber woanders festsetzen. Also schön, Leute – wir stehen jetzt zwar besser da, aber damit haben wir uns auch verraten. Sie wissen, daß wir hier sind. Jetzt wird es ein Zweikampf.«

»Du dreckiger Sohn einer Krähe, Burgoyne, ich habe dich gewarnt! Ich habe dir stinkendem Arsch *gesagt*, was passieren würde, wenn wir nicht verschwinden, und jetzt sieh es dir an!«

»Paß auf, was du sagst, Moss. Ich habe noch immer das Kommando.«

»Dann kommandier mal den Warpantrieb zurück an seinen Platz, falls du dich auf Magie verstehst! Kommandier die Waffen wieder in Bereitschaft! Kommandier dieses Wrack wieder zu voller Energie. Überall im unteren Bereich steht schäumende Kühlflüssigkeit, Herrgottnochmal!«

»Laser anheizen!« rief Burgoyne. »Feuert auf sie!«

»Laser ohne Kühlung?« knirschte Rex Moss mit zusammengebissenen Zähnen. »Wir gehen hoch wie eine Nova!«

»Schaff deinen fetten Hintern von mir weg. Und überleg dir, wer was von Gestank sagen sollte.«

Während sich die beiden mächtigsten Männer des Schiffes gegenseitig anbrüllten, wandten sich die anderen Mitglieder der Brückencrew ihrer Arbeit zu – selbst die, die nichts zu tun hatten. Niemand wollte in diesen Streit hineingezogen werden. Niemand wußte, wer gewinnen würde, und niemand wollte hinterher auf der Seite des Verlierers stehen.

Und davon abgesehen: Wenn irgend jemand getötet wurde, blieb um so mehr für die anderen übrig.

»Der Warpantrieb ist hinüber!« rief Okenga aus dem Maschinenraum herauf. »Waffen sind stark beschädigt.«

»Wie lange?« rief Burgoyne, ohne Rex Moss aus den Augen zu lassen. »Wie lange dauert es, den Warp zu reparieren?«

»Fünf Tage. Sechs.«

»Was haben wir noch übrig?«

Scharf darauf, Burgoyne mit schlechten Nachrichten zu versorgen, kletterte der klingonische Techniker aus der Verbindungsröhre, wedelte eine chemisch riechende, rötlichgelbe Rauchwolke beiseite und peilte den Captain an.

»Wir können herumkriechen wie ein Schlepper aus dem Einundzwanzigsten Jahrhundert, mit ungefähr hunderttausend Kilometern pro Stunde. Wäre ein halbes Prozent der Lichtgeschwindigkeit. Oder wir steigen aus und schwimmen. Geht schneller.«

Den Blick weiter auf Rex gerichtet, knurrte Burgoyne den Klingonen an: »Scher dich an die Arbeit, Dazzo. Niemand hat nach deinem schmutzigen Gesicht gerufen.«

Im Hintergrund der Brücke murmelte Roy: »Aus den Haien sind jetzt Schnecken geworden.«

Burgoyne schoß ihm einen Blick zu und versprühte Speichel. »Kümmer dich wieder um deine verdammten Schilde, Junge!«

»Du warst so sicher, daß sie tot wären«, blaffte Big Rex Moss den Captain an. Sein mächtiger Körper schwitzte und erhöhte die Temperatur in dem kleinen Raum noch zusätzlich. »So sicher, so sicher. ›Voohwärts‹, hast du gesagt. ›Verpaßt ihnen noch ains.‹ Nun, wir haben ihnen eins verpaßt, und jetzt haben sie zurückgeschlagen. Starfleet-Leute fallen nicht so einfach um wie Kaufleute, aber läßt du dir was sagen? Und jetzt sieh uns an! Kein Warpantrieb! Keine Energie! Keine Waffen! Willst du mit einem Zehntel Impulskraft von hier wegkriechen? Dann mal los, Angus. Zeig uns ... wie du kriechst!«

Er rückte ein paar Schritte näher und stieß den letzten Satz wie eine Herausforderung hervor.

Angus Burgoyne erkannte die Drohung und stieß sich aus dem Sessel. Sein Rücken war dem Bildschirm zugewandt, als er ein großes Fleischermesser hervorzauberte und es zwischen sich und seinen gewaltigen Schiffskameraden brachte.

Es hatte immer Streit zwischen den beiden gegeben, immer hatte ein Tauziehen um die Frage stattgefunden, wer von ihnen der bessere Kommandant wäre, doch dieser Streit verblaßte üblicherweise, sobald sie Geld in den Taschen und Bourbon in den Bäuchen hatten.

Heute mangelte es an beidem. Und ihre Auseinandersetzung drohte einen gefährlichen Level zu erreichen.

Niemand schaute hoch. Niemand wollte hineingezogen werden.

Niemand außer einem knochigen Jungen, der neben der schützenden Konsole kauerte, an der er gearbeitet hatte.

Roy Moss beobachtete seinen Vater aus den Augenwinkeln und schätzte Burgoynes Bewegungen eher nach Gefühl ab. Die große Klinge, die im Licht des Trinärsterns auf dem Schirm funkelte, konnte er kaum erkennen. Er wagte es nicht, sich umzudrehen, denn das wäre unklug gewesen. Er hätte die beiden dadurch ablenken können.

Und er wollte nicht, daß sie abgelenkt wurden. Er wartete schon zu lange darauf, daß jemand Burgoyne ernsthaft herausforderte. Wenn das sein eigener Vater war, brachte ihn das seinem Ziel um so näher. Hatte Big Rex das Kommando, würde Roy endlich etwas Respekt entgegengebracht werden, wenn auch nur als eine Art Abfallprodukt. Nein, Big Rex würde ihm keinen erweisen ... aber die anderen Holzköpfe vermutlich schon.

Burgoyne drehte die breite Klinge vor seinem Gesicht, während er den Herausforderer beobachtete.

Eingehüllt in Dampf und elektrische Entladungen, die aus der demolierten Maschinerie hinter ihm hervorsprühten, bot Big Rex Moss einen bedrohlichen Anblick. Er war groß und wütend, so muskulös wie breit und so bösartig wie schwer, und auf der dunklen Brücke wirkte er wie ein Dinosaurier. Langsam ging er vorwärts, Schritt für Schritt, und jeder Schritt wurde von einem Satz begleitet.

»Wir schleppen sie mit«, sagte er. »Wir ziehen sie in die blaue Zone und lassen sie dort umkommen. Das gibt uns die Zeit, diesen Schrotthaufen zu reparieren.«

Burgoyne beugte sich etwas vor. »Kein Profit. Wenn wir sie hineinziehen, kriegen wir gar nichts. Deshalb bin ich nich' in diesem Geschäft. Aber was verstehst du schon von Geschäften? Du hast uns beschwatzt, deinen rotznäsigen Welpen an Bord zu holen und ihm einen vollen Anteil zu geben ...«

»Diese Rotznase ist der einzige Grund, weshalb wir

in die Zone fliegen und lebendig wieder herauskommen können«, sagte Big Rex. Wieder ein Schritt.

»Er sollte etwas von deinem Anteil bekommen«, beharrte Burgoyne, »statt eines ganzen Anteils für sich allein. Du weißt, daß ich recht habe, sonst würdest du ihm ja nich' ständig in den Hintern treten. Gib's schon zu, du groteskes Monster.«

Roy lauschte, und jetzt drehte er sich auch um und stand langsam auf. Solange sie über ihn sprachen, würden sie auch nicht weiter überrascht sein, wenn er davon Notiz nahm und sich in eine Position brachte, von der aus er einen besseren Überblick hatte. Er schätzte derartige Momente sehr …

Anteile. Ich sollte ihre Anteile eigentlich noch zusätzlich bekommen. Ich bin schließlich der einzige, der sie überhaupt im Geschäft hält. Ich bin das Schutzschirm-Genie. Ich bin das Piloten-Genie. Ich bin das Waffen-Genie. Was könnten sie schon ohne mich tun? Dieses Schiff als riesigen Nachttopf benutzen, aber mehr auch nicht.

Big Rex machte abermals einen Schritt. »Wir ziehen sie in die Zone. Wir verschwinden, solange wir noch können. Wir verstecken uns und reparieren das Schiff. Und du trittst jetzt beiseite.«

Mit diesen Worten zog er eine orionische Magnatomic-Pistole und richtete den fünfzig Zentimeter langen Lauf direkt auf Burgoynes zottiges Haupt. Wo er diese Waffe bisher verborgen hatte, wußten höchstens seine Speckfalten und die abgetragenen, schweißgetränkten Kleider.

Burgoyne fing an zu zittern. Plötzlich war sein großes Messer nicht mehr groß genug.

»Weg mit der Klinge, du Penner«, befahl Rex.

Haß kochte in Burgoyne hoch, als er begriff, daß ihm keine Wahl blieb.

Roy hielt den Atem an und beobachtete die Szene jetzt unverhohlen.

Mit zitternden Fingern legte Burgoyne das Messer

auf dem Platz des Captains ab, der vor wenigen Minuten noch ihm gehört hatte. Er wußte, es war das letzte von ihm, das hier einen Platz finden würde.

Zumindest im Moment.

Die Dinge konnten sich hier sehr schnell ändern.

Big Rex rührte keinen Muskel. Er schaute auch nicht auf das Messer, sondern wartete, bis Burgoyne von dem Sessel zurückgewichen war.

Dann nickte Rex zufrieden und sagte: »Richte nie wieder eine Waffe auf mich ... oder du bist schneller tot, als du glaubst.«

Big Rex verschwendete keinen Gedanken daran, ob sich Burgoyne vielleicht an Roy rächen würde. Er stieß ein Kichern aus, das allen klarmachen sollte, wer gewonnen hatte, tippte in einer Art Warnung mit dem Lauf der Pistole gegen seine Schläfe, drehte sich dann um und machte sich auf den Weg zum Verbindungsschacht.

Burgoyne seufzte erleichtert.

Allerdings nur für einen Sekundenbruchteil.

Denn Roy Moss sah seine Chance. Er beugte sich vor, packte das Messer und schleuderte es in Richtung der breiten Schultern seines Vaters.

Roy empfand die Mischung aus Verblüffung und Panik, die aus Burgoynes Keuchen sprach, als sehr befriedigend, hielt den Blick jedoch auf die fliegende Waffe gerichtet.

Die Klinge traf nicht im richtigen Winkel auf, um in den Körper einzudringen, hinterließ aber doch einen Schnitt in Rex' Nacken.

Rex griff sich mit der freien Hand an den Nacken und wirbelte mit einer für einen Mann seiner Größe erstaunlichen Geschwindigkeit herum.

Erschrocken riß Burgoyne die Hände hoch und schnappte nach Luft, um zu erklären, daß er nicht ...

Ssshhhhhhhhh

Ein Schrei reiner Agonie, eine glühende Wolke aus

Hitze und Gestank, und Angus Burgoyne war nicht mehr. Er hatte sich in einen Haufen geschwärzter Fleischfetzen und verbrannter Knochen verwandelt, die leise zischend auf dem Deck lagen.

»Ich war schon immer für Feuerbestattungen«, bemerkte Big Rex Moss. Er schwenkte die Waffe durch die Luft, um den Lauf der Pistole abzukühlen, und wandte sich wieder ab. »Also schön, ihr Haie. Ratet mal, wer jetzt das Sagen hat?«

Hinter ihm leckte sich sein Sohn über die Lippen und lächelte.

»Diese hier ändert sich! He! Dad! Captain! Irgendwer! Die hier ändert sich.«

Jimmy winkte und deutete hektisch auf den Monitor, bis Veronica Hall sich neben ihn hockte und die blinkenden Zahlen studierte, die inmitten von Störungen über den Schirm flackerten. »Sie ändern den Kurs!« bestätigte sie.

»Auf welchen Kurs gehen sie?« fragte George. »Carlos?«

»Das hatte ich befürchtet«, sagte Carlos und schluckte schwer. »Sie versuchen, wieder in Traktorreichweite zu kommen. Wenn sie uns erwischen, ziehen sie uns direkt in die blaue Zone. Darauf wette ich.«

»Wie lange?« fragte George. »Bei dieser Geschwindigkeit, wieviel Zeit bleibt uns da noch?«

»Nun ... also ... ich würde nicht mehr damit anfangen, einen Truthahn zu braten, Sir.«

»Wie lange ist das? Sechs Stunden?«

Carlos blickte ihn verwirrt an.

»Sir«, meldete sich Veronica.

Sie kam nicht dazu, den Satz zu beenden, denn George brüllte: »Also, wie lange dauert es, einen Truthahn zu braten? Meine Frau braucht immer sechs Stunden!«

»Eher vier, George«, meinte Robert mit einem wehmütigen Lächeln auf den Lippen.

Carlos nickte, wirkte dabei aber ziemlich hoffnungslos. »Bis zum äußeren Rand.«

Die Hände in die Hüften gestemmt, marschierte George zwischen den aufgestapelten Versorgungskisten auf und ab. Vier Stunden, um die Oberhand zu gewinnen. Oder alles zu verlieren.

Schließlich blieb er stehen und sah die anderen an. Seine Augen waren zusammengekniffen, und seine Stimme klang scharf.

»Dann wird es ein Wettlauf.«

Jimmy schaute ihn an und lächelte … beinahe jedenfalls. »Hast du nicht gesagt, es würde ein Zweikampf?«

14

»Ist fast nichts übrig.«

»Bei uns oder bei ihnen?«

»Bei beiden.«

»Wenigstens haben sie im Moment keine Waffen.«

»Woher wollen Sie das wissen?«

»Sie schießen nicht auf uns, oder?«

»Oh, ja, richtig.«

»Ich würde schießen.«

Die Stimmen seines Vaters und Carlos Floridas trugen nicht unbedingt zu Jimmys Beruhigung bei, der vor den Monitoren hockte und von Minute zu Minute steifer wurde. Er mußte sich mit einem Ellbogen abstützen, da die Justierungen der künstlichen Schwerkraft noch immer nicht funktionierten und das Deck daher in einem unnatürlichen Winkel geneigt war. Er schaute zu, wie die beiden Männer von einer der freigelegten Öffnungen zur nächsten krochen und dabei Drähte und Kabel, die bei der Entladung ihres einzigen Schusses durchgeschmort waren, beiseite schoben.

»Wir müssen sie auf Abstand halten«, meinte George.

»Sir, wir bewegen uns ja von ihnen fort, nur leider mit einer lächerlich geringen Geschwindigkeit.« Veronica steckte im Innern der Wand, an der Jimmy lehnte. Er konnte nicht einmal mehr ihre Beine sehen. Lediglich die Spitze eines Stiefels ragte noch unter einem Haufen loser Chipsverkleidungen hervor. »Wir schaffen vielleicht ein oder zwei Prozent Impuls. Hier ist alles nur noch Schrott.«

»Bei ihnen aber auch«, sagte Carlos.

Jimmy verdrehte den Hals, konnte aber weder Carlos noch Robert April irgendwo ausmachen.

Der Frachtraum hatte sich in ein Durcheinander aus geöffneten Kisten und verstreuten Gerätschaften verwandelt. Überall lehnten die Deckel der Kästen, die man aufgebrochen hatte, um an die darin befindlichen Werkzeuge zu kommen. Ein paar davon waren auch über das schräge Deck gerutscht und hatten sich in einer Ecke gesammelt. An einigen Deckeln hatte man die Kanten abgebrochen, um sie als Ersatz für Schraubenzieher oder Messer zu verwenden.

»Sie sind ein bißchen schneller als wir«, rief Carlos über das Knistern beschädigter Schaltkreise hinweg. »Früher oder später werden sie uns einfangen.«

Hinter einer Kiste mit archäologischem Gerät wurde Roberts Stimme hörbar. »Beklagen Sie sich nicht. Es ist ein Segen, daß unsere Triebwerke kaum arbeiten.«

»Wieso denn das?«

»Weil unsere Navigationsschilde hinüber sind, mein Junge.«

»Oh ... ja. Verdammt, das stimmt.«

»He.«

Jimmy schaute zu der Seite, von der das ›He‹ gekommen war, doch dort war niemand.

»He, Jimmy?«

Er drehte sich um und rutschte ein Stück von der Wand fort.

Und dort war Veronicas Gesicht hinter einer kaum postfachgroßen Wartungsklappe.

»Kannst du mir eine Kneifzange hier hereinschieben?« fragte sie.

Er beugte sich vor, bis er fast auf dem Boden lag. »Ich kann nicht glauben, daß dort drin genug Platz für dich ist.«

Sie blinzelte mit den großen Augen und grinste. »Es reicht auch kaum. Holst du mir das Gerät?«

»Du meinst eine ganz normale, altmodische Zange? Keine mit magnetischen Kontrollen oder so was?«

»Nein, ich brauche einfach nur etwas zum Festhalten. Du weißt schon … eine ›Extra-Hand‹. Kannst du so was besorgen?«

»Ja, klar«, murmelte er und stand auf.

Er kam sich überflüssig und nutzlos vor, während er vier Kisten mit archäologischem Werkzeug durchwühlte, ohne etwas zu finden. Seine Hände waren schon völlig zerkratzt, als er endlich das Gesuchte entdeckte, und dann stellte sich heraus, daß die Zange zu groß war. Er rechnete schon damit, seinen Vater fragen zu müssen, wo er so eine Zange finden konnte, und der würde dann vermutlich nur auf ein Wandregal voller Werkzeuge deuten.

Doch schließlich schob er eine Zange der richtigen Größe durch die kleine Klappe vor Veronicas Gesicht.

Sie packte das Werkzeug mit ihrer künstlichen Hand und zog es zu sich herein. »Vielen Dank.«

Jimmy legte sich auf den Bauch und schaute ihr zu. »Darf ich dich etwas fragen?«

»Sicher.«

Er senkte die Stimme. »Wieso ist es gut, daß wir nicht schneller fliegen können?«

»Was? Oh … ich verstehe, was du meinst!« Lauter, als es Jimmy lieb war, fragte sie: »Du weißt nicht, wozu Navigationsschilde da sind, oder?«

Jimmy zuckte zusammen, weil er wußte, daß jeder sie hören konnte, obwohl sie in der Wand steckte. »Zur Navigation, dachte ich.«

»Nein, nein. Sie dienen der Sicherheit bei Reisen mit Impulsgeschwindigkeit. Wenn wir ohne Schilde viel schneller als jetzt fliegen würden, könnten selbst winzige, im All treibende Partikel unsere Hülle durchschlagen wie Kugeln einen Käse.«

Hinter Jimmy tauchte sein Vater auf. Er streckte die

schmerzenden Beine und kam näher. »Sagen Sie das noch mal, Hall.«

»Verzeihung, Sir?«

»Das über die Schilde.«

»Sir, ich verstehe nicht recht. Ich habe nur erklärt …«

»Kugeln durch Käse …« George rieb sich die Stirn und starrte nachdenklich zu Boden. »Das bringt mich auf eine Idee …«

Plötzlich flackerte die schwache Notbeleuchtung, und praktisch im gleichen Moment hörten sie Roberts gedämpften Aufschrei irgendwo aus dem Ausrüstungswirrwarr im Heckbereich.

»Autsch! Oh, lieber Himmel!«

Einen Augenblick später stolperte Robert April von der Deckenöffnung weg, an der er gearbeitet hatte, und landete rücklings hinter ein paar Kisten. Mehrere kleine, aber schwere Ausrüstungsteile landeten auf ihm.

Jims Vater stürzte über das schräge Deck zu ihm hin, wobei er alles beiseite schob, was ihm im Weg stand.

»Robert, was ist passiert? Nein, rühr dich nicht! Ich nehme die Sachen schon von dir runter. Was ist da oben passiert?«

»Ein kleiner Kurzschluß, fürchte ich …«

Ein Scharren war hinter den Kisten zu vernehmen.

Dann half ihm George auf die Beine. »Alles in Ordnung? Kannst du stehen?«

»Nur ein Krampf … genau darum mußte ich ja Captain werden, sage ich immer. Wenn es um technische Dinge geht, bin ich so begabt wie ein Gärtner … Oh, Himmel, die Schulter …«

Jimmy erhob sich halb auf die Knie, um seinem Vater notfalls zu helfen. Nachdem sie zwei Ingenieure und beinahe auch Carlos verloren hatten, waren die Nerven aller stark angespannt.

Doch aus der Stimme seines Vaters klang Erleichterung, als er sagte: »Setz dich ein paar Minuten dort hin. Ich erledige das.«

»Oh, George, du hast doch auch so schon genug am Hals.«

»Keine Widerrede. Ich besitze zehn perfekte Daumen, mit denen ich arbeiten kann.«

»Mmmm … ich nehme an, ein derartiges Selbstvertrauen läßt sich kaum untergraben, was?«

Robert April tauchte zwischen den Kisten auf und streckte sich. Sein Gesicht zeigte noch Spuren des Schmerzes, und die braunen Augen blickten erschöpft, als er sich an der schrägen Wand entlangtastete. Sein braunes Haar war zerzaust, aber immerhin stand er wieder auf eigenen Füßen. Mühsam zog er seine Strickjacke aus und drapierte sie über ein Stück der herausgerissenen Wandverkleidung. Während er sich die linke Schulter rieb, trat er etwas zurück, damit George zur Decke hochklettern konnte – oder hochgehen, um genau zu sein, solange die künstliche Schwerkraft für einen obskuren Winkel sorgte. Georges Oberkörper verschwand in der Decke, genau dort, wo sich die Impulstriebwerke befanden – eine jener Stellen, an denen sich Fehler wirklich fatal auswirken konnten.

Jimmy wandte sich ab und kehrte zu seinem ursprünglichen Platz zurück. Es war ihm lieber, die acht Monitore zu beobachten, als den anderen bei Arbeiten zuzusehen, bei denen er doch nicht helfen konnte.

Die Monitore blitzten, flackerten und knisterten noch immer und jagten sich gegenseitig die geringe Energie ab, die durch die Drähte strömte. Maschinen waren einfach nicht dafür ausgelegt, zu kooperieren, zu teilen oder auf irgendeine andere Art zusammenzuarbeiten. Eine tiefere Wahrheit schien darin zu liegen, doch Jimmy war nicht in der Stimmung, sich solch poetischen Gedankengängen hinzugeben.

Er starrte auf die Monitore, die die gnadenlose Jagd des anderen Schiffes zeigten, das Minute um Minute näher rückte.

Ein Blick über die Schulter zeigte ihm die Beine seines Vaters, die aus der geöffneten Decke baumelten, nicht entspannt, sondern immer auf der Suche nach einem Halt.

Er wandte den Blick wieder ab.

Es ist seine Schuld. Wir wären gar nicht hier, wenn er nicht diese blöde Idee gehabt hätte. Der Captain wäre auch nicht hier. Vielleicht wären auch Thorvaldsen und dieser andere Bursche jetzt nicht tot. Sie haben ja gesagt, sie wären nur hergekommen, weil April Dad einen Gefallen tun wollte. Das ist der einzige Grund, weshalb er so hart daran arbeitet, uns hier rauszuholen. Es ist sein Fehler, und er weiß das.

So redete und redete er mit sich selbst und tat sich dabei von Sekunde zu Sekunde mehr leid, und dennoch kam er nicht an der Tatsache vorbei, daß alle anderen es schafften, ihre Angst in den Griff zu kriegen und damit fertig zu werden.

Nur er saß hier, stumm und unfähig, sich nützlich zu machen, und deshalb machte er seinem Vater Vorwürfe.

Nützlich? Er konnte nicht einmal geradeaus denken.

»Jimmy Tiberius?«

Er zuckte zusammen und schaute hoch.

Robert April setzte sich neben ihn, hielt sich den linken Arm und versuchte vorsichtig, ihn zu bewegen. »Alles in Ordnung?«

Jimmy schlang die Arme um die Knie. »Ich glaube schon.« Er deutete auf den Arm des Captains. »Eigentlich sollte ich Sie das fragen.«

»Oh, ich komme schon klar, keine Sorge.« Robert versuchte, auf dem Boden, der eigentlich nur als Abstellfläche für Kisten gedacht war, eine bequemere Haltung zu finden. »So ... da haben sie dich also zum Lademeister gemacht, nicht wahr?«

»Was?«

»Du trägst die Verantwortung für den Frachtraum dieses Schiffes.« Mit der unverletzten Hand deutete er auf den Halbkreis von flackernden Monitoren. »Jedes

Schiff braucht einen Lademeister, einen Bootsmann, Deckchefs, Leute eben, denen man Verantwortlichkeiten übertragen hat. Auf einem Schiff ist keine Aufgabe zu unbedeutend oder zu gering. Wenn jemand es versäumt, seine Pflicht zu erfüllen, dann *muß* ein anderer das übernehmen. Die Dinge können nicht unerledigt bleiben, nicht einmal die nebensächlichsten. Ist eine ziemlich alte Tradition, und eine recht effiziente.«

»Selbst auf einem Sternenschiff?« fragte Jimmy.

»Ganz besonders auf einem Sternenschiff. Dein Vater hat übrigens den Namen für die *Enterprise* vorgeschlagen. Wußtest du das?«

Jimmy bemühte sich, trotz des überraschenden Themenwechsels kühl zu erscheinen. »Nein, das wußte ich nicht.«

»O ja. Er war an der ersten Mission des Schiffes beteiligt. Wir retteten eine Gruppe von Kolonisten, die mit ihrem manövrierunfähigen Schiff in einem ziemlich unangenehmen Raumsektor gestrandet waren. Ich wollte unser Schiff eigentlich *Constitution* taufen, aber nachdem George so viel riskiert hatte, dachte ich, er hätte sich ... nun, sagen wir, eine kleine Belohnung verdient.«

»Das ist schon eine Belohnung«, brummte Jimmy. Er bemühte sich, nicht zu beeindruckt zu erscheinen, wollte dem Captain gegenüber aber auch nicht unhöflich sein. »Worin bestand denn das große Risiko?«

Der Captain schaute ihn mit hochgezogenen Brauen an. »Du meinst, er hat dir nie davon erzählt?«

»Nein, hat er nicht.«

»Ich verstehe ... wahrscheinlich, weil einige Teile dieser Mission der Geheimhaltung unterliegen ... aber nicht die Rettung selbst. Ich wurde durch eine Kopfverletzung außer Gefecht gesetzt, und da hat dein Vater die gesamte Operation übernommen. Und die war sehr viel schlimmer, als es in den Lehrbüchern steht, das kann ich dir versichern.«

Jimmy warf ihm einen kurzen Blick zu. »Aber das ist alles, was Sie mir darüber erzählen können, ja?«

»Nun … ja.«

»Dachte ich mir schon. Was machen die denn jetzt dort drüben?«

Er deutete zum Heck, wo Carlos inzwischen seinen Vater unterstützte.

»Sie versuchen, ein paar der internen Flußumleiter auszubauen.«

»Wieso …«

»Wieso sie das tun?«

Jimmy senkte die Stimme und traute sich endlich, diese Frage zu stellen. »Wieso … haben Sie nicht das Kommando?«

»Oh, es kann auf einer Mission immer nur einen Captain geben, mein Junge.«

»Na und? Sie stehen doch im Rang über meinem Vater, oder? Wieso trifft er dann alle Entscheidungen?«

»Das stimmt schon, aber es ist seine Aufgabe, nicht meine.« Robert lehnte den Kopf gegen die Wand und versuchte, sich zu entspannen. »Ich habe ihm den Auftrag gegeben, den Kutter zu kommandieren, den Trinärstern zu beobachten und uns nach Faramond zu bringen. Und diesen Auftrag kann ich ihm nicht einfach willkürlich wieder entziehen. Dadurch würden wir die Kommandostruktur zerstören, und es könnte alles mögliche passieren. Eine Tages werde ich das Kommando über die *Enterprise* an jemand anderen weitergeben, und die Sicherung des Föderationsgebietes wird in anderen Händen als den meinen liegen. In Kommandofragen gibt es bestimmte Grundregeln, genau wie beim Tanz. Jeder gute Kommandant muß das begreifen, genau wie auch jede gute Mannschaft.«

Jimmy konzentrierte seinen Blick weiter auf Carlos und seinen Vater, die in den Eingeweiden des Schiffes wühlten.

Einen Augenblick später fragte er: »Wie wollen Sie

andere Leute davon abhalten, das Schiff und seine ganze Macht auf eine Weise zu benutzen, die Sie nicht beabsichtigt haben?«

»Oh, das werde ich nicht tun!« rief der Captain entschieden. »Mannigfaltigkeit wäre doch sinnlos, wenn sie sich nur auf einen Menschen bezieht. Meinst du nicht?«

Eine schnelle und trotzdem wohldurchdachte Antwort. Offensichtlich war es nicht das erstemal, daß sich dieses Problem in Robert Aprils Bewußtsein drängte. Trotzdem schien er sich bei dieser Aussage durchaus wohl zu fühlen.

Jimmy ließ die Idee mit all ihren vielversprechenden Möglichkeiten und auch den innewohnenden Konflikten in sich einsinken.

Da ihm kein Einwand einfiel – möglicherweise, weil es auch keinen sinnvollen gab –, stützte er das Kinn auf die Knie und murmelte: »Vermutlich schon.«

Er spürte, daß der Captain ihn anlächelte. Vielleicht sah er es auch aus den Augenwinkeln.

»Weißt du, Jimmy«, meinte April mit einem philosophischen Seufzen, »ich glaube, die Menschheit ist ganz in Ordnung. Die Menschen sind findig und geschickt, enthusiastisch und sehr schlau. Oh, natürlich verpfuschen wir hin und wieder etwas, und unsere Vorstellungen sind auch nicht immer ganz klar, aber wir lernen immer aus unseren Fehlern und vergessen sie kaum jemals. Und wir hören nie, niemals auf, es weiter zu versuchen.«

Die Begeisterung und Zuversicht in seiner Stimme straften ihre Umgebung und das Summen der überlasteten Maschinen Lügen.

»Wir sind also stur«, meinte Jimmy. »Und?«

»Allein im uns bekannten Raum gibt es ein Dutzend Zivilisationen, die weiter fortgeschritten sind als die Menschheit«, sagte er. »Die Vulkanier, Orioner, Andorianer, die Bewohner von Alpha Centauri ... und noch ein paar. Doch sie bleiben für sich und blicken hochnäsig auf uns herab. Welchen Nutzen bringt das? Die Menschen sind die einzigen, die ausgezogen sind und die anderen gebeten haben, an unserer gemeinsamen Zukunft mitzuwirken. Wir sind die einzigen, die eine galaktische Einheit anstreben. Oh, wie ich den Klang dieser Worte liebe …«

Jimmy wollte den Mann nicht ansehen, doch er konnte nicht verhindern, daß er seine Anwesenheit spürte und daraus Kraft zog. Irgendwie schaffte es Robert April, daß der Tod, der schon hinter der nächsten Ecke lauerte, noch ein Lichtjahr weit entfernt schien.

Als der Junge schon glaubte, er würde dieses Gespräch mit intaktem Ego überstehen, wechselte die sanfte Stimme schon wieder das Thema.

»Du bist nicht leicht bereit, anderen zu trauen, nicht wahr, Jimmy?«

Plötzliche Hitze überflutete ihn bei dieser Feststellung des Captains. Er schluckte schwer.

»Wem sollte ich denn schon trauen?« fragte er.

Eine lange, bleierne Pause folgte. Jimmy konnte spüren, wie sich das Gewicht seiner Worte auf sein Herz legte.

Dann fragte der Captain: »Was ist mit deinem Vater?«

Das war die Frage, die er am meisten gefürchtet hatte. Aber ihm war auch klar gewesen, daß sie irgendwann in diesem Gespräch auftauchen würde, und er glaubte sich vorbereitet.

»Was soll mit ihm sein?« fragte er herausfordernd. »Ich sehe ihn nicht gerade oft.«

»Nicht? Das ist merkwürdig … Ich erinnere mich, eine ganze Reihe von Urlaubsgesuchen für ihn abgezeichnet zu haben. Wie oft wäre denn ›genug‹, deiner Meinung nach?«

Verlegen, weil er darauf keine Antwort wußte, zuckte Jimmy die Achseln.

»Er hat meine Mutter verlassen«, sagte er schließlich.

»Aha, das bringt etwas Licht in die Angelegenheit«, meinte der Captain. »Du bist ihm wegen deiner Mutter böse? Nicht wegen dir selbst?«

»Ich kann allein fertig werden«, sagte Jimmy verärgert. »Sie nicht.«

»Nein? Merkwürdig ... sie hat ihn geheiratet, als er noch zu den Wachen im Hauptquartier von Starfleet gehörte. Sie hat immer gewußt, was das bedeutet. Natürlich gab es am Anfang ein paar Probleme ... sie waren beide noch so jung ... tatsächlich standen sie knapp vor der Scheidung, bis er dann zum Sicherheitsdienst wechselte. Ihre Beziehung funktionierte immer am besten mit ... mit einer gewissen Distanz, wenn du verstehst, was ich meine.« Captain April hielt inne und erinnerte sich offenbar etwas nostalgisch an vergangene Zeiten. »Tatsächlich kann ich mich nicht an ernsthafte Spannungen zwischen ihnen erinnern, jedenfalls nicht bis zu einer Zeit vor ungefähr zwei Jahren. Oder auch drei.«

Röte stieg Jimmy ins Gesicht. Er mußte nicht lange überlegen, wer der Grund für diese zwei oder drei Jahre voller Spannungen war.

»Er hätte mich nicht ins All schleppen sollen«, sagte er. »Ich mag die Erde. Und ich segle gern. Auf richtigem Wasser. Bei ihm muß es immer der Weltraum sein. Von mir aus kann er ihn haben.«

»Oh, ja ... der Weltraum ist eine eifersüchtige Geliebte, ich weiß«, meinte Robert. »Er fordert das ganze Herz von jenen, die sich ihm zuwenden. Weißt du, die Föderation besitzt keine befestigten Grenzen. Es ist die Aufgabe von Starfleet, die besiedelte Galaxis zu befrieden, wo immer man uns ruft. Unsere Kolonisten hängen von uns ab, genau wie unsere Verbündeten, und genaugenommen auch jeder andere, der Hilfe braucht, ob Freund oder Feind. Es gibt so viel zu tun, so viele

Details zu beachten … und das Leben von niemandem verläuft perfekt. Wenn du auf Perfektion wartest, verurteilst du dich zu einem Leben voll tiefer Enttäuschung.«

»Wahrscheinlich bekomme ich nie die Chance, enttäuscht zu werden«, sagte Jimmy. »Nicht, wenn wir weiter hier sitzen und …«

»Und fertiggemacht werden, ja. Ich verstehe. Aber das ist sicher nicht die Schuld deines armen Vaters.«

»Er war derjenige, der mich hergeschleppt hat, oder nicht? Er ist es, der unbedingt zu Starfleet mußte, hinaus ins All. Er, nicht ich.«

Robert legte eine Hand in einer ritterlichen Geste auf seine Brust. »Wenn du jemandem etwas vorwerfen willst, dann mir. Ich habe deinen Vater gedrängt, zu Starfleet zu gehen, obwohl er sich mit Händen und Füßen gewehrt hat. Und dann habe ich ihn beschwatzt zu bleiben, als er zur Erde zurückkehren wollte. Es ist *meine* Schuld, Jimmy.«

Er klopfte mit der flachen Hand auf seine Brust, als wolle er so einen Eid ablegen.

Dann fügte er leise hinzu: »Männer wie deinen Vater findet man nicht an jeder Straßenecke. Einen Mann, der bereit ist, etwas aufs Spiel zu setzen, ein Risiko einzugehen … aber wir brauchen Menschen wie ihn nun einmal sehr dringend.«

Schweigend saßen sie ein paar Minuten da und betrachteten die flackernden Monitore. Der Captain beugte sich einmal vor, um etwas nachzujustieren, und lehnte sich dann wieder zurück.

»Ein Commander im Sicherheitsdienst hat heutzutage alle Hände voll zu tun, jetzt, wo der interstellare Verkehr praktisch von Minute zu Minute zunimmt.«

Er wies auf den einzigen Monitor, der ein Bild des sie verfolgenden Schiffes zeigte. »Diese Burschen dort draußen, die wissen, daß sie in Schwierigkeiten stecken. Dieses kurze Zögern, nachdem dein Vater sie angefunkt hatte … da haben sie begriffen, daß sie über Starfleet gestolpert sind. Und das bedeutet, daß sie nicht nur wegen des Angriffs auf uns in Schwierigkeiten stecken – da könnten sie immer noch behaupten, sie hätten uns mit jemand anderem verwechselt, oder sich eine ähnliche Lügengeschichte ausdenken –, sondern auch, weil sie Gesundheitsfreigaben, Frachtkontrakte und andere Auflagen der interstellaren Handelsgesetze belegen müßten … was sie wahrscheinlich nicht können. Deshalb können sie uns jetzt auch nicht entkommen lassen, selbst wenn sie den Angriff inzwischen als Fehler betrachten. Es ist ungefähr so, als wenn jemand in einer Kneipe Streit sucht und zu spät merkt, daß er sich dafür einen Profi-Boxer ausgesucht hat. All diese kleinen Gesetze und Auflagen und Verträge, die wir mühsam zu einem interstellaren Recht zusammengezimmert haben – jedes davon war für sich genommen schon ein Abenteuer. Ich bin sicher, dein Vater hat dir in seinen Briefen einiges davon erzählt – aber dabei fällt mir etwas anderes ein! Hat dein Bruder Sam es eigentlich geschafft, diese furchtbaren zehn-Stunden-Schichten im Labor zu überstehen und seinen zusätzlichen Schein in Embryologie zu bekommen?«

Jimmy war etwas irritiert, so unvermutet von seinem smarten älteren Bruder zu hören. Er schlang die Arme um die Knie und brummte. »Ich weiß nicht. Vermutlich schon.«

»Oh – das erinnert mich an etwas anderes. Wie hat eigentlich der Fischteich funktioniert? Denjenigen, den du hinter der Scheune angelegt hast? Ziemlich geschäftstüchtig für einen Vierzehnjährigen. Ich erinnere mich, wie George das las und mich fragte, ob ich wüßte, woher man Fischeier bekommen könnte, um sie in deinem Teich einzusetzen. Lieber Himmel, kommt mir vor, als wäre es gestern gewesen … Hat es geklappt? Hast du Fische ziehen können?«

Verwirrt über den Weg, den das Gespräch genommen hatte, runzelte Jimmy die Stirn und murmelte: »Ein paar Forellen sind schon zusammengekommen.«

Der Captain schmunzelte und betrachtete das Deck. Schließlich schüttelte er den Kopf und grinste.

»Wenn ich bedenke, was dein armer Vater wegen dieser Briefe alles ausgestanden hat! Weil er unbedingt Briefe aus richtigem Papier verschicken wollte statt einfacher Funkbotschaften, hat er mehr Anpfiffe kassiert als ein Anfänger an der Akademie. Aber ihm war diese Verbindung wichtig ... zu wissen, daß seine Familie das gleiche Papier in Händen hält, das auch er berührt hat.«

Jimmy saß da wie auf glühenden Kohlen. Er schaute zu der Stelle hinüber, an der sein Vater und die anderen in fieberhafter Eile arbeiteten, doch alles, was er wirklich sah, war die Vergangenheit.

»Wieso wissen Sie so viel über meine Familie?«

»Wieso?« Robert zog die Brauen hoch, als hätte man ihn gefragt, wieso Fische schwimmen können. »Mein lieber Junge ... du bist alles, wovon er spricht.«

Diese Worte sanken tief in Jimmy ein und rührten Gefühle auf, die sich nicht wieder verdrängen ließen.

Auf schmerzhafte Weise fand Jimmy heraus, wie Scham schmeckt. Er öffnete seine trockenen Lippen. Die Flüssigkeit, die ihnen fehlte, stand in seinen Augen.

»Ich ... ich habe aufgehört, die Briefe zu lesen.«

Er klang wie ein Krimineller, der ein Verbrechen gestand. Und genauso fühlte er sich auch.

Roberts sanfte Stimme klang plötzlich rauh und ernüchtert.

»Oh, Jimmy ...«

»Was ist mit meinem verdammten Traktorstrahl, Junge?«

Big Rex hockte sich grunzend in einen Sessel, der für einen viel dünneren Mann gedacht war.

Der Kommandosessel. Obwohl das sehr befriedigend war nach all den Monaten, in denen er sich mit diesem hinterhältigen Hund Burgoyne hatte auseinandersetzen müssen, mußte sich Rex doch erheblich abplagen, um sich zwischen die Armlehnen zu quetschen.

»Junge!« rief er abermals. Nachdem er nun im Sessel saß, konnte er sich nicht weiter umdrehen, als der Stuhl es zuließ, und das war bei diesem Modell nicht sehr weit.

»Ich bin direkt hinter dir. Kein Grund zu brüllen.« Roy Moss verbarg seine Verachtung hinter Gleichmütigkeit und betrachtete den blutigen Nacken seines Vaters. »Wir haben nur zehn Prozent Leistung auf dem Traktorstrahl. Wir können sie damit schleppen, aber wir müssen sehr, sehr nah herankommen, um den Strahl richtig zu verankern.«

»Dann machen wir das eben. Okenga! Dazzo! Könnt ihr Idioten nicht mehr Geschwindigkeit aus dieser Kiste herausholen?«

Der Klingone streckte den Kopf aus dem Maschinenraum hoch.

»Nicht, bevor der Kühlkompressor wieder mit zwanzig Prozent Leistung läuft. Du willst, daß es schneller geht? Dann komm und mach es selbst, Mensch.«

Er verschwand wieder, ohne einen Kommentar des neuen Anführers abzuwarten.

Anders als Burgoyne, der um jeden Preis eine höhere Geschwindigkeit verlangt hätte und zudem wegen der Bezeichnung ›Mensch‹ beleidigt gewesen wäre, obwohl er ja einer war, fing Rex Moss keinen Streit an. Die Ingenieure wollten das Starfleet-Schiff ebenso abfangen wie er selbst. Sie würden nicht wagen, es entkommen zu lassen. Daher würden sie auch ohne seine Einmischung hart genug arbeiten – wahrscheinlich sogar besser.

Sein Sohn schätzte das Schweigen seines Vaters vorsichtig ein und wagte dann einen Vorstoß: »Vergißt du nicht etwas?«

Big Rex neigte den Kopf, ohne sich umzudrehen. »Was zum Beispiel?«

»Zum Beispiel ein paar andere Dinge auszuprobieren, bevor wir beschließen, sie in die blaue Zone zu schleppen. Dinge, die es uns erlauben, das Schiff und seine Ausrüstung zu erhalten. Diese Legierungen und die neuen Programme ... warte einfach, bis die Schilde wieder funktionieren.«

Der Kommandosessel drehte sich knirschend bis zum Anschlag. Jetzt konnte Rex seinen Sohn zumindest aus den Augenwinkeln sehen.

Mißtrauen hatte das Verhältnis zwischen den beiden mehr oder weniger zerstört. Big Rex verdiente jeden Namen, mit dem man ihn je bedacht hatte, aber er besaß ein außerordentlich ausgeprägtes Gespür dafür, was andere dachten, insbesondere dann, wenn er sich bedroht fühlte.

Er konnte geheime Pläne regelrecht riechen.

Seine Augen transportieren eine unmißverständliche Warnung, als er Roy anschaute. Trotz der Mühen, die er auf sich genommen hatte, um sich in diesen Sessel zu quetschen, erhob er sich jetzt grunzend wieder. Ohne die Augen von seinem Sohn zu lassen, kehrte er dem Bildschirm den Rücken und ging langsam auf Roy zu.

Einen Schritt nach dem anderen.

Roy, der noch seine mikromechanischen Werkzeuge in Händen hielt, blieb auf dem Boden sitzen. Jetzt aufzustehen, hätte ihn umbringen können. Es war nicht der richtige Zeitpunkt, um zu demonstrieren, daß er acht Zentimeter größer war als sein Vater. Das leiseste Zeichen von Herausforderung, eine falsche Bewegung ...

Der breite Schatten seines Vaters fiel über ihn. Im

harten Licht der roten und blauen Lampen der Arbeitsbereiche an den Rändern der Brücke und dem Schein des Rosetta-Nebels wirkte der wuchtige Mann wie eine gespenstische Statue in einem brennenden Tempel.

»Willst du mir erzählen, daß du der gleichen Meinung warst wie dieser Känguruhfresser ... und kein Wort gesagt hast?«

Als Roy nichts sagte, sondern seinen Vater nur berechnend ansah, betrachtete Big Rex das als Antwort.

Als klares Ja.

Die Augen des großen Mannes verengten sich. Sein Gesicht war schweißbedeckt. Er machte einen weiteren Schritt vorwärts und durchbohrte seinen Sohn mit den Augen. Langsam fragte er: »Warum ... nicht?«

Roys Kehle wurde trocken. Ihm war klar, daß er sich jetzt besser etwas einfallen lassen sollte – möglichst das Richtige. Sein Vater würde ihm weder Geschwätz abkaufen noch Lügen tolerieren, und er würde beides erkennen. Roy war zu klug, um eine Herausforderung zu riskieren, wenn sein Vater die eingebaute Radaranlage so offensichtlich eingeschaltet hatte.

»Du hättest doch nicht auf mich gehört.«

Roy vermied es sorgfältig, bei diesem Satz mit den Achseln zu zucken. Er mußte unterwürfig erscheinen, durfte aber nicht zu deutlich zeigen, daß er nur so tat als ob. Sein Vater kannte ihn gut, aber wie gut?

In solchen Momenten konnte Roy Moss seinen Vater nicht einfach als die gleiche Art von Trottel abtun wie den Rest der Mannschaft. Er konnte sich auch nicht in Träume flüchten, er wäre bei der Geburt vertauscht worden und hätte seinen Verstand von einem unbekannten Genie geerbt.

In Momenten wie diesem konnte er deutlich erkennen, wessen Gespür für Selbsterhaltung er geerbt hatte.

Der skeptische Fleischberg rückte wieder einen

Schritt näher und riß Roy aus seinen Gedanken. Wenn Angus Burgoyne aufgrund seiner Streitlust eine Bedrohung gewesen war, so war Big Rex Moss aus einem Dutzend besserer Gründe gefährlich.

Zudem war sich Roy der Tatsache bewußt, daß Eltern ihren Nachwuchs immer terrorisieren konnten, ganz gleich, wie alt ein Kind wurde. Und plötzlich war neunzehn bei weitem nicht alt genug.

Rex Moss knirschte mit den Zähnen, während er seine eigenen Schlußfolgerungen zog.

»Du *wolltest*, daß er stirbt«, sagte er schließlich. »Du hast es gewollt, richtig?«

Das war keine Frage. Er hatte lediglich zwei und zwei zusammengezählt. Seine Augen brannten, als er auf seinen Sohn hinunterblickte und die entscheidende Frage stellte.

»Wer ... hat das Messer geworfen?«

15

»Sie holen auf, Mr. Kirk. Wenn sie uns wieder mit ihrem Traktor erwischen ...«

»Erinnern Sie mich bloß nicht daran«, knurrte George. »Ich habe eine Idee. Wo sind bei diesem Modell die Notabwurfrohre?«

Carlos runzelte die Stirn. »Auf beiden Seiten querab.«

»Okay.« George hatte ganz offensichtlich bereits einen Plan. Er blieb neben Jimmy stehen und schaute auf die Monitore. »Welcher davon zeigt das Masse-Schub-Verhältnis bei dem Schiff dort drüben an?«

Obwohl Jimmy die Monitore nun schon seit geraumer Zeit beobachtete, wurde ihm erst jetzt klar, daß er nichts darüber wußte. Und jetzt, als sein Vater ihm über die Schulter schaute, fühlte er sich ganz besonders unreif.

»Das ist er«, sagte George und ergriff einen sehr kleinen Monitor, der auf einem geteilten Bildschirm zwei schwankende Kurven zeigte. »Gut ... könnte funktionieren. Aufgepaßt! Hier kommt eine neue Aufgabe. Ich will, daß ihr alles sammelt, was entbehrlich ist. Alles Zerbrochene, alles, was wir nicht brauchen. Was ist überhaupt in diesen Kisten?«

»Archäologische Ausrüstungen für Faramond«, zählte Robert auf. »Spielsachen für die Kinder, Werkzeuge für Landwirtschaft und Gärten, Haushaltsgeräte für die Kolonie ...«

»Alles in die Röhre.«

»Wie bitte?«

»Hall! Raus aus der Wand. Carlos, hierher! Jimmy, steh auf und hilf uns.«

Während der nächsten zwanzig Minuten machten sie das Verrückteste, was Jimmy jemals erlebt hatte. Sie rissen die aufgebogenen Verkleidungen vollständig von den Wänden und stopften sie in die Backbord-Notabwurfröhre. Und sie stopften auch ansonsten alles dort hinein, angefangen bei kleinen Dingen wie Bolzen und Nägeln bis hin zu Sägen, Mistgabeln, Schaufeln, Computerteilen, Spachteln, Kinderspielzeug und sogar den Verpackungsresten ihres Essens.

Er hielt nur einmal kurz inne, um zu fragen, weshalb sie all diese simplen Arbeitsgeräte zu einer modernen Kolonie hatten schaffen wollen, worauf ihm Robert April in seinem fröhlichen britischen Singsang antwortete: »Niemand hat es je geschafft, eine gute, altmodische Schaufel durch etwas Besseres zu ersetzen, mein Junge.«

Daraufhin hörte er auf, Fragen zu stellen.

Die ganze Zeit über, während er arbeitete, versuchte Jimmy nachzudenken. Das hier hatte etwas mit dem Masse-Schub-Verhältnis zu tun. Er stellte fest, daß er mit ganzem Herzen dabei war, seinem Vater zu helfen, Teile des Schiffes herauszureißen und in die Röhre zu stopfen. Irgendwie war das nicht das gleiche, wie einen Fischteich auszuheben oder den Mast einer Schaluppe einzusetzen, obwohl er auch das schon zusammen mit seinem Vater getan hatte. Diesmal war es nicht so, als würde sein Vater etwas für ihn tun, oder als würde er etwas machen, weil sein Vater es ihm gesagt hatte, oder weil sein Vater aus dem All zurückgekommen war, um einige Zeit bei seiner Familie zu verbringen.

Plötzlich zuckte er zusammen – und zwar nicht, weil er sich an der Wandverkleidung die Hand aufgerissen hatte. *Habe ich es die ganze Zeit über so betrachtet? Verdammt – habe ich es ihm jemals so erklärt?*

Er warf einen Blick auf das vor Anstrengung gerötete Gesicht seines Vaters, die schweißverklebten, wie roter Seetang wirkenden Haare, die angespannten Muskeln, und zum erstenmal entdeckte er darin etwas von sich selbst – und wenn auch nur in der Form der Schultern seines Vaters und der Art, wie sich seine Muskeln verknoteten. Sie besaßen die gleichen Muskeln, die gleichen Knoten. Die gleichen Furchen auf der Stirn, die gleiche Art, die Lippen vor Anspannung oder Entschlossenheit zusammenzupressen.

Zum erstenmal schaute Jimmy seinen Vater an und erblickte etwas von sich selbst.

Immer hatte es geheißen: »Jimmy, du siehst aus wie deine Mutter!« – »Tja, Winn, er ist dir wie aus dem Gesicht geschnitten.« – »Ich kann gar nicht glauben, wie sehr ihr Jungs auf eure Mutter kommt. George, haben sie denn gar nichts von dir abbekommen?«

Solche Sätze hatten immer Gelächter hervorgerufen. Sie waren eine Art Scherz zwischen seinen Eltern und deren Freunden.

Plötzlich wünschte er sich verzweifelt, etwas von seinem Vater zu haben. Einen Muskel. Einen bestimmten Ausdruck. Eine schlechte Angewohnheit. Irgendwas.

Nicht einmal unsere Augen haben das gleiche Braun ...

»Feindliches Schiff kommt unangenehm nah, Commander.« Veronicas Meldung durchbrach das Schweigen, in das sie während der Arbeit verfallen waren.

Jimmy hielt keuchend inne und starrte sie an. Feindlich ...

»Wie nah?« bellte sein Vater.

Veronica kniete sich vor die Monitore. »Sie sind neunhundertsechzigtausend Kilometer hinter uns und holen mit ungefähr dreitausend Kilometern pro Sekunde auf.«

»Verdammt! Sie sind viel schneller als wir.«

»Uns bleiben ungefähr fünf Minuten«, ergänzte Carlos.

»Wahrscheinlich versuchen sie, nah heranzukommen, um ihr geschwächtes Traktorsystem einsetzen zu können, George«, bemerkte Robert.

Jimmy wollte gerade eine Frage stellen – vermutlich eine dumme –, als er eine brotkastengroße Klappe an der Frontwand aufriß und plötzlich auf vier ordentlich aufgereihte Handlaser starrte. Er wich einen Schritt zurück und glotzte sie an. Waffen ...

Jemand bewegte sich neben ihm, und ohne den Blick von den Waffen abzuwenden, fragte er: »Sollen die auch zu den anderen Sachen kommen?«

Bitte, es soll nicht Dad sein, der neben mir steht ...

»Wie bitte? Oh, Jimmy, die Handlaser«, murmelte Robert April. »Nein, mein Junge, die behalten wir.«

»Aber die Gegner sitzen doch in einem anderen Schiff. Wir werden sie nie benutzen können. Sollten wir nicht alles überflüssige Gewicht loswerden?«

»Nein, nein«, meinte der Captain. »Es gibt eine Faustregel für Raumfahrer. Ich glaube, sie ist vor ungefähr einem Jahrhundert entstanden, zu der Zeit, als wir unsere ersten Raumstationen einrichteten. Wir nennen sie die ›W und W-Regel‹ ... Wasser und Waffen. In einer Notsituation muß man diese beiden Dinge um jeden Preis retten. Ohne Nahrung kann man sehr viel länger durchhalten als ohne Wasser, daher muß man das Wasser retten. Waffen bieten nicht nur Schutz, sondern versorgen uns mit Energie und Wärme, was es beides im All nicht gibt.« Er deutete mit dem Finger auf die aufgereihten Laser. »Die behalten wir.«

»Okay, das reicht jetzt!« rief George hinter ihnen.

Jimmy zuckte zusammen, weil er dachte, er und der Captain hätten die Arbeit zu lange wegen ihres Gesprächs unterbrochen. Doch als er sich umdrehte, stellte er fest, daß sein Vater von dem Zeug sprach, das in die Notabwurfröhre gestopft wurde.

George verschloß die doppelwandige Klappe, mußte aber zuvor noch die scharfkantigen Reste einer Lampe zurechtbiegen, bevor das Ding richtig schloß.

»Ein ausgezeichneter Plan, George«, bemerkte Robert, als die Klappe einrastete. »Selbst der König würde Beifall spenden.«

Jimmy fuhr herum. »Was für ein Plan? Ich verstehe das nicht. Werfen wir nicht einfach nur Ballast ab?«

Der Captain legte seinen gesunden Arm um Jimmys Schultern, führte ihn zu den Monitoren und Meßgeräten und zeigte auf denjenigen mit der grafischen Darstellung des gegnerischen Schiffes.

»Schau zu.«

George richtete sich auf und rief: »Carlos! Um hundertachtzig Grad drehen.«

»Eins-achtzig, aye. Wird sofort erledigt, Sir.«

Das Brummen des belasteten Impulsantriebs wurde lauter, als die Schubdüsen das Schiff entgegen seinem natürlichen Kurs drehten.

Der Arm des Captains auf seiner Schulter bot plötzlich nur noch sehr begrenzten Schutz, als Jimmy spürte, wie sein Herz in die Hosen sank. Ihm wurde kalt, und er begann zu zittern.

»Wir wollen ein Schiff angreifen, das zehnmal so groß ist wie wir?« keuchte er.

»Schau sich das einer an. He, Caskie, sieh mal her.«

»Was ist?«

»Diese Idioten wenden.«

Big Rex beugte sich auf dem Kommandosessel vor, soweit das sein Bauch zuließ. Seine Finger krümmten sich, als befände sich etwas Eßbares in Reichweite.

Lou Caskies fast zahnloser Mund verzog sich zu einem breiten Grinsen, als der alte Mann zum Frontschirm aufblickte. »Laufen direkt in unseren Traktorstrahl. Genau rein.«

»Sie wissen, daß sie uns nicht weglaufen können. Verdammt, jetzt wollen sie kämpfen.«

Auch der andorianische Ingenieur stand auf der Leiter zum Maschinenraum und beobachtete zusammen mit den anderen, wie sich das Starfleet-Boot drehte und näher kam.

Es hatte sich mittlerweile in ein Wrack verwandelt. Die ehemals im stolzen Weiß des Neo-Emails prangende Außenhaut war nun von Brandspuren und Rissen gezeichnet. Die oben liegende Sensorenkapsel wirkte wie eine aufgeplatzte Eierschale, aus der noch immer dünne Fäden gefrorener Atmosphäre drangen, vermischt mit Flüssigkeit. Eine eingeschaltete Bildvergrößerung zeigte die grausigen Überreste der zwei oder drei Personen, die noch in dieser Beobachtungskuppel lagen. Die Hauptkabine sah nach einem direkten Lasertreffer, der sie mit chirurgischer Präzision vom Bug bis zu Schiffsmitte aufgeschlitzt hatte, auch nicht viel besser aus. Hin und wieder sprühten auch jetzt noch die Funken elektrischer Entladungen durch das Innere.

Roy Moss, von Ascheresten und Ölflecken bedeckt und aus dem Mundwinkel blutend, kauerte hinter dem Kommandopult ihres ebenfalls beschädigten Schiffes und wagte nicht, laut zu sprechen.

»Wir haben keine Schilde«, warnte er leise.

Der Blick seines Vaters bohrte sich in seinen Rücken.

Der junge Mann drehte sich um.

Big Rex hockte, wuchtig und wütend, auf dem Kommandosessel und rieb sich die Knöchel, die noch von der kleinen Ermahnung schmerzten, die er seinem Sohn verpaßt hatte.

Roy erwiderte den Blick und leckte sich über die blutende Lippe. Derartige Ermahnungen führten immer zu interessanten Erwägungen. Würde er eines Tages stärker sein als sein Vater? Größer war er schon jetzt, doch wenn Big Rex aufstand und sagte: »Komm her«, dann blieb nichts anderes übrig, als hinzugehen und sich bestrafen zu lassen.

Das wußte Roy ganz genau. Einmal hatte er sich geweigert.

Nie wieder.

Wer hat das Messer geworfen? Wer hat das Messer geworfen?

Beide kannten jetzt die Antwort. Doch die Frage klang immer noch nach, denn sie trug eine Herausforderung in sich. Eine echte Herausforderung, nicht etwa das trotzige Gemaule eines Kindes.

Rex starrte ihn an und rieb sich die Hand, und sein Sohn verstand die Botschaft der Knöchel.

Nicht noch einmal, Pferdeschwanz. Manipulier mich nie wieder. Ich würde es merken.

Ein Schauder überlief Roy. Seine schmerzenden Schultern und Hüften rieten ihm, den Mund zu halten und seine Arbeit zu tun.

Sein Vater wandte schließlich den Blick von ihm ab und sah wieder zu dem mitgenommenen Föderationsschiff hinüber.

»Wer immer dort drüben noch lebt, er muß im Frachtraum sitzen«, brummte er. »Muß die Maschinen von Hand bedienen.«

»Ist unmöglich«, erklärte Okenga von seiner Leiter aus. »Man braucht Computerkontrollen.«

In dem Versuch, sich mit seinem Vater gut zu stellen, sagte Roy leise: »Wir haben es aber nicht mit andorianischen Aasfresser-Ingenieuren zu tun. Das da sind Starfleet-Piloten. Die stehlen keine Technologie. Sie erfinden sie.«

Ohne den Blick von dem beschädigten Föderationsschiff zu nehmen, das auf dem Bildschirm näher rückte, knurrte Big Rex warnend. »Zurück an deine Arbeit, Bengel. Ich bin noch nicht fertig mit dir. Und jetzt will ich sofort den Traktorstrahl haben.«

»Du wirst die Deflektoren brauchen.«

Lou Caskies verrottetes Grinsen verschwand. »Dich hat keiner gefragt«, sagte er. »Hab' keinen nich' fragen hören.«

Roy achtete nicht auf ihn. Big Rex auch nicht.

Rex' mächtiger Körper erzitterte, als er plötzlich über das Bild auf dem Schirm in Gelächter ausbrach. »Diese Winzlinge wollen sich mit *mir* anlegen. Ich mag es, wenn einer versucht, mein Spiel zu spielen … auf meine Weise.«

Okenga zuckte plötzlich zusammen, schaute nach unten, verzog das Gesicht und kletterte dann die Leiter ein Stück weiter hinauf, um für Dazzo Platz zu machen. Aber offenbar nicht genug Platz. Die beiden gifteten sich an, während jeder versuchte, den besten Blick auf den Schirm zu erhaschen. Als sie bemerkten, daß Roy sie verächtlich beobachtete, stieß der Klingone Okenga beiseite und rief: »Zurück an deine Deflektoren, Junge!«

Der jüngere Moss ließ sich auf die Knie nieder und tat so, als würde er dem Befehl Folge leisten. Er hielt es für besser, sich nicht mit diesem unfähigen Gesindel herumzustreiten. Statt dessen erklärte er seinen Werkzeugen und den Schaltkreisen vor ihm im Boden: »Ich … heiße … *Roy.*«

Er nahm ein paar halbherzige Justierungen an dem zusammengebrochenen Deflektorsystem vor – seinem perfekten, wunderschönen, einzigartigen Abschirmungsprogramm, das es ihnen erlaubte, Orte aufzusuchen, an die sich niemand sonst wagte. Er würde die Schilde reparieren, ja. Aber er würde sich Zeit lassen. Sicherstellen, daß diese Schweine ihn weiterhin brauchten. Zumindest so lange, wie er sie brauchte.

Nur ein Teil seiner Gedanken befaßte sich mit den Reparaturarbeiten; der Rest seines Gehirns war damit beschäftigt, auszurechnen, wieviel er diesen Mistkerlen schon abgenommen hatte. Sie waren so stumpfsinnig, daß sie nicht einmal bemerkten, wie er sie bestahl, während sie ihre Opfer ausraubten. Wenn er genug beisammen hatte, würde es eine Feier geben – nur für ihn allein.

Niemand achtete mehr auf ihn, und so erhob er sich langsam und drehte sich zum Bildschirm um.

Das Föderationsschiff hielt weiter direkt auf sie zu.

»Was denkst du, Boss?« fragte Caskie. »Was tun die da?«

»Sie halten uns für blöd«, knurrte Big Rex. »Sie haben keine Ahnung von schmutzigen Tricks. Das ist ihr Problem. War es schon immer. Und es wird ein noch größeres Problem für sie, je dichter sie kommen.«

»Näher«, korrigierte jemand ungefragt aus dem Hintergrund.

»Wärm die Strahler auf«, sagte Rex und winkte dem Klingonen zu.

Dazzo eilte zu der schäbigen, zusammengestückelten Konsole hinüber, die sie als Waffenkontrollstation bezeichneten, und überprüfte die Energiezufuhr. »Geht so. Weniger als ein Viertel.«

Rex grinste zufrieden.

»Mehr brauche ich auch nicht.«

Gespanntes Schweigen legte sich über die Brücke. Das Schiff dort draußen wirkte erstaunlich klein.

Roy stand auf und ging ein paar Schritte vorwärts, die Augen fest auf den Bildschirm gerichtet.

»Wir müssen ausweichen«, sagte er. »Abhauen.«

»Ich werde nicht ausweichen«, erklärte Big Rex.

»Solltest du aber. Irgendwas geht da vor.« Er machte abermals einen Schritt vorwärts. »Die haben noch einen Trumpf im Ärmel.«

»Welchen denn?« widersprach sein Vater. »Sie wissen, daß sie uns nicht entkommen können, also haben sie gewendet und tun so, als hätten sie noch etwas, womit sie kämpfen können. Was du da siehst, ist nichts als ihr dummes Ehrgefühl. Die weißen Starfleet-Ritter.«

»Du solltest unser Schiff besser stoppen.«

»Halt die Klappe, oder ich schließe sie dir! Wir werden sie wie ein Blatt Papier zusammenknüllen!«

Roy wirbelte zu seinem Vater herum und schrie: »Glaubst du, sie wissen das nicht, du Trottel! Das ist Starfleet, worüber du dich lustig machst!«

Rex Moss holte so schwungvoll aus, daß er fast aus seinem Sessel gefallen wäre, und schlug seinem Sohn quer über das Gesicht. Roy stolperte rückwärts und schaffte es irgendwie, sich an Dazzo festzuhalten, der ihn von sich fortschob und ihn dann mit einem Schlag endgültig zu Boden schleuderte.

Als Roy blutend und halbbetäubt hochschaute, fiel der mächtige Schatten des Mannes über ihn, der wie ein Berg vor ihm aufragte.

»Wie hast du mich genannt?« fragte Rex. »Wie hast du mich genannt? Sag das noch mal.«

Der Schatten rückte näher.

»Sie sind fast schon vor unserer Nase!« rief Caskie. »Ich habe die Laser vorgewärmt. Soll ich schießen?«

Big Rex ignorierte ihn und näherte sich Roy noch mehr.

»Ich will es noch einmal hören«, sagte er. »Ich will noch mal hören, wie dieses Wort aus deinem dürren Hals kommt, Schlaumeier.«

Roy rutschte rückwärts, wagte es aber zu rufen: »Wie hast du eigentlich vor mir überlebt? Hast du keine Ahnung von der Physik des Alls?«

Rex blieb stehen. Der Ärger wurde von dem Wissen um die Fähigkeiten seines Sohnes verdrängt – er kniff die Augen zusammen und überlegte.

Roy nutzte diese Sekunden, um zu den manuellen Kontrollen zu kriechen und sich wieder aufzurichten, ohne seinen Vater dabei aus den Augen zu lassen.

»He!« rief Caskie. »He, die tun irgendwas!«

Big Rex drehte sich um. »Was?«

»Haben ihr Abwurfrohr geöffnet …«

Der Schreck stand in seinem breiten Gesicht geschrieben, als er abermals herumfuhr, auf seinen Sohn zeigte und brüllte: »Deckung! Deckung! Die Schilde hoch!«

Roy stützte die Hände auf die nutzlosen Deflektorkontrollen und starrte seinen Vater mit einem dämonischen Funkeln in den Augen an.

»Wir ... haben ... keine!«

Zu spät begriff Rex, daß er diesmal Schutz brauchte, keine Größe. Größe hatte ihm immer geholfen, und jetzt versagte sie zum erstenmal. Er packte die Lehne seines Sessel so fest, daß sie knirschte, und heulte dem Bildschirm seine Angst entgegen.

Plötzlich tauchte das Föderationsschiff nach unten ab und verschwand im toten Winkel des Schirms. Und an seiner Stelle ...

Mistgabeln, zerfetztes Metall, Einmachgläser, Knöpfe, Dosen, zerbrochenes Glas, zerborstene Teile ...

»Wenden!« brüllte Big Rex. »Ausweichen! Drehen!« Er fuhr herum und packte Caskie im Genick.

»Versuche ich ja!« heulte Caskie. »Aber es geht nicht! Nicht schnell genug!«

Dazzo wich von seiner Konsole zurück und rief: »Schrott! Bewegt sich weiter mit ihrer Geschwindigkeit!«

»Laser! Laser abfeuern! Feuer! Feuer!«

»Auf was?« fragte Dazzo.

Krackatatatat ...

Big Rex' unverständliches Gebrüll ging in dem Lärm unter, mit dem sich das Schiff in eine Zielscheibe verwandelte.

Schrotteile krachten mit dreißigtausend Meilen pro Sekunde gegen die Schiffshülle und durchbohrten sie an Dutzenden von Stellen. Chemikalien und glühende Funken spritzten überall im vorderen Teil des Schiffes hoch, gefolgt von erstickenden Rauchschwaden, die das Atmen fast unmöglich machten und die Sicht massiv behinderten.

»Feuer!« keuchte Big Rex. »Feuer auf diese Dreckskerle!«

Das Schiff bäumte sich auf, als hätte es einen Schlag gegen das Kinn erhalten, und begann zu kreiseln. Die Mannschaft brüllte und wies sich gegenseitig die Schuld zu, während die Männer versuchten, die Kontrolle über das Schiff zurückzuerlangen. Roy Moss schaffte es trotz des Chaos irgendwie, sich bis zur Waffenkontrolle vorzuarbeiten, um den Befehl seines Vaters auszuführen.

Seine Finger berührten die Zielerfassung, stellten die Strahlbreite auf Maximum und drückten auf den Auslöser.

Erst als er hart auf dem Deck landete, weil sich das Schiff unter ihm aufbäumte, wurde ihm klar, was er getan hatte.

Er wußte, daß er einen Treffer gelandet hatte.

Wenn er überlebte … gehörten beide Schiffe ihm …

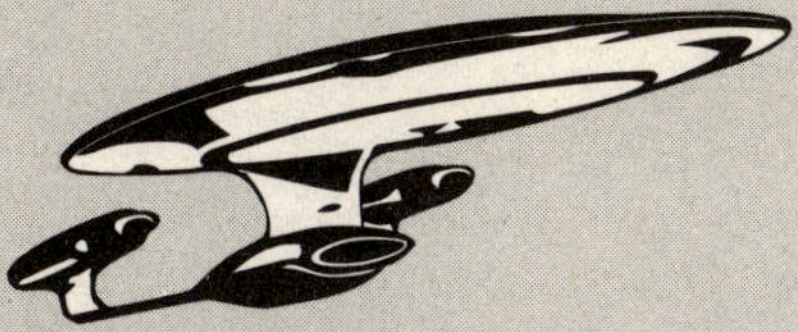

Teil 4

KOMMANDOGESPÜR

16

»Spock, kommen Sie her.«

Als der Captain rief, drehte sich der andere Captain – der hier seine altvertraute Rolle als Erster und Wissenschaftsoffizier spielte – mit einer gleitenden Bewegung um und ging die Stufen zur Brücke hinunter, als hätte er den Ruf schon erwartet.

So war es zwischen den beiden Männern schon seit langer, sehr langer Zeit abgelaufen. Seit Jahrzehnten. So hatten sie gemeinsam Beförderungen, Medaillen und Ehrungen entgegengenommen, sogar solche Beförderungen, die sie in Positionen gebracht hatten, die sie weder wollten noch schätzten, die schmeichelhaft waren, aber nicht richtig für sie.

Nicht richtig? Wie konnte jemand sich nicht wünschen, vom Commander zum Captain befördert zu werden und das ruhmreiche Kommando über ein Schiff zu übernehmen? Wie konnte jemand sich nicht wünschen, die tägliche Schinderei, ein Schiff zu kommandieren, aufgeben zu können zugunsten einer Beförderung in die Admiralität von Starfleet?

James Kirk überdachte noch einmal all die Gründe und auch die Tatsache, daß so wenige dieser Gründe in Worte gefaßt werden konnten. Beide waren sie oft genug danach gefragt worden, und beide hatten sie blinzelnd dagestanden und nach Worten gesucht, die irgendeinen Sinn ergaben.

Aber es ergab keinen Sinn für jemand, der nie auf einem Schiff gewesen war, in einem Schützengraben, einem Rettungsboot, der sich nie an die Wand eines

Berges geklammert hatte, ohne Aussicht auf Rettung. Befehlsgewalt hatte immer ein wenig unter dem Problem gelitten, daß manche Leute zu hoch stiegen, und andere nicht hoch genug – und daß es keine andere Möglichkeit gab, das festzustellen, als auf dem Schlachtfeld selbst. Wie viele Sergeants hatten es mit Lieutenants zu tun gehabt, die versagten, wenn der Augenblick der Entscheidung kam? Wie viele neidische Blicke hatten ihm selbst gegolten, als er nicht nur im Alter von dreißig zum Captain befördert wurde, sondern auch noch das Kommando über die erste *Enterprise* erhielt. Wie viele erfahrene und verdiente Vierzig- und Fünfzigjährige hatten sich gefragt, welche Beziehungen er wohl hatte – und in dunklen Ecken von der Freundschaft zwischen seinem Vater und Robert April geflüstert? Weshalb sonst sollte wohl Starfleet einem Dreißigjährigen eines der nur zwölf fabelhaften neuen Schiffe überlassen? Es konnte keinen anderen Grund geben. April hatte seine Hand im Spiel.

Nun gut, dieses Geflüster gehörte der Vergangenheit an. Er hatte längst das Stadium des *Ich-habe-es-ihnen-gezeigt* hinter sich und befand sich jetzt im Stadium des *Wer-kann-es-ihnen-vorwerfen?* Selbst die Echos waren verstummt, nachdem James Kirk wieder und wieder überlebt und Entdeckung nach Entdeckung gemacht hatte, und nicht zuletzt auch durch seine beinahe mütterliche Fürsorge, die sich auf jeden innerhalb seines Kommandobereichs erstreckte. April mochte hier und dort an Fäden gezogen haben, um ihm den Weg zu einem bestimmten Schiff zu öffnen, denn Robert April war ebenso sentimental wie klug, doch Jim Kirk hatte alles getan, um sich zu qualifizieren, und April hatte lange Zeit nur zugeschaut. Und seit Jahren hatte niemand mehr geflüstert.

Diese ganze Zeit hindurch, sogar damals, als sie einander noch nicht so gut kannten, war Spock der einzige gewesen, der ihn nie in Frage gestellt, nie versucht hatte, ihn in eine bestimmte Richtung zu drängen. Statt dessen hatte er immer schweigend hinter ihm gestanden, genau dort, wo Kirk ihn brauchte – und das ungeachtet der Tatsache, daß Spock in vielen Fällen einen sensibleren und gelasseneren Captain abgegeben hätte.

Doch Spock wollte kein Captain sein. Damals nicht, und heute noch immer nicht. Manche Leute wollten einfach nicht.

Dabei gehörte zu einem Kommando auch immer der arrogante Wunsch, es zu bekommen ... wie Kirk genau wußte. Die Eifersucht der anderen stellte den Zuckerguß auf dem Kuchen der Kapitänswürde dar.

Hatte nicht auch Captain April etwas Derartiges erwähnt, damals, vor langer Zeit?

Er stützte sich auf den anderen Ellbogen und sah Spock an.

»Ich besitze ein Dossier«, sagte er. »Es ist ein technisches Dossier, hochwissenschaftlich, ein halbes Jahrhundert alt. Ich möchte, daß Sie es durchgehen, analysieren und sich mit den Theorien vertraut machen, auf denen es basiert. Möglicherweise brauchen wir auch eine Extrapolation. Ich gebe das Kennwort jetzt über den Kommandosessel ein, aber es könnte sein, daß Sie trotzdem noch etwas suchen müssen.«

Spock, der wie tausendmal zuvor dastand, die Hände hinter dem Rücken verschränkt, nickte nur.

»Ich werde tun, was ich kann«, sagte er.

Jim Kirk nickte ihm zu. *Erlaubnis erteilt, aufs Oberdeck zurückzukehren. Erlaubnis erteilt, dort hinaufzugehen und mir den Rücken zu decken.*

Spock begab sich wieder zum Oberdeck, ließ sich an der Wissenschaftsstation nieder und übernahm die Eingabe vom Computerterminal des Kommandosessels.

Alles ganz einfach. Trotzdem wußte Spock, daß der

Captain dem, was er tat, eine besondere Bedeutung beimaß, deshalb würde er entsprechend vorsichtig vorgehen. Warum? Weil er wußte, daß es nicht nur wichtig war, sondern auch privat.

Spock und sein Instinkt.

»Logik, Teufel auch«, knurrte Kirk. Er wandte sich zur anderen Seite. »Commander Uhura?«

Sie drehte sich um und sagte: »Ja, Sir?«

»Verbinden Sie mich direkt mit den Speicherbänken von Starfleet, historische Abteilung. Dann benachrichtigen Sie Dr. McCoy, daß er gleich etwas durchsehen soll. Sagen Sie ihm, es wäre privat.«

»Aye, Sir ... Verbindung steht ... einen Moment noch ... Dr. McCoy ist in der Leitung.«

Kirk drückte auf den Kommunikator in der Armlehne. »Dr. McCoy?«

»Ich bin hier, Jim, in meinem Büro.«

»Ich habe hier ein psychologisches Dossier, das du durchlesen und analysieren sollst.«

»Und weiter? Wessen Dossier ist es?«

»Das wirst du schon merken.«

»Oh – du möchtest, daß ich die Person identifiziere.«

»So könnte man es ausdrücken. Ich möchte deine ehrliche Meinung hören, Pille.«

»Schick es runter, Jim. Ich tue, was ich kann.«

»Uhura schickt es, sobald wir es von den historischen Archiven bekommen. Commander?«

»Aye, Captain«, meldete Uhura. »Empfang läuft ... umgeleitet zur Krankenstation. Übertragung beendet, Sir.«

»Empfang bestätigen.«

»Aye, Sir.«

»Jim? Das Ding ist ein halbes Jahrhundert alt!«

»Stimmt ziemlich genau«, sagte Kirk, beugte sich etwas vor und sprach noch leiser. »Ungefähr so lange ruht es in den Archiven. Ein Teil davon ist privat.«

»Oh ... ja, ich verstehe. Ich werde es entsprechend

behandeln, Captain. Melde mich bald wieder. McCoy Ende.«

Kirk schaltete das Interkom aus und schaute dann nach vorne auf die Steuerkonsole seines Schiffes, eines Schiffes, das mit undenkbarer, unmenschlicher Geschwindigkeit durch das All raste, nur weil er es befohlen hatte.

17

Fünfundvierzig Jahre früher
USS *Enterprise*, im Orbit von Vega 9, um im Auftrag der Föderation eine planetare Besitzstreitigkeit zu schlichten

»Commander Simon, eine Botschaft über Subraum. Priorität zwei.«

»Hmm? Was?«

»Eine Botschaft, Ma'am«, wiederholte Isaac Soulian von der Navigationskonsole aus. Er verließ seinen Sessel, ging um sie herum zur unbesetzten Kommunikationsstation und berührte die entsprechende Taste. »Aufgezeichnete Nachricht, über Langstrecken-Subraum gesendet.«

»Ja, ja, schon gut, schalten Sie ein. Ich sollte mich hier und jetzt zur Ruhe setzen, das Gartendeck aufsuchen, mich in eine mexikanische Hängematte legen und ein Nickerchen ...«

»Enterprise, hier ist die archäologische Sub-Basis Faramond, Datum 27. April Erd-Standardkalender ... Erbitten Information über Verbleib von Captain Robert April und Begleitung ... Haben die Ankunft des Kutters bereits vor zwanzig Stunden erwartet ... Unser Starfleet Intrasystem-Kreuzer war nicht in der Lage, sie irgendwo in der Nähe unseres Sonnensystems auszumachen. Wir haben Signalbojen ausgesetzt, dachten aber, Sie sollten Bescheid wissen. Bitte informieren Sie uns, ob Sie über Informationen verfügen und sagen Sie uns, was wir tun sollen. Vielen Dank. Faramond Ende.«

Lorna Simon schüttelte ihre Müdigkeit ab und setzte sich kerzengerade hin – oder zumindest so gerade, wie ihre alten Knochen das zuließen.

»Verifizieren!«

Soulian befragte rasch die Konsole und meldete: »Föderationskanal ... autorisierte Signaturnummer, genau wie vorgeschrieben ... und die codierte Identifikation stimmt auch.« Er drehte sich um und fügte hinzu. »Ganz eindeutig Faramond.«

Simon strich über ihr graues Haar. »Zwanzig Stunden – war es das, was sie gesagt haben? Ich habe mich nicht verhört?«

»Sie haben zwanzig Stunden gesagt, Commander«, bestätigte er. In seiner Stimme schwang Sorge mit. »Was könnte sie gehindert haben, ihr Ziel zu erreichen? In dem Gebiet gibt es keine feindlichen Aktivitäten ... sie wollten lediglich den Trinärstern beobachten – was sollte dabei schon schiefgehen?«

»Schaffen Sie Lieutenant Jamaika her.«

»Ma'am?« Soulian sah sie verdutzt an, dann sagte er: »Oh – Lieutenant Trinidad. Ich meine ... Lieutenant Reed.«

»Wie auch immer. Holen Sie ihn her.«

»Lieutenant Reed, melden Sie sich sofort auf der Brücke. Lieutenant Reed, auf der Brücke melden.«

Simon streckte ihre kurzen Beine und erhob sich aus dem Kommandosessel. Sie saß nicht gerne, wenn sie nachzudenken versuchte.

»Verdammte Arthritis«, klagte sie. »Langstrecken-Scanning in Richtung Rosetta-Nebel. Suchen Sie nach SOS-Signalen ... oder nach Rückständen einer Explosion ... und schicken Sie Dringlichkeitsrufe an alle Basen und Kolonien in diesem Sektor, sie sollen das gleiche tun. Ist schwer zu sagen, wie weit so ein kleines Schiff vom Kurs abkommen kann. Ich will jedenfalls kein Risiko eingehen. Mr. ... tut mir leid, ich habe Ihren Namen vergessen ...«

Ein sehr junges Mitglied der Wissenschaftsabteilung erhob sich auf dem Oberdeck und trat der Frau entgegen, die halb so groß und dreimal so alt war. Er besaß eine sehr helle Stimme und hatte noch nicht gelernt, daß man auf der Brücke nicht strammstehen mußte. »Jones, Ma'am!«

»Jones – vielleicht kann ich mir diesen Namen ja doch merken. Aber Sie sehen nicht aus wie ein Jones. Sausen Sie runter in mein Quartier und holen Sie die Arthritis-Pillen, die auf meinem Nachttisch stehen. Deck neun, Kabine vier. Und ein Glas Wasser.«

»Aye, aye, Commander!«

»Mit einer Scheibe Limone drin.«

Er nickte und rief, gerade als sich die Lifttüren öffneten: »Limone, jawohl, Ma'am!« Dann trat er rasch beiseite, um Lieutenant Francis Drake Reed auf die Brücke zu lassen, und verschwand schließlich im Lift.

»Lieutenant Francis Drake Reed meldet sich wie gewünscht zur Stelle, Madam.«

»Sprechen Sie immer so?« fragte Simon. »Als würden Sie beim Reden eine Band dirigieren?«

»Das ist der Reggae in meinem Blut, Madam. Ich kann nichts dafür.«

»Ich glaube, Ihr Sicherheitsleute steht einfach zu lange Wache. Kommen Sie her.«

Drakes braunes Gesicht wirkte überrascht und verwirrt, und er blieb unwillkürlich für einen Moment stehen.

Simon mißfiel dieses Zögern. »Nun?«

»Oh ... bin schon unterwegs«, sagte er, während er die Stufen hinunterschritt. »Habe ich etwas angestellt?«

»Nein, nein. Sie waren eingeteilt, die Delta-Veganer im Auge zu behalten, nicht war? Wo sind sie jetzt?«

»Auf dem Aussichtsdeck. Sie giften dort seit acht oder neun Stunden den Bürgermeister der Siedlung an, ohne sich um die Einwände des Föderationsvermittlers zu kümmern.«

Sie winkte mit der Hand. »Werfen Sie sie alle vom Schiff runter.«

Drake legte eine Hand auf sein Herz und verzog das Gesicht. »Werfen? Haben Sie ›werfen‹ gesagt? Ich glaube nicht, daß wir fürs Diplomatenwerfen autorisiert sind, Madam.«

»Wir verlassen den Orbit. Wenn sie ihr Problem nicht innerhalb der nächsten fünf Minuten lösen können, müssen sie sich jemand anderen suchen, der sie zur Starbase One zurückbringt.«

»Äh, Verzeihung, aber ... ist das ein Befehl von Starfleet Command, Madam?«

»Nein, es ist mein Befehl. Dieses Schiff ist schließlich kein Taxi. Das Sternenschiff-Programm ist nicht entwickelt worden, um Diplomatengepäck herumzukutschieren. Und heute werden wir dafür einen schönen, soliden Präzedenzfall schaffen.«

Mit einem Achselzucken wollte sich Drake abwenden. »Wie Sie wünschen. Ich fange dann mal an mit dem Werfen.«

»Das war noch nicht alles, weswegen ich Sie habe rufen lassen.«

Drake drehte sich wieder zu ihr. »Tut mir leid. Mein Gehirn ist vom Wachestehen aufgeweicht.«

»Ich möchte, daß Sie mir etwas erzählen.«

»Und das wäre?«

»Wie gut kennen Sie den Charakter von diesem George?«

»George? Mein George?« Drake stülpte nachdenklich die Lippen vor, doch dann kam ihm ein anderer Gedanke, der ihn dazu bewog, die ursprünglich geplante Antwort herunterzuschlucken. Man konnte deutlich sehen, wie in seinem Kopf die Alarmsignale losgingen. »Warum ... fragen Sie?«

Die alte Frau zögerte, doch sie wußte aus Erfahrung,

daß sich manche Dinge einfach nicht verharmlosen ließen, und deshalb versuchte sie nicht, die Sorge, die sie empfand, aus ihrem Gesicht zu verbannen.

Als sie sah, wie sich seine Augen leicht verengten, wußte sie, daß er begriffen hatte.

»Sie sind nicht auf Faramond angekommen«, sagte sie. »Mittlerweile sind sie seit zwanzig Stunden überfällig.«

Die übliche Munterkeit wich aus Drakes Gesicht.

Simon sah an ihm vorbei zur Kommunikationsstation und befahl: »Ike, sagen Sie dem Flugdeck, sie sollen ein Boot bereit machen. Und diesen Diplomaten teilen Sie mit, daß sie ihr Abendessen auf dem Planeten einnehmen werden.«

Soulian nickte und setzte sich wieder an das Kommunikationspult. »Aye, Commander.«

»Und lassen Sie jemand heraufkommen, der die Kommunikation übernehmen kann. Nein, lassen Sie gleich die gesamte Brückenmannschaft antreten. Den diensthabenden Ingenieur und einen Steuermann brauchen wir auch.«

Simon war sich bewußt, daß sie Drake nervös machte. Doch ihr blieb keine andere Wahl. Sie empfand zwar durchaus das Bedürfnis, ihn zu schützen, doch andererseits mußte sie jetzt die ungeschminkte Wahrheit erfahren.

»Ich kenne Robert April«, sagte sie, während sie den Sicherheitsoffizier beobachtete. »Er neigt nicht zu falschen Einschätzungen, und er ist auch nicht gerade ein Pechvogel. Aber jetzt wird er vermißt. Deshalb möchte ich nun etwas von Ihnen hören ... wie schätzen Sie das Glück und das Urteilsvermögen von Ihrem George ein?«

Durch Drakes Verstand huschten Bilder möglicher Gründe für das Verschwinden. Vielleicht hatte der Kutter einen Triebwerkschaden und saß irgendwo fest, oder er war einfach vom Kurs abgekommen, oder die

Beobachtung des Trinärsterns nahm sie so gefangen, daß sie darüber die Zeit vergessen hatten.

Er räusperte sich und schluckte ein paarmal, bevor er antwortete.

»Wenn es irgendwo auf der Zuckerplantage ein Hornissennest gibt, dann wird George garantiert hineintreten«, gab er zu.

Lorna Simon gefiel diese Antwort zwar nicht, doch aufgrund ihrer langjährigen Erfahrung konnte sie sie verstehen. Diese Sorte von Mensch hatte sie oft genug erlebt, denn genau das war der Typ, den Starfleet anzog.

»Und wie verhält er sich im Angesicht einer Katastrophe?«

Diese Wortwahl wirkte nicht gerade beruhigend auf das Brückenpersonal.

Am wenigsten auf Drake, der plötzlich sehr jung wirkte.

Seine Züge verrieten tiefe Sorge. »Üblicherweise hat er mich an seiner Seite, um die Hornissen in die Flucht zu schlagen.«

Simon begriff, daß Drake nicht wirklich einen Witz machen wollte, sondern nur nach einer Möglichkeit suchte, die Spannung abzubauen, die eine panische Reaktion auszulösen drohte.

So etwas hatte sie auch früher schon erlebt.

Sie drückte den Kom-Schalter am Kommandosessel und war sich dabei bewußt, daß ihr Finger nicht immer so krumm gewesen war.

»Transporterraum, hier spricht Erster Offizier Simon. Sagen Sie dem Flugdeck, wir brauchen das Boot nicht. Wir sind in Eile. Beamen Sie die Diplomaten vom Schiff herunter und sagen Sie ihnen, sie wären jetzt auf sich allein gestellt. Und unterrichten Sie Starfleet, daß wir gleich in den Warp gehen.«

Die Brücke erwachte zum Leben, als Menschen und Systeme sich beeilten, den Anweisungen nachzukommen. Anweisungen an Offiziere, sich auf der Brücke zu melden, dröhnten durch das große, weiße Schiff.

Das waren immer die schlimmsten Augenblicke – die Zeitspanne zwischen der Entdeckung eines Problems und dem Moment, an dem man sich auf den Weg machen konnte. All die Detailfragen, die geklärt werden mußten, bevor man wirklich handeln konnte.

Simon beobachtete Drake, der ihren Blick gar nicht wahrnahm. Er starrte auf den großen Schirm, auf den leeren Raum hinter dem Planeten. Seine dunklen Augen hatten jeglichen Glanz verloren.

Kaum hörbar im Lärm der Brücke flüsterte er etwas.

»George …«

18

»Schalte es ab!«

»Sie haben das gleiche geschafft! Unsere Kühlung getroffen!«

»Sind die Sicherungen eingerastet?«

»Wo sind die hier?«

»Der Kontrollzugang ist im Heck, backbord!«

»Vorsicht mit dem Strom! Carlos, halt den Kopf unten!«

»Ich kümmere mich um die Lebenserhaltung …«

»Warum springt die Notbeleuchtung nicht an?«

»Cryogenische Lebenserhaltung … Backups …«

»Mach es einfach!«

»Bleib unten, Jimmy, bleib aus dem Weg!«

»Sicherungen rasten ein!«

»Kommen Sie aus dem Rauch, Fähnrich!«

»Lebenserhaltung auf sekundärem Backup – lege Priorität auf Lufterneuerung … Grav-Generator ist auf ein Achtel runter. Trägheitspotential schwankt …«

»Versuchen Sie, es zu stabilisieren.«

»Aye, Sir!«

»Robert, wo steckst du?«

»Rechts von dir, glaube ich.«

»Alles in Ordnung?«

»Ich denke schon.«

»Kannst du die Ventilatoren erreichen?«

»Äh … ja.«

»Sei vorsichtig mit deinem Arm. Verletz dich nicht wieder.«

»Danke, daß du daran denkst, George.«

»Jeder bleibt an Ort und Stelle, bis wir etwas sehen können.«

»Kommt mir vor, als würde ich schweben ...«

»Nun, dann halte dich an etwas fest, bis ...«

Klick ...

An drei Stellen begannen kleine Ventilatoren heulend zu arbeiten und den graubraunen Rauch abzusaugen. Sie schafften es nicht, den Raum völlig davon zu befreien, doch nach ein paar Sekunden konnten die Besatzungsmitglieder wenigstens in der fast vollständigen Dunkelheit Schemen erkennen und sich bewegen, ohne sich ständig anzurempeln.

Einen Augenblick später schalteten sich auch noch ein paar flackernde Notlichter an der Frontseite des Frachtraums ein.

Keinem blieb der Schock erspart, als sie erkannten, was der Lasertreffer angerichtet hatte. Schmutzverschmiert, zerschlagen und zerkratzt sahen sie aus, als hätten sie einen Monat in der Wildnis verbracht. Der Frachtraum hatte sich in eine Müllhalde aus losgerissenen Platten verwandelt. Brandstreifen zogen sich über die Wände, Kisten drehten sich träge um sich selbst, als würden sie in einem Fluß treiben, und aus einem Dutzend geborstener Leitungen tropfte Flüssigkeit, während an anderen Stellen Funken sprühten oder Gase austraten.

Carlos und Veronica machten sich sofort daran, so viele Lecks wie möglich zu schließen.

Jimmy klammerte sich an einem Haltegriff fest, als sich sein Vater an einer noch glimmenden Kiste entlangzog und leise fragte: »Alles in Ordnung, Jim?«

Jimmy blinzelte, als ihm der Rauch in die Augen stach, und hoffte, niemand würde die Flüssigkeit für Tränen halten. »Ich glaube schon. Muß etwas ins Auge gekriegt haben.«

»Chemische Dämpfe. Wir kümmern uns um die Lufterneuerung, sobald wir die Schwerkraft stabilisiert haben.«

»Die Gravitation ist ausgefallen? Fühle ich mich deshalb so, als würde ich nur dreißig Pfund wiegen?«

»Sie funktioniert schon, aber nur sehr schwach.«

Jimmy zuckte die Achseln und merkte erst jetzt, daß seine Arme zitterten. Er versuchte, das Zittern zu ignorieren, und meinte: »Auch eine Möglichkeit abzunehmen.«

Sein Vater sah ihn nachdenklich an, wischte sich mit der schmutzigen Hand über den Mund und sagte: »Schön, schön. Versuch so zu bleiben. Du machst das ganz gut.«

Er wandte sich ab und ging zu Carlos, der bis zu den Schultern in der offenen Wand steckte.

Jimmy schaute ihm blinzelnd nach und fragte sich, was er so gut machte. Daß er nicht in Panik geriet? Das wagte er gar nicht. Die anderen zeigten ja auch keine Angst.

Wahrscheinlich geraten wir alle dann später in Panik. Vielleicht funktioniert das ja so. Indem man es erstmal verdrängt.

Das mußte es sein, denn eine große Hilfe war er ja sicher nicht.

Toll. Er leistete gute Arbeit, indem er niemandem auf die Nerven fiel. Das war etwas, an das er sich zu Hause erinnern mußte.

Wenn sie jemals nach Hause kamen ...

Zuhause. Der Ort, von dem er zu fliehen versucht hatte.

Er stieß sich von dem Handgriff ab. »Dad?«

George wandte sich um. »Ja?«

»Möchtest du, daß ich versuche, ein paar dieser Kühlflüssigkeitslecks zu schließen? Vielleicht könnte ich sie irgendwie zustopfen.«

»Nein«, sagte George. »Nur ausgebildetes Personal darf an freiliegenden Kühlleitungen arbeiten. Bleib einfach ruhig sitzen. Aber ... danke.«

Frustriert zog sich Jimmy zurück und begriff, daß er

nur dazu taugte, niemandem im Weg zu stehen. Nicht gerade beeindruckend. Und schon gar nichts, was man später erzählen konnte.

Aber vielleicht konnte er ja Veronica helfen.

Mehr schwimmend als gehend durchquerte er mühsam die Kabine und brauchte dafür sehr viel länger, als er erwartet hatte. Auf halbem Weg kam es ihm so vor, als würde ihn etwas zurückziehen, und einen Moment später schien es so, als würde er nach oben gezerrt. Lästig, aber er ignorierte es.

»Kann ich dir irgendwie helfen?« fragte er, als er endlich angekommen war und sich zu dem Loch im Boden hinunterließ, in dem sie arbeitete.

Veronica schaute hoch, schenkte ihm ein halbherziges Lächeln und wandte sich sofort wieder ihrer Arbeit zu. »Oh, ich glaube nicht, daß hier genug Platz ist ... aber weißt du, was du tun könntest? Du könntest meine Beine runterdrücken, ja?«

»Oh ...« Jimmy wollte sich schon seiner Enttäuschung hingeben, weil er eine ehrenvollere Aufgabe erhofft hatte, entschied dann aber, das zu tun, wofür er geeignet war – Ballast zu spielen. »Was machst du da unten?«

»Ich versuche, die Gravitation zu stabilisieren.«

»Nein, ich meine ... was tust du genau?«

»Siehst du dieses untertassenförmige Ding unter meinem Ellbogen?«

»Äh ... das rotschwarze Ding mit dem Namen des Herstellers an der Seite?«

»Genau. Das ist der Supraleiter. Ein Gravitationsgenerator. In seinem Inneren befindet sich unter Druck stehendes Gas. Es wirbelt herum und erzeugt ein Gravitationsfeld. Es kann sich allerdings nicht schnell genug drehen, um uns jene Schwerkraft zu liefern, die wir als normal empfinden. Ich versuche jetzt, es wenigstens so weit in Gang zu bringen, daß wir nicht zerquetscht werden, wenn sich der Kutter in Bewegung setzt.«

»Wieso sollten wir zerquetscht werden, nur weil wir uns bewegen?« fragte Jimmy. »Wäre es nicht sinnvoller, es ganz abzuschalten und schwerelos herumzuschweben – und unsere gesamte Energie in die Lebenserhaltung zu leiten? Oder die Triebwerke?«

»Gravitation *ist* Lebenserhaltung«, sagte sie. »Selbst wenn Florida nur einen Teil des Antriebssystems in Gang bringt, brauchen wir künstliche Gravitation, oder wir müßten so langsam beschleunigen, daß wir praktisch nicht von der Stelle kämen.«

Jimmy runzelte verärgert die Stirn, weil diese Dinge für ihn keinen Sinn ergaben. Zu einer anderen Gelegenheit hätte er einfach ignoriert, was er nicht begriff.

Aber nicht jetzt.

»Gravitation hat etwas mit Beschleunigung zu tun?«

»Künstliche Schwerkraft kompensiert die Beschleunigung«, erklärte sie und verzog das Gesicht, während sie an irgend etwas in dem Loch zerrte. »Wenn du kurzfristig beschleunigst, und sei es auch nur auf ein Prozent Impuls, würdest du gegen das Heck des Schiffes geschleudert werden. Es sei denn, die Gravitation zieht dich in die andere Richtung und kompensiert wie verrückt. Selbst die früher üblichen Flugzeuge, die Düsenjäger, konnten so schnell wenden, daß die Piloten das Bewußtsein verloren hätten. Deshalb trugen sie Spezialanzüge, die in solchen Situationen den Körper zusammenpreßten und so das Blut ins Gehirn drückten. Und ein Prozent Impulsgeschwindigkeit ist erheblich schneller, als sie damals geflogen sind. Künstliche Schwerkraft müssen wir unbedingt haben. Wenn dieses Ding hier nicht wenigstens eine minimale Leistung liefert, können wir uns auch gleich den Leuten dort draußen ergeben.«

Diese letzte Bemerkung erinnerte Jimmy wieder an einen Teil der Realität, den er für eine Weile ausgeblendet hatte.

Während er Veronica bei der Arbeit am Generator

zuschaute, lauschte er gleichzeitig auf das, was sein Vater, Robert und Carlos sagten, während sie die Monitore und Meßgeräte beobachteten, die noch übrig waren.

»Lebenserhaltung läuft über das sekundäre Backup. Ich wollte, wir hätten mehr Licht ...«

»Es ist verdammt wenig übrig, was sich überhaupt noch reparieren läßt.«

»Und wir haben nichts, womit wir es reparieren könnten.«

»Selbst wenn wir noch soviel an den Dingen herumbasteln würden ... solange wir keine Luft zum Atmen haben, hilft das wenig.«

»In welcher Verfassung sind denn unsere Freunde? Läßt sich das feststellen?«

»Schau auf diesen Schirm. Sie sind kaum zwei Kilometer entfernt. Ich habe nicht einmal die Vergrößerung eingeschaltet. Sie hängen praktisch direkt vor unserem Bug.«

»Und sie leben noch. Ein paar zumindest.«

»Woher willst du das wissen?«

»Sie kreiseln nicht mehr ... und die Sicherungen schalten sich ein. Siehst du, wie die Lecks, an denen Gase austreten, eines nach dem anderen versiegelt werden? Ein paar Sektionen sind aufgerissen, aber die automatischen Systeme schützen immer noch jemanden.«

»Auf einem so großen Schiff muß es Plätze geben, an denen man überleben kann.«

»Wir sind beide treibende Wracks. Sieht nicht so aus, als könnte einer von uns die Oberhand gewinnen.«

»Aber sie haben sehr viel mehr Möglichkeiten, Reparaturen durchzuführen, als wir.«

»Hall? Wie kommen Sie da hinten weiter?«

Veronica stützte sich auf einen Ellbogen, um kurz zu verschnaufen, und sagte: »Neunzehn Prozent, Sir.«

Plötzlich zeigte Carlos auf eine der Anzeigen und

schrie: »Heiliger Himmel, der Kompressor! Er hält nicht! Er fliegt in die Luft! Er geht hoch!«

Dröhnend brach eine Wolke aus suprageкühlter Flüssigkeit aus dem verbrannten Oberteil eines Tanks an der Backbordseite und verwandelte sich in eine Wand aus blauweißen Tröpfchen, die Jimmy und Veronica von den anderen abschnitt und sie mit etwas bespritzte, das sich wie Eisnadeln anfühlte. Wenn die Flüssigkeit die Kabine füllte ...

Hektische Schreie wurden laut.

»Schließt das Ding wieder!«

»Der Abschalthebel ist auf der anderen Seite!«

»Veronica!«

Doch Jimmy, der noch immer auf ihr lag, um sie wegen der geringen Schwerkraft unten zu halten, begriff, daß er sich in der besseren Ausgangsposition befand. Er hielt einen Arm direkt über ihre Augen, um sie vor der Flüssigkeit zu schützen, und suchte nach dem Unterbrecher neben dem Tank. War es der dort? Der rote Hebel unter den beiden blauen? Das mußte er sein!

SEKTIONSKÜHLANLAGE – NUR DURCH FACHPERSONAL ZU BETÄTIGEN

Klang sinnvoll, doch wenn er es schaffte, diesen Handgriff zu ziehen, müßte die Zuleitung zum Tank geschlossen werden. Zumindest glaubte er, daß das geschehen würde, und da die Dinge kaum noch schlimmer werden konnten, beschloß er, das Risiko einzugehen.

»Ich mache das!«

Er stieß sich von Veronica ab, vergaß dabei die niedrige Schwerkraft und flog regelrecht auf den Hebel zu – wobei er fast in der Kühlflüssigkeit gelandet wäre. Er erwischte den Hebel mit einem Finger.

»*Nein, nein!*«

Rief da jemand? Oder war es das Zischen der Flüssigkeit, ein paar Zentimeter von seinem Kopf entfernt.

Er suchte nach Halt und stemmte die Füße gegen die Wand, um sich abzustützen. Etwas traf ihn von hinten, gerade als er den richtigen Hebel erwischt hatte und ihn hinunterdrückte. Etwas packte seine Schulter und schob ihn zur Seite, und aus den Augenwinkeln erblickte er noch, wie sich Veronicas künstliche Hand um den hellorangefarbenen Hebel des Kompensators schloß und ihn zur Seite riß.

Der Strahl der Kühlflüssigkeit verwandelte sich in einen Strom und hüllte einen Großteil von Veronicas Körper ein!

Sie schrie – ein furchtbarer, halberstickter Schrei –, als sie bis zur Rückwand des Frachtraums geschleudert wurde. Einen Augenblick später verklang das Zischen des Strahls und der Rest der Flüssigkeit wurde in den geborstenen Tank zurückgezogen, als sich eine automatische Saugvorrichtung einschaltete.

Jimmy zog sich an einer Kiste mit Pflanzensamen hoch und versuchte, etwas durch seine tränenerfüllten Augen zu sehen.

Das Mädchen lag in einer Pfütze von Kühlflüssigkeit, deren chemische Zusammensetzung sich an der Luft rasch änderte. Die Farbe wechselte von Blauweiß zu Weinrosa, als die suprakalten Kristalle schmolzen. Schon in wenigen Sekunden würde die Flüssigkeit unwirksam werden.

Aber nicht schnell genug für Veronica.

Ihr blondes Haar war von der Flüssigkeit getränkt.

George Kirk war als erster bei ihr, dich gefolgt von Carlos, der sich neben das Mädchen hinkniete und sie vorsichtig drehte …

Ihre künstliche Hand klebte am Metallboden fest – und riß einen Teil ihres Arms mit ab. Das Haar an ihrer rechten Kopfseite knisterte wie trockenes Stroh. Der rechte Oberschenkel riß mitsamt der Kleidung auf und enthüllte zerfetztes Muskelfleisch, während ein Teil der Haut am Boden haften blieb.

George sog die Luft zwischen den Zähnen ein. Carlos erschauerte und kämpfte gegen den Brechreiz an.

Sie knieten hilflos neben ihr, während in den Wunden an Arm und Schenkel gefrorene Blutkristalle glitzerten.

Jimmy hockte ein paar Schritte entfernt, atmete stoßweise und starrte ungläubig auf das Mädchen.

Er nahm die Hand auf seiner Schulter kaum wahr.

»Jimmy«, sagte der Captain, »komm hier weg. Komm mit mir.«

»Sie … sie …«

»Ich weiß, mein Junge. Komm mit.«

»Aber das … das sollte nicht so … es sollten nicht die Mädchen sein, die … die Jungen sollten doch eigentlich …«

»Armer Jimmy« seufzte Captain April, »ich fürchte, du bist ein recht altmodischer Bursche …«

Jimmy ließ sich von ihm wegführen, während er weiter vor sich hinmurmelte.

»Das ist nicht richtig … nicht richtig … so sollte es nicht sein …« Plötzlich schnappte er nach Luft. »Was ist passiert? Was habe ich falsch gemacht?«

»Du hast es nicht verstanden.«

»Sagen Sie es mir … ich muß es wissen …«

»Der Druckkompensator muß eingeschaltet sein, bevor der Sicherheitsschalter aktiviert wird. Andernfalls kann der ganze Tank in die Luft fliegen, wenn der Druck durch die Abschaltung plötzlich steigt.«

Nur ausgebildetes Personal darf an freiliegenden Kühlleitungen arbeiten.

»Das wußte ich nicht …«

»Das ist uns klar, Jimmy. Wir verstehen das. Setz dich … so ist es gut. Bleib eine Weile hier sitzen. Ich sehe nach den anderen.«

Jimmy zitterte heftig am ganzen Körper und bekam nur am Rande mit, daß sich Robert entfernte. Er starrte zur anderen Seite des Decks hinüber, auf Veronicas zerfetzten Körper. Sein Mund stand offen, die Kehle war ausgedörrt.

Er wünschte sich, alles wäre nur ein Traum, nichts davon real ...

Doch nichts änderte sich.

Alles blieb real. Verdammt real. War sie tot?

Und alles nur wegen ihm. Sie hatte ihn beiseite gestoßen, damit er jetzt nicht dort auf dem Boden lag, halb gefroren.

Bis jetzt war der Gedanke, sein Leben für andere zu opfern, etwas gewesen, was er nur aus Songtexten kannte. Eine Gruppe wie diese Starfleet-Leute hatte er noch nie erlebt. Sie verloren nicht den Kopf, gaben der Angst nicht nach, die an ihnen nagte. Sie befolgten Anweisungen, eine nach der anderen, Schritt für Schritt, um ein ganz spezielles Ziel zu erreichten. Sie gehorchten sogar solchen Befehlen, für die es keinen offensichtlichen Grund zu geben schien. Sie fragten nicht ›warum‹. Sie fragten zwar ›was‹, aber nie ›warum‹.

Wann wirst du endlich begreifen, daß Regeln aus einem bestimmten Grund existieren?

Das Echo der Stimme seines Vaters ... er schaute zu ihm hin, mußte ihn jetzt unbedingt sehen.

Und dort saß er.

In eine Ecke gedrückt, den Rücken an der Wand, die Arme um die hochgezogenen Knie geschlungen, den Kopf gesenkt. Ein Bild der Verzweiflung.

Robert April kniete neben ihm und hatte die Hand auf seine Schulter gelegt in einer einfachen Geste der Verbundenheit, bereit zuzuhören, auch wenn es wenig zu sagen gab, was helfen würde.

»Robert, was habe ich getan?« stöhnte George.

Mit sanfter, trauriger Stimme murmelte Robert: »Oh, George.«

George schüttelte den Kopf und rieb sich den Nakken.

»Ich schaffe es nicht... Robert, ich werde damit

nicht fertig … sie ist doch noch ein Kind … es hätte auch Jimmy sein können … hätte mein eigenes Kind sein können … was habe ich nur getan?«

Von seiner Härte und Kompromißlosigkeit war nichts mehr vorhanden, das aufbrausende Temperament spurlos verschwunden. Seine Augen blickten leer. Die Unzulänglichkeit lastete schwer auf ihm.

»Es gibt nichts mehr, womit wir noch kämpfen könnten … nicht einmal uns selbst können wir retten … und diese Dreckskerle nicht daran hindern, anderen das gleiche anzutun …«

Seine Stimme verklang, als wäre ihre Kraft erschöpft, und er schloß die Augen.

Trotz der Größe des Frachtraums und des Knisterns und Zischens der Aggregate hörte Jimmy die Stimme seines Vaters so deutlich, als würde er direkt zu ihm sprechen.

»Weshalb habe ich ihn nur in diese Geschichte hineingezogen?« murmelte George Kirk.

»Du konntest es nicht vorhersehen«, sagte der Captain. »Auf der Erde hätte ebenso leicht ein Unfall passieren können.«

»Das ist aber kein Unfall. Es ist einfach falsch. Du und ich, wir kennen die Risiken. Wir haben uns dafür entschieden, sie einzugehen. Er wollte nicht herkommen, und ich habe ihn trotzdem dazu gezwungen. Ich habe für ihn entschieden, und das war nicht fair. Er hat recht … ich habe ihn hier hineingezogen.«

Jimmys Herz schlug schmerzhaft, als er seine eigenen Worte vernahm, die jetzt auf ihn zurückfielen. *»Du hast mich hier hineingezogen.«*

Als er diese Worte ausgesprochen hatte, war es ihm darum gegangen, so rasch und schmerzhaft wie möglich zuzuschlagen. Er hatte keinen Gedanken daran verschwendet, wie lange solche Worte nachwirken konnten. Die Zukunft, das waren für ihn immer nur die nächsten zehn oder zwanzig Minuten gewesen.

Daß solche Worte irgendwann zu ihm zurückkehren und ihn schmerzen konnten, hatte er nicht bedacht.

Und jetzt, in einer Situation, in der es vielleicht gar kein Später mehr gab, fand er heraus, daß Worte noch lange Zeit schmerzen konnten. Als er jetzt sah, wie sehr sein Vater litt, begriff er, daß er lernen mußte, wann es besser war, nichts zu sagen – wenn das, was er sagen wollte, um so viel länger wirkte, als die Wut selbst anhielt, aus der heraus er es sagen wollte.

Und er wußte, daß er aus Wut gelogen hatte. Er hatte sich selbst hier hineingezogen.

Trotzdem hatte sein Vater niemals gesagt: »Ich würde jetzt nicht in dieser verfahrenen Lage stecken, wenn du dich vernünftig benommen hättest.«

Er beobachtete die beiden Männer, und plötzlich sah er seinen Vater in einem ganz anderen Licht.

Ich dachte, er würde sich mit irgendeiner hübschen Technikerin auf einem netten Planeten herumtreiben ... Ich dachte, er hätte uns verlassen, um Spaß zu haben und der Verantwortung zu entfliehen ... Ich dachte, es wäre leicht für ihn, im Raum zu sein.

Doch sein Vater hatte sich nicht auf fremden Planeten oder Raumbasen amüsiert.

Er war hier draußen und durchlebte schlimme, sehr schlimme Situationen.

Auf der Erde zu bleiben, wäre die leichtere Wahl gewesen.

Die leichtere Wahl ...

Dieser Begriff hatte einen unangenehmen Beigeschmack. Jimmy biß sich auf die Lippen und versuchte, den Geschmack der Feigheit zu vertreiben. Diese Leute – die er inzwischen bewunderte – Captain April, Carlos Florida, Onkel Drake, der Erste Offizier Simon, die Ingenieure, Veronica ... sein Vater ... sie alle sagten, sie wollten nirgendwo anders sein, trotz der Risiken.

Sie können nicht alle dumm sein. Wenn all diese Leute so

weit hinausziehen ... dann muß es dort draußen eine Menge für sie geben.

Robert hielt George so fest, als drohe einer von ihnen, über eine Klippe zu stürzen, und es war schwer zu sagen, wer von beiden in dieser Gefahr schweben mochte. Sein Gesichtsausdruck wechselte von Schmerz über Mitgefühl bis hin zu einem traurigen, nur angedeuteten Lächeln.

Schließlich klopfte er George auf die Schulter, als wolle er ihn aufwecken, und stellte ihm eine Frage, die ebenso offiziell wie persönlich war.

»Möchtest du, daß ich das Kommando übernehme, George?«

Jimmy hielt den Atem an und starrte auf seinen Vater. Wie würde er reagieren?

Er sollte es nie herausfinden.

Carlos' plötzlicher Schrei war Traum und Alptraum zugleich. »George! Kommen Sie her, schnell! Sie lebt!«

Jimmy sog scharf die Luft ein und vergaß dann das Atmen, bis seine Brust schmerzte. Gleich zwei Schocks hatten ihn gerade getroffen – daß Veronica irgendwie noch lebte, und daß Carlos davon so bewegt war, daß er George mit dem Vornamen anredete.

George sprang auf und eilte zu Carlos, Robert dicht auf den Fersen.

»Ihr Herz schlägt«, keuchte Carlos. »Wir müssen sie durchbringen.«

Sie alle zitterten und atmeten in kurzen Stößen, versuchten klar zu denken und ruhig zu bleiben.

»Wir besitzen nicht die Möglichkeiten, um so etwas zu behandeln«, sagte George. »Suprakalte Verbrennungen ... Blutzellen kristallisiert ... Eiskristalle in den Zellen ... abgestorbene Fleisch- und Muskelteile ...«

»Das rechte Auge wird sie auch nie wieder benutzen können«, ergänzte Carlos.

Die unterschwellige Aussage dieser Bemerkungen war klar. Es gab keine Hoffnung – aber trotzdem die

Verantwortung, es zu versuchen. Sollten sie versuchen, sie unter diesen Bedingungen zu retten, nur damit sie später an eben diesen Bedingungen starb?

»Was sollen wir tun?« fragte George.

Jimmy zuckte zusammen. Furchtbare Antworten auf diese Frage zuckten durch sein Gehirn. Erinnerungen an den Schulunterricht. Der Zweite Weltkrieg. Truppen, die auf fremdem Boden kämpften, hinter den feindlichen Linien, inmitten einer Schlacht, in der es so gut wie keine Wahl gab. Soldaten, die so schwer verstümmelt waren, daß ihre Kameraden ihnen Morphium gaben, dann mehr und mehr Morphium, bis schließlich der Tod kam und sie erlöste.

Freundliche, anständige Menschen, die gezwungen waren, solche Dinge zu tun.

War das mit dieser Frage gemeint?

Den Tod zu sehen ... oder jemanden, der zu Tode verletzt war ... zwei unterschiedliche Dinge, zwei verschiedene Schrecken, und eine furchtbare Wahlmöglichkeit.

Dann hörte er, wie sein Vater fragte: »Was würde Sarah tun?«

»Oh, Sarah ...« Robert murmelte den Namen seiner Frau, als wünschte er, sie wäre jetzt hier, und sei doch zugleich froh, daß sie nicht hier war. »Den Arm abbinden, das Bein bandagieren, die Lebensfunktionen stabilisieren, die Brandwunden versorgen. Sie so bequem wie möglich unterbringen.«

»Thermaldecken?« schlug Carlos vor.

George schluckte frustriert. »Die haben wir auch durch die Röhre nach draußen geschossen. Verdammt, war das dumm!«

»Vielleicht der Druckanzug. Wir können sie warm halten, die Wunden verbinden, verhindern, daß sie verblutet, aber ...«

Es gibt nichts, was wir wirklich tun könnten, nicht hier.

Diese unausgesprochene Wahrheit ließ alle verstummen.

Ein plötzlicher Ruck ging durch das Schiff, fast stark genug, um sie von den Füßen zu reißen.

Ohne Aufforderung eilte Carlos zu einem der Monitore, die noch immer auf dem Deck standen. Er studierte das körnige Bild, runzelte die Stirn und sagte dann, als könne ihn nichts mehr überraschen: »Der Traktorstrahl hat uns wieder gepackt … arbeitet nur mit einem Viertel der ursprünglichen Energie.« Er drehte sich zu den anderen um. »Aber ich glaube nicht, daß wir noch eine Möglichkeit haben, uns loszureißen.«

George hatte die Augen zu Schlitzen zusammengezogen. »Sie werden uns in die blaue Zone schleppen. Sie wollen uns ein für allemal vernichten.«

Robert April strich über die Stirn des verletzten Mädchens, das den Kopf bewegte und leise stöhnte.

Sanft sagte er: »Wir müssen den Tatsachen ins Auge sehen …«

19

»Jimmy«, rief George. »Jim, kannst du Robert helfen?«

Vielleicht versuchten sie ja nur, ihn zu beschäftigen.

Aber Jimmy war jetzt egal, was der Grund sein mochte. Er zog Veronicas Raumanzug zusammen mit zwei Erste-Hilfe-Kästen aus dem Schrank, wobei er sich so steif bewegte wie ein Zombie.

Irgendwo in dem verwüsteten Frachtraum waren sein Vater und Carlos damit beschäftigt, ihre Zuflucht zu reparieren, bevor ihr gesamter Sauerstoff verlorenging, indem sie Löcher verschlossen, die zu groß waren, um von der automatischen Dichtung bewältigt zu werden, und Platten der Wandverkleidung zurechtschweißten für den Fall, daß sie abermals von einem Laserstrahl getroffen wurden.

Jimmy hatte das Gefühl, alles um sich herum vergrößert wahrzunehmen. Als würde er eine Puppe anziehen, half er Robert, Veronica den Druckanzug anzulegen, über die verbundenen Reste ihres Beins und den abgebundenen Stumpf des rechten Arms, der jetzt bis fast zur Schulter hinauf zerstört war.

Als sie den Anzug über der Brust des Mädchens schlossen, das aufgrund der Schmerzmittel, die sie ihr bis an die Grenze der Überdosis verabreicht hatten, nur sehr flach atmete, konnte Jimmy sich schon nicht mehr daran erinnern, ihr den Anzug über Arme und Beine gezogen zu haben.

Der Anzug verfügte über eine eingebaute Nackenstütze, die der Captain jetzt vorsichtig herauszog, um

Veronicas Kopf ruhigzustellen. An der rechten Seite ihres Kopfes mußte er besondere Sorgfalt walten lassen – das von der Flüssigkeit verklebte Haar und die Überbleibsel ihres Auges wurden inzwischen von mehreren Pflastern bedeckt.

Diese Pflaster sahen irgendwie nicht richtig aus, nicht so, wie sie in einem Krankenhaus angebracht worden wären … doch hier gab es keinen Arzt …

Abgestumpft durch den Schock, schaute Jimmy zu, wie Robert das silberne Siegel mit der Aufschrift ›Nur für Notfälle‹ aufbrach und die winzigen Kontrollen betätigte, die den Anzug in den medizinischen Modus versetzten. Jimmy hörte die leise Erläuterung des Captains, was der Anzug nun übernahm – automatische Überwachung der Lebenszeichen, intravenöse Zufuhr eigener Medikamente sowie der zusätzlichen Medizin, die der Captain in Form fingergroßer Flaschen aus dem Erste-Hilfe-Kasten nahm und in die vorgesehenen Halterungen des Anzugs steckte. Eines war ein Anästhetikum, eins förderte die Blutgerinnung, eins enthielt Antibiotika, das nächste etwas anderes … Jimmy hörte die Erklärungen zwar, konnte ihnen aber nicht folgen.

»Wenn Herzschlag oder Atmung aussetzen«, sagte Robert, »leitet der Anzug sogar entsprechende Wiederbelebungsmaßnahmen ein. Er verfügt über Pumpen und Beatmungsgeräte. Die Funktionszeit ist natürlich begrenzt, aber sie haben während der ersten, kritischen Stunden schon vielen Menschen im All das Leben gerettet.«

Jimmy nickte, obwohl das meiste an ihm vorbeirauschte. Der Anzug würde für sie sorgen.

Stunden. Uns bleiben keine Stunden …

»Captain?«

»Ja, meine Liebe?«

Jimmy runzelte die Stirn, blinzelte und schüttelte den Kopf. Er hatte nichts gesagt. Als er den Mund öffnete, um zu fragen, was los war, sah er, wie Robert Aprils Gesicht einen erleichterten Ausdruck annahm. Der Captain schaute nach unten, streichelte dem Mädchen über die linke Wange …

… und Veronica schaute ihn mit ihrem verbliebenen Auge an.

Ein elektrischer Schlag durchfuhr Jimmys Körper. Sie war wach! Sie lebte nicht nur – sie war *wach.*

Sein Mund wurde plötzlich trocken, als er begriff, daß er wahrscheinlich mit ihr würde reden müssen. Aber was sollte er ihr sagen?

Veronicas intaktes Auge war etwas erweitert, und sie hatte offenbar Schwierigkeiten, es auf Robert zu fokussieren.

»Ich habe wieder Glück gehabt, nicht wahr?« murmelte sie.

Robert lächelte sie an. »Veronica«, neckte er, »tapfer wie immer.«

Sie schluckte mit großer Mühe und leckte sich über die Lippen. »Was ist von mir … noch übrig?«

Trotz seines Schocks erkannte Jimmy, daß Robert sich bemühte, den Kummer aus seiner Miene zu verbannen.

»Mmm, ja«, begann der Captain, »Ihr rechter Schenkel ist ein wenig aufgerissen, und die Hüfte auch. Zu dem Auge kann ich nichts sagen, aber ich bin ja auch kein Experte. Allerdings … von dem rechten Arm ist nicht mehr viel übrig, meine Liebe.«

Sie deutete seine Miene trotz der Medikamentenwirkung richtig. »Das ist schon in Ordnung«, flüsterte sie. »Da ist … noch Garantie drauf.«

Robert brachte ein Schmunzeln zustande, obwohl es ihm nicht leichtfiel, seine Züge zu beherrschen. Er beugte sich etwas vor und strich mit den Knöcheln über ihre Wange.

»Ist es ein Wunder«, meinte er schließlich, »daß Starfleet Sie unbedingt haben wollte?«

Er wischte etwas Flüssigkeit aus ihrem linken Auge, und sie versuchte zu lächeln.

»Wenigstens hat es nicht meinen guten Arm erwischt«, murmelte sie.

Jimmy verspürte einen plötzlichen Schmerz in der Brust. Wie konnte sie dort liegen, während die Hälfte der Zellen in ihrem Körper abgestorben war und das Schiff um sie herum auseinanderfiel, und so etwas sagen?

»Wie fühlen Sie sich, meine Liebe?« fragte Robert.

»Ich fühle kaum etwas«, sagte sie, als wüßte sie, was er hören wollte. Selbst in diesem Zustand bemühte sie sich, den Captain zu überzeugen, daß er genug für sie getan hatte.

Unglaublich.

Ein Scheppern erklang vom Bug des Schiffes her. Jimmy wurde aus seinen Gedanken gerissen und drehte sich um.

Sein Vater und Carlos hatten an der Schleusentür gearbeitet, die offenbar gerade heruntergefallen war.

Jimmy schüttelte den Kopf und versuchte, einen klaren Gedanken zu fassen. Heruntergefallen? Die Luke konnte nicht einfach herunterfallen. Sie mußten sie absichtlich gelöst haben. Vielleicht wollten sie sie als riesiges Geschoß benutzen. Etwas Besseres fiel ihm nicht ein. All die bizarren Winkelzüge der letzten Stunden hätte er sich niemals selbst ausdenken können, ebensowenig wie die sonderbaren Methoden, mit denen sie ganz gewöhnliche Dinge, die hier herumlagen, für ihre Zwecke genutzt hatten. Als er hier herunterkam, hätte er schwören können, im Frachtraum gäbe es nichts, was sich als Waffe verwenden ließe, und doch waren sie noch hier, Stunden nach dem ersten tödlichen Angriff, setzten ihre Pläne in die Tat um und hatten es sogar geschafft, mehrere Gegenattacken zu starten.

Vielleicht nicht genug, aber weitaus besser als gar nichts.

»Jim«, sagte Robert, »bleib bei ihr. Ich helfe deinem Vater, wenn ich kann.«

Jimmy rückte ein wenig näher an Veronica heran und sagte: »Ja, Sir.«

Einen Augenblick später waren die beiden allein. Veronica versuchte, den Kopf zu drehen und ihn anzusehen, jetzt, da der Captain fort war.

Jimmy spürte, daß sie jetzt ein menschliches Gesicht brauchte, an das sie sich klammern konnte. Er rutschte noch etwas näher und beugte sich über sie, auch wenn es ihn schmerzte, ihr zerstörtes Gesicht zu betrachten.

»Hallo«, sagte er.

»Hallo«, flüsterte sie zurück.

Als sie ihn anlächelte, konnte er kaum noch sprechen. »Es … es tut mir wirklich leid …«

Mehr brachte er nicht heraus. Seine Kehle war wie zugeschnürt.

»Oh«, murmelte sie langsam, »die werden mich schon reparieren. Ein Arm … ein Bein … nenn mich einfach Admiral Nelson.«

Jimmy runzelte die Stirn. »Wer?«

In Gedanken durchforschte er etliche Lektionen in der Schule, von denen er geschworen hätte, sie wären zu langweilig, um sie im Gedächtnis zu behalten, bis er sich an eine Stunde erinnerte, in der es um Ereignisse gegangen war, die die Geschichte verändert hatten.

»Ja«, rief er. »Horatio Nelson! Ich erinnere mich daran! Das Schiff … mein Dad wollte mich mitnehmen, um mir sein Schiff zu zeigen. Es existiert noch immer in England, verankert in Zement. Himmel, ich erinnere mich, daß …«

»Die klassische Navy«, sagte sie. »Auf der Akademie … war er immer … mein Vorbild. Du weißt schon … ein Arm.«

»Das stimmt«, sagte Jimmy. »Er verlor einen Arm

während einer Seeschlacht. Und dann auch noch ein Auge, und trotzdem hat er die gesamte britische Flotte befehligt. He!« Er schnippte mit den Fingern. »Trafalgar, richtig?«

»Stimmt«, antwortete sie. In ihrer Lunge gurgelte es. Sie atmete mehrmals tief durch, froh über die Medikamente, die sie gnädigerweise in einem halbbetäubten Zustand hielten.

»Ich kann kaum glauben, daß ich mich daran erinnere«, meinte Jimmy, den Blick geistesabwesend auf die Medizinröhrchen gerichtet. »Bei dem blöden Test bin ich durchgefallen… wieso kann ich mich jetzt daran erinnern?«

»Weil du dieses Wissen jetzt brauchtest«, sagte sie. »Das macht den Unterschied aus.«

Diese Antwort kam so glatt heraus, als gehörte sie zu ihren persönlichen Maximen, die sie stets griffbereit hatte.

Sie leckte wieder über ihre angeschwollenen Lippen. »Hast du sie gesehen?«

Jimmy wurde abrupt in die Gegenwart zurückgerissen. »Was gesehen?«

»Die *Victory?*«

»Oh«, murmelte er. »Nein, wir haben es nie geschafft. In dem Sommer war … ziemlich viel los.«

»Vielleicht gehen wir irgendwann mal hin«, sagte sie.

Jimmy schüttelte die selbstgebauten Schutzwälle ab und blickte sie offen an.

»Wenn ich es irgendwie einrichten kann, dann ganz bestimmt.«

Ihr Mund verzog sich wieder zu einem Lächeln, und ihr Flüstern hatte einen winzigen, couragierten Unterton.

»He … etwas, wofür es sich zu leben lohnt!«

So viel Tapferkeit in einer so leisen Stimme. Jimmy klammerte sich an dieses Gefühl. Wenn er es bewahrte, würde es ihm Stärke verleihen und die Angst in den Hintergrund drängen.

Er war daran gewöhnt, sich als die einzige Person zu betrachten, die eine Bürde zu tragen hatte. Doch als er das Krachen und Knirschen hinter sich hörte, wurde ihm plötzlich klar, daß sein Vater dort arbeitete, um sie alle zu retten. Weder bei seinem Vater noch bei einem der anderen ließ sich etwas entdecken, was man als Sorge um sich selbst hätte bezeichnen können. Er hatte seinem Vater vorgeworfen, die Verantwortung für diese Tragödie, für den Tod der beiden Ingenieure, zu tragen, und damit völlig falsch gelegen. Das hier waren Starfleet-Angehörige, und sie alle wußten um die Möglichkeit, im All zu sterben. Sie taten das, wovon sie glaubten, es wäre richtig und das Beste, Todesgefahr hin oder her.

All diese anderen Leute – auch sie haben ihre Familien verlassen. Vielleicht hat er gedacht, das sei normal ... oder es wert ... Alle anderen um ihn herum haben schließlich auch so gehandelt.

Jimmy ballte die Fäuste und durchlebte noch einmal die schreckliche Erkenntnis, daß Dinge, die er sagte, nicht unbedingt schon nach dreißig Sekunden vergessen waren, und daß er keinerlei Kontrolle darüber hatte, welchen Schaden Worte anrichteten, die er nur aussprach, um jemanden zu verletzen.

Du hast mich hier hineingezogen.

»Ich entschuldige mich«, murmelte er, die Augen wieder auf die Medizinfläschchen gerichtet.

Veronica sah ihn fragend an. »Mmmm?«

»Ich werde die Zeit dafür finden«, sagte er. »Es wird noch rechtzeitig genug sein. Ich brauche nur ein paar Sekunden – ein paar Sekunden mit ihm allein, damit ich es ihm sagen kann.«

»Jimmy, komm mal für eine Minute her.«

Die Stimme seines Vaters kam ihm wie ein erlösendes Signal vor, und plötzlich konnte Jimmy es kaum erwarten, alles zu tun, worum er ihn bat – ganz gleich, was. Sie brauchten ihn! Sie brauchten seine Hilfe! Er hatte noch immer eine Chance.

Er sagte irgend etwas zu Veronica, und sie murmelte, er könne ruhig gehen und solle sich keine Sorgen um sie machen, und so sprang er auf und eilte zu den drei Männern hinüber, die unter dem geöffneten Verbindungsgang standen.

»Was kann ich tun?« fragte er.

Robert April nahm Jimmy beim Ellbogen und sagte: »Es wird nicht leicht werden, mein Junge.«

»Ist schon in Ordnung«, meinte Jimmy eifrig. »Ich mache alles.«

Das zu hören, schien die anderen eher zu beunruhigen. Während er noch überlegte, was er dagegen unternehmen könnte, seufzte sein Vater und sagte: »Nun, also schön … Carlos, erklären Sie es ihm.«

George war offensichtlich am Ende seiner Nervenkraft angekommen. Er deutete mit dem Schraubenzieher auf die Luke, die sie gerade wieder an der Verbindungsröhre befestigten, und machte sich eilig an die Arbeit. Seine Lippen waren zusammengepreßt, und sein Ellbogen bewegte sich heftig, als er seine ganze Kraft in diese Arbeit legte.

Carlos sah Jimmy an und wies auf die Verbindungsröhre. »Dieses Rohr ist luftdicht, und man kann es zu Wartungszwecken ohne Probleme ausbauen. Wir haben ein transportables Lebenserhaltungssystem zusammengebastelt – ich glaube nicht, daß du alle Details kennen mußt, aber die Röhre ist jetzt eine Art Rettungsboot. Eine Fluchtkapsel. Wir haben eine automatische SOS-Boje daran befestigt, und auch ein paar Signalraketen. Außerdem haben wir mehrere kleine Schubdüsen angebracht, die ursprünglich zum Andocksystem dieses Frachtabteils gehört haben. Ich versuche gerade, sie zum Funktionieren zu bringen.«

»Sie werden funktionieren«, knurrte George voller Entschlossenheit.

»Das glaube ich auch. Aus der Röhre wird also ein passables Rettungsboot, wenn es uns gelingt, die Sauerstoffversorgung mit den Reglerkontrollen zu verbinden.«

»Es muß eine Möglichkeit geben.«

Carlos wandte sich wieder an Jimmy. »Die *Enterprise* müßte in etwa dreißig Stunden wieder in diesem Sektor auftauchen, und sie sollte in der Lage sein, das Signal der Boje ...«

»Ihr wollt mich rausschicken?« keuchte Jimmy. »Ihr wollt mich in diesem Ding abwerfen?«

»Es ist die beste Chance für dich zu überleben«, sagte Robert beruhigend. »Du mußt diese Chance annehmen, mein Junge.«

Da sie ihn offensichtlich nicht richtig verstanden hatten, sagte Jimmy eifrig: »Oh, natürlich mache ich das! Ich bringe sie her, um euch zu holen! Ganz bestimmt!«

Am liebsten wäre er vor Begeisterung in die Luft gesprungen. Endlich etwas, das er tun konnte!

Doch dann fiel ihm etwas anderes ein. »Was ist mit diesen Verbrechern? Könnt ihr euch so lange wehren, bis ich zurück bin?«

Niemand antwortete ihm.

Er schaute Robert an, dann Carlos, dann wieder Robert. Weshalb antworteten sie nicht?

Der Captain wirkte körperlich und emotional erschöpft. Er sah George an. In seinen Augen stand eine Frage, über die nur George entscheiden konnte.

Erst jetzt bemerkte Jimmy, daß das Geräusch des Schraubenziehers plötzlich verstummt war.

Sein Vater hockte unter der Luke, auf ein Knie gestützt, die Arme noch erhoben in der Haltung, in der er seine Arbeit unterbrochen hatte. Er schaute Robert an und wirkte dabei wie ein kleiner Junge, den man dabei erwischt hat, die Spielzeugkiste aufzubrechen.

Langsam sanken seine Arme herab. Er klopfte mit dem Schraubenzieher nachdenklich auf die Innenfläche seiner Hand, während in seinem Innern ein Konflikt tobte.

Schließlich sagte er: »Erzähl ihm die Wahrheit.«

Jimmys Nerven standen plötzlich unter Hochspannung. Unwillkürlich wich er zurück und stieß mit der Schulter gegen ein offenes Paneel. »Nein …«

»Sie ziehen uns in die blaue Zone, Jim«, sagte Robert. »Uns bleiben kaum noch zwei Stunden.«

»Nachdem wir dich mit der Schleuse abgeworfen haben«, erklärte Carlos, »werden wir alle noch verfügbare Energie in den Impulsantrieb leiten und durch den Traktorstrahl hindurch direkt in ihr Schiff krachen. Die Explosion wird sie erledigen.« Er nickte in die Richtung, in der sich das feindliche Schiff befand. »Und uns auch.«

»Nein …« wiederholte Jimmy. »Ich kann doch das Sternenschiff holen!«

»Dafür reicht die Zeit nicht«, sagte George. »Sobald sie uns in die blaue Zone ziehen, werden wir so oder so sterben.«

Robert nickte und klopfte Jimmy auf die Schulter. »Es wird deine Aufgabe sein, Starfleet von dem zu unterrichten, was hier geschehen ist.«

George sah den Widerspruch in Jimmys Miene und fuhr fort: »Wir tun nur, was wir tun müssen. Sobald du außer Reichweite bist, rammen wir das Schiff und beschädigen es so, daß sie dich nicht mehr mit einem Traktorstrahl einfangen können. Wir werden alle dabei draufgehen, soviel steht fest. Aber wenigstens werden sie niemanden mehr überfallen können.« Er hielt kurz inne, holte tief Luft und fügte hinzu: »Eines Tages wirst du alles verstehen.«

Jimmy stand mit offenem Mund vor ihm und

brachte kein Wort heraus. Seine Gedanken überschlugen sich – Argumente, Auswege, Entschuldigungen …

Doch nichts, was einen Sinn ergeben würde.

Zwei Stunden. Und die *Enterprise* kehrte in dreißig Stunden zurück.

Sobald sie die blaue Zone erreichten, würden sie sterben. Selbst wenn sie es schafften, ihn in der Luftschleuse abzuwerfen, würden die anderen trotzdem sterben. Captain April, Lieutenant Florida, Dad … Veronica, die doch schon einen hohen Preis bezahlt hatte.

Er leckte sich über die Lippen und konnte fast die Großzügigkeit schmecken, mit der die anderen um seines Wohls willen dem Tod entgegensahen. Sein Gerechtigkeitsgefühl meldete sich lautstark zu Wort. Wenn überhaupt jemand geopfert werden mußte, dann sollte er es sein. Er war der einzige, der bisher noch keinen Anteil beigesteuert hatte.

Er zwang sich, so ruhig wie möglich zu sprechen: »Warum schickt ihr nicht Captain April? Er hat eine größere Chance als ich. Er weiß viel mehr über …«

»Jimmy, dafür haben wir jetzt keine Zeit«, sagte George. »Du wirst einfach tun müssen, was ich sage.«

Er drückte Jimmy einen Sauerstoffkanister in die Hand.

Verwirrt blinzelnd starrte Jimmy ihn an. Was war da gerade passiert?

Irgend etwas in der Stimme seines Vaters hatte sich verändert. Eine Entschlossenheit erklang darin, die keinen Widerspruch duldete.

»In fünf Minuten sind wir soweit«, sagte Robert und führte Jimmy beiseite. »Zieh jetzt deinen Druckanzug an. Du wirst ihn als zusätzliche Sicherheit brauchen. Geh schon … und versuch dich an den Gedanken zu gewöhnen, ja?«

Einfach so? Sich daran gewöhnen?

Er stand einfach da, den Kanister in der Hand, und

hatte keine Ahnung, was er sagen könnte, um die Situation irgendwie zu verbessern.

Jemand gab ihm einen Druckanzug – er merkte nicht einmal, wer. Langsam zog er ihn über, den Blick auf den Boden gerichtet.

Die anderen hatten sich wieder der Arbeit zugewandt, als hätten sie ihm gerade lediglich erklärt, er würde heute zu spät zum Sportplatz kommen.

»Ich brauche noch eine Klammer.«

»Wo sind eigentlich die Zangen, die Veronica vorhin benutzt hat?«

»Mit der Wand verschweißt, um das Schiff zusammenzuhalten.«

»Und die anderen?«

»Auch in den Wänden.«

»Mist.«

»Gentlemen, es muß doch noch irgend etwas geben, womit wir dieses Ding fixieren können.«

»Können wir es nicht festkleben? Vielleicht mit Verbandszeug?«

»Würde nicht halten. Nicht bei den Vibrationen.«

»Vielleicht kann man es ja auch frei schweben lassen.«

»Wäre mir zu riskant. Ein Stoß, und es könnte lecken. Das würde seine Überlebenszeit halbieren.«

»Es muß doch noch etwas übrig sein. Irgend etwas.«

»Sir ... Sir ...«

Ausgerechnet die schwächste der Stimmen riß Jimmy aus seiner Betäubung. Er fuhr herum und sah zu Veronica hinüber, die auf der anderen Seite des Decks in ihrem weißen Druckanzug lag.

Überraschenderweise war es George, der sich zwischen den anderen hindurchdrängte und neben ihr niederkniete.

»Ja, meine Liebe? Was brauchen Sie?«

»Benutzen Sie meine Hand«, sagte sie schwach. »Sie wissen schon ... als Klammer.«

George starrte sie an.

Nicht weit entfernt lag die Prothese in der Pfütze aus rosafarbener Flüssigkeit, bleich und doch zu menschlich, zumindest bis zum Handgelenk, wo die synthetischen Muskeln und Verbindungen sichtbar waren, noch immer teilweise an dem abgerissenen Stück ihres Unterarms befestigt. Die Finger waren wie im Schock gespreizt und erinnerten alle an das, was Veronica empfunden haben mußte, als sich die Kühlflüssigkeit über ihren Körper ergoß.

Niemand rührte sich.

Veronica schien das Zögern zu spüren. Sie blinzelte George an und murmelte: »Es ist doch nur ein Werkzeug. Lassen Sie mich helfen, ihn zu retten.«

Jimmy Kirk wurde in zehn Sekunden um zehn Jahre reifer.

Er beobachtete, wie sein Vater die Lippen zu einem mühsamen Lächeln verzog, Veronica eine Strähne aus dem Auge strich und dann ohne viel Federlesens die Prothese nahm, die rosa Flüssigkeit und das abgerissene Muskelgewebe abschüttelte, und aufstand.

»Guter Vorschlag, Fähnrich«, sagte er.

»Danke, Sir«, flüsterte sie. »Er … ist ein guter Schiffskamerad.«

George nickte kaum merklich und eilte dann zurück zur Schleuse.

Als er an Jimmy vorbeikam, packte er dessen Arm. »Komm mit, Junge. Bringen wir's hinter uns.«

Carlos bemühte sich, in die nur knapp siebzig Zentimeter durchmessende Schleusenröhre hineinzuzeigen, ohne seinem Schüler dabei völlig die Sicht zu verstellen.

»Dir stehen diese kleinen Schubdüsen zur Verfügung, hier, hier … dort und da oben. Hier kann man sie drehen. Ich habe sie so justiert, daß sie dich vom

Trinärstern fort in Richtung des freien Raums schieben. Hier ist das Licht. Tut mir leid, daß wir dir nicht mehr bieten können. Wir haben nur eine sehr kleine Batterie, aber wenigstens sitzt du nicht völlig im Dunkeln. Dort oben befindet sich das Beobachtungsfenster. Es ist zwar nur schmal, zieht sich dafür aber ganz um die Röhre, obwohl ich nicht weiß, was du dir dadurch anschauen könntest. Unten links ist der SOS-Sender. Er sendet automatisch auf einer Subraumfrequenz, also brauchst du dich nicht weiter darum zu kümmern. Wir konnten ihn nicht besonders gut befestigen, also stoß möglichst nicht dagegen. Irgend jemand wird dich mit Sicherheit bemerken. Entweder die *Enterprise* oder sonst jemand. Hast du alles verstanden? Die Notraketen? Das Notsignal? Und wie du den Kurs änderst?«

Carlos ging völlig in seinem Vortrag über Überlebenstechniken auf und konnte auch nicht verhindern, daß sich ein gewisser Stolz über das, was sie zustande gebracht hatten, in seine Stimme schlich.

Jimmys Kehle war so ausgetrocknet, daß er kaum sprechen konnte, aber immerhin schaffte er es zu nicken. Er kniete unter der Schleuse und hielt seinen Helm fest, während die Anweisungen, wie er ihn benutzen sollte, ungeordnet durch seinen Kopf schwirrten. Setz ihn auf, zieh an dieser Lasche, dann verbindet er sich automatisch mit dem Anzug, die Schleuse könnte undicht werden, dann bietet der Anzug weitere zehn Stunden … und so weiter, und so fort … Die gesamte Konstruktion war, genau wie der Plan selbst, alles andere als narrensicher. Vor allem beruhte das Funktionieren auf der Annahme, das Schiff der Angreifer sei zu beschädigt, um einen zweiten Traktorstrahl auf die Schleusenröhre zu richten, wenn diese den Schauplatz des Verbrechens zu verlassen suchte.

All diese Dinge gingen auch Carlos durch den Kopf.

»Nun, dir muß klar sein ... es könnte Tage dauern, bis dich jemand entdeckt, ja?«

Offensichtlich befürchtete er, ein Sechzehnjähriger, der noch nie in seinem Leben hungrig gewesen war, würde das nicht richtig begreifen.

Entschlossen, ihn zu beruhigen, erklärte Jimmy: »Nun, Sie wissen ja, daß Teenager immer versuchen, mal eine Weile für sich allein zu sein.«

Tatsächlich wirkte Carlos erleichtert. »Ich wünsche dir Glück«, sagte er und bot ihm die Hand an. »Du bist ein guter Schiffskamerad, Jim.«

Jimmy schaute zu Veronica hinüber und stammelte: »Das hat sie auch ...«

Er riß sich zusammen und schüttelte Carlos' Hand so warmherzig, wie er konnte. Er war fest entschlossen, nicht zu jammern und zu klagen oder irgend etwas Falsches zu sagen, um nicht noch mehr Schaden anzurichten.

Deshalb hielt er sich auch bewußt aufrecht, als sie ihn zur Schleuse führten und die gewölbten Paneele vorbereiteten, die sich schließen mußten, bevor die Schleusenröhre endgültig ausgeklinkt werden konnte.

Während Carlos und George an diesen Paneelen arbeiteten, zog ihn Robert April beiseite.

»Viel Glück, alter Junge«, sagte der Captain. »Sei wachsam und tapfer. Tu deinen Job, ohne Fragen zu stellen ... das ist alles, was man von einem Mannschaftsmitglied verlangt.«

Jimmy räusperte sich. »Ja, Sir ... ich werde mein Bestes geben.«

»Das ist der richtige Geist.«

Robert schüttelte ihm aufmunternd die Hand und klopfte ihm dann auf die Schulter.

»Ich bin stolz darauf, dich an Bord gehabt zu haben, mein Junge«, sagte er. »Du bist ein guter Schiffskamerad gewesen.«

Jimmy fand keine Antwort. Hatte dieser Satz eine besondere Bedeutung?

Oder war es vielleicht nur …

Scham nagte an ihm. Wollten sie vielleicht einfach nur nett zu ihm sein, damit er sich nicht allzu schlecht fühlte, weil sie alle für ihn sterben würden?

Am schlimmsten war, daß der Satz eigentlich nicht stimmte. Er hatte sich gewiß nicht gerade als besonders guter Schiffskamerad gezeigt. Plötzlich wünschte er sich nichts mehr, als wirklich einer zu sein.

»Paneele sind bereit, Sir«, meldete Carlos.

George nickte und sagte nur: »Danke.« Dann winkte er Jimmy zur Schleusenluke hinüber.

Die anderen zogen sich etwas zurück, um Vater und Sohn in diesen Sekunden allein zu lassen.

George verhielt sich wie jeder Mann, für den zärtliche Momente gleichbedeutend mit einer Reihe von Fettnäpfchen waren, die nur auf ihn warteten. Er preßte die Lippen zusammen, runzelte die Stirn und suchte nach den rechten Worten, die ihm natürlich nicht einfallen wollten.

So standen sich die beiden einfach gegenüber und sahen sich an, als wolle sich jeder das Gesicht des anderen so gut wie möglich einprägen.

George schluckte schwer und sagte schließlich: »Ich möchte nur eines von dir.«

Jimmy blinzelte und murmelte: »Ich schätze, dieses eine kriege ich schon hin.«

»Versprich mir, nicht zuzusehen.«

Als wären sie in einem Netz gefangen, rührte sich keiner der beiden.

Dann fügte George hinzu: »Es tut mir leid, mein Sohn.«

Sein Gesicht verriet, wie sehr ihn diese Worte schmerzten.

Hilflos bedeutete er Jimmy, in die Röhre zu klettern.

Eine Art Schockzustand hatte beide ergriffen, der

verhinderte, daß sie sich wirklich über die Gefühle klar wurden, die sie in diesem Augenblick empfanden. Schließlich fand sich Jimmy im Innern der Röhre wieder, die genug Platz bot, um sich zu drehen, aber mehr auch nicht. Die Leiter war zu einer Art Liege zurechtgeklopft worden, auf der er sich jetzt niederließ, während er sich fragte, wieso die längste Stunde seines Lebens so blitzartig an ihm vorbeigezogen war. Konnte er nicht noch ein paar Minuten haben? Er brauchte nur einige …

George streckte den Arm aus und klopfte ihm aufs Knie, wie er es immer getan hatte, wenn der kleine Jimmy nachts Angst vor der Dunkelheit hatte.

Er versuchte zu sprechen, doch er konnte nicht.

Jimmy schaute durch die Röhre zu ihm hinunter.

Dann sagte Robert Aprils ruhige Stimme etwas, seine Hand war zu sehen, und George trat beiseite.

Das Gesicht seines Vaters … das war das letzte, was Jimmy sah, bevor sich die Luke krachend schloß und die gekrümmten Paneele vorgelegt wurden, die den Frachtraum luftdicht abschließen sollten, sobald die Schleuse ausgestoßen wurde.

Das war es! Das war der Unterschied! Dieses Neue, das er in der Stimme seines Vaters entdeckt hatte – ein Unterton, der besagte, daß sie sich nie wiedersehen würden. Die Vergangenheit spielte keine Rolle mehr, denn es gab keine gemeinsame Zukunft mehr für sie.

In der fast dunklen, nur von zwei kleinen, orangefarbenen Notlampen erhellten Röhre berührte Jimmy die Innenseite der Luke.

»Dad?«

Sie konnten ihn nicht hören. Sie waren direkt dort draußen, nur ein paar Zentimeter entfernt, doch sie konnten ihn nicht hören. Die Schleuse war luftdicht, schalldicht …

»Dad?« wiederholte er lauter.

»Es tut mir leid, mein Junge ... Es tut mir leid, mein Junge.«

Jimmy starrte auf die winzigen Kontrollen der Schubdüsen und die blinkenden Lichter.

Rechts, links, vorwärts, rückwärts, Gegenschub. Wie ein Kinderspielzeug.

Er starrte und starrte.

Zum erstenmal in seinem Leben sah er eine echte Wahl zwischen zwei Wegen vor sich – und seine Hände lagen auf den Kontrollen.

20

»Sie starten etwas!«

»Du bist raumkrank. Das ist ein Forschungskutter. Wie sollten sie da etwas haben, was sie starten könnten?«

»Dann komm doch her und sieh es dir selbst an.«

Big Rex brauchte eine Weile, um sich aus seinem Sitz zu quälen und neben Lou Caskie zu treten. Er schob ihn ein Stück zur Seite, damit beide auf den Sekundärschirm blicken konnten. Der flackernde Hauptschirm an der Frontseite der Brücke zeigte im Moment nur eine Ecke des Föderationsschiffs, gerade genug, um zu bestätigen, daß es noch immer hinter ihnen hergezogen wurde.

Der kleine Schirm, dessen Bild schärfer war, zeigte eine kleine, blauweiße Röhre, die sich aus eigenem Antrieb langsam fortbewegte.

Big Rex runzelte die Stirn. »Vielleicht eine weitere SOS-Boje. Teil den Hauptschirm und leg das Bild dorthin.«

Caskie verwünschte seine Kontrollen, während er darauf herumhämmerte. Der Hauptschirm flackerte und teilte sich dann, um eine qualitativ mäßige Darstellung der abgeworfenen Röhre über dem Ausschnittbild des Kutters zu zeigen.

»Wie groß ist das Ding?« Roy verdrehte den Hals, um von dem Platz aus, an dem er fieberhaft versuchte, die Schilde zu reparieren, einen Blick auf das Bild zu werfen.

Caskie zuckte die knochigen Schultern. »So groß wie ein Sarg.«

»Oh, wenn's weiter nichts ist«, meinte Big Rex. »Sie sorgen selbst für ihre Raumbestattung!«

Gelächter ertönte auf der Brücke.

Der andorianische Ingenieur und eine Handvoll Besatzungsmitglieder aus den unteren Decks waren heraufgekommen, um ihren Sieg zu feiern – eine Art Tradition unter den Dieben –, und schüttelten sich jetzt vor Lachen. Big Rex' Körper schwabbelte wie ein Haufen wassergefüllter Ballons, als er kichernd zum Kommandosessel zurückging.

Lediglich Roy hockte an seinen Deflektorschaltkreisen und hatte die Lippen in unterdrückter Wut zusammengepreßt. Pure Dummheit hatte es geschafft, ihre Beute zu beschädigen, und jetzt mußte er die Schilde reparieren, damit sie in die blaue Zone fliegen und dort ihr Zerstörungswerk vollenden konnten. Nur um zu überleben. Das war alles, was bei dieser Aktion herausgekommen war.

Hätten diese Narren auf ihn gehört, hätten sie den Starfleet-Kutter mit dem Laser in Scheiben schneiden, die Mannschaft sterben lassen und die Beute einsammeln können. Statt dessen lachten diese Holzköpfe, klopften sich gegenseitig auf den Rücken und feierten eine Katastrophe, als hätten sie irgend etwas gewonnen.

Und zugleich schoben sie den Zeitpunkt, an dem er die Kontrolle übernehmen konnte, immer weiter hinaus, und das ausgerechnet in einem Moment, in dem er schon die Finger danach ausgestreckt hatte.

Behalte das Ziel vor Augen. Tu alles, was nötig ist.

Er spürte regelrecht, wie die Zeit verrann. Dieser Starfleet-Kutter mußte ein Versorgungsschiff für Faramond sein. Niemand würde hier herauskommen, nur um zuzusehen, wie sich ein paar Sonnen gegenseitig vernichteten. Nein, sie wollten zusammen mit den anderen Archäologen auf Faramond herumstochern. Und sie glaubten, sie würden dort nur nach Artefakten und unbedeutenden Erkenntnissen über eine untergegangene Zivilisation suchen.

Wie lange würde es dauern, bis einer dieser Narren entdeckte, was er schon herausgefunden hatte?

Es war ein Rennen gegen die Zeit und gegen den Zufall, aber ein Rennen, das er noch für sich entscheiden konnte. Vielleicht noch ein Jahr. Vielleicht sechs Monate. Und niemand durfte ihm im Weg stehen.

Er kroch von seinem Arbeitsplatz fort, stand auf und schaute an dem fleischigen Nacken seines Vaters vorbei auf den Schirm.

»Schießt es mit dem Laser ab«, rief jemand aus dem Hintergrund.

»Die Kühlung ist hinüber«, erklärte der andorianische Ingenieur. »Wir könnten höchstens den Traktor einsetzen.«

Lou Caskie berührte die offene Wunde an seinem Kopf, die von der Schrotgarbe stammte, die ihn vor kurzem getroffen hatte. »Warum lassen wir den Kutter nicht treiben und fangen das kleine Ding ein? Das Boot hängt doch sowieso antriebslos im Raum. Abhauen können die nicht.«

»Selbst ein Kaninchen kann eine Falle riechen«, sagte Roy besorgt. »Sie könnten wollen, daß wir es an Bord holen.«

Bevor sein Vater ihm eine Beschimpfung an den Kopf werfen konnte, rief ein dürrer Mann aus der Besatzung, dessen Namen Roy nicht einmal kannte: »Eine Bombe? Du glaubst, es ist eine Bombe?«

Roy zuckte die Achseln. »An deren Stelle würde ich mir das schon überlegen.«

»Dann sollten wir dem Ding einen Stoß verpassen!« Der knochige Mann sah sich nach seinen Kameraden um, als suche er nach Unterstützung.

»Wenn es eine SOS-Boje ist«, meinte Big Rex, »könnten sie wollen, daß wir es in den Raum hinausstoßen.«

»Das stimmt«, sagte Roy.

Er genoß es, wie ihn alle anstarrten. Er unterstützte seinen Vater? So war es richtig – er mußte rätselhaft bleiben, undurchschaubar.

»Sie haben unsere Kühlanlage zerschossen«, fügte er hinzu. »Sie wissen, daß wir noch den Traktorstrahl haben, aber keine Laser.«

Ihr Koch, ein Tellarit mit maskenhaftem Gesicht, fragte: »Woher sollen sie das wissen?«

Roy betrachtete ihn abschätzig. »Schießen wir etwa auf sie?«

Der Tellarit zwinkerte mit den tiefliegenden Augen und fühlte sich beleidigt, weil man ihm anders geantwortet hatte, als er es erwartete, sagte jedoch nichts. Er war noch so neu in der Mannschaft, daß er noch nie mit jemandem eine ernsthafte Auseinandersetzung vom Zaun gebrochen hatte, obwohl er und der Klingone sich schon einige Male angefaucht hatten, daher konnte er auch nicht damit rechnen, daß sich jemand auf seine Seite schlagen würde.

»Wenn es eine Bombe ist«, fuhr Big Rex fort, »wird sie harmlos im Raum explodieren. Ist es eine SOS-Boje, braucht sie mit diesen kleinen Düsen fünfzig Jahre, nur um das Sonnensystem zu verlassen. Sie denken wohl, wir werden nervös und tun ihnen den Gefallen, das Ding aus dem Sonnensystem hinauszukatapultieren.« Er beugte sich vor und starrte auf den Schirm. »Warum haben wir keinen Reserve-Traktorstrahl?«

»Warum Zeit und Energie verschwenden?« polterte Dazzo von den Backbordkontrollen. »Wir haben noch nie einen Reservetraktor gebraucht. Schließlich greifen wir immer nur ein Schiff nach dem anderen an.«

Big Rex schüttelte den Kopf und klagte: »Könnt ihr Trottel denn niemals im voraus planen?«

Ohne daß ihn jemand hören konnte, murmelte Roy: »Diese Frage beantwortet sich selbst.«

Als während der nächsten Sekunden nichts geschah und die kleine, blausilberne Röhre einfach nur weiter über den Bildschirm zog, erhob sich Big Rex und drehte sich halb zum hinteren Teil der Brücke um.

»Wir sind in der blauen Zone, bevor diese kleine Schildkröte auch nur zehntausend Meilen zurückgelegt hat. Es wird hundert Jahre dauern, bis jemand in einem Sektor dieser Größe über so ein winziges Ding stolpert.« Er winkte mit seinen Wurstfingern zum Schirm hinüber. »Soll es weiterfliegen. Und ihr Tagediebe geht wieder an die Arbeit. Es gibt überall auf diesem Schrotthaufen genug zu reparieren. Wir können später immer noch zurückkommen und das Ding in die Luft jagen.«

Er marschierte zur oberen Galerie, wo sein spärliches Haar die Decke berührte und ihm zur Abwechslung das Gefühl verlieh, höher als breit zu sein.

Dort blieb er stehen.

Er starrte in das Gesicht seines Sohnes.

In die grauen Augen einer Frau, die zu vergessen er geschworen hatte. Und er sah darin den Haß, vor dem er fortgelaufen war.

Argwohn – was für Rex das gleiche war wie Wissen – hatte ihm verraten, daß sein Sohn ihn dazu gebracht hatte, Burgoyne zu töten. Auf eine verquere Weise war er stolz auf ihn. Früher oder später hätte er Burgoyne ja doch umbringen müssen. Der Pferdeschwanz hatte ihm lediglich die passende Ausrede geliefert.

Wenn er nicht mein eigenes Kind wäre, hätte ich Angst vor ihm.

Roy erwiderte den Blick schweigend. In jenem Schweigen, das er so gut beherrschte. Das ausdrückte, daß er über denjenigen nachdachte, den er ansah. Entscheidungen traf. Urteile fällte. Pläne schmiedete. In Gedanken Schimpfworte aussprach.

Big Rex verlagerte den größten Teil seines Gewichts auf ein Bein. Schweiß bedeckte sein Gesicht.

»Du kannst hierbleiben«, sagte er warnend. »Wir brauchen deine Hilfe nicht.«

Die Schleuse drehte sich langsam. Die winzigen Schubdüsen arbeiteten abwechselnd, während sie den vorberechneten Kurs suchten.

Hinter dem durchsichtigen Streifen aus unzerbrechlichem Aluminium waren die Augen eines Jungen zu erkennen.

Während sich sein kleines Metallgefängnis drehte, lag er mit dem Rücken auf der provisorischen Pritsche, und seine Hände verkrampften sich um die Kanten der ehemaligen Leiter. Wie weit entfernt würde er sein müssen, bevor sein Vater den Kutter in Millionen Teile sprengte?

Warteten sie, bis er sich auf der anderen Seite des Kutters befand, damit ihn die Explosion in die richtige Richtung schleuderte, fort von der blauen Zone?

So häßlich diese Gedanken auch waren, so unvermeidbar und hartnäckig waren sie auch. Er rechnete nicht mehr damit, jemals wieder Schönheit wahrzunehmen.

Und doch existierte sie.

Sie kam zu ihm, als die Röhre ihre Drehung beendete und den richtigen Kurs einschlug.

Sie kam zu ihm inmitten der Tragödie. Eine wilde Schönheit, aber doch eine Schönheit, die er jetzt endlich erkennen konnte. Strahlende Feuerströme im All, miteinander spielend, sich verdrehend und schließlich dem Zentrum zustrebend.

Seine Lippen öffneten sich, und er hauchte: »Wow ...«

Der Trinärstern.

Der hungrige Neutronenstern sog und zerrte an seinen Begleitern und würde das auch dann noch tun, wenn die Zeugen längst nicht mehr existierten.

Und inmitten der Krise entdeckte Jimmy in sich selbst die Fähigkeit, für ein paar Sekunden innezuhalten, alle Sorgen beiseite zu drängen und die Schönheit zu bewundern.

Es war besser, wenigstens diese Sekunden gehabt zu haben, wenn alles andere schiefging.

»Ich werde mich daran erinnern«, flüsterte er. »Dad, ich sehe es jetzt …«

Er starrte in das herrliche Feuer des Trinärsterns und wünschte sich verzweifelt, jemandem davon erzählen zu können. Er wollte nicht, daß sein Vater starb, ohne zu wissen, daß sein Sohn endlich gelernt hatte zu *sehen.*

Er wollte nicht, daß sein Vater starb.

Beim erstenmal war er nach Hause zurückgelaufen und hatte auf der Erde Schutz gesucht, und sein irrationaler, vierzehnjähriger Verstand hatte seinen Vater für das verantwortlich gemacht, was er auf Tarsus erlebt hatte.

Jetzt war er zwei Jahre älter und dachte anders über das, was geschah. Früher hatte er geglaubt, schon erwachsen zu sein und höchstens noch ein paar Zentimeter größer werden zu können. Er hatte eine Exekution gesehen, deshalb glaubte er, alle gesehen zu haben. Er hatte den Raum gesehen. Dort gab es nichts. Also war er zur Erde zurückgekehrt und hatte seine Wunden geleckt.

Doch diesmal war er zwei Jahre älter und wußte, es war die Schuld der Plünderer dort draußen, nicht die seines Vaters.

Zwei Jahre, das war alles. Zwei Jahre, und er sah alles anders als beim letztenmal. Bis heute war ihm das nicht aufgefallen, doch er veränderte sich mit jedem Monat, der verstrich.

Wie würde der Unterschied zwischen sechzehn und achtzehn aussehen? Zwischen achtzehn und zwanzig? Wie sehr würde er sich verändern?

Weshalb hatte er immer die Pioniere des amerikanischen Westens bewundert, nicht aber die Pioniere des Weltalls? Wahrscheinlich wegen der zu großen Nähe. Er war zu vertraut mit Menschen, die dort gewesen waren.

Und doch was es das gleiche. Sein Vater und die anderen – würden sie das Feld räumen? Veronica sicher nicht. Und sein Vater auch nicht. Sie gehörten zu Starfleet, und das allein war für sie Grund genug.

Starfleet schlichtete die Auseinandersetzungen im All, die U.S. Army errichtete Forts und sicherte die amerikanische Grenze für die Siedler, die kanadischen Mounties ... sie alle zogen hinaus in die Ferne, hinein in die Gefahr, und beharrten darauf, daß selbst weit draußen die Gesetze der Gemeinschaft und die Rechte des einzelnen Bestand hatten. Er begriff, wie einfach es für ihn und seine Freunde immer gewesen war, sich selbst als zivilisiert zu betrachten, doch jemand anderer war vor ihnen dagewesen und hatte die Risiken getragen, hatte dafür gesorgt, daß eine echte Zivilisation entstand. Sie waren hinausgezogen und hatten den harten Teil gewählt. Die Pioniere hatten alle hundert Schritte ein Grab zurückgelassen, doch das hatte sie nicht aufgehalten. Sie waren nicht nach Hause gelaufen, um ihre Wunden zu lecken.

Wo würde die Menschheit jetzt stehen, hätte es in der Vergangenheit keine Robert Aprils und George Kirks gegeben?

Wahrscheinlich würden sie alle sich noch heute in den Gassen Europas drängen.

Und nun war er hier und hatte die Chance, den harten Teil zu wählen.

Was wäre, wenn er damals zwei Jahre älter und klüger gewesen wäre und etwas gegen den Mörder auf Tarsus unternommen hätte?

Was würde er heute tun?

»Ich werde etwas tun«, sagte er laut. »Ich werde eine Ein-Mann-Armee sein.«

Weder er noch die anderen hatten gewußt, ob er diese ganze Geschichte in seiner Blechdose überleben würde, weshalb sollte er da auf die Chance verzichten, die Dinge zu ändern? Er hatte ihre Gesichter gesehen, als sie ihm erzählten, er würde hier drin sicher sein, und das Ding würde bestimmt nicht auseinanderfallen. Dann hatten sie ihn in einen Druckanzug gesteckt und ihm die Art von Händedruck gegeben, die jeder erkennt.

Er bewegte sich in der engen Röhre unter den schwachen Lichtern, Veronicas körperlose, an der Lufterneuerungsanlage befestigte Hand nur Zentimeter von seinem Gesicht entfernt, betätigte die Schubdüsen und drehte die Kapsel, bis er das Schiff erkennen konnte, das sie angegriffen hatte. Er sah die Triebwerke. Nicht sehr viel anders als die anderen, die er schon gesehen hatte. Er wußte, wie Triebwerksöffnungen aussahen. Im Prinzip waren sie immer gleich, überall, bei jedem Schiff.

Und da sie prinzipiell gleichartig waren, konnte auch jedes Triebwerk zur Explosion gebracht werden ... insbesondere, wenn eine ausgebaute Schleuse hineinkrachte.

Er achtete nicht auf die kleine Stimme, die in seinem Kopf kreischte. Die Stimme, die ihn immer dazu gebracht hatte, sich selbst zu schützen, immer zuerst an sich zu denken – er würde nie mehr auf sie hören. Er war jetzt bereit zu geben.

Trotz der unbequemen Handschuhe des Druckanzugs schloß er seine Hände fest um die Schubkontrollen. Das hier würde schwieriger werden als eine simple Drehung. Diesmal mußte er steuern und rammen.

»Nun, Dad«, murmelte er, »ich habe versprochen, ich würde nicht zusehen, und das werde ich auch nicht. Dafür bin ich viel zu beschäftigt.«

Er richtete die Kapsel so gut aus, wie das möglich war, wenn einem nur Hände und Augen zur Verfügung standen. Als er glaubte, Richtung und Winkel würden stimmen, aktivierte er alle Düsen.

Plötzlich schien das grünschwarze Schiff vor ihm sehr groß zu werden, und es wurde sehr schnell noch größer.

Die Triebwerksöffnungen dehnten sich vor seinen Augen aus, als wären sie aus Gummi. In ihrem Inneren lauerte eine Hölle aus wütender, unregelmäßig brodelnder Energie. Diese Unregelmäßigkeiten waren das Werk seines Vaters.

Größer, heißer … näher …

Jimmy preßte die Augen zusammen. Er war jetzt zwei Jahre älter, das stimmte. Doch noch nicht alt genug, um den Tod kommen zu sehen.

»Nein! Jimmy! Nein!«

»George!«

Robert April hielt den größeren Mann fest und stemmte die Absätze gegen den Boden, um zu verhindern, daß diese unglaubliche Wendung der Ereignisse nicht den Vater ebenso umbrachte wie den Sohn, und rief zugleich quer durch den dunklen Frachtraum.

»Carlos! Sind Sie sicher?«

Carlos Florida hielt den brotkastengroßen Monitor mit beiden Händen, als wolle er in den Schirm hineinkriechen. »Er wendet … er hat die Schubdüsen eingeschaltet und zielt genau auf die Triebwerksöffnungen!«

»Mein Gott, ich muß ihn aufhalten!« brüllte George, riß sich los und stürzte sich auf die freiliegende Maschinerie im Frontteil.

Robert eilte ihm nach und packte wieder seinen Arm. »Du kannst nichts tun! Du reißt uns nur in Stücke, wenn du gegen den Traktorstrahl beschleunigst! George!«

»Laß mich los!«

Dann schnitt Carlos' Stimme, düster und niedergeschlagen, durch den Raum.

»Es ist vorbei.«

Die beiden Männer erstarrten und schauten zu ihm hinüber.

»Ich kann ihn nicht mehr sehen«, sagte Carlos, ohne

hochzublicken. »Ich kann gar nichts sehen ... vielleicht ist die Kapsel aufgeprallt und zerborsten ... oder sie ist im Triebwerkskern gelandet und ...«

Der Captain unterbrach ihn. »Carlos.«

Carlos ließ die Schultern sinken. »Tut mir leid, Sir.«

Robert wäre jetzt gern an zwei Orten zugleich gewesen, doch George brauchte ihn nötiger als Carlos.

George Kirks Gesicht war fast so rot wie seine Uniform geworden. Seine Hand klammerte sich so fest um die zurückgebogene Wandverkleidung, daß der scharfkantige Rand in seine Haut schnitt. Blut trat zwischen seinen Knöcheln hervor, lief langsam über seine Finger und tropfte schließlich auf das graue Metall.

»Warum hat er das getan?« keuchte er. »Warum hat er ...«

»Für uns, fürchte ich«, sagte Robert.

Als George vor Schmerz in die Knie sank, löste Robert seine verkrampften Hände von dem Metall, um zu verhindern, daß er dauerhafte Schäden erlitt – falls das nicht bereits geschehen war.

George spürte nicht einmal, daß seine Hände verletzt waren – oder daß jemand diese Wunden verband. Er hockte auf dem schmutzigen Deck und starrte auf seine Knie.

Dahinter sah er Veronicas schmale Gestalt in ihrem weißen Raumanzug, verstümmelt, um Jimmy zu retten.

»Seine Mutter wird nicht einmal erfahren, was geschehen ist ...«

»Wo zum Teufel steckt das Ding?« Rex Moss schob seinen massigen Körper bis zur Kante des ächzenden Sessels vor und starrte auf den Schirm. »Wo ist es hin? Caskie, stell fest, wo es ist!«

»Auf der Seite haben wir keine Sensoren.«

»Es ist abgeprallt und auseinandergefallen«, krächzte Dazzo von der Backbordseite her. »In dem Teil sind die Sensoren ausgefallen.«

Big Rex drehte sich halb um. »Keine optische Erfassung? Gar nichts? Wozu seid ihr Trottel eigentlich da?«

»Das Schiff ist völlig demoliert«, meinte Caskie. »Wundert mich, daß wir uns überhaupt noch bewegen.«

»Sucht weiter danach.«

»Nach so einem winzigen Ding? Wie denn?«

Dazzo wich einen Schritt von seinen Kontrollen zurück und trat gegen das Gehäuse. »Die Hälfte unserer Sensoren ist ausgefallen, und Schilde haben wir auch nicht. Woher sollen wir wissen, wohin es verschwunden ist?«

»Ich bin der Captain«, erklärte Rex. »Ich befehle, und ihr tut, was ich sage.«

»Dann befiehl den Sensoren mal zu funktionieren.«

»Fall doch tot um.«

Big Rex erhob sich. Keine zu unterschätzende Aufgabe.

Der Frontschirm war sein Feind. Wütend starrte er ihn nieder.

»Ich habe die Nase voll von diesem Mist«, knurrte er. »Vergeßt die blaue Zone. Gebt mir etwas Energie auf den Antrieb und dreht diese Kiste um.«

Caskie und der Klingone reagierten mit einem verblüfften Stirnrunzeln auf den unerwarteten Befehl, unternahmen jedoch nichts, um ihn auszuführen. »Was hast du denn jetzt vor?« fragte Caskie.

»Ich werde jetzt das machen, was ich von vornherein hätte tun sollen«, erklärte Big Rex. »Ich werde diesen Kerlen mit dem Arbeitsgreifer auf den Leib rücken, ihre Schiffshülle in Stücke reißen und sie alle umbringen.«

»Jimmy, was hast du dir nur dabei gedacht ...«

Der Schmerz fesselte George an den Platz, auf dem er saß. Seine Fähigkeit, selbst das Undenkbare praktisch sofort zu verarbeiten, wendete sich jetzt gegen ihn.

Er hatte keinen Schock, er war einfach nur völlig am Boden zerstört.

Neben ihm saß Robert April und versuchte, nicht nur mit dem eigenen Kummer fertig zu werden, sondern auch mit dem Schmerz, den sein Freund empfand.

»Jimmy wollte dem Spiel nicht vom Rand aus zusehen«, sagte er leise. »Er wußte, daß wir uns für ihn opfern wollten – und für jeden, der vielleicht in Zukunft hier vorbeikommt. Er hat dein Blut und deinen Kampfgeist … darauf solltest du heute stolz sein.« Er schluckte trocken und fügte hinzu: »Wir sollten heute auf beide stolz sein.«

Sie sahen beide zu dem reglosen Mädchen in dem weißen Raumanzug hinüber. Ihre Brust hob und senkte sich in gleichmäßigen, flachen Atemzügen, die sorgfältig durch die Geräte überwacht wurden.

Wenigstens war sie nicht wach und wußte nicht, was mit Jimmy geschehen war – und daß sie sich für nichts geopfert hatte.

Carlos Florida schaute ebenfalls zu dem Mädchen hinüber, wandte sich dann ab und konzentrierte sich wieder auf die Monitore. Er hatte jetzt den Job übernommen, der vor wenigen Stunden noch Jimmys Aufgabe gewesen war.

Robert seufzte traurig. »Er wußte, daß Veronica ihr Leben für ihn aufs Spiel gesetzt hatte, und vielleicht hoffte er, diese Geste erwidern zu können. Zumindest glaubte er, das zu tun. Unsere beiden jungen Leute … beide heldenhaft.«

»Beide tot«, sagte George. »Genau wie wir.«

Der Schmerz umklammerte sein Herz, von dem sein Sohn geglaubt hatte, es bestände aus Marmor.

Robert ließ den schmerzenden Kopf gegen die Schiffswand sinken.

»Wenn ein Offizier zum Wohl seiner Mannschaft einen direkten Befehl mißachtet, wird er entweder vor ein Kriegsgericht gestellt … oder befördert. Jimmy hat es vorgezogen, sich für uns zu opfern. Und er wußte, daß wir sehen würden, was geschah … vielleicht hat er mit dieser letzten Trotzreaktion eine Botschaft für dich hinterlassen. Er wollte dir zeigen, daß er begriffen hat, weshalb du ihn hergebracht hattest.«

Er drehte sich zur Seite und sah seinen Freund an. »Du verstehst doch, was ich meine, oder, George?« Er ergriff die Hand seines Freundes und drückte sie ungeachtet des blutigen Verbandes. »Er hat gedacht und gehandelt wie ein Mann.«

21

Er spannte alle Muskeln. Wartete. Fragte sich, ob es sehr weh tun würde.

Krrraaachchch …

Stimmte all der Aberglaube und das Wunschdenken? Gab es ein Leben nach dem Tod? Wenn er jetzt die Augen öffnete, würde er dann den Himmel sehen?

Bei meinem Sündenregister? Laß besser die Augen geschlossen.

Er hatte den Schlag gespürt, mit dem die Schleuse das feindliche Schiff traf, gespürt, wie das Metall nachgab, dann den harten Ruck, als sie gegen etwas stieß, das härter war, und schließlich zum Stillstand kam. Kein anderes Geräusch als das Kreischen seines kleinen, druckdichten Sarges, als das Metall über die Grenzen seiner Belastbarkeit hinaus strapaziert wurde.

Er öffnete ein Auge.

Und stellte fest, daß er lebte.

Das ergab keinen Sinn. Wie konnte er im Innern eines großen, heißen Triebwerks immer noch leben?

Darauf gab es nur eine einzige Antwort. So öffnete er auch das andere Auge und schaute durch das Sichtfenster.

Er trat mit beiden Stiefeln gegen die Innenwand seiner Röhre.

»Eine Müllhalde!« krächzte er.

Es sah tatsächlich aus wie eine Müllhalde mit Wänden. Nur daß die Müllhaufen mit elastischen Bändern und Netzen an Boden, Wänden oder Decken festgemacht waren.

Die eigene Stimme klang bitter in seinen Ohren: »Tolle Arbeit. Jetzt wissen wir, woraus Legenden gemacht werden.«

Schon wieder hatte er versagt.

Er knurrte weiter vor sich hin, teils, um eine menschliche Stimme zu hören, vor allem aber, um sich selbst davon zu überzeugen, daß er nicht so verängstigt war, wie seine Eingeweide ihn glauben machten. Er fror und zitterte, und das Atmen fiel ihm schwer, weil seine Brust schmerzte.

Irgendwie hatte er sein Ziel verfehlt! Er hatte die Triebwerksöffnung völlig verfehlt und war statt dessen durch einen Riß in der Schiffswand gekracht. Wahrscheinlich hatte sein Vater diesen Riß mit seinem Schrotschuß-Trick erst verursacht. Durch sein schmales Sichtfenster konnte er den gezackten Rand aus verbogenem Metall, gerissenen Leitungen und dem bunten Durcheinander zerfetzten Dämmaterials, das wie ein Sandwich wirkte, von dem jemand abgebissen hatte, nur undeutlich erkennen.

Was nun?

Farbe – es gab also Licht hier drin.

Jimmy verrenkte sich den Hals und entdeckte zwei kleine, blinkende Lampen, die für eine schwache Beleuchtung sorgten.

Hsssssssss

Jimmy hörte das Geräusch, doch nur für ein paar Sekunden, dann wurde es schwächer. Ein Leck.

Die Röhre hatte ein Leck!

Er tastete nach dem Helm. Vorher hatte er sich nicht die Mühe gemacht, ihn aufzusetzen – wenn man vorhatte, sich selbst in die Luft zu jagen, brauchte man keinen Helm.

Wo war er? Richtig, oberhalb seines Kopfes. Er streckte sich nach hinten und verrenkte sich dabei fast das Rückgrat. Ungeschickt setzte er den Helm auf und zog dann an dem Ding, das ihm Carlos gezeigt hatte.

Die Dichtung aktivierte sich mit einem schmatzenden Geräusch, und der Anzug legte sich dicht um seinen Körper. Plötzlich hatte er sauerstoffreiche Luft zum Atmen und verspürte ein leichtes Schwindelgefühl. Der Anzug funktionierte.

Was nun?

Sie würden hereinstürmen, ihn in dieser dummen Röhre entdecken und umbringen.

»Nun, hier drinnen werden sie mich jedenfalls nicht töten«, sagte er entschlossen. Er schlug gegen das Sichtfenster und brüllte: »Ihr werdet mich nicht hier drin töten!«

Gab es einen Weg hinaus? Bei der Fertigstellung der Röhre hatten sie nicht besonders viel Material zur Verfügung gehabt. Was, wenn es keinen Weg hinaus gab? Sie konnten jeden Moment hier unten sein ...

Er schaute zur Luke hoch. Kein Griff. Der ursprünglich dort vorhandene Hebel war für die Kontrollen der Schubdüsen verwendet worden, und für einen Ersatz hatte es an Material gefehlt. Er versuchte sich vorzubeugen, doch es war unmöglich, die untere Schleuse zu erreichen. Und solange er in den Stiefeln des Raumanzugs steckte, konnte er den Hebel auch nicht mit den Füßen aus seiner Vertiefung herausziehen.

Das hieß ... er kam nicht heraus.

Die Piraten waren unterwegs, und er saß fest!

Wütend hämmerte er mit den Fäusten gegen das, was sehr wohl sein Sarg werden konnte, selbst jetzt noch – und seine rechte Hand traf auf etwas, das sich wie Fleisch anfühlte. Erschrocken schaute er nach und stellte fest, daß er Veronicas Hand getroffen hatte, die neben ihm die Lufterneuerungsanlage festhielt. Die gelben Lichter draußen gaben ihr die Färbung von Butter. Die künstlichen Fingernägel sahen aus wie ihre eigenen, nicht lackiert und ein wenig eingerissen. Die Finger selbst waren lang und an den Knöcheln ein wenig verdickt.

»Okay, na schön«, knurrte Jimmy.

Obwohl er Handschuhe trug, begeisterte ihn der Gedanke, die Hand anzufassen, nicht unbedingt. Vielleicht wäre es anders gewesen, wenn die Hand nicht ursprünglich einer Freundin gehört hätte.

Er zwang sich dazu, das Handgelenk zu packen. Schmierflüssigkeit spritzte auf seinen Handschuh, und er zuckte zusammen, ließ aber nicht los. Während er das Gelenk mit einer Hand festhielt, tastete er mit den Fingern der anderen im offenen Ende nach dem Mechanismus, der die Finger bewegte. Irgend etwas in dieser Art mußte es geben, denn die Bewegungen konnten unmöglich allein durch Computersignale gesteuert werden. Es mußten auch Drähte da sein, die wie Muskeln reagierten, und eine Struktur, die der von Knochen und Gelenken glich. Und diesen Mechanismus mußte er jetzt finden – und zwar möglichst schnell.

Plötzlich spreizten sich die Finger ruckartig, und diese Reaktion schleuderte die Hand gegen die Visierplatte von Jimmys Helm. In einem Reflex schaffte er es gerade noch, sie wieder einzufangen, bevor sie auf dem Boden der Röhre landete, wo er sie nicht mehr hätte erreichen können. Das wäre wirklich zu dumm gewesen. In dem Fall hätte er noch einmal versuchen müssen, sich umzubringen, nur um zu verhindern, daß diese Geschichte die Runde machte.

Er reckte sich nach oben, legte die Finger der Hand um den Mechanismus, auf dem ursprünglich der Öffnungshebel der Luke gesessen hatte, und stocherte dann im Handgelenk herum, um die künstlichen Muskeln zu einer Kontraktion zu bewegen. Und einen Augenblick später erfüllte die so zierlich aussehende Hand vorzüglich die Aufgaben einer Rohrzange.

»Halt jetzt nur fest«, flehte Jimmy leise, während er das Gelenk mit beiden Händen umfaßte. »Eins, zwei …«

Er zog kräftig. Die Hand hielt, die Lukensicherung

allerdings auch. Der Schweiß brach Jimmy aus. Er zog weiter und stemmte die Knie gegen die Innenwand, um besseren Halt zu haben, bis er glaubte, die Kniescheiben würden gleich brechen. Doch er ließ nicht locker. Er mußte nach draußen kommen. Er mußte einfach. Jeden Moment konnten die Piraten auftauchen und ihre Laser auf ihn richten. Wenn er hinauskam, mochte er zwar trotzdem sterben, aber wenigstens nicht kampflos.

Plötzlich flogen seine Arme nach hinten, als sich der Verschluß endlich löste.

Ohne innezuhalten, stemmte er die Schulter gegen den Lukendeckel und stieß sich kräftig ab …

Und segelte quer durch den Raum direkt gegen einen der Müllhaufen.

Er prallte ab, krachte gegen einen anderen Haufen, dann gegen die Wand, bis es ihm schließlich gelang, sich an der abgetrennten Schwanzfinne irgendeines atmosphärentauglichen Fluggeräts festzuhalten.

Dort hing er dann, zitternd und schwitzend, und versuchte sich zusammenzureimen, was gerade geschehen war. Auf der anderen Seite des Raums entdeckte er seine Röhre, die sich halb durch eine klaffende Lücke in der Schiffswand geschoben hatte.

»Schwerelos«, keuchte er. »Warum habe ich nicht vorher daran gedacht? Warum denke ich nie an solche Sachen?«

Dabei war es durchaus naheliegend. Weshalb sollte man Energie verschwenden, um Luftdruck und künstliche Schwerkraft in einem Frachtraum aufrecht zu erhalten, in dem man nur Bergungsgut verstaute? So, wie es jetzt war, brauchten sie lediglich die großen, segmentierten Tore dort drüben zu öffnen, um jedes Schiff hereinzuziehen, das sie …

Plötzlich verwandelte sich diese Analyse in etwas, das ihn persönlich betraf. Groll und Wut stiegen in ihm hoch und trieben ihn zum Handeln.

Er kämpfte nicht gegen diese Wut an. Besser wütend als verängstigt. Um genauer abzuschätzen, wo er sich befand, schaute er sich auf dem Deck um.

An zwei Seiten des vollgestopften, schmutzigen Raums stand in Schablonenschrift HAUPTDECK. Das schien eindeutig. Allerdings war darunter ein Brett angebracht, beschriftet mit handgeschriebenen Zahlen sowie den Worten LADEPLAN, FRACHTBEREICH und den Buchstaben L.D.P.

Die Worte klangen vertraut, verrieten jedoch nicht, was hier unten gelagert wurde. Möglicherweise war das hier einmal ein Föderationsfrachtraum gewesen, obwohl es keine Hinweise auf Starfleet gab. Vielleicht hatte er zu einem irdischen Handelsschiff gehört. Und er schien ziemlich alt zu sein.

Alt, und bis zum Rand gefüllt mit Schiffsteilen, ganzen Triebwerken, vollständigen und zerlegten Computerkernen, Wandverkleidungen, Schiffsrippen, aufgerolltem Isoliermaterial, kleinen Warpgondeln, die von Beibooten stammen mochten, Generatoren, Rohren, Spulen, Schutzgittern – praktisch allem, was sich denken ließ, allerdings meist mehr oder weniger stark beschädigt und ohne besondere Ordnung verstaut.

Sein Vater hatte also recht gehabt. Dies war ein Piratenschiff, das andere Schiffe angriff, schrottreif schoß, die Besatzungen umbrachte und sich so mit Bergungsgut für einen Markt versorgte, auf dem niemand Fragen stellte.

Überall auf diesem Deck lagen die Beweise. Jimmy zog sich langsam an einem der Ladenetze vorwärts und entdeckte eine weitere Bestätigung seiner Vermutung.

Vor ihm türmten sich Schiffsteile, so zerlegt, daß sich die Herkunft nicht mehr erkennen ließ. Jimmy strich über die Innenwand eines Personentransporters – ein Zweifel war nicht möglich, denn dieses Segment enthielt zwei Bullaugen und eine Halterung, an der einmal ein Sitz befestigt war. Ein Sitz, auf dem ein lebendiger Mensch gesessen hatte und hilflos dem Terror ausgeliefert gewesen war.

Er schwebte über das von Lasern angeschmorte Teil hinweg zur anderen Seite und stoppte dort abrupt, während ihm das Herz bis zum Hals schlug.

Die Innenseite des Schiffs war blutbeschmiert, und jemand hatte dieses Blut benutzt, um mit dem Finger eine Botschaft zu schreiben.

HILFE SOS ANGRIFF OR-ROS AX-B 4. DEZ HILFE

Jimmy erschauerte und atmete so heftig, als wäre er gerade eine Meile gelaufen. Der Anblick erinnerte ihn deutlich daran, daß Gewalt und Gefahr nur allzu real rings um ihn lauerten. Das hier war echtes Blut. Das Blut eines ermordeten Raumfahrers. Oder das eines Familienmitglieds ... einer Mutter, eines Kindes, eines Vaters. Blut war das einzige, womit sie diese letzte Nachricht schreiben konnten, die niemand mehr beantworten würde. 4. Dezember. Welches Jahr?

Natürlich stand dort kein Jahr. Niemand nannte in einem SOS-Ruf das Jahr. Wer immer sie gewesen sein mochten, sie hatten gehofft, noch länger als einen Monat zu leben.

Gepeinigt von dem Gedanken, womit er seine Zeit im letzten Dezember verschwendet hatte, und zugleich erfüllt von neu aufkeimender Angst, holte Jimmy tief Luft und suchte die Wut, die er eben noch empfunden hatte, wieder heraufzubeschwören. Er brauchte sie jetzt.

Mit der behandschuhten Hand strich er über die gefrorenen, verkrusteten Buchstaben und zog aus dem Blut neue Wut; aus dem Blut jener, denen er nicht hatte helfen können. Vielleicht hätten sie nur jemand gebraucht, der wütend genug war und einen guten rechten Haken schlagen konnte.

Jemand wie er, oder wie sein Vater.

Durch ihr Blut gaben sie ihre Hoffnungen und ihre Stärke an ihn weiter. Jimmy kauerte dort, wurde wütender und wütender und addierte ihren Tod zu all den Untaten, die er bereits miterlebt hatte. Er würde diese Wut brauchen, um dieses Deck zu verlassen, um das für seine eigenen Leute zu tun, was er für diese Toten nicht mehr tun konnte.

In seinem Herzen gab er den Toten ein feierliches Versprechen. Sie gehörten jetzt auch zu seiner Mannschaft, und sie waren nicht umsonst gestorben.

Neben seiner Wut tauchte ein anderes Gefühl auf, eines, das ihn erfüllte und ihm half. Wäre er damals zur Stelle gewesen, um diesen Menschen zu helfen, wäre die Sache vielleicht anders gelaufen. Jetzt war er froh, für seinen Vater und seine Freunde hier zu sein, und plötzlich wollte er auch für all jene dasein, die nach ihm kamen. Die Erkenntnis, weshalb sie alle in den Raum hinausgezogen waren, weshalb Starfleet überhaupt existierte und zudem ständig expandierte, erfüllte ihn mit Wärme.

Jetzt war er bereit.

Bereit, gegen das Ziel seiner Wut vorzugehen – gegen jene Verbrecher, die nicht einmal so viel Würde aufbrachten, das Blut ihrer Opfer fortzuwischen.

Noch ließen sich die Dinge ändern! Er hatte eine Chance zu überleben! Verdammt, wenn er das Richtige tat, konnten sie vielleicht alle überleben! Und wenn sie überlebten, dann hatte er auch noch eine Möglichkeit, sich mit seinem Vater auszusprechen, und mit seiner Mutter, konnte ihnen sagen, was für ein Narr er gewesen war … und er könnte zu Tom Beauvais und Quentin und Zack und Emily und all den anderen zurückkehren und ihnen alles erzählen, könnte zurückkehren und der ganzen Welt beweisen, daß er doch kein Idiot war! Er mußte einfach überleben, und er mußte dafür sorgen, daß sein Vater überlebte.

Doch die blaue Zone war zu nahe. Der Kutter konnte jede Sekunde vernichtet werden.

Er stieß sich ab und beschloß, sollte er keine Tür finden, sich notfalls durch die Wände zu nagen, um diesen räuberischen Schurken eine Lehre zu erteilen.

Da war er.

Sein Weg nach draußen. Eine mannshohe Schleusentür, eine größere Version der Luke an seiner Röhre. Eine ganz normale Schleuse – der Weg nach draußen.

Ein kräftiger Schwung ließ ihn über die Müllberge schweben, zurück zu seiner Röhre, wo er sich lange genug aufhielt, um Veronicas Hand von der Luke zu lösen. Er hatte nicht vor, einen Teil von ihr auf dieser Müllhalde zurückzulassen, und vielleicht konnte er ihr die Hand später sogar zurückgeben.

Er befestigte die Hand an den Schlaufen, die für Werkzeug gedacht waren, riß dann eine Stahlstange von einem undefinierbaren Stück Schrott ab und schwang sie ein paarmal wie einen Baseballschläger. Jetzt hatte er auch eine Waffe.

»Das müßte funktionieren«, meinte er zu sich selbst.

Es würde funktionieren müssen. Zweifellos standen sie jetzt draußen und warteten darauf, daß er herauskam. Vermutlich trugen sie keine Raumanzüge, deshalb warteten sie vor der Schleuse, um sich auf ihn zu stürzen.

Er wappnete sich für den Kampf aller Kämpfe, und stieß sich in Richtung der Schleuse ab.

Wider Erwarten gab es keine Probleme mit der Tür. Sie ließ sich problemlos durch eine simple, dreistellige Kombination öffnen, deren Ziffern direkt neben der Schleuse an die Wand geschrieben waren. Offensichtlich rechneten die Piraten nicht damit, daß es hier unten Probleme geben könnte. Vermutlich hatten sie nicht mal einen Gedanken daran verschwendet.

Jimmy hielt inne und kniff die Augen zusammen.

»Ich kann das ausnutzen ... ich kann das ausnutzen. Es muß eine Möglichkeit geben, das auszunutzen.«

Er war allein. Er konnte nicht einen nach dem anderen zusammenschlagen – nun, er *könnte* schon –, doch es mußte auch noch einen besseren, klügeren Weg geben. Er beschloß, all das zusammenzutragen, worüber diese Kerle nicht genug nachdachten.

In der Schleuse herrschte kein Luftdruck, wohl aber Schwerkraft. Das merkte er, als er durch die Luke trat und auf dem Hintern landete. Seine Waffe schlug gegen seine Schienbeine und demonstrierte ihm so, wie schwer sie war.

Er hockte nach Luft schnappend auf dem Boden vor der zweiten Schleusentür und versuchte, sich daran zu erinnern, wie es war, so viel zu wiegen. Seit dem Laserangriff hatte er sein normales Gewicht nicht mehr gespürt. Jetzt fühlte er sich wie jemand, der nach einem Tag im Wasser wieder festen Boden unter den Füßen hatte.

Auf Händen und Füßen, die ihm bleischwer vorkamen, kroch er zur hinteren Schleusentür und schloß sie mit gewaltiger Kraftanstrengung – zumindest erschien es im so. Die Dichtungen wurden zusammengepreßt, und er zog den Verschlußhebel nach unten. Das war erledigt.

Immer noch auf Händen und Knien drehte er sich um, packte seine Waffe und kroch die zwei Schritte zu der anderen Schleusentür, die, wie er hoffte, zu einem unter Druck stehenden Deck oder Korridor führte, und nicht etwa in eine andere, aufgerissene Sektion. Dank Dad und Captain April hatte sich dieses Schiff selbst schon fast in Bergungsgut verwandelt.

Er hielt inne. Sobald er diese Tür öffnete, mußte er bereit sein zu kämpfen. Jemand mochte dort draußen auf ihn warten, und er kroch hier herum, als wären seine Arme und Beine aus Zement gemacht.

Er mühte sich auf die Füße und hob das Metallstück in Schlagposition.

»Was soll's auch«, knurrte er. »Bin schließlich schon einmal fast gestorben.«

Mit dem Gefühl, einen ausgewachsenen Büffel auf dem Rücken zu tragen, berührte er den Griff der Schleusentür – und zuckte vor Schreck zusammen, als der Hebel nach unten schnappte und sich die Dichtungsmanschetten ausdehnten.

»Was zum Teufel ...« keuchte er.

Offen! Die Schleusentür war offen! Wieso hatte sie nicht gewartet, bis er das Öffnungssignal eintippte?

Er warf einen anklagenden Blick auf die andere Schleusentür. Wieso waren die Sicherheitsschaltungen nicht angesprungen? Bei einer offenen Tür sollte die andere automatisch davor geschützt sein, versehentlich geöffnet zu werden, solange der Druckausgleich noch nicht stattgefunden hatte. Jede vernünftige Schleuse hatte doppelte und dreifache Sicherheitsschaltungen! Und die minimalste Sicherheitsvorkehrung bestand darin, daß es unmöglich sein mußte, beide Türen gleichzeitig zu öffnen. Er könnte sich jetzt einfach umdrehen und die Tür zum Frachtraum öffnen, schon gäbe es einen Druckabfall, und die ganze Sektion des Schiffes wäre ohne Luft.

Entweder war dieses Schiff noch schrottreifer, als er gedacht hatte, oder die Idioten an Bord interessierten sich ganz einfach nicht für die Sicherheit ihrer Schleusen.

Jimmy spürte, wie er eine Gänsehaut bekam. Diese Menschen waren ihm weitaus vertrauter, als ihm im Moment lieb war. Er mußte nur ein wenig in die Vergangenheit schauen, um sich selbst sagen zu hören: »Vergeßt die Sicherheitsregeln. Wer braucht so was schon? Wir wissen schon, was wir tun.«

Regeln existieren aus einem bestimmten Grund.

Nur für autorisiertes Personal.

Die Hand auf dem Hebel, schloß Jimmy für einen Moment die Augen, atmete tief durch und ermahnte sich selbst, das niemals zu vergessen.

Er legte den Unterarm flach gegen die Tür, hob die Eisenstange, drückte …

Und sprang hinaus auf einen schwach beleuchteten Korridor, die Beine gespreizt, die Waffe schlagbereit, und brüllte »Hah!«

In Erwartung eines Schlags schaute er mit angehaltenem Atem von einer Seite auf die andere.

Nichts. Gar nichts. Niemand.

Keine Sicherheitsanlagen. Keine Warnlampen. Kein roter Alarm. Keine automatische Schadenskontrolle, niemand hier, um ihn anzugreifen …

Die Erkenntnis durchfuhr ihn wie ein Blitz.

»Ich glaube es einfach nicht!« keuchte er. »Die wissen nicht mal, daß ich hier bin!«

Die verschiedensten Möglichkeiten huschten durch seinen Kopf. Das hier war ganz plötzlich ein völlig neues Spiel, mit neuen Regeln.

Das hieß, er konnte ihnen die eine oder andere Schlappe beibringen, Schäden anrichten, sie schwächen und damit seinem eigenen Team ungeahnte Vorteile verschaffen. Sein Dad und Captain April würden schon wissen, auf welche Weise sie daraus Nutzen ziehen konnten – ganz bestimmt!

Jedenfalls solange sie sich nicht selbst in die Luft jagten oder in die blaue Zone gezogen wurden, bevor er etwas unternehmen konnte.

Diese blöden Idioten wissen nicht mal, daß ich hier bin! Unternimm nichts, Dad! Jag den Kutter nicht hoch! Ich werde was tun! Ich arbeite dran!

Er begann zu überlegen. Was konnte er für sein Team tun, wenn sie hineingezogen wurden? Er mußte darauf vorbereitet sein.

Ein Klicken, und sein Helm fiel auf das Deck. Er schaute erst in die eine, dann in die andere Richtung. Ein Korridor mit schwarzem Fußbodenbelag aus einer Art hartem Gummi, dessen Riffelung schon ziemlich abgetreten war. Die schwache Beleuchtung stammte von jeweils einem einzigen Paneel am Fuß jeder Sektion. Einige der Paneele flackerten, andere waren ganz erloschen.

»Es wird noch viel dunkler werden«, versprach Jimmy mit zusammengebissenen Zähnen. »Diese Schweine haben jetzt einen hundertsechzig Pfund schweren Wurm in ihrem Apfel.«

Er drückte Veronicas Hand an die Brust, suchte sich eine Richtung aus und rannte den schmalen Korridor entlang.

»Wir tun es.«

»Wie bitte?« Robert erwachte aus seinen düsteren Gedanken an Oxford und Coventry und das Angeln in den Cotswolds, und daß er nun nie mehr in der Lage sein würde, seinem Patensohn Jimmy ein paar der einfachen Dinge nahezubringen, bevor das Leben zu kompliziert wurde. Er wandte den Kopf nach links. »Entschuldige, George?«

George erwiderte den Blick nicht. Er erhob sich auf steifen Beinen und schwankte ein wenig, doch in seinem Gesicht zeigte sich keinerlei Unsicherheit.

»Wir werden jetzt tun, was wir geplant haben. Wir lassen uns nicht in die blaue Zone ziehen. Notfalls jagen wir den ganzen Sektor hoch, wenn es anders nicht geht, aber mein Sohn wird nicht allein hier draußen sterben. Wir gehen mit ihm, und diese Dreckskerle nehmen wir auch mit.«

Carlos lag ausgestreckt auf dem Boden, hatte den Kopf auf seinen Arm gelegt und beobachtete die Monitore mit geröteten Augen.

George kniete neben ihm nieder, stieß ihn sanft an und fragte: »Sind Sie noch mit dabei, Kamerad?«

Carlos zuckte zusammen, sah zu ihm hoch, gewann die Kontrolle über seine Züge zurück und setzte sich aufrecht hin. »Oh, ja, Sir … ich werde den ganzen Weg mit Ihnen gehen.«

Angerührt durch die Bereitschaft des Mannes, mit ihm notfalls bis in die Feuer der Hölle zu gehen, mußte George ein paarmal schlucken, bevor er sprechen konnte.

»Sie wissen, was Sie zu tun haben, ja?«

»Ja, Sir«, sagte Carlos ruhig. »Natürlich.«

»Brauchen Sie Hilfe?«

»Nein, Sir. Ich glaube, das ist etwas, das ich am besten allein tue. Ich möchte keine Zeit dafür haben … mir selbst irgendwelche Fragen zu stellen, wenn Sie verstehen, was ich meine.«

George nickte langsam. »Ja, ich weiß, was Sie meinen.«

Er half Carlos auf die Beine und bemerkte erst jetzt, daß der Steuermann noch immer hinkte.

»Sind Sie in Ordnung?« fragte George.

Carlos zögerte, grinste dann schief und meinte: »Welchen Unterschied macht das jetzt?«

Etwas in diesem Lächeln brachte George dazu, ebenfalls die Mundwinkel nach oben zu ziehen. »Keinen sehr großen, was?«

Sie kicherten beide leise und begaben sich dann zu verschiedenen Stellen des Frachtraums.

George begab sich zu Robert, der jetzt neben Veronica kniete. Der Captain strich geistesabwesend über die Medikamentenfläschchen, die den Körper im Innern des Anzugs am Leben erhielten. Abgesehen von dem schwachen Heben und Senken des Brustkorbs zeigte Veronica keine Lebenszeichen. Sie war blaß und stand eindeutig auf der Kippe.

»Ich wollte gerade die Fläschchen austauschen«, sagte er, »da wurde mir klar …«

»Sei einfach froh, daß sie bewußtlos ist.« George ließ den Blick über das Mädchen streichen und dachte dann an Jimmy, der im schlimmsten Moment seines Lebens hellwach gewesen war.

Er spürte, daß Robert ihn beobachtete. Sie beide wußten, daß es nichts mehr zu sagen gab.

Sie erhoben sich beide und gingen ein paar Schritte, doch dann blieb George stehen und sah Robert an.

»Irgend etwas stimmt nicht«, brummte er.

Robert zog die Augenbrauen hoch. »Wie bitte?«

»Hier.« George beugte sich über eine offene Kiste und holte die Strickjacke heraus, die jetzt von Isolierungsfetzen bedeckt war. »Zieh deine Jacke an.«

»Warum?«

»Ich weiß auch nicht. Sieht einfach richtiger aus.«

»Oh ... natürlich. Danke, George.« Der Captain zuckte etwas zusammen, als George die Jacke über seinen verletzten Arm zog.

»Na also«, sagte George. »So möchte ich dich ...« Er machte eine vage Handbewegung, sprach aber nicht weiter, weil es nicht so klingen sollte, als hätten sie eine Chance, sich jemals an diese Situation zu erinnern. »Es sieht ... einfach richtiger aus.«

Doch Robert grinste nur ein wenig sentimental und freute sich, daß er George so viel bedeutete. Er klopfte ihm auf die Schulter, und die beiden Männer setzten ihren Weg fort.

Carlos hockte mit gekreuzten Beinen vor dem offenem Paneel, bei dem die doppelte Isolierung weggeschnitten war, um die empfindliche Maschinerie der Energiefluß-Kontrolle des Triebwerks freizulegen. Obwohl seine Finger auf dem Mechanismus ruhten, tat er nicht viel. Der größte Teil der Arbeit war bereits erledigt; jetzt mußten sie nur noch die endgültige Entscheidung treffen.

Er wußte, daß George und Robert hinter ihm standen, doch er schaute nicht hoch.

»Alles bereit, Commander«, sagte er. »Auf Ihren Befehl leite ich alles, was von unserer Energie noch übrig ist, in das Impulssystem und überlade es. Diese Maschinen hier sind zwar klein, und zudem schon sehr mitgenommen, aber sie werden genug Saft kriegen, um einen gehörigen Knall auszulösen. Wir müssen das

Schiff nur ausrichten und ihrem Traktorstrahl bis zur Quelle folgen.« Er zuckte die Achseln und seufzte. »Ich wünschte, es könnte etwas munterer klingen, aber ich schätze … bereit, wenn Sie soweit sind.«

George nickte steif. »Danke Carlos.«

Er und Robert reichten sich schweigend und feierlich die Hände, und dieser Händedruck dauerte ein paar Sekunden länger, als sie beabsichtigt hatten.

Der eine braunhaarig, der andere mit blutrotem Schopf, das eine Gesicht wie aus Pfeifenrauch und Tweed gewebt, das andere wie gemeißelt, so standen sie da: die Quintessenz von Starfleet – unterschiedliche Leute, unterschiedliche Ziele, unterschiedliche Ideen, unterschiedlicher Stil …

Mannigfaltigkeit.

George hielt noch immer Roberts Hand und legte die andere auf Carlos' Schulter.

Mit ruhiger, fester Stimme sagte er: »Jagen Sie sie hoch.«

22

Mach ihnen die Hölle heiß. Laß sie nicht zur Ruhe kommen. Treib sie in den Wahnsinn. Wenn sie durchdrehen, können sie nicht nachdenken.

So zumindest lautete die Theorie.

Natürlich drehte Jimmy selbst durch, in gewisser Weise zumindest, und dachte trotzdem nach.

Er mußte sich so weit wie möglich von jenem Mülldeck entfernen, ohne entdeckt zu werden. Das bedeutete, geduckt zu schleichen, an offenen Türen oder aufgerissenen Wänden vorbeizuhuschen und nicht mehr Lärm zu machen, als diese Nattern selbst verursachten, während sie sich bemühten, das Schiff wenigstens solange in einem Stück zu erhalten, bis sie gewonnen hatten.

Das Ausmaß der Schäden war geradezu erstaunlich. Ein paar kleine Starfleet-Tricks, ausgeführt mit Klebeband und Spucke, hatten diese Leute in die Enge getrieben und ihr Schiff in einen Schrotthaufen verwandelt. Während Jimmy herumschlich, stellte er fest, daß die Hälfte der Türen und Sektionen, an denen er vorbeikam, abgesperrt und mit roten Hinweisen versehen waren, die vor dem Betreten warnten. Wahrscheinlich waren diese Bereiche zum Raum hin offen oder aber kontaminiert.

Einige der herumtreibenden Rauchschwaden rochen stechend und chemisch, andere stammten offensichtlich von normalen Bränden. Das deutete auf zwei verschiedene Arten von Schäden hin. Wenn er nur etwas von Chemikalien verstünde ... Er hatte zwar gehört, wie Ingenieure und Mechaniker behaupteten, sie könnten riechen, welche Schäden vorlagen, doch bisher hatte er das immer für Angeberei gehalten.

Er bog um eine Ecke und trat unvermutet auf etwas Großes und Dickes. Ehe er richtig wußte, was er tat, hatte er sich schon zu Boden geworfen.

Als er sich zur Seite drehte, starrte er in ein paar hervorquellende Augen und einen im Schrei erstarrten Mund.

Erschrocken wich er zurück, fort von der Leiche. Ob es sich um einen Menschen handelte, ließ sich nicht einmal feststellen. Der Körper war zu zerfetzt und verbrannt. Im Todeskampf hatten sich seine Eingeweide entleert. Jimmy hatte von so etwas schon gehört. Jetzt brachte ihn der Gestank fast zum Erbrechen.

Er hielt die Luft an, rappelte sich auf die Füße und lief weiter.

Wie viele waren noch übrig? Wie viele Leute lebten noch auf diesem Schiff? Wie viele Diebe waren in der Räuberhöhle?

Wieder wünschte er sich, er hätte früher besser aufgepaßt. Wie viele Leute waren nötig, um ein Schiff dieser Größe und dieses Typs zu bemannen?

»Aber welchen Unterschied macht das schon?« keuchte er, als er um eine Ecke schlitterte und innehielt, um einen Blick in beide Richtungen zu werfen. »Zehn oder Zehntausend. Es sind ja doch nur zweitklassige Diebe. Kein Kopfzerbrechen nötig.«

Obwohl seine Stimme rauh und kratzig klang, war sie für ihn doch eine Art Anker in diesem Hurrikan, in den er sich gesteuert hatte.

Wieder rannte er durch die gewundenen, raucherfüllten Korridore, bremste plötzlich ab und schlich auf Zehenspitzen weiter, weil er glaubte, Stimmen zu hören.

Einbildung?

Nein – definitiv Stimmen.

Und sie kamen näher!

Er kroch durch einen Riß in der Wand und versteckte sich hinter dem Träger, der herabgestürzt war und die Wand eingerissen hatte.

Zwei Aliens und zwei Menschen kamen auf ihn zu, vertieft in einen Streit, bei dem es offenbar um irgendwelche Reparaturen ging. Die Piraten brüllten sich gegenseitig an und warfen sich Schimpfworte an den Kopf, während sie näher und näher kamen.

Zitternd versuchte Jimmy, sich hinter dem Träger so flach wie möglich zu machen und gleichzeitig seinen Atem unter Kontrolle zu bekommen. Er wollte nicht, daß sie hörten, wie er nach Luft schnappte. Plötzlich wurde ihm klar, daß sie ihn trotz des Trägers kaum übersehen konnten. Sie würden ihn sehen, und dann wäre er tot, einfach so.

Er ballte die Fäuste. Vielleicht konnte er ja wenigstens einen von ihnen mitnehmen, bevor …

»He!« rief eine Stimme irgendwo aus dem knirschenden, knackenden Schiff. »Was glaubt ihr Affen eigentlich, wo ihr hingeht?«

Als Jimmy vorsichtig um die Ecke spähte, sah er, daß die vier Männer an einem Quergang stehengeblieben waren und in diese Richtung schauten. Offenbar kam die Stimme aus diesem Korridor.

»Was geht dich das an?«

»Es geht mich etwas an!«

Die Stimme verwandelte sich in einen jungen Mann – noch sehr jung, ziemlich groß, mit braunem Haar, das nachlässig zu einem Pferdeschwanz zurückgebunden war. Ein Junge! Kaum älter als Jimmy. Vielleicht achtzehn oder etwas älter. Ein Junge, der diese Piraten anfuhr, als sei er davon überzeugt, sie müßten auf ihn hören.

»Warum läßt sich der Traktorstrahl nicht lösen?« wollte er wissen.

»Er sitzt fest, deshalb«, sagte einer der Diebe. »Hat sich festgefressen und ist blockiert.«

Ein Tellarit richtete den Finger auf den Jungen und schnarrte: »Welchen Unterschied macht das schon? Wo wir hingehen, gehen sie auch hin!«

Der Junge ließ sich nicht einschüchtern. »Wir werden beidrehen und dieses Schiff an Ort und Stelle auseinandernehmen. Wir wenden über Steuerbord, also setzt eure Hintern in Bewegung und sichert den Traktorstrahl.«

Einer der Menschen hob die Hand und fragte: »Warum drehen wir nicht einfach auf der Stelle und zerschießen sie?«

Der Junge reagierte verärgert. »Weil unsere Manövrierdüsen beschädigt sind. Wir müssen ein Stück vorausfliegen und dann in weitem Bogen wenden. Möchtest du, daß ich für dich und deine kleinen Freunde eine Zeichnung anfertige, McKelvie? Ich gehe jetzt zurück zur Brücke, und ihr seid besser bereit, den Traktor zu rekalibrieren, wenn ich dort ankomme. Also los.«

Niemand rührte sich. Offenbar hatten sie keine Lust, von dem Jungen Befehle entgegenzunehmen.

Der Junge wartete einen Moment, während sie ihn wütend anstarrten, holte dann tief Luft und kreischte: »Los jetzt!«

Jimmy fühlte, wie er beim Klang dieser Stimme und dem unverhüllten Wahnsinn in diesen Augen eine Gänsehaut bekam. Der Junge wollte, daß man ihm gehorchte, und war frustriert, weil diese Männer nicht auf ihn hörten, und bei alledem strahlte er eine gefährliche Intensität aus.

Nicht der Kommandant ... aber jemand, auf den man achten mußte.

Die vier Halunken blickten sich an, dann wandten sich zwei von ihnen um und gingen in die Richtung zurück, aus der sie gekommen waren. Der dritte ging zusammen mit dem Jungen den Quergang hinunter, und der Tellarit schlug Jimmys Richtung ein.

Ein Tellarit. Die fingen schon einen Streit an, wenn jemand ein Geschenk nicht so auspackte, wie es ihrer Meinung nach ausgepackt werden sollte. Jimmy würde alle Hände voll zu tun haben, wenn er nicht gleich mit dem ersten Schlag Erfolg hatte.

So zählte er die Schritte, sprang dann aus seinem Versteck hervor und ließ das Metallstück auf den untersetzten Alien niederkrachen. Beide gingen zu Boden.

Der Alien versuchte zwar noch auszuweichen, doch zu spät. Die Stange traf seine quadratische Brust, und er fiel rückwärts um. Sein pelziger Kopf krachte auf das Deck, und er war schon bewußtlos, bevor Jimmy sich wieder aufgerappelt hatte.

Jimmy stürzte zu dem Alien, riß dessen bestickten Gürtel von seinen dicken Hüften und schlang ihn ihm um den Hals. Dann zog er ihn zu, fester und fester.

Und … knirschte mit den Zähnen und hörte auf.

Töte ihn, du Idiot.

Er zog den Gürtel wieder fester. Der bewußtlose Tellarit gurgelte durch seine schweinsähnliche Nase.

»Ach, verdammt!« Jimmy warf dem Tellariten die Enden des Gürtels ins Gesicht. »Ich habe nicht den Mumm dazu!«

Trotz seiner Lage, in der es um Leben und Tod ging, erhob sich Jimmy und starrte auf den bewußtlosen Alien hinunter, ohne zu wissen, ob er jetzt stolz oder beschämt sein sollte.

Sollte er jetzt kostbare Zeit verschwenden, um den Tellariten zu fesseln und zu verstecken, da er es nicht schaffte, das zu tun, was er eigentlich tun sollte? Verwirrt zog er den Gürtel von der Kehle des Alien – und änderte abermals seine Meinung. Es war nicht genug Zeit.

Sobald sie mit diesem Schrotthaufen gewendet hatten, würden sie das Starfleet-Schiff vernichten. Und er hatte keine Woche Zeit, um sich einen dieser Burschen nach dem anderen vorzunehmen. Er konnte nicht einfach nur laufen, sich verstecken und dann wieder weiterlaufen.

Er stopfte den Ledergürtel neben Veronicas Hand in die Werkzeughalterung seines Anzugs und eilte wieder den Korridor entlang, wobei er bewußt jene Richtung vermied, die der Junge eingeschlagen hatte. Das war der Weg zur Brücke, und er wollte nicht dort erwischt werden.

Er mußte hier unten bleiben, im Kern des Schiffes, und etwas *tun.* Diese Leute fertigmachen.

Gas? Die Luft vergiften? Alle töten?

»Verdammt«, knurrte er. »Warum habe ich meinen Helm nicht behalten ...«

Seine kalten Hände und das Zittern seiner Knie verrieten ihm, daß er doch noch nicht so bereit zum Sterben war, wie er geglaubt hatte, als er die Schubdüsen seiner Röhre auslöste. Er hatte zufällig überlebt, und jetzt packte ihn wieder die einfache, animalische Angst, wenn er ans Sterben dachte. Es war schon merkwürdig, wie solche Gefühle wechselten.

Die Defensive – also sich zu verstecken – würde ihm nicht weiterhelfen ... er könnte sich ein ganzes Jahr verbergen, ohne daß damit seinem Vater und den anderen geholfen wäre. Er mußte jetzt etwas unternehmen, irgend etwas, bevor diese dreckigen Hunde ihr Vorhaben ausführen und den Kutter in Stücke schneiden konnten.

Irgend etwas, um dieses streitsüchtige Pack aus dem Tritt zu bringen.

Etwas, das sein Vater und Captain April auf ihrem kleinen Monitor feststellen konnten. Irgend etwas, irgend etwas, irgend ...

AMBIENTEN-WARTUNGSRAUM

Gas … vergiften … irgendwie betäuben …

Wenn er dort hineinkam, würde ihm vielleicht etwas einfallen, wie er trotzdem überleben konnte. Und er mußte überleben. Schließlich gab es Menschen, zu denen er zurückkehren wollte.

Er eilte zur Tür des Ambienten-Wartungsraums hinüber. Sie war verbogen und klemmte. Jimmy stemmte sich mit der Schulter dagegen und setzte seine ganze Kraft ein. Die Tür bewegte sich ein paar Zentimeter, die Angel kreischte, und plötzlich landete Jimmy mitsamt der Tür in dem von lärmenden Geräten erfüllten Raum.

Der Schmerz betäubte ihn fast, und er blieb lange liegen. Sein Schutzanzug mochte ihm das Atmen im Vakuum ermöglichen, aber vor Beulen und Prellungen schützte er ihn mit Sicherheit nicht. Beide Ellbogen schmerzten, die Knie waren aufgeschlagen, und die Kante seiner Hand hatte er sich an der losgerissenen Angel aufgeschnitten. Blut spritzte herum, als er die Hand schüttelte, als könnte er so die Wunde loswerden.

Zitternd erhob er sich auf die Knie und betrachtete die Verletzung. Die Seite seiner Hand war der Länge nach aufgerissen. Blut rann an seinem Arm herab. Er war durchaus daran gewöhnt zu bluten, etwa wenn er sich geprügelt oder die Knie bei einem Sturz aufgeschlagen hatte, aber das hier war schlimmer.

Auf einmal wurde ihm klar, wie langsam und schaurig der Tod ihn hier ereilen konnte. Vielleicht starb er gar nicht jenen plötzlichen, heroischen Tod, der die Leute dazu brachte, Geschichten darüber zu schreiben oder ihren Kindern davon zu erzählen. Er mochte hier unten auf eine Weise sterben, die niemand einem Kind schildern würde. Falls er trotz der Gefahren auch nur einen winzigen Funken Freude an diesem Abenteuer verspürt hatte, so war dieser Funke jetzt abrupt erloschen.

Sein Herz klopfte heftig bis in den Hals hinauf. Das Blut tropfte herab und verschmierte den Boden. Wenn jemand das sah, würden sie ihn finden. Er hinterließ Spuren, die ihn verrieten …

Das Herz pochte noch stärker. Der Atem ging stoßweise. Tu etwas, tu etwas …

Wieder schüttelte er die Hand. Blut spritzte über den Boden und hinterließ Flecken auf der roten Basis eines zylindrischen Mechanismus und den schwarzen Polymerbeinen, die das Gehäuse an Ort und Stelle hielten.

Untertassenförmig. Rot. Schwarz …

Er preßte die verletzte Hand gegen den Schenkel, um die Blutung zu verlangsamen, kratzte seinen Verstand zusammen und kroch näher heran. War es das, was er vermutete?

Es sah genauso aus … größer zwar, aber grundsätzlich genauso. Selbst die gleichen Farben. Vermutlich von einem Hersteller in der Föderation.

An einer Seite stand das Wort SUPRASTATOR.

Stator, Stator, Supra …

»Supraleiter!« platzte er heraus. »Veronica!«

Mit der gesunden Hand packte er die an der Werkzeughalterung befestigte Prothese und schüttelte sie begeistert.

In kleineren Schriftzeichen standen die Worte ELEKTROPLASMA, CRYON GAS, gefolgt von Angaben über Dämpfer, Schaltungen und Wellenlängen sowie einer Reihe von Warnungen und Wartungsanweisungen.

Veronicas Stimme flüsterte in seinen Gedanken … wozu Gravitationskompensatoren dienten … weshalb sie beim Beschleunigen und Abbremsen benötigt wurden … oder beim Wenden …

»Ich bin kein Ambienten-Ingenieur«, krächzte er. »Vermutlich würde ich etwas kaputt machen.«

Und das war auch alles, was er tun mußte.

Mit zusammengekniffenen Augen schaute er sich in dem kleinen Raum um. Er brauchte etwas, womit er Schaden anrichten konnte.

Wieviel Zeit blieb ihm noch, bis sie den Traktorstrahl abschalteten und mit der Wende begannen? Was hatte Veronica ihm über Physik und Gravitation zu erklären versucht?

Damit dieses Schiff beschleunigen oder wenden konnte, mußte das Gerät arbeiten. Ihm blieben also nur Minuten, vielleicht sogar nur Sekunden.

Als wolle er ihn verhöhnen, begann der Gravitationskompensator zu summen und wurde immer lauter. Jimmy starrte das Gerät an und biß wütend die Zähne zusammen. Sie wendeten!

Er richtete sich schwankend auf, rutschte auf dem Blut aus, fing sich wieder und hielt Sekunden später einen an der Wand befestigten Feuerlöscher in der Hand.

Ein simples, problemloses Gerät. Ein schwerer, kleiner Kanister, der etwas versprühte. Hatte sich seit Jahrhunderten nicht verändert. Die Wissenschaft hatte zwar ein Dutzend neuer, chemischer Mixturen entwickelt, um Feuer schneller zu löschen und dabei zugleich dem, was brannte, weniger Schaden zuzufügen, doch noch immer mußte der Stoff im Innern aus einem Ende des Kanisters herauskommen, und zwar schnell. Das bedeutete Druck.

Druck. Das richtige Maß konnte empfindliche Lebensformen dort am Leben erhalten, wo sie eigentlich nicht existieren konnten. Zuviel davon konnte Stahl wie Wachs schmelzen lassen.

Und Jimmy besaß jetzt eine Handvoll davon.

Damit und mit einem Kriegsbeil konnte er das Universum retten.

Er stolperte zur anderen Seite des Raums hinüber. Was er jetzt benötigte, war ein Werkzeug. Schwer, möglichst mit einer Kante.

Aber das Beste, was er fand, war ein Satz antimagnetischer Schraubenzieher. Das reichte nicht.

Er stieß gegen ein Heizungssystem und schloß die Augen, als der Schmerz seine Hand durchfuhr. Zudem machten sich jetzt auch die Verletzungen bemerkbar, die er im ersten Moment nach dem Sturz gar nicht gespürt hatte. Das ständige Klopfen und Brummen der in diesem Raum installierten Geräte im Verein mit den Schmerzen lenkte ihn ab und verwirrte sein Denken. Er fühlte sich erschöpft und wünschte, er könnte ausruhen.

Keine Zeit. Er ließ sich wieder auf die Knie sinken und ignorierte den Schmerz. Es gab einen Weg. Er mußte ihn nur finden. Oder ihn schaffen.

Wenn es ihm gelang, das Ventil an der Spitze des Kanisters zu entfernen, hatte er eine kleine Rakete.

»Abschneiden oder abschlagen.« Er kaute auf seiner Unterlippe, während er versuchte, einen klaren Kopf zu behalten. »Wo ist ein Stein, wenn man einen braucht?«

Er schaute sich wieder um, ging diesmal jedoch von einer anderen Prämisse aus. Das passende Werkzeug würde er doch nicht finden, also mußte er nach etwas anderem suchen. Im Grunde brauchte er eine Zange, kombiniert mit einer tragbaren Guillotine.

Irgend etwas mußte sich in diesem Raum befinden, das er benutzen konnte. Er konnte es schließlich kaum wagen, durch das ganze Schiff zu schleichen in der Hoffnung …

Ein Müllzerkleinerer!

Mit einer Tür, die sich nach oben schieben ließ. Einer *schweren* Tür.

Schwer genug?

Jimmy eilte wieder zur anderen Seite des Raums und schob aufgestapelte Teile beiseite, um zur Wand und zum Müllzerkleinerer zu gelangen. Es handelte sich um ein mechanisches Gerät, nicht dafür gedacht, von Hand bedient zu werden, und daher war die Tür so solide wie ein altmodischer Eisenherd.

»Perfekt«, brummte Jimmy. Ohne auf seine verletzte Hand zu achten, schob er die dicke, schwarze Tür ein paar Zentimeter hinauf, gerade hoch genug, um den Feuerlöscher darunter einzuklemmen und sie so oben zu halten. Die Tür quietschte und stöhnte, als wollte sie sich darüber beklagen, daß sie seit Jahren nicht mehr benutzt worden war. Eine Staubwolke quoll heraus und hüllte ihn ein.

Er wich zurück und legte eine kurze Pause ein, um seine Kräfte zu sammeln. Er nutzte die Zeit, um eine kleine, tragbare Standleuchte umzudrehen und eines der drei Beine abzureißen.

Dann stemmte er ein Bein gegen die Wand und setzte all seine Kraft ein, um die Tür so hoch zu schieben wie möglich. Noch mehr Staub und Spinnweben wehten heraus und drohten ihn zu ersticken. Er hustete und hielt die Luft an. Mit der Schulter stützte er die Tür ab, tastete nach dem Stativbein und klemmte es schließlich unter die Tür. Er mußte es schräg stellen, weil es etwas zu lang war, aber es hielt die Tür oben.

Aber nicht für lange – der hohle Stab bog sich schon jetzt unter der schweren Last.

Das hieß, ihm blieben nur noch Sekunden, bevor seine Zeit ablief, und die seines Vaters.

Er holte zwei Matten aus Dämmaterial aus einem Werkzeugschrank, zerrte sie zum Müllzerkleinerer und stellte sie so auf, daß er sie leicht erreichen konnte. Als nächstes richtete er den Feuerlöscher so aus, daß das Ventil unter der Türkante lag, während der Boden des Kanisters genau auf das Gehäuse des Gravitationsgenerators zeigte. Schließlich befestigte er den Gürtel des Tellariten an dem Bein des Leuchters und zog sich dann so weit zurück, wie der Gürtel reichte.

Wenn er nur spüren könnte, wie das Schiff wendete ... doch da war nur das höhnische Summen des Stators, der sich in seinem Gehäuse drehte. Eine Steuerbordwende – also mußte er sich an der Wand dort drüben abstützen.

Mit einer Hand schob er die Isoliermatten gegen die Wand zu seiner Rechten, der Steuerbordwand, in Richtung des Hecks. Er würde den rückwärtigen Teil des Raums kaum erreichen können und daher wahrscheinlich ein paar Schritte in diese Richtung geschleudert werden, aber besser ging es einfach nicht.

Der Stator summte noch immer. Die Wende war also noch nicht beendet.

Er schloß kurz die Augen und keuchte dann: »Eins ... zwei ... *drei!*«

Mit beiden Händen riß er am Gürtel.

Das Bein kreischte und sprang heraus. Die Tür krachte wie eine Guillotine herunter und zerschmetterte das Ventil.

Der Feuerlöscher zischte für einen Sekundenbruchteil und schoß dann wie eine Rakete durch den Raum, wobei er einen schäumenden Nebel versprühte.

Mit angehaltenem Atem und flach an die Matten gepreßt, beobachtete Jimmy, wie der Kanister den Gravitationsgenerator traf.

Und eine gigantische Faust traf das Schiff.

Die nackte Gewalt der Natur packte das Schiff mit der Kraft eines Zyklons und fegte die Errungenschaften der Technologie einfach beiseite.

Jimmy wurde buchstäblich von der Wand weggezogen, durch den Raum geschleudert, zur offenen Tür hinaus und in schrägem Winkel hoch zur Decke, ohne daß er auch nur die Chance gehabt hätte, Arme oder Beine nach einem Halt auszustrecken. Teile des Schiffes flogen mit ihm – alles, was nicht fest verankert war, raste in gerader Linie los und durchschlug die

Wände, als hätte sich alles und jedes in ein Geschoß verwandelt.

Was die Wände nicht durchschlagen konnte, wurde an ihnen zerschmettert. Die schwächere Kraft wurde vernichtet, was immer es sein mochte, lebendig oder unbelebt. Rings um Jimmy krachte und dröhnte es, Explosionen waren zu hören und Schreie, während er fortgetragen wurde wie ein Blatt im Sturm.

Ein Türrahmen huschte durch sein Blickfeld, und dann sah er die Korridorwand auf sich zurasen.

Jimmys letzter Gedanke galt den physikalischen Gegebenheiten bei einer Steuerbordwende, der Erkenntnis, daß er sich an der Wand hätte abstützen sollen, die ihm jetzt entgegenraste, und daß dies doch eine wirklich dumme Art zu sterben war.

»Sie wollen wenden! Sie ändern den Kurs!«

Carlos strich sich mit der Hand über die schweißnasse Stirn.

»Jetzt, Carlos!« rief George. »Jag die Triebwerke hoch!«

Carlos biß die Zähne zusammen und schloß die Augen, als er den Schalter umlegte.

Nichts passierte.

George schob ihn beiseite und hieb mit der Faust auf den Schalter. Und noch einmal. »Was zum Teufel stimmt da nicht!«

Auf dem kleinen Monitor war zu erkennen, daß sich das feindliche Schiff bereits Hunderte von Kilometern entfernt hatte und jetzt in einem weiten Halbkreis zurückkehrte.

Carlos runzelte die Stirn. »Sie kommen längsseits.«

»Ich glaube das einfach nicht«, stöhnte George.

Carlos schüttelte düster den Kopf. »Muß ein Fehler im System sein. Die Energiezufuhr wird irgendwo unterbrochen. Die Triebwerke gehen nicht hoch.«

George fuhr sich über die Augen und widerstand dem Drang, sich einfach hinzusetzen und zu jammern. Das Mißlingen ihres Vorhabens raubte ihm jegliche Kraft.

»Lieber Himmel«, stöhnte er, »ich kann nicht einmal richtig Selbstmord begehen ...«

Weitaus schlimmer, als sich zu opfern und für seine Sache zu sterben, empfand er die Aussicht, vielleicht irgendwie eine Situation zu überleben, die seinen jüngsten Sohn das Leben gekostet hatte.

Ihm war klar, daß nach dem Mißlingen des Plans keiner von ihnen die Kraft aufbringen würde, es noch ein zweites Mal zu versuchen. Ein derartiger Entschluß war nur sehr schwer zu fassen und kaum zu wiederholen. Sollte er Robert und Carlos dennoch bitten, es noch einmal zu versuchen?

Das feindliche Schiff kam mit jeder Sekunde näher und hing schon fast wieder über ihnen. Die Zeit reichte nicht mehr, um überhaupt noch irgend etwas zu unternehmen.

»Jetzt haben sie uns«, murmelte er. »Wir haben verloren.«

Er spürte, wie Robert seinen Ellbogen packte und drückte, zur Unterstützung oder aus Mitgefühl, doch nichts davon konnte die Tatsache beiseite wischen, daß sie versagt hatten. Von nun an würde es Commander George Kirks Schuld sein, wenn die Piraten weiterhin andere Schiffe angriffen. Er und sein Sohn und sein Freund Captain April, der Begründer des Sternenschiff-Programms der Föderation, sie alle würden einfach verschwinden und zu Zahlen in jener Statistik werden, die die Opfer bei der Erforschung des Weltraums erfaßte. Und dieses Gebiet des Alls würde den Ruf bekommen, so etwas wie Treibsand zu sein, doch niemand würde wissen, weshalb.

Carlos zuckte plötzlich zusammen. »Seht!«

Vor ihren Augen bäumte sich das Schiff auf und

spie Einzelteile aus wie ein Tier, das Knochen erbrach. Kristallisierte Luft sprühte aus Rissen, die sich überall auftaten, und an anderen Stellen beulte sich das Hüllenmaterial nach innen ein. Schweißnähte platzten auf und einige Räume explodierten regelrecht und schleuderten alles in ihrem Innern Befindliche nach draußen.

»Lieber Himmel!« stieß Robert hervor, als sie sich alle näher zu dem kleinen Bildschirm beugten.

»Mitten in einer Wende!« keuchte Carlos. »Ihre Gravitations-Kompensation ist ausgefallen!«

Es war ein schrecklicher Anblick. Das Schiff drehte sich hilflos auf der Stelle, durchlöchert von ganzen Konsolen, die sich aus der Verankerung gerissen und Deck um Deck durchbohrt hatten, bis sie die Schiffshülle durchbrachen. Ganze Sektionen klafften offen, und an einem Dutzend Stellen trat Sauerstoff aus. Sie konnten sehen, wie die Sicherheitsschaltungen jene Bereiche das Schiffs versiegelten, die ihre Atmosphäre verloren. Einige der Sauerstoffströme versiegten rasch wieder, doch andere sprühten weiter, bis alle Luft aus jenen Bereichen entwichen war.

Maschinenteile und Werkzeuge, Lebensmittel, Lampen, Stiefel und Flaschen flogen aus dem Schiff. Auch die grotesk verstümmelten Leichen von Besatzungsmitgliedern waren zu sehen. Manche von ihnen waren lebendig hinausgeschleudert und dann vom Vakuum des Alls zerfetzt worden, andere wurden von herumfliegenden Maschinenteilen zerschmettert und durch die klaffenden Löcher gerissen. Kopflose Körper, körperlose Köpfe, Torsos ohne Gliedmaßen – alle Schrecken des Todes waren hier vertreten.

Ein wilder, dämonischer Alptraum. Ein Sturm, ausgelöst durch die Gesetze der Physik. Ein Schiff, dessen Schwerkraft mitten in einer Wende versagte.

»Was ist passiert?« krächzte George. »Was ist ihnen zugestoßen?«

Robert April trat dicht an ihn heran. »Ich werde dir sagen, was ihnen zugestoßen ist, alter Junge …«

Er legte den Arm um Georges Schultern und stieß ein begeistertes Heulen aus.

»Dein *Sohn* ist ihnen zugestoßen!«

23

Sirenen verkündeten lauthals, was die Besatzung längst wußte. Alarmsignale verlangten nach Aufmerksamkeit, die sie so bald nicht erhalten würden. Nervenzerfetzende Schreie und hysterische Rufe drangen durch die Verbindungsschächte nach oben.

»Was ist passiert? Caskie? Was hat uns gestoppt?«

»Wie soll ich das wissen?«

Lou Caskie spuckte ein paar zersplitterte Zähne aus und betastete Nase und Wangenknochen, die beide gebrochen waren. Von irgendwoher stieg Rauch auf und blendete ihn. Die ganze Brücke stank, und die Hitze war unerträglich. Durch all den Lärm hörte er, wie Rex ihn abermals anbrüllte.

»Dann frag Okenga!«

»Werde ich nicht!«

»Warum nicht, zum Teufel?«

»Weil er … ach, frag ihn doch selbst.«

»Heiliger Himmel, warum kann dieser Idiot nicht einfach bei seinen Maschinen bleiben, wo er hingehört! Okenga! Schwing deinen Hintern her, du Mistkerl!«

Big Rex mußte seinen massigen Körper an den zerstörten Kontrollpaneelen entlangschieben, weil das Deck in einem Zwanzig-Grad-Winkel geneigt war. Er rutschte auf etwas Glitschigem aus und schaute nach unten, um die Schmierflüssigkeit zu verfluchen.

Doch es war kein Schmieröl, das unter seinen Schuhen klebte. Es waren Okengas Innereien.

Der Andorianer lag nicht etwa am Boden, sondern stand aufrecht in einer Nische des Steuerbord-Kontrollzentrums, einer Nische, die genau paßte, denn sein Körper hatte sie selbst in die Rückwand gedrückt. Zu seinen Füßen türmten sich Computertrümmer. Die Navigationskonsole hatte sich aus ihrer Verankerung gelöst und war quer über die Brücke zur anderen Seite hinübergeflogen. Und Okenga hatte im Weg gestanden.

Er schaute Rex mit trüben Augen an. Seine blaue Haut hatte einen blasseren Ton angenommen, die Antennen bewegten sich langsam, der Mund, aus dem Speichel rann, öffnete und schloß sich, als versuchte er, etwas zu sagen.

Er streckte den Arm nach Rex aus, die Finger krümmten sich in der Luft. Ein Flehen, eine Anklage – beides war in seinem immer mehr an Farbe verlierenden Gesicht zu lesen. Von der Hand hing ein Stück seines Darms herab.

»Himmel!« keuchte Rex, stolperte rückwärts und hob abwehrend die Hände. »Faß mich bloß nicht an!«

Das Heulen der Notsysteme, die verzweifelt versuchten, das Schiff vor dem Auseinanderfallen zu bewahren, übertönte seinen Schrei.

Er kletterte an Caskie vorbei zum Verbindungsschacht und brüllte in den raucherfüllten Tunnel hinunter.

»Dazzo! Munkwhite! Smith! Gowan! Kommt rauf! Räumt den Müll beiseite und schafft diesen Kadaver von der Brücke!«

Er erhielt keine Antwort. Nur Hilferufe, Stöhnen, panische Flüche und das Knirschen beschädigter Maschinen waren zu hören.

Hinter ihm auf dem Deck sprach eine ruhige, unbeeindruckt wirkende Stimme.

»Gib ihm wenigstens die Chance, erst mal zu sterben.«

Dunkelrot vor Wut fuhr Rex zu seinem Sohn herum. »Wenn wir diese Schilde hätten, wäre nichts von alledem passiert! Dann wären wir jetzt schon in der blauen Zone.«

»Was haben denn meine Schilde damit zu tun?« fragte Roy. »Die *Gravitation* ist ausgefallen!«

»Dann sieh nach, was passiert ist«, schnarrte Big Rex. »Und erledige das selbst! Sie haben uns das angetan! Ich weiß nicht, was, und ich weiß nicht, wie, aber sie waren es! Sie haben dafür gesorgt, daß sich die Schwerkraft abgeschaltet hat.«

Zitternd, als wäre er quer durch das Schiff gelaufen, erhob sich Roy vom Boden, wo er mit untergeschlagenen Beinen gesessen hatte, rieb sich die Wange, wo ein Nerv zuckte, und bedachte seinen Vater mit einem verächtlichen Blick.

»Die Schwerkraft schaltet sich nicht von selbst ab. Die Kompensation findet statt, solange der Stator läuft. Läuft er nicht, muß entweder die Zufuhr von Plasmaenergie unterbrochen sein, oder das Gehäuse hat einen Riß. Die Energie wurde aber nicht abgeschaltet. Die Reservekompensatoren arbeiten, denn wir haben immer noch etwas Schwerkraft, aber das Hauptsystem ...«

»Und was soll das alles heißen?« brüllte sein Vater. »Hör auf, Geschichten zu erzählen und antworte! Was hat das zu bedeuten?«

Roy leckte sich über die Lippen. »Es bedeutet, wir haben einen Wurm an Bord.«

George Kirk starrte auf den kleinen Bildschirm. Seine Knie zitterten, und die Augen waren rot und feucht.

»Er ... lebt?«

Er wünschte sich verzweifelt, jemand könnte diese Frage mit Sicherheit bejahen und so in eine Aussage verwandeln. Seine Hände, die nichts zu tun hatten, öffneten und schlossen sich nervös.

»Bis vor einer Minute auf jeden Fall«, meinte Carlos.

Die drei Männer drängten sich um den Schirm und betrachteten das verwüstete Schiff.

»Er ist ausgesprochen zielstrebig vorgegangen, nicht wahr?« murmelte Robert. »Lieber Himmel, seht euch das nur an. Das muß ein vernichtender Schlag gewesen sein ... vielleicht geben sie jetzt auf.«

»Was willst du tun?« fragte George ironisch. »Hinüberschwimmen und ihnen ein ›Schachmatt‹ zurufen?«

»Wäre zumindest eine hübsche Vorstellung«, sagte Robert grinsend. »Nun, wir können uns nicht so vernichten, daß wir sie dabei mitnehmen, und wir können auch diese Meile Distanz nicht überwinden, um sie zu entern – was also sollen wir tun? Wir werden die ganze Situation neu überdenken müssen, Gentlemen, aber ich warne Sie – wir sitzen trotzdem noch immer auf glühenden Kohlen.«

»Sir«, sagte Carlos und erhob sich. »Die Unterbrechung der Energiezufuhr bedeutet, irgendwo im System befindet sich noch genügend Kühlfüssigkeit, um die Sicherungen so zu schalten, daß wir die Triebwerke nicht überladen können.«

Er blickte zwischen seinen beiden vorgesetzten Offizieren hin und her und wußte, daß seine Analyse zutreffend war, als Robert ein paar Schritte zurückwich und murmelte: »Lieber Himmel.«

»Und?« fragte George, der erst Robert anschaute und dann wieder Carlos. »Was bedeutet das?«

»Nun, es bedeutet, wir könnten möglicherweise noch etwas Elektroplasma im System finden und in die Schneidlaser leiten. Auf diese Weise bekämen wir genug Energie für ein paar schwache Schüsse. Bei dieser Entfernung«, er deutete auf den Monitor, der den Gegner zeigte, »könnten selbst Arbeitslaser das Schiff in Stücke schneiden.« Da ihm bewußt war, was er da vorschlug, hielt er kurz inne und wandte sich mit leiserer Stimme direkt an George. »Wenn Sie das möchten, meine ich.«

Wieder lastete das unerträgliche Gewicht der Entscheidung auf George. Schwer atmend starrte er auf den Boden. Er spürte die mitfühlenden Blicke seiner Kameraden, konnte sich aber nicht dazu zwingen, sie zu erwidern.

Arbeitslaser auf weniger als zwei Kilometer Distanz. Damit würden sie jeden an Bord töten, keine Frage. Noch eine verzweifelte, haarsträubende Idee. Noch eine letzte Chance – wieder einmal. Wie viele letzte Chancen würden sie noch erhalten, bis das Schicksal zurückschlug und jemand den Preis zahlen mußte?

»Fangen Sie an«, sagte er. »Verschaffen Sie mir einen Schuß, bevor sie ihre Schilde wieder oben haben.«

Seine Stimme brach, und der Ausdruck in seinem Gesicht war herzzerreißend. Er ging ein paar Schritte zur Seite, und seine Haltung machte deutlich, daß er jetzt allein sein wollte.

»Aye, Sir«, sagte Carlos traurig.

Robert machte einen Schritt vorwärts. »George ...«

Doch der andere Mann sah ihn nicht an. »Sprich jetzt nicht mit mir, Robert.«

Vibrationen quälten das Schiff. Eine unbarmherzige Kraft, Welle auf Welle.

Jimmy schwamm durch eine verseuchte See zurück ins Bewußtsein. Er tastete durch die Dunkelheit, suchte mit schmerzenden Lungen die Oberfläche. Salzige Blasen netzten Mund und Nase. Er stöhnte, und dieser Laut gab ihm die Richtung an, in die er schwimmen mußte.

Eine erbarmungslose Kraft hielt Arme und Beine fest. Seine Muskeln schmerzten vor vergeblicher Anstrengung. War er gelähmt?

Verwirrt drehte er den Kopf von einer Seite zur anderen. Seine Zunge bewegte sich zwischen den geschwollenen Lippen.

Die Blasen und der warme, salzige Geschmack, das war Blut. Innere Verletzungen. Vielleicht die Lungen. Vielleicht das Gesicht oder der Kopf. Weshalb fühlte er keinen Schmerz? Vor einem Moment hatte er doch noch… Seine Lider bewegten sich, doch obwohl er sich vage der Lichter über ihm bewußt war, konnte er durch den rötlichen Schleier nichts richtig erkennen.

War er blind?

Wenn Veronica es ertrug, halb in Stücke gerissen zu werden, dann konnte er es ertragen, blind zu sein. Diesen Entschluß faßte er, noch bevor er versuchte, sich aufsetzten, um seine Wunden zu zählen. Was immer es war, er würde damit fertig werden.

Als er an Veronica und seinen Vater und die anderen dachte, kehrte auch der Schmerz zurück.

Kein Grund, sich Sorgen zu machen. Dad würde sich darum kümmern.

Dieser Gedanke traf ihn wie ein Schlag. So etwas hatte er schon seit Jahren nicht mehr gedacht… die Vorstellung, daß sich jemand um ihn kümmerte… daß er besser dran war als so manch anderer… daß er jemandem etwas schuldig war…

Seine Brust schmerzte. Abermals stöhnte er laut, und dieses Geräusch riß ihn hoch, als würde er aus einem Grab zurück ins Licht des Bewußtseins gestoßen. Er lag auf hartem Gummi… schwache Leuchtbänder, die nicht in eine bestimmte Richtung führten. Der Rauch. Der Geruch…

Der Korridor. Das Schiff der Feinde. Der Schwerkraftkompensator!

Was für ein Durcheinander mußte er angerichtet haben. Das ganze Schiff ächzte und stöhnte, Gas zischte, und Rauch drang durch Risse in den Korridor. Der Schmerz in seiner Brust stammte von diesem Gemisch aus Gas und Rauch, das er einatmete.

»Verdammt… war… das… *dumm*…«

Bevor er dieses Gravitationsding demolierte, hatte er versucht, sich vorzustellen, was mit dem Schiff passieren würde, hatte versucht, sich alles ins Gedächtnis zu rufen, was Veronica ihm erklärt hatte, damit er keinen

Fehler machte, und die ganze Zeit über hatte er daran gedacht, daß er sich an der Wand abstützen mußte.

»An der falschen Wand«, knurrte er. *Neue Regel … behalte immer den Plan deines Schiffes im Kopf. Und es gibt drei Dimensionen, du Idiot. Drei.*

»Wenn ich das Dad erzähle.«

Jimmy mußte lachen, als er dort lag und gegen das Delirium ankämpfte. Erst lachte er über seinen Fehler, und dann in Vorfreude darauf, es seinem Vater zu erzählen, damit sie gemeinsam darüber lachen konnten.

Das Schiff winselte unter ihm. Die Decke knackte, als wollte sie auf ihn herabstürzen. Er hatte es geschafft. Er hatte ihnen Schaden zugefügt. Er konnte die Konfusion geradezu durch den harten Gummiboden des Decks hindurch fühlen, und die Alarmsirenen, das Knirschen beschädigter Maschinen und die Schmerzensschreie der Besatzung bestätigten nur noch, was er schon wußte.

Um ihn herum kündete die Zerstörung von seinem Sieg – zumindest für diesen Moment.

Er hatte diese Zeitspanne für sich und seine Schiffskameraden erkauft, aber er hatte keine Ahnung, was er nun damit anfangen sollte. Seine Planung hatte nicht über diesen Punkt hinausgereicht.

Außerdem lag er noch immer flach auf dem Rücken und schnappte nach Luft. Er spürte sein eigenes Gewicht, also hatten sich die Reserveanlagen für die künstliche Schwerkraft schon eingeschaltet. Aber das Schiff selbst – daraus hatte er einen Schrotthaufen gemacht.

Jeder Atemzug bedeutete eine Qual. Er spürte jeden Muskel und jeden Rippenknochen, wenn sich sein Brustkorb weitete. Und die Hitze war so erstickend, als wäre er mitten im August in einer winzigen Kammer eingeschlossen. Er hatte das Gefühl, in seinem Raumanzug gekocht zu werden, und riß wild an allen Verschlüssen, bis der Druck auf seine Brust nachließ.

Ohne sich dessen richtig bewußt zu sein, schälte sich Jimmy unbeholfen aus dem Anzug. Schließlich hockte er, auf Hände und Knie gestützt, in seiner schweißgetränkten Freizeitkleidung da. Das Blut schoß in seinen Kopf und drohte, ihn wieder ohnmächtig werden zu lassen.

Er bemühte sich, das Bewußtsein nicht wieder zu verlieren, während ihn Wellen der Übelkeit erfaßten. Unter ihm lag der zusammengeknüllte, weiße Raumanzug. Halb von einer Falte verborgen, schien ihm Veronicas Hand zuzuwinken, die Finger ausgestreckt und den Daumen eingeknickt, als würde sie ihm die Zahl vier zeigen. Wahrscheinlich war sie zwischen ihm und der Korridorwand eingeklemmt gewesen, als er dagegen prallte.

Vier … vier Sekunden … vier Minuten … nein, das ergab keinen Sinn. Die Hand wollte ihm gar nichts mitteilen. Aber sie erinnerte ihn daran, daß er jetzt von geborgter Zeit lebte. Die Verbrecher würden jetzt versuchen, sich von dem Unglück zu erholen und das Schiff so weit wie möglich instandzusetzen, und dann würden sie sich auf die Suche nach dem Saboteur machen.

Jimmy Kirk, der Wurm im Apfel.

Er mußte sich in Bewegung setzen. Von hier verschwinden. Hier würden sie zuerst suchen.

Fest entschlossen, nicht die Fehler zu wiederholen, die er bisher gemacht hatte, kroch der Junge zu einem Riß in der Korridorwand und stopfte den Anzug hinein. Er wünschte, er hätte die Geistesgegenwart oder Erfahrung besessen, mit dem Helm genauso zu verfahren. Wenn sie ihn fanden, wußten sie, wonach sie suchen mußten. Er konnte nur hoffen, daß sie erst später auf die Idee kamen, in der nicht unter Druck stehenden Frachtsektion nachzuschauen.

Als er aufstand, spürte er, daß er weniger wog als gewöhnlich. Das war verständlich – immerhin hatte er ihr Gravitationssystem demoliert. Entweder arbeitete es nur noch mit eingeschränkter Energie, oder Reservesysteme waren eingesprungen, falls diese Trottel so etwas überhaupt besaßen.

Er stützte sich mit der Hand an der Wand ab, versuchte den Schmerz zu ignorieren und bückte sich, um Veronicas Hand aufzuheben und sie in den Gürtel zu stecken. Wenn sie ihn entdeckten, würden sie sich zumindest einen Moment lang wundern, was für einen sonderbaren Mutanten sie da aufgegabelt hatten.

Und wer weiß … vielleicht verschaffte ihm das ja wirklich einen kleinen Vorteil.

Humpelnd, fiebernd und von Schmerzen geplagt, stolperte Jimmy den Korridor entlang. Er mußte sich so weit wie möglich von dieser Sektion des Schiffes entfernen.

Und er mußte sich verstecken.

»Dad«, murmelte er, »wir werden zusammen darüber lachen … selbst wenn es mich umbringt …«

24

»George, dreh dich um.«

»Ich meine es ernst! Sprich nicht mit mir.«

Nagende Angst kroch durch den Laderaum und rief einen fast körperlichen Druck hervor.

Nicht einmal hitzige Gereiztheit konnte die Angst des Vaters unter der Verantwortung des Commanders verbergen, und auch nicht seine Zweifel.

Georges Hände umklammerten den Rand eines Kistendeckels. Seine Wangen waren gerötet, das Haar klebte an der schweißbedeckten Stirn. Er schaute nicht hoch, als er Roberts unerwünschte Aufmerksamkeit spürte.

»Sieh mich nicht mal an.«

Doch Robert April verstand nicht nur etwas von Schiffen, sondern auch von Menschen, und er hatte nicht vor, sich einfach abzuwenden. Statt dessen kam er noch näher.

George verkrampfte sich sichtlich. Seine bandagierten Hände umklammerten den Kistendeckel so fest, daß sich die Knöchel weiß verfärbten, und sein Uniformhemd zeigte deutlich, wie sich die Muskeln auf dem Rücken und den Schultern spannten.

Es war der falsche Moment. Vielleicht kam der richtige nie mehr, doch Robert wandte sich ab, kniete neben Veronica nieder und nutzte die Gelegenheit, um ihre Medikamentenspender aufzufüllen.

Das Mädchen war bewußtlos, bleich und atmete flach. Das Gesicht war feucht und kalt, die Augenbrauen etwas hochgezogen, als würde sie träumen. Das Lebenserhaltungssystem des Anzugs injizierte neben anderen Medikamenten vor allem Mittel zur Unterstützung der Blutgerinnung. Dennoch färbte sich die rechte Seite des Anzugs langsam rötlich.

Als er wieder aufstand, sah er, daß Carlos so tief in die Maschinerie hineingekrochen war, daß nur noch seine Beine herausragten, während er sich bemühte, einem Befehl Folge zu leisten, der ihnen allen die Kehlen zuschnürte.

Robert wandte sich wieder seinem Freund zu.

»Du denkst nicht nach, George.«

»Das ist eine Lüge.« George stieß sich ab und begann, im Frachtraum auf und ab zu gehen.

Robert beobachtete ihn, unternahm aber keinen Versuch, sich ihm zu nähern.

»Manchmal gibt es nur einen Weg«, sagte George schließlich. »Wir sind den Menschen gegenüber verantwortlich, die nach uns kommen. Wenn es jemand anderer auf dem Schiff wäre ...«

»Es ist aber niemand anderer«, erklärte Robert. »Es ist dein Sohn. Niemand würde so etwas von dir verlangen.«

»Wir sind nicht sicher, daß er noch lebt.«

»Aber ziemlich sicher. Verlange nicht mehr von dir, als du von einem anderen verlangen würdest.«

»Ich habe keine andere Wahl.«

»Niemand erwartet von dir, daß du deinen eigenen Sohn tötest«, wiederholte Robert. »Das ist nicht Teil des Eides.«

»Doch, ist es.«

»Nein ... ist es nicht. Jetzt hör mir mal zu.«

»Ich kann dir nicht zuhören, verdammt! Diese Leute sind gefährlich! Sie haben schon früher getötet, und sie werden wieder töten, wenn wir sie jetzt nicht aufhalten. Wenn der Gravitationsausfall Jimmy nicht umgebracht hat, dann haben sie ihn inzwischen wahrscheinlich gefunden – und was glaubst du, wie lange sie ihn am Leben lassen? Ich kann diese Entscheidung nicht auf eine … eine Vermutung stützen.«

Beinahe hätte seine Stimme bei diesen Worten versagt.

Robert schob die Hände in die Taschen seiner Strickjacke, als wolle er auf diese Weise etwas von der Spannung abbauen. »Du überkompensierst, mein Freund. Wenn es nicht um deinen Sohn ginge, würdest du klarer denken. Jetzt versuchst du zu sehr, dich an die Vorschriften zu halten …«

George fuhr herum, eine Hand wie flehend ausgestreckt.

»Was soll ich denn deiner Meinung nach tun? Diese Kerle leben lassen, weil ich *hoffe,* daß Jimmy noch lebt? Was ist, wenn er lebt? Soll ich ihn dort drüben lassen und ignorieren, was sie ihm antun? Daß sie ihn foltern? Oder ermorden? Wir haben keine Ahnung, wer oder was dieses Schiff steuert. Es könnten Sklavenhändler sein! Oder Kannibalen!«

»George, hör auf, so zu reden!«

»Warum machst du es mir so schwer? Ich weiß, daß ich recht habe!« Eine bandagierte Faust schlug gegen die Wand, und ein Stück weiter zuckten Carlos' Beine. »Wenn ich könnte, würde ich ihnen selbst entgegentreten, und das weißt du!«

»Ja, das weiß ich.«

»Dann laß es mich auf meine Weise tun. Carlos, was haben Sie erreicht?«

Die Antwort drang aus der Wand. »Vielleicht einen Schuß, mit etwa einem Drittel Energieleistung, Sir. Auf diese Entfernung … müßte es reichen.«

Robert schüttelte den Kopf langsam, aber entschlossen. »George, jetzt hör genau zu. Wenn ich oder ein Fremder dort drüben wäre, dann würdest du noch andere Möglichkeiten erwägen. Du willst dir das nur jetzt nicht gestatten. Dein Urteilsvermögen ist eingeschränkt.«

»Verstehst du denn nicht?« George zeigte nach draußen ins All. »Er ist wahrscheinlich tot! Eine von diesen« – er vermochte das Wort nicht auszusprechen – »war vermutlich er!«

»Wir kennen aber die Tatsachen nicht. Wir vermuten nur. Du bist dir so sehr bewußt, daß es um deinen Jungen geht, daß du Angst hast, eine Entscheidung zu treffen, die auf dieser Tatsache basiert. Du sorgst dich um andere, die vielleicht in Zukunft sterben, aber in Momenten wie diesem sind wir nicht für die Zukunft verantwortlich. Das mußt du dir selbst klarmachen, George. Für manche Situationen gibt es keinen Präzedenzfall, auf den man sich berufen kann. Wir müssen eine Entscheidung treffen, die zu unserer besonderen Lage paßt ...«

»Schön! Dann überleg dir, wie wir die Meile Vakuum zwischen ihnen und uns überbrücken! Diese kleine Meile trennt uns nun mal, und wir können gar nichts tun, außer auf sie schießen!«

Sie drohten vom Thema abzukommen. Wissenschaft und physikalische Gegebenheiten schlichen sich dort ein, wo Robert sie nicht haben wollte. Er senkte die Stimme, um seinem Freund klarzumachen, daß er nicht streiten wollte.

»Nein, George, Jimmy ist nicht nur dein Sohn. Er ist auch ein minderjähriger Zivilist, der weder zu Starfleet gehört, noch irgendwelche Eide abgelegt hat. Du kannst nicht die gleichen Bestimmungen für ihn geltend machen wie für einen Flottenangehörigen. Als dein Vorgesetzter lasse ich nicht zu, daß du einen unschuldigen Bürger opferst, und als dein Freund ... lasse ich nicht zu, daß du deinen Sohn tötest.«

»Carlos! Schalten Sie den Laser ein und bringen Sie uns in Feuerposition!«

Der erschöpfte Steuermann kroch aus seinem Loch, setzte sich schwitzend auf den Boden und sah die beiden bestürzt an. Natürlich hatte er alles gehört. Er sah von seinem Captain zu seinem Commander und wieder zurück.

»Carlos«, setzte Robert den ersten Befehl außer Kraft, »schalten Sie den Laser ein, aber vorerst wird nicht gefeuert.«

George wirbelte herum und brüllte: »Bring ihn jetzt nicht in die Zwickmühle! Das ist nicht … was soll das überhaupt? Was für eine Art von Verhalten ist das?«

»Meine, fürchte ich.«

»Das ist kein Scherz!«

»Glaub mir, ich scherze auch nicht.« Roberts Stimme klang ungewohnt hart, als er hinzufügte: »Diese Entscheidung steht nicht zur Debatte.«

Die Jahre der Erfahrung verliehen seiner Stimme eine Autorität, auf die er zwar nur selten zurückgriff, die aber dennoch vorhanden war.

Verblüfft und sprachlos starrte George ihn an.

Nach ein paar Sekunden stammelte er ungläubig: »Du … du entziehst mir das Kommando?«

»Das stimmt. Tut mir leid.«

Robert stand so entspannt da, als hätte er sich gerade dafür entschuldigt, beim Angeln den falschen Köder am Haken befestigt zu haben.

George zitterte vor Erregung.

»Du … du hast kein Recht dazu!« stieß er hervor. »Es gibt keine Vorschrift, die dir gestatten würde, jetzt das Kommando zu übernehmen.«

»Das stört mich nicht.«

»Ich bin nicht verletzt. Ich handle nicht irrational. Ich …«

»Unerheblich«, sagte Robert. »Du kannst das Kommando behalten, aber diese eine Entscheidung wirst du nicht treffen. Ich gestatte es nicht.«

»Was hast du vor?« fragte George spöttisch. »Willst du dich duellieren?«

»Wir werden nicht feuern, George. Überleg dir eine andere Möglichkeit.«

Sie steckten in einem moralischen Dilemma. Es ging nicht um richtig oder falsch, es gab nur zwei falsche Lösungen. Sie konnten Jimmy töten – oder ihn diesen Kriminellen überlassen, die ihn töten würden und die Chance erhielten, in der Zukunft weitere Menschen umzubringen.

Zwei schreckliche Möglichkeiten, die aufeinander trafen und beide auf Vermutungen und Hoffnungen basierten.

Was jetzt?

Verletzt zog sich George in eine Ecke zurück. Es gab keine Regeln, die auf diese Situation gepaßt hätten. Die Regeln, die existierten, waren den düsteren Emotionen, die ihn jetzt plagten, nicht angemessen.

»Captain!« rief Carlos plötzlich. »Die Energieablesungen ...«

Er blinzelte, um die Angaben auf dem Monitor trotz des schwachen Lichts zu erkennen.

»Ja?« fragte Robert und drehte sich um. »Was gibt es denn?«

»Der Sensorenschirm, Sir! Der dritte von rechts. Ich glaube, ihre Schilde bauen sich auf!«

Der Schock traf alle drei Männer. Wenn die Schilde hochfuhren ...

George stürzte aus dem Schatten hervor. »Feuer! Feuer, Carlos!«

»Nein!« widersprach Robert. »Ich habe gesagt, wir schießen nicht.«

Carlos' Arme steckten im Innern der Wand, die Hände ruhten auf den Kontakten, die einen Laserblitz auslösen würden, doch er schaute verwirrt zwischen den beiden anderen hin und her.

»Ich sagte Feuer!« rief George.

Robert war absolut ruhig. »Auf keinen Fall.«

»Die Schilde bauen sich auf!« schrie Carlos. »Ich muß wissen, was ich tun soll! Uns bleibt nur noch eine Sekunde!«

»Sie haben das nicht zu entscheiden!« brüllte George ihn an. »Sie stehen hier unter meinem Kommando!«

»Nein, Carlos«, widersprach Robert. »Sie stehen nicht unter seinem Kommando.«

George fuhr zum Captain herum. »Ich habe gesagt, ich will nicht, daß du ihn in die Zwickmühle bringst. Man kann eine derartige Auseinandersetzung nicht auf dem Rücken der Besatzung austragen.«

»Es gibt keine Zwickmühle«, erklärte Robert bestimmt. »Wir werden nicht feuern, um ein Schiff zu zerstören, auf dem ein unschuldiges Kind gefangengehalten wird. Ich werde das nicht tun. Und du auch nicht.«

Der Schweiß lief George über das Gesicht. Es mußte jetzt sein – jetzt oder …

»Das war's«, sagte Carlos und kroch zu den Monitoren, um ganz sicher zu gehen. »Ja, das war's«, seufzte er. »Ihre Schilde haben jetzt eine wesentlich höhere Leistung als unser Laser. Selbst mit voller Energie könnten wir jetzt nichts mehr ausrichten. Wir haben einfach … zu lange gewartet.« Er sah zu den beiden hoch. »Tut mir leid.«

Mit zusammengepreßten Lippen starrte George erst ihn, dann Robert an. Schließlich stürmte er wortlos zum entferntesten Ende des Frachtraums.

Ganz gleich, wie viele Simulationen ein Kadett bei Starfleet während der Ausbildung absolvieren mußte, man schoß dabei nur auf ein paar Zielscheiben. Das Training brachte einem bei, *was* man zu tun hatte, aber es gab keine Möglichkeit herauszufinden, ob eine Person auch die Kraft besaß, es tatsächlich zu tun.

Robert sah diese Scharte in seiner Rüstung deutlich vor sich. Hier bei ihm war ein Mann, der diese Kraft besaß, und das Schicksal hatte ihm die Möglichkeit geboten, das zu beweisen. Doch jetzt hatten sie ihre Chance verloren herauszufinden, welches die bessere Antwort war.

Um zu verhindern, daß das Schicksal seinen Lauf nahm, war Robert eingeschritten, und jetzt würden sie es vermutlich nie herausfinden. Schon vor langer Zeit hatte er erfahren, daß er auch einen Kometen von seiner Bahn ablenken konnte, wenn er im richtigen Moment einschritt. Selbst wenn dieser Komet entschlossen war, sich selbst zu opfern.

»Carlos«, sagte er, »versuchen Sie, die Energie, die Sie da gesammelt haben, wieder umzuleiten und uns etwas Manövrierfähigkeit zu verschaffen.«

Carlos zögerte unbehaglich und brummte: »Aye, Sir.«

Er holte ein paarmal tief Luft und verschwand dann wieder in der Wand.

Ein Mannschaftsmitglied war versorgt, die Autorität zumindest für den Moment wieder hergestellt. Nun stand Robert vor der Aufgabe, Wasser und Öl in einem sehr heißen Kessel zu mischen.

Er ging zu George hinüber, stützte sich mit dem Ellbogen auf eine Kiste und betrachtete den Mann, dem er gerade den Boden unter den Füßen weggezogen hatte.

»George ... bitte versuch zu verstehen. Wir sind nicht nur im All, um den Gesetzten Geltung zu verschaffen. Es gibt keine Präzedenzfälle, weil wir hier draußen die ersten sind und diese Fälle erst schaffen müssen.« Er hielt inne und fügte dann leise hinzu: »Deshalb weißt du auch nicht, was du tun sollst.«

Eine Weile schwiegen sie. Jeder spürte im anderen die gleiche soldatische Tapferkeit, doch keiner wollte von seinem Standpunkt abrücken.

Schließlich sagte George: »Ich wußte, was ich tun sollte. Ich hatte es geschafft, die schwerste Entscheidung meines Lebens zu treffen ... und du hast mich aufgehalten.«

25

Er preßte seine Wange gegen das zitternde Metall und weinte vor Freude. Das Metall stöhnte und bebte, als würde es auf seine Nähe und Berührung reagieren.

Das Schiff unter seinem lang ausgestreckten Körper war angeschlagen und lahm, doch *sein* Teil funktionierte wieder. Sie waren zu ihm zurückgekehrt, um ihm zu dienen. Und mit ihnen kehrte die Freude zurück, denn seine Persönlichkeit war mit diesen Drähten und Spulen verknüpft.

»Oh, meine Schilde … meine Schilde …«

Tränen drangen unter Roys geschlossenen Lidern hervor und tropften die paar Zentimeter bis zum Deck hinunter, während er die Maschinen mit sinnlosem Gemurmel dafür segnete, daß sie wieder zum Leben erwacht waren. Er hatte sie zurückgebracht, trotz der Amöben ringsum und ihres schwachsinnigen Geschreis, trotz der Opfer, die sich diesmal wehrten, und trotz des Wurms im Schiff.

Seine Schutzengel waren wieder da. Seine blauen Engel, die seine Zukunft hell und strahlend erscheinen ließen. Eines Tages würden all diese Halunken auf ihn hören müssen. Bald – in Monaten, vielleicht nur Wochen. Sie würden alle von ihm abhängen und höflich zu ihm sein und ihn mit ›Sir‹ anreden. Ihre Dankbarkeit würde keine Grenzen kennen.

Er war es leid, daß jemand anderer über sein Leben bestimmte.

»Ich kriege es«, flüsterte er.

Der Deflektormechanismus summte ihm leise ins

Ohr, als er seine Wange dagegen preßte. Neben dem Summen hörte er ein samtiges Bip-bip-bip, und er wußte, daß das schöne blaue Licht auf dem Kontrollpaneel im gleichen Rhythmus aufleuchtete und damit anzeigte, daß die Schilde arbeiteten. Es war das einzig Schöne auf der Brücke der *Shark.*

Die *Shark.* Als wäre das hier ein richtiges Schiff und nicht ein zusammengestückeltes Etwas ohne Seele. Deshalb wußte auch niemand genau, wie das Schiff aussah – ständig wandelte es sich, jede Woche wurde etwas hinzugefügt oder abmontiert, angebaut oder repariert. Bisher hatte keines ihrer Opfer überlebt, doch selbst wenn es anders wäre, gäbe es keine zutreffende Beschreibung der *Shark,* da sich das Schiff ständig veränderte.

Genau wie seine Schilde sich verändern mußten. Sie wurden größer oder kleiner, hier stärker und dort schwächer. Und keiner außer ihm wußte, wie man sie zum Funktionieren brachte.

»Du kannst mir beschaffen, was ich brauche«, murmelte er. »Wir werden uns einen eigenen Ruf erwerben. Unsere Bestimmung ist nahe.«

»Mit wem redest du, Pferdeschwanz?«

Big Rex' Stimme zerstörte den Moment der Anbetung. Seine mächtige Gestalt ragte vor Roy auf, eingehüllt in ihren eigenen Geruch. »Weißt du nicht, wie verdreht das für andere Leute aussieht, wenn du mit diesem Schrott redest? Bei dir hat schon immer irgend etwas nicht gestimmt. Wenn ich wüßte, was es ist, würde ich sogar dafür bezahlen, es reparieren zu lassen.«

Er ging rückwärts, weil er zu fett war, um sich in diesem engen Bereich der Brücke umzudrehen, und stapfte dann auf seinen stämmigen Beinen davon.

Roy zählte die Schritte, bis er sich sicher fühlen konnte, und knurrte dann: »Die Hingabe in Person.«

Seit sein Vater das Kommando hatte, begegneten

ihm die anderen zwar mit widerwilligem Schweigen, nicht jedoch mit dem Respekt, nach dem er trachtete. Niemand schien zu begreifen, daß seine Schilde der einzige Grund waren, weshalb sie jetzt aus dem Verborgenen zuschlagen und so zu Geld kommen konnten, statt auf einer unterentwickelten Kolonie Mist zu schaufeln, was für die meisten ohnehin angemessener erschien. Sie *wußten* zwar, daß sie ihr Leben seinen hochspezialisierten Deflektoren verdankten, aber sie *begriffen* nicht, in welchem Maße sie schon jetzt von ihm abhingen.

Nichts auf dieser Fahrt war so verlaufen, wie es sollte. Das Schiff torkelte umher und war an einem Dutzend Stellen aufgerissen, ein Drittel der Besatzung war tot oder lag im Sterben. Und jetzt verließen sie sich wieder auf ihn und seine Schirme, um den Starfleet-Kutter in die blaue Zone zu schleppen und dort zu zerstören.

Sie sollten ihre Abhängigkeit selbst erkennen. Er sollte sie nicht darauf hinweisen und immer wieder daran erinnern müssen: »Daß ihr noch lebt, verdankt ihr allein mir.«

Er wandte sich wieder seiner Arbeit zu. Sein Körper streckte sich, als er tiefer unter das angeschlagene Kontrollpaneel kroch und wieder begann, mit dem kühlen, summenden Deflektormechanismus zu flüstern.

»Früher oder später werden wir sie davon überzeugen, daß sie ohne uns nicht überleben können. Sie werden keine Wahl haben. Es steht in unserem Kalender … es ist Schicksal. Bestimmung.« Ein rascher Blick durch den von Dunst erfüllten Raum zeigte ihm den schwitzenden, feisten Nacken seines Vaters. »Er wird es lernen. Sogar er kann lernen. Wir werden ihn überzeugen … *mir* das Kommando zu überlassen.«

Dafür sprach schließlich schon der gesunde Menschenverstand. Selbst mit kaum neunzehn hatte er mehr Verstand als zehn der anderen zusammen. Nur konnten sie Verstand nicht einmal erkennen, wenn sie ihn direkt vor der Nase hatten, sonst würden sie ihm schon jetzt das Kommando übergeben. Aber so war es überall. Bekanntheit. Das war es, was er brauchte. Eines Tages würde die gesamte Föderation in seiner Schuld stehen.

»Ist alles in meinem Kalender verzeichnet«, murmelte er und wandte sich wieder der Feineinstellung zu.

»Halt die Klappe, habe ich gesagt!« Rex starrte ihn mit einem Auge an, weil er den Kommandosessel nicht weit genug herumdrehen konnte. Das Auge glitzerte grotesk im Licht des Hauptschirms, auf dem der hilflos treibende Starfleet-Kutter zu sehen war. Ein paar der anderen Männer auf der Brücke mischten sich ebenfalls ein und blökten, er solle weiterarbeiten.

In diesem Moment tauchte Lou Caskie im offenen Schacht auf und rief: »Wir haben Blut gefunden!«

Er kletterte ganz hinauf und zeigte Big Rex ein Stück Plastik, auf dem Blutspritzer zu sehen waren.

»Das haben wir im Ambienten-Raum gefunden. Er war dort! Das Gehäuse des Hauptstators hat ein Loch!«

»Kannst du das Loch flicken?« fragte Big Rex.

»Nun, ja, aber dann haben wir nur noch Reserve-Gravitation, Reserve-Luftregenera ...«

»Dann mach es. Wenn du nicht auf Reserve leben kannst, spring raus ins All.«

Hinter ihnen fragte eine jugendliche Stimme: »Da war ein Loch?«

Die beiden Männer drehten sich um. »Sagte ich doch, oder?« lispelte Caskie.

»Keine Waffe«, murmelte Roy. »Was für eine Art Blut ist es?«

»Wen interessiert das schon?« knurrte Big Rex.

»Vielleicht ist es ja seins«, meinte Caskie und brach

in Gelächter aus, wobei sichtbar wurde, daß ihm einige Zähne ausgeschlagen worden waren – von den wenigen, die er bei Antritt dieser Reise besessen hatte.

»Fall doch tot um«, schnappte Roy, als er aufstand und versuchte, etwas durch die treibenden Rauchfahnen hindurch zu erkennen. »Ist es rot?«

»Rot«, sagte sein Vater, »rosa, grün, wen schert's?«

»Dunkelrot?«

»Hier!« Big Rex hielt ihm das Stück Plastik hin. »Möchtest du es auch noch ablecken, damit du weißt, wie es schmeckt?«

Roy zog die Brauen zusammen und betrachtete die Spritzer. »Rot ... dunkelrot.«

Caskie setzte zu neuerlichem Gelächter an, doch Big Rex lachte nicht mit. »Sagt dir das etwas?«

Roy streckte die schmerzende Rückenmuskulatur und schwieg ein paar Sekunden, um diesen Moment auszukosten. Und als er dann sprach, tat er das so theatralisch, als wolle er die treibenden Rauchschwaden und die auf der Brücke herrschende Stille in seinen Auftritt mit einbeziehen.

»Es bedeutet«, sagte er, »wir suchen nach ... einem Menschen.«

Big Rex riß die Arme hoch. »Na, verdammt! Stell sich das einer vor! Wir suchen nach einem Menschen! Wenn man bedenkt, daß wir neununddreißig Leute an Bord haben, und nur dreißig davon sind Menschen! Warum haben wir daran bloß nicht gedacht! Ich könnte mir selbst in den Hintern treten! Junge, Junge.«

Roy spürte, wie sein Gesicht rot anlief. Die anderen Besatzungsmitglieder hatten ihre Arbeit unterbrochen und sahen ihn an.

»Es bedeutet, wir können ihn aufscheuchen«, sagte er. »Wir wissen, welche Luft er zum Atmen braucht, wie oft er essen muß, und was ihn umbringen wird.«

Diese strategischen Gedanken beeindruckten Big Rex absolut nicht. »Wenn wir eine Schiffsladung voll

Tholianer wären, könnte uns das nützen. Was erwartest du denn jetzt von mir? Soll ich allen Sauerstoff abblasen und warten, daß wir ersticken? Tolle Idee.«

»Es ist eine gute Idee«, erwiderte Roy, »wenn man bedenkt, daß nur noch sechzehn von den neununddreißig übrig sind, seit du das Kommando übernommen hast. Kennst du nicht einmal deine eigene Mannschaftsstärke?«

Stille senkte sich über die Brücke und hielt alle für ein paar Sekunden gefangen.

Lou Caskie wich sicherheitshalber ein paar Schritte zurück. Die anderen Crewmitglieder wagten kaum zu atmen. Einige waren mitten in der Arbeit erstarrt und schauten jetzt her, um zu sehen, wessen Befehle sie in zehn Minuten zu befolgen hätten.

Doch Big Rex sah seinen Sohn nur eine Sekunde lang an und sagte dann: »Danke, daß du es mir erzählt hast. Konntest wohl nicht den Mund halten, oder? Mußtest laut herausschreien, wie es steht. Ja, mein Junge, das ist Führungsstil. Ich sollte jetzt wohl einfach beiseite treten, was? Die alte Krone niederlegen. Die Leute haben immer erzählt, du wärst ein kluges Kind. Ich wollte, die wären jetzt hier und würden zuhören.«

Roy zuckte so heftig zusammen, daß sich das Werkzeug, das er in der Hand hielt, in seinen Oberschenkel bohrte. Blut rann heraus.

Menschliches Blut.

Der Schmerz verhalf ihm zu einem Entschluß.

»Ich finde ihn«, sagte er. »Ich werde ihn finden und es dir zeigen.«

Der tragbare Spurensucher entsprach nicht unbedingt dem letzten Stand der Technik, doch er stammte von einem der weniger gut ausgestatteten Schiffe, die sie im vergangenen Jahr ausgeplündert hatten, und er hatte ein wenig daran herumgebastelt. Jetzt hatte er ihn so eingestellt, daß er nach Blut jenes Typs suchte, das sie im Ambienten-Raum entdeckt hatten. Er projizierte seine Funde auf den winzigen Bildschirm, wobei das Blut grün dargestellt wurde, alles andere hingegen in Schwarz und Weiß. Funktionierte recht gut.

Vor allem, da er niemandem gezeigt hatte, wie der Spurensucher benutzt wurde, und daher alle zugeben mußten, wie schlau er war, weil er wußte, wie man eine chemische Substanz aufspürte.

Darauf freute er sich schon. Und wenn es nicht heute passierte, dann eben in ein paar Monaten, wenn er den Laden übernommen hatte und sie an diese Ereignisse zurückdachten. Ob nun früher oder später, passieren würde es auf jeden Fall.

Jetzt bewegte er sich Schritt für Schritt durch das Schiff. Begonnen hatte er die Suche dort, wo der Wurm seine Sabotage ausgeführt hatte. Einfach war das nicht gewesen – die Männer reparierten bereits den Stator und stapften mit ihren großen Füßen über sämtliche Spuren. Er konnte froh sein, daß er früh genug gekommen war, um noch eine ausreichend große Probe für den Spurensucher zu erwischen.

Draußen auf dem Korridor entdeckte er dann eine ganze Reihe weiterer Spuren. Der Sucher lag auf seiner Handfläche und zeigte fröhlich grüne Flecken. Der Wurm war hier draußen hart aufgeschlagen. War von seinem eigenen Trick erwischt worden.

Roy kicherte und überlegte sich, wie er diesen Fehler vermieden hätte. Dann richtete er den Spurensucher auf die Korridore. Drei Möglichkeiten, immer eine nach der anderen.

Dort war ein Fleck. Sehr klein, aber auch sehr grün. Roy folgte ihm.

Keine Waffe, und verletzt. Also würde der Wurm unten bleiben wollen, wahrscheinlich im Zentrum des Schiffes. Möglicherweise im Maschinenraum. Schlau genug, den Feuerlöscher zu benutzen, um das Statorgehäuse zu zerschlagen, aber nicht schlau genug, um den Druckhelm zu verstecken, den sie vor dem Frachtraum gefunden hatten. Dachte nur an das, was vor ihm lag.

Das bedeutete … noch mehr Zerstörung. Zweimal den gleichen Trick, so gingen derartige Leute vor. Kein Versuch, das Schiff zu übernehmen, jemanden zu überwältigen oder eine Falle zu bauen, nur Zerstörung. Schäden, die das Schiff manövrierunfähig machten. Was der Wurm einmal getan hatte, würde er wieder versuchen. Aber was würde er zu beschädigen versuchen?

Die Schiffsmaschinen.

Roy leckte sich erwartungsvoll die Lippen und überließ es der Logik, den richtigen Korridor auszuwählen, wenn der Spurensucher keine Blutspritzer ausfindig machen konnte. Wie stets konnte er sich auf seinen Verstand verlassen. Gelangte er zu einem Bereich ohne Blutflecken, schlug er einfach die Richtung zum Maschinenraum ein, und irgendwann entdeckte er dann wieder ein paar Blutstropfen und wußte, daß er sich noch auf dem richtigen Weg befand.

Die Eingeweide des Schiffes. Dorthin würde sich ein Saboteur begeben, der keine Waffe besaß. Und zudem verwundet war. Die Zeit mochte ein Faktor sein, dazu kamen Schwäche, Müdigkeit und die Tatsache des Erfolgs beim ersten Versuch … Dies alles waren Elemente, die es zu beachten galt. Roy machte es viel Spaß, sich diese Dinge zu überlegen, und schließlich zahlte sich seine Methode dann auch aus.

Er spähte durch ein zwanzig Zentimeter durchmessendes Bullauge in der Tür eines Nebenraums der Maschinenanlagen, und dort war sein …

Ein Kind? Ein Teenager mit Schmutz im Gesicht und einem Brecheisen in den Händen, der sich bemühte, die Gerätschaften dort drinnen zu demolieren?

»Oh, das ist zu einfach«, hauchte Roy fast lautlos.

Er streckte die Hand zu den Türkontrollen an der

Wand aus und schloß leise die Verriegelung. Dann berührte er das Interkom.

»Wenn du auch nur einen Funken Verstand hättest, dann wäre dir längst aufgefallen, daß es dort drin gar keine Energie mehr gibt. Wir haben sie schon umgeleitet.«

Jimmy Kirk wich vor Schreck ein paar Schritte zurück und ließ das Brecheisen fallen. Er kannte das selbstgefällige Gesicht hinter dem kleinen Fenster bereits, die in der Mitte gescheitelten Haare und vor allem diese Augen.

Und er wußte, daß er erledigt war.

»Schlampige Ausführung«, sagte die Stimme, die zu dem Gesicht gehörte, höhnisch. »Nichts als Vandalismus. Ich habe mir ausgerechnet, daß ich deine kleine Unartigkeit als eine Art Muster benutzen könnte, und es hat funktioniert. Hier steckst du jetzt, wie ein Käfer in der Falle.«

»Wer bist du?« fragte Jimmy.

»Ich bin Roy John Moss, und ich werde dich töten. Sag Lebewohl.«

»Ach ja? Nun, ich bin Jim Kirk, und ich werde dir ins Gesicht spucken.«

Und das tat er.

Mit etwas Blut vermischter Speichel rann über das Fenster und zeigte, daß er genau in Roys linkes Auge getroffen hätte, wäre er nicht hinter dem Glas in Sicherheit gewesen.

Trotzdem war Jimmy zufrieden. Er hatte gesehen, wie Roy zusammenzuckte. Der Junge besaß nicht annähernd so viel Selbstvertrauen, wie er vorgab.

Vielleicht konnte er das ausnutzen.

»Ich habe jedenfalls viel Spaß gehabt«, sagte Jimmy.

Roy runzelte die Stirn. »Wobei?«

»Den Wurm in eurem Apfel zu spielen.«

»Wurm?« schnaubte Roy. »So habe ich dich genannt.«

»Dann denken wir wohl ziemlich ähnlich.«

Roy verzog angewidert das Gesicht. »Ach, fall doch tot um. Sobald wir wieder manövrieren können, schleppen wir deine Kumpel in die blaue Zone und rösten ihnen die Eingeweide. Und danach werde ich mir einen soliden Müllschlucker suchen und dich hineinwerfen.«

»Komm doch herein, dann werden wir schon sehen, wer wen tötet«, rief Jimmy. »Ihr habt euch mit den falschen Leuten angelegt.«

Roys Augen verrieten, daß er im Grunde der gleichen Ansicht war. Dann zog er die Augenbrauen zusammen und wiederholte: »Sag einfach Lebewohl.«

Angst kroch in Jimmy hoch und schnürte ihm die Kehle zu. Er saß in der Falle und hatte nicht genug Zeit, um einen Ausweg zu finden.

Roy John Moss' Gesicht war noch immer hinter der Scheibe sichtbar, doch Jimmy bemerkte, wie sich seine Schulter bewegte und begriff, daß Roy etwas mit den Kontrollen für den Nebenraum anstellte.

Als ihm das Atmen schwerfiel, wußte er, was vor sich ging.

Und er hatte keinen Druckanzug mehr.

Der Druck ... jetzt konnte er es deutlich spüren ... die Luft wurde langsam aus dem Raum gepumpt.

Er erinnerte sich an die Kontrollen dort draußen neben der Tür. Es handelte sich um einen veralteten Mechanismus, ursprünglich für eine medizinische Sektion entwickelt und nachträglich an diesen Maschinenraum angepaßt, genau wie die Tür selbst. Er warf einen Blick auf das Brecheisen und erwog, das Bullauge einzuschlagen, doch dann begriff er, daß eine Tür, die für eine medizinische Druckkammer entwickelt worden war, auch über unzerbrechliche Fenster verfügen würde.

Jimmy bemühte sich, eine ausdruckslose Miene beizubehalten und sich nicht anmerken zu lassen, wie sehr ihm die Auswirkungen des Druckabfalls zusetzten. In seinen Ohren knackte es … die Augen quollen schmerzhaft aus ihren Höhlen … der ganze Kopf pochte … die Lungen schrien nach Sauerstoff … es fiel immer schwerer, zu atmen …

Schwarze Balken engten sein Blickfeld immer mehr ein. Wenigstens würde er bewußtlos sein, wenn der wirklich schlimme Teil begann und sein Körper von innen heraus zerrissen wurde.

Als die Schwärze ihn immer weiter einhüllte, konzentrierte er seinen Blick auf das Gesicht von Roy Moss, und sein letzter Gedanke bestand darin, sich selbst zu verfluchen, weil er so berechenbar gewesen war.

»George?«

»Hmm.«

Robert kniete neben ihm nieder und versuchte den Ausdruck auf Georges Gesicht zu deuten, den ein Fremder vermutlich schlicht als versteinert bezeichnet hätte. Doch Robert kannte George Kirk und wußte, daß unter der harten Oberfläche weit mehr vorging.

Schließlich fragte er: »Ist alles in Ordnung mit dir?«

George blickte nicht auf. Seine Stimme klang rauh. »Ich glaube schon.«

»Du bist sehr still.«

»Ja, ich bin still.«

»Gibt's einen Grund dafür?«

»Weil es nicht mehr viel zu sagen gibt, Robert.«

»Oh, nun … kein Grund zu schmollen. Warum hören wir nicht damit auf, die Beleidigten zu spielen, und entschuldigen uns einfach?«

»Weil ich recht hatte.«

Diese knallharte Feststellung traf. Roberts Lächeln versteinerte.

Nach einer Weile setzte er sich – immerhin befanden sie sich jetzt wieder auf vertrautem Boden.

»Ich habe nie behauptet, daß es anders wäre«, meinte er mit einem schwachen Lächeln, das der Situation nicht ganz angemessen erschien. »Oder, habe ich das etwa gesagt?«

»Ich glaube nicht.«

»Hör zu, alter Freund. Carlos hat einen neuen Vorschlag für dich. Er hat festgestellt, daß er unseren Traktorstrahl, oder was davon übrig ist, einschalten kann, und in Kombination mit deren Strahl könnten wir uns näher an ihr Schiff heranziehen, ohne daß sie sofort aufmerksam werden. Wir würden uns sehr langsam nähern. Was hältst du davon?«

»Wie langsam?«

»Einen und einen Viertel Meter pro Sekunde. Wir würden die Distanz dann in ungefähr ...«

»Zwanzig Minuten.«

»Vorausgesetzt, sie merken nicht, daß wir näher kommen.«

»Wie, zum Teufel, sollten sie das *nicht* merken?«

»Wir werden tun, was immer du willst, George«, sagte Robert, »obwohl ich kaum glaube, daß es noch viele Karten gibt, die wir ausspielen könnten.«

Wieder verfielen sie in jenes Schweigen, das keinem von ihnen gefiel.

»Nun?«

»Nun, was?«

Robert lächelte. »Soll ich ihm sagen, es zu tun?«

Ein halbes Dutzend höhnischer Antworten schoß George durch den Kopf, doch schließlich gewann sein Verantwortungsbewußtsein die Oberhand. Er seufzte und meinte dann: »Ja, sag ihm, er soll es tun.«

Erleichtert hob Robert den Kopf und versuchte ohne viel Hoffnung, den Rauch fortzuwedeln, der noch immer durch den Frachtraum kroch, als wäre er durch die auf ein Drittel reduzierte Schwere verwirrt.

»Sie können loslegen, Carlos«, rief er. »Versuchen Sie, uns näher heranzubringen. Vielleicht finden wir ja doch noch eine Möglichkeit, uns aus unserer Lage zu befreien.«

»Aye, aye, Sir«, rief Carlos zurück und verschwand irgendwo hinter den durcheinandergeworfenen Kisten.

Aufgrund seiner Erfahrung wußte Robert sehr genau, daß es mehr als nur seine Streitlust war, die George zum Verstummen brachte. Doch obwohl er deswegen besorgt war, brachte der Captain es nicht fertig, seine Entscheidung oder seine Vorgehensweise zu bedauern.

Und ihm war klar, daß dieses fehlende Bedauern irgendwie in seiner Stimme mitschwang, deshalb bemühte er sich, es zu unterdrücken, als er sich wieder seinem alten Freund zuwandte.

»George«, sagte er leise. »George, wir kennen uns jetzt schon sehr lange. Deine Söhne sind meine Patenkinder, unsere Frauen sind Freundinnen geworden, weil sie wußten, daß sie uns doch nicht trennen konnten ... du und ich, wir haben gemeinsam Dinge durchgestanden, die man seinem ärgsten Feind nicht wünschen würde. Bitte laß nicht zu, daß wir von nun an auf diese Weise miteinander umgehen.«

Er wartete auf eine Antwort, stieß jedoch nur auf kaltes Schweigen. So schlang er die Arme um die Knie und versuchte es erneut.

»Im umgekehrten Fall hättest du auch versucht, auf mich einzuwirken, George. Ist es letzten Endes nicht besser, sich aus Gründen der Vorsicht zu irren? Einfach ein bißchen zurückhaltend zu sein?«

»Es gibt einen Unterschied zwischen Zurückhaltung und völliger Handlungsunfähigkeit. Jeder hier draußen ist der Sohn oder die Tochter von irgend jemand. Jimmy ist wahrscheinlich tot, und ich habe das akzeptiert, ganz gleich, wie du darüber denkst. Wäre die Situation umgekehrt, hätte ich dich beraten, aber nicht den Befehl übernommen, auch wenn ich mitunter meine Ratschläge mit den Fäusten erteile statt mit dem

Kopf. Ein Rat ist etwas anderes als das, was du getan hast. Und dadurch hat sich alles geändert.«

Er stand entschlossen auf und blickte auf Robert hinab.

»Von jetzt an werde ich nie wissen, welche Entscheidungen zu treffen du mir erlaubst. Das ist gefährlich, Robert, verdammt gefährlich. Und ich weiß nicht, wie man das ändern könnte.«

»He, Dad! Hast du die Ruder?«

»Ich habe die Ruder. Und ich habe die Sandwiches, die Angelruten, die Schnüre und alles, was immer du willst. Du, ich, Sam, die Upper Peninsula, Hiawatha National Wald, Kanufahren auf dem Millecoquins und eine Menge Orte mit wirklich alten Namen! Was hältst du davon, wenn wir fliegen und noch vor Mittag dort sind?«

»Ich sage nur, los, los, los!«

»Dann hol deinen Bruder von seinen Büchern weg und laß uns fliegen.«

Los, los.

Warmes Gummi unter ihm. Kaltes Wasser, das über die Seitenwand des Kanus schwappt. Kielwogen der Fischkutter. Dann wieder daheim. Viel zu früh daheim.

»Manchmal denke ich, ihr wäret ohne mich alle viel besser dran ... Manchmal meine ich, aus der Ferne gäbe ich ein viel besseres Vorbild für die Jungen ab. Traurige Clowns sehen aus der Nähe längst nicht mehr so gut aus ... Ich weiß, ich bin aufbrausend und schroff ...«

»Und temperamentvoll.«

»Das habe ich doch gerade zugegeben, oder nicht?«

»Und bissig und unzufrieden und immer auf dem Sprung ...«

»Danke, Winn, das habe ich heute abend zur Genüge gemerkt, das mußt du mir nicht noch einmal erzählen. Ich kümmere mich doch immer um euch drei, oder etwa nicht?«

»Ja, das tust du. Du hast immer nur das Beste für die Jungs im Sinn. Das erzähle ich jedem, George. Ich kann

nichts dafür, wenn du jeden Blick von Freunden oder Kollegen als versteckten Angriff betrachtest. Wenn wir nicht in einer so ländlichen Gegend lebten, würdest du gar nichts merken. Es ist nur so, daß hier praktisch jeder die meiste Zeit über daheim ist …«

»Und jeder, der ins All hinauszieht, läßt seine Familie zurück, um dort draußen seine Aufgaben zu erfüllen! Wenn ich im Raum bin, wünsche ich mir, daheim zu sein. Bin ich hier, habe ich das Gefühl, ich würde jemand anderem meine Pflichten aufbürden. Wie kommt es, daß ich weder hier noch dort meine, am richtigen Platz zu sein?«

»Pst. Die Jungs können uns hören.«

Er lag auf kalten Laken in einer heißen Welt. Stechende Gerüche erfüllten die Luft, verwirrten die Träume und lenkten sie in falsche Richtungen. War er daheim? Fuhr er Kanu in Michigan?

Sam? Mom? Dad? … Dad? Bist du da? …

»Hast du heute den Ausdruck auf Jimmys Gesicht gesehen? Ich habe diesen Ausdruck noch nie zuvor gesehen.«

»George, das bildest du dir ein.«

»Den Teufel tue ich.«

»Würdest du wenigstens leiser sprechen?«

»Welchen Unterschied macht es schon, was er hört? Er haßt mich, Winn … mein eigener Sohn haßt mich zutiefst.«

Luft drang in seine Kehle.

Er hustete.

Das stimmt nicht! Dad! Dad!

Hatte er das laut gerufen, oder steckten die Worte noch in seiner Kehle?

Dad, wir wären ohne dich nicht besser dran …

Jetzt waren da noch andere Stimmen, die Stimmen von Fremden, und Jimmy wußte, daß er nicht zu Hause war.

»Er kommt zu sich. Halte etwas Abstand.«

»Warum schleppst du ihn überhaupt durchs Schiff? Warum hast du ihn nicht gleich umgebracht, als du die Gelegenheit hattest?«

»Wir brauchen eine Geisel.«

»Wir brauchen keine Geisel! Wir haben Schilde und in ein paar Minuten funktionieren auch die Triebwerke wieder. Dann ziehen wir dieses Pack in die blaue Zone und kochen ihr Fleisch.«

Der gehässige Tonfall durchdrang den Schleier und holte Jimmy in die Realität zurück. Der Schleier war die Bewußtlosigkeit – das wußte er noch vom letzten Mal. Lebte er also noch?

Ein bestialisches Knurren und der Geruch eines ungewaschenen Körpers verrieten ihm, daß sich ein Klingone über ihn beugte. Die andere Stimme kannte er bereits. Roy John Moss.

Er öffnete die Augen nicht, sondern lauschte einfach dem bösartigen Klang der Stimmen und zog seine Schlüsse. Ein Plan bildete sich in seinem klarer werdenden Verstand.

»Nun, ich bin froh, daß du mir alles über die Mahlzeiten auf Klingon erzählen kannst, Dazzo. Wie oft haben wir das jetzt schon gesagt, nur um zu erleben, wie sie einen neuen Trick aus dem Ärmel zogen? Oh! Das habe ich ja ganz vergessen. Wenn du aus Fehlern lernen könntest, wärst du noch immer in der klingonischen Flotte, statt deinen Lebensunterhalt mit dem Aufsammeln von Föderationsschrott zusammenzukratzen, nicht wahr?«

»Du stinkst, Junge.«

»Leck mich, Dazzo. Du kannst mir nichts tun, und das weißt du auch.«

Dieser Streit drehte sich nicht nur um die Starfleet-Leute, die die Pläne der Halunken zunichte gemacht hatten. Die beiden brachten einander nichts als unverhohlene Geringschätzung entgegen.

Jim hatte etwas Ähnliches bei Starfleet nie erlebt, deshalb behielt er es im Kopf als etwas, das sich vielleicht ausnutzen ließ.

Während er atmete und seine angeschlagenen Rippen sich ausdehnten, versuchte er herauszufinden, an welcher Stelle Veronicas Hand, die vorne in seinem geöffneten Hemd steckte, gegen sein Brustbein drückte. Aber wo befanden sich seine eigenen Arme?

Mit noch immer geschlossenen Augen und einer möglichst ausdruckslosen Miene bewegte er vorsichtig die Finger, nur um festzustellen, wo sie sich befanden. Der rechte Arm lag ausgestreckt an seiner Seite, der linke angewinkelt zwischen seinem Körper und dem Stiefel des Klingonen.

Also nach links. Er ging seinen Plan sicherheitshalber ein paarmal durch, und dann ...

»Yaaaaaaaaaaaa!«

Sein Schrei kam für die beiden völlig überraschend – und nichts sieht grotesker aus als ein überraschter Klingone.

Und dessen Überraschung stieg noch, als ein irdischer Teenager ihn vom Boden aus ansprang, rückwärts gegen die Wand schleuderte und ihm mit einer künstlichen Hand an die Kehle ging.

Jimmy biß die Zähne zusammen, preßte den Klingonen mit aller Kraft gegen die Wand, griff in das offene Ende der Kunsthand und drückte zu.

Das Wutgeheul des Klingonen verwandelte sich in ein gurgelndes Keuchen, als sich Veronicas Finger in seine Haut bohrten, sich hinter seinem Kehlkopf schlossen und ihn dann herausrissen.

Violettes Blut spritzte über Jimmy und den hinter ihm stehenden Roy Moss. Jimmy wußte, daß Roy dort war, doch ihm war auch klar, daß er zwar durchaus eine Chance hatte, mit einem Menschen in ungefähr seinem Alter fertig zu werden, jedoch nicht die geringste Aussicht hatte, einen Klingonen in einem fairen Faustkampf zu besiegen.

Der Plan an sich war recht gut, und Jimmy hatte nur einen Punkt übersehen, der ihm erst klar wurde, als das Blut auf ihn spritzte: Er hatte noch nie jemanden getötet. Und ganz sicher nicht mit bloßen Händen.

Das Blut überraschte ihn fast so sehr, wie er Dazzo überrascht hatte, und er wich vor dem zusammenbrechenden Klingonen zurück. Dazzo rutschte an der Wand herunter, wobei er hektisch an den künstlichen Fingern zerrte, die tief in seiner Kehle steckten, doch er schaffte es nicht, das Ding loszureißen. Hilfesuchend streckte er eine Hand nach Roy aus, doch der Teenager rührte sich nicht, sondern schaute lediglich mit mildem Abscheu zu, wie der Klingone starb.

Keuchend ließ sich Jimmy gegen die andere Wand sinken und vergab damit seine beste Chance für einen weiteren Überraschungsangriff. Seine Hände, seine bloßen Hände ... Veronicas Wunderwerk, benutzt, um zu morden ...

Roy trat ein paar Schritte näher heran, als fasziniere ihn das, was mit Dazzo geschah. Der Klingone lag an der Wand, starrte Roy an und streckte ihm eine Hand entgegen, während die andere das Ding an seiner Kehle umklammerte. Jedesmal, wenn er an Veronicas Hand zog, bog sich seine zerfetzte Luftröhre nach draußen und gab ein blubberndes Geräusch von sich.

Es dauerte nicht sehr lange.

Roy genoß jede einzelne Sekunde und hätte sich fast über die Lippen geleckt, als ein letztes Rasseln aus den Lungen des Klingonen drang und sein flehend ausgestreckter Arm herabsank.

Schließlich trat Roy einen Schritt zurück.

»Hmm«, brummte er, »Darwin würde das verstehen.«

Jimmy erkannte an Roys Grinsen und der Tatsache, daß diese Leute offenbar nicht bereit waren, füreinander einzustehen, daß diese Bemerkung durchaus der Wahrheit entsprach.

Roy betrachtete die Leiche noch ein paar Sekunden und zog dann eine elektrische Betäubungswaffe aus seinem Werkzeuggürtel.

Obwohl Jimmy eine derartige Waffe noch nie gesehen hatte, verrieten ihre Form und der auf ihn deutende Lauf durchaus ihren Zweck.

»Dieses Ding würde dich umhauen«, erklärte Roy, »also versuch erst gar nichts. Du hast vielleicht nicht den Mumm, das zu Ende zu bringen, was du angefangen hast, aber ich schon.« Er betrachtete Jimmys verschmutzte Kleidung, die burgunderroten Hosen, das weiße Hemd und die braune Jacke, und fragte: »Soll das eine Starfleet-Uniform sein? Sieht aber nicht danach aus.«

»Das ist Freizeitkleidung«, knurrte Jimmy. »Eine richtige Uniform wäre dir lieber gewesen, was? Dann könntest du besser mit mir angeben. Dein Pech, Bürschchen.«

Roy warf ihm nur einen finsteren Blick zu. »Spielt keine Rolle. Vorwärts, marsch. In dieser Richtung. Ich werde jetzt meinem Vater deinen kleinen Föderationsarsch vorführen.«

26

»Das Schiff kommt näher.«

»Nein, kommt es nicht.«

»Zum Teufel, doch«, beharrte Big Rex. »Schau doch auf den Schirm!«

»Du siehst eine Vergrößerung«, erklärte Caskie. »Das Ding funktioniert nicht richtig. Bläst alles auf.«

»Dann hol Dazzo, er soll es reparieren!«

Jimmy hörte die Stimmen und erkannte sie als Streit, noch bevor ihn Roys Waffe zwang, die Leiter hochzusteigen und durch ein Loch in den Raum zu klettern, der offenbar die Brücke dieses Frankenstein-Schiffes darstellte. Im Gegensatz zu anderen Teilen des Schiffes stammte diese Brücke von keinem Schiffstyp, den er kannte, und sie wurde bemannt von einer wild zusammengewürfelten Horde, die nichts als den Schmutz auf ihren Kleidern miteinander gemein hatte.

Roy Moss schob sich hinter ihn und stieß ihn vorwärts.

»Dazzo ist tot«, sagte er.

Die gesamte Horde drehte sich, um ihn anzusehen.

Die meisten der Blicke fielen anklagend aus, so zuckte er die Achseln und setzte hinzu: »Tod durch Dummheit. Da war nur die Evolution am Werk.«

Die Mienen der anderen ließen deutlich erkennen, daß sie ihn für verrückt hielten.

Ein riesiger Mann erhob sich grunzend aus dem Kommandosessel und starrte den Jungen an, der vor Roy stand.

»Wer zum Teufel ist das?«

»Ein Gefangener«, erwiderte sein Sohn. »Ich habe ihn gefunden. Genau, wie ich gesagt habe. Ich kann alles finden. Siehst du, was er anhat?«

Der große Mann kam einen Schritt näher und dröhnte: »Was ist damit?«

»Das ist ein Starfleet-Freizeitanzug.«

»Sieht für mich wie ein Wen-interessiert-das-Anzug aus.«

Roy ging nicht auf die Bemerkung ein, sondern deutete auf den Schirm. »Das Schiff kommt näher.«

»Es kommt nicht näher. Wir haben ein paar Fehlfunktionen.«

»Wir haben Bilder, aber keine Datenübertragung«, brummte ein breitschultriger Mann auf dem oberen Deck.

Jimmy biß sich auf die Lippe, um den Mund zu halten, doch das Schiff schien tatsächlich sehr nah zu sein.

Natürlich konnte es sich einfach um eine Fehlfunktion handeln, aber …

Mit fünf Mann wirkte die Brücke unterbesetzt, und so vermutete er, daß sie nicht genug Leute hatten und nicht auf alles achten konnten. So, wie diese Blechkiste zusammengebastelt war, und nach allem, was ihr in den letzten zwölf Stunden zugestoßen war, konnte wohl niemand den Überblick darüber behalten, wie es wohl wirklich um die Geräte stand.

Jimmy ließ den Blick über etwas streichen, das vermutlich einmal die Maschinenraumsektion gewesen war – die Konsole war völlig demoliert und stank nach den Überresten von ein paar armen Teufeln, die dort gestorben waren –, konzentrierte seinen Blick dann auf die Submonitore und versuchte, diejenigen zu deuten, die noch funktionierten.

Bilder, aber keine Daten? Keine Zahlen? Er bemühte sich, das, was er über graphische Darstellungen wußte, zu dem in Bezug zu setzen, was um ihn herum vorging, und sich gleichzeitig an die Stunden zu erinnern, die er mit den von Carlos Florida aufgebauten Monitoren zugebracht hatte. Irgendwie mußte er den Schirm herausfinden, der die Entfernung zwischen dem Schiff und dem Kutter angab.

Dafür kamen zwei in Frage, vermutete er schließlich. Der eine Monitor zeigte überhaupt keine Veränderungen. Doch der andere ... die Zahlen nahmen langsam ab. Ein paar Dezimalstellen pro Minute.

Kam der Kutter tatsächlich näher? Aber wie? Hatten sein Vater und Captain April sich etwas Neues ausgedacht? Einen Weg gefunden, um die zusätzlichen Minuten zu nutzen, die er ihnen verschafft hatte?

Vielleicht versuchte sein Vater herüberzukommen.

Ein Vater, von dem er einmal geglaubt hatte, er würde sich nicht um ihn sorgen.

Alles mögliche hatte er angestellt, und noch immer ergriff sein Vater jede noch so verrückte Chance und riskierte alles, um zu ihm zu kommen.

Wenn das stimmte, konnten diese Leute ihre eigenen Geräte nicht richtig ablesen – oder sie trauten sich gegenseitig nicht über den Weg. Dafür sprach die Art, wie sie miteinander umgingen. Wenn es so war, konnte er sie irgendwie dazu bringen, sich weiterhin zu mißtrauen?

Bei den anderen mochte das möglich sein, doch Roy Moss war schlau genug, um die angezeigten Daten früher oder später zu bemerken. Roy war eindeutig der schlauste Junge in dieser Klasse.

Aber nicht, wenn ich ihn ablenke, ihn irritiere, ihn am Nachdenken hindere ...

»Also gut, bring ihn um. Brich ihm das Genick.«

Jimmy wurde schlagartig aus seinen Gedanken gerissen. Er wußte genau, wer mit diesen Worten gemeint war.

»Es wird dir gefallen«, sagte der große Mann. »Ist ein tolles Gefühl, jemandem mit bloßen Händen das Genick zu brechen.«

»Wir haben noch nicht gewonnen«, wandte Roy ein. »Solange die Starfleet-Leute noch nicht tot sind, brauchen wir vielleicht einen Joker.«

»Der Pferdeschwanz könnte recht haben, Rex«, sagte der breitschultrige Mann. »Laß den Bengel leben. Als Geisel.«

»Kümmere dich um deinen eigenen Kram, Munkwhite.« Der Mann namens Rex drehte sich für diese Bemerkung nicht einmal um, sondern starrte Jimmy mit dem Blick eines hungrigen Bären an, der einen Truthahn mit gebrochenem Bein entdeckt hat.

»Auch gut«, knurrte Munkwhite. »Tu, was du willst.«

Er wandte sich wieder den demolierten Konsolen zu.

Jimmy kam sich plötzlich verlassen vor, obwohl er gleichzeitig jedem hier mit Freuden ins Gesicht getreten hätte, Munkwhite eingeschlossen.

Der Mann namens Rex, offenbar der Kommandant, hatte Mühe, sich auf der engen Brücke zu bewegen.

»Ja«, sagte er, »ich glaube, ich werde meinen Griff ein bißchen trainieren. Komm her, Junge. Ich möchte meinem Sohn etwas beibringen.«

Jimmy wollte zurückweichen, doch es gab keinen Ausweg. Der riesige Anführer dieser Crew, der mit Sicherheit mehr als zweihundert Pfund schwerer war als er, wollte Jimmy benutzen, um Roy zu zeigen, wie man mordete.

»Nein!« Roy trat zwischen Jimmy und den sich nähernden Berg.

Rex Moss fuhr auf. »Was soll das?«

»Er ist viel zu wertvoll!« entgegnete Roy und zeigte auf Jimmy. »Sieh ihn dir doch an. Er ist noch ein Welpe, ein Kind! Sie werden versuchen, ein Kind zu retten! Begreifst du nicht?«

»Wenn du nicht Manns genug bist, um es zu tun, dann geh beiseite, Pferdeschwanz.«

Roy trat tatsächlich zur Seite, doch nur bis zu einem

bestimmten Paneel, unter dem eine Wartungsöffnung klaffte. Dort griff er hinein, ohne den Blick von seinem Vater zu wenden.

Knack …

»Die Deflektoren sind gerade wieder ausgefallen!« brüllte Munkwhite. Er wirbelte zu Roy herum. »Du Mistkerl! Wir sind schon fast in der blauen Zone!«

Dann tauchte aus dem Loch, das zum Maschinenraum führte, ein Orioner auf und heulte: »Was ist mit den Deflektoren? Schaltet sie wieder ein! Hier fängt die blaue Zone an! Wir werden umkommen!«

»Schalte sie wieder ein, Pferdeschwanz«, rief Rex. »Leg dich nicht mit uns an!«

»Nicht, bevor ich nicht meinen Willen habe«, widersprach Roy. »Er ist mein Gefangener. Er gehört mir. Ich habe ihn gefunden. Wenn du ihn umbringst, kannst du die Schilde selbst reparieren.«

Rex' Augen zogen sich zu schmalen Schlitzen zusammen.

Jimmy kannte diese Art von Wut. Er hatte sie oft genug im Gesicht seines Vaters gesehen – doch dort war sie immer unter Kontrolle gewesen.

Hier hingegen gab es keine Kontrolle.

»Da hast du dir ja eine ganz schön beschissene Art ausgesucht, dich als Mann zu beweisen«, grollte er. »Ich werde das nicht vergessen.«

Roy zuckte zusammen, gab aber nicht nach.

»Wir kommen verdammt dicht an die Zone heran«, meldete sich Munkwhite und starrte Rex an. »Er ist dein Kind … kümmere du dich um ihn!«

Offenbar aufgeschreckt durch den Hinweis, daß er vielleicht auch schuld an der Geschichte hatte, zwang sich Rex, einen Schritt zurückzuweichen. Doch er ließ seinen Sohn nicht aus den Augen.

»Dann behalte doch dein Kuscheltier, wenn du unbedingt willst«, sagte er. »Aber du paßt auch auf ihn auf. Und jetzt schalte die Schilde sofort wieder ein.«

Jimmy fing einen raschen Blick von Roy auf, bevor sich der hochgewachsene junge Mann vorbeugte und seine geheimnisvollen Schaltungen betätigte.

Ein paar Dinge änderten sich auf der Brücke – Lichter flammten hier und dort auf, und Summer ertönten, die einen Moment zuvor noch nicht zu hören gewesen waren.

»He!« rief Munkwhite. »Seht!«

Alle fuhren herum.

Auf dem Hauptschirm war der Starfleet-Kutter zu sehen, der schon direkt vor ihrer Nase zu fliegen schien.

»Es war nicht die Vergrößerung!« brüllte Munkwhite. »Ich habe ja versucht, euch das klarzumachen! Sie kommen näher! Sie wollen andocken!«

»Geschwindigkeit erhöhen!« dröhnte Rex. »Wir müssen in die blaue Zone! Wenn sie an Bord kommen, bricht hier ein Bürgerkrieg aus!«

»Alles gesichert? Anzüge? Helme? Carlos, Sie halten Fähnrich Hall?«

»Bestätigt, Sir. Sind bereit.«

George stülpte sich den eigenen Helm über den Kopf und sicherte ihn, dann wartete er die längsten vier Sekunden seines Lebens, bis der Anzug Druck aufgebaut hatte und damit unabhängig vom Schiff wurde, das sie verlassen wollten.

»Robert! Entfernung?«

»Achtundzwanzig Meter und sinkend! Wir sitzen fast drauf, George!«

»Fertigmachen!«

»Ich kann gar nicht glauben, daß sie uns so dicht herankommen lassen«, murmelte Carlos, während er Veronica an sich drückte und noch einmal prüfte, ob der Anzug neben seinen medizinischen Aufgaben auch den Druck ordnungsgemäß aufrechterhielt. Dieser Anzug hatte eine Menge zu tun.

George warf ihm durch die Sichtscheibe seines Helms einen Blick zu. »Und ich kann kaum glauben, daß wir eine Möglichkeit gefunden haben, unsere Handlaser bei einem Kampf im All einzusetzen. Okay, Robert, du sagst bei zehn Metern Bescheid, dann öffne ich die Luke. Bleib mindestens fünf Meter hinter mir.«

»Bestätigt ... zwanzig ... achtzehn ... fünfzehn ... zehn ... acht ... sechs, fünf, vier ...«

»Los geht's!«

Ein Tornado aus wirbelnden Kisten, Monitoren und allen möglichen Abfällen erhob sich, als George die Luke an jener Stelle löste, an der sein Sohn die bewegliche Schleuse bestiegen hatte, und den Luftdruck ins All entweichen ließ.

Sie kauerten sich zusammen, bis sich der Innendruck dem Vakuum des Alls angeglichen hatte, dann kletterte George hinauf.

Jetzt befand sich dort keine Schleuse mehr. Nur noch eine offene, verwüstete Fläche, vor ein paar Stunden noch eine Pilotenkabine, doch jetzt bis zur Unkenntlichkeit zerfetzt. Die Beobachtungskapsel war völlig verschwunden, zusammen mit dem größten Teil des Daches, und an dessen Stelle hing nun, größer und näher, als George je zu hoffen gewagt hätte, jenes Schiff, das sich aus der blauen Zone heraus auf sie gestürzt hatte.

Und dort war auch der Traktorstrahl – breit wie ein Baumstamm, häßlich und gelb wie Phosphor, das sich über das Wrack ergoß und das magnetische Zentrum das Kutters gepackt hielt. Und dort oben war auch die Luke, aus der er abgestrahlt wurde.

Die einzige Stelle des Schiffes, die nicht von den undurchdringlichen Schilden bedeckt wurde.

Ohne sich von dem Anblick beeindrucken zu lassen, suchte sich George einen Weg durch die Trümmer, wobei er darauf achtete, angesichts der fehlenden Schwerkraft nicht in die falsche Richtung abzutreiben.

Er trug eine ausziehbare Industriezange bei sich sowie eine Granate, die sie aus den Handlasern zusammengebastelt hatten. Was Menschen alles einfiel, wenn sie verzweifelt genug waren …

Er rückte etwas näher an den Strahl heran. Zu nahe durfte er ihm jedoch nicht kommen, denn der Traktorstrahl würde alles mit sich reißen, was nicht genug Tonnage besaß, um ihm Widerstand zu leisten. Selbst durch seinen Druckanzug spürte er, wie der Strahl an ihm leckte, ihn einzusaugen versuchte. Trotzdem rückte er noch etwas näher, als sich die letzte Lücke schloß und die beiden Schiffe zusammenstießen.

Ein Schauer elektrischer Entladungen ergoß sich über ihn, als sich der Kutter an den Spezialschilden des Piratenschiffes rieb.

Der Kutter schwankte ein paar Zentimeter zur Seite, stieß aber weiter gegen die Schilde und löste alle paar Sekunden eine elektrische Entladung aus.

George bewegte sich über die zerfetzte Hülle seines eigenen Schiffes und vermied jeden Kontakt mit den Schilden. Wer konnte voraussagen, was geschah, wenn ein Raumanzug diese modifizierten Schilde berührte?

Es schien eine Ewigkeit zu dauern, die Quelle des Traktorstrahls zu erreichen, doch schließlich hatte er es geschafft.

Er streckte sich zur Austrittsöffnung empor und schob die Industriezange, in deren Backen die Granate steckte, durch diese Luke. Ein paar Sekunden lang schien es so, als würde er den Halt verlieren – und das durfte auf keinen Fall geschehen. Er mußte sicherstellen, daß die Granate tief in den Strahler hineingeschoben wurde und nicht nur an seinem Rand explodierte.

»Ganz hinein«, knurrte er. »Ganz tief hinein …«

Die Arme wurden ihm fast ausgerissen, als der Traktor die Granate packte. George ließ erst in allerletzter Sekunde los und wäre fast mitgerissen worden, als die

Zange mitsamt der Granate in die Öffnung hineingezogen wurden.

Einen Augenblick später zündete die Granate, aufgerissen vom Traktorstrahl.

Die Explosion färbte den gelben Traktorstrahl rot. George spürte, wie sein Körper hochgerissen und gegen die Überbleibsel des Kutters geschleudert wurde, nur um sofort von den widerstreitenden Energien angesaugt zu werden.

Aus einem irrationalen Impuls heraus versuchte er, Robert zu signalisieren, er solle ihm mit den anderen durch den zwei Meter breiten Riß folgen, bevor sich die Deflektoren über dem Loch schlossen, doch schon wurde er vorwärts geschleudert in eine Wand aus Rauch und Trümmern.

Um sich herum spürte er Vibrationen, Bewegung – die anderen? Er konnte nichts sehen. Blind ertastete er sich seinen Weg, bevor sich die automatischen Sicherungen des Traktormechanismus einschalteten und sie alle aussperrten.

Wie ein Feuerwehrmann, der sich seinen Weg durch ein raucherfülltes Gebäude sucht, arbeitete sich George vorwärts, bis der Sog des Alls an seinem Anzug nachließ und er den Eindruck gewann, sich in einer atmosphärischen Umgebung aufzuhalten. Wie war das möglich? Im einen Moment noch im Vakuum, im nächsten …

Eine heftige Erschütterung durchlief die Wandung des Schiffs. Die blaue Zone!

Sie waren eingedrungen! Und nur ein paar Schritte von ihm entfernt war der Kutter zerstört worden. Das war die Erschütterung gewesen, die er gerade gespürt hatte …

Robert! Hatten die anderen es geschafft? Sie waren nur ein paar Schritte hinter ihm gewesen – doch ein paar Schritte in dieser Situation …

Hatten sie auch Veronica hereingeschafft?

Plötzlich packte ihn eine Kraft und zog ihn herab.

Gravitation!

Sie zwang ihn in die Knie. Frustriert, weil er nichts erkennen konnte, setzte er den Helm ab und versuchte schwach, die Rauchschwaden fortzuwedeln.

Auf Händen und Knien kroch er weiter. Wo war die Decke? Welcher Weg führte hinauf?

»George! George!«

Roberts Stimme … Roberts Hände …

»George, alles in Ordnung?«

»Sind alle drin?« keuchte er. »Sind sie im Innern?«

»Ja, wir haben es geschafft. Wir sind ein paar Sekunden nach dir hereingekommen, genau wie du es geplant hast. Die Schilde haben sich direkt hinter uns geschlossen. Sieh mich an – ist wirklich alles in Ordnung?«

George streckte sich schwer atmend der Länge nach aus, rieb sich den schmerzenden Brustkorb und stützte sich auf einen Ellbogen. Über sich konnte er ein Stück der schwarzen Deckenisolation erkennen.

»Robert, hör auf … mich das zu fragen … bitte. Ich bin ein Wrack. Was ist überhaupt passiert? Wieso haben wir hier Luft?«

Robert kniete sich neben ihn. »Sagte ich doch gerade. Weil sich die Schilde schlossen, sobald unser Schiff zerstört war. Anschließend wurde der Druck wieder aufgebaut. Das war ganz bemerkenswertes Timing, alter Junge! Wirklich bemerkenswert.«

»Toll … dann gehen wir jetzt weiter.«

»Nein, beweg dich nicht. Du bist verletzt, George. Du kannst das nicht einfach ignorieren.«

»Sollen wir wetten?«

Robert gab schließlich nach, half ihm auf die Beine und lehnte ihn gegen die Wand. Ohne diese Stütze konnte sich George noch nicht aufrecht halten. Er blinzelte, um das Brennen in seinen Augen loszuwerden und richtig sehen zu können.

Robert hatte seinen Helm ebenfalls abgelegt. Wie lange hatten diese paar Sekunden wirklich gedauert?

Carlos Florida stolperte durch die braungrünen Rauchschwaden auf sie zu, zog seinen Helm aus, packte George am Arm und fragte: »George, alles in Ordnung, Sir?«

»Oh, um Himmels willen!« George drängte sich zwischen den beiden hindurch und schwankte ein paar Schritte weiter.

Carlos starrte ihm hilflos nach und sah dann Robert an. »Was … was habe ich denn gesagt?«

»Kein Grund zur Sorge«, beruhigte ihn Robert und trat einen Schritt näher, um ihn genauer in Augenschein zu nehmen. »Wie steht es mit Ihnen? Irgendwelche Verletzungen?«

Ohne auf das zu achten, was hinter ihm geschah, schälte sich George aus dem Raumanzug.

»Verdammt, ich hasse diese engen Dinger«, knurrte er. »Ist Hall auch hier?« rief er dann. »In Sicherheit?«

Carlos drehte sich um. »Dort drüben, Sir. Und sie lebt noch.«

»Wo sind wir überhaupt?«

»Irgendwo im Innern. Und wir sollten besser von hier verschwinden. Wenn sie sich ausrechnen, was wir getan haben, müssen sie lediglich ihre Deflektoren abschalten, und schon ist unsere Luft verschwunden.«

»Das können sie nicht«, sagte Robert. »Wir befinden uns in der blauen Zone. Von jetzt an müssen die Schilde oben bleiben. Das verschafft uns immerhin ein paar Minuten.«

»Wenn das Schiff ähnlich konstruiert ist wie die Föderationsraumer«, überlegte Carlos, »dann müßte sich der Traktorstrahler in den unteren Decks befinden, vor dem Impulstriebwerk, aber oberhalb des Warps.«

George hustete und sagte dann: »Ich will hier nicht von Vermutungen ausgehen. Sehen Sie sich um. Stellen Sie fest, wo wir uns in bezug auf … auf etwas, das uns weiterhelfen kann, befinden.«

»Aye, Sir. Wird gemacht.«

George deutete warnend mit dem Finger auf ihn. »Seien Sie vorsichtig.«

Carlos lächelte zögernd. »Danke … wird auch gemacht.«

George humpelte zu Robert zurück, der jetzt ebenfalls den Druckanzug ablegte und die Reserveladungen entfernte, um sie für Veronica aufzuheben. »Nun, unsere Waffen sind wir los. Jetzt bleiben uns nur noch die Fingernägel.«

Robert nickte und richtete sich auf. »Bist du sicher, das alles in Ordnung ist, George? Du siehst nicht besonders gut aus.«

»Ich fühle mich auch nicht gut, okay? Ich bin zwar angeschlagen, aber ich falle noch nicht auseinander. Wir stehen jetzt auf dem gleichen Boden wie diese Mörder, und ich habe vor, das zu nutzen.«

»Laß uns in Ruhe überlegen, ja? Vielleicht sollten wir uns ein Versteck suchen und ein bißchen ausruhen.«

»Ich werde mich nicht ausruhen. Die haben meinen Sohn. Und niemand … nimmt mir meinen Sohn weg.«

»Das ist dein Vater?« fragte Jimmy.

Roy Moss biß die Zähne zusammen. »Sagen wir einfach, ich wurde von einer Frau geboren, die er mal gekannt hat.«

Jimmys Hände waren gefesselt. Somit blieb ihm nur noch sein Mundwerk als Waffe, während er zusammen mit Roy Moss zu den tieferen Decks hinabstieg. »Welche Frau würde denn so etwas an sich heranlassen?«

»Halt die Klappe!« brüllte Roy. »Ich muß dich vielleicht mitschleppen, aber ich muß dir nicht auch noch zuhören.«

»Was willst du denn machen? Mir ein Schockhalsband umlegen?«

»Schon möglich«, knurrte Roy. »Sei einfach still. Ich bin beschäftigt.«

»Beschäftigt damit, die Schilde aufrecht zu erhalten, richtig?« bohrte Jimmy. »Wir haben euch zugesetzt, nicht wahr? Euch ganz schön fertig gemacht. Und jetzt hast du die ganze Zeit damit zu tun, die Schilde stabil zu halten. Ich bin ganz froh, daß ich dabei zusehen kann. Vielleicht lerne ich ja was.«

Jimmy ließ sich durch die raucherfüllten unteren Decks des Schiffes zerren, achtete dabei auf den Aufbau und versuchte gleichzeitig zu zählen, wie viele Piraten hier noch herumliefen. Wenn sein Vater und Captain April Informationen brauchten, wollte er sie liefern können. Die Träume während des Sauerstoffentzugs hatten ihn an Dinge erinnert, die er in seiner verbitterten Selbstsucht verdrängt hatte – daß auch Erwachsene ein eigenes Leben zu führen hatten. Daß sein Vater nicht nach Hause gekommen war, um sich während seines Urlaubs auszuruhen. Wenn er kam, dann mit Eintrittskarten für einen Abenteuerpark oder ein neues Museum. Immer hatte er etwas mit seinen Jungen unternommen ... bis der ältere Sohn erwachsen wurde und der jüngere beschloß, nur noch die Stunden seiner Abwesenheit zu zählen.

Die Schuld brannte heiß unter seiner Haut.

Doch jetzt besaß er einen Schlüssel. Die Erinnerungen halfen ihm. Wenn er Roy Moss ansah, dann war es so, als würde er einen Blick auf eine Horrorversion seiner eigenen Zukunft werfen. Roy ließ sich provozieren, und Jimmy setzte alles daran, ihn in Rage zu bringen.

»Etwas kann ich dir jetzt schon beibringen«, knurrte Roy. »Deine Schiffskameraden könnten sich hier irgendwo herumtreiben.«

»Sie sind an Bord, und das weißt du«, rief Jimmy

und spürte, wie Hoffnung in ihm aufstieg. Er bemühte sich bewußt um einen streitlustigen Tonfall. »Ihr seid praktisch schon tot.«

»Vielleicht sind sie wirklich hier! Schön! Ich habe nicht vor, ihnen ohne ein passendes Tauschobjekt in die Hände zu fallen. Du wirst mein privater kleiner Schild sein. Also halt die Klappe und schütze mich.«

»Warum sollte ich still sein«, bohrte Jimmy nach. »Warum sollte ich überhaupt irgend etwas tun, was du sagst? Du bist hier doch nur eine Art Blitzableiter. Ich kann mit meinem Vater zu Starfleet zurückkehren. Der ist wenigstens Commander, von ihm wird erwartet, daß er den Leuten sagt, was sie tun sollen.«

»Mein Vater ist Captain!« schnappte Roy zurück.

Jimmy grinste nachsichtig. »Ein Captain?« schnaubte er. »Dein Vater ist kein Captain.«

Wütend erklärte Roy: »Er hat ... das Kommando ... über das Schiff.«

»Ich hatte auch mal das Kommando über eine Bande. Hat mich nicht zum Captain gemacht«, sagte Jimmy, »und sie nicht zu einer Mannschaft. Als ihr uns angegriffen habt, habe ich herausgefunden, was einen echten Captain und eine echte Crew ausmacht. Eure Leute haben doch die Moral von Sumpfläusen.« Er machte eine kurze Pause und fügte hinzu: »Wahrscheinlich sollte ich euch dafür dankbar sein.«

So ging es die ganze Zeit über. Jimmy hörte nicht auf zu sticheln, und Roy brüllte mehr als einmal: »Laß mich in Ruhe! Du sollst mich in Ruhe lassen!«

Schließlich erreichten sie ihr Ziel, einen der Maschinenräume. Roy schob Jimmy in eine Ecke, wo er ihn im Auge behalten konnte, kniete dann vor einer Konsole nieder und versuchte zu arbeiten.

»Captain April hat euch mit Falltürspinnen verglichen«, erklärte Jimmy. »Und er hatte recht. Genau das seid ihr. Ein Haufen schmutziger Dealer.«

»April?« Roy stand plötzlich kerzengerade da.

»Robert April? Der Gründer des Sternenschiffprogramms?« Er ging ein paar Schritte auf Jimmy zu. »Kommst du von einem Sternenschiff? Von der *Enterprise?*«

Jimmy begriff, daß er zuviel gesagt hatte, und versuchte, eine andere Richtung einzuschlagen. »Ach, was ist denn jetzt los? Tut's dir leid, daß du die Chance verpaßt hast, dort zu arbeiten? Dann sprich mal mit deinem Vater darüber. Mein Vater ist wenigstens hergekommen, um die Dinge für andere Menschen besser zu machen. Deiner ist hier, um alles noch schlimmer zu machen.«

»Wenigstens hat meiner mich mitgenommen. Deiner ist doch nur einer von diesen Witwenmachern bei Starfleet. Den Typ kenne ich.«

Jimmy ärgerte sich, daß Roy intuitiv die Wahrheit getroffen hatte. »Uns ging es gut, und das wußte er. Er ist dort hingegangen, wo er wirklich gebraucht wurde. Es war nicht seine Aufgabe, mir ein perfektes Leben zu schaffen. Er war hier draußen, um etwas für alle Menschen aufzubauen. Ich ... du ... wir sind von der gleichen Art. Wir sind selbst der Grund für unsere Probleme.«

»Versuch nicht, mich abzulenken! Ich weiß, daß du das vorhast.« Roy stolperte an ihm vorbei und schlug mit der Hand auf einen Wandkommunikator. »Brücke! Brücke! Hört mich irgend jemand dort oben?«

»Was willst du?«

»Ich glaube, ein Sternenschiff ist hinter uns her!«

27

USS *Enterprise* 1701-A

James Kirk erhob sich und umrundete den Kommandosessel. Verdammt, wenn er nur mehr zu tun hätte, als lediglich diesen Bildschirm anzustarren.

Er öffnete und schloß die Faust. Es gab nichts zu tun.

Das war das größte Problem eines Kommandanten – keinen Job zu haben, den man erledigen mußte. Keine Hand am Steuer. Keine Hand an irgend etwas, um genau zu sein. Auf einem Schiff mit mehr als zehn Mann Besatzung berührte der Captain buchstäblich nichts. So war das schon seit Jahrhunderten… weshalb konnte er sich dann nicht daran gewöhnen?

»Captain?«

Er fuhr zu Spock herum. »Ja?«

Die scharfen Augen blickten beruhigend. Spock kam nicht zu ihm herunter. »Ich habe die fraglichen Unterlagen analysiert und auch alle damit in Beziehung stehenden enzyklopädischen Aufzeichnungen durchgesehen, was mich bis in die Basis-Archive der Starfleet-Technik geführt hat. Es handelt sich um eine der fundamentalen Komponenten der Forschung und der Defensivbewaffnung von Sternenschiffen. Es ist der Hauptgrund dafür, daß Sternenschiffe in Bereiche vordringen können, die anderen Schiffstypen verschlossen bleiben, und daß sie Kampfsituationen überstehen, in denen schlechter ausgerüstete Einheiten vernichtet würden. Es ist einer der wesentlichen Faktoren für die Expansion der Föderation.«

»Das ist mir klar«, sagte Kirk. »Verstehen Sie auch die wissenschaftliche Grundlage selbst? Die Deflektortechnologie und alles andere, was sich aus den Zwischenfällen um Faramond ergeben hat?«

Spock nickte. »Bis hinunter auf die molekulare Ebene«, versicherte er Kirk.

Der Captain seufzte erleichtert. Daß Spock Bescheid wußte, machte einen großen Unterschied.

»Captain«, sagte Pavel Chekov in einem Ton, der deutlich machte, daß ihm bewußt war, einen privaten Gedankengang zu unterbrechen.

Kirk nickte Spock zu und drehte sich dann zu Chekov. »Berichten Sie.«

»Empfange Daten über das Faramond-System durch die Langstrecken-Sensoren. Bisher keinerlei Daten über die *Bill of Rights.*«

»Gehen Sie in fünf Minuten aus dem Warp«, sagte Kirk. »Danach mit Standard-Impulsgeschwindigkeit voraus.«

»In fünf Minuten aus dem Warp, aye,« bestätigte der neue Steuermann. »Voraus mit Punkt acht Impuls … Ankunft im Orbit über der Faramond-Kolonie in schätzungsweise zwanzig Minuten, Sir.«

»Lassen Sie die Männer in Bereitschaft, bis wir auf Funkreichweite herangekommen sind«, sagte Kirk, »vorausgesetzt, wir finden das Schiff.«

»Aye, Sir«, antwortete Uhura hinter ihm.

Dann herrschte wieder beunruhigende Stille, und das Hochgeschwindigkeitswarten begann erneut.

Kirk wünschte sich, es gäbe mehr zu sagen. Sich an die wenigen Worte gewöhnen zu müssen, die nötig waren, um ein Sternenschiff effizient zu kommandieren, war eine der härtesten Lektionen gewesen, die Starfleet ihm beigebracht hatte. Was würde er in jenem Sonnensystem vorfinden? Würde er entdecken, daß er nicht zur Stelle gewesen war, als Alma Roth Hilfe brauchte? Er sah Alma Roth immer noch als Fähnrich vor sich ... und empfand immer noch väterliche Gefühle für sie.

Er rieb sich die Handflächen. Sie waren feucht. Und kalt. Die Handflächen eines frustrierten Mannes, dessen Arme nie lang genug waren.

Um sich von seinen Befürchtungen abzulenken, wandte er sich vom Hauptschirm ab und sah zum Oberdeck hinauf.

»Was werde ich dort finden, Spock?« fragte er leise.

Spock trat näher und senkte die Stimme. Beide wußten, wie man sich so unterhielt, daß niemand sonst mithören konnte, selbst auf einem so begrenzten Raum wie einer Brücke. Außerdem brachte ein Gespräch zwischen dem Captain und einem anderen die übrigen Besatzungsmitglieder dazu, sich abzuwenden, um ihnen eine gewisse Privatsphäre zu gewähren. So war es auf jedem Schiff. Die Mannschaft lernte das sehr schnell – daß es Momente gab, in denen der Captain ungestört zu sein wünschte.

»Ich habe die verstreuten Daten über Faramond zusammengestellt, Sir«, sagte Spock. »Es handelt sich um Ausgrabungen von Stätten einer alten Kultur, uns weit überlegen, doch sie sind ausgestorben ... oder fortgezogen. Es ist eine Multispezies-Grabung, ein ziemlich großes Projekt, und ...«

»Und Captain April soll den ersten Spatenstich tun«, murmelte Kirk.

Spocks Augenbrauen zogen sich zusammen. »Verzeihung?«

»Schon gut. Fahren Sie fort.«

»Wie meist in der Archäologie kommt der Schrift eine besondere Bedeutung zu. Jede noch existierende Aufzeichnung wird als wertvoll erachtet. Gemeinsamkeiten sind dabei der entscheidende Faktor. Die Entdeckung derselben Sprache auf zwei Kontinenten oder auf zwei Planeten ist ein Hinweis auf Seefahrt beziehungsweise auf Raumfahrt, was allerdings weitere Fragen nach sich zieht. Entdeckt man beispielsweise Sanskrit-Dokumente auf dem Mars ... sind dann wir dort hingeflogen, oder kamen sie zu uns?«

»Wir sind hingeflogen«, erklärte Kirk, dem heute nicht der Sinn nach weitschweifigen Beispielen stand. »Fahren Sie fort.«

Etwas in seiner Stimme veranlaßte Spock, innezuhalten und zum unteren Decksbereich hinunterzugehen. Die Haltung des Vulkaniers war entspannt, als wolle er damit einen stummen Kommentar zur Ungeduld des Captains abgeben und zugleich darauf hinweisen, daß manche Dinge langsam und Schritt für Schritt erklärt werden mußten.

»Nicht jeder meißelt seine Botschaften in Stein«, sagte er. »Manche Leute schreiben auf die Rückseite von Briefumschlägen oder auf Papierservietten. Mit dem Vordringen des Computers in alle Lebensbereiche ließen solche Dinge langsam nach, doch wie Sie wissen, hat die Benutzung von Papier niemals ihren besonderen Reiz verloren. Dieser Umstand ist ein besonderer Glücksfall für die Archäologie, da offizielle Aufzeichnungen nur selten entdeckt werden.«

»Ich verstehe«, meinte Kirk. »Was wissen wir über das antike Kreta? Wir haben die Inventarlisten der königlichen Bestände an Öl und Oliven gefunden, nicht aber den Brief, den der König an den Hohenpriester des Jupiter geschickt hat.«

Spock runzelte die Stirn. »Hoherpriester des Jupiter?«

»War nur ein Scherz. Sprechen Sie weiter.«

»Ja ... ich verstehe das Prinzip. Wir haben politische Graffiti entdeckt, nicht aber die Stücke des Sophokles.«

»Versuchen Sie jetzt, witzig zu sein?«

Spock schien nicht zu begreifen, wie überhaupt jemand einen Grund haben konnte, witzig zu sein. »Keineswegs«, versicherte er Kirk. »Sie müssen wissen, daß Literaturfunde in der Archäologie praktisch unbekannt sind. Büchereien werden einfach nicht entdeckt. Archäologen sind in der Regel auf die Dinge angewiesen, die die Leute fortgeworfen haben, auf Abfallhaufen, wenn Sie so wollen. Daher gelten auch Funde wie die Fabrini-Lexika oder der Stein von Rosetta als außerordentlich wertvoll.«

»Ich verstehe«, sagte Kirk ungeduldig. »Wir kennen zwar Wahlkampfparolen, aber mein Vorfahr, der das Rad erfand, hat es leider versäumt, eine entsprechende Notiz zu hinterlassen. Worauf wollen Sie eigentlich hinaus?«

Spock verschränkte die Hände hinter dem Rücken. »Die Archäologen arbeiten seit fünfundvierzig Jahren auf Faramond, und im vergangenen Jahr erzielten sie einen bedeutenden Fortschritt.«

»Und was war das? Ein Schuhanzieher mit dem Namen des Herstellers darauf? Daß das Wort für ›Toilettenspülung‹ an zwei verschiedenen Orten identisch ist? Lassen Sie sich nicht alles aus der Nase ziehen, Spock.«

Spock trat einen Schritt näher. »Sie glauben, sie haben ein Einführungswerk in die Chemie entdeckt. Möglicherweise ein Schulbuch.«

Kirk dachte an seinen eigenen Chemieunterricht zurück und gewann eine Vorstellung davon, was in diesem Buch stehen mochte. Dann zwang er sich zu einem geduldigeren Tonfall. »Und was bedeutet das nun?«

»Es bedeutet, wir können jetzt damit anfangen, die Sprache zu lernen, indem wir die universellen Konstanten übersetzen.«

»Universell«, unterbrach ihn Kirk. »Die Gesetze der Gravitation, der Physik – einfache Wissenschaft?«

»Ja, Sir. Wasser ist Wasser, Hydrogen ist Hydrogen. Das ist der Schlüssel zu einer fremden Sprache ... es gibt keine Metaphern für die Gesetze der Physik und Chemie. Newtons Gesetz der Gravitation kann nicht durch eine Parabel wiedergegeben werden. Wir wissen, daß diese alte Kultur die Raumfahrt beherrschte, und ein Volk, das sich nicht in klaren, wissenschaftlichen Sätzen ausdrücken kann, wird niemals in den Raum vorstoßen. Mit Hilfe der Wissenschaft können wir hervorragend kommunizieren, ohne ein einziges gesprochenes Wort.«

»Wir stehen also kurz davor herauszufinden, was auf einem kalten Planeten so interessant ist.« Kirk ging ein paar Schritte hin und her. »Das habe ich mich auch immer gefragt.«

»Ja.« Spock wirkte etwas erleichtert. »Der Planet ist lange Zeit unberührt geblieben. Siedler müssen ihre eigenen Wärmequellen und Sauerstoffanlagen mitbringen, was den Anreiz für jede Art von Arbeit mindert. Wir fragen uns, aus welchen Gründen sich diese alte Kultur überhaupt dort angesiedelt hat, und vor allem, wie sie den Planeten wieder verlassen haben. Es gibt keine Hinweise auf Schiffe. Keine Rückstände von Treibstoffen oder Schmiermitteln, keine Dockanlagen oder Wartungseinrichtungen. Wir wissen, daß sie zu einem einzigen, großen Exodus aufgebrochen sind, aber wir verstehen nicht, auf welche Weise. Eine offene Frage für alle Föderationsarchäologen, Captain.«

»Ich habe eine andere Frage«, sagte Kirk und nahm seine Wanderung wieder auf. »Was ist zwischen der Entdeckung dieses Chemiebuchs und der Ankunft der *Bill of Rights* passiert? Ein kalter Planet, auf dem man Kuppeln bauen mußte, bevor man auch nur damit beginnen konnte, den Boden aufzuwühlen, auf dem es zudem weder Ackerbau noch Bergwerke gibt. Was ist dort? Was kann es dort geben, das einen Antiprotonen-Flushback auslöst, wenn nach unserem Wissensstand der einzige Auslöser eines derartigen Flushbacks die Explosion eines Warptriebwerks ist? Ich hasse diese Frage, Spock ... ich hasse es, mich selbst zu fragen, was auf Faramond die *Bill of Rights* zur Explosion gebracht haben könnte. Ein Schiff der Excelsior-Klasse ... explodiert nicht einfach.«

Er wußte, daß er wütend klang. All das hatte er schon einmal erlebt – die Vernichtung eines Schiffes, eines Planeten, eines ganzen Sonnensystems –, aber das machte es ihm nicht leichter, so etwas zu akzeptieren oder auch nur zu verstehen. Nicht einmal fünfundvierzig Jahre Erfahrung vermochten dieses Gift zu versüßen.

Ihm war klar, daß man ihm seine Gedanken vom Gesicht ablesen konnte, doch das war ihm gleich.

»Sie werden raten müssen, Sir«, sagte Spock.

Kirk blieb stehen, drehte sich um und blinzelte. »Sie empfehlen mir zu raten?«

Sein vulkanischer Freund blickte ihn ruhig an. »Ja.«

Mehr mußte er nicht sagen.

Hier war mehr als Logik am Werk. Hoffnung. Aufbegehren gegen das Schicksal. Das Vertrauen in die Fähigkeiten von Roth und jenen jungen Leuten, die unter Jim Kirk ausgebildet worden waren. Der jahrzehntelange Dienst mit Kirk und den anderen Menschen hatte Spock die eine Sache gelehrt, auf die sich die Menschen besser verstanden als jeder sonst in der bekannten Galaxis.

Mit dem Schicksal zu würfeln.

Zischend öffneten sich die Lifttüren, und irgend etwas veranlaßte Kirk, sich nach dem Geräusch umzudrehen.

Eine knochige Gestalt mit brennenden Augen stand dort.

»Pille?« rief Kirk.

McCoy schloß für einen Moment die Augen und

schüttelte den Kopf, als wolle er so seine Empfindungen illustrieren. »Das ist das größte psychologische Spinnennetz, über das ich seit Jahren gestolpert bin«, sagte er. »Ich glaube, du erzählst mir besser die ganze Geschichte. Und angesichts unserer Geschwindigkeit solltest du schnell sprechen.«

28

Fünfundvierzig Jahre früher
USS *Enterprise* 1701-A

»Verzeichnen Leichenteile, Commander Simon!«

»Spezifizieren! Menschlich oder was?«

»Schwer festzustellen, aber definitiv organische Materie in kleinen Mengen. Bei einigen könnte es sich um Arme oder Beine handeln. Außerdem Trümmer nichtorganischen Ursprungs ... Hüllenmaterial ... mechanische Teile, darunter einige, die eindeutig von Starfleet stammen.«

»Wie eindeutig, Jones?«

Eine kurze Pause.

Dann ...

»Ich wette meinen Rang darauf, Ma'am.«

Unter anderen Umständen hätte Lorna Simon vergnügt darauf hingewiesen, daß dieser Einsatz wenig überzeugend wäre, wenn es nur um den Rang eines Fähnrichs ginge, doch im Moment hatte sie andere Dinge im Kopf als einen billigen Witz.

»Gefechtsstationen besetzten«, sagte sie.

Hektische Aktivität brach auf der Brücke aus und verbreitete sich über das ganze Schiff.

»Alarmstufe Rot. Alarmstufe Rot! Alle Mann auf Gefechtsstation!«

Die *Enterprise* schwebte am Rand der blauen Zone. Die Sensoren bestrichen die Umgebung, und die Besatzung analysierte beunruhigt die Ergebnisse.

Und niemand war besorgter als Drake Reed, der erst

vor wenigen Stunden zugeschaut hatte, wie sein bester Freund und ein Junge, den er praktisch mit großgezogen hatte, in diesem bizarren Sektor des Raums verschwanden, und der sich jetzt fragte, ob er sie jemals wiedersehen würde. Vorstellungen plagten ihn, wie lange sie gelitten haben mochten, oder ob sie gar noch immer litten, irgendwo außerhalb seiner Reichweite. Vielleicht sollten sich die Menschen besser nicht ins All hinauswagen, es sei denn an Bord eines Sternenschiffes wie diesem. Doch wie viele dieser besonderen Schiffe würde es je geben? Und nicht einmal ein Sternenschiff konnte an zehn Orten zugleich sein.

Momente wie diesen hatte er schon früher durchlebt … doch mit George Kirk an seiner Seite …

»Ein Schiff! Commander! Ich empfange etwas aus dem Innern der blauen Zone!«

Simon drehte sich mit sichtlicher Schwierigkeit zur Seite und rief zur Wissenschaftsstation hinüber: »Im Innern? Wiederholen Sie das!«

»Bestätigt – im Innern! Und intakt! Bewegt sich unter Energie, meine ich.«

»Unmöglich.«

»Korrektur!«

»Dachte ich's mir doch.«

»Es ist nicht ein Schiff. Es sind zwei!«

»Sind Sie sicher, daß Sie das Ding richtig ablesen, mein Junge?«

»Eindeutige Energieregulierung … es ist auf keinen Fall nur Schrott.«

»Wollen Sie mir erzählen, die wären da einfach so reingerutscht?«

»Die Messungen besagen, es handelt sich um den Kutter und … etwas anderes. Es zieht den Kutter mit sich in die Zone.«

»Haben sie angedockt?«

»Es sieht so aus, ja.«

»Das reicht jetzt. Ich werde mir das selbst ansehen.«

Simon humpelte zum Oberdeck hinauf, starrte auf den Submonitor und schüttelte den Kopf. »Da hol mich doch …«

»Heftige Interferenzen« sagte Fähnrich Jones, »aber regelmäßige Signale. Ich weiß nicht, was ich davon halten soll. Vielleicht nur Streuung … aber das Schiff ist dort nicht einfach zerfetzt worden. Ich habe keine Ahnung, wieso, aber sie sind noch immer da drin.«

»Stellen Sie den Ursprung fest.«

»Habe ich schon versucht. Geht nicht.«

»He, Trinidad, kommen Sie her.«

Drake fuhr zusammen. Gedankenverloren hatte er das Bild des Trinärsterns und seiner Todeszone auf dem Hauptschirm betrachtet. Er wußte, daß sich seine Freunde dort befanden, und auch, daß niemand dort überleben konnte. Zögernd wandte er sich von dem Anblick ab, ging zum Oberdeck hinauf und trat zu Lorna Simon.

»Ma'am?«

»Dieser George …«

»Ja?«

»Ist das ein Unruhestifter?«

»Oh, nein … keineswegs. Er zieht Probleme vielleicht an … bewältigt sie … aber er schafft sie nicht.«

»Ist er gut darin, mit Schwierigkeiten umzugehen?«

»Oh, damit wird er besser fertig als mit dem normalen Leben, möchte ich fast sagen. Es ist gut, ihn an seiner Seite zu wissen.«

»Er gibt nicht gleich auf, wenn ihm ein paar Regentropfen ins Gesicht fliegen?«

»Ma'am, mein George gibt nicht mal auf, wenn ihm ein Amboß ins Gesicht fliegt.«

»Meinen Sie, er würde sogar einen Weg finden, um in der blauen Zone zu überleben?«

Drake legte eine Hand auf seine Brust. »Commander, Sie stellen einem kleinen Mann große Fragen. Aber ich sehe diese Schirme, und ich sehe etwas an einem Ort pulsieren, wo nichts pulsieren dürfte. Wäre die Situation umgekehrt, würde George Kirk hier draußen sitzen und sein letztes Geld auf uns verwetten.«

Die grauhaarige Frau betrachtete ihn forschend, ob er in seinem Vertrauen schwankend werden würde, doch das war nicht der Fall.

Sie nickte einmal und begab sich wieder zum Kommandobereich.

»Wir werden folgendes tun«, erklärte sie, während sie wieder im Kommandosessel Platz nahm. »Leiten Sie soviel Warpenergie wie möglich auf den Traktorstrahler um.«

»Warpenergie?« Isaac Soulian hob den Kopf. »Sie wollen, daß wir sie umleiten?«

»Der Maschinenraum wird wissen, was zu tun ist. Setzen Sie Marvick darauf an.«

Fähnrich Jones warf ihr einen ungläubigen Blick zu. »Wir sollen einfach die Schaltkreise zu etwas zwingen, wofür sie nicht entworfen wurden?«

Simon bedachte ihn mit einem kurzen Stirnrunzeln. »Wir befinden uns doch nicht im Warp, oder?«

»Nein, Commander ....«

»Dann benutzen Sie die Energie für etwas anderes. Tun Sie's einfach, Junge, der Maschinenraum wird schon begreifen, was wir vorhaben. Ich will die stärkste Zugkraft bei größtmöglicher Stabilität des Strahls haben.«

»Ja, Ma'am ...«

»Wir werden ein wenig in der blauen Zone herumstochern ... mal sehen, ob wir etwas fangen.«

»Florida! Was haben Sie herausgefunden?«

»Wir haben keine Rückfahrkarte, Sir«, sagte Carlos, als er zu George Kirk aufschloß. Beide Männer spähten den Korridor entlang, während Captain April bei der verletzten Veronica zurückgeblieben war. »Unser

Schiff fällt bald auseinander. Ich würde was drum geben, mal einen Blick auf die Formel dieser Schilde werfen zu können ...«

»Was haben Sie herausgefunden?«

»Herausgefunden?«

»Über unsere Umgebung.«

»Die Hälfte der Abteilungen dieses Schiffes sind zum Raum hin aufgerissen und daher versiegelt. Wir werden uns einen indirekten Weg um die verschlossenen Bereiche herum suchen müssen. Es ist ein ziemlich großes Schiff, aber schwer angeschlagen. Wir müssen sehr vorsichtig sein ... sollten keine verschlossenen Paneele oder Luken öffnen. Sehr viele davon riegeln aufgerissene Bereiche ab.«

»Wir müssen auch darauf achten, dieses Schiff nicht zu schwer zu beschädigen. Wenn die Schilde ausfallen, sind wir alle tot.«

»Oh ... das stimmt ... und außerdem kennen sie das Gebiet, wir aber nicht. Das ist unser Nachteil.«

»Wir haben auch keine Waffen.«

»Ja ... richtig. Tut mir leid, Mr. Kirk. Ich bin nicht an solche Dinge gewöhnt.«

»Nachdem Sie zusammen mit einem Glückskind wie mir gedient haben? Natürlich sind Sie daran gewöhnt.«

Carlos lächelte, zuckte die Achseln und wurde rot, als ihm bewußt wurde, daß er immer nur dann in Lebensgefahr geraten war, wenn sich George Kirk in der Nähe befand.

»Wir gehen jetzt so vor«, sagte George. »Ich erkunde jeweils ein Gebiet von fünfzig Yards, Sie kommen als nächster, und fünfzig Yards dahinter dann Robert mit unserem kleinen Mädchen. Verstanden?«

»Verstanden, Sir. Sie können auf mich zählen.«

»Also holen wir jetzt den Captain und das Mädchen, suchen meinen Sohn und verschwinden dann von hier.«

»Na schön. Ich gebe es zu. Dir sitzt ein Sternenschiff im Nacken. Du bist erledigt.«

»Was verstehst du schon davon«, schnappte Roy, während er Jimmy Kirk vor sich durch das Schiff trieb.

Weshalb kam ihm das Schiff so leer vor? Und es war auch viel zu ruhig angesichts dessen, was es hier alles zu tun gab. Die Schäden waren unübersehbar, doch wo befanden sich die Männer? Wo waren all die weißen und schwarzen, braunen und blauen Gesichter, die er immer so gern verflucht hatte?

»Du kannst erzählen, was du willst«, erklärte er seinem Gefangenen. »Trotzdem wirst du bald tot sein, und ich lebe dann immer noch.«

Sie stiegen über zwei stark verbrannte Leichen hinweg. Roy gab sich alle Mühe, sich von dem Anblick nicht beeindrucken zu lassen, trotzdem fiel ihm wieder auf, daß immer weniger Leute in den Korridoren zu sehen waren. Wo steckten sie alle?

»Nein«, widersprach Jimmy, »diesmal nicht. Diesmal habt ihr es versiebt. Ihr habt einen Starfleet-Kutter angegriffen. Sie werden euch schnappen, und ihr seid tot oder landet im Knast. Und hinter euch ist nicht nur eine einfache Grenzpatrouille her. Es ist ein Sternenschiff. Die werden sich nicht mit irgendwelchen Vermutungen über verlorengegangene Schiffe zufriedengeben. Sie wissen, daß eine Starfleet-Crew nicht einfach ›verlorengeht‹. Und was kann eine Horde von Halunken wie ihr schon dagegen unternehmen? Ihr seid Diebe. Nichts als Piraten.«

»Wir sind *keine* Piraten!«

»Wieso nicht? Weil ihr euch nicht Piraten nennt, sondern nur alles das macht, was auch Piraten tun? Entschuldigung. War mein Fehler.«

»Wir sind Wikinger.«

»Und Mörder. Ihr rechtfertigt eure Handlungen, indem ihr euch selbst davon zu überzeugen versucht, eure Opfer verdienten, was sie bekommen. Ihr seid Schmuggler. Hehler.«

»Sei endlich still! Oder ich führe den Vorschlag meines Vaters aus!«

Roys Stimme hallte durch den leeren, stinkenden Korridor, als er Jimmy vorwärtsschob. Jimmy tat, was ihm gesagt wurde, kletterte folgsam Leitern hinauf und hinunter und nestelte an seinen Plastikfesseln, wenn Roy anhielt, um irgend etwas zu reparieren, aber er war nicht bereit, den Mund zu halten. Er war fest entschlossen, die Feindseligkeit auszunutzen, die zwischen Roy und den anderen auf diesem Schiff herrschte. Anders als auf dem Kutter wußte er hier genau, was er zu tun hatte. Er verstand diese Leute – zu gut, mußte er sich beschämt eingestehen. Sie waren das, wozu er bis vor wenigen Stunden auch hätte werden können.

Es war immer noch möglich, sich selbst, seinen Vater und seine Freunde mit heiler Haut hier herauszubringen. Und um dieses Ziel zu erreichen, mußte er Roy Moss manipulieren.

George Kirk befolgte klassische und auch einige weniger klassische strategische Regeln, als er durch das Schiff schlich und dabei alles unternahm, um seine Gegner zu stören und zu behindern, ohne dabei den äußeren Schutz des Schiffes zu gefährden.

Er schaltete die Beleuchtung ab, legte Räume trocken, die feucht sein sollten, setzte andere unter Wasser, demolierte jedes Kommunikationspaneel und verschloß, wo es möglich war, sämtliche Türen und Luken. Vielleicht konnte er nicht jeden einzelnen dieser Leute niederschlagen, aber er konnte sie einschließen, sie behindern, zu Umwegen zwingen und dafür sorgen, daß sie nicht miteinander sprechen konnten.

Er hatte darauf geachtet, daß die anderen eine halbe

Korridorlänge hinter ihm blieben und immer Deckung suchten, wenn er ein weiteres Stück ihres Weges erkundete. Normalerweise wäre das nicht nötig gewesen, doch sie mußten Veronica tragen und beschützen, was bedeutete, daß sie zusätzliche Verantwortung zu übernehmen hatten. Ein Mann, der sich nur um sich selbst zu kümmern hatte, konnte weitaus verwegener vorgehen.

Er hatte gerade wieder ein Stück des Korridors überprüft und wollte schon das Zeichen zum Nachrücken geben, als er Robert und Carlos plötzlich bedeutete zurückzubleiben und auch selbst in Deckung ging. Er hörte Stimmen.

Eine … zwei Stimmen.

Er duckte sich unter ein herabgestürztes Deckenteil und schaute nach hinten, um sich zu vergewissern, daß die anderen ebenfalls Deckung gefunden hatten. Offenbar war das der Fall, denn er konnte sie nirgendwo sehen.

»Weißt du, ich war nie ein großer Prinzipienreiter«, sagte eine der Stimmen. »Mir haben immer die Geschichten über den Wilden Westen gefallen …«

George hätte beinahe aufgeschrien. Jimmy! Die Stimme seines Sohnes!

Er lebte! Jimmy lebte!

Er zwang sich, in seinem Versteck zu bleiben, bis er die Situation abschätzen konnte … jetzt hörte er auch die Schritte!

»Toll«, meinte eine zweite Stimme abschätzig.

»Menschen, die aneinander geraten«, fuhr Jimmy fort, »Grenzstreitigkeiten, Konflikte um Landbesitz, die Frage, wie die Zukunft aussehen soll, welche Gesetze den Menschen am besten dienen … Aber ihr versucht nur, ein paar Münzen zusammenzukratzen. Hier geht es nicht um interstellare Streitigkeiten oder Übergriffe auf das Gebiet von anderen. Was ihr tut, ist nichts als hirnlose Piraterie.«

George duckte sich und hielt den Atem an. Er besaß keine andere Waffe als ein kurzes Rohr. Er konnte nicht mehr tun, als einen vorsichtigen Blick zu riskieren …

Ein großer, dünner Mann schob Jimmy um eine Ecke.

Nein … kein Mann. Ein anderer Junge. Kaum älter als Jimmy. Vielleicht ein oder zwei Jahre, dem spärlichen Bartwuchs nach zu urteilen. Beide Jungen sahen so aus, als wären sie auf einer Müllhalde herumgeklettert.

Dann erkannte George, daß Jimmys Hände gefesselt waren. Seine Kleidung und auch das Gesicht waren blutverschmiert, und der größere Junge hielt eine Art Waffe auf seinen Rücken gerichtet.

»Ich warne dich«, sagte der Größere. »Halt endlich die Klappe.«

»Sei doch selbst still«, schnappte Jimmy zurück. »Warum hängst du überhaupt bei diesen Leuten herum? Seit wir die Brücke verlassen haben, zeterst du über diese Klotzköpfe, denen du gehorchen mußt. Die sind doch nichts als eine Bande. Verfolgen kein besonderes Ziel. Bleiben nur zusammen, weil sie in einer zivilisierten Gegend niemand haben will. Mit so was wollte ich mein Leben nicht verbringen müssen. Diese stupiden Klötze sind doch kein Team. Sie benutzen dein Talent und deine Erfindungen, aber sie erweisen dir keinen Respekt. Was bringt es dir denn wirklich ein?«

»Aber … Schluß!« Roy atmete keuchend, seine Nasenflügel waren weit gebläht. »Niemand wird mir jemals wieder sagen, was ich zu tun habe. Und jetzt sei still.«

Jimmy begriff, daß er einen wunden Punkt getroffen hatte, und blieb abrupt stehen. George beobachtete atemlos, wie sein Sohn sich zu dem anderen jungen Mann umdrehte.

»Du bist wütend, weil du nicht das Kommando hast, richtig?« rief Jimmy herausfordernd. »Du magst es nicht, Regeln zu befolgen, die du nicht selbst aufgestellt hast oder deren Sinn du nicht erkennst. Du kannst vor mir nichts verbergen. Ich kenne all diese Ausreden selbst sehr genau. Du hast die Nase von dieser Art zu leben voll. Warum unternimmst du dann nichts?«

Der andere Junge trat unwillkürlich einen Schritt zurück. »Warum ich nicht ... *was?*«

»Du willst doch irgend etwas. Du willst mehr als das hier. Was machst du denn bei diesen Idioten? Wer sich hier wohl fühlen will, muß doch selbst ein Idiot sein. Ich weiß nicht, was du eigentlich willst, und es ist mir auch egal, aber hier wirst du es niemals finden.«

Er hielt inne, um die Reaktion auf seine letzte Bemerkung abzuwarten.

Und es kam eine. Eine sehr gute.

»Ich benutze diese Leute!« rief Roy. »Außerdem ist das nur vorübergehend. Ist einfach Pech, daß ich im Moment hier bin!«

»Ich glaube nicht an Glück oder Pech«, erklärte Jimmy. »Man hat sein Schicksal selbst in der Hand.«

»Ach ja? Und was ist mit dir? Was machst du denn hier? Glaubst du, die Idioten in dem anderen Schiff wüßten zu schätzen, was du getan hast?«

»Diese Leute waren bereit, ihr Leben für mich zu opfern. Sie sind nicht perfekt, aber sie versuchen es wenigstens. Sie haben mit dir und deiner Crew so viel gemein wie ein Hengst mit einer Küchenschabe!«

George klappte den Mund zu und wünschte sich, er könnte hinausstürzen und seinen Jungen umarmen. Die Worte wärmten sein Herz und brachten ihn trotz seiner mißlichen Lage zum Grinsen.

Jimmy bemerkte, daß er die Kontrolle über die Auseinandersetzung zu verlieren drohte, und versuchte, eine andere Bahn einzuschlagen.

»Und was die Kerle auf diesem Schiff angeht«, sagte er, »ist dir je der Gedanke gekommen, daß sie vielleicht dich ausnutzen?«

Der große Junge starrte ihn innerlich kochend an.

George begriff, daß Jimmy versuchte, sich in eine bessere Position zu manövrieren, aber nicht, um eine Schlägerei zu beginnen – er versuchte, sich einen psychologischen Vorteil zu verschaffen!

»Ich will verdammt sein«, hauchte George verblüfft. Und so, wie es aussah, war Jimmy seinem Bewacher tatsächlich überlegen.

»Darüber hast du nie nachgedacht, was?« bohrte Jimmy weiter nach. »Was hat dir die Sache denn eingebracht? Mir ist schon klar, daß du diese Schilde konstruiert hast, nicht die anderen Idioten. Aber du bist so dumm, daß du nicht mal erkennst, was du da eigentlich hast. Du hast eine Möglichkeit entdeckt, in der blauen Zone zu überleben, und jetzt sammelst du Schrott ein, um ihn zu verkaufen? Du bist doch der einzige, der mit den Schilden umgehen kann, richtig? Was hast du bisher daran verdient? Die paar Pfennige, die du hier im All zusammenkratzen kannst? Kapierst du nicht, wieviel Geld du damit wegwirfst? Du hättest diese Technik verkaufen können und dafür alles bekommen, was du dir wünschst. Und nicht nur das, du könntest zudem auch Roy Moss sein, der Held!«

George wäre fast aufgestanden, um zu applaudieren.

Das steckte also dahinter. Dieser Junge hatte die Schilde konstruiert.

Roy Moss stand da und schwankte unter der Faust der Realität, die ihn so plötzlich mitten ins Gesicht getroffen hatte. Seine Augen nahmen einen glasigen Glanz an.

Ein Held ...

George sah, wie Jimmy zufrieden die Zähne zusammenbiß, und begriff, daß sein Sohn den anderen Jungen durchschaut hatte. Dieser pferdeschwänzige Bengel wollte, daß die Menschen ihn achteten. Das war der Schlüssel zu seiner Persönlichkeit.

Und diesen Schlüssel hielt Jimmy in seinen Händen.

»Du bist dein ganzes Leben mit Kriminellen zusammengewesen, stimmt's?« hakte Jimmy nach. »Dir ist nie die Idee gekommen, auf die Seite der Legalität zu wechseln, oder? Du könntest jemand sein, der die Anerkennung der Leute überall in der Galaxis genießt. Aber was bist du statt dessen? Ein gewöhnlicher Halunke. Du kannst froh sein, wenn du lange genug lebst, um dir einen Bart wachsen zu lassen.«

Roy Moss machte ein Gesicht wie ein Kind, das gleich losbrüllen will. Er zeigte mit dem Finger auf Jimmy und knurrte: »Warte nur ab! Eines Tages werden alle in meiner Schuld stehen! Ich werde schon dafür sorgen, das ich bekomme, was ich verdiene!«

Bevor Jimmy zufrieden verstummte, hörte George ihn noch flüstern: »Und ich auch.«

George focht einen inneren Kampf mit sich selbst aus. Es drängte ihn dazu, aufzuspringen und seinen Sohn zu retten, doch seine Ausbildung hinderte ihn daran. Er konnte nicht einfach auf einen bewaffneten Kidnapper losstürmen, nachdem er jetzt wußte, daß sein Junge gesund und munter war.

Am Ende des Korridors, den die beiden entlanggegangen waren, ertönte das Geräusch von Türen, die sich öffneten und wieder schlossen. Die Chance war verstrichen.

Und nun? Hatte er richtig gehandelt?

Diese Erkundungsaufgaben hatten auch ihre Nachteile.

Er durfte im Moment nicht einfach nur Jimmys Vater sein. Er durfte Robert und Carlos und das verletzte Mädchen nicht im Stich lassen. Vier Menschen unterstanden seiner Verantwortung, nicht nur einer.

Und außerdem konnte man eigentlich nicht gerade behaupten, daß Jimmy nach seinem Vater jammerte.

George versuchte nachzudenken. Er mußte weitere Informationen sammeln, sich mit dem Terrain vertraut machen, die schwachen Punkte herausfinden, durfte nichts aus den Augen verlieren ...

»Halt! Keine Bewegung!«

Auch nicht den Korridor hinter ihm ...

Verdammt.

George erstarrte mitten auf dem rauchdurchzogenen, verwüsteten Korridor, genau wie es der Mann hinter ihm gefordert hatte.

Das war die Bestätigung. Er hatte sich zu sehr mit einer einzigen Person beschäftigt, statt den gesamten Plan im Auge zu behalten – und prompt wurde er erwischt.

Also schön – Wechsel zu Plan zwei.

Mit erhobenen Händen drehte er sich vorsichtig um.

Vor ihm stand ein kräftiger Mann, der eine bösartig aussehende Laserpistole hielt. George kannte den Typ der Waffe nicht, empfand aber plötzlich eine regelrechte Gier.

Er wollte diese Waffe haben.

Seine eigene war im Traktorstrahl verbrannt, und nun wollte er diese hier haben.

Er wartete ein paar Sekunden ab in der Hoffnung, Robert und die anderen würden diese Zeit nutzen, um sich zu verstecken. Dann hob er die Hände noch höher und sagte: »Ich ergebe mich.«

Der kräftige Mann kam drohend näher.

George gab sich alle Mühe, niedergeschlagen zu wirken. Er ließ das Rohr fallen, stützte die Hände gegen die Wand und spreizte die Beine, so wie er das von seinen eigenen Gefangenen immer verlangte.

»Ich gebe auf«, wiederholte er. »Ich habe mich verlaufen. In diesem Schiff finde ich mich einfach nicht zurecht.«

»Ja«, sagte der große, schmutzige Mann. »Uns gefällt das so.« Er blieb bei einem Wandkommunikator stehen und drückte auf eine Taste. »Brücke! Hier ist Munkwhite. Ich habe einen von ihnen. Sie sind hier unten auf dem Ankerdeck.«

Er wartete, doch aus dem Gerät drangen nur statische Geräusche. Er drückte fester auf die Taste.

»Brücke! Hier ist Munkwhite! Antwortet gefälligst!«

Statisches Knistern.

»Verdammt, was ist jetzt wieder los?« Er behielt George im Auge, während er fluchend an der Feinjustierung drehte.

»Ich habe das System demoliert«, erklärte George und sah den Mann über seine Schulter hinweg an. »Ich wollte nicht, daß ihr Halunken miteinander sprechen könnt.«

»Ja, sicher! Halt die Klappe!« Der Mann wandte seine Aufmerksamkeit wieder dem Gefangenen zu, kam zu George herüber und begann damit, ihn nach Waffen abzuklopfen.

George leistete keinen Widerstand, sondern hielt erwartungsvoll den Atem an …

Sssshhh

Munkwhites Gesicht nahm plötzlich einen überraschten Ausdruck an. Seine Augen weiteten sich, er stolperte einen Schritt zurück und keuchte: »Das ist nicht fair! Das ist ni …«

Er starrte die Hand an, mit der er George abgetastet hatte, wankte noch einen Schritt zurück und krachte dann wie ein gefällter Baum der Länge nach zu Boden.

George atmete tief ein und stieß sich von der Wand ab.

»Ist immer eine gute Idee, einen Gefangenen nach Waffen abzuklopfen«, meinte er, während er seine Falle aus der Tasche zog: ein Injektor, geladen mit Veronicas Beruhigungsmittel. Sicherheitshalber ersetzte er die verbrauchte Kapsel durch eine neue, falls ihn nochmals jemand überraschen sollte.

Aber natürlich war er jetzt bewaffnet ... mit dem Laser, den er sich so sehr gewünscht hatte. Er öffnete das Paneel eines Wandschranks und stopfte Munkwhite ohne weitere Umschweife dort hinein, damit er seine Betäubung ausschlafen konnte, wo ihn niemand finden würde.

»Keine Sorge«, meinte George, als er das Paneel wieder verschloß, »nur drei oder vier Stunden, dann geht es dir erst richtig schlecht. Davon abgesehen hat dir auch niemand versprochen, ›fair‹ zu sein. Robert! Komm her! Ich werde jetzt diese Halunken auf ihrer eigenen Brücke festsetzen.«

Als Roy Moss Jimmy zur Brücke zurückbrachte, um Big Rex zu melden, welche Schäden entstanden und daß eine ganze Reihe von Crewmitgliedern offenbar verschwunden waren, klang seine Stimme anders als sonst. Jimmy vermutete, es war möglicherweise das erstemal gewesen, daß jemand einen Streit mit Roy gewonnen hatte, ohne seine Fäuste zu gebrauchen. Diese Idioten hier auf dem Schiff hatten sich geistig nie mit ihm messen können, und es hatte ihm wohl kaum gefallen, von jemandem, der auch nicht auf den Kopf gefallen war, als dumm bezeichnet zu werden. Sein Intellekt war alles, was ihn über die anderen Banditen erhob. Er war nicht so groß und stark wie sein Vater. Er war daran gewöhnt, der Klassenprimus zu sein, und jeder andere um ihn herum schien seine Ansicht – ›Alle außer mir sind dumm‹ – nur zu bestätigen.

Doch jetzt war ein neuer Junge in der Klasse aufgetaucht. Jimmy Kirk mochte kein Überflieger sein, was wissenschaftliche Arbeit betraf, aber er verstand sich darauf, die Gefühle anderer bloßzulegen und zu verletzen. Roy war nicht daran gewöhnt, jemand um sich zu haben, der Fallen regelrecht riechen konnte, sich Dinge zusammenreimte und Probleme vorhersah. Dieser Jim Kirk besaß einen erstaunlichen Überlebensinstinkt und versuchte, praktisch in ihn hineinzukriechen und herauszufinden, *warum* er so lebte, wie er es tat. Wann immer Roy etwas gesagt hatte, war es nicht einfach an Kirk vorbeigerauscht wie bei den anderen Idioten. Jim Kirk merkte sich alles und reimte sich den Rest zusammen, wobei er eben nicht nur die Worte in sich aufnahm, sondern auch Blicke, wortloses Knurren oder die Haltung, die jemand einnahm. Mechanische Geräte zu durchschauen, war eine Sache, doch Motivationen zu erkennen …

»Das ganze Schiff fällt auseinander!« heulte Big Rex, als die beiden Jungen die Brücke betraten. Er sah seinen Sohn an. »Hast du das Interkom noch nicht repariert?«

»Du sagst es doch selbst«, knurrte Roy. »Das Schiff fällt auseinander.«

»Na und, dann bau es wieder zusammen!«

Roy hatte sich schon den Kontrollpulten zugewandt, doch jetzt drehte er sich wieder um, ließ seinen Blick über die zusammengeschmolzene Brückenmannschaft streichen und sah dann seinen Vater an.

»Kapierst du denn nicht?« fragte er anklagend. »*Sie* sind das! Sie sabotieren das Schiff! Ich habe dich bei jedem einzelnen Schritt gewarnt, aber du wolltest ja nicht hören! Jetzt sind sie an Bord, und ich weiß nicht, was ich noch für dich tun kann!«

»Gar nichts«, mischte sich Jimmy ein. »Ihr könnt nicht gegen Starfleet gewinnen.«

Vater wie Sohn fuhren gleichzeitig herum und riefen: »Halt die Klappe!«

Jimmy lehnte sich zufrieden zurück und genoß es, Big Rex Moss und Little Roy Moss vor Wut kochen zu sehen. Die Spannung, die zwischen Vater und Sohn herrschte, auszunutzen, reizte ihn. Jimmy spürte, wie eine bösartige Seite in ihm wach wurde, eine, die genau wußte, was zu tun war, wie man den Funken zündete, der die Explosion auslösen würde.

Plötzlich schrie jemand: »Antimaterie-Leck!«

Der Alien, der geschrien hatte, stand ein paar Schritte von Jimmy entfernt und hatte beide Arme tief in ein geöffnetes Wandpaneel gesteckt, was den Jungen an die zahllosen Basteleien erinnerte, die sie im Frachtraum des Kutters durchgeführt hatten.

Er erkannte, daß es sich bei dem Alien um einen Orioner handelte, und wußte, daß es besser war, einem Orioner, der in Panik geriet, möglichst fernzubleiben.

Und dieser hier geriet in Panik.

Genau wie alle anderen. Ein Antimaterie-Leck? War das schlimm?

Er beobachtete, wie die Diebe hektisch durcheinanderliefen, auf nutzlosen Konsolen herumhämmerten und sich gegenseitig anbrüllten.

»Was können wir tun?« fragte Big Rex immer wieder, während er einen Mann nach dem anderen an Ärmel oder Kragen packte, durchschüttelte und dann zur Seite schob. »Dichtet das Leck ab! Wir fliegen in die Luft! Tut etwas!«

Jimmy kam zu dem Schluß, daß es besser war, sich zurückzuhalten und niemandem in den Weg zu geraten. Falls sein Vater es irgendwie geschafft haben sollte, ein Leck vorzutäuschen, war es besser, wenn er sich ruhig verhielt. Sollte das Leck jedoch echt sein, stand er besser niemandem im Weg, bis sich die Lage wieder geklärt hatte.

»Das Backbord-Warptriebwerk!« brüllte der Orioner und starrte dabei auf einen winzigen Monitor. »Detonation in dreißig Sekunden! Neunundzwanzig! Achtundzwanzig! Siebenundzwanzig!«

»Tut etwas!« rief Rex Moss.

»Sechsundzwanzig!«

Auf einmal drehten sich alle auf der Brücke um. Nicht zu Rex, auch nicht zu dem orionischen Ingenieur, sondern zu Roy Moss.

Sogar Big Rex selbst. »Nun?« knurrte er.

Und jetzt erkannte Jimmy, daß seine Worte nicht spurlos an Roy vorübergegangen waren. Etwas hatte sich ganz entschieden zwischen Roy und Rex Moss verändert. Etwas, das über die Angst eines Sohnes vor seinem brutalen Vater hinausging.

Roy starrte auf seinen Vater hinunter und fragte voller Haß: »Ja?«

Sein Vater sah aus wie jemand, der vor einem Herzanfall steht.

»*Tu* etwas!«

Die Spannung zwischen den beiden begann zu sieden.

Schließlich verlagerte Roy sein Gewicht auf das andere Bein und fragte: »Warum sollte ich?«

29

»Empfange Anzeichen eines Antimaterie-Lecks!«

»Aus dem Innern der blauen Zone?«

»Bestätigt.«

»Genau darauf haben wir gewartet, Kinder.«

Lorna Simon bemühte sich, ihre Stimme für die jungen Leute an Bord und insbesondere für Drake Reed ruhig und zuversichtlich klingen zu lassen. Reed trug einen Gesichtsausdruck wie jemand, der zusehen muß, wie sein bester Freund die Rampe zur Guillotine hochsteigt.

Jetzt mußte sie unbedingt aufstehen. Es gab Zeiten, da war nicht einmal der Kommandosessel eines Schiffes wie der *Enterprise* genug.

Nicht, wenn es ein Antimaterie-Leck an einem Ort gab, an dem sich ihre Kinder befanden. Und sie hatte daran gedacht, in den Ruhestand zu treten … Dabei waren es Zeiten wie diese, die sie immer wieder von ihrem Vorhaben abbrachten.

»Lassen Sie die Sensoren arbeiten, bis es kracht!« befahl sie. »Fixiert das Schiff! Reed, kommen Sie her und übernehmen Sie die Navigationskonsole! Jetzt richten wir unsere Traktorstrahlen in dieses Durcheinander und holen unsere Leute dort raus!«

Niemand rührte sich. Alle schwitzten, doch niemand bewegte sich. Alle starrten Roy an.

Er ließ sie schwitzen. Jetzt war er im Vorteil, und das wollte er bis zum letzten ausnutzen. Nicht einmal sein Vater wußte, was zu tun war.

»Fünfzehn! Vierzehn! Dreizehn! Zwölf!« rief der orionische Ingenieur.

Roy ging zu seinem Vater hinunter. »Geh aus dem Weg, du Idiot.«

Big Rex Moss hatte keine Wahl, und offensichtlich war ihm das klar.

Er verfluchte das Universum und trat beiseite.

Die Stimme des Orioners meldete kreischend: »Acht! Sieben! Sechs!«

Roy ging an Big Rex vorbei, als wäre er Luft.

Jimmy fand den Effekt sehr erstaunlich. Sein Wächter, der sich noch vor zwei Minuten so erstaunt über die Idee, das Kommando zu übernehmen, gezeigt hatte, schien mittlerweile zu der Ansicht gekommen zu sein, daß sein Vater ebensowenig Respekt oder Furcht verdiente wie eine der anderen Kreaturen auf dem Schiff.

Mit einer Hand – als wolle er damit zusätzlich seine Überlegenheit demonstrieren – griff Roy in eine offene Sektion der mechanischen Paneele auf der Backbordseite, führte irgendwelche magischen Handlungen aus und zog dann an etwas.

Ihnen blieben nur noch zwei Sekunden, als der Countdown verstummte und der Orioner hervorstieß: »Backbordtriebwerk abgeworfen! Steuerbordtriebwerk weiterhin stabil!«

Einen Augenblick später bäumte sich das Schiff unter ihnen auf und schleuderte alle zu Boden. Jimmy kämpfte um sein Gleichgewicht und erkannte, daß das abgeworfene Triebwerk gerade explodiert war und die Nachwirkungen dieser Detonation das Schiff erfaßt hatten. Doch erst als sich das Schiff wieder beruhigte, begriff er, daß er eine Chance verpaßt hatte. Er hätte jemanden schlagen oder treten sollen, oder irgendwohin verschwinden.

Noch etwas, das er sich für die Zukunft merken konnte.

Roy genoß es, seinen Vater und die anderen aus einer Situation gerettet zu haben, in der sie ohne ihn alle gestorben wären. Er richtete sich auf und sah Big Rex an.

»Ich gehe jetzt nach unten«, sagte er. »Ich werde die Abschirmungen sichern und tun, was sonst nötig ist, damit so etwas nicht wieder passiert. Du ... bleibst einfach hier und spielst den großen Mann.«

Das Gift troff förmlich von seiner Zunge.

Er ging Richtung Heck, schnappte sich unterwegs eine Dose mit der Aufschrift CHEMISCHES LÖSUNGSMITTEL und winkte dann Jimmy, vor ihm hinauszugehen.

Sobald sie sich wieder im Korridor befanden, verfiel Roy in eine Art hämisches Schweigen, das Jimmy als Schadenfreude interpretierte. Schließlich bemerkte er einen von Jimmys abschätzigen Blicken und meinte: »Du bist ganz schön dreist für einen bösartigen Zwerg mit gefesselten Händen.«

»Ich bin aber nicht derjenige, der über Vatermord nachdenkt.«

»Ach, halt die Klappe. Du hast ja keine Ahnung, wovon du sprichst.«

»Doch, habe ich schon«, beharrte Jimmy, als Roy ihn in einen der Maschinenräume schob.

Roy murmelte etwas Unverständliches und kletterte dann über einen gefährlich scharfkantigen Haufen aus elektrischen Teilen und Schaltkreisplatinen, die aus der Decke herabgestürzt waren. Schließlich schaffte er es auf allen vieren, den Haufen zu überwinden, kauerte sich dann in eine Ecke, öffnete die Dose, die er mitgebracht hatte, und begann damit, einzelne Teile der Gerätschaften auszuwählen und eines nach dem anderen in den chemischen Reiniger einzutauchen.

Der Haufen aus zerschmetterten Teilen knisterte und versprühte gelegentlich elektrische Funken, als wollte er sich über die beiden Jungen lustig machen, die hier versuchten, die Arbeit von Erwachsenen zu erledigen.

Jimmy blieb in der Ecke stehen, die Roy ihm zugewiesen hatte. Er beabsichtigte kein Kräftemessen mit dem anderen Jungen – zumindest jetzt noch nicht. Seine Fäuste hatte er schon oft genug benutzt, und dies hier war für ihn ein ganz neues Abenteuer. Er wollte jetzt erst einmal ausprobieren, wie weit er Roy treiben konnte.

Ihm war bewußt, daß er ziemlich gut darin war, andere zu durchschauen, doch bis heute hatte er dieses Talent kaum auf sich selbst angewandt. Jetzt war er entschlossen, sich nicht einfach zu opfern, sondern zu überleben, um seinem Vater davon zu erzählen.

»Ich verstehe dich einfach nicht«, sagte er. »Du bist offensichtlich brillant, doch dein Vater hält das für eine Art Taschenspielertrick. Wenn es ihm etwas einbringt, respektiert er dich vielleicht. Doch bis dahin bedeutest du gar nichts für ihn. Wenn du das nicht erkennst, bist du selbst dumm.«

Roy vergrub sich in seine Reinigungsarbeiten, brummte irgend etwas vor sich hin und gab in erster Linie knurrend seiner Frustration Ausdruck.

Es funktionierte, erkannte Jimmy. Er wußte, daß er Roy aufstacheln konnte, indem er dafür sorgte, daß er sich dumm vorkam, denn das würde bei ihm selbst genauso funktionieren. Es kam ihm so vor, als würde er in Roy Moss seine eigene Zukunft erkennen – ein perfektes Beispiel für das, was aus Jimmy in zwei oder drei Jahren werden könnte und das sein Vater zu verhindern versucht hatte: ein zorniger junger Mann, der von der Richtigkeit dessen, was er tat, nicht überzeugt war.

»Dummheit ... dumme Leute können irgendwie durchkommen ... undisziplinierte nicht ...«

Roy murmelte jetzt etwas lauter, und Jimmy konnte ein paar der Satzfetzen verstehen.

»... Idioten wollen daran teilhaben ... gebe es nie auf ... alles gehört mir, alles ... wimmeln auf Faramond herum wie Läuse ...«

»Faramond?« Jimmy richtete sich kerzengerade auf. »Was ist mit Faramond?«

Roy sah mit weit aufgerissenen Augen hoch. In seinen Fingern hielt er einen kleinen elektrischen Chip, von dem Flüssigkeit herabtropfte.

»Welches Interesse hast du an Faramond?« hakte Jimmy nach.

»Geht dich nichts an! Für wen hältst du dich? Für Sherlock Holmes?«

Wieder verriet Roys Miene, daß er es nicht gewöhnt war, jemanden um sich zu haben, der sich die Dinge zusammenreimen konnte.

Er versuchte, sich wieder auf seine Reinigungsarbeiten zu konzentrieren.

Jimmy stieß sich von der Wand ab und deutete mit seinen gefesselten Händen auf ihn. »Du hast etwas auf Faramond, wovon du deinem Vater nichts erzählst!«

»Halt die Klappe!« schnappte Roy.

»Du weißt etwas, das sonst niemand kennt«, bohrte er weiter. »Stimmt doch, oder? Ganz sicher. Warum sonst würdest du dich mit dieser Schiffsladung von Höhlenmenschen abgeben? Das ist der Grund, weshalb du den Mund hältst, richtig?«

Roys Arme zitterten heftig, und sein Gesicht färbte sich rot. »Ich brauche sie nicht! Ich bin schon dabei, meinen eigenen Weg zu gehen! Ich habe heimlich einiges von der Beute für mich abgezweigt, für meine eigene Zukunft gespart! Für *meine* Zukunft! Und die schließt dieses Pack nicht mit ein!«

Jimmy schob sich an der Wand entlang, wodurch Roy gezwungen war, sich von der Tür zum Hauptkorridor abzuwenden. »Und was ist es?« fragte er provozierend. »Ich wette, du brennst darauf, es jemandem zu erzählen. Warum nicht mir?«

»Ich muß es niemandem erzählen! Es gehört mir! Wenn ich alles zusammenhabe, was ich brauche, werde ich mir alles nehmen, was diese Narren gestohlen haben, und jage sie alle in den Weltraum! Ohne mich würden sie sowieso nicht mehr leben, also ändert sich im Grunde dadurch auch nichts! Ich werde alles kriegen, was ich haben will! Und wenn es soweit ist, schaffe ich mir diese Leute vom Hals! Sie bedeuten mir nichts, und ich werde deswegen auch kein schlechtes Gewissen haben! Darwin würde das verstehen!«

»Was ist mit deinem Vater? Schließt ihn das mit ein?«

»Sieh mal, er ist mein Vater! Ich bestehle ihn zu seinem eigenen Besten! Das heißt nicht, daß ich ihn töten müßte! Wenn es soweit ist, wird er es schon verstehen! Es bleibt ihm gar nichts anderes übrig! Du hast doch selbst gesehen, was eben auf der Brücke passiert ist! Ich habe jetzt das Kommando! Und ich habe etwas auf Faramond, das es wert ist, ein ganzes Leben daran zu arbeiten, und es gehört mir allein! Es wird mich zu einem Eroberer machen!«

Jimmy sagte nichts.

Das mußte er auch nicht.

Der Schatten, den das schwache Licht des Korridors warf, sagte alles. Roy fuhr herum.

Big Rex stand im Türrahmen.

Und in seinem Blick lag nichts Väterliches mehr.

30

Der junge Roy Moss verwandelte sich innerhalb von drei Sekunden von einem Beherrscher der Zukunft in ein zitterndes Opfer. Er drängte sich rückwärts gegen die Wand, in der einen Hand noch ein elektrisches Teil, in der anderen die schwere Büchse, die ihm aus den Fingern rutschte und aufrecht auf dem Boden landete, wobei etwas der Flüssigkeit herausschwappte.

»Ich teile alles mit dir!« heulte er, als sein Vater sich langsam in den Raum schob. »Du hast gehört, wie ich das gesagt habe! Es sollte für uns sein! Für uns beide!«

Das Angebot kam zu spät. Allein der Gedanke, daß Roy die eigenen Leute bestohlen hatte, vergiftete schon die Luft.

»Ich hätte dich schon längst töten sollen«, knurrte Big Rex. »Jetzt werde ich das nachholen. Ich bringe dich genauso um wie deine Mutter.«

Ohne den Blick von seinem Sohn zu wenden, begann Big Rex, den Haufen aus Geräten und Schaltungen zu erklettern. Der Hügel knackte und knirschte, als Big Rex langsam auf seinen Sohn zukroch.

Jimmy erkannte die Gelegenheit, die sich bot, und bewegte sich vorsichtig in Richtung des Durchgangs. Wenn er es bis …

Eine Hand packte ihn bei der Kehle. Sie war so groß, daß allein die Handfläche von seinem Ohr bis zur Schulter reichte, und sie schleuderte ihn in den Raum hinein, wo er so hart gegen die Wand prallte, daß er halb betäubt zu Boden sank.

»Bleib da sitzen!« dröhnte Rex Moss. »Du bist als nächster dran!«

Jimmy begriff, daß er jetzt einen Schnellkurs in blankem Mord miterleben würde, und es gab nichts, was er daran ändern konnte. Big Rex vermochte jede Seite des kleinen Raums zu erreichen, ohne sich deswegen auch nur vorbeugen zu müssen. Es gab keine Möglichkeit, an ihm vorbeizukommen.

Big Rex stand jetzt mitten auf dem knirschenden Trümmerhaufen und packte Roy an der Kehle.

»Wo ist meine Beute?« fragte er. »Wo hast du sie versteckt?«

Rex würgte Roy zu Tode, daran bestand kein Zweifel. Doch er war so wütend und würgte Roy so hart, daß der Junge gar nicht antworten konnte, selbst wenn er gewollt hätte.

In seiner Panik hob Roy plötzlich das Geräteteil, das er noch immer in der Hand hielt, und zog es seinem Vater quer über die speckige Wange.

Rex brüllte vor Schmerz und Wut auf, riß seinen Sohn von den Füßen und schleuderte ihn gegen die Wand.

Jimmy, noch immer halbbetäubt, kämpfte sich auf die Knie, um das Geschehen besser verfolgen zu können, wagte es aber nicht, diesen Riesen noch einmal herauszufordern, diesen wütenden Riesen, den man um seinen Anteil betrogen hatte.

Rex kroch weiter über den Haufen vorwärts und ignorierte das Krachen der Kurzschlüsse unter seinen Händen und Knien.

»Wo ist meine Beute?« brüllte er. »Ich will alles haben!«

Roy stand zitternd vor ihm und bewegte den Mund, brachte aber keinen Laut heraus. An seinem Hals zeichneten sich bereits die Druckstellen ab.

»Mich bestehlen?« knurrte Rex und schob sich unerbittlich weiter vor.

Roy versuchte ihm auszuweichen, doch der einzige Platz, den er erreichen konnte, war der, an dem er sich ursprünglich aufgehalten hatte. Er schob sich seitlich in dieser Richtung an der Wand entlang, unfähig, einen klaren Gedanken zu fassen. Die hektisch zukkenden Augen blickten immer wieder zu seinem Vater hinüber, der über den Trümmerhaufen kroch und ihn schon fast wieder erreicht hatte.

Sein Stiefel stieß gegen die Dose mit der chemischen Reinigungsflüssigkeit und hätte sie fast umgeworfen.

Roy schnappte danach und erwischte sie wunderbarerweise auch.

Vielleicht wollte er seinen Vater nur einschüchtern, ihm nur einen Spritzer in das finstere Gesicht schütten, das näher und näher kam, doch die Dose hatte eigene Pläne. Die Abdeckung löste sich, und der gesamte Inhalt ergoß sich über Rex Moss und die Trümmer unter seinen Füßen.

Der Haufen bestand aus aufgeladenen und miteinander verbundenen Teilen, in denen noch Energie floß.

Ein gewaltiger Kurzschluß löste einen wahren Schauer von Funken aus. Big Rex stieß einen Schrei aus, der viel zu hoch war für einen Mann seiner Größe, erstarrte und fing dann an zu zittern.

Seine Augen traten aus ihren Höhlen, elektrische Entladungen zuckten wie Blitze aus Armen und Beinen und setzten sein Haar in Flammen.

Rex Moss begann zu braten. Flammen brachen aus seiner Kleidung, als hätte jemand einen Zauberspruch auf ihn losgelassen. Von den Kräften der Physik an das Material unter ihm gefesselt, krallte sich Rex zuckend mit beiden Händen in den Metallberg, die Augen noch immer fest auf seinen Sohn gerichtet. Blitze durchfuhren ihn und hinterließen Brandmale auf seiner Stirn, während die durchtränkte Kleidung und das nasse Metall den Strom Welle um Welle in seinen riesigen Körper leiteten und er innerlich gekocht wurde.

Jimmy suchte, behindert von seinen gefesselten Händen, nach Deckung, und konnte gerade noch unter einem halbzerbrochenen Stuhl Zuflucht finden, als die Funken um ihn herum herabregneten. Aus den Augenwinkeln sah er, daß Roy ebenfalls nach Dekkung suchte, während sein Gesicht nichts als tiefste Verblüffung ausdrückte.

Der Gestank brennender Chemikalien und verbrannten Fleisches wurde übelkeiterregend stark, als die Flüssigkeit immer mehr verdunstete. Der große Mann sackte zusammen, die weit aufgerissenen Augen noch immer auf seinen Sohn gerichtet, während das Leben aus ihnen verrann.

Schließlich lag er still da, ein großer Hügel oben auf einem anderen Hügel, und wurde langsam von der elektrischen Hitze kauterisiert.

Überwältigt von dem Schrecken und verbrannt von Funken und Spritzern der Flüssigkeit, lag Roy Moss halb auf dem Rücken und starrte zwischen den Knien hindurch auf die Leiche seines Vaters.

Plötzlich krümmte er sich gegen die Wand, schlug mit der Faust dagegen und schrie: »Warum hast du mich dazu gebracht? Warum hast du mich dazu gebracht, ihn zu töten? Das hätte nicht sein dürfen! Er war ein großer Mann! Und sieh ihn dir jetzt an! Sieh ihn an!«

Rex starrte noch immer auf seinen Sohn, und keiner der Jungen hätte zu sagen vermocht, ob er wirklich schon völlig tot war.

Plötzlich sprang Roy auf, stolperte zu Jimmy hinüber und drückte ihm die Mündung der Betäubungspistole gegen den Kopf. Jimmy hatte nicht einmal gewußt, daß er diese Waffe noch immer bei sich trug.

»Du wirst dafür bezahlen! Dafür sorge ich!« schrie Roy halb schluchzend und unfähig, sich selbst für den Tod seines Vaters verantwortlich zu machen.

Der Schrott unter Rex Moss gab etwas nach, und auch der gewaltige Körper rutschte etwas tiefer und lenkte Roy ab.

Er wandte sich von Jimmy ab und sprach zu dem verwüsteten Gesicht seines Vaters.

»Es war nicht mein Fehler … nicht mein Fehler … ich wollte nicht …«

Jimmy kroch aus seinem Versteck heraus und schaute ebenfalls, doch ohne Bedauern oder Mitleid. Er hatte einfach keine Gefühle mehr übrig für diese Leute, die Chance um Chance gehabt hatten, ihre Fehler wiedergutzumachen, und die keine davon genutzt hatten.

Zitternd lehnte sich Roy gegen die Wand, die Knie gebeugt, die Zähne fest zusammengebissen, die Nüstern gebläht. Er atmete stoßweise und sah so aus, als könne er sich ohne die stützende Wand nicht mehr aufrecht halten.

Der Ausdruck auf seinem Gesicht wechselte ständig. Jimmy konnte erkennen, daß Roy seinen Verstand ordnete und sich bemühte, seine Emotionen zu verdrängen – von denen er reichlich hatte.

Es war ein interessanter Prozeß. Die Saat einer geistigen Krankheit.

»Schicksal«, keuchte er schließlich. »Ergibt Sinn …«

Er bückte sich, nahm die Waffe auf, die er neben sich hatte fallen lassen, stieß sich von der Wand ab und versuchte schwankend, das Gleichgewicht zu bewahren.

»Es wußte Bescheid«, murmelte er. »Zwang mich, das Kommando zu übernehmen … erwachsen zu werden, bevor ich bereit war … es wußte vielleicht, daß ich bereit *bin* … ich wollte es nur nicht glauben. Schicksal …«

Er streckte sich und schien, fast gegen seinen Willen, all seine Kraft zu sammeln. Das Kommando zu übernehmen, war etwas, woran er sein Leben lang gedacht hatte, aber er hatte es nie in Reichweite geglaubt.

Um nicht zu dicht an Big Rex' Leiche heranzugehen, schob er sich an der Wand entlang, bis er den Arm ausstrecken und Jimmy am Kragen packen konnte.

»Ich muß auf die Brücke. Beweg dich.«

Veronica Hall stieß ein markerschütterndes Stöhnen aus, als ihre Schiffskameraden sie durch einen zerfetzten Türrahmen zogen und dann auf dem Boden des Korridors niederlegten, wo sie nachdenken und ihre Möglichkeiten abschätzen wollten.

George japste schwitzend nach Luft, während er zusah, wie Robert und Carlos Veronicas Medikamentenspender zum fünftenmal, seit sie an Bord dieses Schiffes gekommen waren, wieder auffüllten. Ein seltsames Ritual, dieses Schleichen und Deckungsuchen, während sie gleichzeitig ein verletztes Mädchen mitschleppten, das dringend medizinische Behandlung benötigt hätte.

Wieder empfand er die Last der Verantwortung und das Gefühl, ihr nicht gerecht zu werden, während er eine Entscheidung traf, die ihn schwer ankam.

»Robert« begann er.

»Ja, George?« antwortete Robert mit mönchischer Ruhe.

»Ich werde weiter vorrücken.«

»Ja, ich verstehe.«

»Kannst du hier durchhalten?«

Robert schaute zu ihm auf und sammelte alle Willenskraft, die er noch besaß. Er warf einen kameradschaftlichen Blick auf Carlos und sah dann wieder George an.

»Wir werden tun, was immer nötig ist«, versicherte er. »Und du ziehst los und suchst deinen Sohn.«

»Wo sind die alle?«

Roy stieß diese Worte hervor, während er einen Schaltschrank in der Korridorwand öffnete.

Sämtliche Leitungen waren tot, das Interkom funktionierte nicht, die Sensoren arbeiteten nicht, mindestens siebzig Prozent der Türen, an denen sie auf ihrem Weg zur Brücke vorbeikamen, ließen sich nicht öffnen.

Jimmy stand ein paar Schritte entfernt, rieb sich die Hände, um die Blutzirkulation trotz der Fesseln in Gang zu halten, und gab keine Antwort. Das Schiff wirkte unheimlich und leer. Die Crew war verschwunden, die Kommunikation funktionierte nicht mehr, und abgesehen von den Schilden schien auch sonst nichts mehr zu arbeiten.

»Was treiben deine Leute da?« fragte Roy. »Weißt du, was sie vorhaben? Gehen sie nach einem Plan vor? Haben sie ein bestimmtes Ziel? Wenn du es mir verrätst, könntest du damit unser aller Leben retten.«

Jimmy zuckte die Achseln. »Woher soll ich das wissen? Ich bin schließlich nur ein Kind. Und davon abgesehen, wie könnten ein paar Starfleet-Gorillas es schon mit einem Intellekt wie dem deinen aufnehmen? Du weißt schon ... Darwin würde das verstehen.«

Roy knurrte ihn tatsächlich mit gefletschten Zähnen und geblähten Nüstern an und bedrohte ihn mit seiner Waffe.

Jimmy war stolz darauf gewesen, ein oder zwei gute Treffer gelandet zu haben, doch sein Vater schien an acht Plätzen gleichzeitig zu sein. Sein Vater und Captain April ... er versuchte sich auszumalen, wie Robert April jemandem eins über den Kopf zog, aber er konnte sich dieses Bild einfach nicht vorstellen.

Robert April würde sich mit den Leuten zusammensetzen und ihnen gut zureden, und die Burschen würden sich schuldig fühlen und sich ergeben.

Und dann würde George Kirk ihnen eins überziehen.

Eine der Hauptschleusen öffnete sich vor ihnen, und sie gingen zum oberen Bereich des Schiffes hinauf. Als sie um eine Ecke bogen, vernahmen sie ein schreckliches Gepolter und Gekrache, dem sie problemlos bis zu einer aufgerissenen Sektion der Wand folgen konnten. Genau dort an dieser Wand klapperten eine ganze Reihe von spindähnlichen Türen.

»Bleib etwas zurück«, befahl Roy. Er ließ seinen Gefangenen und ›persönlichen Schutzschild‹ nicht aus den Augen, während er auf jene Tür zuging, von der das Gehämmer seinen Ausgang nahm.

Bei dieser Tür mochte es sich um einen Spind oder ein verschließbares Kontrollpaneel handeln, doch was immer auch zutraf, sie war halb ausgebeult und es befand sich jemand dahinter, der wie verrückt daran rüttelte und herauszukommen versuchte. Roy packte die Tür und bemühte sich, sie aufzuziehen, doch nur der obere Teil bewegte sich etwas.

»Mach auf!« brüllte eine Stimme von drinnen.

»Munkwhite?« fragte Roy. »Bist du das?«

»Hol mich raus! Hol mich aus diesem Loch raus!«

»Die Tür geht nicht auf.«

»Mach auf!«

»Soll ich es dir buchstabieren? Sie ist verkeilt. Wer hat das gemacht?«

»Diese Starfleet-Leute! Sie sind hier! Haben mich überrascht. Jetzt mach endlich die Tür auf!«

Roy rüttelte noch einmal halbherzig an der Tür, wobei er offensichtlich mehr an sich und die Tatsache, daß mehrere Starfleet-Leute frei auf dem Schiff herumliefen, dachte, versetzte ihr noch einen letzten Tritt und sagte dann: »Tja, das kommt davon, wenn man so dumm ist.« Er wandte sich wieder an Jimmy. »Komm jetzt. Wir wollen das Heu einbringen, solange die Sonne scheint.«

Nervös und mit schußbereiter Waffe trieb er Jimmy vor sich her, während Munkwhite weiter im Hintergrund hämmerte.

Auf der Brücke fanden sie lediglich Lou Caskie vor. Der ohnehin schon alte Mann schien um weitere zwanzig Jahre gealtert und in heller Panik. Die Brücke selbst war ein Durcheinander aus zerbrochenen Geräten und verstreuten Einzelteilen, durch das sich kaum noch ein Weg finden ließ. Roys Erbe bestand aus einer Ruine, einem Wrack voller Lecks, und einem panischen alten Mann.

»Was ist noch übrig?« rief Roy über das Knistern und Knacken der demolierten Konsolen.

»Wo ist dein Vater?« kreischte Caskie mit sich überschlagender Stimme. »Wir werden hier drin alle umkommen! Wir werden sterben wie die Ratten!«

»Wo ist der Rest der Mannschaft?«

»Keine Ahnung! Niemand antwortet! Die Sensoren arbeiten nicht mehr! Das Interkom ist hinüber! Die Besatzung antwortet nicht! Sie sind alle tot!«

»Sie sind nicht tot«, knurrte Roy und kletterte über ein großes Trümmerstück zum Zentrum der Brücke hinunter. »Aber sie werden es bald sein.« Er winkte zu Jimmy hinüber. »Du – komm her. Stell dich dort drüben hin, wo ich dich sehen kann. Was haben deine Freunde vor? Sag's mir!«

»Woher soll ich das wissen? Ich bin nur ein Kind, oder hast du das vergessen?« Obwohl Jimmy dem Befehl gehorchte, war in seiner Stimme nicht die kleinste Spur von Kooperationsbereitschaft zu hören. »Ist ziemlich ruhig im Schiff, nicht?«

»Halt die Klappe! Sei still!«

»Und was hast du jetzt vor?«

»Ich spiele jetzt meine letzte Karte aus, Klugscheißer. Ich drehe jetzt überall außer auf der Brücke die Heizung ab.«

Alle Frechheit wich aus Jimmys Gesicht. »Das kannst du nicht machen!«

»Sie werden alle erfrieren«, verkündete Roy zufrieden.

»Sag das ruhig noch mal«, knurrte Jimmy. »Irgendwann glaubst du es dann selbst.«

Wütend fuhr Roy herum und kam auf ihn zu, wobei er seine Waffe zog.

»Mit dir bin ich auch fertig«, grollte er. »Ich brauche dich nicht mehr. Das hier wird dich zum Schweigen bringen.«

»Keine Bewegung, Bengel!«

Es kam Jimmy so vor, als hörte er seine eigene Stimme. Er und Roy drehten sich gleichzeitig um und starrten in den Lauf einer Laserpistole. Und dahinter, noch halb in dem zum Maschinenraum führenden Schacht …

George Kirk.

Jimmy preßte die Lippen zusammen. Er durfte jetzt auf keinen Fall die Tatsache enthüllen, daß dieser Mann sein Vater war, doch dann entdeckte er Lou Caskie, der hinter George auftauchte und ein scharfkantiges Metallstück hob.

Ohne nachzudenken rief Jimmy: »Dad, hinter dir!«

George reagierte genauso spontan, indem er Caskie seinen Stiefel ins Gesicht pflanzte. Offensichtlich hatte er sich auf genau diese Weise auch den Weg durch das Schiff gebahnt. Einen Augenblick später war der alte Mann nicht mehr zu sehen.

Doch während George Kirk mit Caskie beschäftigt war, blieb Roy nicht untätig.

Er stürzte zu einem Paneel und schob die Hand darunter – die Schildkontrollen …

»Sie können nicht schneller schießen, als ich meine

Finger bewege«, rief er. »Sie können mich töten, aber nicht, bevor ich die Schilde abschalte und wir alle sterben! Sie können mich nicht schnell genug erledigen! Niemals!«

Und er hatte recht.

»Sie werden sterben! Ihr Sohn stirbt! Ihre Freunde sterben! Ich tue es! Ich tue es wirklich! Ergeben Sie sich!«

»Also schön!« knurrte George Kirk.

»Nein!« rief Jimmy. »Tu es nicht, Dad. Er wird uns trotzdem umbringen. Er ist so.« Mit einem Blick auf Roy fügte er hinzu: »Wir dürfen ihn nicht gewinnen lassen. Du hattest recht. So etwas darf keinem anderen mehr widerfahren. Besser, wir sterben alle hier.«

Sein Vater richtete sich auf und starrte ihn an: »Du meinst das wirklich ernst?«

Jimmy nickte knapp. »Todernst.«

»Sei still!« kreischte Roy. »Sei still! Ich tue es!«

Jimmy trat einen Schritt auf Roy zu. »Dann tu's doch. Was dauert denn so lange?«

Auf dem oberen Deck sagte George, der durch ein mächtiges Trümmerstück von den beiden Jungen getrennt wurde: »Nein!«

Jimmy blieb stehen und blickte ihn mit einem ›aber‹ in den Augen an.

»Geh zurück, Jimmy«, sagte George bestimmt.

Roy kauerte vor der Konsole, die Finger auf dem Schalter, und zitterte so heftig, daß seine Zähne klapperten.

Jimmy brodelte innerlich. Er wollte nicht gehorchen, aber irgendwie schien Trotz keine passende Reaktion mehr zu sein.

George hob langsam die Hände, zielte nicht mehr mit der Pistole auf Roy, sondern trat zwei Schritte vor und legte die Waffe auf das Trümmerstück.

»Hol sie«, sagte Roy zu Jimmy. »Pack sie am Lauf an und gib sie mir.«

»Hol sie dir doch selbst«, knurrte Jimmy. »Ich habe auch meinen Stolz.«

»Du holst sie mir jetzt oder ich schwöre, ich schalte die Schilde ab!«

»Jim«, sagte George ruhig. »Tu, was er sagt.«

Verblüfft runzelte Jimmy die Stirn.

»Tu, was er sagt«, wiederholte George.

»Er wird es nicht tun, Dad«, sagte Jimmy. »Er bringt sich nicht selbst um.«

George studierte das Gesicht seines Sohnes. Zwischen ihnen beiden lief eine stumme Kommunikation ab wie schon seit Jahren nicht mehr – und er war ganz sicher, daß er sich das nicht nur einbildete. Einfach, indem er den Jungen ansah, konnte er erkennen, daß eine Veränderung stattgefunden hatte. Jimmy hatte jetzt Vertrauen – Vertrauen zu *ihm.*

Leise fügte George hinzu: »Befehl.«

Ohne zu verstehen, weshalb, und ohne abzuwarten, bis er einen Grund dafür sah, sagte Jimmy einfach: »Ja, Sir«, und führte einen Befehl aus, den er ablehnte.

Mit einem siegessicheren Grinsen packte Roy die Laserpistole. Er leckte sich über die Lippen, stand auf und richtete die Waffe direkt auf Jimmys Kopf.

Jeder Muskel von Roys Körper war verkrampft, er war gleichzeitig begeistert, verängstigt und erleichtert darüber, daß er gewonnen hatte; er mußte ihnen diese Tatsache jetzt unter die Nase reiben.

»Ich wußte ja, daß ihr mich nicht schlagen konntet! Niemand kann das. Ihr dachtet, ihr hättet mich erwischt. Ich weiß, das denken die Leute immer, und immer liegen sie damit falsch. Jetzt wird mir alles gehören, und ihr werdet einfach tot sein. Sie hätten auf Ihren Sohn hören sollen, Mr. Kirk. Jetzt dürfen Sie zusehen, wie er brennt.«

Er richtete die Waffe genau auf Jimmys Kopf und krümmte den Finger.

Jimmy zuckte nicht zusammen. Er war auf alles

vorbereitet, und das Vertrauen in seinen Vater versetzte ihn in Hochstimmung. Wenn es galt, einen Laserstrahl mit den Zähnen aufzufangen, dann würde er das eben tun. Er hatte dazugelernt.

Ffffsssst ...

Die Waffe gab nur ein leises Winseln von sich.

Roys Gesicht spiegelte die Erkenntnis wieder, daß man ihn dazu gebracht hatte, eine nutzlose Waffe zu nehmen, und schlimmer noch, daß man ihn zum Narren gemacht hatte – das einzige, was er absolut nicht ertragen konnte. Von gewöhnlichen Idioten hereingelegt zu werden, das war zuviel.

Doch während er noch die Tatsache verarbeitete, daß die Waffe nicht funktionierte, hörte er Jim Kirks Vater einen Schrei ausstoßen.

Abrupt wurde das gesamte Schiff zur Seite gerissen, und alles und jeder verlor den Halt. Die Kirks landeten gleichzeitig an derselben Wand. Roy drehte sich um, sah etwas auf sich zufliegen – ein Teil der Deckenverkleidung krachte gegen seine Brust und schleuderte ihn zur Seite.

Während Jimmy noch gegen die Wand gepreßt wurde, hatte George den Vorteil zu wissen, was mit dem Schiff geschah. Er stemmte sich gegen die heulende neue Schwerkraft, packte Roy und schleuderte ihn so kräftig wie möglich fort.

George Kirks Angriff hatte Roy in die Nähe der Schildkontrollen gebracht. Mit einem Schrei blinder Wut stürzte er sich auf das Paneel, doch diese Karte hatte er bereits ausgespielt, und die Kirks wollten nicht zulassen, daß er sie abermals auf den Tisch legte. Diesmal reagierte Jimmy einen Sekundenbruchteil eher und warf sich vorwärts, die gefesselten Hände ausgestreckt.

Seine Fäuste trafen Roy an der Seite, dann krachte sein Körper gegen den Jungen und riß ihn von den Füßen. Sie landeten beide der Länge nach auf dem

Boden. Und dann war George Kirk da, stemmte ein Knie in Roys Rücken und fesselte ihm die Hände mit Isolierband.

Dann suchte er nach einem Halt und rief: »Halte durch, Jimmy! Halte durch!«

»Was ist das?« schrie Jimmy über das Heulen. »Was geschieht mit uns?«

»Du weißt, was es ist, Kumpel! Es ist ein Sternenschiff!«

31

»Ah, da kommt ja unser raffiniertes Schlitzohr.«

Robert Aprils charmante Stimme erfüllte die gesamte Krankenstation der *Enterprise* und verwandelte sie irgendwie in einen Bühnenraum, komplett mit Popcorn und Vorhängen.

Der Popcorngeruch stammte von den acht oder zehn verschiedenen Medikamenten, die in das, was von Veronicas Körper noch übrig war, hineingepumpt wurden. Das Mädchen lag in einem Diagnosebett, das zusätzlich mit einem kompletten Lebenserhaltungssystem ausgerüstet war. Und die Vorhänge – sie hingen überall, blau und weiß, sorgten gleichzeitig für einen Schutz vor Keimen und dafür, dem Mädchen eine gewisse Privatsphäre zu verschaffen.

»Sir«, sagte Jimmy, während er zum Captain hinüberhumpelte, der in britisch-tadelloser Haltung dasaß. »Wie geht es Ihnen?«

Captain April trug einen Arm in der Schlinge und hatte den anderen ebenfalls bandagiert, was Jimmy in Erinnerung rief, in welcher Verfassung sich April befunden hatte, als sie sich zuletzt sahen.

»Mir geht es ganz ordentlich, mein Junge, danke der Nachfrage«, meinte der Captain. »Und wie geht es dir selbst?«

»Ein schmerzendes Bein und ungefähr vierzig Quetschungen«, sagte Jimmy. »Und eine gebrochene Rippe.«

April nickte. »Du mußt so ernüchtert sein, daß wir es wohl nie schaffen werden, dich in den Dienst zu locken. Zweimal im Raum, und zweimal angegriffen.

Wie sollen wir dich da überzeugen, bei uns zu bleiben?«

Jimmy bedachte ihn mit einem respektlosen Blick und grinste. Irgendwie hatte er das Gefühl, daß ihn jetzt mehr Gemeinsamkeiten mit diesem Mann verbanden als je zuvor. »Was soll so schwer daran sein, mich zum Bleiben zu bewegen?«

Robert lächelte. »Oh, mir scheint, ich entdecke da eine gewisse kriegerische Tradition bei den Kirks ... die Bereitschaft, notfalls in einen Vulkan zu steigen, wenn die Situation das erfordert, hmm?«

»Hmm«, brummte Jimmy zurück. »Wie geht es Mr. Florida?«

»Carlos? Ein bißchen zerrupft, aber wir sind alle hier, Jimmy, wir sind alle hier ... was wir nicht zuletzt dir zu verdanken haben.«

Jimmy spürte, wie er rot wurde, und sah zu Veronica hinüber. »Kann ich mit ihr sprechen?«

»Sie wartet schon auf dich«, sagte der Captain höflich. »Anschließend bringe ich dich dann zu deinem Vater.«

Jimmy näherte sich dem Irrgarten aus Diagnosegeräten mit den unsicheren Gefühlen all jener, die noch sämtliche Gliedmaßen besitzen.

Die Haut des Mädchens glänzte schneeweiß und erinnerte ihn an andere Mädchen, zu denen er sich hingezogen gefühlt hatte – in anderen, leichteren Zeiten. Wie es aussah, war jede einzelne Vene des Mädchens mit Röhrchen und Schläuchen verbunden. Der rechte Arm und das rechte Bein fehlten, und die Geräte versorgten die geschädigten Arterien und Gewebeteile.

Jimmy zuckte zusammen, als sie ihn plötzlich ansah. Es kam ihm fast so vor, als hätte ihm eine Leiche zugezwinkert.

»Hallo, Teufelskerl«, murmelte sie.

Ihre Stimme klang sehr schwach, aber eigentlich

hatte Jimmy gar nicht damit gerechnet, mit ihr sprechen zu können.

Sie lächelte ihn an und meinte: »Ich habe gehört, daß du ein paar ganz gemeine Tricks ausprobiert hast, als du bei ihnen an Bord warst.«

Jimmy zuckte verlegen die Achseln. »Wie fühlst du dich?« fragte er.

Sie schien die Frage lustig zu finden. »Du meinst, mit einem Arm und einem Bein weniger. Ganz okay, denke ich ... immerhin lebe ich noch. Bin froh, hier zu sein. Ist das einzige, was zählt ... Mach dir keine Sorgen, Jimmy, die werden mich schon wieder reparieren ... Starfleet weiß schon, wie man alles wieder in Ordnung bringt ... Zum Schluß hat uns der große Vogel wieder rausgezogen, stimmt's?«

»Die *Enterprise,* ja«, sagte er leise.

»Jimmy, du warst großartig. Der Captain hat mir erzählt, was du alles getan hast ... Danke, daß du mir die Chance gegeben hast weiterzuleben.«

Ein brennendes Schuldgefühl überwältigte Jimmy. Es war schon schlimm genug, daß sie nur hier lag, weil sie versucht hatte, sein Leben zu retten, aber daß sie ihm nun auch noch dankte ... Ihm dankte. Das war eine ziemlich billige Art, zu Ruhm zu kommen, einem Ruhm, den er sich nur hatte erwerben können durch jene, die sich selbst aufgeopfert hatten.

»Veronica«, sagte er, »ich war doch gar nicht der Held. Sieh lieber dich an. Du bist diejenige, die wirklich etwas gegeben hat.«

»Aber ich könnte jetzt nicht hier sein und darüber reden«, flüsterte sie, »wenn du nicht gewesen wärst ... Ich weiß Bescheid ... Sie haben mir alles erzählt ... löst eine Menge Fragen über dieses Gebiet ... Jetzt können wir auch für diesen Bereich die interstellaren Gesetze anpassen ... die Handelsrouten festlegen ... Forschungsrechte ...«

»Was?« Jimmy beugte sich vor und versuchte, Blickkontakt zu ihr aufzunehmen.

»Signal an Handelsschiff zum Beidrehen ... interstellarer Signalcode ... zwei abwechselnd blinkende ...«

»Veronica?« Jimmy wollte sich noch weiter zu ihr herabbeugen, doch eine Hand auf seiner Schulter zog ihn zurück.

»Sie träumt, Jim«, sagte Captain April. »Sie durchlebt noch einmal ihren Akademie-Test. Lassen wir sie beim Lernen allein, ja?«

Jimmy richtete sich auf. »Sie wird doch nicht ... Ich meine, sie gehört doch weiter zu Starfleet, oder ... trotz ihrer ...«

Robert Aprils Miene zeigte jetzt jenes breite Lächeln, das er immer dann aufsetzte, wenn er um besondere Glaubwürdigkeit bemüht war, legte einen Arm um Jimmys Schulter und führte den Jungen zur Tür der Krankenstation.

»Starfleet läßt seine Leute niemals im Stich. Einmal in den Dienst aufgenommen, gehört man für immer dazu. Alle Rechte und Privilegien bleiben erhalten ... ganz gleich, wieviel von der schmutzigen Seite eine Person in sich trägt, und manchmal auch genau deswegen.«

»Sir ... ich fürchte, jetzt habe ich den Faden verloren«, sagte Jimmy. »Könnten Sie das etwas einfacher ausdrücken?«

April lächelte, sah hilfesuchend zur Decke empor und holte dann tief Luft.

»Jetzt hast du mich erwischt«, murmelte er. »Du hast überlebt, weil du auch ein wenig von dem Schmutz in deiner Seele trägst, der dir erlaubt hat, diese Männer zu verstehen.«

Jimmy verdrehte die Augen. »Oh, vielen Dank.«

»Nun, ich meine das ganz ernst, und du wirst es ertragen müssen. Das war der Grund, warum ich immer gelacht habe, wenn dein Vater sich sorgte, daß du zu einem Halunken werden würdest. Ich habe ihm gesagt, er würde nur jenen Teil von dir sehen, der dich eines Tages retten würde – und vielleicht noch viele andere dazu. Wer kann schon in die Zukunft schauen? Verstehst du, Jimmy«, sagte er leise, »eine reine Seele kann nicht gegen eine schmutzige kämpfen und gewinnen. Ich könnte es nicht, und das war mir immer bewußt. Es ist etwas, das du besitzt, und was Männern wie mir fehlt. Was ich dir hier erzähle, ist nicht unbedingt die Art von Rat, die ich normalerweise jungen Leuten deines Alters gebe, aber, Jimmy, bewahre dieses bißchen Gangstertum in dir … Eines Tages mußt du vielleicht Dinge tun, für die Männer wie ich nicht die Kraft in sich finden. Lerne die Regeln, mein Junge, aber lerne auch, wann du sie brechen mußt.«

Captain Aprils Worte lagen vor ihnen wie ein Teppich, als sie durch die Korridore des großen Sternenschiffes schritten. Sie blickten einander an und wußten, daß der andere verstanden hatte – alles verstanden hatte. All die häßlichen Dinge, aus denen das Leben wirklich bestand.

»Nun«, meinte der Captain, »ist das nicht ein schlimmer Rat, den ich dir da als Offizier, als Gentleman und als Brite gegeben habe? Aber ich weiß, daß du keiner Menschenseele davon erzählen wirst. Also schließen wir jetzt dieses Thema ab und schauen wir zu, wie unsere rotschöpfige Klapperschlange deinen Gefangenen verhört.«

Der Befragungsraum unten im Schiffsgefängnis unterschied sich ganz erheblich von der Krankenstation. Er und April mußten vier verschiedene Sicherheitskontrollen durchlaufen, bevor man ihnen gestattete, die Tür des Befragungsraums zu öffnen.

Das erste, was Jimmy in dem kleinen Raum sah, war der alte, wenngleich nicht immer leicht erträgliche Freund seiner Familie, Drake Reed.

Drake gab gerade seine Vorstellung des knallharten Sicherheitsbeamten zum besten. Er stand mit stoischer Miene und leicht hochgezogenen Brauen in einer Ecke, den Kragen etwas hochgeschlagen, die Waffe vorn im Gürtel, und die Hände hinter dem Rücken verschränkt.

Trotzdem ließ er es sich nicht nehmen, Jimmy und Captain April ein breites karibisches Lächeln zu schenken, bevor er wieder seine Wächtermiene aufsetzte.

Jimmy hoffte, dieses Lächeln drückte nicht nur aus, daß Drake froh war, sie beide zu sehen, als sie langsam hereinkamen und sich die Tür hinter ihnen schloß, sondern auch, daß alles so war, wie es sein sollte.

Sie verhielten sich ganz ruhig.

An einem kleinen, schwarzen Tisch saß Roy Moss in einer grauen Gefangenenmontur und wirkte fast schon unheimlich ordentlich. In Anbetracht der Tortur, der er und sein Vater die anderen unterzogen hatten, hatte er selbst geradezu ärgerlich wenige Narben davongetragen. Sogar sein Haar war gekämmt und zu einem Pferdeschwanz zusammengebunden.

Auf der anderen Seite des Tisches saß George Kirk, der ebenfalls einen Arm in der Schlinge trug, bandagierte Hände und eine verbundene Wade hatte.

Als Jimmy seinen Vater sah, überkamen ihn wieder Schuldgefühle. Er trug zwar selbst ein paar Bandagen, doch jetzt wünschte er sich, er könnte ihm und den anderen wenigstens einen Teil ihrer Verletzungen abnehmen.

Er spürte, wie Robert April ihn ein wenig zurückzog, bis sie beide dicht an der Tür standen und von dort aus das Verhör verfolgten.

»Es wäre besser, wenn du langsam den Mund aufmachst, Junge«, sagte George Kirk in drohendem Ton. Seine verbundenen Hände umklammerten die Tischkante, als litte er unter Schmerzen. »Ich will die Namen der Schiffe hören. Jeden einzelnen.«

Roy gab nicht nur keine Antwort, er zeigte auch keine Reaktion. Er schien gar nicht zu begreifen, was man vom ihm erwartete.

»Wir haben den Inhalt eurer Computerspeicher zum größten Teil überspielt«, fuhr Jims Vater fort, »und ich besitze inzwischen eine Liste der Schiffe, die ihr angegriffen habt. Aber diese Liste ist unvollständig. Da der Rest der Speicher beschädigt ist, kann ich sie nicht vervollständigen. Aber du kannst das. Und du wirst das auch tun, und wenn ich dir dafür die Haut vom Gesicht schälen muß. Glaub ja nicht, ich würde das nicht ernst meinen. Diese Rätsel, die erst jetzt gelöst worden sind … hast du überhaupt eine Vorstellung davon, was ihr den Leuten angetan habt, die nicht wußten, was aus jenen geworden ist, die sie liebten? Begreifst du nicht, warum wir das wissen müssen?«

Er beugte sich vor und umklammerte die Tischkante dabei so hart, daß Jimmy und der Captain aus Mitgefühl zusammenzuckten.

George schüttelte den Kopf und starrte in Gedanken an die Pein der Menschen, von denen er gesprochen hatte, vor sich hin.

Schließlich hob er den Kopf wieder.

»Verstehst du das nicht?« fragte er. »Es ist eine Sache, jemand sterben zu sehen, einen Gedenkgottesdienst abzuhalten und zu wissen, was geschehen ist … aber kannst du dir vorstellen, wie es ist, nichts zu wissen, keine Ahnung zu haben, was passiert ist? Habt ihr euch jemals die Mühe gemacht, herauszufinden, was für Leute ihr getötet habt? Welche Familien ihr dieser Pein ausgesetzt habt?«

In Roy Moss' Gesicht tat sich nichts. Absolut nichts. Er ließ alles, aber auch wirklich alles an sich abperlen.

Jimmy betrachtete diese neunzehn Jahre alte Statue und erkannte, welchen Weg er selbst beinahe eingeschlagen hätte, zu welchem Menschen er hätte werden können. Nicht nur, daß er bei einer seiner verrückten Revolten hätte umkommen können, nein, es hätte noch schlimmer kommen können. Er hätte sich in so etwas verwandeln können. In einen absolut selbstgerechten, selbstgefälligen ...

Das scharfe Knacken von Möbeln riß Jimmy aus seinen Gedanken. Die Stühle flogen zur Seite. Der Tisch traf Jimmys Bein und ließ ihn gegen Captain April stolpern, und plötzlich drängte ein rothaariger Wirbelsturm den schockierten Gefangenen gegen eine der Wände.

»Dad!« Jimmy stürzte vor, um zu verhindern, daß sein Vater sich selbst oder seinen Ruf verletzte, oder auch nur Roy. Seine Finger schlossen sich um den Arm seines Vaters.

Drake Reed gab seine Stellung in der Ecke auf, sprang über einen Stuhl und verwandelte sich in einen einsatzbereiten Sicherheitsmann. Doch überraschenderweise versuchte er nicht, George Kirk von seiner Attacke abzubringen, sondern half ihm sogar dabei, Roy Moss flach gegen die Wand zu drücken, und sorgte so dafür, daß es nicht etwa zu einem Ringkampf kommen konnte. Er hielt das Handgelenk des Jungen fest und wartete ab, was nun geschehen würde.

Jimmy rätselte noch über Drakes Verhalten, als ihn jemand immer weiter zurückzog, bis er seinen Vater loslassen mußte. Neben seinem Ohr hörte er Robert Aprils Stimme.

»Jimmy, überlaß das deinem Vater.«

Was? Ausgerechnet Robert April hinderte ihn an dem Versuch, seinen Vater davon abzuhalten, Roy Moss auseinanderzunehmen?

Aber Erwachsene begriffen ja nie etwas ... nein ... das wußte er inzwischen besser. In diese alte Falle würde er nicht wieder geraten. Kluge Menschen waren nicht so einfach gestrickt. Es gab keine Gußformen für Menschen wie Robert April oder George Kirk.

Ich werde auch ein Mann sein, der nicht aus einer Gußform stammt. Ich werde wie sie sein … wie sie beide, irgendwie.

Mit einem Nicken gab er Captain April zu verstehen, daß er begriffen hatte.

Manche Dinge mußten einfach getan werden.

Es war ein kleiner Raum. Tisch und Stühle lagen jetzt umgekippt am Boden. Alles spielte sich jetzt in der Ecke neben der Tür ab. Dort, unter der harten, unnachgiebigen Türbeleuchtung.

George Kirks Gesicht war genauso rot wie sein Haar. Er drückte seinen Gefangenen fest gegen die Wand. In seinen Augen stand Wut, die nicht nur den Opfern galt, sondern vor allem jenen, die mit dem Rätsel hatten leben müssen. Seine Halssehnen spannten sich wie die Taue auf einem Segelschiff, so fest hatte er die Zähne zusammengebissen.

Seine geballte Faust drückte von unten gegen das Kinn von Roy Moss, doch in dessen Gesicht zeichnete sich nichts ab als die Furcht vor einem Schlag. Kein Verständnis für die Gründe, warum er geschlagen werden sollte, oder für die Gefühle, die Kirk dazu drängten, ihn zu schlagen. Nichts von alledem.

Drake rührte sich nicht, lockerte aber auch seinen Griff nicht, mit dem er Roy an einem Gegenangriff hinderte. Er wartete. Jimmy wechselte einen kurzen Blick mit ihm. Sie beide warteten.

George sah die Angst in Roys Gesicht. Sie störte ihn nicht weiter. Aber er sah auch die zarte Haut und das bartlose Kinn, die weichen Augenbrauen und die Augen, um die herum sich noch keine Falten gebildet hatten. Und er sah eine Spur von etwas, das echte Furcht sein mochte. Furcht, die wirklich nicht begriff, weil es nicht genug Erfahrung gab. Er kannte diesen Jungen nicht.

»Ich kann es nicht«, stöhnte er plötzlich.

Er wich etwas zurück, ohne Roy loszulassen, und

starrte auf den Boden hinunter. Seine ausgestreckten Arme zitterten jetzt. Er begann, keuchend zu atmen.

»Ich kann es nicht ...«

Captain April ging um Jimmy herum, packte George bei der Schulter und zog ihn fort. Drake trat ebenfalls zurück und sah Roy warnend an.

Jimmy zeigte genug Geistesgegenwart, um einen Stuhl aufzustellen, damit sein Vater sich setzten konnte. Dann sah er wieder zu Roy hinüber.

Im Grunde hatte sich Roys Gesichtsausdruck nicht geändert, doch irgendwie schien sich darin jetzt trotzdem eine gehässige Siegesfreude zu spiegeln. Vielleicht hatten sich nur die Augenbrauen etwas entspannt, oder die Oberlippe zeigte einen anderen Schwung, aber es war da, gehässig, bösartig, und es gefiel Jimmy nicht. Roy hatte nicht gewonnen. Auf gar keinen Fall.

Aber weshalb schien er zu glauben, er hätte gewonnen?

Jimmy umklammerte die Rückenlehne des Stuhls und starrte Roy an. *Du hast nicht gewonnen, du Ratte. Und steh nicht einfach da und glotz mich an.*

Sein Vater ließ sich zu dem Stuhl führen, lehnte sich gegen Captain April und schüttelte immer wieder den Kopf.

»Ich kann es nicht ... Ich kann kein Kind schlagen ...«

Das reichte. Jimmy trat zwei Schritte zur Seite, packte Roys Ellbogen mit einem Griff, der jedem Sicherheitsoffizier zur Ehre gereicht hätte, und sagte:

»Ich schon.«

Im Handbuch für Straßenkämpfer wurde dieser Schlag als rechter Haken bezeichnet. Jimmys Version davon war hart, kurz und höchst überraschend. Auch so etwas gehörte zu dem bißchen Schmutz.

Der Schlag wischte alle Dreistigkeit aus Roys Gesicht und schickte ihn der Länge nach zu Boden.

Drake Reed wippte vor Begeisterung auf den Zehenspitzen und brüllte: »Volltreffer!«

Robert April stand hinter George, hatte die Hände auf dessen Schultern gelegt und kicherte hemmungslos.

George schnappte noch immer nach Luft, diesmal jedoch vor Stolz und Freude.

»Wow … was für ein Schlag …«

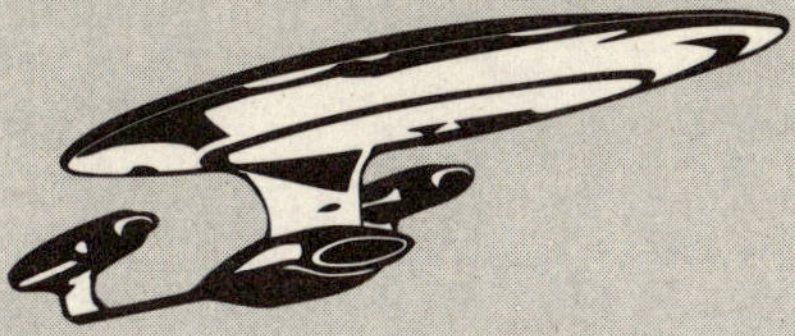

TEIL 5

HARTE WENDE

32

USS *Enterprise* 1701-A

»Captain, massiver Energieverlust!«

»Alles stop! Abschalten.«

Etwas in der Art, wie der Captain reagierte, machte der Brückenmannschaft klar, daß er damit gerechnet hatte. Oder daß er zumindest eine Veränderung erwartet und sich diese Worte zurechtgelegt hatte.

Die Mannschaft reagierte sofort.

»Navigation abgeschaltet, aye!«

»Steuerung, volle Drift, Sir!«

»Maschinenraum, verbliebener Schub abgeschaltet, Sir.«

»Langstrecken-Kommunikation ist gerade zusammengebrochen, Captain« sagte Uhura laut, aber ruhig. »Wir können keinen Kontakt mehr zu Starfleet herstellen.«

»Versuchen Sie es erst gar nicht«, schnappte Kirk.

»Aye, Sir, Funkstille.«

»Mr. Chekov, berechnen Sie unseren Vorauskurs und stellen Sie sicher, daß wir nirgendwo anecken.«

»Vorauskurs, aye«, erwiderte Chekov, der sich bereits über seine Navigationsinstrumente gebeugt hatte. »Ist berechnet, Sir.«

»Zur Steuerung überspielen und in Bereitschaft bleiben.«

»Wird überspielt ... Bereitschaft, Sir.«

Der Fähnrich mit den hübschen Augen an den Steuerbord-Submonitoren – Devereaux – schnappte plötzlich nach Luft und rief: »Verzeichne wieder Flushback, Sir! Stärke neun!«

»Bestätigt.« Spocks Bariton untermalte ihren hellen Schrei. »Aber diesmal ... sind wir die Quelle.«

Der Captain nahm diese Feststellung und ihre zahlreichen Implikationen in sich auf.

»Merkwürdig«, meinte er dann. »Ich spüre gar nicht, daß wir explodieren. Sie etwa?«

Den Blick weiterhin auf seinen Monitor gerichtet, sagte Spock: »Nach den uns zugänglichen wissenschaftlichen Erkenntnissen ist die Explosion eines Warptriebwerks die einzige Ursache für einen Antiprotonen-Flushback. Warptriebwerke wiederum kommen nur auf überlichtschnellen Schiffen vor.« Mit unverkennbarer Neugier schüttelte er den Kopf und fügte düster hinzu: »Und ich kann bestätigen, daß wir nicht explodiert sind.«

Kirk wartete keine weiteren Meldungen der Brückenmannschaft ab. Er ignorierte die Blicke zweier Techniker und tippte die Direktverbindung zu Commander Scott im Maschinenraum in den Kommunikator seines Sessels ein.

»Scotty, Kirk hier. Leg los.«

»Captain, hier ist Ingenieursmaat Tupperman ... Mr. Scott kann zur Zeit nicht antworten ... er steckt mit beiden Armen in der Röhre, Sir!«

»Werfen Sie ihm einen Kommunikator dort rein.«

»Ja, Sir, das hat er auch gesagt ... aber wir mußten erst bei der Materialausga ...«

»Scott hier, Captain. Es handelt sich um einen kernübergreifenden Dämpfungseffekt auf die Materie/Antimaterie-Mischung. Dadurch wurde unser Warpfeld annulliert. Die Energie sank in einem einzigen großen Rutsch bis auf zwölf Prozent, bevor wir eingreifen konnten, aber diese zwölf Prozent halte ich jetzt in der Schwebe. Wir sind diesem Dämpfungstyp schon früher begegnet, und ich gehe jede Wette ein, wir können ihn isolieren und unsere verbliebenen zwölf Prozent nutzen, um dagegen zu arbeiten. Ihre Befehle, Sir?«

»Nein, Scotty, halten Sie sich in Bereitschaft, die Energie zu nutzen. Isolieren Sie den Dämpfer und bereiten Sie sich darauf vor, ihn anzugehen, aber im Augenblick möchte ich, daß Sie die Illusion eines Totalausfalls aufrechterhalten. Belassen Sie die zwölf Prozent in der Schwebe, und in der Zwischenzeit tun wir so, als wären wir völlig ohne Energie.«

Scott machte eine Pause und sagte dann: »Sie setzen voraus, es ist kein natürlicher Effekt? Jemand will uns lahmlegen?«

Jim Kirk konnte sich lebhaft vorstellen, wie Scotts breites Gesicht sich verfinsterte bei dem Gedanken, jemand könnte so etwas der *Enterprise* vorsätzlich antun. Scotty und die *Enterprise.* Wie die Ente und ihr Teich.

»Ganz recht«, sagte Kirk. »Vielleicht brauchen wir die zwölf Prozent später, deshalb möchte ich sie zurückhalten. Jetzt spielen wir erst einmal toter Mann.«

»Möglicherweise müssen wir denjenigen, der verantwortlich ist, etwas ablenken, während wir den notwendigen technologischen Voodoo-Zauber veranstalten.«

»Ich weiß, wie so was funktioniert«, meinte der Captain. »Üblicherweise bin ich die Ablenkung.«

»Äh ... aye, das stimmt. Ich melde mich, sobald wir soweit sind. Scott Ende.«

Ohne sich umzudrehen, rief Kirk über die Schulter: »Uhura, lassen Sie Dr. McCoy wieder heraufkommen. Spock, gibt's irgendwas?«

Spocks schlanke Gestalt richtete sich auf dem oberen Deck auf, und er drehte sich um, als er zum Captain sprach.

»Sir ... ich glaube, ich habe die *Bill of Rights* gefunden«, sagte er. »Unbeschädigt und intakt.«

Eine große Erleichterung überschwemmte die Brücke und erfaßte jedes Mannschaftsmitglied.

James Kirk ging zu Spock hinüber und fragte: »Wenn die *Bill of Rights* nicht explodiert ist, was hat dann den Flushback verursacht?«

»Er ist offensichtlich mit dem Dämpfungsfeld verbunden, das uns gestoppt hat.«

Kirk schaute zum Hauptschirm hinüber, auf dem im Moment nichts als das Faramond-System mit seiner kleinen Sonne zu sehen war. »Wo befindet sich die *Bill of Rights?*«

»In einem stabilen Orbit über dem Ausgrabungsplaneten, scheint ansonsten aber bewegungsunfähig zu sein.«

»Können wir unsere Drift entsprechend anpassen? Bis auf Funkreichweite herankommen.«

»Durchaus möglich.«

Spock schätzte es nicht sehr, zu raten oder zu bluffen oder trotz unzureichender Informationen zu handeln, hatte all dies jedoch gelernt während der Dekaden, die er in der Gesellschaft von Menschen zugebracht hatte, die lieber alles mögliche versuchten, als einfach aufzugeben. Er trat näher an den Captain heran und bot ihm eine Theorie an, die ihm zwei Jahrzehnte früher das Innere nach außen gekehrt hätte.

»Das Dämpfungsproblem ist eher ein Umschlag als ein Vorhang, wenn Sie mir diese Metapher gestatten. Ihre Anweisung, die älteren Daten über Faramond durchzusehen, hat mir Anlaß geboten, über Deflektoren nachzudenken, und ich habe die Veränderungen in der Schildtechnologie während der letzten fünfzig Jahre analysiert. In Übereinstimmung mit dem Originalentwurf wurde dieses Schiff mit einem älteren Schild-Typus ausgerüstet, einem, der auf bestimmte Energiearten fokussiert werden kann. Dieser Typus ist eher für Erst-Erforschungen gedacht als für kontinuierliche Forschung oder Patrouillendienst.«

»Anders ausgedrückt«, sagte Kirk, »die Schilde der *Enterprise* wurden für eine wilde, unbewohnte Galaxis entworfen und sollten uns schützen, als wir nicht wußten, was hinter dem nächsten Stern lauert.«

Eine von Spocks Brauen fuhr hoch. »Eine akkurate Einschätzung, Sir. Die Schilde der *Bill of Rights* sind stärker, arbeiten jedoch weniger selektiv. Vielleicht hat daher die *Enterprise* eine Chance, welche die *Bill of Rights* nicht besitzt. Wir sind vermutlich in der Lage, unsere Schilde weit genug auszudehnen, um die *Bill of Rights* mit einzuschließen.«

»Und mit ihr zu kommunizieren?«

»Genau. Möglicherweise schaffen wir es sogar, sie lange genug zu schützen, damit sie ihre eigene Energie wieder aufbauen kann.«

Die Augen des Captains verengten sich zu Schlitzen und funkelten erwartungsvoll. »Tun Sie das, Spock«, sagte er.

Spock nickte zur Steuerung hinüber. »Meine Herren ... Schleichfahrt.«

»Schleichfahrt, aye.«

»Captain«, unterbrach Uhura. »Ich empfange etwas von Captain Roth ... glaube ich.«

»Was glauben Sie?«

»Es ist ein alter Code ... sehr schwache Signale.« Sie beugte sich über ihre Ausrüstung und nahm einige Justierungen vor. »Zum Teil Morse, zum Teil Lonteens Light ... Ich nehme an, das ist so beabsichtigt ... als Kombination.«

»Eindeutig Roth«, sagte Kirk. »Eindeutig jemand, der in meiner Mannschaft gedient hat. Sie weiß, daß Sie eine Spezialistin für alte Codes sind, und die gibt es nicht auf jedem Sternenschiff. Können Sie die Nachricht entziffern?«

»Ja«, antwortete Uhura mit einem Hauch von Stolz auf das Lob in der Stimme. »Achtung ... *Enterprise* ... sind im Besitz ... Faramond Ausgräber ... ganze Kolonie gebeamt ...« Sie runzelte die Stirn und schüttelte dann den Kopf. »Überlagert, Captain. Interferenzen durch eine dritte Quelle. Richtung ist nicht genau auszumachen ... aber eine planetare Quelle.«

Kirk fuhr zu Spock herum. »Sie haben die Archäologen hochgebeamt«, sagte er und warf einen Blick auf den Hauptschirm, der das kleine Sternsystem mit der schwachen Sonne und den vier wenig beeindruckenden Planeten zeigte, von denen einer Faramond war. »Es ist für sie besser, gemeinsam mit der Crew Geiseln an Bord der *Bill of Rights* zu sein, als in einer Höhle auf Faramond zu hocken. Uhura, lassen Sie die Versuche, mit der *Bill of Rights* zu kommunizieren. Probieren Sie, nach Faramond durchzukommen.«

Sie drehte sich zu ihm um. »Wird jetzt jemand dort sein, Sir?«

»Das wissen wir in einer Minute.«

»Ja, Sir.«

Sie bediente ihre Instrumente, bis diese zu zirpen begannen.

»Sir, Sie hatten recht«, sagte sie. »Ich habe Kontakt. Ich kann Ihnen eine Audioverbindung geben.«

Auf ihr bestätigendes Nicken hin begab sich Kirk zum Kommandozentrum, richtete den Blick auf den Bildschirm und sprach zum leeren Raum.

»Hier spricht Captain James T. Kirk von der USS *Enterprise.* Ich möchte Roy Moss sprechen.«

Für einen kurzen Moment hielt jeder auf der Brücke den Atem an. Kein Zweifel, dort war jemand am anderen Ende und lauschte.

Jeder auf der Brücke wußte, wie sich das anhörte. Es klang einfach anders, wenn niemand lauschte.

In die Stille hinein öffneten sich die Türen des Turbolifts und entließen Dr. McCoy auf die Brücke. Während er zum Zentrum der Brücke hinunterging, hörte er, wie sich der Klang der Maschinen änderte.

Kirk konzentrierte sich auf den Schirm und wiederholte: »Hier ist die USS *Enterprise* unter dem Kommando von James T. Kirk. Befindet sich Roy Moss auf dem Planeten?«

Er kam sich fast närrisch vor, noch einmal zu fragen, aber im Grunde war die ganze Idee närrisch. Nichts als eine Vermutung …

»Hier ist Roy Moss. Wer da oben weiß, wer ich bin?«

»Ich will verdammt sein«, flüsterte der Captain.

Er ging um seinen Sessel herum und ließ eine Hand darauf ruhen. Er nahm die Stimme in sich auf, versuchte sich den Klang noch einmal zu vergegenwärtigen und verglich sie dann mit jener, die er in der Vergangenheit gehört hatte, fünfundvierzig Jahre zuvor. Aber er konnte nicht sagen, ob es dieselbe Stimme war. Fünfundvierzig Jahre waren eine lange Zeit, auch für eine Stimme.

»Hier spricht James Kirk«, wiederholte er.

»Und?«

Dr. McCoy trat dicht neben ihn. »Er erinnert sich nicht an dich, Jim«, murmelte er. »Paßt alles zusammen.«

Kirk wollte den Doktor dafür loben, seine Hausaufgaben gemacht zu haben, doch die Flamme der Wut brannte heiß in ihm und verlangte seine ganze Aufmerksamkeit.

»Er hat mich beinahe umgebracht, besitzt aber nicht genug Menschlichkeit, um sich daran zu erinnern. Ich erinnere mich an jedes Besatzungsmitglied und sogar an jeden Gegner, der unter meinem Kommando gestorben ist, aber er erinnert sich nicht an mich.«

McCoy flüsterte: »Menschen beeindrucken ihn nicht.«

Kirk zog die Augenbrauen zusammen und sprach lauter. »Sie haben seit der blauen Zone einen langen Weg zurückgelegt, Moss. Aber Sie sind immer noch ein kleiner Tyrann, nicht wahr. Sie stehlen noch immer.«

»Wer sind Sie?«

Wieder eine Pause, genau wie die erste – eine Pause zum Nachdenken oder Begreifen.

»Ohhhh! ... Jim Kirk! Ich weiß jetzt, wer Sie sind! Ich habe seit Jahren nicht mehr an Sie gedacht!«

»Ich auch nicht«, schoß Kirk sofort zurück.

»Wie haben Sie mich gefunden? Warum sind Sie hergekommen?«

»Sie halten ein Sternenschiff und dessen Besatzung als Geiseln. Haben Sie geglaubt, wir würden das nicht merken?«

»Wieso wissen Sie überhaupt davon? Sie können keinen Kontakt zu Ihnen aufnehmen, Langstreckenverbindungen funktionieren nicht, sie können sich weder bewegen noch signalisieren ...«

»Vielleicht sind wir einfach schlauer als Sie.«

»Ja, Sie sind so brillant wie immer, Kirk. Sie sitzen in der gleichen Falle wie das andere Schiff. Sicher, jetzt erinnere ich mich an Sie. Für das, was Sie mir angetan haben, sollte ich Ihr Schiff tot im Raum hängen lassen. Zum Teufel, das könnte ich sogar tun. Ich brauche keine zwei Schiffe.«

Kirk wollte gerade antworten, als Fähnrich Devereaux aufschrie: »Sir ... oh, oh!«

»Meldung, Fähnrich«, sagte Spock.

»Da ist ... eine Art Laser trifft unsere Hülle, Sir. Er ist alt und schwach, aber er heizt unsere ungeschützte Hülle auf.«

»Scott an Brücke. Captain, vielleicht sollten Sie diese zwölf Prozent für die Schilde nutzen. Es ist zwar ein schwacher Strahl, aber er baut konstant Hitze auf. Erlaubnis, die Energie hochzufahren?«

Kirk gab sein Einverständnis, dann wandte er sich wieder Roy Moss zu. »Vielleicht können wir ja einen Handel abschließen. Erzählen Sie mir erstmal, worum es hier eigentlich geht. Was wollen Sie diesmal haben, Roy?«

»Warum beamen Sie nicht einfach nach unten, dann zeige ich es Ihnen.«

»Warum sollte ich?«

»Weil es Sie juckt. Aus dem gleichen Grund konnten Sie auch vor fünfundvierzig Jahren nicht einfach verschwinden, sondern mußten sich einen Weg auf mein Schiff bahnen. Und ich möchte den Ausdruck auf Ihrem Gesicht sehen, wenn ich Ihre gesamte Karriere bedeutungslos mache.«

»Und ich möchte sehen, wie Sie das versuchen«, sagte Kirk. »Aber wir sind nicht in Transporterreichweite.«

»Hah! Das ist schön. Nicht in Reichweite. Das ist Poesie, wirkliche Poesie. Ja, ein Transporter nützt dort draußen nicht viel, was?«

Beunruhigt wegen Moss' sonderbarem Humor in bezug auf die diffizile, gefahrvolle Transportertechnologie begann Kirk, hinter seinem Sessel auf und ab zu gehen. »Warum lassen Sie uns nicht auf Transporterreichweite herankommen?«

Roy Moss brach in Gelächter aus. »Das würde Ihnen gefallen, nicht wahr?«

»Was ist daran so lustig?« fragte Kirk. »Haben Sie Angst, ich könnte Sie wieder schlagen?«

Das Gelächter verstummte schlagartig, und wieder gab es jene unheimliche Pause.

»Sie werden mich niemals schlagen«, sagte Moss. »Kommen Sie mit einem Shuttle her, dann werden Sie wirklich zu schätzen wissen, was ich hier habe. Aber kommen Sie allein, verstanden? Ganz allein.«

»Verstanden.«

»Wenn Sie versuchen, mich hereinzulegen, ziehe ich dieses andere Schiff direkt in die Atmosphäre herunter und verbrenne es zu Metallstaub. Haben Sie verstanden?«

»Sagte ich doch schon. Ich mache mich sofort auf den Weg.«

»Seien Sie gewarnt ... ich bin kein Teenager mehr.«

Die Drohung veranlaßte jeden auf der Brücke, den Kopf zu heben. In diesen letzten Worten steckte etwas, das absolut nicht albern wirkte. Die Verbindung wurde abrupt unterbrochen.

Der Captain spürte die Reaktionen auf der Brücke, ignorierte sie jedoch.

»Ich auch nicht«, murmelte er.

Kirk drehte sich zu Uhura um und machte eine schneidende Geste quer über seinen Kehlkopf. Als sie bestätigte, daß die Verbindung definitiv unterbrochen war, lief er zum oberen Brückenbereich. »Alles stop.«

»Alles stop«, bestätigten die Männer an der Steuerkonsole im Chor.

»Gefechtsstationen sichern. Gehen Sie auf Alarmstufe Gelb.«

»Aye, Sir, Gefechtsstationen sichern ... Alarmstufe Rot aufheben ... Alarmstufe Gelb, aye, Sir.«

Spock schien von den eben gehörten Anspielungen, Bluffs und Winkelzügen nicht recht begeistert zu sein, beschränkte sich jedoch auf die technischen Aspekte: »Dieser Mann begreift offensichtlich seine eigene Wissenschaft nicht richtig. Er verfügt über ein Warp-Dämpfungsfeld. Jedesmal wenn die *Bill of Rights* versuchte, in den Warp zu gehen, wurde das Feld aktiv und saugte Energie ab, wobei es Antiwarp-Wellen, einen Flushback, aussandte. Die Flushback-Reaktion bewegt sich mit Hyperwarp, also schneller als ein Schiff, und kann über Lichtjahre hinweg wahrgenommen werden. Er kann ein Schiff zu dem Planeten locken und es dort festhalten, aber er begreift nicht, daß seine Falle ihr eigenes Warnsignal ausstrahlt.«

»Er ist ein Genie«, ergänzte McCoy, »aber es gibt klaffende Löcher in seinem Wissen. Er hält neunzig Prozent Wissen für hundert Prozent. Er hat nicht erkannt, daß dieses Ding aus so großer Entfernung entdeckt werden kann. Und so ist er schon immer gewesen, nicht wahr, Jim?«

»Immer, sofern man das Fünfundvierzig-Jahre-Loch berücksichtigt, das in *meinem* Wissen über ihn klafft«, brummte der Captain. »Roth muß ihn irgendwie geblufft haben. Oder sie hat ihn schnell genug durchschaut, um die Archäologen hochzubeamen.« Er nahm mit geballten Fäusten Kurs auf den Turbolift, drehte sich aber im letzten Moment wieder um.

»Vielleicht können wir das irgendwie ausnutzen ... bevor er seine Drohung wahr macht. Ich bin nicht nach Faramond gekommen, um die *Bill of Rights* im letzten Moment doch noch zu verlieren. Alle Mann bleiben bis auf weiteres an ihren Plätzen. Commander Chekov, Sie haben das Kommando, bis Mr. Scott mit seinem Voodoo-Zauber fertig ist. Versuchen Sie, wenn möglich, sich mit Captain Roth in Verbindung zu setzen. Mr. Spock, Dr. McCoy, Sie kommen mit mir. Mr. Chekov, veranlassen Sie das Flugdeck, ein Shuttle startklar zu machen. Wir drei fliegen nach Faramond ... und sorgen für reichlich Ablenkung.«

Er ging die paar Stufen zum Lift hinauf – und sah sich plötzlich Dr. McCoy gegenüber, der ihm mit entschlossener Miene den Weg versperrte.

»Jim, was veranlaßt dich, das zu tun?«

Kirk sah ihn fragend an. »Was zu tun? Dorthin zu fliegen und mich um das Problem zu kümmern?«

»Nein. Dorthin zu fliegen und dich um dieses *spezielle* Problem zu kümmern. Weißt du wirklich, welche Motive diesen Mann treiben?«

»Es ist nur Rache, Doktor. Geh beiseite.«

Doch McCoy gab den Weg nicht frei. »Rache motiviert Roy Moss nicht«, sagte er. »Solche Dinge kümmern ihn nicht. Er versteht abstrakte Begriffe wie Pflicht, Selbstwert oder Genugtuung gar nicht – er will nur einen größeren Haufen von was auch immer haben als jeder andere.«

»Worauf willst du hinaus?« fragte der Captain.

»Ich komme schon dazu. Du bist derjenige, der mir befohlen hat, ein Experte für diesen Mann zu werden, und diesen Befehl habe ich befolgt. Roy Moss ist niemals erwachsen geworden. Er ist noch immer neunzehn Jahre alt. Er hat in fünfundvierzig Jahren absolut nichts dazugelernt.«

»Ich werde es mir merken.«

Der Captain versuchte, um ihn herumzugehen, doch McCoy stellte sich in den Rahmen des Turbolifts und packte Kirks Oberarm, fest entschlossen, ihn aufzuhalten, bis er alles gesagt hatte, was er sagen wollte. Mittlerweile beobachtete die gesamte Brücke die Szene.

»Wo wärst du ohne Roy Moss?«

Kirk Schultern spannten sich selbstbewußt. »Wo *ich* wäre?«

»Oh, ja. Du dachtest wohl, ich würde mich nur um die Fakten in diesen Dossiers kümmern, die du mir geschickt hast. Aber ein Schiffsarzt muß auch in Psychologie ausgebildet sein. Ich weiß, daß du damals erst zum zweitenmal im All warst, und ich weiß auch, was beim erstenmal passiert ist. Diese Piraten hätten ohne Roys Schilde niemals euer Schiff angegriffen. Wäre aus dem sechzehnjährigen Jim Kirk ohne Roy Moss jemals der Jim Kirk von Starfleet geworden? Du wärst wahrscheinlich erst gar nicht zur Akademie gegangen, und falls doch, hättest du sie mit Sicherheit nicht bestanden. Und all die Dinge, die du und deine Mannschaft und die *Enterprise* bewirkt haben, wären niemals geschehen.« Seine blauen Augen flammten plötzlich auf. »Daran hast du noch nie gedacht, oder?«

»Er wollte für sich selbst Ruhm gewinnen, nicht für mich. Komm jetzt auf den Punkt.«

»Manche Dinge aus unserer Teenagerzeit überwinden wir nie«, sagte McCoy. »Ich frage dich nur: Ist das wirklich das Beste, was du tun kannst? Wenn es nicht

Roy Moss wäre … würdest du dann überhaupt dort hinfliegen?«

Obwohl er sah, wie sich Kirks Kinnmuskeln spannten und ein gefährliches Feuer in seinen Augen aufloderte, achtete McCoy nicht auf diese Warnsignale.

»Könnte es trotz allem, was du erreicht hast«, bohrte er weiter, »nicht so sein, daß du Roy Moss noch immer in einem Kampf Mann gegen Mann besiegen willst? Könnte es sein, daß du nach all diesen Jahren immer noch beweisen mußt, wer von euch der Bessere ist? Könnte es sein, daß *du* derjenige bist, der Rache will?«

Kirk spürte, wie er errötete. Plötzlich stachen und brannten seine Augen, als hätten sie sich in ein Nadelkissen verwandelt.

»Du solltest seine Psyche analysieren, Doktor«, sagte er warnend, »nicht meine. Und jetzt geh mir endlich aus dem Weg.«

33

Der karge, kiesbedeckte Boden knirschte unter seinen Füßen, als James Kirk das Shuttle verließ, das er gerade durch die enge Röhre gesteuert hatte, die in die atmosphärische Kuppel auf diesem ansonsten lebensfeindlichen Planeten führte. Die Kuppeln selbst waren recht beeindruckend – es gab fünf von ihnen, jede zehn Meilen lang und drei breit.

Er blieb stehen und betrachtete die purpurgraue Oberfläche des Planeten. Sie sah aus wie eine Elefantenhaut, auf der man Kristalle ausgestreut hatte.

»Nun, Dad« murmelte er, »fünfundvierzig Jahre zu spät, aber ich habe es geschafft.«

»Hast du was gesagt, Jim? Allmächtiger, wer errichtet denn eine Kolonie auf diesem trockenen Cracker?«

Kirk überlegte noch, ob er McCoy antworten sollte oder nicht, als sie ein greller, wütender Vorhang aus kreischendem Licht einhüllte. Geblendet blieben sie an Ort und Stelle stehen, hoben jedoch die Arme, um ihre Augen zu schützen. »Sensoren, Captain!« rief Spock über das Heulen hinweg.

Mit einem Nicken sagte Kirk: »Stehenbleiben!«

Der Sensorenstrahl kroch kreischend über sie hinweg, dann brüllte eine Stimme, als käme sie aus einem Nebelhorn: »Lassen Sie die Phaser und alle drei Kommunikatoren fallen. Zerstören Sie die Kommunikatoren. Ich will den einzigen haben.«

»Na, wer könnte das wohl sein?« knurrte McCoy trocken, als das Licht ebenso plötzlich erlosch, wie es aufgetaucht war.

»Tut, was er sagt«, befahl Kirk.

Es dauerte ein paar Sekunden, bis sie ihre Waffen abgenommen und zu Boden geworfen und anschließend die Kommunikatoren mit den Absätzen ihrer Stiefel zertreten hatten.

Kirk sah sich um, legte dann die knapp zwanzig Meter bis zu Roy John Moss zurück und trat ihm entgegen, als hätten sie sich erst gestern zuletzt gesehen.

»Also schön«, fragte er, »was ist denn nun hier so interessant?«

Roy Moss stand auf einem etwas erhöhten Stück Boden, hielt mit der einen Hand einen Phaser auf sie gerichtet und in der anderen einen Kommunikator, der eindeutig nicht von Starfleet stammte. An seinem Gürtel hing ein Gerät, das wie ein Kontrollkasten aussah und zirpende Geräusche von sich gab, die Moss jedoch ignorierte.

Er schien weitaus mehr von den Veränderungen fasziniert zu sein, die fünfundvierzig Jahre mit sich gebracht hatten. Forschend betrachtete er jede neue Falte im Gesicht seines alten Widersachers und versuchte, den sommersprossigen, muskulösen Jungen darunter zu entdecken, der ihm zu einem entscheidenden Zeitpunkt seines Lebens so viele Probleme bereitet hatte.

Moss selbst hingegen zeigte eine gewisse Derbheit, die in seiner Jugend noch nicht vorhanden gewesen war. Sein Haar war grau geworden, und um die Hüften hatte er etwas zugelegt, doch davon abgesehen war er durchaus wiedererkennbar für jemanden, der ihn in seiner Jugend gesehen hatte. Und Kirk erkannte ihn wieder.

Ja, das war Roy Moss. Selbst der Pferdeschwanz war noch da, eisgrau zwar, aber noch vorhanden. Genau wie das Mißtrauen in seinen Augen. Und die erstaunliche Intelligenz direkt hinter dem Mißtrauen. Ja. Dieselbe Person.

Und jetzt, da er um so vieles älter geworden war,

zeigten sich auch geisterhafte Linien in seinem Gesicht, die an Rex Moss erinnerten und sich im Alter von neunzehn noch nicht ausgebildet hatten. Damals schienen er und sein Vater nicht einmal miteinander verwandt zu sein. Doch jetzt war Roys Nase fleischiger, als die von Rex je gewesen war, und auch sein Hals war dicker geworden. Zudem trug er nun einen Spitzbart, dessen Grau etwas heller war als das seiner Haare, sowie einen fast weißen Schnurrbart.

Das war es, was die Jahre vollbracht hatten – sie hatten den Vater in den Sohn versetzt. Die Linien um den Mund, die gelbliche Verfärbung der Augen, das trotz des Pferdeschwanzes dünner werdende Haar, die Farbe der Haut – all das erinnerte an Rex. Manchmal brauchten die Ähnlichkeiten zwanzig Jahre, um zum Vorschein zu kommen. Oder vierzig Jahre …

Sehe ich jetzt aus wie mein Vater? Gibt es Spuren von ihm in meinen Augen, die meine Mutter wiedererkennen würde? Die Art, wie sich meine Wangen röten, wenn ich wütend bin, oder das Grübchen an meinem Kinn?

Geister aus der Vergangenheit.

Die Augen waren es vor allem, die das Wiedererkennen ermöglichten. Seltsam, dachte Kirk, daß einem ein Blick nach so vielen Jahren noch so vertraut sein konnte. Ein beunruhigendes Gefühl …

Auch Moss gab sich für einige Sekunden seinen Erinnerungen hin, schien die Erfahrungen auf der *Shark* noch einmal zu durchleben und betrachtete dann mit unheimlicher Faszination Spock und McCoy, als sie neben Kirk traten.

»Sie haben gesagt, Sie kämen allein«, erklärte er.

»Ich habe gelogen«, sagte Kirk.

Moss neigte den Kopf und nickte schließlich. »Das ist gut. Gefällt mir.«

Er winkte sie näher zu sich heran, hielt aber den Phaser auf sie gerichtet, so daß sie es nicht wagen konnten, ihn anzuspringen.

Moss befestigte den Kommunikator neben der Kontrollbox an seinem Gürtel, streckte plötzlich den Arm aus und zog den Doktor zu sich heran. »Damit kann ich Sie unter Kontrolle halten«, sagte er. »Ein falscher Schritt von Ihnen oder dem Vulkanier, und ich erschieße diesen Burschen. Ich weiß, wie Sie denken. Ihnen wäre es lieber, ich würde Sie erschießen statt ihn, deshalb bringe ich ihn um, wenn Sie irgend etwas versuchen.«

Spock bewegte sich instinktiv, um sich zwischen McCoy und Moss zu schieben, doch Kirk winkte ihn nur mit einem Zucken seiner Brauen zurück. Moss würde McCoy tatsächlich töten, wenn er sich dazu entschloß. Moss würde töten – daran gab es keinen Zweifel, weder vor fünfundvierzig Jahren noch jetzt.

»Jeder von ihnen ist aus einem bestimmten Grund hier«, erklärte Kirk.

»Aus welchen Gründen?«

»Finden Sie es heraus. Sie sind das Genie.«

»Na schön, in Ordnung. Geben Sie mir nur etwas Zeit. Und falls einer von Ihnen versucht, mich anzugreifen, werde ich einfach wild um mich schießen. Sehen Sie die Kuppel über uns, die so tut, als wäre sie der Himmel? Die werde ich treffen. Dann sind wir alle tot. Ich denke, ich habe mich selbst für so harte Burschen wie euch einfach genug ausgedrückt, richtig?«

Kirk machte sich nicht die Mühe, nach oben zu schauen. Er wußte, daß Roy gelogen hatte. Er würde niemals ihren einzigen Schutz zerstören.

Doch in Roys Augen funkelte noch immer die gleiche Anmaßung wie in seiner Jugend, und die Starfleet-Offiziere registrierten sie als die Bedrohung, die sie darstellte.

Kirk schaute an Moss vorbei zu McCoy – der hier war, um Moss' psychischen Zustand zu ergründen.

Der Doktor biß sich auf die Unterlippe und zog die

Brauen in einer Weise hoch, die Kirk zu deuten wußte. *Nicht reizen.*

»So«, meinte Moss, »Sie sind also mit einem Schiff vom Constitution-Typ hier, nicht wahr? Klingt vertraut, wenn ich so darüber nachdenke. Kirk … Captain … waren Sie nicht mal eine Zeitlang Admiral? Und jetzt sind Sie wieder Captain der alten Sternenschiff-Version?«

»Der ersten Version«, berichtigte Kirk. Ihm war es gleichgültig, ob Arroganz in seinem Ton mitschwang.

»Dickere Wände, niedrigere Decks, anderes Schub-Masse-Verhältnis, diffizile Mischungsformel«, rasselte Moss herunter, »und ein paar Hundert Besatzungsmitglieder im Innern. Ich würde so vielen Leuten nicht trauen. Das Schiff zeichnet sich vor allem durch Geschwindigkeit aus. Genau wie alle die alten Sternenschiffe. Ein Gehäuse für die Triebwerke. Waffen und wissenschaftliche Labors könnte man schließlich auch auf einem Ruderboot unterbringen. Ein Sternenschiff ist kein Sternenschiff, wenn es nicht schnell ist … und ich bin im Begriff, eines davon zu benutzen, um alle anderen überflüssig zu machen.«

Kirk sah zu Spock hinüber.

Der Vulkanier zeigte einen Ausdruck in den Augen, den Kirk als Achselzucken deutete. Sollte die *Bill of Rights* für eine Art Experiment benutzt werden?

Als hätten sie sich abgesprochen, blieben die drei Starfleet-Offiziere stehen und sahen Roy Moss an.

»Weitergehen«, befahl Roy und stieß McCoy den Lauf seiner Waffe in die weiche Stelle unterhalb der Rippen. »Sonst schlachte ich zuerst ihn ab, und danach Ihr altes Schiff.«

»Es ist kein altes Schiff«, schnappte Kirk. »Es ist das zweite Sternenschiff *Enterprise.* Ein Nachbau der ersten Constitution-Klasse …«

»Wen interessiert das schon?« unterbrach ihn Moss. »Es benutzt eine klassische Deflektor-Methode, richtig? *Meine* Methode … für die *ich* nie Anerkennung erhalten habe?«

Mit gelegentlichen Bewegungen seines Phasers wies Moss den Offizieren den Weg durch die öde, felsige Landschaft, in der lediglich hin und wieder ein archäologisches Zelt oder eine Art Trampelpfad auftauchten, eingehüllt in das unheimliche, unnatürliche Licht der meilenlangen Kuppeln. Nach solchen Anweisungen richtete er die Waffe jedoch sofort wieder auf McCoys Rücken und ließ weder den Doktor noch die beiden anderen je aus den Augen.

»Nun?« hakte er nach. »Ist es die Methode, die man mir gestohlen hat? Ist vielleicht einer von Ihnen bereit, das zuzugeben?«

»Es gab auch andere, die auf diesem Gebiet gearbeitet haben und kurz vor dem Durchbruch standen«, sagte Kirk. »Sie haben keine Anerkennung erhalten, weil Sie nicht bei dem Projekt geblieben sind. Sie haben an der Entwicklung nicht mitgearbeitet.«

»Weil ich in einer Rehabilitations-Kolonie gesessen habe, wofür ich mich bei Ihnen und Ihrem Papa bedanken kann. Dort habe ich gesessen, bis ich fünfundzwanzig war. Und die ganze Zeit über nachgedacht. Anschließend bin ich hierhergekommen.«

Moss wirkte nicht wütend, doch er sprach mit einem ironischen Unterton und einem bösartigen Grinsen, das die Offiziere beunruhigte. Und ganz offensichtlich gefiel es ihm, sie zu beunruhigen.

Spocks gelassene Stimme meldete sich zu Wort.

»Wir haben Ihre speziellen Deflektoren vor Jahrzehnten analysiert. Sie haben eine Möglichkeit gefunden, die Abschirmung auf bestimmte Bedrohungen zu konzentrieren, aber mehr auch nicht. Dadurch schienen Ihre Schilde hundertmal stärker zu sein, als sie tatsächlich waren. Föderations-Ingenieure haben Ihre Theorie seziert, verbessert, die Schilde mit Sensoren kombiniert …«

»Meine Ideen gestohlen.«

»Erweitert«, beharrte Spock. »Sie haben Ihre Ideen ausgebaut und weiterentwickelt, weil sie wissen, daß jeder Wissenschaftler auf den Schultern derer steht, die vor ihm kamen. Es ist ein ständiger Aufbauprozeß.«

»Und Sie sind ein spitzohriger Wiederkäuer. Nichts als Geschwätz.«

Kirk blieb plötzlich stehen und drehte sich zu Moss um. »Sie glauben, alle anderen sollten vom Stand der Steinzeit aus anfangen, auch wenn Sie selbst das nicht getan haben, richtig?«

Moss blieb stocksteif stehen und hielt den Phaser auf ihn gerichtet. »Die Leute vor mir waren Idioten.«

»Sie haben das Fundament geschaffen, auf dem Sie selbst stehen. Von allen nehmen, nichts geben, mit niemandem teilen, und immer in Angst, beraubt zu werden – Sie haben sich selbst dafür entschieden, unbekannt zu bleiben. Sie hätten weiter an diesen Schilden mitarbeiten können, Roy, aber Sie haben Ihre Chance vergeben. Sie haben sich Ihr eigenes Fegefeuer geschaffen. Machen Sie dafür nicht die anderen verantwortlich.«

»Fegefeuer?« Moss schwenkte seinen Phaser in einem weiten Bogen. »Hier draußen bin ich absolut sicher. Touristen kommen und gehen, Archäologen kommen und gehen, ganze Schiffsladungen von Studenten … ich habe hier dreißig Jahre lang ungestört gearbeitet. Ich wollte nicht riskieren, daß ein kleiner Stinker wie Sie noch einmal meine Pläne ruiniert. Jetzt bin ich soweit. All die alten Geräte stehen bereit und warten auf den Einsatz. Im Grunde war es ganz einfach. Ich habe herausgefunden, daß alles vor rund hunderttausend Jahren passiert ist, und das Problem bestand darin, daß die Sterne weitergewandert sind. Daher mußte ich ihn rekalibrieren.«

Kirks Gesichtszüge spannten sich, als Moss das Thema plötzlich auf so bizarre Weise wechselte. Er bemühte sich, seine Kenntnisse über Roy zu nutzen, um daraus abzuleiten, was hier vorging. Seine Füße wurden so kalt, als wäre er gerade in einen See aus Eiswasser getreten.

»›Ihn‹?« fragte er.

Moss starrte ihn forschend an und schaute dann plötzlich zu Spock hinüber. »Ohhhh ... Sie haben den Vulkanier hergebracht, damit er meine Arbeit ausspioniert, richtig? Das bedeutet, der andere ist ... ein Psychiater. Er soll meine Motivation oder meine geistige Stabilität einschätzen. Habe ich recht?«

McCoy warf ihm einen finsteren Blick zu. »Ich bin Leonard McCoy, der Schiffsarzt. Ich soll mich um mögliche Verletzungen kümmern.«

»Und um Geistesstörungen«, beharrte Moss. »Aber das macht weiter nichts – Sie geben immer noch ein hervorragendes Ziel ab, Doktor, und Ihr Captain weiß ganz genau, daß ich ein hübsches Loch in Sie bohre, wenn Sie alle sich nicht ordentlich benehmen. Also machen Sie von mir aus weiter und analysieren Sie mich rauf und runter.«

Er schwenkte den Phaser direkt vor McCoys Gesicht, und irgend etwas an dieser Bewegung löschte jegliche Zweifel daran aus, daß er tatsächlich schießen würde.

»Gehen Sie dort hinunter. Benutzen Sie die Leiter.«

Moss deutete auf eine Grube, die sich vor ihnen öffnete und ungefähr zwei Stockwerke tief war. Eine einfache Holzleiter führte hinunter.

Moss grinste, als die Offiziere vor ihm hinunterstiegen, während er auf einem kleinen, glitzernden Vorsprung stehenblieb. Sobald die anderen den Boden erreicht hatten, zog er die Leiter hoch, und damit saßen die Starfleet-Leute in der Falle.

»Sie sollten jetzt den Ausdruck auf Ihren Gesichtern sehen können. Man könnte Sie glatt für Kadetten halten.«

»Warum sagen Sie nicht endlich, was Sie eigentlich wollen?« fragte Kirk.

»Ich will Respekt.«

»Den bekommen Sie nicht von mir. Den müssen Sie sich schon selbst verdienen.«

Kirk hatte die Worte kaum ausgesprochen, als er sich um fünfundvierzig Jahre zurückversetzt fühlte und die Stimme seines Vaters zu hören glaubte. Die gleichen Worte, die gleichen Gefühle, aber neue Gefahren.

»Sie werden ihn mir schon geben, wenn Sie erst sehen, was ich hier habe«, sagte Moss. »Ungefähr viertausend Meilen von hier gibt es eine Maschine. Ihr Energiekern liegt einhundertsechzig Meilen tief in der Erde, daher können Ihre Schiffe ihn nicht entdecken. Hier – sehen Sie sich das mal an. Es wird Ihnen gefallen.«

Er betätigte seine Kontrollbox, ohne sie vom Gürtel zu nehmen.

Hinter Moss formte sich ein Bild der *Bill of Rights*, als würde es auf den Fels projiziert. Es gab nirgendwo einen Projektor, aber das Bild war dort, genauso groß wie Moss.

»Jim, paß auf!«

McCoy und Spock rissen Kirk gerade noch rechtzeitig zur Seite, um zu verhindern, daß er in eine Öffnung stürzte, die plötzlich auf dem Boden der Grube entstand. Fast im gleichen Moment stiegen einige in gedeckten Farben gehaltene, melonengroße Kugeln aus dem Boden empor. Das ganze lief völlig geräuschlos ab, und die Kugeln, die offenbar keinerlei metallische Anteile enthielten, kamen zum Stillstand, ohne ein erkennbares Muster zu bilden.

»Kontrollzentrum, Captain«, sagte Spock. »Wahrscheinlich ein Computerzugang. Offensichtlich dem Geschmack der alten Kultur entsprechend konstruiert.«

»Dann haben sie Faramond wohl für hübsch gehalten«, bemerkte McCoy, als keine weiteren Kugeln mehr aufstiegen.

Nur das geschulte Auge vermochte in dieser Ansammlung von Bowlingkugeln einen Computer zu erkennen. Ein Kind hätte darin vermutlich nur einen Haufen von innen heraus glühender Ballons mit einem weichen, fast gummiartigem Überzug gesehen.

In den Seitenwänden der Grube teilten sich die Felswände und enthüllten die Vorstellung eines Kindes von einer Bibliothek – Seite an Seite in geschwungenen Regalen aufgereihte Bücher oder Bänder. Offenbar sollten Bibliothek und Kugeln gemeinsam benutzt werden.

Spocks Augen leuchteten auf, als er die Bücher sah, doch er gab keinen Kommentar ab.

Kirk und McCoy drängten sich an Spock vorbei, um einen Blick auf dieses Zeugnis einer vergangenen Kultur zu werfen. Doch während weder der Captain noch der Arzt es wagten, die Kugeln zu berühren, wurde Spock von ihnen angezogen wie eine Biene von den Blüten.

Seine langen Finger hinterließen Spuren auf der weichen Oberfläche, die jedoch fast sofort wieder verschwanden.

»Stochern Sie ruhig so viel herum, wie Sie wollen«, meinte Moss. »Solange Sie nicht wissen, wie Sie die Informationen abrufen können, ist das nur so, als würden Sie auf Gummi drücken. Anfangs habe ich vermutet, es wäre einfach nur Kinderspielzeug.«

»Wo befindet sich das Energiezentrum?« fragte Spock.

Moss blickte ihn verärgert an. »Es ist eingebaut.«

»Aber *wo* ist es?« hakte Spock nach. »Physisch.«

»Unter der Erde, wie ich schon sagte.«

»Woher wissen Sie das?«

»Weil ich es dort hingebracht habe. Es war das einzige, was fehlte. Es hat mich praktisch mein ganzes Erwachsenenleben gekostet, aber ich habe es schließlich geschafft, dem zentralen Kernkomplex einen Materie/Antimaterie-Konverter hinzuzufügen. Er erbringt fast so viel Leistung wie der, den Sie auf Ihrem hübschen Schiff haben, Mr. Brock.«

»Spock«, korrigierte McCoy scharf.

»Auch gut. Was glaubt ihr Idioten eigentlich, wie ich an die Energie für mein Dämpfungsfeld komme? Durch Magie? Aber wie auch immer, die Maschine ist jetzt einsatzbereit, und alles, was ich noch zu tun habe, ist, sie einzuschalten. Und alles, was Sie noch zu tun haben, ist zuzuschauen.«

»Was macht diese Maschine denn?« fragte Kirk. »Warten Sie einen Moment. Starten Sie sie noch nicht! Sagen Sie uns, was sie macht!«

Moss richtete sich zu voller Größe auf und nahm die Schultern zurück, um ein möglichst imposantes Bild zu bieten.

»Ich werde das schnellste Ding der Galaxis sehr viel schneller bewegen, als es selbst fliegen kann. Ich werde Ihnen zeigen, wie man Dinge bewegt, wenn man Roy Moss ist. Ich werde Ihre hübsche, große *Bill of Rights* nehmen und sie mitsamt ihren sechshundertachtzig Besatzungsmitgliedern und den Faramond-Archäologen mit einem einzigen Strahl zur Starbase One zurückbeamen. Und Sie werden mir dabei als Zeugen dienen. Na, ist das eine Aussicht?«

Roy Moss stand über ihnen und sah sie der Reihe nach an, als wolle er sie verhöhnen. Seine Augen waren weit aufgerissen, die Brauen hochgezogen und die Arme ausgebreitet.

»Sie sind noch immer nicht dahinter gekommen, oder?« fragte er. »Ich habe Ihnen genug Informationen gegeben ...«

»Sie haben einen Langstrecken-Transporter entdeckt«, sagte Spock. »Eine Art Frequenzfokussierungs-Methode.«

»Einen Moment«, sagte Kirk. »Funktioniert dieses Ding etwa? Verstehen Sie, *wie* es arbeitet?«

»Das muß ich gar nicht«, sagte Moss. »Ich habe herausgefunden, wie man die Kontrollen bedienen muß. Sie fliegen dieses Schiff dort oben, aber können Sie auch ein Warptriebwerk bauen? Natürlich nicht. Und das müssen Sie auch nicht. Das ist schließlich die Aufgabe der Mechaniker.«

Als würde er in Gedanken auf der Brücke seines Schiffes auf und ab wandern, bewegte sich Kirk zu anderen Seite der Grube hinüber, ohne Moss dabei aus den Augen zu lassen.

»Dieses Ding war hunderttausend Jahre lang abgeschaltet«, sagte er, »und Sie wollen einfach nur Energie zuführen und es dann sofort starten?«

»Ich habe es neu ausgerichtet. Was könnte also schiefgehen?«

»Haben Sie es getestet? Schon mal etwas Energie hineingeleitet?«

»Nein, warum sollte ich?«

McCoy verdrehte die Augen. »Oh, Mann ...«

Moss sah den Doktor an. »Wenn ich das getan hätte, wäre Starfleet aufmerksam geworden und hergekommen, um mir alles abzunehmen. Das haben Sie doch gerade selbst bewiesen – ich setze den Dämpfer einmal ein, und schon sind Sie hier.«

Er stieß einen schweren Seufzer aus, steckte den Phaser in die Tasche und blickte nach unten.

»Ich bin der einzige, der herausgefunden hat, wie man die Maschine in Gang setzt«, sagte er. »Faramond ist ein altes, kaltes System, und ich bin derjenige, der es wieder erwärmt hat. Als ich vierzehn war, haben wir ein Schiff, das sich auf dem Rückweg von Faramond befand, geborgen und ...«

»Sie meinen, Sie haben es überfallen«, warf Kirk ein.

»Halten Sie die Klappe. Das Schiff führte alle möglichen Relikte mit sich, die dann die Föderation dazu bewogen haben, hier Kuppeln zu bauen und zu graben. Doch Archäologen blicken immer nur in die Vergangenheit. Und obwohl ich erst vierzehn war, so war ich doch der einzige, der nach vorn schaute. Ich war derjenige, der aufgrund der einheitlichen Symbole herausfand, daß die Sprache hier unter diesem Felsen die gleiche war wie die auf jenen Ausgrabungsfunden ... und so fand ich heraus, daß es sich um ein Gerät für frequenzfokussiertes Reisen handelte ... man hört hier auf zu existieren und beginnt dort zu existieren. Was würde das wohl der besiedelten Galaxis wert sein? Die Fabrini und ein halbes Dutzend anderer haben dieses Zeug gefunden, aber keiner von ihnen wußte, was er damit anfangen sollte.«

Alle drei Starfleet-Offiziere traten unwillkürlich ein paar Schritte nach vorne.

»Die Fabrini waren hier?« keuchte McCoy. »Sind Sie ganz sicher?«

Selbst Spock ließ in seiner Frage einen Anflug von Schock erkennen. »Eine so weit fortgeschrittene Rasse wie die Fabrini hat sich nicht intensiver um das hier gekümmert?«

Kirk trat so weit vor, wie das in der Grube möglich war, und fragte drängend: »Sagt Ihnen das nicht irgend etwas?«

Moss konnte ihre Reaktion kaum ignorieren. Tatsächlich schien er sogar stolz zu sein, daß eine zwar untergegangene, aber weit überlegene Rasse hier aufgetaucht und ohne den Preis wieder abgezogen war.

»Sie konnten eben nicht herausfinden, wie man sie zum Funktionieren bringt«, sagte er. »Ich habe ein Dutzend Artefakte von früheren Grabungen anderer Zivilisationen entdeckt. Keine von ihnen war so geduldig wie ich. Sie kamen, und sie gingen wieder, aber ich habe mit meiner Arbeit weitergemacht.«

Kirk merkte, wie Spock einen Schritt vortrat, um eine Frage zu stellen, und packte gerade noch rechtzeitig das Handgelenk seines alten Freundes, um ihn daran zu hindern. »Woher wollen Sie wissen, ob Sie tatsächlich alles richtig machen?« fragte er.

»Weil es *einfach* war! Sie denken nicht mal in Ihrer Freizeit nach, was? Wenn man Ihr Shuttle ein paar hundert Jahre in die Vergangenheit schaffte, wäre doch immer noch offensichtlich, in welche Richtung es fliegt und wo der Pilot sitzt, oder? Versetzen Sie einen Doppeldecker aus dem Zweiten Weltkrieg in die Zeit von König Artus, dann könnte ein schlauer Mann durchaus herausfinden, wie man ihn lenkt.« Er nickte ihnen mit pompöser Arroganz zu. »Ich sagte ja schon – ich habe es herausgefunden, als ich noch ein Kind war. Sogar bevor ich Ihnen begegnet bin, Jack.«

»Jim«, fauchte McCoy.

»Ja, Jim, Jim, richtig. Ich mußte mir lediglich die Frage stellen, weshalb eine hochentwickelte Rasse so ein Instrument hier unterbringen sollte. Es ist ein kaltes System, richtig? Nichts wächst, keine Wärme, kein Leben – ein riesiges Gravitationsfeld und nicht sehr viel mehr. Ein gewaltiger Magnet. Also habe ich danach gesucht. Ich habe die Föderationsarchäologen ihre Kuppeln bauen lassen und dann angefangen zu suchen.«

Moss stocherte mit der Stiefelspitze in der Erde herum wie ein Kind im Sand am Meeresstrand.

»Die Trottel von der Föderation liefen hier herum und sammelten Plunder, während sich diese unglaubliche Technologie nur ein paar Meilen entfernt befand. Sie haben nie herausgefunden, was mit dieser alten Kultur geschehen ist, während ich es mir schon mit vierzehn ausgerechnet hatte.« Er blickte zu den drei Männern hinunter, als wolle er sich vergewissern, daß sie auch aufmerksam zuhörten. »Irgendwie waren die Gravitation oder die Masse des Planeten – oder auch deren Auswirkung auf den umgebenden Raum – für ihr Projekt erforderlich. Aber warum eine kalte Welt? Ich stellte mir selbst diese Frage – und beantwortete sie. Sie benötigten einen inaktiven Kern, denn genau dort befindet sich das Herz ihres Transporters – genau im Gravitationszentrum! Und dort habe ich es gefunden, da niemand sonst schlau genug war, danach zu suchen. Toll, nicht wahr?«

Er wanderte auf und ab und murmelte dabei, als würde er nur zu sich selbst sprechen.

»Ich habe dieses Piratenpack ertragen, um die nötigen Mittel für das große Ziel zu sammeln, doch dann sind Sie gekommen und haben mich um Jahre zurückgeworfen. Seitdem habe ich mich nie wieder auf jemand anderen gestützt. Immer nur auf mich selbst. Ich wußte, was ein Langstrecken-Transporter der Föderation wert sein würde. Oder jemand anderem. Klingonen, Romulanern, mir ist das ziemlich gleich. Die Kontrolle über den LST wird mich zu einem der mächtigsten Wesen weit und breit machen. Der LST … klingt gut, nicht wahr?«

»Ja, Roy«, sagte Kirk, »und Sie klammern sich an diesen Klang. Etwas anderes haben Sie nicht. Immer haben Sie etwas erwartet, das in der Zukunft liegt. Fünfundvierzig Jahre, und noch immer haben Sie nichts als ein ›eines Tages‹. Selbst nach all diesen Jahren haben Sie noch immer kein *Heute.*«

Plötzlich herrschte Stille.

Roy Moss hatte gewußt, daß er für sein Experiment ein Sternenschiff außer Gefecht setzen mußte, aber er hatte nicht damit gerechnet, auch Jim Kirk außer Gefecht setzen zu müssen.

Jetzt kochte er innerlich. Man hatte ihm den Respekt verweigert, den er so sehr begehrte.

»Und was haben *Sie?*« fragte er. »Sie sind ein Captain. Na und? Ich wette, Sie haben hundertmal Ihr Leben aufs Spiel gesetzt. Und was können Sie dafür vorweisen? Ein paar Orden? Sie stehen am Ende Ihrer Karriere, Sie sind überall in der Galaxis gewesen, Sie haben eine Menge Leute getötet, und wofür? Nicht einmal das Schiff dort oben gehört Ihnen. Jeder spricht zwar von ›Kirks Schiff‹, aber es ist nicht Ihr Schiff. Sie hatten das Kommando über eine Maschine, die alles verwüsten könnte! Sie hätten in den Orbit irgendeines Planeten gehen und sich gegenüber einer weniger weit entwickelten Kultur zum Gott erklären können. Die Leute dort hätten absolut nichts dagegen tun können, sondern brav sagen müssen: ›Jawohl, du bist Gott, ganz klar.‹ Sie haben nie erkannt, was Sie alles hätten haben können! Wer von uns hat nun sein Leben verschwendet?«

Abrupt und grausam wurde Jim Kirks Bewußtsein auf die mächtigste Waffe gelenkt, die jemand gegen ihn einsetzen konnte, und er verfiel in bitteres Schweigen, ein Gefangener der Worte, die von oben auf ihn eindrangen.

»Wenn Sie mich nicht vor fünfundvierzig Jahren aufgehalten hätten«, bohrte Moss weiter nach, »dann hätte ich diesen Transporter schon damals entwickelt! All die Toten in vierzig Jahren der Erforschung des Alls und all jene, die bei Schiffsunglücken umgekommen sind – sie alle gehen auf Ihr Konto! Wie sehen Sie sich jetzt, Jim Kirk?«

Zu McCoys und Spocks ungläubiger Bestürzung – die er deutlich spürte – sagte der Captain kein einziges Wort.

Die Kontrollbox an Moss' Gürtel begann zu piepsen. Er nahm sie und las die Anzeige ab.

»Also schön, was machen Ihre Freunde da oben im Schiff?« fragte er. »Na, spielt auch keine Rolle, verpasse ich Ihnen eben noch einen Dämpfer. Ich muß schließlich nur noch einmal den Stöpsel aus der Badewanne ziehen. Muß etwas kaputt gegangen sein. Materialversagen oder so was. Bleiben Sie besser hier unten, Sie können so oder so nicht fort, ich habe die ganze Gegend elektrisch abgesichert. Ja, Mr. Vulkan, ich kann von Ihrem Gesicht ablesen, was Sie vorhaben – aber spielen Sie ruhig mit der Maschine herum. Sie könnten sie nicht mal in zwanzig Jahren durchschauen, und selbst mit einem Phaser könnten Sie keinen Schaden anrichten. Nicht mal ich weiß, woraus sie gemacht ist. Ich komme zurück, sobald ich Ihre Freunde erledigt habe. Kann es kaum erwarten, Ihre Gesichter zu sehen, wenn Sie zuschauen dürfen, wie Geschichte gemacht wird.«

»Spock«, sagte der Captain.

Sofort wandte sich der Vulkanier den fremdartigen, uralten Kontrollen und den Bücherregalen zu. Er prüfte die Bücher zuerst mit bloßem Auge, dann mit dem Tricorder, nahm schließlich eines heraus und blätterte durch die steifen, ledrigen Seiten.

»Mir gefällt die ganze Sache nicht«, sagte er nachdenklich. »Andere waren hier, darunter so hochentwickelte Rassen wie die Fabrini, doch nicht einmal sie schafften es, den Langstrecken-Transporter in Gang zu setzen. Es ist unwahrscheinlich, daß Roy Moss das intelligenteste Wesen der ganzen Galaxis ist, das jemals hierherkam.«

»Sagen Sie *ihm* das bloß nicht«, brummte McCoy.

Spock wandte sich zu ihm um. »Es muß einen Grund geben, weshalb diese intelligenten Rassen den Mechanismus nicht angerührt haben. Seine Annahme, wir hätten den Kern dieser Maschine nicht entdecken können, weil er sich unter der Erde befindet ...«

»Ist absolut richtig, Spock«, unterbrach ihn McCoy, »wenn man sein psychologisches Profil bedenkt. Schwäche unterstellt er immer nur anderen. Er hat nie eine formale Ausbildung erhalten, sondern sich alles selbst beigebracht, und er hat nicht einmal erkannt, daß man seinen Flushback aus großer Entfernung anmessen kann. Wie einer von uns schon sagte – es klaffen Löcher in seinem Wissen …«

Dann fuhr McCoy fort: »Moss ist schlau, aber er hat immer nur so viel gelernt, wie er wissen mußte, um seine Ziele zu erreichen oder sich selbst zu schützen. Er sieht im Wissen keinen Wert an sich, ist euch das aufgefallen? Nur in dem Wissen, das ihm zu mehr Macht verhelfen kann.«

»Oder zu Berühmtheit«, fügte Spock hinzu.

»Jim – Jim, was beschäftigt dich?« Der Doktor ging zu Kirk hinüber, ohne auf die Haltung des Captains zu achten, die andeutete, daß er lieber allein gelassen werden wollte. »Jim, laß dich nicht von ihm beeinflussen. Das psychologische Profil dieses Mannes unterscheidet sich absolut nicht von dem, welches du mir an Bord gegeben hast. Er hat sich in fast fünf Jahrzehnten nicht verändert. Ein Musterbeispiel für Huertas Kaiser-Syndrom, obwohl ihn selbst das im Grunde noch nicht vollständig beschreibt. Würde er zum Kaiser, dann würde er all seinen Reichtum einsetzen, um eine Gottheit zu werden. Eigentlich sollte ich eine Dissertation über ihn verfassen! McCoys Pharao-Syndrom.«

»Wenn wir das hier überleben, kannst du ja ein Buch schreiben.« Kirk wandte sich an Spock. »Was meinen Sie?«

»Ein Langstrecken-Transporter wäre ein großartiger Fortschritt, sofern er tatsächlich in der Lage ist, sein Vorhaben zu verwirklichen«, sagte der Vulkanier, während er weiterhin die Bibliothek durchforstete. »Keine weiteren Toten, keine Gefahren, keine Risiken bei Reisen mit Warpgeschwindigkeit … die Erforschung fremder Welten könnte sehr viel schneller und zugleich mit weitaus geringeren Kosten und Verlusten an Menschenleben durchgeführt werden …«

»Ich traue ihm nicht«, mischte sich McCoy ein. »Jim, mit welcher Sorgfalt ist er wohl vorgegangen? Er hat sich ja nicht einmal an dich erinnert, obwohl du eine entscheidende Rolle in seinem Leben gespielt hast!«

»Für mich war jenes Zusammentreffen weitaus bedeutsamer, Pille«, sagte Kirk. »Er erinnert sich nur daran, daß er verloren hat. Er hat sich völlig auf sich selbst zurückgezogen. Das ist der besorgniserregende Aspekt. Roy Moss denkt nicht an die Menschen. Er glaubt, wenn dieses Ding funktioniert – sei es auch nur ein bißchen, und sollte es auch das Leben jedes einzelnen an Bord der *Bill of Rights* kosten, um herauszufinden, wie er die Maschinerie richtig bedienen muß, dann würde die Föderation diese Menschenleben vergessen und ihn für seine Entdeckung ehren. Und mit fünfundsechzig ist er weitaus gefährlicher als damals mit neunzehn.«

»Dieser Mann«, sagte Spock, »scheint die Realität von Wahrscheinlichkeiten gar nicht wahrzunehmen, Captain. Er akzeptiert die neunzigprozentige Chance eines Erfolgs, nicht aber die zehnprozentige Wahrscheinlichkeit eines Versagens. Die Möglichkeit von Fehlern, bei den Maschinen oder bei ihm selbst, sieht er gar nicht …«

»Ja, er setzt immer alles auf eine Karte«, meinte McCoy. »Das Loch in seinem Plan besteht darin, daß er das Loch in seinem Plan niemals sieht.«

Kirk schob sich zwischen den beiden hindurch. »Die Besatzung der *Bill of Rights* und die Archäologen könnten in dieses Loch fallen. Das gesamte Schiff könnte vernichtet werden.«

Seine Gedanken wanderten zur *Enterprise.* Dem Original.

Doch das alte Schiff existierte nicht mehr, war geopfert worden, und seinen Platz hatte eine Replik eingenommen. Ein Modell, ein Tribut, ja, aber nicht das Original, mit dem er Reise um Reise unternommen, Gefahr um Gefahr überstanden hatte. Eine schier unglaubliche Leistung, wenn man bedachte, daß schon ein falsches Andockmanöver ein Schiff in Stücke reißen konnte.

Der gleiche Schiffstyp, die gleiche Hüllenstruktur, das gleiche Verhältnis von Masse zu Schub und all die anderen Dinge, die Roy Moss vorhin aufgezählt hatte. Doch es war nicht dasselbe Schiff. Dieses Schiff hatte sich seine Meriten noch nicht verdient. Man hatte ihm keine Chance gegeben.

Darin lag das Wunderbare des alten Schiffes … es hatte all die Gefahren, die Stürme, die Angriffe überstanden, all das Neue, dem noch kein Schiff zuvor begegnet war, weil sich noch kein anderes Schiff je so weit hinausgewagt hatte – alles in allem eine Kombination aus Überlebensfähigkeit, Geschick und Glück, wie sie eben nur ein altes Schiff vorweisen konnte.

Sie war vom Glück begünstigt gewesen, die alte *Enterprise.* Das neue Schiff war eine Hommage, das ja, aber es hatte selbst noch nichts geleistet.

Und jetzt würde es auch keine Chance mehr dazu erhalten.

Starfleet hatte offenbar bereits eine Entscheidung getroffen.

McCoy trat etwas näher an Kirk heran. »Moss hat es zwar geschafft, die *Bill of Rights* und die *Enterprise* lahmzulegen, aber er hat nicht mit dem Joker gerechnet … er hat nicht damit gerechnet, daß Jim Kirk wieder hier sein würde.«

»Um so besser«, sagte der Captain. »Ich bin es müde, daß die Menschen mit mir rechnen.«

Der Stimme des Captains fehlte das alte Feuer. War dies der Grund, weshalb Menschen beschlossen, sich in den Ruhestand zurückzuziehen? Weil das Feuer erloschen war?

Hätte diese Grube Gitter besessen, hätte Kirk seine Hände um die Stäbe gelegt, sein Gesicht gegen das kalte Metall gepreßt und in die Landschaft hinausgestarrt.

In seinen Augen befand sich nichts mehr von dem, was vor vier oder fünf Jahrzehnten dort gewesen war. Heute war er nicht mehr jener vorwärtsdrängende James Kirk, der in der Gefahr aufblühte und jedes Abenteuer auskostete.

Er war nicht einmal mehr jener Jimmy Kirk, der auf der Brücke der *Shark* insgeheim genoß, wohin ihn die Unbesonnenheit eines ziellosen Teenagers geführt hatte. Damals hatte er zum erstenmal begriffen, daß Mut auch einem noblen Zweck dienen konnte.

Sein Vater hatte ihm das beigebracht …

All dieser hitzige Übermut hatte ihn jetzt verlassen. Zwar wartete er noch immer darauf, daß er wieder erwachte, so wie stets in einer solchen Situation, doch er wartete vergebens.

Er hatte mehr verloren als nur die Jahre, als die erste *Enterprise* unterging, denn er hatte es versäumt, mit ihr zu sterben. Zwischen ihm und dem Schiff hatte es eine besondere Verbindung gegeben, eine Verbindung, wie sie eben nur zwischen einem Captain und seinem Schiff bestehen kann, und wenn ein Schiff ohne seinen Herrn untergeht, zieht sich diese Verbindung um das Rückgrat des Captains für den Rest seines Lebens zusammen. Und er wird nie wieder so aufrecht gehen, sich nie wieder so rasch bewegen, nie wieder dieses Feuer in seinen Augen haben.

Und das war er jetzt – der Captain ohne sein Schiff. Der Verstand ohne das Herz. James Kirk ohne die *Enterprise.*

»Mein Schiff ist fort«, murmelte er. »Meine Karriere geht zu Ende. Vielleicht ist das ja wirklich mein Schicksal. Ein voller Kreis … von Roy Moss zu Roy Moss. Hier hat es begonnen … vielleicht soll es auch hier enden.«

Obwohl ansonsten nicht um Worte verlegen, sagte McCoy diesmal nichts.

Sekunden verstrichen.

Die Worte des Captains schienen noch immer in der Luft zu schweben, als wüßten sie nicht, wohin sie sich wenden sollten. Niemand hier wollte sie wirklich hören.

»Spuck dem Schicksal ins Auge, Jim«, sagte der Doktor sanft. »Das hast du doch immer getan… warum nicht auch diesmal?«

34

Wie Jungen, die sich nachts in einem Zelt Geistergeschichten erzählten, hielten sie die Stimmen gesenkt.

»Hat er recht, Pille?« Kirk blickte den Doktor nicht an. »Habe ich etwas verhindert, das im Lauf der Jahre den Tod Tausender Menschen hätte verhindern können? Von all den Entscheidungen, die ich im Lauf meiner Karriere getroffen habe ... wie viele mögen davon falsch gewesen sein ... ohne daß ich es je erfahre? Habe ich in meinem Leben mehr Schaden angerichtet als Gutes getan?«

Er sah zu Spock hinüber, der gerade von den Kontrollkugeln wieder zu den alten Büchern zurückging, so wie er es schon eine Ewigkeit zu tun schien, obwohl erst zwanzig oder dreißig Minuten verstrichen sein mochten, seit Roy Moss sie hier allein gelassen hatte. Spock arbeitete zwar, aber er behielt auch Kirk im Auge. Und er hörte zu.

»Oh, Jim, um Himmels willen«, stöhnte McCoy. »Wieviel mußt du denn noch sehen, um zu verstehen?«

»Ich verstehe ja«, schnappte der Captain. »Wenn Moss nicht schlau genug gewesen wäre, echter Macht nachzujagen, würde er frustriert kleine Tiere quälen, um sich so wenigstens die Illusion von Macht zu verschaffen. Und wenn er zu echter Macht gelangt wäre, hätte er gemerkt, daß sie ihm nicht reichte; er hätte irgend jemand dafür die Schuld zugeschoben und angefangen, Millionen von Menschen zu töten. Aber wie soll ich wissen, ob ich so viel anders bin? Was wäre aus mir geworden, wenn uns das Schiff seines Vaters an jenem Tag nicht angegriffen hätte? Ich war ein frustrierter Junge, der andere dazu überredete, verrückte Wagnisse einzugehen, und Entscheidungen über ihr Leben traf, die sie eigentlich selbst hätten fällen müssen, und genau das hätte ich auch für den Rest meines Lebens getan.«

McCoy schüttelte den Kopf. »Nein, das war es nicht, worauf ich hinauswollte ...«

»Doch, genau darauf«, nagelte Kirk ihn fest.

»Jim«, meldete sich die dunkle Stimme Captain Spocks. Der Vulkanier stand ruhig da, in der einen Hand ein Buch, während die andere eine der Kugeln berührte. »Die Vergangenheit kann nicht umgeschrieben werden, ebensowenig wie sich die Zukunft vorhersagen läßt. Sie haben aus Ihrer Erfahrung mit Roy Moss gelernt. Er nicht. Er unterschätzt weiterhin jene, die genausogut sind wie er, oder besser. Ein geradezu klassischer Fehler in der Militärgeschichte. Katastrophen über Katastrophen, weil Generäle ihre Gegner unterschätzten. Überschätzt man ihn, wird man zögerlich, unterschätzt man ihn, wird man vernichtet. Alle Führer bewegen sich auf diesem schmalen Grat ... und alle Captains segeln auf ihm.«

Er hielt kurz inne.

»Ich war es in all diesen Jahren zufrieden, an der Seite von James Kirk auf diesem Grat zu segeln.«

Spock war sich nicht zu schade, Gefühle zu zeigen, nicht so wie damals, vor langer Zeit, als er sie zum erstenmal empfand. Heute war er sogar stolz darauf. Wie viele Vulkanier konnten schon Gefühle zeigen und trotzdem Vulkanier bleiben?

Kirk sah ihn an, und für einen Sekundenbruchteil hatte er wieder den jungen Spock vor sich. Dann verblaßte dieser Moment wieder, und Spock erwiderte seinen Blick ohne jede Verlegenheit.

Kirk grinste schief. »Woher wissen Sie eigentlich immer so genau, was Sie sagen müssen?«

»Das weiß ich gar nicht«, meinte Spock. »Ich rate nur ziemlich gut.«

»Was sollen wir tun, Jim?« fragte McCoy. »Uns auf ihn stürzen?«

Kirk schüttelte den Kopf. »Wenn diese Maschine eine gewisse Zeit braucht, um die nötige Energie aufzubauen, nützt es gar nichts, wenn wir ihn aufhalten. Spock ... ist er verrückt? Oder ist an all diesem ... Zeug wirklich etwas dran?«

Spock runzelte die Stirn, während er weiterhin die Oberfläche der Kugeln betastete. Sein Gesichtsausdruck verriet ihnen, daß er in den wenigen Minuten Moss' Daten bereits analysiert hatte – etwas, das Moss selbst fünfzig Jahre lang zu tun versäumt hatte.

»Es ist definitiv ein Computer«, bestätigte er. »Und aus diesen Informationen hier kann ich ableiten, daß Roy Moss recht hat.«

»Oh«, stöhnte McCoy.

Spock ging zu den Büchern, nahm eines heraus und zeigte ihnen etwas, das aussah wie Hieroglyphen, über die man Fischsuppe verspritzt hatte. »Fabrini, vermischt mit einer Sprache, die ich nicht kenne. Trotzdem kann ich bestätigen, daß er recht hat. Es handelt sich um einen Langstreckentransporter ... in der Größenordnung von Lichtjahrtausenden.«

McCoy trat einen Schritt näher. »Lieber Himmel.«

»Die *Bill of Rights* zur Starbase One zu beamen, dürfte die Maschine kaum richtig aufwärmen«, fügte Spock hinzu.

Obwohl der Vulkanier beeindruckt war und in seinen Augen eine wissenschaftliche Faszination funkelte, die sie in letzter Zeit nur noch selten gesehen hatten, schwang doch etwas in seiner Stimme mit, das Kirk aufhorchen ließ.

Eher intuitiv fragte er: »Aber sie wird nicht funktionieren, nicht wahr, Spock?«

Anscheinend erleichtert stellte Spock das Buch zurück und blieb noch einen Moment stehen, die Hand auf das Regal gestützt.

»Diese Aufzeichnungen stellen eine Art wissenschaftlicher Logbücher dar, und ich glaube nicht, daß sie auf die alte Kultur selbst zurückgehen. Sie wurden von späteren Besuchern hier zurückgelassen und sind absichtlich in einer leichtverständlichen Form gehalten, um nicht für andere zu einer unüberwindlichen Hürde zu werden.«

»Na, jetzt würde ich aber zu gern Ihre Vorstellung von ›leichtverständlich‹ kennen«, spöttelte McCoy.

»Nicht jetzt, Pille«, mahnte Kirk. »Spock, fahren Sie fort.«

»Danke. Anscheinend wurden die Logbücher von den Fabrini begonnen, dann aber von anderen Rassen ergänzt. Keines ist vollständig, und offenbar hat jede nachfolgende Rasse den Versuch eingestellt, die Maschine zu benutzen.«

»Warum sollten sie aufgeben, wenn diese Technik doch so wertvoll ist?« fragte Kirk.

»Weil es so aussieht«, sagte Spock, »als würde eine zentrale Verbindung fehlen. Das hier ist ein Terminal ... aber es gibt keinen Kern.«

Kirk ging einmal um die Ansammlung von Kugeln herum. »Wollen Sie mir sagen, das hier ist ein Wrack? Eine leere Hülle?«

»Ja, Captain. Das Gerät wird Befehle in Empfang nehmen, aber es gibt keinen Ort, an den es sie weiterleiten könnte.«

Spock hielt kurz inne, um sich seine Worte zu überlegen. Er wußte, daß er mit intelligenten Menschen sprach, doch nun mußte er versuchen, ihnen ein Konzept nahezubringen, das eigentlich nur für Wissenschaftler gedacht war, die sich ihr Leben lang mit nichts anderem befaßten.

»Moss hatte recht mit seinem Beispiel, daß ein intelligenter Mensch des Mittelalters durchaus herausfinden könnte, wie man ein altmodisches Flugzeug steuert, aber diesem Menschen würde es vielleicht nicht auffallen, wenn der Motor fehlt. Was wir hier vor uns haben, dieses Gerät, das sich hundertsechzig Meilen unter uns befindet und bis zum Kern des Planeten hinabreicht, ist im Grunde genommen ein Computer ohne Software. Die Hülle der Maschine blieb hier, doch jene alte Kultur nahm die wichtigsten Teile mit, sei es, um die Maschine gegebenenfalls nochmals zu benutzen, oder, wie ich vermute, um andere daran zu hindern, ihnen zu folgen. Zumindest zu unseren Lebzeiten wird diese Maschine nicht mehr als Langstrecken-Transporter arbeiten.«

»Sie wollten also nicht, daß wir plötzlich zu ihrer Hintertür hereinspazieren«, rief McCoy.

Der Vulkanier nickte.

»Dann hat Roy zwar herausgefunden, worum es sich handelt«, sagte Kirk, »aber nie in Betracht gezogen, die Erbauer könnten klüger gewesen sein als er. Ich finde es verdammt unhöflich, arrogant auf die Leute herabzublicken, die in der Vergangenheit etwas erfunden haben, das noch heute einen Fortschritt gegenüber unserem Entwicklungsstand darstellt.«

»Gut gesagt«, bemerkte Spock trocken.

»Ist es nutzlos?« wollte der Captain wissen.

»Ganz und gar nicht«, sagte Spock, in dessen Stimme wissenschaftliche Begeisterung mitschwang. »Keineswegs. Selbst die Überbleibsel können unserer Wissenschaft ganz neue Impulse geben ...«

»Jim, denk doch mal nach!« rief McCoy. »Wir können die Metallurgie analysieren, die Kontrolltechniken, die Energietransfers, die Molekularstruktur ...«

Kirk blinzelte ihn verdutzt an und begriff dann, wie leicht es war zu vergessen, daß auch McCoy Wissenschaftler war, wenn auch einer, der sich mehr mit Menschen als Maschinen beschäftigte.

»Moss' Schilde von damals sind ein exzellentes Beispiel«, sagte Spock. »Die Technologie, die Starfleet aus ihrem Prinzip entwickelt hat, hat uns zu einem halben Jahrhundert relativ sicherer Raumerforschung verholfen, von der deutlich gestiegenen Überlebensrate bei Gefechten ganz zu schweigen.« Mit einer Handbewegung umfaßte er das Kontrollzentrum, die Bibliothek und den ganzen Planeten. »Dies hier kann einem technologischen Sprung ähnlich der Relativitätstheorie oder dem Warpantrieb gleichkommen. Stellen Sie sich das vor, Captain. Die alte Kultur benutzte diesen einen, kompakten Mechanismus, um ihre gesamte Zivilisation über zahllose Milliarden von Meilen zu befördern – was werden wir alles aus dem lernen können, was sie zurückließen?«

»Ja ...«, sagte der Captain. »Ja, aber, Spock ... sobald die Fabrini und andere an einen gewissen Punkt kamen, hörten sie auf ... Was wird geschehen, wenn Moss einem Mechanismus Energie zuführt, der gar nicht dafür gedacht ist, jemals wieder benutzt zu werden?«

Diesmal war es McCoy, der die Antwort gab.

»Wahrscheinlich das gleiche, was jenem mittelalterlichen Burschen passiert, wenn er versucht, mit diesem Flugzeug von einem Berg herunterzufliegen.«

35

»Lieber Himmel, das ist die unheimlichste Sache, die ich seit … seit mindestens einer halben Stunde gehört habe.«

McCoy wanderte knurrend auf und ab, doch in seiner Stimme war echte Furcht zu erkennen, und niemand warf ihm vorwurfsvolle Blicke zu, weil er in dieser Situation noch Witze riß.

»Sie haben die gesamte Zivilisation komplett fortgebeamt?« fragte Kirk.

»Millionen von Menschen«, bestätigte Spock, »Milliarden von Meilen, vor Tausenden von Jahren. Sie sind schon vor sehr langer Zeit verschwunden.«

McCoy sah ihn stirnrunzelnd an. »Aber weshalb? Warum sollte sich ein ganzes Volk quer durch die Galaxis beamen wollen?«

Kirk beantwortete diese Frage – und dabei funkelte es in seinen Augen. »Warum sollte ein Mann sich ein Schilfboot bauen und versuchen, einen Ozean zu überqueren? Warum sollte er sich auf die Spitze eines riesigen Feuerwerkskörpers setzen und versuchen, dem Gravitationsfeld eines Planeten zu entkommen? Warum sind du und ich heute hier? Warum, Pille? Weil die ganze Kultur ausziehen und selber nachschauen wollte, wie es an einem anderen Ort aussieht … stell dir das vor – eine ganze Kultur, die sagt: ›Also los, gehen wir!‹«

Kirk blickte nach oben und wünschte sich, er könnte statt der Kuppel die Sterne sehen und an das denken, was dahinter lag. Unwillkürlich richtete er sich auf.

McCoy runzelte die Stirn und brummte: »Die Abstimmung darüber hätte ich zu gern miterlebt.«

Der Captain hatte den Blick noch immer nach oben gerichtet, obwohl der Boden erzitterte und ein dumpfes Grollen von sich gab. In seinen Augen leuchtete der alte Hunger wieder auf, und als er sprach, war etwas in seiner Stimme, das selbst seine engsten Freunde seit einer Dekade nicht mehr gehört hatten.

Vielleicht sogar seit zwei Dekaden.

»Pille … wir sind das. Die Menschheit. Wir waren es, die gesagt haben: ›Also los, gehen wir!‹ Und sie haben das auch gesagt!«

Ein paar Schritte entfernt tippte McCoy den Vulkanier an und hoffte, auch Spock würde zuschauen und Zeuge dieser Szene werden.

James Kirk sah zu der Atmosphärenkuppel hoch, ohne die unheimliche Färbung wahrzunehmen, die sie annahm.

»Stellt euch das vor«, murmelte er. »Stellt euch vor, wie weit man noch gehen kann … was muß dort draußen noch alles sein … seit Jahren habe ich nicht mehr darüber nachgedacht! Er hat mich gefragt, was wir dafür bekommen haben, dort hinauszugehen, aber er begreift nicht, daß das keine Suche nach Gold ist. Forschung ist ein Ziel in sich selbst! Und das ist es, was wir bekommen!«

Sein Blick fiel auf Roy Moss, der auf den Felsvorsprung vor dem Bild der *Bill of Rights* zurückgekehrt war.

Er wirkte verärgert, als er auf die Projektion zeigte.

»Sie suchen nach Wegen, meinen Dämpfer zu umgehen! Warum versuchen die Leute das überhaupt? Wie heißt dieser Bursche? Was macht er da?«

»Als würden wir Ihnen das erzählen«, knurrte McCoy mit hochgezogenen Brauen.

Moss wanderte nervös auf seinem Felsvorsprung herum, betätigte die Tastatur der Kontrollbox, schüttelte den Kopf so heftig, daß der Pferdeschwanz wippte, und fluchte vor sich hin.

»Moss«, sagte Kirk, »hören Sie mir zu?«

»Natürlich höre ich Sie«, knurrte Moss. »Sie sind schließlich nur ein paar Meter entfernt.«

»Gut. Dann passen Sie jetzt auf. Hier gibt es nichts außer den Kontrollen. Die andere Zivilisation hat ein Wrack zurückgelassen. Sie haben alles mitgenommen. Sie wollten nicht, daß ihnen jemand folgt! Wenn Sie jetzt Energie hineinleiten, könnte das eine Katastrophe auslösen.«

Moss hielt in seiner Arbeit an der Kontrollbox inne und schaute hinunter. »Oh, wie nett. Das haben Sie sich in den dreißig Minuten ausgedacht, die ich nicht hier war, was?«

»Ich meine es ernst.«

»Oh, Sie meinen es ›ernst‹. Bin ich froh, daß Sie so viel mehr darüber wissen als ich. Und wenn die *Bill of Rights* im Orbit über der Erde erscheint, wird jeder eine Menge mehr wissen. Und ich habe dann sechshundert lebende Zeugen.«

McCoy trat dicht an den Rand der Grube. »Und was ist, wenn sie nicht leben? Vielleicht ist dieses Ding nicht dafür gebaut, Menschen zu transportieren. Haben Sie darüber mal nachgedacht?«

»Über so etwas mache ich mir gar keine Gedanken. Die ganze Sache ist so simpel, was soll da schon schiefgehen. Und wenn sie sterben, dann sterben sie eben. Solange der Transporter gut genug arbeitet, um wenigstens das Schiff zu befördern, wäre es das langfristig gesehen wert. Niemand kümmert sich darum, wer überlebt oder stirbt. Wie viele von Kolumbus' Matrosen sind denn auf der Reise nach Amerika an Ruhr gestorben? Sehen Sie, niemanden interessiert das.« Er zeigte auf die Projektion des Sternenschiffs. »Wenn dieses Monster neben Starbase One erscheint, was bleibt den Leuten dann zu sagen als ›Vielen Dank‹? Die Sieger schreiben die Geschichtsbücher, Doktor. Und jetzt sehen Sie auf meine Hände«, sagte er. »Sehen Sie genau hin! Links! Rechts! Ich habe den einzigen Phaser! Ich habe den einzigen Kommunikator! Und ich habe Ihre kostbaren Sternenschiffe immobilisiert! Jetzt hängen sie hilflos dort oben.«

Er strich mit der Hand über das Abbild der *Bill of Rights.*

»Das ist jetzt mein Planet! Und darauf befindet sich das einzige, was die Föderation nicht hat! Sie waren damals am Anfang dabei, Kirk, und jetzt sind Sie wieder hier, um meine Belohnung zu sehen. Schauen Sie!«

Er stürzte sich auf seine Kontrollbox wie ein Eichhörnchen auf eine Walnuß.

Nichts geschah.

Roy sah die Männer an, und sie sahen ihn an.

Dann schaute Roy auf das Bild der *Bill of Rights* und hielt den Atem an.

Noch immer nichts.

Roy starrte das Schiff an, schaute auf seinen Aktivator, schüttelte ihn, hielt ihn ans Ohr und schaute wieder darauf.

»Haben Sie irgendwelche Sicherungen eingebaut?« fragte Kirk leise.

»Was?«

Die Worte des Captains waren im Grunde gar keine Frage. »Sie haben keine Sicherungen oder Reserveschaltungen in Ihre eigene Ausrüstung eingebaut, oder?«

Moss gaffte ihn an, als wäre er der Verrückte.

Hinter Spock zischte eine der Kugeln und brach auf. Dampf zischte heraus. Dann ging der Dampf in einen Sprühnebel über.

Und der Nebel verwandelte sich in einen Geysir …

USS *Enterprise* 1701-A

»Mr. Scott, zur Brücke!« Die nagelneue Brücke des ›altmodischen‹ Raumschiffs wimmelte vor Betriebsamkeit.

Pavel Chekov verließ den Kommandosessel und nahm den ihm wesentlich angenehmeren Platz an der Wissenschaftsstation ein. Hier fühlte er sich erheblich wohler, als wenn er irgendwelche Kommandoaufgaben zu erfüllen hatte.

»Chekov, übernehmen Sie die Brücke«, murmelte er, als er auf die Monitore blickte. »Chekov hat anderes zu tun …«

»Wie bitte, Sir?« fragte ein junger Lieutenant rechts von ihm.

»Nichts«, schnappte er, wobei sein russischer Akzent das Wort noch schärfer klingen ließ. »Wieso braucht Mr. Scott so lange, um herzukommen?«

»Keine Ahnung«, meinte der Lieutenant und wechselte einen Blick mit Devereaux.

Sie kannten den Grund natürlich. Mr. Scott wollte das Kommando ebensowenig haben. Er wäre lieber unten bei seinen Maschinen geblieben.

Aber ob er wollte oder nicht, die Verantwortung saß ihnen allen im Genick, und so polterte Montgomery Scott aus dem Turbolift und donnerte Befehle in alle Richtungen.

»Alarmstufe Rot. Gefechtsstationen besetzen. Alle externen Systeme stabilisieren. Alle lokalen Frequenzen überwachen. Alle Waffen einsatzbereit. Und sehen Sie zu, was Sie wegen des verdammten Kommunikationsproblems unternehmen können.«

Warnsignale ertönten – und wirkten durchaus beruhigend auf jene, die schon lange darauf gewartet hatten –, die Beleuchtung wurde dem Alarmstatus entsprechend abgedunkelt, die graphischen Darstellungen traten gestochen scharf hervor, und eine Welle von ›Ayes‹ wanderte durch die Brücke.

Und Uhuras Stimme dröhnte durch das gesamte Schiff.

»Gefechtsstationen besetzen ... alle Mann auf Gefechtsstation ...«

»Orte Materie/Antimaterie-Energieaufbau im Kern des Planeten Faramond, Mr. Scott!«

»Ach was, da flattert nur eine Ente in Ihrem Ohr«, knurrte Scott, während er sich in den Kommandosessel zwängte. »Das ist ein toter Planet.«

Der Lieutenant schob sich das Haar aus der Stirn und sagte: »Sir, im Innern des Planeten findet eine massive, durchgehende Materie/Antimaterie-Reaktion statt, die den gesamten Kern erfaßt.«

»Nun mal ganz ruhig, mein Junge. Gehen Sie wieder auf Ihren Posten.«

Der Lieutenant atmete tief Luft und sagte: »Der Kern beginnt wieder zu schmelzen, Sir.«

Scott blickte ihn einen Moment lang an, zog die Panik des jungen Mannes von seiner Fähigkeit, die Anzeigen richtig zu lesen, ab, und entschloß sich, ihm zu glauben.

»Kann der Planet das aushalten?« fragte er.

»Nachdem er für Millionen Jahre erkaltet war? Das bezweifle ich, Sir. Die gesamte Energie wird von der Materie des Planeten selbst aufgenommen, und sie wird ihn dadurch zum Schmelzen bringen.«

»Das heißt, alles geht hoch«, meinte Scott. »Der ganze Planet wird explodieren.«

»Ja, Sir – und, Sir? Die *Bill of Rights* befindet sich im Orbit. Sie wird von der Explosion verschluckt werden!«

Scott warf dem jungen Offizier einen scharfen Blick zu, weil er nur das ohnehin Offensichtliche ausgesprochen hatte, verlagerte dann sein Gewicht im Sessel und sagte: »Ganz zu schweigen von unseren Leuten, die dort auf der Bombe sitzen. Holen Sie sich die zwölf Prozent Energie, Junge. Verteilen Sie sie je zur Hälfte auf Antrieb und Schilde.«

»Aye, Sir. Energie kommt …«

»Schildenergie bestätigt, Mr. Scott«, meldete Devereaux von der Backbordseite her.

»Impulstriebwerke melden Bereitschaft, Sir«, sagte Chekov.

»Ein Viertel Impuls voraus. Zeigen wir ihnen mal, was dieses Schiff kann.«

»Ein Viertel Impuls, aye.«

»Was ist los, Spock?«

Kirk stolperte in Richtung der Kontrollkugeln, wo Spock und McCoy standen. Die Kugeln lösten sich auf, eine nach der anderen.

»Er hat es aktiviert«, sagte Spock einfach. »Die Energie …«

Ein Riß öffnete sich im Boden der Grube, keine drei Meter von ihnen entfernt. Für einen Moment mußten sie einander stützen, um nicht zu stürzen.

Konnte es etwas Schlimmeres geben, als zu spüren, daß der Planet, auf dem man sich befand, unter einem zerfiel?

»Mr. Moss!« rief Spock über das Getöse hinweg. »Der gesamte Planet ist ein riesiger Transporter-Energieleiter! Das erklärt auch, weshalb die alte Kultur einen kalten Felsen für ihr Projekt ausgesucht hat. Aber der Kontrollmechanismus wurde ebenfalls fortgebeamt! Die Energie, die Sie zugeführt haben, findet keinen Ausgang!«

»Ein riesiger Kurzschluß«, murmelte Kirk.

»Wie bitte?« rief Spock über den Lärm hinweg. »Ich habe Sie nicht verstanden, Captain!«

»Moss!« Kirk stolperte zur Felswand hinüber. »Moss, wenn Sie schon nicht auf mich hören wollen, dann hören Sie wenigstens auf ihn!«

Kirk wedelte den Rauch beiseite, der aus den berstenden Hüllen der Computerkontrollen drang, und versuchte, sich noch näher an Roy heranzuarbeiten, doch McCoy packte seinen Arm. »Jim, wir müssen von hier verschwinden!«

Kirk drängte sich an ihm vorbei und keuchte: »Moss! Wir müssen den Planeten verlassen!«

»Nein, nein«, erwiderte Moss. Mit unnatürlicher Ruhe schüttelte er den Kopf und lächelte. »Sie wollen nur, daß ich gehe. Aber ich werde diesen Ort nicht verlassen.«

»Sie Idiot, der ganze Planet schmilzt unter uns!«

Spock fuhr zu Kirk herum, ohne die Hände von den zerbrechenden Kugeln zu nehmen. »Captain, die planetare Oberfläche kollabiert.«

»Die Oberfläche kollabiert!« wiederholte Kirk in Richtung Moss. »Der Planet schmilzt! Geben Sie mir den Kommunikator!«

»Er schmilzt nicht«, beharrte Moss. »Sie müssen irgend etwas getan haben. Was haben Sie dort unten berührt?«

Als Kirk von der Grube aus zu seinem ältesten Feind hochschaute, spürte er, wie sich seine Fäuste ballten und die Armmuskeln spannten.

»Das waren nicht *wir*, Sie armer Irrer!« brüllte er. »Wachen Sie endlich auf und kommen Sie darüber hinweg!«

Ungeachtet dessen, was sich um sie herum abspielte, stützte Moss seine Hände in die Hüfte und fragte: »Über was soll ich hinwegkommen?«

Kirk verschränkte die Arme.

»Sie haben also einen schlechten Vater gehabt! Na und? Eltern leben nicht ewig, ob gut oder schlecht! Kommen Sie darüber hinweg. Irgendwann gilt die Ausrede nicht mehr: ›Ich Armer, ich hatte so ein schlimmes Leben, deshalb muß ich jetzt zu anderen böse sein.‹ Aber genau das tun Sie. Sie schleppen diesen fetten Leichnam seit fünfundvierzig Jahren mit sich herum und warten darauf, daß er sich aufsetzt und sagt: ›Junge, du hast gute Arbeit geleistet.‹ Aber das wird nie passieren. Und Sie werden niemals seine Anerkennung erringen! Sie müssen endlich erwachsen werden!«

Roy krümmte die Schultern nach vorn, und trotz der Erschütterungen, die den Boden durchliefen, konnte man erkennen, daß er zitterte. »Sie … Sie dürfen nicht so mit mir reden …«

»Genau das ist Ihr Problem«, knurrte Kirk von unten herauf.

»Captain!« rief Spock.

McCoy beugte sich an Spock vorbei und brüllte: »Jim, sieh dir das besser selbst an!«

»Captain, die Kontinente kollabieren!« fuhr Spock fort. »Die ausgetrockneten Ozeanbecken brechen auf!«

»Ich breche selbst gleich auf«, knurrte Kirk und versuchte, sich zu Moss hochzuziehen. »Geben Sie mir den Kommunikator, Sie heulendes Baby. Begreifen Sie denn nicht? Hier gibt es nichts! Diese alte Kultur ist nicht von einem gewissen Radius rings um die zentrale Nabe aus gestartet – sie haben *diese Nabe selbst bewegt!*«

Moss wurde durch eine Erschütterung des Bodens halb auf die Knie geworfen und hatte Schwierigkeiten, wieder festen Stand zu finden. Zum erstenmal registrierte er wirklich, was mit diesem Planeten geschah.

»Nein … nein, das stimmt nicht. Sehen Sie, ich habe …«

Kirk wischte seine Worte einfach beiseite. »Ihr Versuch kann nicht funktionieren, weil die alte Kultur nicht wollte, daß ihr jemand folgt. Sie haben das Geheimnis mit sich genommen! Keine Ausreden mehr! Sie waren ein halbes Jahrhundert lang vom Goldfieber besessen, fixiert auf ein Gold, das gar nicht existiert. Ihr eigener Traum hat Sie geblendet! Sie sind ein betrogenes, wütendes Kind, das noch immer nach den gleichen Dingen sucht wie damals, als wir uns zum erstenmal begegneten. Und Sie haben sie bis heute nicht gefunden!«

Der Captain spürte einen Luftzug in seinem Haar, als die Kuppel – das einzige, was sie hier noch am Leben erhielt – den Erschütterungen langsam nachgab. War die Kuppel erst einmal zusammengebrochen, blieb hier nichts als ein kochender Ball im Weltraum.

Kirk verschwendete keinen Gedanken daran. Er sah nur noch seine Wut. Er begann, die kristallenen Felsen zu erklimmen, und nutzte seine Wut, um sich voranzutreiben. Die Kristalle schnitten in seine Finger, als er sich zentimeterweise hocharbeitete.

»Und ich lasse auch nicht zu, daß Sie es bekommen. Sie können mich töten, aber ich werde trotzdem alles mitnehmen. Sie werden auch dann nichts bekommen!«

»Hören Sie auf, so mit mir zu reden!« brüllte Moss und zeigte mit dem ausgestreckten Arm zum Himmel. »Ich ziehe Ihr Schiff herunter! Ich kann das tun! Ich ziehe es nach unten!«

Plötzlich hörte Kirk auf zu klettern. Er ließ sich wieder zum Grund der Grube hinabrutschen, richtete sich auf, preßte die Lippen zusammen und sah Moss scharf an.

Schließlich sagte er: »Dann mal los.«

McCoy und Spock verfolgten das Gespräch wie gebannt. Keiner von beiden wagte es, sich einzumischen.

Moss neigte den Kopf. »Was?«

»Sie haben mich gehört«, sagte Kirk. »Versuchen Sie es ruhig. Die Leute dort oben sind besser als Sie.«

Moss verzog das Gesicht. »Sind sie nicht. Jetzt ... jetzt denken Sie doch einmal nach. Ich habe den einzigen Kommunikator. Ich kann damit meine Energiestationen erreichen und das Schiff nach unten ziehen. Und was haben Sie dann, Captain?«

Der einzige Effekt seiner Worte bestand darin, daß Kirk sich noch etwas mehr aufrichtete und ihn unverwandt ansah.

»Ich sage, tun Sie's.«

»Oh, Sie bluffen doch nur«, sagte Moss. »Ich meine,

ich kenne diese Taktiken doch auch. Wir sind beide zu schlau für so etwas.«

»Probieren Sie's aus.«

Die Worte, die Augen, der ganze Mann selbst – es konnte keinen Zweifel geben. Das hier war kein Spiel.

Er meinte, was er sagte.

Moss blickte auf ihn hinab, atmete ein paarmal keuchend, grinste plötzlich und hob seinen Kommunikator, um etwas einzutippen.

Spock hatte mittlerweile jegliches Interesse an den sich auflösenden Computerkontrollen verloren und stand neben McCoy, um die Vorgänge zu beobachten. Letzten Endes war das Leben doch weitaus fesselnder als jede Maschine, selbst wenn dieses Leben auf der Kippe zwischen Rettung und Vernichtung stand.

Moss war unverkennbar irritiert. »Ich werde es tun«, sagte er.

Kirk rührte sich nicht. »Das ist mir klar.«

Moss deutete wieder zum Himmel, diesmal jedoch nicht mit einer so großen Geste wie zuvor. »Ihr Schiff. Ihre Identität.«

»Ich weiß, was es ist. Unsere einzige Fluchtmöglichkeit von diesem Planeten. Und auch die Ihre.«

Moss bewegte sich unruhig, als der Felsvorsprung, auf dem er stand, erzitterte. »Ihre ganze Besatzung befindet sich darauf.«

»Sie haben den gleichen Eid geschworen wie ich. Sie sind bereit.«

»Warten Sie eine Minute … entgeht mir hier irgend etwas?«

»Wie üblich. Und wir haben keine Minute mehr. Also los.«

Moss schien eher neugierig als besorgt, was ihm da entgehen mochte. »Warum stört Sie das nicht?«

»Warum?« Kirk grinste bitter. »Weil ich hier in fünf Minuten mehr gewonnen habe als Sie in fünfzig Jahren.«

»Und wie sollte das möglich sein?«

»Weil ich weiß, daß diese Leute irgendwo hingegangen sind. Sie ließen die Maschine zurück, aber ihre Träume nahmen sie mit. Und irgendwo, weit entfernt von hier, haben sie diese Träume verwirklicht. Es gibt Wege, sie zu finden, aber das sind meine Wege, nicht Ihre. Und es gibt noch viel mehr Orte zu erkunden, viel mehr Völker kennenzulernen – ich habe jetzt Ihren Traum, Moss. Und Sie haben nichts.«

»Was ... was reden Sie da?« Moss' Stimme klang plötzlich schrill.

»Ich spreche von Ihrem Traum! Ich werde ihn mir nehmen. Wenn ich von hier verschwinde, nehme ich ihn mit. Und selbst wenn Sie mich töten, nehme ich ihn.«

Moss stand völlig verwirrt über ihm. Und Jim Kirk stand, ohne auf die um sie herum tobenden Gewalten zu achten, entspannt da, einen Fuß auf eine kleine Erhöhung des Bodens gestützt. Statt Wut spiegelte seine Miene tiefe Befriedigung wider, und es war unverkennbar, daß er diese Szene wirklich genoß.

»Ich war bereit aufzugeben«, erklärte Kirk, »doch wenn ich das hier überlebe, muß ich Ihnen für den Rest meines Lebens danken. Und wenn ich nicht überlebe, so habe ich doch Dinge erreicht, die ich mir nie hätte träumen lassen, als wir beide uns zum erstenmal begegneten. Und das alles nur, weil Sie mir vor fünfundvierzig Jahren auf die richtige Bahn geholfen haben.«

Felsen brachen aus den Wänden und landeten neben ihnen. Aus der Kuppel brachen Teile heraus, die sich wie splitternde Nadeln rings um sie in den Boden bohrten. Jede Erschütterung des Planeten bestätigte nur das Wissen, daß es nicht das Schiff war, was James Kirk ausmachte, ja nicht einmal sein Rang.

Kirk ließ seinen Blick nicht von Moss, und er versuchte auch nicht, sich mit den Armen vor den herabfallenden Trümmern zu schützen.

»Sie glauben, diese Schiffe dort oben sind Starfleet?« sagte er mit einer lässigen Handbewegung, als fände dieses Gespräch in einer Lounge statt, und nicht auf einem Planeten, der sich selbst in Stücke riß. »Über diesen Gedanken bin ich längst hinaus. Ich habe mein Schiff aufgegeben und zugesehen, wie es vernichtet wurde. *Ich* habe diese Entscheidung getroffen, und ich bin noch immer hier. Das dort oben sind Schiffe, aber mehr nicht – Transportmittel für Ideale. Und diese Ideale … die können Sie nicht töten.« Er nickte Moss und seinem Kommunikator zu. »Das Schiff gehört Ihnen. Also los – vernichten Sie es. Den Traum können Sie damit nicht zerstören.«

Es war sonderbar, wie leise Kirk sprach – und doch konnte Roy Moss ihn hören; vielleicht las er ja von den Lippen oder empfing die Worte telepathisch … wer hätte das zu sagen gewußt. Auch McCoy und Spock vernahmen trotz des Zusammenbruchs um sie herum jedes dieser Worte. Und sonderbar war auch, daß Jim Kirk so deutlich erkannte, daß es nichts gab, was einen Traum aufwiegen konnte.

»Es spielt keine Rolle, ob man ein Captain oder ein Admiral, ein Kaiser oder ein Gott ist«, sagte Kirk schließlich. »Es kommt nur darauf an, die Position zu erreichen, in der man von größtem Wert sein kann. Aber das haben Sie nicht geschafft, Roy. Sie wollten Abkürzungen gehen. Die ganze Zeit über haben Sie sich geirrt. Fünfundvierzig Jahre lang. Alles, was Sie erreicht haben, ist ein gewaltiger Kurzschluß. Und mein Schiff?« Er schob die Unterlippe vor und schüttelte den Kopf. »Wieder falsch. Der Mann ist nicht sein Schiff. Das Schiff ist der Mann. Und nun machen Sie schon. Der einzige, der hier etwas zu verlieren hat … das sind Sie.«

Ganz gleich, wie gut McCoy Roy John Moss analysiert hatte, ganz gleich, wie Spock es im Lauf der Zeit gelernt hatte, mehr an Menschen als an Maschinen interessiert zu sein – und ganz gleich, was ihnen in den letzten zehn Stunden oder zehn Jahren auch widerfahren sein mochte, James Kirk kannte Roy Moss und Männer wie ihn immer noch besser als jeder andere, Roy Moss eingeschlossen.

Der Captain, der nun alles wußte, was er wissen mußte, begann abermals zu klettern. Kristalle zerbrachen unter seinen Fingern und seinen Stiefeln, doch er kletterte weiter, bis er ganz oben angekommen war, bis er vor Roy Moss und der auf ihn gerichteten Waffe stand, der er während seines Aufstiegs getrotzt hatte, obwohl sie drohte, ihn zu durchbohren.

Doch die Skulptur, die er im Lauf der Jahre aus dem rohen Fels, der Jimmy Kirk einst gewesen war, geformt hatte, ließ sich nicht mehr durchbohren.

Zitternd starrte Moss auf Kirk und schien immer mehr zu schrumpfen.

Kirk streckte den Arm voller Selbstvertrauen aus, packte Roys Handgelenk und drückte den größeren Mann hinunter auf den berstenden Boden.

Als Moss zusammenbrach, ließ er den Kommunikator in Jim Kirks erwartungsvoll ausgestreckte Hand fallen.

Der Schmutz war noch immer in ihm, und er befolgte Robert Aprils Rat. Er holte den Gangster hervor, um den Gangster zu verstehen, und er wußte, daß Roy Moss keinen Starfleet-Eid in seiner Seele trug – den Eid, sich zu opfern, und sei es für einen Traum.

Kirk klappte den Kommunikator auf.

»Kirk an *Bill of Rights.* Vier Personen hochbeamen, höchste Priorität!«

36

Die drei Männer stürmten auf die Brücke des Schiffes jenes Typs, der alles, was sie gekannt hatten, als überholt erscheinen lassen sollte – das Sternenschiff der Excelsior-Klasse *Bill of Rights*.

Hinter ihnen schleppten zwei kräftige, bewaffnete und bösartige Sicherheitsleute jenen zitternden Mann mit sich, der selbst dieses Schiff hatte als überholt erscheinen lassen wollen.

Spock begab sich sofort zur Steuerbordseite hinüber, um dem Wissenschaftsoffizier der *Bill of Rights* über die Schulter zu schauen, ohne sich jedoch selbst einzumischen. Auch McCoy blieb im oberen Decksbereich stehen und kaute auf der Frage herum, wer hier wohl am Ende wen wirklich alt aussehen lassen würde.

Captain Alma Roth wirbelte so schnell mit dem Kommandosessel herum, daß ihr braunes Haar in alle Richtungen flog, und machte ein Gesicht wie jemand, der nach einer Nacht voller Alpträume endlich aufgewacht ist. Sofort richtete sie ihren Blick auf jenen Mann, mit dem sie sprechen wollte.

»Das Schiff sitzt völlig auf dem Trockenen, Sir! Sie heraufzubeamen hat den letzten Rest Energie aus unseren Batterien herausgeholt«, sagte sie, als Jim Kirk die Stufen zu ihr hinunterstieg. »Wir sind durch Energieverlust und massive Strahlungswellen lahmgelegt worden! Es gibt Anzeichen für eine in etwa acht Minuten zu erwartende Antimaterie-Explosion im Innern des Planeten! Sie wird uns in Stücke reißen und …«

Sie trat dicht an Kirk heran und packte seinen Ärmel.

»Ich weiß nicht, was ich tun soll«, flüsterte sie. »Ich weiß es wirklich nicht.«

Kirk blickte in ihr blasses Gesicht und stellte fest, daß sie plötzlich sehr viel älter aussah als siebenunddreißig. »Es erfordert Mut, so etwas zuzugeben. Seien Sie stolz darauf.«

»Man hat mich zu schnell befördert, Sir«, sagte sie. »Möchten Sie, daß ich auch das zugebe, vor meiner Mannschaft? Ich hätte das schon längst tun sollen, lange bevor etwas wie das hier passiert.«

Kirk schaffte es, gleichzeitig zu grinsen und die Stirn zu runzeln. »Alma, ich muß mich über Sie wundern. Was denken Sie denn von uns alten Knackern? Glauben Sie, wir geben jemandem nur deshalb ein Schiff, weil wir es müde sind, selbst die Entscheidungen zu treffen? Sehen Sie mich jetzt an und sagen Sie: ›Nein, Jim.‹«

Sie holte tief Luft und sagte halb lachend: »Ich kann Sie doch nicht Jim nennen!«

»Haben Sie Ihre Sensoren auf die *Enterprise* fixiert? Sie hat noch Energie.«

»Den Teufel hat sie«, knurrte Roy Moss hinter ihm.

»Klappe halten«, schnauzte einer der Sicherheitsleute und zog Moss' Fesseln fester, um ihm klarzumachen, wer das Sagen hatte.

Kirk warf einen kurzen Blick über die Schulter, ließ sich aber nicht ablenken. Ihnen blieben nur acht Minuten, und eine davon würde er allein für Erklärungen brauchen.

»Ist das Dämpfungsfeld verschwunden?« fragte er mit erhobener Stimme, um die Alarmsignale zu übertönen. Er ging an Roth vorbei, um einen Blick auf die Diagnosemonitore an der Steuerbordseite zu werfen.

»Ja«, sagte Roth und folgte ihm. »Aber das Schiff hat keine Energie, und bei diesem Strahlungsbombardement können wir sie auch nicht regenerieren. Laut meinen Ingenieuren stört die Strahlung unsere Intermix-Stabilitätsraten!«

»Also gut.« Kirk drehte sich zu ihr um und stützte sich mit einer Hand auf das Brückengeländer. »Benutzen Sie Ihre Impulsreserven, um das Schiff in Richtung der *Enterprise* zu drehen, sobald sie herkommt.« Er sah zum Wissenschaftsoffizier hoch und fragte: »Ist die *Enterprise* jetzt näher als vor einer Stunde?«

»Aye, Sir«, bestätigte der Offizier. »Sie ist jetzt auf weniger als zweihundertfünfzigtausend Meilen heran.«

»Also haben sie die zwölf Prozent eingesetzt«, überlegte Kirk laut. »Bald sind sie nahe genug für eine Schildausdehnung ...«

»Sir«, sagte Roth und klammerte sich an seinen Ärmel: »Ich verstehe nicht.«

Kirk wirbelte herum. »Spock! Erklären Sie es dem Captain!«

Spock befand sich bereits auf dem Weg zum Kommandodeck. »Die *Enterprise* kann ihre Schilde speziell auf die elektromagnetische Resonanz der planetaren Strahlungswellen ausrichten und gleichzeitig weit genug ausdehnen, um die *Bill of Rights* zu schützen ...«

»Damit wir unsere Energie regenerieren können?« unterbrach ihn Roth.

»Ja«, sagte Spock schlicht.

Kirk drehte sich wieder zu Roth um. »Die *Enterprise* benötigt für eine Regeneration dreißig Minuten. Wie lange brauchen Sie?«

Roth schwankte einen Moment zwischen Verzweiflung und Begeisterung, dann wurden ihre Augen groß. »Die *Bill of Rights* braucht nur fünf Minuten! Die *Enterprise* kann uns vor der Strahlung abschirmen, und dann können wir die *Enterprise* fortziehen, bevor der Planet explodiert. Captain Kirk! Sie haben die Brücke!«

Sie deutete mit beiden Händen auf ihren Kommandosessel und trat demonstrativ einen Schritt zur Seite.

Doch Kirk schüttelte nur den Kopf.

»Ich brauche das Kommando nicht, Captain. Mr. Scott auf der *Enterprise* weiß genau, was wir brauchen. Drehen Sie einfach die *Bill of Rights* in den Schild hinein und gehen Sie dann Schritt für Schritt vor. Schließlich haben Sie fast fünf Minuten Zeit.«

Solchermaßen ermutigt, straffte Roth die Schultern und drehte sich nach links. »Lieutenant DesRosiers! Einleiten und berechnen.«

»Aye, Captain. Minimale Impulskraft liegt an. Drehen zur *Enterprise.*«

Ein angestrengtes Summen durchdrang das Schiff und löste neue Hoffnung bei der Besatzung aus, die sich innerlich bereits darauf vorbereitet hatte, das Schiff aufzugeben.

Doch plötzlich hatte sich alles geändert. Alma Roth klammerte sich an den Gedanken, daß die sturmerprobte *Enterprise* mit ihrer besonderen technischen Ausstattung und die moderne *Bill of Rights* ihre Fähigkeiten kombinieren und sich so aus dem Mahlstrom retten konnten, der sich drohend unter ihnen erhob.

Fünfzig Sekunden später durchlief ein Ruck das Schiff.

»Mr. Scott von der *Enterprise* meldet, daß wir uns jetzt innerhalb ihres Schildes befinden!« brüllte DesRosiers über das Lärmen des Alarms hinweg.

»Schilde stehen rings um uns, Captain!« meldete der Wissenschaftsoffizier. »Wir stabilisieren uns.«

»Intermix!« befahl Roth und warf Kirk ein breites Grinsen zu. Dann eilte sie zur Backbordseite, packte das Geländer und rief zu DesRosiers hinüber: »Bereiten Sie die Traktorstrahlen für sofortigen Einsatz vor, sobald wir wieder Energie haben!«

»Aye, aye, Intermix-Berechnung läuft. Traktoren bereitmachen.«

Kirk wich ein paar Schritte zurück, um die Vorgänge

nicht zu stören. Irgendwie schaffte er es, nicht abergläubisch die Finger zu kreuzen.

Während Roth weitere Anweisungen an die Crew gab und für reibungslose Kooperation mit der *Enterprise* sorgte, ging Kirk zum Oberdeck hinauf, winkte die beiden Sicherheitsleute beiseite und trat auf Moss zu. Er packte ihn mit beiden Händen und zwang ihn, auf den großen Sichtschirm zu sehen, der den von innen heraus verbrennenden Planeten zeigte.

»Schauen Sie sich das an!« knirschte er und schüttelte Moss durch, bis dieser tatsächlich auf den Schirm blickte. »Hunderttausend Jahre Kultur und Technologie, und wir verlieren alles! Nur wegen Ihnen! Noch in vielen Generationen wird der Name Roy Moss ein Synonym für Dummheit sein. Der Mann, der Faramond und alles, was wir daraus hätten lernen können, verloren hat. Jetzt kriegen Sie, was Sie immer wollten, Roy. Sie werden berühmt sein. Gedemütigt vor der ganzen Galaxis. Ihr Name wird in die Geschichte eingehen als der des größten Idioten aller Zeiten.«

Zuerst glaubte er, seine Worte würden spurlos abprallen, so wie alle Worte, die man je an Moss gerichtet hatte.

Doch dann spürte er ein Zittern in seinen Händen.

Er wandte den Blick vom Schirm, um Moss anzuschauen, und sah einen zitternden, weinenden alten Mann.

Diesmal waren es nicht Fäuste, die Moss zu Boden schlugen und vernichteten, sondern Tatsachen. Er wich zu den Konsolen zurück, und Kirk ließ ihn gehen. Moss konnte notfalls alles ertragen, nur keine Demütigungen, und davon hatte Kirk ihm gerade mehr als genug verabreicht.

Die Sicherheitsleute rückten näher, als Kirk sich von Moss abwendete, doch der zitternde, heulende Mann, der sie einmal alle bedroht hatte, leistete keinen Widerstand mehr.

Kirk blieb bei McCoy in der Nähe des Turbolifts stehen.

»Du hattest recht. Es war Rache«, sagte er.

McCoy nickte, verzichtete aber auf eine seiner sonst üblichen, spöttischen Bemerkungen.

»Und es hat mir gefallen«, fügte Kirk hinzu.

Bevor McCoy etwas sagen konnte, wurde das Schiff von einer gewaltigen Kraft durchgeschüttelt, die jeden zwang, nach Halt zu suchen.

Dann spürten sie, wie die Warptriebwerke zum Leben erwachten. Das Schiff heulte und summte, überall blitzten Lichter auf, und Warnsignale heulten, als würde sich eine riesige Lokomotive bereitmachen, eine Rekordlast zu schleppen.

»Kompensatoren!« rief Roth. »Traktorstrahlen auf die *Enterprise* richten, und dann nichts wie weg von diesem Planeten!«

Kirk hielt McCoy fest, als der Doktor beim Einsatz der Traktoren zu stolpern drohte, dann zogen sich beide Männer und auch Spock zum Turbolift zurück, um niemandem im Weg zu stehen.

Die ganze Zeit über hatte jene Verbindung, die zwischen einem Captain und seinem Schiff bestand, wie eine Schlinge um Kirks Hals gelegen. Doch von nun an würde sich das ändern. Jetzt würde diese Verbindung von der Vergangenheit in die Zukunft reichen, von *Enterprise* zu *Enterprise*, um all diese Schiffe zu schützen, und all jene, die sich mit ihnen hinauswagten.

»Schaut sie euch an, Spock … Pille«, sagte Kirk. »Ich habe vom Ruhestand gesprochen, als wäre alles vorbei. Als hätte ich schon alles getan. Dabei bin ich noch so weit davon entfernt. Wir alle sind jung – so wie die menschliche Rasse. Ich weiß nicht, was ihr vorhabt, aber ich werde weitermachen.«

Spock blickte ihn an, verharrte aber schweigend, und Kirk wußte, was das bedeutete. Auf seiner anderen Seite klammerte sich Leonard McCoy an einen

Handgriff und knurrte: »Ich wußte, daß du das sagen würdest. Ich wußte es einfach. Jetzt muß Scotty sein Boot verkaufen, und ich muß das Feuerholz abbestellen, das ich gerade geordert habe, und Spock muß seine Reserveuniform bügeln – weißt du überhaupt, was für ein Problem du bist? Lewis und Clark und Kirk …«

37

Fünfundvierzig Jahre früher
Offizierslounge, Starbase One

Finger waren komische Dinge. Man konnte sie öffnen, sie schließen, so tun, als wären sie eine Prothese … sie alle verlieren …

Die Stiefelabsätze lässig auf eine Verstrebung gestützt, saß Jimmy faul in einem Drehsessel vor dem großen Aussichtsfenster der Starbase One. Auf der anderen Seite leuchtete die Erde wie Quarz im Boden des Alls. Von hier oben aus konnte er die nördliche Hemisphäre mit der weiten Fläche der Vereinigten Staaten überblicken, und sogar, dachte er, wenn er nur ein wenig blinzelte, auch den Skunk River und die Seilbrücke. Ja, genau, dort hing sie wie eine nasse Wäscheleine.

Er rieb sich die aufgeschürften Knöchel, mit denen er Roy niedergeschlagen hatte, und fast hätte er so etwas wie ein wenig Selbstmitleid verspürt, doch dann dachte er an Veronica, und dieser Anflug verschwand spurlos.

Hinter ihm flog die Tür auf, und er drehte den Sessel gerade noch rechtzeitig, um das karottenrote Haar, die rötlichen Wangen und all das andere Rot und Schwarz an seinem Vater und dessen Sicherheitsuniform zu sehen, die so hervorragend zu George Kirks Persönlichkeit paßte.

Keiner von ihnen sagte etwas.

George war wie versteinert. Er atmete ein paarmal

nervös ein. Die Offizierslounge war nicht sehr groß und von ihnen beiden abgesehen im Moment völlig leer, denn es war Wochenende, und praktisch jeder hielt sich jetzt auf dem Planeten auf.

George wählte den langen Weg um die ganze Lounge herum, um zu seinem Sohn zu gehen.

Wenigstens sah der Junge ihn an. Das war immerhin schon etwas.

Er wappnete sich gegen die Unzugänglichkeit, die noch ein paar Tage zuvor hinter Jimmys Sommersprossen gelauert hatte, gegen die Wand, hinter die sich sein Sohn zurückgezogen hatte, gegen den scharfen, bösartigen Blick in dem glatten Gesicht.

Noch immer war dort eine Spur von Unreife, von Skeptizismus und Mißtrauen …

Oder waren das nur die Schatten hier drin?

Jimmy saß einfach in seinem Sessel, die muskulösen Schultern vorgebeugt, die Hände im Schoß zusammengelegt, und wartete.

»Ich weiß nicht, was ich sagen soll«, murmelte sein Vater. »Ich hatte gehofft, ich könnte dir eine perfekte … du weißt schon … eine perfekte Reise verschaffen.«

Jimmy nickte. Sein Vater war sehr nervös. Komischerweise war es ihm nie zuvor aufgefallen, wenn sein Vater nervös war. Hatte es einfach nicht bemerkt. Vielleicht hatte er auch einfach nicht darauf geachtet. In den letzten Stunden hatte er eine Menge Dinge gesehen, auf die er zuvor nie geachtet hatte.

Für einen Augenblick befand er sich wieder in jener Luftschleuse, direkt vor dem Start zu einer verzweifelten Reise. In seinem Kopf wirbelten die Dinge, die er noch hatte sagen wollen, die Entschuldigungen, die schmerzhaften Geständnisse, all die Dinge, die ihm auf die Lippen drängten, als es so aussah, als würden sie endgültig Abschied nehmen müssen.

Wäre sein Dad verlegen geworden, falls er diese Dinge tatsächlich ausgesprochen hätte?

Es mußte eine bessere Möglichkeit geben, solche Dinge zu vermitteln, als einfach damit herauszuplatzen wie in einem schlechten Werbespot. Eine bessere Möglichkeit als Worte. Es würde die rechte Zeit kommen, dachte Jimmy, und ein besserer Weg.

Vielleicht sollte er auch danach suchen. Eine Möglichkeit, etwas auszudrücken, ohne zuviel zu reden.

Er zuckte die Achseln und sah seinen Vater an. In seinen Augen leuchteten die Farben des Rosetta Trinärsterns, die ruhige Zuversicht von Starbase One und das magische Weiß eines Sternenschiffes.

Und seine Augen erzählten von dem blutigen Hilferuf, geschrieben auf ein Stück Metall, und vom letzten Lebewohl eines Jungen, der Abschied nahm von seiner eigenen Kindheit.

Jimmy wollte, daß sein Vater all das in seinen Augen las, und hielt deshalb seinen Blick fest auf die Augen seines Dad gerichtet.

»Mach dir deswegen keine Sorgen«, sagte er ruhig. »Perfektion ist langweilig.«

George blinzelte, schüttelte den Kopf und setzte erneut zum Sprechen an. »Ich weiß, ich habe die Jahre einfach verstreichen lassen ... es gibt wohl keine Möglichkeit, dich davon zu überzeugen, daß der Weltraum es wert ist, ihn zu erkunden. Natürlich werfe ich dir das nicht vor ... und ich, äh, ich möchte, daß du weißt, daß ich damit fertig bin.«

Jim warf ihm einen schrägen Blick zu. »Fertig?«

»Du weißt schon ... fertig damit, meine Nase in alles zu stecken und zu versuchen, deine Meinung zu ändern. Damit bin ich fertig.«

George rechnete mit einer heftigen Reaktion, doch sein Sohn saß einfach nur da und schaukelte leicht mit seinem Sessel vor und zurück.

Schließlich nickte er und sagte: »Danke.«

George wurde klar, daß er seinen Sohn schon wieder falsch eingeschätzt hatte. Vielleicht hatte Robert ja doch recht ... Robert war schon immer von Jimmys Feuer und dem verborgenen Überlebensinstinkt beeindruckt gewesen.

Es ist an der Zeit, daß ich ebenfalls beeindruckt bin, dachte George. Spät wie immer.

Er räusperte sich und ging ein paar Schritte auf und ab.

»Deine Mutter und ich haben dir immer vorgeworfen, daß du vor allem davongelaufen bist«, sagte er leise. »Wir hatten es nicht verstanden.«

Er rieb sich die verkrampften Halsmuskeln und schaffte es endlich, Jimmy anzusehen. Ein Mann sollte schließlich den Mumm haben, in einem solchen Augenblick hochzuschauen.

»Du bist auf etwas zugelaufen«, erklärte er.

Bewegt von dem Geständnis seines Vaters, dachte Jimmy zurück an die Opfer, die sein Vater, Captain April, Veronica Hall und Carlos Florida gebracht hatten, die bereit gewesen waren, sein Leben zu retten und das ihre zu opfern. Er hatte herausgefunden, wie wichtig es war, seine Arbeit zu tun. An Bord eines Schiffes spielte es keine Rolle, wie unbedeutend eine Arbeit erscheinen mochte, denn wurde sie nicht von dem erledigt, der sie tun sollte, mußte ein anderer für ihn einspringen. Nichts durfte ungetan bleiben.

Sein Vater sah ihn immer noch an. »Es tut mir leid, daß ich das nicht verstanden habe«, sagte er.

Jimmy hob die Schultern und ließ sie wieder sinken. »Kein Problem. Aber es gibt etwas, das ich dir sagen muß.«

»Nur zu.«

»Ich werde das Vorbereitungsprogramm für die Akademie an der Highschool nicht besuchen.«

Sein Vater fuhr sich über die Lippen, zuckte traurig

die Achseln, senkte den Blick und sagte: »Ich kann … dir das nicht vorwerfen.«

»Ich werde direkt zur Akademie gehen.«

Die Verblüffung in den Augen seines Vaters zu sehen, war fast allein diesen Entschluß wert.

»Wa … was?« keuchte George.

»Ich gehe direkt zur Akademie. Captain April meinte, er könnte das arrangieren, und so habe ich gesagt, er soll es tun. Dafür habe ich versprochen, meine Noten zu verbessern und mich aus Schwierigkeiten herauszuhalten. So lautet die Vereinbarung. Und ich werde sie einhalten.«

»Aber … aber … ich dachte …«

»Nun«, meinte Jimmy, »wir können doch solchen Verbrechern wie der Moss-Sippe dort draußen nicht einfach freie Hand lassen, oder?«

»Nein, nein … können wir nicht … aber, Jimmy, nicht jeder wird aufgenommen … das mußt du wissen …«

»Dad«, sagte Jimmy, erhob sich und stand vor seinem Vater, während das große Sichtfenster mit der Erde und den Sternen ihn wie ein Mantel umgab. »Ich gehe zur Akademie.«

George wollte einen Schritt vorwärts gehen, doch seine Beine gehorchten ihm nicht. Was sah er da vor sich?

Wen sah er da?

Stotternd sagte er: »Du, äh … du wirst deine …«

»Du meinst, dann muß ich meine Gang aufgeben?« Jimmy ging mit einem Selbstvertrauen, in dem nichts mehr von der früheren Überheblichkeit zu entdecken war, auf seinen Vater zu, nahm seinen Arm und führte ihn in Richtung der Tür. »Ich glaube nicht, daß ich sie noch brauche«, sagte er, und fügte dann hinzu: »Wenn sie mich brauchen, können sie sich ja Starfleet anschließen.«

Mit tränenfeuchten Augen nahm George seinen Sohn zum erstenmal richtig wahr.

Diesen Mann, der sein Sohn war.

Zusammen wanderten sie auf die Türen der Offizierslounge von Starbase One zu.

»Ich will verdammt sein«, murmelte er. »Das können sie wirklich.«

Als sich die breiten Türen vor ihnen öffneten, erhaschten sie gleichzeitig einen Blick auf das Messingschild an dem schön polierten Walnußpaneel. Keiner von ihnen erwähnte das Schild, doch beide spürten den Segen, den es für die Tapferen von Starfleet bereithielt.

Sail forth – steer for the deep waters only,
Reckless O soul, exploring, I with thee, and thou with me,
For we are bound where no mariner has not yet dared to go,
And we will risk the ship, ourselves, and all.

– Walt Whitman

(Segle hinaus – steure nur die tiefen Wasser an,
Forsche unbekümmert, o Seele, ich mit dir und du mit mir,
Denn wir ziehen dort hinaus, wo noch kein Seemann wagte hinzugehn,
Und wir riskieren Schiff und uns und alles.)

Epilog

USS *Enterprise* 1701-A

»Hier spricht der Präsident. Ich grüße Sie, Captain.«

»Hallo, Mr. President.«

»Noch einmal muß ich Ihnen unseren tiefempfundenen Dank aussprechen. Wie oft können wir Ihnen für Ihre übermenschlichen Heldentaten danken?«

»Nur menschlich, Mr. President. Allerdings hätte ich da noch eine spezielle Anmerkung zu machen.«

»Sprechen Sie.«

»Wir werden weder dieses Schiff außer Dienst stellen, noch die gesamte Constitution-Klasse ausmustern.«

»Nicht? Aber die Admiralität ...«

»Wird neue Fakten zu erwägen haben. Ich verfüge über Beweise, die den älteren Typ des Sternenschiffes mitsamt seiner Energieerzeugung als unverzichtbar erscheinen lassen dürften. Die Galaxis ist erst zum Teil erforscht, und wir dürfen wertvolles Kapital nicht brachliegen lassen. Somit werden wir eine neue Entscheidung treffen müssen.«

»Ich verstehe ... sehr aufschlußreich, Captain. Mit Sicherheit werden wir Ihre Schlußfolgerungen nicht ignorieren können. Und offensichtlich war die *Enterprise* diesmal zur Stelle, als wir sie brauchten – wieder einmal. Vielleicht bin ich voreingenommen, aber ich vertrete auch die Ansicht, daß eine wachsende Föderation nicht ihre früheren Stärken vergessen sollte. Ich lasse Ihre Besatzung aus dem Ruhestand reaktivieren, während ich einen Sonderkongreß der Admiralität einberufe, wo Sie Ihre Ansichten erläutern werden. Ich bin gespannt auf das Ergebnis ... es gibt einige unter uns, die aus mehr als nur praktischen Erwägungen an der Constitution-Klasse hängen. Wir werden uns glücklich schätzen, wenn Sie uns mit praktischen Gründen versorgen können, Sir. Besuchen Sie mich bei Ihrem Eintreffen.«

»Das werde ich, Sir. Ich würde Sie gern in die Offizierslounge einladen. Es gibt dort eine Plakette, die ich mit meinem Ärmel polieren möchte.«

»Mit Vergnügen, Captain.«

»Vielen Dank. Kirk Ende.«

»Starbase One, Ende.«

James Kirk holte tief Luft und hielt dann einen Moment inne, um einen Niednagel von seinem Daumen wegzuschnippen. Plötzlich lag ein kleines Stück von ihm im Plüschteppich der Brücke des neuen Schiffes. Und plötzlich war dieses Schiff etwas mehr ein Teil von ihm als noch am Tag zuvor.

Schiffe waren so. Etwas hatte sich im Herzen des Schiffes verändert. Plötzlich wollte es ein Teil von ihm sein, und nicht anders herum. Sie hatten einander das Leben gerettet, und die Leben von anderen.

Merkwürdig, wie sich die Dinge ändern konnten.

Er schaute zum Oberdeck hinüber, wo McCoy neben Uhura stand, und Chekov neben Spock, und dann zur Backbordseite hinüber, wo Scotty an der nagelneuen Maschinenraumkontrolle lehnte, und plötzlich wollte das Schiff sie alle haben und wünschte sich verzweifelt zu beweisen, daß es ihrer wert war.

Das Funkeln leuchtete in allen Augen, genau wie in seinen. Jenes Laßt-uns-losfliegen-Funkeln.

Jim Kirk tätschelte die Lehne seines Kommandosessels und erinnerte das Schiff in Gedanken daran, daß die alte Verbindung, die zwischen dem Captain und seinem Schiff, noch immer in seiner Tasche steckte.

»Mr. Chekov«, sagte er, »wenden Sie das Schiff.«

»Schiff wenden, aye, Sir. Alle Decks einsatzbereit.«

»Mr. Spock?«

»Captain?«

»Bringen Sie das Schiff auf Kurs ... volle Fahrt voraus.«

STAR TREK™

in der Reihe
HEYNE SCIENCE FICTION & FANTASY

STAR TREK: CLASSIC SERIE

Vonda N. McIntyre, Star Trek II: Der Zorn des Khan · 06/3971
Vonda N. McIntyre, Der Entropie-Effekt · 06/3988
Robert E. Vardeman, Das Klingonen-Gambit · 06/4035
Lee Correy, Hort des Lebens · 06/4083
Vonda N. McIntyre, Star Trek III: Auf der Suche nach Mr. Spock · 06/4181
S. M. Murdock, Das Netz der Romulaner · 06/4209
Sonni Cooper, Schwarzes Feuer · 06/4270
Robert E. Vardeman, Meuterei auf der Enterprise · 06/4285
Howard Weinstein, Die Macht der Krone · 06/4342
Sondra Marshak & Myrna Culbreath, Das Prometheus-Projekt · 06/4379
Sondra Marshak & Myrna Culbreath, Tödliches Dreieck · 06/4411
A. C. Crispin, Sohn der Vergangenheit · 06/4431
Diane Duane, Der verwundete Himmel · 06/4458
David Dvorkin, Die Trellisane-Konfrontation · 06/4474
Vonda N. McIntyre, Star Trek IV: Zurück in die Gegenwart · 06/4486
Greg Bear, Corona · 06/4499
John M. Ford, Der letzte Schachzug · 06/4528
Diane Duane, Der Feind – mein Verbündeter · 06/4535
Melinda Snodgrass, Die Tränen der Sänger · 06/4551
Jean Lorrah, Mord an der Vulkan Akademie · 06/4568
Janet Kagan, Uhuras Lied · 06/4605
Laurence Yep, Herr der Schatten · 06/4627
Barbara Hambly, Ishmael · 06/4662
J. M. Dillard, Star Trek V: Am Rande des Universums · 06/4682
Della van Hise, Zeit zu töten · 06/4698
Margaret Wander Bonanno, Geiseln für den Frieden · 06/4724
Majliss Larson, Das Faustpfand der Klingonen · 06/4741
J. M. Dillard, Bewußtseinsschatten · 06/4762
Brad Ferguson, Krise auf Centaurus · 06/4776
Diane Carey, Das Schlachtschiff · 06/4804
J. M. Dillard, Dämonen · 06/4819
Diane Duane, Spocks Welt · 06/4830
Diane Carey, Der Verräter · 06/4848
Gene DeWeese, Zwischen den Fronten · 06/4862
J. M. Dillard, Die verlorenen Jahre · 06/4869
Howard Weinstein, Akkalla · 06/4879
Carmen Carter, McCoys Träume · 06/4898
Diane Duane & Peter Norwood, Die Romulaner · 06/4907

STAR TREK™

John M. Ford, Was kostet dieser Planet? · 06/4922
J. M. Dillard, Blutdurst · 06/4929
Gene Roddenberry, Star Trek I: Der Film · 06/4942
J. M. Dillard, Star Trek VI: Das unentdeckte Land · 06/4943
David Dvorkin, Die Zeitfalle · 06/4996
Barbara Paul, Das Drei-Minuten-Universum · 06/5005
Judith & Garfield Reeves-Stevens, Das Zentralgehirn · 06/5015
Gene DeWeese, Nexus · 06/5019
D. C. Fontana, Vulkans Ruhm · 06/5043
Judith & Garfield Reeves-Stevens, Die erste Direktive · 06/5051
Michael Jan Friedman, Das Doppelgänger-Komplott · 06/5067
Judy Klass, Der Boacozwischenfall · 06/5086
Julia Ecklar, Kobayashi Maru · 06/5103
Peter Norwood, Angriff auf Dekkanar · 06/5147
Carolyn Clowes, Das Pandora-Prinzip · 06/5167
Diana Duane, Die Befehle des Doktors · 06/5247
V. E. Mitchell, Der unsichtbare Gegner · 06/5248
Dana Kramer-Rolls, Der Prüfstein ihrer Vergangenheit · 06/5273
Michael Jan Friedman, Schatten auf der Sonne · 06/5179
Barbara Hambly, Der Kampf ums nackte Überleben · 06/5334
Brad Ferguson, Eine Flagge voller Sterne · 06/5349
J. M. Dillard, Star Trek VII: Generationen · 06/5360
Gene DeWeese, Die Kolonie der Abtrünnigen · 06/5375
Michael Jan Friedman, Späte Rache · 06/5412
Peter David, Der Riß im Kontinuum · 06/5464
Michael Jan Friedman, Gesichter aus Feuer · 06/5465
Peter David/Michael Jan Friedman/Robert Greenberger, Die Enterbten · 06/5466
L. A. Graf, Die Eisfalle · 06/5467
John Vornholt, Zuflucht · 06/5468
L. A. Graf, Der Saboteur · 06/5469
Melissa Crandall, Die Geisterstation · 06/5470
Mel Gilden, Die Raumschiff-Falle · 06/5471
V. E. Mitchell, Tore auf einer toten Welt · 06/5472
Victor Milan, Aus Okeanos Tiefen · 06/5473
Diane Carey, Das große Raumschiff-Rennen · 06/5474
Margaret Wander Bonanno, Die Sonde · 06/5475
Diane Carey, Kirks Bestimmung · 06/5476
L. A. Graf, Feuersturm · 06/5477
A. C. Crispin, Sarek · 06/5478
Simon Hawke, Die Terroristen von Patria · 06/5479
Barbara Hambly, Kreuzwege · 06/5681
L. A. Graf, Ein Sumpf von Intrigen · 06/5682
Howard Weinstein, McCoys Tochter · 06/5683
Diane Carey, Invasion! – 1: Der Erstschlag · 06/5694

STAR TREK™

STAR TREK: THE NEXT GENERATION

David Gerrold, Mission Farpoint · 06/4589
Gene DeWeese, Die Friedenswächter · 06/4646
Carmen Carter, Die Kinder von Hamlin · 06/4685
Jean Lorrah, Überlebende · 06/4705
Peter David, Planet der Waffen · 06/4733
Diane Carey, Gespensterschiff · 06/4757
Howard Weinstein, Macht Hunger · 06/4771
John Vornholt, Masken · 06/4787
David & Daniel Dvorkin, Die Ehre des Captain · 06/4793
Michael Jan Friedman, Ein Ruf in die Dunkelheit · 06/4814
Peter David, Eine Hölle namens Paradies · 06/4837
Jean Lorrah, Metamorphose · 06/4856
Keith Sharee, Gullivers Flüchtlinge · 06/4889
Carmen Carter u. a., Planet des Untergangs · 06/4899
A. C. Crispin, Die Augen der Betrachter · 06/4914
Howard Weinstein, Im Exil · 06/4937
Michael Jan Friedman, Das verschwundene Juwel · 06/4958
John Vornholt, Kontamination · 06/4986
Mel Gilden, Baldwins Entdeckungen · 06/5024
Peter David, Vendetta · 06/5057
Peter David, Eine Lektion in Liebe · 06/5077
Howard Weinstein, Die Macht der Former · 06/5096
Michael Jan Friedman, Wieder vereint · 06/5142
T. L. Mancour, Spartacus · 06/5158
Bill McCay/Eloise Flood, Ketten der Gewalt · 06/5242
V. E. Mitchell, Die Jarada · 06/5279
John Vornholt, Kriegstrommeln · 06/5312
Laurell K. Hamilton, Nacht über Oriana · 06/5342
David Bischoff, Die Epidemie · 06/5356
Simon Hawke, Die Beute der Romulaner · 06/5413
Rebecca Neason, Der Kronprinz · 06/5414
John Peel, Drachenjäger · 06/5415
Diane Carey, Abstieg · 06/5416
Diane Duane, Dunkler Spiegel · 06/5417
Jeri Taylor, Die Zusammenkunft · 06/5418
Michael Jan Friedman, Relikte · 06/5419
Susan Wright, Der Mörder des Sli · 06/5438
W. R. Thomson, Planet der Schuldner · 06/5439
Michael Jan Friedman & Kevin Ryan, Requiem · 06/5442
Dafydd ab Hugh, Gleichgewicht der Kräfte · 06/5443
Michael Jan Friedman, Die Verurteilung · 06/5444
Simon Hawke, Die Rückkehr der Despoten · 06/5446

STAR TREK™

Robert Greenberger, Die Strategie der Romulaner · 06/5447
Dean Wesley Smith & Kristine Kathryn Rusch, Invasion! – 2: Soldaten des Schreckens · 06/5754

STAR TREK: DIE ANFÄNGE
Vonda N. McIntyre, Die erste Mission · 06/4619
Margaret Wander Bonanno, Fremde vom Himmel · 06/4669
Diane Carey, Die letzte Grenze · 06/4714

STAR TREK: DEEP SPACE NINE
J. M. Dillard, Botschafter · 06/5115
Peter David, Die Belagerung · 06/5129
K. W. Jeter, Die Station der Cardassianer · 06/5130
Sandy Schofield, Das große Spiel · 06/5187
Dafydd ab Hugh, Gefallene Helden · 06/5322
Lois Tilton, Verrat · 06/5323
Esther Friesner, Kriegskind · 06/5430
Diane Carey, Die Suche · 06/5432
Melissa Scott, Der Pirat · 06/5434
Nathan Archer, Walhalla · 06/5512
Greg Cox/John Gregory Betancourt, Der Teufel im Himmel · 06/5513
Robert Sheckley, Das Spiel der Laertianer · 06/5514
Diane Carey, Der Weg des Kriegers · 06/5515
Diane Carey, Die Katakombe · 06/5516
L. A. Graf, Invasion – 3: Der Feind der Zeit · 06/5519 (in Vorb.)

STAR TREK: STARFLEET KADETTEN
John Vornholt, Generationen · 06/6501
Peter David, Worfs erstes Abenteuer · 06/6502
Peter David, Mission auf Dantar · 06/6503
Peter David, Überleben · 06/6504
Brad Strickland, Das Sternengespenst · 06/6505
Brad Strickland, In den Wüsten von Bajor · 06/6506
John Peel, Freiheitskämpfer · 06/6507
Mel Gilden & Ted Pedersen, Das Schoßtierchen · 06/6508
John Vornholt, Erobert die Flagge! · 06/6509
V. E. Mitchell, Die Atlantis Station · 06/6510
Michael Jan Friedman, Die verschwundene Besatzung · 06/6511
Michael Jan Friedman, Das Echsenvolk · 06/6512
Diane G. Gallagher, Arcade · 06/6513
John Peel, Ein Trip durch das Wurmloch · 06/6514
Brad & Barbara Strickland, Kadett Jean-Luc Picard · 06/6515
Brad & Barbara Strickland, Picards erstes Kommando · 06/6516

STAR TREK™

STAR TREK: VOYAGER
L. A. Graf, Der Beschützer · 06/5401
Peter David, Die Flucht · 06/5402
Nathan Archer, Ragnarök · 06/5403
Susan Wright, Verletzungen · 06/5404
John Betancourt, Der Arbuk-Zwischenfall · 06/5405
Christie Golden, Die ermordete Sonne · 06/5406
Mark A. Garland & Charles G. McGraw, Geisterhafte Visionen · 06/5407
S. N. Lewitt, Cybersong · 06/5408
Dafydd ab Hugh, Invasion – 4: Die Raserei des Endes · 06/5409 (in Vorb.)
Karen Haber, Segnet die Tiere · 06/5410
Melissa Scott, Der Garten · 06/5812

DAS STAR TREK-UNIVERSUM, 2 Bde., von *Ralph Sander* · 06/5150
DAS STAR TREK-UNIVERSUM, 1. Ergänzungsband von *Ralph Sander* · 06/5151
DAS STAR TREK-UNIVERSUM, 2. Ergänzungsband von *Ralph Sander* · 06/5270

William Shatner/Chris Kreski, Star Trek Erinnerungen · 06/5188
William Shatner/Chris Kreski, Star Trek Erinnerungen: Die Filme · 06/5450

Phil Farrand, Cap'n Beckmessers Führer durch STAR TREK – DIE CLASSIC SERIE · 06/5451
Phil Farrand, Cap'n Beckmessers Führer durch STAR TREK – DIE NÄCHSTE GENERATION · 06/5199
Phil Farrand, Cap'n Beckmessers Führer durch STAR TREK – DIE NÄCHSTE GENERATION – Teil 2 · 06/6457

Ralph Sander, Star Trek Timer 1997 · 06/1997
Ralph Sander, Star Trek Timer 1998 · 06/1998
Nichelle Nichols, Nicht nur Uhura · 06/5547
Leonard Nimoy, Ich bin Spock · 06/5548
Lawrence M. Krauss, Die Physik von Star Trek · 06/5549
J. M. Dillard, Star Trek: Wo bisher noch niemand gewesen ist · 06/6500
Judith & Garfield Reeves-Stevens, Star Trek – Deep Space Nine: Die Realisierung einer Idee · 06/5550
Judith & Garfield Reeves-Stevens, Star Trek Design · 06/5545
Herbert F. Solow & Robert H. Justman, Star Trek – Die wahre Geschichte · 06/6499

Diese Liste ist eine Bibliographie erschienener Titel
KEIN VERZEICHNIS LIEFERBARER BÜCHER!